KAY NOLTE SMITH

Die Schöne und der Zwerg

Buch

Man schreibt das Jahr 1827. Die Romantik revolutioniert die Pariser Kunstwelt. Schriftsteller, Maler und Dramatiker fordern neue Freiheiten; die Revolution von 1830 kündigt sich an.
Vor diesem Hintergrund wird die schicksalhafte Geschichte zweier Menschen erzählt, wie sie gegensätzlicher kaum vorstellbar sind: Jeanne Sorel, ein junges Mädchen, unter dessen zerlumptem Äußeren eine faszinierende Schönheit leuchtet, und Nandou, der Schauspieler, dessen großes Talent ihn eigentlich zu einer Weltkarriere prädestinierte – wäre er nicht ein Zwerg.
In der Pariser Szene von Bohème und Politik, von Skandalen und blutigem Aufruhr, von glänzendem Reichtum und bitterer Not durchleben Jeanne und Nandou alle Höhen und Tiefen. Lange bleibt ihnen – »la belle et la bête«, wie ganz Paris sie nennt – ihre eigentliche Bestimmung versagt, bis sie schließlich doch zu einer großen, reifen Liebe zusammenfinden.
Psychologisch überzeugend gezeichnete Charaktere, Ereignisse von packender Dramatik, Liebe zum historischen Detail, ein epischer Bogen von mitreißendem Tempo – all das macht diesen Roman zu einem ganz besonderen Leseerlebnis!

Autorin

Kay Nolte Smith machte in New York als Schauspielerin und Schriftstellerin Karriere. Bereits für ihren ersten Roman »The Watcher« erhielt sie den renommierten Edgar-Allan-Poe-Preis. Bis zu ihrem frühen Tod im Jahr 1993 lebte die Autorin mit ihrem Mann in New Jersey.

KAY NOLTE SMITH

Die Schöne und der Zwerg

Roman

Deutsch von
Mechtild Sandberg-Ciletti

BLANVALET

Die englische Originalausgabe erschien unter dem Titel
»A Tale of the Wind« bei Villard Books, New York

Umwelthinweis:
Alle bedruckten Materialien dieses Taschenbuches
sind chlorfrei und umweltschonend.
Das Papier enthält Recycling-Anteile.

Blanvalet Taschenbücher erscheinen im Goldmann Verlag,
einem Unternehmen der Verlagsgruppe Bertelsmann GmbH.

Taschenbuchausgabe Februar 1999

Umschlaggestaltung: Design Team München
Umschlagillustration: Pinkert-Arena/Schlück
Druck: Elsnerdruck, Berlin
Verlagsnummer: 35069
SK · Herstellung: Heidrun Nawrot
Made in Germany
ISBN 3-442-35069-7

1 3 5 7 9 10 8 6 4 2

TEIL I

1827–1835

1

Wenn er zurückblickte und sich zu erklären versuchte, wie es gekommen war, konnte er nur sagen, daß ihr Anblick dort an der Straßenecke im Morgengrauen ihn mitten ins Herz getroffen hatte. Wie ein langsam und unfehlbar geschleuderter Speer hatte sich das Gefühl in ihn hineingesenkt, und als er die Hände heben wollte – diese flinken Werkzeuge seiner Kunst, die er mit harter Arbeit geschult hatte –, um es sich aus dem Herzen zu reißen, hatten sie ihm den Dienst versagt. Keiner Bewegung fähig, hatte er dort gestanden und ihr in Lumpen und Schmutz gefangenes Gesicht angestarrt.

Er hatte an jenem Abend in einem der kleineren Theater auf dem Boulevard gearbeitet. Viermal am Tag führte er dort seine Zauberkunststücke vor und half dazwischen, des zusätzlichen Geldes wegen, als Kulissenschieber aus. Nach der Vorstellung hatte er es abgelehnt, mit den anderen Bühnenarbeitern noch etwas trinken zu gehen; sie hatten es achselzuckend akzeptiert. «Nandou möchte heut abend wieder mal für sich sein», hatte einer von ihnen gesagt, als er davongegangen war. Die Kollegen mochten ihn, sein beißender Humor, sein Wissen und sein Fleiß imponierten ihnen, aber seine Besonderheit vergaßen sie nie. So wenig wie er selbst.

Die Straße war noch voller Menschen, als er hinauskam. Ganz Paris, ob arm oder reich, besuchte die Boulevardtheater, denn dort gab es echtes Theater – nicht die in Schwulst erstarrten klassizistischen Dramen des Théâtre Français, sondern Pantomime und Zauberei, Tanzdarbietungen und Tiernummern und vor allem Melodramen. Vor nicht allzu langer Zeit hatte eine Zeitung alle Verbrechen zusammengezählt, die in den letzten zwanzig Jahren auf den Boulevardbühnen verübt worden waren – Meuchelmorde durch Gift oder Dolchstoß, Verführungen, Entführungen, Selbstmorde und so fort –, und war auf eine Gesamtzahl von 150 702 gekommen. Sie hatten der Straße ihren Spitznamen gegeben: Boulevard du Crime.

Nandou straffte die Schultern, zog seine Mütze über den Kopf und schob sich durch die Menge in eine Seitenstraße, in der der Lärm nur ein fernes Summen war und die Dunkelheit fast undurchdringlich. Abgesehen von den zentralen Plätzen hatten nach Sonnenuntergang nur wenige Straßen Licht. Hier und dort schwang eine flackernde Öllampe im Wind, oder einer der seltenen Passanten hastete mit einer Fackel vorüber, aber die meisten Straßen waren dunkel – Brutstätten für Diebe und Straßenräuber. Doch Nandou verließ sich auf seinen kräftigen Stock, seine Geistesgegenwart und seine Stimme. Er liebte das Dunkel, das den Frieden der Unsichtbarkeit gewährte.

Auf seinem Weg kreuz und quer durch die nächtlichen Straßen und Gassen blieb er vor einem Café stehen, das er häufig besuchte, und spähte durch ein Fenster ins Innere, wo sich Künstler und Studenten an den Tischen drängten. Bis spät in die Nacht hinein pflegten sie von Wein und Widerstandsgeist erhitzt zu debattieren, und stets ging es dabei um die Forderung nach mehr Freiheit und den Sturz des Althergebrachten. Frankreich hatte eine Revolution hinter sich, die, mit dem Ruf nach Freiheit, Gleichheit und Brüderlichkeit begonnen, zur Terrorherrschaft ausgeartet war und nicht mit der Ausrufung der Republik, sondern der Ernennung Napeleons zum Kaiser ihr Ende gefunden hatte. Nach Napoleons Vertreibung war die Monarchie wiederhergestellt worden; für die Studenten des Jahres 1827 war das Wort *Freiheit* noch immer ein Schlachtruf. Doch daneben tauchten in ihren Diskussionen neue Begriffe auf: Individualismus – Romantik – und der Name eines jungen Dichters, der ihnen als Verkörperung und Symbol ihrer Forderungen galt, Victor Hugo. Nandou blieb eine Weile vor dem Café stehen, aber dann zog er weiter.

Er liebte es, bei Nacht durch Paris zu streifen und sich diese Stadt in ihrer schroffen Gegensätzlichkeit zu eigen zu machen. Durch Gassen so schmal wie Rattenschwänze und die weiträumigen Champs-Elysées hinauf bis ans Ende, wo man einen Triumphbogen errichtete, der bis zum Himmel reichen würde. Zur Seine, an deren Ufer er sinnend zu verweilen pflegte, manchmal gefangen von ihrem nächtlichen Glanz und manchmal in Gedanken daran, daß jeden Tag tausend Eimer Fäkalien in ihr Wasser gekippt wurden. Weiter zum Louvre, der Schätze barg, deren Schönheit ihm den Atem raubte – und in das schmutzstarrende, stinkende Elendsviertel zwischen dem Louvre und den Tuilerien. Saint-Honoré, wo man unter den Abfällen Seidenfetzchen und duftende Taschentücher finden konnte, und zum Montmartre, wo der Gestank der offenen Kloaken ihm die Kehle zuschnürte.

Als er schließlich anhielt und sich an eine Hausmauer gelehnt ausruhte, tagte es schon, und er war weit von zu Hause. Durch die offene Gosse in der Straßenmitte strich eine weiße Katze. Geschmeidig bahnte sie sich ihren Weg und setzte ihre Pfoten so elegant und grazil wie die Ballettänzer in den Theatern. Vor Nandou machte sie halt, streckte sich und gähnte. Nandou ging in die Knie; die Katze betrachtete ihn aufmerksam und rieb sich dann mit sanftem Nachdruck an seinem Bein, ihr Fell unfaßbar weiß im Schmutz der Straße. Er streichelte sie und spürte die spitzen Knochen ihres ausgehungerten Körpers unter dem dichten Fell. Leise mit der Zunge schnalzend legte er ihr ein Stück von dem Brötchen hin, das er vom Nachmittag noch in der Tasche hatte. «Hier, du Schöne.» Aber die Katze floh. Er lief ihr bis zur Ecke nach, wo sie in eine Gasse huschte. «Warum läufst du vor mir weg? Ich meine es doch gut mit dir», rief er ihr nach, obwohl er wußte, daß das töricht war. «Komm zurück und sieh mich an.» Am Ende der Gasse sah er es weiß aufleuchten, aber als er die Stelle erreichte, war die Katze verschwunden.

«Dummes Tier», brummte er. Er blickte nach rechts und nach links, um sich zu orientieren, und bemerkte eine kleine Menschengruppe, die langsam von Abfallhaufen zu Abfallhaufen zog. Lumpensammler. Überall in Paris tauchten sie auf mit dem ersten Licht, groteske Geschöpfe der Morgendämmerung, sie hielten eine gelbe Laterne über die Abfallberge und wühlten mit einem großen Metallhaken nach brauchbaren Gegenständen.

Er ging auf sie zu. Es waren sechs Leute, aber er konnte weder Alter noch Geschlecht erkennen. Alle gingen sie tief gekrümmt, waren in Lumpen gekleidet, die sie wahrscheinlich aus dem Müll gegraben hatten. Als er näherkam, hielten sie in ihrem bedächtigen Stöbern inne und wichen aus, um ihn vorbeizulassen. Einer richtete sich auf, ein Mann mit stumpfem Blick und einem schmalen Mund, der sich bei Nandous Anblick geringschätzig verzog. Nandou nickte ihm halb ironisch zu und ging weiter. Doch dann blieb er wie angewurzelt stehen.

Noch eine der Gestalten hatte den Kopf gehoben, und unter dem dunklen Schal sah er ihr Gesicht: ein junges, mageres Gesicht mit einem Schmutzfleck auf der Wange, dennoch von vollkommener Schönheit. Die dunklen Augen waren sehr groß, das Haar, das unter dem Tuch hervorquoll, war schwarz und lockig, und die Lippen leuchteten wie zwei zarte rote Früchte. Während Nandou das Mädchen wie verzaubert anstarrte, wartete er zugleich auf das Zeichen der Verachtung, die Abwendung. Statt dessen öffneten sich die hübschen Lippen zu einem Lächeln, und das Mädchen sagte: «Guten Morgen, Monsieur.»

«Jeanne! Mach dich an die Arbeit!» herrschte der Mann mit dem stumpfen Blick sie an.

«Ja, Papa.» Ehe das Mädchen sich wieder den Abfallhaufen zuwandte, lächelte sie Nandou noch einmal an und krauste die Nase auf eine Weise, über die er gelacht hätte, wenn er einer Regung fähig gewesen wäre. Wenn ihr Anblick ihn nicht mitten ins Herz getroffen hätte.

Schließlich schaffte er wenigstens die paar Schritte zur nächsten Toreinfahrt, in der er sich verbergen und sie beobachten konnte. Sie war schön, aber es war nicht ihre Schönheit allein, die ihn so fasziniert hatte. Es war die Tatsache, daß sie in diesem Schmutz existierte und ihm so trotzte.

Sie war noch jung. Zwölf? Dreizehn? Ihr Körper war noch gerade, wenn sie ihn aufrichtete, aber wie lange würde es dauern, ehe er sich für immer krümmen würde? Und was, wenn sie, um diesem Schicksal zu entgehen, ihren Körper verkaufte? Auf die Straße ging?

Er zwang sich, den Blick von ihr zu wenden und die anderen anzusehen, ihre Familie vermutlich: Mutter und Vater, gebeugt, mit grauem Haar und grauen Gesichtern, und vier Kinder, von denen sie das jüngste war und das einzige Mädchen. Er sah zu, wie sie Stoffreste aus dem Dreck fischte, einen Messingknopf – er hörte, wie sie es einem der anderen sagte –, Zigarrenstummel, einen Schuh, und er wünschte, er könnte ihr einen Berg voller Überraschungen zaubern, in dem sie ganz andere Dinge finden würde: Goldstücke, ein Kleid aus blauem Samt und eine Tüte voller Pralinen. Während er dort stand und sich ausmalte, wie er es anstellen würde – er würde die Dinge stehlen müssen, aber das machte nichts; zwar verachtete er Diebe, aber wenn es nicht anders ging, würde er eben auch einer werden –, überkam ihn dieses merkwürdige Gefühl von Hoffnungslosigkeit und gewaltiger Kraft, das auch schon frühere Augenblicke seines Lebens gekennzeichnet hatte.

Beim ersten Mal war er sehr jung gewesen. Seine Mutter, die auf dem Boulevard du Crime Beignets verkaufte, hatte ihn zur Arbeit mitgenommen. Er hatte an ihrer Seite gestanden, während sie den Teig gerührt, die Teigtaschen gefüllt und sie in die Pfanne mit siedendem Fett geworfen hatte, um sie nachher mit heiserer Stimme feilzubieten – «Heiße Beignets, knusprig und süß! Kaufen Sie! Kaufen Sie heiße Beignets!» –, in lautstarker Konkurrenz mit den anderen Straßenhändlern und den Schauspielern, die vor den Theatern Proben ihrer Kunst zum Besten gaben, um Besucher anzulocken. Er hatte in die Flammen gestarrt, die unter der Pfanne zuckten, und dem gestenreichen Spiel der Komödianten zugesehen. Das Herz war ihm weit aufgegangen, und wie ein Blitz hatte ihn die Erkenntnis durchzuckt, daß er herrlich und einzigartig war unter den Geschöpfen Gottes. Aber noch während er sich dessen staunend bewußt geworden war, war ein anderes Gefühl aufgekommen: eine starke Gegenströmung von Sinnlosigkeit und Zweifel, wie und wo er diese wunderbare innere Kraft umsetzen konnte. «Was machst du so ein blödes Gesicht?» hatte seine Mutter gefragt. «Bist du nicht so schon häßlich genug?»

Nandou packte seinen Stock mit beiden Händen. Er hatte sich vorgemacht, mit dem schönen jungen Mädchen sprechen zu können, sie kennenlernen, ihr Geschenke machen zu können. Aber was konnte ein Mann wie er einem solchen Geschöpf schon sein? – Auch wenn sie nur die Tochter eines Lumpensammlers war. Schwer ließ er sich gegen eine Tür sinken.

Nach einer Weile spürte er etwas an seinem Fuß und blickte hinunter: die Katze. So mager und zart, so weiß in all dem Schmutz. Sie miaute leise. Er ahmte den kleinen Laut nach. Die Katze sah zu ihm auf. Sekundenlang betrachteten sie einander reglos. «Magst du mich?» fragte er. «Bin ich der Schönste, den du je gesehen hast?» Mit einer raschen Bewegung bückte er sich, hob sie auf, schob sie unter seine Jacke und ging davon.

Jeanne blickte ihm nach. Nie hatte sie einen Menschen wie ihn gesehen, niemals solche Augen.

«Bastard», sagte einer ihrer Brüder wegwerfend.

«Ne halbe Portion», sagte der andere.

Und der dritte Bruder sagte: «Dreimal dürft ihr raten, welche Hälfte dem fehlt.» Und sie lachten alle drei, lauthals wie immer, als wollten sie mit ihrem Lachen protzen.

Der Vater schimpfte. «Was gafft ihr dem Zwerg nach? Macht euch lieber an die Arbeit.»

Ein Zwerg ist das also? dachte Jeanne.

«Los! Augen und Ohren zum Haken», fuhr der Vater sie an. Ihre Brüder murrten und ihre Mutter seufzte.

Jeanne war das alles nur zu vertraut: Die Verdrossenheit der Mutter, das Murren der Brüder, das ewige Geschimpfe des Vaters. Wohl ein dutzendmal am Tag ermahnte er sie, Augen und Ohren auf den Haken zu konzentrieren. Die Worte hatten längst ihre Wirkung verloren, dennoch hatte er recht. Man mußte genau hinsehen, was der Haken bloßlegte, genau hinhören, was für einen Klang es gab, wenn er unter der Schlacke von Küchenabfällen und Fett, Asche und faulenden Lumpen etwas anstieß. Jedes Material hatte seinen eigenen Klang: bei Glas war er tonloser als bei Porzellan; bei Papier dumpfer als bei Leder; bei Holz schärfer als bei Knochen. Manche Dinge konnte man nicht erlauschen, weil sie überhaupt keinen Klang hatten, Haar zum Beispiel und Pferdemist, und andere, wie Federn, konnte man nicht einmal erfühlen. Darum mußte man genau achtgeben und die Haufen durchwühlen, so rasch Augen, Ohren und Beine es erlaubten, damit man ihre Schätze an sich nehmen konnte, ehe die Straßen sich mit Menschen füllten und ehe die schleimig graue Masse des Unrats sie sich einverleibte.

Es war schon einige Jahre her, daß die Familie Jeanne zum ersten Mal mitgenommen und ihr gezeigt hatte, wie man die Abfallhaufen durchstöberte. Seither zog sie Morgen für Morgen mit ihnen durch die Straßen; aus Tagen wurden Wochen und Monate, die sich nur durch Hitze und Kälte voneinander unterschieden oder durch einen besonderen Fund – wie der Tag der Münze. Das Geldstück hatte abseits auf dem Pflaster gelegen, neu und glänzend wie der junge Tag, und Jeanne hatte es zuerst entdeckt. Ihre Brüder hatten sich sofort auf sie gestürzt und ihr die Münze mit Hurrageschrei entrissen. Natürlich hatte ihr Vater sie an sich genommen, und am Abend hatte es ein großes Stück Hammelfleisch zu essen gegeben und dazu einen Krug richtigen Wein, rot und herb, anders als jedes Getränk, das Jeanne je gekostet hatte.

Der Tag des Tellers kam einige Zeit später. Der Teller war in Papier eingewickelt gewesen, und Papier hatte Jeanne besonders gern, vor allem, wenn es bedruckt war, auch wenn sie die Zeichen nicht deuten konnte. Dieser Packen Papier, den sie unter Essensresten und einem Wust von Schnüren hervorgezogen hatte, war nicht nur bedruckt, sondern auch noch mit Bildern versehen gewesen, und in seinem Innern hatte sie voll freudiger Überraschung einen wunderhübschen Teller gefunden, ganz ohne Sprünge, mit Veilchen bemalt und einem goldenen Rand – ein kleines Wunder aus Porzellan. Entschlossen, ihn wenigstens eine Weile für sich zu behalten, stopfte sie ihn unter ihr Kleid. Morgen oder am Tag danach wollte sie einfach so tun, als hätte sie ihn gerade gefunden. Aber am Abend, als sie ihn herausnahm, um ihn mit Muße zu betrachten, ertappten ihre Brüder sie. Sie hatte keine Angst vor ihnen und prügelte sich oft mit ihnen, aber bei einer Rauferei wäre der Teller zerbrochen, darum gab sie ihn kampflos her, wenn auch schimpfend und fluchend. Ihr Vater schlug sie, aber es war schon zu spät, um den Teller noch an diesem Tag zu verkaufen. Er stand die ganze Nacht oben auf dem Schrank, wo sie ihn sehen konnte, und sie versuchte, sich ein Haus vorzustellen, in dem solche Schätze in den Müll wanderten.

Auch den heutigen Tag würde sie nicht vergessen: den Tag des Zwergs.

Sie hob wieder den Kopf. Der Zwerg hatte das Ende der Gasse erreicht und bog gerade um die Ecke. Er hielt sich ein wenig schief beim Gehen.

«Mensch, hab ich einen Hunger», brummte Pierre hinter ihr.

«Das geht uns doch allen so», zischte sie zurück. «Red nicht davon.»

«Du könntest gut was dazuverdienen, wenn du wolltest», sagte er.

«Ich geh aber nicht auf die Straße.»

«Blöde Kuh.»

«Mistkerl.»

Jeanne hatte die Mädchen auf der Straße oft genug gesehen, manche nicht älter als sie selbst: Knallrot gemalte Lippen, die Hüften vorgeschoben, die Stimmen zu laut oder zu leise, wenn sie den Männern anboten, was diese haben wollten. Ihr Blick war es, der sie abschreckte, ein Blick, so tot wie die weggeworfenen Dinge in den Haufen. Sie hatte daran gedacht, in ein Kloster zu gehen, aber woher sollte man wissen, ob die Nonnen, deren Augen im Schatten der Flügelhauben verborgen waren, einen anderen Blick hatten.

Ihr Vater versetzte ihr einen Stoß. «Los! Augen und Ohren zum Haken.»

Sie beugte sich wieder über den Müll. Die Augen des Zwergs, dachte sie, hatten einen ganz besonderen Ausdruck – fremd und dunkel, doch mit einem Leuchten in der Tiefe wie von einer inneren Sonne. Als er sie angesehen hatte, war das schmerzhafte Hungergefühl verflogen, ihr müder Körper war plötzlich wie beschwingt gewesen. Sie würde den Tag des Zwergs bestimmt nicht vergessen.

«Du hast mir die Prinzessin zugeführt», sagte der Mann mit majestätischer Gebärde. «Du sollst deine Belohnung bekommen. Was wünschst du? Gold?»

«Mein Herr und ich haben kein Verlangen nach so schnödem Lohn. Zu gegebener Zeit werdet Ihr hören, was für eine Belohnung wir erwarten.» Nandou verneigte sich so tief, daß sein schwarzer Samtumhang über den Boden fegte. Als er sich wieder aufrichtete, drückte er mit schwungvoller Geste den Federhut auf seinen Kopf und lächelte dabei so böse, daß unter den Zuschauern einige erschrocken aufschrien.

Es war keine interessante Rolle – nur die des bösen Zwergs in einem Märchenstück –, aber ganz gleich, welchen Part man übernahm, man mußte ihn mit Überzeugung und Konzentration spielen. Das war das Entscheidende bei der Schauspielerei, dadurch gewann sie ihren Glanz und ihre Macht. Schon als Nandou in der Garderobe in die Strumpfhose geschlüpft war, das Wams und den Umhang angelegt hatte, seine Augen schwarz umrandet und seinen Mund mit einer Linie der Grausamkeit überpinselte, hatte er in sich das Brodeln der finsteren Begierden des heimtückischen Gnoms gespürt: den Haß auf alle, die ihn zu kriechen zwangen, die Machtgier, das hoffnungslose Wissen, daß auch die Macht ihm niemals Schönheit oder Frieden bringen würde... «Mein Herr Satan belohnt seine Geschöpfe mit Gaben, die schwerer wiegen als Gold», sagte er. Damit wandte er sich ab, ging rasch über die Bühne zu einer Wand und trat durch sie hindurch.

Als er auf der anderen Seite der «Wand» von zwei Bühnenarbeitern aufgefangen wurde, hörte er das Grölen und den donnernden Applaus der Zuschauer. Die Leute wußten natürlich, daß kein Mensch durch eine Wand gehen konnte, aber sie ließen sich gern etwas vormachen. Wieso also waren sie nicht dazu zu bewegen, einen Zwerg als männlichen, gutgewachsenen Helden zu sehen – wie Corneilles Cid oder Shakespeares Othello? Warum war es nicht möglich, einer Lumpensammlertochter etwas vorzugaukeln?

Er hatte das Mädchen natürlich aus seinem Gedächtnis gestrichen. Gewiß, er war mehrmals zurückgekehrt, um sie zu beobachten, aber das war nun vorbei. Er war der Familie zu ihrer Behausung in der Nähe der Mauer der Steuereintreiber gefolgt, in eine Gasse, in die das Sonnenlicht niemals einzudringen schien. Die Türen der elenden Hütten waren feucht und verrottet, die Gesichter der alten Frauen und der Kinder, die in den engen Gassen kreischten, waren schwindsüchtig bleich. Er hatte sich von einem Kind den Namen der Familie sagen lassen, Sorel. Er war dem Vater und dem ältesten Sohn gefolgt, wenn diese sich auf den Weg gemacht hatten, ihre Beute aus den Abfallhaufen zu verhökern; er hatte sich nahe an sie herangepirscht und gehört, wie sie darüber spekuliert hatten, wieviel Geld eine Hure morgens heimbringen könnte, wenn sie jung und hübsch war. Trotz der eisigen Novemberluft war ihm glühend heiß geworden. Aber was konnte er schon tun? Versuchen, ihre Dienste zu kaufen – für eine Nacht, eine Woche, einen Monat, solange sein Geld reichte? Aber er wollte ihre Dienste ja gar nicht; er wollte – er wußte selbst nicht, was er wollte. Wie dem auch sei, niemals würde er genug Geld haben, um sie für immer vor der Straße zu bewahren. Und selbst wenn es ihm durch ein Wunder gelingen sollte, würde später, wenn sie zur Frau wurde, zu einer schönen und begehrten Frau, kein Geldbetrag ausreichen, den Abscheu aus ihrem Blick und ihrem Herzen zu vertreiben. Nein, er würde nicht wieder in diese Straßen gehen, um sich in

Türnischen herumzudrücken und ihr zuzusehen, wie sie in den Abfallhaufen wühlte und manchmal den Kopf hob und zum Himmel hinaufblickte... Er würde sie vergessen. Er hatte sie schon vergessen.

Nach seinem letzten Auftritt ging er an gestapelten Kulissen und einem Zwinger mit dressierten Tieren vorbei zu den Garderoben. Die ganze Woche hatte er den bösen Zwerg gespielt, aber das Stück würde bald abgesetzt werden. Andere Zwergenrollen waren im Moment nicht in Sicht. Er würde wieder als Zauberkünstler arbeiten und als Kulissenschieber aushelfen. Einige Jahre zuvor hatte eine Riesin, die von Rummel zu Rummel reiste, ihn für ihre Attraktionsschau gewinnen wollen, aber er war nicht bereit, sich als Kuriosität zur Schau zu stellen – «Hereinspaziert! Sehen Sie die Riesendame und ihren wundersamen Zwerg!» Auf einer Theaterbühne war er Schauspieler; ein Zwerg in einer Jahrmarktbude jedoch war nichts weiter als eine Monstrosität, die man anstarrte.

Mit sieben Jahren hatte er sein erstes Theaterstück gesehen. Er hatte sich von seiner Mutter weggestohlen und sich hinter den Röcken zweier Ladenmädchen versteckt, die gerade eines der Theater betraten, um ihnen bis zur Galerie hinauf zu folgen. Er hatte nicht viel von der Aufführung verstanden, aber die erleuchtete Bühne tief unten mit ihren lebendigen, ständig wechselnden Bildern hatte ihn unwiderstehlich in Bann gezogen. Von dem Tag an hatte er sich immer wieder in die Theater geschlichen, manchmal nur für zehn Minuten, um fragmentarische Bilder von blitzenden Schwertern, kenternden Schiffen, schnaubenden Drachen und lieblich lächelnden Prinzessinnen zu erhaschen. Eines Nachmittags, er war gerade neun Jahre alt, hörte er bei der Rückkehr aus einem der Theater zum Beignetkarren seiner Mutter grauenvolle Schreie. Er glaubte, der Leidende sei eines der Opfer des «Zahnreißers» an der Ecke, doch der Folterstuhl des Mannes war leer. Der Mann selbst stand mit Dutzenden anderer Gaffer wenige Meter vom Beignetkarren entfernt, hinter dem Nandous Mutter sich heulend und schreiend in den Flammen drehte, die von allen Seiten an ihr emporschlugen. Öl aus der Pfanne, sagten die Leute hinterher, müsse ins Feuer gespritzt sein und ihre Kleider entzündet haben. Sie habe sicher getrunken gehabt, fügten sie hinzu. Nandou wußte, daß sie recht hatten, aber er sagte nichts. Am folgenden Tag stellte er sich auf den Boulevard und bettelte die vorübereilenden Direktoren der Theater so lange an, bis einer sagte, ja, er könne Arbeit haben: Sie brauchten einen Elf für eine Szene in einem Zauberwald.

Das war lange her. Mittlerweile war er vierundzwanzig. Und spielte immer noch Gnome und Zwerge.

In der Garderobe, wo sich der durchdringende Geruch der Schminke mit dem schalen Schweißgeruch der Kostüme mischte, hatten vier Schauspieler gerade ein Kartenspiel begonnen. Sie blickten auf, als Nandou hereinkam, und einer von ihnen sagte: «Na, Nandou, wie ist das Publikum?»

«Wie dein Magen, Freund. Laut und unersättlich.»

Sie lachten. «Hast du dir diese Woche die Engländer angesehen?» fragte ein anderer.

«Natürlich.» Eine englische Truppe, die im Odéon auftrat, war in Paris in aller Munde. Obwohl Nandou ihre Sprache nicht verstand, war er mindestens ein dutzendmal im Odéon gewesen und hatte sich, von befreundeten Bühnenarbeitern hinter die Bühne geschmuggelt, ihre Vorstellungen angesehen.

«Und – stimmt's, was alle über sie sagen?»

«Aber ja», antwortete Nandou. «Diese Engländer sind unglaublich natürlich. Die stolzieren nicht wie die Gockel auf der Bühne herum und deklamieren Alexandriner – sie bewegen sich wie lebendige Männer und Frauen, mit Leidenschaft und Feuer. Ihr hättet die Ophelia sehen sollen, ihren Schmerz, ihren Wahnsinn – das war wirklich ergreifend. Sogar der Geist von Hamlets Vater ist lebendiger als diese Stockfische im Théâtre Français.»

«Da warst du wohl letzte Woche auch?»

Nandou nickte.

«Und was gibt's dort Neues?»

«Nur daß alles beim alten ist. Ihr wißt doch, im Théâtre Français ist nichts Neues erlaubt. Man darf einen Abklatsch von einem Abklatsch von Racine oder Corneille bringen – die selbst die Griechen kopiert haben, allerdings genial –, aber wenn jemand es wagen sollte, etwas Neues zu probieren, vielleicht ein bißchen Lebendigkeit ins Spiel zu bringen...» Nandou legte sich den Zeigefinger wie ein Messer an den Hals.

«Warum schaust du dir diese langweiligen Tragödien dann an?»

Nandou legte den schwarzen Samtumhang ab. «Ich schaue mir alles an.» Es war die Wahrheit. Wenn irgendwo auf einer Pariser Bühne ein neues Stück herauskam, war er als einer der ersten unter den Zuschauern. Das Theater war seine Welt, und er mußte sie mit allen ihren guten und schlechten Seiten kennen.

Die Schauspieler schüttelten gutmütig lächelnd die Köpfe und wandten sich wieder den Karten zu. Die Leute vom Theater waren die einzigen, die ihn akzeptierten, wie er war, ohne Frage und ohne Kommentar. Die Leute vom Theater und die weiße Katze, die er nach Hause mitgenommen hatte. Und die Lumpensammlerstochter. Aber die hatte er schon vergessen; hatte vergessen, wie sie ihn angesehen hatte mit den leicht geöffneten Lippen und den lebhaften Augen, und wie er bei diesem Blick das Gefühl gehabt hatte, jenen Teil seiner selbst zu erkennen, der einzigartig und wunderbar war.

In den Garderobespiegeln sah er seinen anderen Teil, den Körper, in den eine boshafte Macht ihn eingesperrt hatte. Welch bittere Ironie, daß das, was er am meisten liebte, das Theater, ihn zwang, immer wieder in den Spiegel zu sehen. Er war groß für einen Zwerg – knapp einen Meter fünfundzwanzig –, aber wer möchte schon König der Ameisen sein? Sein Rumpf hatte Normalgröße, aber die Beine, die ihn trugen, waren nicht länger als die eines Kindes, und die Arme reichten ihm nur bis zu den Hüften. Ein Wunder waren einzig seine Hände, vollkommen geformt und von unglaublicher Beweglichkeit.

Der grausam geschwungene Mund verschwand, als er sich abschminkte, und sein eigener trat hervor, gerade und vollippig. Das künstlich weiße Gesicht bekam seinen natürlichen dunklen Ton wieder. Kantig, mit stark ausgebildeten Wangenknochen, hätte es das jedes beliebigen jungen Mannes sein können, wären nicht die hohe, fliehende Zwergenstirn gewesen und der angespannte Zug um die großen dunklen Augen. Er hatte ein Löwenhaupt, groß im Verhältnis zu seiner Statur, und trug das dichte, schwarze Haar bis zu den Schultern – den Kopf eines leidenschaftlichen Denkers auf einem Körper, der seiner spottete.

Er zog sich um, nahm seinen Stock, wünschte den Kartenspielern gute Nacht und ging – fort aus dem Theater, weg vom Boulevard, irgendwohin, nur nicht dorthin, wohin er wollte: zu der schmutzigen Gasse. Er kam an dem Café vorüber, das er an jenem Abend gemieden hatte, als er die Lumpensammlerstochter das erste Mal gesehen, und weil er sie vergessen hatte und dies ein anderer Abend war, ging er hinein. Aus einer Gruppe Studenten rief jemand: «Ah, da kommt der Zwerg, der Verse liest.» Sie hatten sich eines Abends über eine Zeile von Lamartine gestritten, und er hatte, da er das Gedicht, um das es ging, auswendig konnte, ihren Disput beigelegt. Er winkte ihnen zu, setzte sich aber an einen anderen Tisch, an dem er allein war, und hob den Arm. Der Kellner, ein verwitterter alter Mann, der im allgemeinen lange auf sich warten ließ, schlurfte sofort herüber. Nandou bestellte Wein und hörte den Studenten zu, die zum Zeichen, daß sie auf die herrschende Mode nichts gaben, bunt gekleidet waren und das Haar lang trugen. Ihr Gespräch drehte sich um Delacroix und die Frage, ob er in dem Stil weiterarbeiten würde, der sein kürzlich im Salon gezeigtes Gemälde, ein Bild voller Gewalt und Leidenschaft, auszeichnete, und wandten sich dann ihren anderen Idolen zu: Géricault, Hugo, Walter Scott, Lord Byron. Ein Junge im dunkelroten Wams hob sein Glas und rief: «Shakespeare!» als spräche er von Gott. Dann fügte er hinzu: «Fragen wir doch mal den Zwerg, ob er *Othello* kennt.» – «Ja», rief ein anderer. «Auf englisch.» Alle am Tisch lachten und grölten.

Nandou lächelte ihnen zu, schüttelte aber den Kopf. Er warf eine Münze auf den Tisch und stand auf. Augenblicke später war er wieder auf der dunklen Straße. Er zog seine Mütze tiefer und ging ziellos, nichts und niemanden suchend.

Als er sich einer dunklen Straße näherte, hörte er Hilferufe. Er zögerte, nächtliche Begegnungen bargen Gefahren. Er ging weiter, aber die Stimme des Mannes ließ ihn nicht los. Man konnte einen Mitmenschen nicht einfach im Stich lassen. Er drehte sich um und spähte in die dunkle Straße hinein.

Schattenhafte Gestalten bewegten sich in der Nähe eines Hauses. Er schlich näher, erkannte zwei Räuber und ein Opfer, hörte eine grobe Männerstimme: «Halt's Maul und gib das Geld her.»

Nandou schwang seinen Stock und donnerte ihn an die Hausmauer. «Wir kommen!» rief er laut. Mit einer anderen Stimme dann, die aus einer anderen Richtung zu kommen schien, schrie er: «Schwerter griffbereit?» Und noch eine andere Stimme aus wieder einer anderen Richtung: «Laßt ihn sofort los, sonst erlebt ihr was!» So machte er weiter und schlug dabei immer wieder mit seinem Stock an die Mauer.

Die Räuber gaben fluchend Fersengeld, und der Überfallene rief: «Wer ist da?»

«Ein Freund», antwortete Nandou und ging auf ihn zu. Der Mond kam hinter den Wolken hervor, und er konnte erkennen, daß der Mann groß war und noch jung, mit stark hervorspringender Nase und einer hohen Stirn.

«Guter Gott», hörte er und wußte, daß der Mann gesehen hatte, daß er ein Zwerg war.

«Ich bin selbst schuld an der Geschichte», fuhr der Fremde fort. «Ich hätte so spät nicht allein ausgehen sollen. Darf ich fragen, wem ich meine äußerst glückliche Rettung zu verdanken habe?»

«Ich heiße Nandou. Einfach Nandou.»

«Ein Name, der so ungewöhnlich ist wie die Rettung. Woher haben Sie ihn?»

«Mit Respekt, ich gebe niemals Auskunft über meinen Namen, auch wenn schon viele mich danach gefragt haben.»

«Nun gut, Nandou, aber eine Belohnung werden Sie doch annehmen? Einen Teil des Geldes, das Sie mir gerettet haben.»

«Monsieur, Ihre Sicherheit ist mir Lohn genug. Soll ich Sie ein Stück begleiten?»

Der Mann lachte. «Na schön. Ich danke Ihnen. Ich wohne nicht weit.» Unterwegs erkundigte er sich nach Nandous Beruf und stellte ihm eine Reihe von Fragen. Ein erster Verdacht regte sich in Nandou.

«Monsieur, Sie scheinen sich im Theater auszukennen.»

«O ja», antwortete der Fremde. «Und ich habe die feste Absicht, es noch besser kennenzulernen. Ah, hier sind wir schon. Ich bin zu Hause. Sie wollen also wirklich nichts von mir annehmen, Nandou, außer meinen Dank?»

Wieder schob sich der Mond hinter den Wolken hervor, und Nandous Verdacht wurde zur Gewißheit. «Monsieur Hugo», sagte er bedächtig, «ich nehme gern ein Exemplar Ihres nächsten Werks an.»

«Das sollen Sie bekommen.» Der Mann verneigte sich und ging ins Haus.

Nandou lag auf dem Bett in der Mansarde sechs Treppen hoch am Boulevard du Crime und sah zu, wie die Morgensonne langsam über das spärliche Mobiliar kroch. In seinen Ohren war ein schwaches, regelmäßiges Pochen, sein Herzschlag, wie er mittlerweile wußte. Sein Leben lang hatte er es vernommen, aber erst herausbekommen, was es war, als er lesen gelernt hatte und in die öffentliche Bibliothek ging, um alles über Zwerge nachzulesen, was je über sie geschrieben worden war. In einem Buch über den menschlichen Körper hatte er viel Interessantes über das Herz und den Blutkreislauf gefunden. Das Pochen in seinen Ohren, hatte er sich gesagt, mußte sein Pulsschlag sein. Er hatte eine der Nonnen gefragt, die ihn unterrichteten als Gegenleistung dafür, daß er morgens in der Klosterküche arbeitete, ob sie auch ihren Herzschlag hören könne. «Natürlich nicht», hatte sie geantwortet und hinzugefügt, mit seiner blühenden Phantasie könne er Gott gewiß nicht gefallen.

Das laute Schnurren der Katze, die sich an seinem Oberschenkel ausgestreckt hatte, riß ihn aus seinen Gedanken. Er hatte sie eigentlich nicht behalten wollen – wer hielt sich schon eine Katze, außer in einer Küche als Mäusefängerin –, aber sie war geblieben. An jenem ersten Tag hatte sie sich unter seiner Jacke von ihm nach Hause tragen lassen, wo er ihr etwas von der Milch gegeben hatte, die er auf dem Fensterbrett aufbewahrte, und ein Stückchen alten Käse. Er hatte erwartet, daß sie fressen und dann zum Fenster hinausspringen und über die Dächer auf Nimmerwiedersehen verschwinden würde. Aber sie war immer wieder zurückgekommen. Er nannte sie Fidèle, ließ sie an seiner Seite schlafen und befahl ihr, das Lumpensammlermädchen zu vergessen.

Fidèle fuhr mit gespitzten Ohren in die Höhe, als es mehrmals laut klopfte. «Keine Angst», sagte Nandou. «Das ist für unten.» Aber dann klopfte es wieder, diesmal an seiner eigenen Tür. Er stand auf, schlüpfte in seine Hose und öffnete.

«Sind Sie Nandou, der Zwerg?» fragte der Botenjunge, der vor ihm stand.

«Siehst du nicht, was ich bin?»

«Ich hab's bei mindestens fünf Theatern versucht, eh ich rauskriegte, wo Sie wohnen.» Der Junge hielt ihm ein Päckchen hin. «Mit Empfehlungen von Monsieur Victor Hugo.»

«Fidèle», sagte Nandou leise, nachdem er die Tür geschlossen hatte. «Ich hab dir doch erzählt, daß er mir was versprochen hatte. Victor Hugo – der Mann der Zukunft. Der größte Dichter von Paris. Wieso hast du kein Vertrauen gehabt? Wieso hast du behauptet, er würde es vergessen? Er hat mir ein Exemplar des Vorworts zu seinem neuen Stück *Cromwell* geschickt. Alle Welt spricht von nichts anderem. Sie nennen es das Manifest der Romantik.»

Er setzte sich an den Tisch und verschlang den Text Wort für Wort. Hugo attackierte die klassizistische Tradition wegen ihres künstlichen Beharrens auf Schönheit und der Einheit von Zeit und Raum, wegen ihrer Forderung, «die Regeln streng zu beachten». Wie lächerlich, daß alle Handlung eines Theaterstücks sich am selben Tag am selben Ort ereignen mußte. Wie unnatürlich, daß alles Häßliche oder Gewalttätige sich hinter der Bühne abspielen mußte und daß nur von einem Boten in schönen Versen darüber berichtet werden durfte. Hugo plädierte für die Befreiung des Theaters und die Abbildung von Mensch und Natur in ihrer Dualität. Nandou sah plötzlich das Drama als ein lebendes Wesen vor sich, das in den Ketten eiserner Regeln gefesselt war, ein Wesen wie er selbst, auch wenn ihn die Natur und nicht irgendwelche strengen Gesetzgeber in Ketten gelegt hatte. Ach, könnte er sie abwerfen! Könnte er den

Othello oder den Hamlet spielen, oder auch nur den Helden eines Boulevardstücks.

«Paß auf, Fidèle», sagte er und stand auf. Im Zimmer auf und ab gehend, las er laut vor: «‹Die moderne Muse wird erkennen, daß nicht alles in der Schöpfung nach menschlichem Ermessen schön ist, daß das Häßliche neben dem Schönen existiert, das Ungestalte neben dem Anmutigen, das Groteske auf der Kehrseite des Erhabenen, das Böse mit dem Guten, der Schatten mit dem Licht...›»

Zitternd sank er auf seinen Stuhl und vergrub das Gesicht im Fell der Katze. «Fidèle, wenn das Häßliche und das Schöne in der Kunst zusammengehören, dann deshalb, weil sie in der Natur eins sind. Es ist *natürlich*, daß sie beide vorhanden sind.»

Als er nach einer Weile den Kopf hob, sah er klarer denn je zuvor. Er konnte sich nicht aus dem Körper befreien, in den die Natur ihn eingeschlossen hatte. Er hatte auch nicht die Macht, das Theater zu befreien. Aber etwas anderes konnte er tun – er konnte einen Menschen befreien. Victor Hugo hatte ihn gesehen und erkannt und hatte ihm seine Botschaft gesandt: Er würde nicht auf ewig allein bleiben müssen; er und die schöne Lumpensammlerstochter gehörten zusammen. Nicht als Mann und Frau natürlich – das Schöne paarte sich nicht mit dem Tier. Wie kam er überhaupt auf diesen wahnwitzigen Gedanken? Er sah ihre Schönheit mit dem Auge eines Bildhauers oder Malers. Nur so. Wie sonst? Nein, nicht als Mann und Frau – sie war ja noch gar keine erwachsene Frau, und er würde niemals ein normalwüchsiger Mann werden – aber wenigstens zusammen.

Er hob den Kopf, lachte und griff wieder zu der Schrift. Er hatte nicht geträumt. Da stand es schwarz auf weiß: «... das Reale resultiert aus der ganz natürlichen Verbindung zweier Typen, des Erhabenen und des Grotesken, die sich im Drama überschneiden, wie sie sich im Leben und in der Schöpfung überschneiden. Denn die wahre Poesie, die vollkommene Poesie, ist die Harmonie der Gegensätze... alles, was in der Natur ist, ist in der Kunst...»

Das würden er und Jeanne Sorel sein – die Harmonie der Gegensätze. Wie aber sollte er sie befreien?

2

Jeannes Mutter stand wie immer als erste auf. Fröstelnd legte sie im Dunkeln Feuerholz in den kleinen Kamin, zündete es an und hängte den Kessel mit dem Kaffee darüber. Sobald sie eine Kerze angezündet hatte, erhoben sich nacheinander auch die anderen, Jeannes Vater von dem niedrigen Bett, das ächzte wie er, und Jeanne von dem mit Lumpen bedeckten Strohsack in der Ecke des anderen Zimmers, das sie mit ihren Brüdern teilte. Die drei Jungen, die dicht aneinander gedrängt auf einem großen Strohlager schliefen, standen stets als letzte auf. Sich die Augen reibend, wälzten sie sich aus der Mulde im Stroh und versuchten, sich mit Füßestampfen und Armschlägen der Kälte zu erwehren, die durch unzählige Ritzen in die Hütte drang. Pierre, der Älteste, schimpfte zornig vor sich hin. Sein Zorn war wie ein schwelendes Feuer, das niemals ausging. Jacques und Bertrand hatten niemals Feuer gefangen.

Jede Woche holte die Familie Wasser aus einem öffentlichen Brunnen. Ein Rest davon stand noch in dem gesprungenen Becken, aber über Nacht hatte sich eine feine Eisschicht darauf gebildet, und keiner wollte es sich ins Gesicht spritzen. Sie setzten sich frierend an den Tisch, und bei jeder Bewegung raschelte das Zeitungspapier, das sie sich zum Schutz gegen die Kälte unter die Kleider gestopft hatten.

«Kaffee», befahl Jeannes Vater, und die Mutter füllte die Tassen. Die Brüder schlugen ihre Zähne wie Wölfe in das Brot, das ihnen die Mutter reichte. Jeanne fand ihre Gier abstoßend und konnte doch nicht verhindern, daß sie selbst sich wie ein ausgehungertes Tier über das Brot hermachte, das sie nicht sättigte.

«So eine Affenkälte», sagte Pierre.

«Wenn du drüber redest, wird's nur noch kälter», versetzte sie.

«So eine Affenkälte!» schrie er.

«Laß das doch endlich, Pierre», sagte die Mutter verdrossen.

Pierre murrte laut, und seine Brüder machten es ihm nach.

«Warum macht ihr ihm immer alles nach?» fragte Jeanne.

Sie zuckten nur die Achseln. Jeanne zog ihren Schal fester um ihre Schultern. Unter der Bluse spürte sie das Kratzen des Zeitungspapiers an ihren kleinen Brüsten. Sie starrte in die Kerzenflamme und dachte hungrig an das Abendessen: die wäßrige Suppe, den Teller Linsen – oder vielleicht Reis – und das Glas mit essigsaurem Wasser, das noch saurer schmeckte, seit sie am Tag der Münze richtigen Wein getrunken hatte.

Lethargisch hockten sie am Tisch, die Hände um die warmen Kaffeetassen gelegt, bis der Vater sich aufrüttelte und sagte: «Es ist Zeit.» Er und Pierre nahmen die zwei Laternen und zündeten sie am Kamin an. Jacques und Bertrand trugen die Nachttöpfe hinaus, um sie auf der Straße auszuleeren. An der Wand hingen die Haken und leere Säcke, in deren Fasern unausrottbar der Gestank der Müllhaufen haftete. Sie nahmen ihre Sachen und gingen in die Kälte hinaus. Am heller werdenden Himmel über ihnen glitzerten noch die Sterne; straßauf und straßab glühten die gelben Lichter anderer Laternen auf, als immer mehr Lumpensammler aus den Hütten strömten.

Der Vater ging voraus, ihm folgten die drei Brüder, Jeanne und die Mutter bildeten den Schluß. Nach einer Weile trennten sie sich vom Rest des Zugs, um ihr gewohntes Revier anzusteuern. Einmal hatte Jeanne gefragt, warum sie es nicht in neuen Straßen versuchten, auf dem anderen Seineufer vielleicht. «Wir gehen dahin, wo wir hingehören», hatte ihr der Vater kurz geantwortet. In einer Straße, in der die Abfälle zu beiden Seiten in hohen Haufen lagen, begannen sie ihre Arbeit. Jeden Tag hatte Jeanne jetzt mehr Mühe, mit dem Haken umzugehen: nicht nur ihre Hände waren steif vor Kälte, auch der Inhalt der Haufen war starr gefroren.

Der Zwerg war seit vielen Tagen nicht mehr gekommen. Wie viele es genau waren, wußte sie nicht, weil ihre Finger zum Nachzählen schon lange nicht mehr reichten. Nach der ersten Begegnung war er eines Morgens plötzlich wieder dagewesen, schweigend und reglos. Danach war er noch dreimal erschienen, immer wie aus dem Nichts. Gerade noch war die Straße leer, und im nächsten Moment lehnte er halb verborgen in einer Tornische, die Arme verschränkt, und sah mit brennenden Blicken zu ihnen herüber. Aber jetzt war er so lange nicht mehr gekommen, daß sie schon anfing, sein Gesicht zu vergessen.

«Augen und Ohren zum Haken», befahl ihr Vater scharf. Jeanne wühlte und scharrte und grub, und die Zeit versickerte in schmutzigen grauen Tropfen. Unter einem Häufchen Eierschalen entdeckte sie einen Fetzen braunen Stoff. Ihre Mutter stieß von Zeit zu Zeit tiefe Seufzer aus, die wie mit dem Haken aus ihr herausgerissen schienen, und Pierre fluchte und schimpfte in einem fort vor sich hin: «Scheißhaken ... verfluchte Kartoffelschalen – ich möcht wissen, warum's so verdammt kalt ist...» Von einem Glitzern in einem der Nachbarhaufen angelockt, entfernte sich Jeanne von den anderen. Sie fand eine Schuhschnalle, aber so verbogen, daß sie gewiß nur wenig einbringen würde. Dann entdeckte sie ein Paar Schuhe, fast wie neu. Sie griff nach ihnen und sah, daß Füße in ihnen steckten. Als sie aufblickte, stand der Zwerg neben ihr.

Trotz der Kälte trug er keine Mütze. Das dicke schwarze Haar reichte ihm bis zur Schulter. Sie lächelte. «Guten Morgen, Monsieur.»

Ein Ausdruck flog über sein Gesicht, als empfände er Schmerz und Freude zugleich. «Guten Morgen, Jeanne», sagte er.

Sie war nicht überrascht. Nichts an ihm war alltäglich. Kein Wunder, daß er ihren Namen wußte.

«Ich heiße Nandou», sagte er.

Sie hatte diesen Namen nie gehört, aber sie fand es passend, daß er sich auch durch seinen Namen von allen anderen unterschied.

«Wie alt bist du?» fragte er.

Sie dachte kurz nach. «Gerade dreizehn. Und Sie?»

Er zog die schwarzen Brauen hoch und sagte: «Vierundzwanzig. Wie geht es dir? Bist du hungrig?»

«Ja», antwortete sie. «Immer.»

Er griff in seine Tasche und reichte ihr eine Tüte. Sie war warm und fettig, randvoll mit Pommes frites. Der Duft ließ ihr das Wasser im Mund zusammenlaufen. Am liebsten hätte sie gleich in die Tüte hineingegriffen und sich eine ganze Handvoll in den Mund gestopft, aber der Zwerg beobachtete sie, und sie hatte das Gefühl, daß ihm das nicht gefallen würde. Sie zwang sich deshalb, immer nur ein Stück zu nehmen: knusprig goldbraun außen, weich und weiß das Innere, so köstlich, daß ihr beinahe die Tränen gekommen wären.

«Versteck die Tüte», flüsterte Nandou ihr zu. «Die Pommes frites sind nur für dich.»

Ein Stück wollte sie noch, eine einzige knusprige, süße Kartoffel, aber er hatte recht. Sie schob die Tüte unter die Falten ihrer Lumpen und spürte ihre Wärme durch Stoff und Zeitungspapier.

«He!» schrie Pierre laut. «Der widerliche Giftzwerg ist wieder da. Er redet mit Jeanne.»

«Jeanne!» rief die Mutter sofort.

Die ganze Familie rückte an, und Pierre sagte laut und grob: «He, verschwinde, du Micker. Mit dir wollen wir nichts zu tun haben.»

«Was willst du überhaupt von uns?» fragte der Vater finster.

«Nichts als euch guten Morgen und gute Gesundheit wünschen», antwortete Nandou. Er verzog den Mund zu einem Lächeln, das sein Gesicht nicht erhellte, und verneigte sich anmutig, trotz seiner allzu kurzen Beine und Arme.

«Du willst doch was!» fuhr Pierre ihn angriffslustig an.

«Natürlich», antwortete der Zwerg in seltsamem Ton. «Jeder will etwas.»

Pierre riß den Mund auf, fluchte und fragte schließlich: «Und was willst du?»

«Ich wünsche mir eine reichere Welt.» Er hob eine Hand, schwenkte sie in einem Schnörkel durch die Luft, schob sie in die Tasche und zog ein Fünfzig-Sous-Stück heraus. Mit einer leichten Drehung des Handgelenks schnippte er es auf den Haufen, in dem Pierre gearbeitet hatte.

Pierre grapschte nach der Münze, und die anderen liefen zu ihm. Nur Jeanne nicht. Sie dachte über das nach, was Nandou gesagt hatte: Jeder will etwas.

«Jeanne», sagte er leise, «ich wollte dich bitten, mit mir zu kommen; deine Familie zu verlassen. Möchtest du das?»

«Was soll ich denn tun?»

«Nur – mitkommen und bei mir wohnen.»

«Aber warum?»

«Damit wir Freunde werden können. Möchtest du?»

Die Familie kam zurück und drängte sich wieder um sie. Der Vater sagte zu Nandou: «Was willst du von meiner Tochter?»

«Ich möchte sie mitnehmen.»

Der Vater riß die Augen auf. «Mitnehmen? Was soll das heißen?»

«Ich möchte sie mit zu mir nehmen.»

Die Mutter legte Jeanne die Hand auf die Schulter. Der Vater räusperte sich laut.

«Du dreckiger kleiner Bastard!» schrie Pierre. «Meine Schwester geht nicht mit so einem widerlichen Gnom wie dir.»

«Warum nicht?» fragte Nandou lächelnd. Er war so ruhig. Jeanne konnte den Blick nicht von ihm wenden.

«Warum nicht?» brüllte Pierre. «Ich zeig dir gleich, warum nicht.»

«Warte, Pierre», befahl der Vater. «Der Zwerg hat Geld. Vielleicht will er uns was für sie bezahlen.»

«Vielleicht», meinte Nandou. «Welchen Preis würden Sie denn nennen?»

Nach einem langen Schweigen antwortete ihr Vater: «Fünfzig Franc.» Jeanne drehte sich ungläubig nach ihm um, aber er wich ihrem Blick aus. Die Mutter stieß wieder einen ihrer tiefen Seufzer aus und umfaßte Jeannes Schulter fester.

Nandou neigte taxierend den Kopf zur Seite. «Zuviel», erklärte er schließlich. «Ich bin ein armer Mann. Jeanne wird schon umsonst mitkommen müssen, wenn sie das möchte. Willst du, Jeanne?»

Sie sah ihm in die dunkel leuchtenden Augen. Sie waren so lebendig, und wenn sie in sie hineinblickte, fühlte auch sie sich lebendig. Sie hob trotzig das Kinn und sagte: «Ja, ich will.»

«Die geht nirgends hin!» brüllte Pierre und hob seinen Haken. Bertrand und Jacques machten es ihm nach. «Wir machen Hackfleisch aus dir», drohte Pierre Nandou.

«Tut ihm nichts!» rief Jeanne entsetzt.

Ihre Worte schienen Pierre nur noch wütender zu machen. Er schlug zu, daß der Haken Nandou das Gesicht aufschlitzte. Jeanne schrie auf, doch der Zwerg rührte sich nicht und sagte kein Wort. Weiß hob sich der Riß von seiner dunklen Haut ab, dann bildeten sich kleine hellrote Blutperlen an seinen Rändern. Nandou achtete nicht darauf. Er hob beide Hände über seinen Kopf und stieß sie mit einer kraftvollen Bewegung nach vorn, wobei seine Finger wie Messer die Luft zerschnitten. «Zurück!» zischte er.

Unsicher wichen die Brüder zurück, aber dann faßte sich Pierre und rief: «Wir haben doch vor der Mißgeburt keine Angst!» Sie rückten wieder vor, aber noch immer rührte sich Nandou nicht.

«Faßt den Zwerg nicht noch einmal an!» erklang eine fremde Stimme, dumpf und kraftvoll. «Wer den Zwerg anrührt, muß sterben.»

Jeanne sah sich um. Ebenso ihre Brüder und ihre Eltern. Es war kein Mensch zu sehen; die Stimme war aus dem Nichts gekommen. Nandou stand reglos, noch immer die Hände mit gespreizten Fingern erhoben.

«Wer den Zwerg anrührt, muß sterben!» erscholl es wieder.

«Wer zum Teufel quatscht da?» schrie Pierre verwirrt und wütend.

«Ich bin der Herr des Zwergs», kam die Antwort. «Fragt nicht nach meinem Namen. Wer meinen Namen hört, muß sterben.»

Jeannes Mutter schrie erschrocken auf, der Vater, der niemals zur Kirche ging, bekreuzigte sich. Nandou führte eine Hand zur Wange, über die ein dünner Blutfaden rann. Mit der anderen Hand begann er in der Luft kreisende Bewegungen zu machen. Jeanne sah zu wie hypnotisiert. Langsam trat Nandou zu dem Abfallhaufen, auf den er die Münze geworfen hatte. Ohne die Familie auch nur einen Moment aus den Augen zu lassen, bückte er sich zu dem Haufen hinunter und zog etwas heraus; eine große weiße Rose auf einem blaßgrünen Stengel.

Pierre fiel der Haken aus der Hand.

Nandou bot dem Vater die Rose mit höflicher Geste.

«Der Zwerg ist mein Diener», erklang wieder die fremde Stimme, die jetzt aus der Mitte des Abfallhaufens zu tönen schien. «In meinem Namen übergibt er dir diese Rose als Bezahlung für deine Tochter.»

Der Vater nahm die Blume mit zitternder Hand.

«Bist du bereit, Jeanne?» fragte Nandou.

Sie hob den Kopf und straffte die Schultern. «Ja.»

Er bot ihr seine Hand, und sie nahm sie. Nebeneinander gingen sie die Straße hinunter. Er reichte ihr gerade bis zur Schulter.

«Jeanne!» rief die Mutter dünn und hoffnungslos.

«Sieh nicht zurück», sagte Nandou. «Ganz gleich, was du tust, sieh nicht zurück.»

Unter ihren Lumpen zog Jeanne die Tüte mit den Pommes frites heraus und aß gierig, während sie im Zimmer umherging. Sie sah zu dem kleinen Ofen hinunter, der angenehme Wärme verströmte, und in den Schrank hinauf, in dem Nahrungsmittel und Geschirr standen. Sie begutachtete den Tisch und den einen Stuhl, warf einen Blick in den Kleiderschrank, in dem Nandous Sachen hingen, und in den Alkoven, in dem das Bett stand. Vor den zwei Borden voller Bücher machte sie schließlich halt, reglos bis auf die Hand, die unablässig Kartoffelstücke schaufelte. Nandou stand, ein Tuch auf die verletzte Wange gedrückt, an der Tür und beobachtete sie.

«Ich kaufe gleich heute nachmittag einen zweiten Stuhl», sagte er. «Und eine Pritsche für mich. Das Bett ist für dich.»

«Für mich allein?» fragte sie mißtrauisch. «Wer wohnt noch hier?»

«Niemand außer mir und jetzt dir.» Jeanne neigte den Kopf zur Seite und betrachtete ihn forschend. «Und die Katze», fügte er hinzu.

«Was meinen Sie?»

«Fidèle!» rief er. «Wo bist du? Komm raus, Fidèle.» Er schnalzte mehrmals mit der Zunge und fing an zu miauen wie eine Katze. Jeanne starrte ihn an. Fidèle kroch unter dem Bett hervor, setzte sich und begann sich zu putzen.

«Katzen wohnen nicht im Haus», sagte Jeanne.

«Diese Katze schon.»

«Warum?»

«Weil ich sie eingeladen habe.»

Jeanne legte ihr Schultertuch auf den Stuhl und fragte ängstlich: «Glauben Sie, die kommen her und holen mich wieder? Pierre und Jacques und Bertrand, mein ich. Und Papa.»

«Sie würden es vielleicht tun, wenn sie glaubten, ich hätte Geld. Aber wenn sie die Abfallhaufen bis heute nicht hinter sich gelassen haben, werden sie es wahrscheinlich nie tun.»

«Ich habe nie eine Rose in den Haufen gesehen. Wie haben Sie sie gefunden?»

«Vielleicht zeige ich es dir eines Tages.»

Schweigen breitete sich im Zimmer aus wie eine dicke gallertartige Masse, die sie fixierte, während beide in sich versunken standen und darüber nachdachten, was sie getan hatten. Schließlich riß Nandou sich aus seinem Sinnen und sagte: «Ja, jetzt müssen wir unser gemeinsames Leben beginnen.»

«Gut», antwortete Jeanne und zog das Zeitungspapier unter ihrem Mieder heraus, um dann das Mieder selbst abzulegen.

«Was tust du da?» rief Nandou.

Ohne zu antworten, zog sie sich eine Lumpenschicht nach der anderen vom Leib.

«Laß das.» Nandous Stimme wurde mit jedem Wort schriller. «Hör auf! Hör auf!»

Als sie ihm endlich gehorchte, stand sie fast nackt vor ihm. Das dicke schwarze Haar fiel ihr über die Mädchenbrüste, ohne sie zu bedecken. «Wollen Sie denn nicht meine Titten anfassen und mir zwischen die Beine?» fragte sie.

Nandou wurde blutrot. «Nein, das will ich nicht. Wo hast du diese Ausdrucksweise her?»

«Ich hör doch die Huren auf der Straße. Wollten Sie mich denn nicht mitnehmen, damit ich Ihre Hure bin?»

«Nein.»

«Warum flüstern Sie?»

«Nein», wiederholte er laut. «Warum bist du mitgekommen, wenn du geglaubt hast, daß ich das will?»

«Ich – ich weiß auch nicht. Ich find Ihre Augen so schön.»

Nandou schüttelte den Kopf. «Zieh dich wieder an. Nein, warte. Das sind ja lauter Lumpen. Wir müssen dir andere Kleider besorgen. Inzwischen ...» Er ging zum Schrank, nahm ein Hemd und eine Hose heraus und reichte ihr beides. «Oder nein», sagte er hastig. «Vorher solltest du dich waschen. Gesicht und Hände – von oben bis unten. Ich habe gestern frisches Wasser bei einem Händler gekauft.» Er ging zu einem Waschtisch, auf dem Schüssel und Krug standen, nahm ein Stück Seife und warf es ihr zu. «Hier. Ich gehe solange – ich setze mich in den Alkoven.» Er ging hinein und ließ sich mit dem Gesicht zur Wand auf dem Bett nieder.

«Bei uns hat's fast nie Seife gegeben», bemerkte Jeanne.

Als sie schließlich rief, sie sei fertig, kam Nandou aus dem Alkoven. Sie ging fast unter in seinem Hemd, dafür waren die Hosenbeine zu kurz. «Ich kaufe dir eine Hose, die paßt», sagte er. «Und eine Mütze. Da kannst du dein Haar drunterschieben, wenn wir ausgehen.»

«Warum soll ich mich anziehen wie ein Junge?»

«Weil es besser ist», antwortete Nandou. «Glaub mir.»

Jeanne zuckte die Achseln. «Wo geht man hier pinkeln?»

«Unter der Treppe im Parterre ist ein *privé*.»

Jeanne riß die Augen auf.

«Mußt du denn gehen?» fragte Nandou.

«Nein, ich wollt's nur wissen.»

Sie sahen einander an. «Nandou ist ein komischer Name», sagte Jeanne. «Woher haben Sie ihn?»

«Ich spreche nicht über meinen Namen», entgegnete er kurz.

Wieder breitete sich das drückende Schweigen zwischen ihnen aus, bis Nandou sagte: «Kannst du lesen und schreiben?»

Jeanne warf den Kopf zurück. «Nein.»

«Na schön, dann sehen wir doch mal, was du kannst. Komm, setz dich auf den Stuhl.» Er verschränkte die Arme. «Kannst du mir sagen, wer unser König ist?»

Sie hakte die Füße um die Stuhlbeine. «König Karl.»

«Wo wohnt er?»

«In seinem Palast natürlich. In den Tuilerien.»

«Warum hat Napoleon abgedankt? Das zweite Mal, meine ich.»

Sie runzelte die Stirn. «Wegen Waterloo?»

«Gut. Warum kam es zur Revolution?» Sie sagte nichts. «Wie kam es zur Schreckensherrschaft?» Als sie nicht antwortete, ihre Füße nur fester um die Stuhlbeine hakte, wandte er sich seufzend ab.

«Ich bin wohl verdammt blöd», sagte Jeanne.

«Gebrauch nicht diese Ausdrucksweise.»

«Was für 'ne Ausdrucksweise?»

«Du bist nicht dumm», sagte Nandou. «Du bist nur unwissend.»

«Was ist da für 'n Unterschied?»

«Unwissend sein, heißt nicht wissen. Dumm sein, heißt nicht wissen wollen.»

«Stellen Sie mir noch 'n paar Fragen.»

«Gut. Wer ist Victor Hugo?» Schweigen. «Molière?» Sie wurde rot, sagte aber nichts. «Voltaire?»

«Den kenn ich», rief sie. «Voltaire ist der Mann mit dem Stock.»

«Wie meinst du das?»

«Das rufen die immer vor ihren Buden. ‹Hereinspaziert, Herrschaften. Wir präsentieren Ihnen das Skelett des Mandarins und den Stock von Monsieur Voltaire.›»

«Guter Gott!» sagte Nandou und nahm Fidèle auf den Arm, als brauche er Trost.

«Es ist mir egal, wer Voltaire ist», erklärte Jeanne.

«Das wird sich ändern.»

«Es ist mir scheißegal!»

Schweigend starrten sie einander an.

«Ich muß ausgehen», sagte Nandou abrupt. «Ein oder zwei Stunden.»

«Ich komme mit.»

«Nein, nein. Bleib hier. Ich lasse die Katze hinaus. Komm, Fidèle.»

Er ging zum Fenster und öffnete es kurz. Fidèle sprang aufs Dach hinaus.

Als Nandou schon an der Tür war, sagte Jeanne: «Kann ich was zu essen haben?»

«Nimm dir, was du willst, aber iß langsam, wenn's geht.»

Er ging, wieder von diesem Gefühl überwältigt, das ihn bei ihrem ersten Anblick überkommen hatte – berauschendes Selbstbewußtsein und Sinnlosigkeit zugleich. Er fühlte sich so beschwingt von dem, was er getan hatte, daß er zu schweben meinte. Gleichzeitig fühlte er sich beinahe erdrückt von der Last seines Entschlusses, denn er wußte nicht, wie er mit ihr zusammenleben sollte – mit ihrem fragenden Blick, ihrem Verhalten, das so direkt war wie eine Ohrfeige, mit ihrer porzellanhaften Schönheit, die seiner zu spotten schien. Er trat auf den Boulevard hinaus, wo Straßenhändler laut ihre Waren anboten, frische Eier, Kakao und Austern, aber er hörte sie kaum. Er fühlte sich unbesiegbar und glücklich, verzagt und häßlich wie die Nacht.

Oben im Zimmer holte Jeanne eine Tüte mit grünen Äpfeln und ein Stück Käse aus dem Schrank und schlang alles hinunter, bis nichts mehr da war und sie meinte, gleich würde ihr Bauch platzen. Aber selbst dann konnte sie nicht aufhören. Sie fand einen Laib Brot und einen Teller mit Butter, aß erst von dem einen, dann vom anderen, wobei sie die Butter einfach mit den Fingernägeln herausgrub, ohne nach einem Messer zu suchen. Als nichts mehr zu essen da war, setzte sie sich auf den Stuhl. Das Zimmer war sehr still, der stillste Ort, den sie je gekannt hatte. Zum ersten Mal in ihrem Leben war sie allein.

Als Nandou zurückkehrte, saß sie immer noch dort.

Oft fing er ihre neugierig forschenden Blicke auf. Die Furcht, sie könne daran denken, ihn zu verlassen, ließ ihn nicht los. Er sagte sich, er müsse sie ein für allemal davon überzeugen, daß er nichts von ihr erwartete, daß sein einziger Wunsch war, ihr zu helfen. Er kaufte ihr deshalb nicht nur eine passende Hose, sondern auch ein Heft und Federhalter und versuchte, ihr das Alphabet beizubringen, während er sie gleichzeitig immer wieder ermahnte, ja nicht allein auszugehen.

«Aber warum denn nicht?» fragte sie.

«Es ist zu kalt.»

«Wenn ich mit Ihnen gehe, ist es auch nicht wärmer. Außerdem sind Lumpensammler die Kälte gewöhnt.»

«Aber du bist keine Lumpensammlerin mehr. Du bist ein junges Mädchen, das lesen und schreiben lernt.»

«Warum?»

«Damit du das Rüstzeug hast, eine gebildete Frau zu werden. Gebildete Menschen haben alle Möglichkeiten. Das ist das Wunderbare an dieser Zeit, in der wir leben; man ist nicht mehr dazu verdammt, in der Schicht zu bleiben, in die man hineingeboren wurde. Man kann aufsteigen.»

«Warum lassen Sie die Katze hier im Haus leben?»

«Weil es nicht gut ist, auf der Straße zu leben, und du mußt auch nicht auf der Straße leben, wenn du dich bildest.»

«Warum hat die Katze innen im Mund eine schwarze Linie?»

«Weil in uns allen neben dem Guten auch das Böse ist. Und jetzt keine Fragen mehr. Du willst doch damit nur vom Unterricht ablenken. Also, sag mir jetzt das Alphabet vom Buchstaben F an.»

«F, g, h, i... ich will überhaupt nicht gebildet sein.»

«Doch, natürlich möchtest du das. Komm jetzt. Du kannst lernen, wenn du dir ein bißchen Mühe gibst. Aber du gibst dir keine Mühe.»

«Ich mag nicht lesen.»

«Das glaube ich dir nicht.» Beschwörend pflegte er sie in solchen Momenten anzusehen und spürte nur feurigen Widerstand. Alle Hoffnung auf Erfolg verließ ihn dann, und die Furcht, daß seine Mißgestalt sie vielleicht morgen schon vertreiben würde, nahm überhand. In dem Bemühen, ihr – und sich selbst – seine Ängste zu verbergen, wurde sein Ton immer kälter und distanzierter.

Ehe er zur Vorstellung ging, pflegte er Jeanne Aufgaben zu geben. Sie hatte sie selten erledigt, wenn er zurückkehrte. Meistens flitzte sie ohne Rücksicht auf sein Verbot auf die Straße hinaus, sobald er das Haus verlassen hatte. Leichtfüßig sprang sie die Treppe hinunter und hinaus auf den Boulevard, um den Taschenspielern zuzusehen, den Gauklern, die dressierte Hunde und Ratten vorführten, hörte den Drehorgelmännern und den Straßensängern zu und bestaunte die Menschen auf der Straße, besonders die Dandys und die eleganten Damen in Samt und Seide.

Eines Nachmittags hörte sie die Marktschreier vor einem der Theater ein Märchenstück mit «einem Zauberschloß, einer verzauberten Prinzessin, einem bösen Zwerg, dem Teufel aus der Hölle und einem Ballett von hundert schönen Feen» anpreisen. Das Wort «Zwerg» lockte sie; sie wollte sich das Stück unbedingt ansehen. Aber ohne Geld konnte sie keine Eintrittskarte kaufen. Kurzentschlossen mischte sie sich in die Menge auf der Straße und bettelte die besser gekleideten Leute an. Sie hatte wenig Glück, bis zwei junge Männer in prachtvoll bestickten Westen ihr lachend ein paar Münzen zuwarfen. Mit dem Geld in der Hand rannte sie zum Theater und legte es dem Kartenverkäufer hin. Was sie dafür bekam, erfuhr sie erst, als sie drinnen war und im Gedränge weit, weit nach oben gewiesen wurde, bis unter das Dach.

Von allen Seiten eingepfercht, sah sie den Vorhang sich öffnen und war in einer anderen Welt. Das Zauberschloß funkelte im Glanz von Lichtern und Edelsteinen, die Prinzessin in dem grünen Taftkleid war wunderschön; selbst der Mann, der sie rauben wollte, sah herrlich aus in schwarzem Samt, und der Zwerg war ... Sie klatschte einmal kurz in die Hände und war gebannt. Das grausame Gesicht, die eisige Stimme, die Bosheit, die ihn umhüllte – das alles ließ sie vergessen, daß dies Nandou war. Sie sah nur einen abgrundtief häßlichen, heimtückischen Gnom. «Mein Herr Satan belohnt seine Geschöpfe mit Gaben, die schwerer wiegen als Gold», sagte der Gnom, machte kehrt und ging, unglaublich, direkt durch eine Mauer.

Sie blieb bis zum Ende des Stücks mehr als eine Stunde später. Sie erlebte Satans Erscheinen aus der Unterwelt, die Rettung der schönen Prinzessin, sie sah das große Finale mit dem Tanz der Feen, Waldnymphen und Drachen. Das Publikum applaudierte und jubelte, als der Vorhang fiel, doch Jeanne war zu aufgewühlt, um ihren Gefühlen auf diese Weise Luft zu machen. Sie hatte gewußt, daß Nandou am Theater arbeitete – er hatte es ihr erzählt –, aber sie hatte geglaubt, es ginge dort nicht anders zu als in den Buden auf dem Jahrmarkt. Sie hatte nicht gewußt, daß das Theater nicht Sensationen bot, sondern Verzauberung.

Wieder zu Hause, aß sie ein Stück Brot mit Käse und wanderte dann rastlos im Zimmer umher. Sie hob die vertrauten Gegenstände hoch und betrachtete sie, als hätte sie sie nie zuvor gesehen, und fragte Fidèle immer wieder, warum Nandou nicht käme. Schließlich schlief sie todmüde auf dem Bett ein, und als sie einige Zeit später erwachte, sah sie ihn vor sich stehen und im Schein einer Kerze zu ihr hinunterblicken. Sein Gesichtsausdruck war im Halbdunkel nicht zu erkennen.

«Nandou», sagte sie leise. Dann setzte sie sich mit einem Ruck auf. «Nandou! Ich habe dich gesehen – im Theater. Ja, in dem Stück. Du warst der böse Gnom, der geholfen hat, die Prinzessin zu rauben.»

Er hatte einen seiner langen Streifzüge gemacht; Kälte und Einsamkeit saßen ihm noch in den Gliedern. «Du bist allein ausgegangen?» fragte er. «Hast du die Hose angehabt? Und die Haare unter der Mütze?»

«Ja, ja. Nandou, es war so spannend. Warum hast du mir nie erzählt, wie es im Theater ist?»

Er sah sie an und sah sich selbst in ihrem Blick, so wie er damals gewesen war, als auch er sich heimlich in die Theater geschlichen und sein Herz an diese andere Welt verloren hatte. Er stellte die Kerze nieder und räusperte sich. «Wie bist du überhaupt hineingekommen?»

«Ich hab gebettelt. Wie bist du durch die Mauer gegangen? Wie ist das Schloß im See versunken? Wie kannst du so reden? Wie hast du dich so böse gemacht? Ich fand dich richtig gemein.» Sie strahlte. «Ja, ich fand dich verdammt eklig und gemein.»

Er wandte sich ab.

«Nicht böse sein», sagte sie. «Ich wollte keine häßlichen Wörter sagen. Es ist mir nur so rausgerutscht.»

«Ich bin nicht böse.»

Sie lächelte ihn an. «Ach, Nandou, war das schön. Ich möchte auch im Theater arbeiten.»

Nandou sagte nichts. Er ging zu den beiden Bücherborden, nahm ein Buch heraus und begann laut zu lesen. Bald ging er mit großen Gesten im Zimmer hin und her und verwandelte sich allein durch den Klang seiner Stimme in ein Dutzend verschiedener Personen. Als Jeanne zu lachen begann, brach er ab und sagte: «Das ist Molière. Einer der größten Dichter, die Frankreich hervorgebracht hat. Tausendmal größer als der Mann, der das Stück geschrieben hat, das du heute abend so spannend fandest.» Er hielt ihr das Buch unter die Nase. «Aber du kannst nicht ein Wort von dem lesen, was Molière geschrieben hat. Nicht ein Wort von ihm, überhaupt nichts. Warum willst du nicht lesen? Begreifst du denn nicht, daß du es lesen *mußt?* Daß du nichts von dem haben kannst, was du dir vom Leben wünschst, wenn du nicht zuerst lesen lernst?»

Jeanne packte das Buch und schleuderte es zu Boden.

Nandou schrie auf. Obwohl zu Tode erschrocken, mußte Jeanne daran denken, daß er keinen Laut von sich gegeben hatte, als Pierres Haken ihm die Wange aufgerissen hatte. Er hob das Buch auf und sah sie mit blitzenden Augen an. In einem Ton, der ihr schlimmer schien als der Schrei, sagte er: «Die Bücher haben dir nichts getan. Warum mißhandelst du sie?» Sie schwieg. «Du kannst nicht hier bleiben, wenn du so mit Büchern umgehst», sagte er. «Willst du hier bleiben?»

Sie sagte nichts.

«Was willst du?» fragte er. «Kannst du es mir sagen, Jeanne?»

Sie senkte den Kopf. «Ich möchte lesen können. Ich möchte so gern lesen.»

«Warum lernst du es dann nicht?»

«Ich habe Angst», flüsterte sie.

«Wovor?»

Als sie schwieg, legte er ihr leicht die Hand auf die Schulter. «Aber das ist doch wirklich kein Problem», sagte er behutsam. «Angst ist kein Problem. Angst ist etwas in einem selbst, das man bezwingen kann.» Sie hob den Kopf. «Du brauchst ihr nur zu befehlen. Das ist alles. Dann muß die Angst dir gehorchen. Begreifst du, wie wunderbar das ist? Du kannst der Furcht befehlen, und sie gehorcht dir. Nichts sonst auf der Welt läßt sich so leicht befehlen – kein Mensch, kein Pferd, nicht einmal eine Katze. Und auch dein Körper nicht. Kannst du zu deinem Körper einfach sagen ‹werd groß› und im nächsten Moment sehen, daß er ...» Er brach abrupt ab, und sie sahen einander lange stumm an.

«Komm, setzen wir uns doch», sagte sie dann und zog ihn zum Tisch. Sie holte ihm eine Flasche von seinem Bier vom Fensterbrett. Aber er schob sie weg. Sie hockte sich im Schneidersitz auf den Boden vor seinem Stuhl. «Wie kommt es, daß du ein Zwerg bist?» fragte sie.

Sein Leben lang hatte Nandou sich innerlich gegen diese Frage gewappnet. Er öffnete den Mund, um ganz gelassen zu antworten. Frag Gott, wollte er sagen. Nur das und kein Wort mehr; aber es wurde viel mehr; er konnte dem Strom nicht Einhalt gebieten. «Ich weiß nicht, warum ich ein Zwerg geworden bin. Meine Mutter war normal, und sie hat mir erzählt, mein Vater sei es auch gewesen. Ich habe ihn nie gekannt, aber er muß normal gewesen sein, sonst hätte meine Mutter ihn nie genommen.» Nandou schluckte. Er griff nach dem Bier und zog die

Hand wieder zurück. «Ich weiß nicht, warum meine Arme und Beine nur halb so lang sind wie die normaler Menschen. Warum sie aussehen, als hätte jemand sie einfach abgeschnitten. Ich weiß nicht, warum – ich habe keine Ahnung...» Er räusperte sich. «Frag Gott. Aber du mußt ihn selbst fragen. Ich spreche nicht mit ihm. Wenn ich sein Werk bin, dann hat er sich einen grausamen Scherz mit mir erlaubt. Von so einem Gott will ich nichts wissen. Und wenn ich nicht sein Werk bin, was ist er dann für ein Gott, daß er meine Erschaffung nicht verhinderte? Wo ist sein Erbarmen? Wo seine Macht?» Nandou senkte den Kopf in die Hände.

Er spürte einen leichten Druck auf seinem Haar und einen anderen an seinem Bein. Als er hinunterblickte, sah er, daß Fidèle ihren Kopf an seinem Bein rieb. Und als er aufblickte, sah er, daß Jeanne seinen Kopf streichelte.

«Ich werde lesen lernen», sagte sie. «Und dann lese ich alle Stücke, die du hier hast, und du spielst sie mir vor.»

Nandou brachte ein Lächeln zustande. Ihre Finger glitten zu seinem Gesicht hinunter, zu der frischen Narbe auf seiner Wange. «Ich hab Angst gehabt», sagte sie, «daß du mich fortschickst, wenn du merkst, daß ich zu dumm bin, um lesen zu lernen, drum hab ich's nie richtig probiert.»

Nandou umfaßte ihre Hand. «Und ich hatte Angst, du wolltest fort.»

«Ich geh niemals fort, Nandou.»

Er räusperte sich wieder. «Möchtest du denn mit einer Katze und einem Vogel zusammenleben?»

«Mit was für einem Vogel?»

«Eines Tages, als ich in deinem Alter war, habe ich im Schaufenster eines Druckers ein Buch gesehen, ein Buch mit Bildern von verschiedenen Vögeln. Es war einer aus Südamerika darunter – ein Nandu. Er hat einen langen Hals und einen so plumpen Körper, daß er nicht fliegen kann. Einer der Scherze, die die Natur sich manchmal erlaubt – ein Vogel, der nicht fliegen kann. Ich habe seinen Namen angenommen. Ich bin auch ein grausamer Scherz der Natur.»

Jeanne strich ihm wieder übers Haar. «Ich möchte gern mit einem Vogel und einer Katze zusammenleben. Ich möchte lesen lernen, damit ich mir auch einen schönen Namen aus einem Buch aussuchen kann.»

Nandou gab einen erstickten Laut von sich, der zu einem Lachen wurde.

Bald wurde es ihnen zur lieben Gewohnheit: Jeden Abend, wenn sie ihre Aufgaben gemacht hatte und er aus dem Theater kam, las er ihr vor – Homer, Virgil, Dante, Byron, Lamartine, Hugo. An einem Abend spielte er ihr den Othello vor, wie er ihn von der englischen Schauspielertruppe gesehen hatte. Ein andermal entzückte er sie mit der Parodie eines Gruselstücks, spielte den Bösewicht mit so viel grotesker Übertreibung, daß sie Tränen lachte. Immer wenn er seine Vorstellung beendete, rief sie «Bravo, Nandou», pfiff auf den Fingern und klatschte wie die Leute auf der Galerie.

Als der Sommer kam, konnte sie schon einfachere Abschnitte in den Zeitungen lesen und den Sinn soweit erfassen, daß sie vernünftige Fragen stellen konnte. «Wenn die Leute bei der Revolution für Freiheit und Gleichheit gekämpft haben und die Monarchie abschaffen wollten, wieso hat sich dann Napoleon zum Kaiser krönen lassen? Warum schreiben sie hier, daß König Karl die Revolution auslöschen will? Wie kann er das denn?»

Manchmal hatte Nandou das Gefühl, er hätte nicht eine junge Französin vor sich sitzen, sondern versuche, einer kleinen Wilden aus Amerika die Geschichte Frankreichs nahezubringen. Und wenn er sich dann unter ihrem ernst fragenden Blick bemühte, ihr die Zusammenhänge zu erklären, sah er das Törichte und Traurige der Verhältnisse mit neuer Klarheit, so daß sie ihm zu einem Instrument wurde, die eigene Wahrnehmung zu schärfen und zu erweitern. Manchmal nahm er sie in die öffentliche Bibliothek mit, in der er selbst so viele Werke, die er liebte, zum ersten Mal gelesen hatte. Immer wenn sie ihre Aufgaben besonders gut gemacht hatte, erlaubte er ihr am nächsten Tag, mit in das Theater zu kommen, in dem er gerade arbeitete, und hinter der Bühne zuzusehen. Warf ihr jemand einen scheelen Blick zu, so sagte er kurz, «Mein Neffe Jean», und zog sie hastig weiter.

Am liebsten postierte sie sich hinter einem Stapel Kulissen oder einer Kleiderstange mit Kostümen, von wo sie nicht nur die Vorstellung beobachten konnte, sondern auch das aufgeregte Eilen und Hasten vor ihrem Beginn: die Feuerwehrleute, die sich auf ihre Plätze begaben, um im Fall eines Brandes sofort zur Stelle zu sein; die Laufjungen, die aufgeregt umhersausten, um die Aufträge des Inspizienten auszuführen; den Oberbeleuchter, der die Schlüssel zurechtlegte, mit denen er den Gasstrom der Lampen regulierte, um die gewünschten Lichteffekte zu produzieren, und die für die Hauptakteure gemieteten Claqueurs, die wichtigtuerisch über die Bühne stolzierten und durch eine besondere Tür zu ihren Plätzen in der Mitte des Saales gingen. («Aber, Nandou, wenn die Schauspieler gut sind, warum müssen sie dann Leute dafür bezahlen, daß sie klatschen?» – «Schauspieler fürchten immer, daß niemand klatscht.») Wenn die Vorstellung dann begann, stand sie reglos in den Kulissen, die dunklen Augen so unverwandt auf die Bühne geheftet, als wolle sie sich jedes Detail unauslöschlich einprägen.

Sie wollte von allem wissen, wie es vor sich ging. Nandou zeigte ihr die Vorrichtung, die es ihm erlaubte, durch die Wand zu gehen. «Das haben die Engländer erfunden. Für ein Stück mit dem Titel *Der Vampir.* Darum nennt man es die Vampirfalle. Die Wand ist in Wirklichkeit eine Kulisse mit zwei Flügeln, wie Schlagläden, weißt du, aber sie sind so bemalt, daß es aussieht, als wäre es eine einzige durchgehende Oberfläche. Hier, siehst du die Stahlbänder? Die bewirken, daß beide Flügel in dem Moment zurückschnellen, in dem man hindurchgeht. Aber man muß ein gutes Tempo vorlegen dabei.» Nachdem sie ihm beim Zaubern zugeschaut und erlebt hatte, wie er eine Taube aus einem Zylinder zog und einen Blumenstrauß aus zwei zusammengebundenen Tüchern, sagte sie: «So hast du das auch mit der Rose gemacht, stimmt's?»

«Ja.»

«Und die Stimme aus dem Müllhaufen? Warst das auch du?»

Die Lippen fest geschlossen, sagte er mit einer Stimme, die auf der anderen Seite des Raumes zu ertönen schien: «Ja, hast du denn geglaubt, ich wäre Gott, der aus nichts Blumen erschaffen kann?»

Sie starrte ihn an und erwiderte dann: «Nein. Ich hab geglaubt, du wärst ein Mensch, der aus nichts Blumen erschaffen kann. Ist das nicht besser als Gott?»

Nandou wandte sich ab, damit sie seine Augen nicht sehen konnte.

Sie hörte, wie manche im Theater ihn «Hugos Zwerg» nannten – diesen Beinamen hatte er an dem Tag bekommen, als Victor Hugos Bote an allen Theatern nach ihm gefragt hatte –, und wollte wissen, was das zu bedeuten hatte. Er erzählte ihr die Geschichte von dem nächtlichen Überfall und erklärte ihr die Vorrede zu dem Stück *Cromwell* mit den Worten: «Victor Hugo möchte, daß die Stücke am Théâtre Français, unserem nationalen Theater, genauso frei und lebendig sind wie die Stücke, die hier auf dem Boulevard gespielt werden.»

«Und wieso sind sie das nicht?» Jeanne hockte auf dem Boden in ihrem gemeinsamen Zimmer und knabberte mit übertrieben kleinen Bissen an einem Apfel, um Nandou keinen Anlaß zu geben, ihr vorzuhalten, sie schlinge.

Nandou trank einen Schluck Bier und versuchte, ihr das Festhalten des klassischen Theaters an der Schönheit und den drei Einheiten zu erklären.

«Ich find das saublöd», sagte Jeanne.

«Du hast recht, es ist absurd. Du hast mittlerweile einiges gelernt. Aber offensichtlich noch nicht genug, sonst würdest du nicht immer noch solche Worte gebrauchen.»

«Aber du willst doch, daß die Leute denken, ich wär ein Junge.»

«Ich will, daß du anständiges Französisch sprichst.» Nandous Stimme war scharf.

«Na gut. Entschuldige. Die Regeln, die du mir da eben erklärt hast, scheinen mir nicht gerade wie die Ideale – sind nicht gerade der Inbegriff der Vernunft.» Nandou unterdrückte ein Lächeln. «Was ist zum Beispiel, wenn es in einem Stück um einen Krieg geht?» fragte sie. «Wie kann sich da die ganze Handlung innerhalb von vierundzwanzig Stunden abspielen?»

«Der Krieg wird sehr kurz. Das macht das Fußvolk glücklich und die Generäle traurig.»

Jeanne lachte, dann sagte sie ernst: «Aber *wozu* gibt es diese Regeln überhaupt?»

«Wir brauchen alle gewisse Richtlinien im Leben, Jeanne. Ungut wird es dann, wenn den Leuten die Tatsache, daß eine Regel besteht, wichtiger ist, als ihr Sinn. Nimm das Theater: Im antiken Griechenland vor langer, langer Zeit wurden Tragödien nach einem bestimmten Muster geschrieben. Es waren großartige Stücke. Jahrhunderte später folgten Corneille und Racine dem alten Muster der Griechen. Und seitdem besteht die Académie Française darauf, daß Theaterstücke – richtige Theaterstücke – nach eben diesen Regeln geschrieben und aufgebaut werden müssen. Aber das Theater kann genau wie der Mensch nicht gezwungen werden, stehenzubleiben und immer nur die Vergangenheit zu wiederholen.»

«‹Augen und Ohren zum Haken›», flüsterte Jeanne.

«Die Griechen waren große Dichter, genau wie Corneille und Racine, aber sie sind alle schon lange tot. Wir müssen unsere eigenen großen Dichter hervorbringen, und sie müssen die Freiheit haben, so zu schreiben, wie sie wollen – so frei wie Shakespeare –, ohne daß ihre Stücke deshalb vom Théâtre Français verbannt werden. Dafür kämpfen Victor Hugo und die Romantiker – für die Freiheit, dem eigenen Sinn und dem eigenen Herzen zu folgen, anstatt immer nur der Tradition. Verstehst du das?»

«Ich glaube schon», antwortete Jeanne. «Aber ich versteh immer noch nicht, wozu diese blöden Regeln überhaupt da sind.»

Nandou seufzte. «Wozu haben wir einen König? Warum ist die Revolution fehlgeschlagen? Auf manche Fragen gibt es keine Antworten.»

Jeanne kaute den letzten Bissen von ihrem Apfel und hielt das Kerngehäuse wie eine Spule zwischen zwei Fingern. «Warum wolltest du, daß ich zu dir komme und bei dir wohne? Ist das auch eine Frage, auf die es keine Antwort gibt?»

Nandou antwortete nicht gleich. Die Katze sprang auf den Tisch, um sich von ihm streicheln zu lassen. «Das habe ich dir doch an dem Tag gesagt, an dem du mitgekommen bist. Damit wir Freunde werden können.»

«Und sind wir Freunde?»

«Glaubst du nicht?»

«Woher soll ich das wissen? Ich habe noch nie einen Freund gehabt. Und du?»

«Ich auch nicht.»

«Dann weißt du's also auch nicht.»

«Doch», sagte er bestimmt. «Also, was soll ich heute abend lesen? Wer soll es sein?»

«Bestimm du», sagte sie. «Mir gefällt alles, was du aussuchst.»

Eines Abends, als er vom Theater nach Hause kam, sprang sie ihm in heller Aufregung entgegen, sobald er die Tür öffnete. «Nandou», rief sie atemlos. «Stell dir vor ...»

«Was denn?» fragte er. «Ich bin sehr müde.» Er zog sich die Mütze vom Kopf, sah sie an und runzelte die Stirn. «Warum hast du dir die Haare abgeschnitten?»

«Weil ich eine Arbeit habe.»

Er starrte sie an, als hätte sie in einer fremden Sprache gesprochen.

«Ich habe eine Arbeit am Theater. Ich bin heute nachmittag einfach losgegangen und hab bei verschiedenen Theatern gefragt. Es ist gut, daß du mir immer gesagt hast, ich soll Hosen tragen und mich Jean Sorel nennen, das seh ich jetzt ein. Ich hab nämlich nach einer Arbeit als Inspizientengehilfe gefragt. Ich sagte, ich wäre der Neffe von Nandou, und Monsieur Claude sagte, er würde mich für eine Woche auf Probe nehmen, um zu sehen, wie ich mich anstelle. Ich dachte mir, wenn ich schon eine Arbeit als Gehilfe habe, ist es besser, ich schneid mir die Haare. Ist das nicht toll? Eine Arbeit beim Theater!»

Nandou faßte sich an den Kopf. «Warum hast du nicht zuerst mit mir gesprochen?» fragte er heiser.

«Ich wollte dich doch überraschen. Und das hab ich geschafft, das seh ich. Von jetzt an arbeite ich im Theater wie du. Ich, Jeanne Sorel, Lumpensammlerin. Ich meine, Jean Sorel, Inspizientengehilfe.» Lachend lief sie mit übertriebenem jungenhaften Imponierschritt durch das Zimmer, daß ihr das Nachthemd um die Beine flatterte.

«So geht kein Mensch. Ein Glück, daß du dich nicht als Schauspieler beworben hast.»

Sie lachte wieder und stolzierte ruhig weiter.

«Warum willst du überhaupt im Theater arbeiten?»

Sie blieb stehen, stemmte die Hände in die Hüften und sah ihn erstaunt an.

«Schon gut», sagte Nandou und setzte sich an den Tisch. Die Katze sprang auf seinen Schoß. Er streichelte sie, ohne sie oder Jeanne anzusehen.

«Wir brauchen das Geld», sagte sie. «Du kannst einen neuen Mantel kaufen.»

Nandou seufzte. «Nun, wenigstens wirst du auf dem Boulevard arbeiten. Am Vaudeville oder draußen an der Port St. Martin wäre es viel zu gefährlich. Wie würdest du da abends nach Hause kommen?»

«Ich kenn doch praktisch jede Straße von Paris – an ihrem Müll.»

«Versprich mir, daß du immer nur hier arbeitest, auf dem Boulevard.»

«Aber Nandou ...» Sie stockte bei seinem Blick. «Ja, gut. Ich verspreche es dir.»

Von unten schallten laute Stimmen herauf. «Runter, Fidèle», sagte Nandou. Die Katze sprang zu Boden, und er stand mit dem unbewußten Ächzen der Anstrengung auf, das seine Bewegungen stets begleitete, wenn er sich setzte oder aufstand. Jeanne sah ihn forschend an. «Du bist gewachsen», bemerkte er. «Als du herkamst, reichte ich dir noch bis zur Schulter.»

«Ich dachte, es würde dich freuen, daß ich Arbeit habe. Freust du dich nicht, Nandou?»

«Ich bin in Ekstase und werde jetzt einen Spaziergang machen.»

«Aber du hast doch gesagt, du bist müde.»

«Ich bin mit einem Schlag wieder munter geworden.»

«Ach, red doch nicht so, bitte. Laß mich mitgehen. Nimm mich mit, Nandou.»

«Nein», sagte er schroff. «Geh wieder zu Bett.»

«Ich könnte aber trotzdem gehen. Sobald du weg bist, könnte ich gehen, wohin ich will.»

«Ja, das könntest du. Du kannst immer tun, was du willst. Ich kann dich niemals daran hindern.»

«Ach, Nandou», sagte sie zerknirscht. «Du weißt doch, daß ich nie von hier fortgehe.»

Ihre Worte verfolgten ihn. Er erinnerte sich des berauschenden Gefühls der Kraft an dem Abend, als er ihr das erste Mal begegnet war; es schien ihm jetzt nur noch ein magerer Schatten, der seiner spottete. Er ging schnell. Ich liebe sie, dachte er – aber nur als Schülerin, als Freundin, als Tochter. Ich liebe sie, dachte er – aber nur, weil sie gelernt hat, das Theater zu lieben wie ich. Wie hätte es auch anders geschehen können, nachdem er sie so oft dorthin geführt und ihr Tag für Tag davon erzählt hatte? Ich liebe sie, dachte er – und die Wahrheit, gegen die er sich so lange gewehrt hatte, sprang ihn so heftig an, daß er taumelte. Er liebte sie als Frau, als die Frau, die sie werden würde, die er schon an jenem ersten Abend in ihr erkannt hatte. Sie hatte sich das prachtvolle dunkle Haar so ungeschickt abgeschnitten, als hätte sie ein Fleischermesser dazu benutzt, und dennoch war sie ihm nie schöner erschienen. Wenn er jetzt zurückdachte, konnte er erkennen, daß das lange Haar von ihrem Mund und ihren Augen abgelenkt hatte. Wie hatte er daran vorbeisehen können, daß sie im Begriff war, eine Frau zu werden? Bald würde sie ihn nicht mehr brauchen. Eines Abends würde sie ihm entgegenlaufen, nicht um ihm zu sagen, daß sie eine Arbeit am Theater hatte, sondern um ihm mitzuteilen, daß sie fortgehen würde. Blind stolperte er weiter, bis er den Pont Neuf erreichte.

Der Mond hing tief über der Seine, und er beugte sich über das Geländer, um sein eigenes Bild anzustarren. Die Karikatur einer Karikatur, dachte er. Der Schauspieler, der nur Zwerge spielen kann. Er war ein Wesen fleischlicher Begierde unter einem Schildkrötenpanzer, das nicht vergessen konnte, daß sie an jenem ersten Abend mit ihm hatte schlafen wollen, weil sie glaubte, das wäre der Preis... Nein, das Groteske und das Erhabene konnten vielleicht ein Zimmer teilen, aber sie konnten sich niemals paaren. Die Tatsache, daß er an so etwas überhaupt dachte, war Beweis seiner Torheit... Aber solange sie nichts ahnte, würde sie vielleicht bleiben. Solange er ihr nicht verriet, was in seinem schwarzen Herzen vorging, solange er es vor ihr verbarg...

Er starrte in den Fluß und gelobte ewiges Schweigen.

3

Der junge Mann legte das silberne Messer nieder und beugte sich vor. «Wir leben im Jahr 1830, Onkel Claude. Bei allem Respekt, wir können doch nicht ewig nach den alten Vorstellungen leben. Die Welt verändert sich, und wir müssen uns mit ihr verändern.»

«Hm», machte der Mann, an den die Worte gerichtet waren. Er trank einen Schluck Burgunder aus dem Kristallglas. «Dein Sohn ist sehr jung, Henriette.»

Henriette Vollard hob die Damastserviette, tupfte sich einmal kurz die Lippen und legte die Serviette wieder nieder. «Ja», sagte sie, «Louis ist jung. Und die Jugend bildet sich immer ein, radikal sein zu müssen. Bis sie erwachsen wird und begreift, daß man die Gesellschaft schützen und bewahren muß, nicht angreifen und zerstören.»

«Ich bin zwanzig, Mama», protestierte Louis.

«Eben.»

Man saß unter einem silbernen Leuchter beim Abendessen: Henriette Vollard und ihr Mann, ihre beiden Söhne und, als Gäste, Vollards Bruder Claude und seine Frau. Der Tisch war aus poliertem Kirschholz, der Wein kam aus einem hervorragenden Keller, das Rindfleisch auf den Tellern war von ausgesuchter Qualität. Und, sehr wichtig für das Prestige, das Wasser in den Gläsern stammte direkt aus der Leitung, da das Haus der Familie Vollard an die öffentliche Wasserversorgung angeschlossen war und überdies eines der wenigen war, in denen das Wasser auch in die oberen Stockwerke hinaufgepumpt wurde. Die Vollards gehörten dem Großbürgertum an, nicht gerade der Hautevolee, aber sie bewegten sich doch in den besten Kreisen. Früher einmal hatte die Familie außerhalb von Paris große Ländereien besessen, deren Wälder die Gründung einer Möbelfabrik ermöglicht hatten, die ihrerseits genug Geld für andere Kapitalanlagen abwarf. Olivier Vollard, Henriettes Mann, hatte eine feingeschnittene Nase mit einem scharfen Gespür für erfolgversprechende Geschäfte und wenig anderes. Sein Bruder Claude hingegen pflegte mit einem leicht geringschätzigen Blähen der Nüstern zu reagieren, wenn von Geschäften die Rede war, obwohl er Oliviers Geschäftspartner war. Er interessierte sich mehr für die schönen Dinge des Lebens; er kaufte zeitgenössische Gemälde und zählte eine Anzahl bedeutender Schriftsteller zu seinen Freunden.

Claude schwenkte den Burgunder in seinem Glas. «Louis, du magst noch jung sein, aber du bist alt genug, um zu erkennen, daß dein Verhalten deine Eltern bekümmert. Dein Vater sagte mir, daß du dich für die Geschäfte der Firma überhaupt nicht interessierst, sondern deine Zeit lieber mit jungen Möchtegern-Malern verbringst, die sich einbilden, große Künstler zu sein, obwohl noch keiner etwas produziert hat, das in einem Salon gezeigt werden könnte.»

«Sie bewundern Delacroix», gab Louis zurück. «Und Delacroix hat in den Salons ausgestellt.»

«Hm», machte sein Onkel. «Das ist nun wirklich der wildeste und undiszipliniertestе Maler in Paris. Abgesehen von Géricault vielleicht. Wieso nehmt ihr euch solche Leute zu Vorbildern? Wenn du die Malerei so ernst nimmst, kann ich dir Empfehlungen für einige der besten Ateliers in Frankreich geben, wo du die Schönheit der klassischen Kunst gründlich studieren kannst.»

Louis wurde rot, und seine Augen blitzten. Zwar trug er das Haar schulterlang, doch in der Kleidung hatte er sich dem Zwang der Konvention gebeugt und trug zur blaßgelben Weste ein modisch hochgeknotetes Halstuch. «Das ist sehr freundlich von dir, Onkel Claude», sagte er steif, «aber ich möchte nicht so malen, wie man früher gemalt hat. Mich interessiert die Kunst der Zukunft und die Zukunft der Kunst.»

«Wo lernst du nur solches Gerede?» sagte Henriette Vollard scharf. «Von deinen Lotterfreunden?» Louis antwortete nicht. «Ich verstehe nicht, warum sie herumlaufen müssen wie die Narren! Oder schlimmer noch, wie die Lumpensammler!» Sie strich glättend über ihr rotes Seidenkleid mit dem schwarzen Blumenmuster.

«Sie rebellieren gegen die Väter», erklärte Claude kurz und hob wie schützend die Hand zum kahlen Kopf.

Louis sagte noch immer nichts.

Sein Bruder Nicolas, zwei Jahre älter, bemerkte milde: «Mama, sie lesen englische Autoren wie Sir Walter Scott und Lord Byron und kleiden sich extravagant, um ihrer Bewunderung für die Werke dieser Schriftsteller Ausdruck zu geben.»

«Sie sollten lieber französische Autoren lesen», sagte Claude.

«Du meinst, wie Voltaire und Rousseau?» fragte Nicolas.

Bei der Erwähnung dieser Radikalen riß Claude den schmalen Mund auf, aber seine Frau kam ihm zuvor. «Nicolas, du hast doch keinen Umgang mit diesen Leuten, deren Bekanntschaft dein Bruder pflegt?»

«Nein, Tante Madeleine.»

«Kannst du ihn dann nicht dazu bewegen, deinem Beispiel zu folgen und sich mehr für die Firma zu interessieren? Claude hat mir erzählt, daß du ein ganz ausgezeichneter Geschäftsmann bist.»

«Tante Madeleine, ich habe mich nie dazu berufen gefühlt, Louis' Vorbild zu sein, und ich würde es umgekehrt auch nicht schätzen.»

Die Brüder tauschten einen kurzen, verständnisvollen Blick und lächelten beide, so daß sie einander einen Moment sehr ähnlich sahen, obwohl sie nicht nur charakterlich, sondern auch äußerlich ganz verschieden waren. Louis war groß und schlank, eine elegante Erscheinung mit einem schmalen Gesicht, das durch eine hohe Stirn und die braunen Augen seines Vaters gekennzeichnet war. Nicolas hingegen war breitschultrig und kräftig, das Gesicht kantig, das helle Haar kurz und glatt, und er hatte die grauen Augen der Mutter. Die Brüder hatten sich schon immer gut verstanden; ihre Unterschiedlichkeit hatte nie trennend, eher immer verbindend gewirkt.

«Louis», sagte Henriette, «vielleicht würdest du uns wenigstens ins Bild setzen, wie lange du noch vorhast, deine Zukunft mit diesen sinnlosen Tändeleien aufs Spiel zu setzen.»

«Mach dir keine Sorgen, Henriette», meinte Olivier Vollard beschwichtigend. «Louis wird früher oder später zur Einsicht kommen. Vielleicht schon früher, wenn wir ihn alle einfach in Ruhe lassen.»

«Papa!» Beinahe hätte Louis mit der Faust auf das schneeweiße Tischtuch geschlagen. «Wenn du gestattest, es kann keine Rede davon sein, daß es mir an Einsicht fehlt. Im Gegenteil, ich habe eine Menge an Einsicht dazugewonnen – die Einsicht nämlich, daß wir in der Kunst genau wie im Leben mehr Freiheit brauchen.»

Henriette griff zu der langen Perlenkette, die um ihren Hals lag. «Und wessen Leben», fragte sie, «soll diesmal für die Freiheit geopfert werden?»

Louis sah ihr kurz in die Augen und senkte die Lider. Obwohl die Revolution vor mehr als dreißig Jahren sang- und klanglos zu Ende gegangen war, konnte seine Mutter nicht vergessen. Sie war die Tochter eines Vicomte, und als aus dem Ruf nach «Freiheit, Gleichheit und Brüderlichkeit» ein Schrei nach dem Blut aller Adeligen geworden war, hatten ihre verängstigten Eltern sie bei mittellosen bürgerlichen Verwandten untergebracht. Die Befürchtungen der Eltern hatten sich bewahrheitet; beide waren der Guillotine zum Opfer gefallen. Als Henriette zwanzig geworden war, hatten ihre Verwandten die Heirat mit Olivier Vollard arrangiert, und sie genoß an seiner Seite ein sorgloses und luxuriöses Leben. Nichts jedoch konnte sie den Verlust der Eltern und ihres Geburtsrechts im Namen von Freiheit und Gleichheit vergessen machen.

«Entschuldige, Mama», sagte Louis. «Es war nicht meine Absicht, dir weh zu tun. Ich bin der Auffassung, daß Ideen und nicht Gewalt der Welt das Gesicht geben müssen.»

«Sehr hübsch», sagte Henriette trocken, aber sie nahm die Hand von ihrem Hals und legte sie wieder auf den Tisch.

Eine Weile aß man schweigend, widmete sich ganz den vorzüglich zubereiteten Speisen und dem erlesenen Wein. Allmählich dann, als wollten sie das Gespräch wieder in angemessene Bahnen lenken, begannen die vier Älteren am Tisch über den König zu sprechen, seine Ansichten, Entscheidungen und Auseinandersetzungen mit der rebellischen Deputiertenkammer. Die beiden Brüder hörten schweigend zu und verzogen, abgesehen von einem gelegentlichen Blickwechsel gegenseitigen Verständnisses, keine Miene.

«Die Monarchie», erklärte Claude zum Abschluß einer kurzen Diskussion über die Präsenz der französischen Flotte in Algerien, «ist die wahre Beschützerin der Interessen Frankreichs.»

«Und seiner Zukunft», fügte Henriette hinzu.

«Genau. Und darum muß die Monarchie geschützt und bewahrt werden.» Abrupt drehte Claude sich nach Louis um. «Hör mal, kennst du eigentlich diesen Victor Hugo?»

Überrascht, aber sehr höflich antwortete Louis: «Nicht persönlich, aber ich habe natürlich einiges von ihm gelesen.»

«Weißt du etwas über dieses Stück von ihm – *Hernani*?»

Louis warf einen Blick in die Runde, ehe er vorsichtig antwortete: «Ich habe viel darüber gehört. Es ist ja in Paris in aller Munde.»

«Pah!» prustete Claude so heftig, daß der Wein in seinem Glas sich kräuselte.

«Was ist denn?» fragte Olivier.

«Das Théâtre Français kriecht doch tatsächlich vor diesen Parvenues, diesen Romantikern, zu Kreuze. Erst akzeptieren sie ein Stück von diesem jungen Wilden aus der Provinz – Alexandre Soundso –, und wir müssen uns neben anderen Unanständigkeiten ansehen, wie ein Herzog seiner Frau die Hand mit einem eisernen Handschuh zerquetscht. Ein Angriff auf den Adel auf der Bühne des Théâtre Français! Und jetzt – ach ja, Dumas heißt er, Dumas – und jetzt kommt Monsieur Victor Hugo daher, der vielleicht ein glänzender Dichter sein mag, es aber noch schlimmer treibt als dieser barbarische Dumas. Erst weigert er sich, seine

Charakterisierung Ludwigs des Dreizehnten zu ändern, und als die Zensoren daraufhin das Stück verbieten, rückt er schon mit dem nächsten heraus – diesem *Hernani*. Es heißt, der Held soll ein Bandit sein. Man stelle sich das vor – ein Verbrecher als Held! Und die Sprache, Gott allein weiß, was einen da erwartet. Wenn dieses Stück ein Erfolg wird, glaubt mir, so bedeutet es das Ende jeglicher Achtung vor der Sprache, dem Drama und der Monarchie.»

«*Hernani* wird bestimmt kein Erfolg», versicherte Madeleine. «Dafür werden wir alle gleich bei der ersten Vorstellung sorgen.»

«Ich nicht», warf Olivier ein.

«Nein, natürlich nicht, du warst ja seit zwanzig Jahren nicht mehr im Theater. Aber wir anderen ...»

Die Blicke der vier Älteren richteten sich auf die Brüder.

Nicolas zuckte die Achseln. «Ich muß zugeben, ich bin gespannt auf das Stück.»

Louis drehte mit einer heftigen Bewegung die Serviette in seiner Hand zusammen; dann legte er sie neben seinen Teller und sagte leise: «Ich gehe auf jeden Fall zur Premiere. Mit meinen Freunden.»

«Mit deinen langhaarigen Freunden, ohne Rücksicht auf die Familie?» sagte Henriette scharf.

«Mama, bitte! Du weißt, ich respektiere eure Ansichten, aber erlaubt mir meine eigenen.»

«Natürlich – Romantik und Republikgeschwätz», sagte sie herausfordernd, aber Louis entgegnete nichts.

Schließlich bemerkte Olivier kopfschüttelnd: «Du hast es doch eben selbst gesagt, Henriette – er ist jung. Er wird zur Vernunft kommen. Er braucht eben seine Zeit.»

Louis sprang auf. Nicolas warf ihm einen Blick zu, der zur Vorsicht mahnte, doch Louis sprach, ohne ihn anzusehen. «Mama, Papa, Tante Madeleine, Onkel Claude – bitte entschuldigt mich. Ich bin nicht mehr hungrig, und ich habe eine Verabredung.»

Henriette lag eine scharfe Erwiderung auf der Zunge, aber dann kniff sie nur die Lippen zusammen. Louis verneigte sich in ihre Richtung und ging hinaus.

Die vier Älteren am Tisch seufzten. «Er wird schon werden, Henriette», meinte Olivier und spießte das letzte Stück Fleisch auf seine Gabel.

«Wirklich, Nicolas», bemerkte Henriette, «ich danke unserem Herrgott, daß du aus anderem Holz geschnitzt bist als Louis.»

Nicolas blickte sie über den Rand seines erhobenen Glases hinweg ruhig an und trank.

«Sorel!» rief der Inspizient. «Jean Sorel!»

Einen Stift zwischen den Zähnen, eine lange Liste in der Tasche, lief Jeanne zu ihm. «Garderobieren zu Madame Duclos!» blaffte der Inspizient sie an, und schon war sie wieder unterwegs, flitzte an Kulissen und Bühnenarbeitern vorbei, um die beiden Garderobieren aufzustöbern, die der Hauptdarstellerin des Abends beim Umziehen helfen sollten. Madame Duclos, eine der populärsten Schauspielerinnen auf dem Boulevard, spielte eine junge Waise, die angesichts eines Mordes die Sprache verlor und sie erst nach vielen Irrungen und Wirrungen wiederfand, als sie dem Mörder angetraut werden sollte. In den Pausen drängten sich in der Garderobe der Duclos die Verehrer, größtenteils Männer – gutgekleidete Herren der Bourgeoisie, manchmal sogar Adelige. Jeanne erschienen sie alle alt und töricht, wie sie sich über Madame Duclos' Hand neigten und lächelten, daß man meinte, sie würden gleich die Kiefersperre bekommen. Sonderbar, wie Männer sich Frauen gegenüber verhielten; in dieser Hinsicht unterschied sich das Theater nicht von der Straße. Jeanne half sie hinauskomplimentieren, damit die Garderobieren eintreten und ihre Arbeit tun konnten. Als sie alle weg waren, sagte Madame Duclos lächelnd: «Du bist wirklich ein reizender Junge», und kniff sie leicht in die Wange.

«Danke, Madame», sagte Jeanne und huschte wieder hinaus. Sie lief zum Arbeitssteg hinauf und hinüber auf die andere Seite der Bühne – das war manchmal der schnellste Weg. Beinahe triumphierend dachte sie daran, daß Nandou prophezeit hatte, man würde sehr schnell herausfinden, daß sie gar kein Junge war. Aber bis jetzt hatte es niemand bemerkt, obwohl sie nun schon seit zwei Jahren diese Komödie spielte. Sie war gar keine so schlechte Schauspielerin, wie Nandou meinte, auch wenn sie kein Verlangen hatte, zur Bühne zu gehen. Sie war es völlig zufrieden, eine von vielen emsigen Ameisen in den Kulissen zu sein.

Auf der anderen Seite der Bühne sauste sie die Treppe hinunter, um die Straßenjungen zusammenzutrommeln, die für den Abend angeheuert worden waren, um bemalte Stoffbahnen mit Stöcken unter der Bühne so in Schwingungen zu versetzen, daß es aussah, als kräuselten sich Meereswellen. So einfach war das, wenn man mitten in Paris einen Ozean sehen wollte – Lichter, Stoff und Stöcke, die von ein paar Jungen bewegt wurden, und schon war der Ozean da. Als sie noch mit den Lumpensammlern gelebt hatte, hatten ihre Phantasien sich kaum um etwas anderes gedreht als um Essen. Aber im Theater konnte man sich alles vorstellen, denn alles war möglich.

«Du mußt den Stock gerade halten. So», erklärte sie einem der Jungen und rannte zurück zum Inspizienten. Von der Bühne wehten Dialogfetzen herüber: Der Mörder drohte, die arme Waise zu erstechen, die ihm jedoch gleich das Messer entwinden und gegen ihn selbst richten würde. Es war ein Boulevardstück, keine große Literatur – das hatte sie mittlerweile begriffen –, aber der Autor hatte die Freiheit gehabt, zu schreiben, wie ihm beliebte.

Der Inspizient übertrug ihr neue Aufträge und Erledigungen, und so ging es den Abend fort, bis sie endlich beifälligen Applaus vernahm. Die Vorstellung war vorüber. Sie wußte, daß Nandou in den Kulissen auf sie wartete. Er trat viermal in der Woche in einem anderen Theater als Zauberkünstler auf und holte sie danach stets ab. Als sie ihre Arbeit getan hatte, zum Schluß noch ein Tablett mit Weingläsern zu Madame Duclos und ihren Gästen gebracht hatte, lief sie zu ihm. Er wollte in kein Café mehr gehen; es sei spät, sagte er, und er sei müde.

«Nandou!», bettelte sie. «Gehen wir doch noch auf einen Sprung.»

Er zog ein Gesicht, aber sie wußte, daß es nicht ernst gemeint war. Draußen war es bitterkalt und still; die Menge der Theaterbesucher hatte sich schon zerstreut. Jeanne wickelte sich ihren Wollschal um den Kopf und schob die Hände in die Taschen. «Hast du ein volles Haus gehabt?» fragte sie.

«Ja, es war gut besetzt. Und wie war's bei dir? Alles gutgegangen? Keine argwöhnischen Blicke?»

«Ach wo, natürlich nicht.»

«Du bist jetzt sechzehn», sagte Nandou. «Du bist eine Frau. Du kannst nicht immer als Junge herumlaufen.»

«Warum denn nicht?» fragte sie. «Es ist viel einfacher.»

Die Wärme in dem lärmigen Café, die von der lebhaft diskutierenden Menge der Gäste wie vom Kamin auszustrahlen schien, kroch ihnen kribbelnd in Wangen und Hände. An den meisten Tischen drängten sich große Gruppen Studenten. Die Gesichter mochten von Abend zu Abend wechseln, die Debatten und die Leidenschaft, mit der sie geführt wurden, blieben die gleichen. Und auch die Kleidung war stets von farbenprächtiger Extravaganz – vom lang wallenden Pilgergewand bis zu mittelalterlichen Schnallenschuhen. «Wenn sie könnten», hatte Nandou einmal lachend gesagt, «würden sie ihren Wein aus Totenschädeln trinken.»

Mehrere von ihnen blickten auf, als sie hereinkamen, und riefen: «Hallo, da kommt Hugos Zwerg.»

Nandou schüttelte abwehrend den Kopf, doch er lächelte und setzte sich mit Jeanne an einen kleinen Tisch in der Nähe der lebhaften Gruppe.

«Wenn das Théâtre Français gezwungen werden kann, *Hernani* aufzuführen», rief einer der jungen Leute, «dann kann der König auch zur Abdankung gezwungen werden!» Jeanne stimmte in ihr Jubelgeschrei ein und hob mit ihnen ihr Glas.

«Die Klassizisten haben Spitzel zu den Proben geschickt», rief ein anderer laut. «Es ist eine Verschwörung gegen *Hernani* im Gange.» Die Studenten waren erregt, und die Stimmung übertrug sich auf Jeanne.

Obwohl Nandou in sein Glas zu starren schien, spürte sie, daß er sie beobachtete, wie so oft. Auch heute morgen, als sie auf dem Bett gelegen und gelesen hatte, während er mit Fidèle auf dem Schoß am Tisch saß, hatte sie seinen Blick gefühlt. Was für ein Blick das war, mit dem er sie ansah, erfuhr sie nie, denn sobald sie sich ihm zuwandte, verschloß sich sein Gesicht, beinahe so, als wolle er etwas verbergen. Aber Nandou war kein Mensch, der Verstecken spielte; seine Art war es, die Dinge ans Licht zu bringen. Und dennoch, auch jetzt schien sein Gesicht sich zu verschließen, sobald sie ihn ansah. Was war es, das er ihr nicht zeigen wollte? Sie lächelte ihm zu. Er lächelte zurück und hob sein Glas, um zu trinken. Wenn er am Tisch saß, mußte man schon genau hinsehen, um zu bemerken, daß er ein Zwerg war. Wir sind ein seltsames Paar, dachte sie: ein Zwerg, der gern groß sein möchte, und ein Mädchen, das sich als Junge ausgibt.

Es geschah selten, daß sie als Zwerg an ihn dachte. Daheim schien seine Zwergenhaftigkeit kaum Realität zu besitzen. Aber wenn sie unter Menschen waren, wurde sie durch den Spiegel fremder Augen immer wieder gezwungen, seine Andersartigkeit zu sehen. Ob es ihm ähnlich ging?

Sie war so vertieft in diese Überlegungen, daß sie den Tumult an der Tür zunächst nicht bemerkte. Doch nach einer Weile drangen die Wellen der Erregung, die der Neuankömmling in dem kleinen Café aufgeworfen hatte, bis zu ihr. «Was ist denn?» fragte sie. «Wer ist der Mann?»

Aufgeregtes Getuschel trug ihr die Antwort zu. «Es ist Nerval. Gérard de Nerval.» Sie kannte den Namen. Nerval gehörte zum Kreis Victor Hugos und wurde oft in den Zeitungen erwähnt. Sie und Nandou beugten sich weit über den Tisch, um Nerval zu beobachten, der gemessen durch den Raum schritt, an vielen Tischen stehen blieb und ein paar Worte mit den dort Sitzenden wechselte. Jedem von ihnen reichte er etwas. Jeanne stand auf, um sehen zu können, was es war. Etwas Kleines, Rotes. «Was ist das?» rief sie neugierig. Aber die Antwort interessierte sie nicht mehr, als sie auf der anderen Seite des Raums ein Gesicht entdeckte, das sie sofort in seinen Bann zog. Das schönste Gesicht, das sie je gesehen hatte: eine hohe Stirn, dunkle feurige Augen und ein sinnlicher Mund. Der Mann war anders gekleidet als die Studenten, mit denen er zusammensaß – korrekt und modisch bis zur blaßgelben Weste –, aber die Studenten sprachen mit ihm wie mit ihresgleichen.

Nandou zupfte Jeanne am Ärmel. «Was gibt's denn?» fragte er.

«Ach, nichts.» Sie beobachtete, wie Nerval an den Tisch trat, an dem der junge Mann saß, mit den Leuten dort sprach und wieder die kleinen roten Dinger verteilte. Der Mann mit dem attraktiven Gesicht nahm lächelnd eines entgegen. Wer bist du? hätte Jeanne am liebsten laut gerufen. Statt dessen fragte sie: «Was verteilt Nerval da? Nandou, bitte, er soll auch zu uns kommen.»

«Setz dich hin!» sagte Nandou.

Wenig später trat Nerval an ihren Nachbartisch. «Hört mal alle her», sagte er. «Hugo hat es abgelehnt, bei der Premiere von *Hernani* die bezahlten Claqueurs des Théâtre Français hereinzulassen. Er hat die für sie vorgesehenen Karten und noch eine Menge dazu für seine Freunde reserviert, und ich bitte euch alle, zur Premiere zu kommen. Es wird eine scharfe Auseinandersetzung mit den Anhängern des klassizistischen Theaters geben, und wir müssen den Sieg davontragen.»

Unter dem Jubel der Studenten legte Nerval eine Anzahl roter Papierquadrate auf den Tisch. «Eure Pässe», sagte er. «Seid am fünfundzwanzigsten Punkt eins vor dem Théâtre Français, am Eingang in der Rue de Valois.»

Damit ging er. Jeanne flüsterte Nandou aufgeregt zu. «Komm, wir wollen doch auch Pässe haben. Bitte. Wir müssen.» Nandou nickte und hob den Arm.

Nerval, der schon ein ganzes Stück entfernt war, drehte sich um, blickte zurück und kam an ihren Tisch. Er musterte Jeanne und Nandou und runzelte die Stirn, als wüßte er nicht recht, was er hier sollte. «Ihr seid keine Kunststudenten, nicht wahr?»

«Nein.» Nandou senkte ruhig den Arm und legte die Hand auf den Tisch. «Wir verkörpern die Harmonie der Gegensätze. Alles, was in der Natur existiert, existiert in der Kunst.»

Nerval nickte. «Aha, ein verwandter Geist. Sie kennen Ihren Hugo.»

«Können wir auch Pässe haben?» fragte Jeanne.

Nerval hielt eines der roten Quadrate hoch. Nur ein Wort stand darauf. «Könnt ihr das lesen?» fragte er.

«*Hierro*», sagte Nandou. «Das spanische Wort für Eisen.»

«Richtig. So muß jeder von uns sein. Mutig, eigenständig, schnell. Wie das Schwert.» Nerval sah Nandou aufmerksam an, vermerkte die kurzen Beine, die Verwachsenheit seines Körpers. «Ich weiß nicht. Wir brauchen zuverlässige Männer.»

«Keiner ist mutiger als Nandou», rief Jeanne. «Einmal, in der Nacht, als Straßenräuber...»

«Ruhig, Jean!» fiel Nandou ihr scharf ins Wort. «Verzeihen Sie meinem Neffen», sagte er zu Nerval. «Er ist ein bißchen vorlaut.»

Nerval lächelte. «Dann kommt er wohl am besten unter Ihrer Obhut.» Er legte zwei Pässe auf den Tisch. «Seien Sie um eins am Théâtre Français. Und seien Sie wie Eisen.» Dann ging er.

«Ein Bravo dem Zwerg!» rief jemand vom Nachbartisch.

«Richtig», stimmten die anderen zu. «Ein Hoch auf Hugos Zwerg.»

Nandou schüttelte wieder abwehrend den Kopf. Die Studenten lachten und nahmen ihre Diskussionen wieder auf. Jeanne wußte genau, was in Nandou vorging: Die Menschen waren unfähig, etwas über ihn zu sagen, ohne das Wort «Zwerg» daran zu hängen wie die Schelle des Aussätzigen. Sie hätte gern seine Hand genommen, aber in der Öffentlichkeit durfte sie das nicht. Hätte sie es dennoch getan, so hätte er ihr in die Augen gesehen und in ihnen gelesen wie sie in den seinen; hätte erkannt, daß ihr brennender Wunsch, bei der Premiere von *Hernani* dabei zu sein, mit dem Theater und Victor Hugo nichts mehr zu tun hatte. Sie blickte durch den Raum voller Menschen zu dem Mann in der blaßgelben Weste, der über irgend etwas lachte. Sein von dunklen Lokken umrahmtes Gesicht wirkte wie ein Gemälde. Laut sagte sie zu Nandou: «Stell dir nur vor, wie aufregend das wird, Nandou. Glaubst du, es wird ein richtiger Kampf werden?»

Die Seine war an dem Tag fest zugefroren, und es war so kalt, daß Fidèle nicht einmal ihren Morgenausflug über die Dächer unternahm. Jeanne und Nandou machten sich früh auf den Weg zum Théâtre Français. Sie hatten sich so extravagant gekleidet, wie es sich für Kämpfer der Romantik gehörte. Im Fundus des Theaters hatten sie ohne Mühe das Richtige gefunden – Jeanne ein leuchtendes Beduinengewand und einen langen gelben Schal, den sie sich um den Kopf gewunden hatte; Nandou ein mit rotem Samt gefüttertes schwarzes Cape und ein großes rotes Samtbarett.

In der Rue de Valois wimmelte es von jungen, langhaarigen Männern in buntscheckigen Kostümen, die fußestampfend und Parolen oder Verse von Victor Hugo skandierend auf Einlaß warteten. Jede Gruppe hatte einen eigenen Anführer, und Nerval war einer von ihnen. Als Nandou und Jeanne sich ihm näherten, rief jemand: «Da kommt der Zwerg! Hugos Zwerg!», und sie wurden in die Kampfreihen aufgenommen. Gestoßen und geschoben, hob Jeanne sich in der wogenden Menge auf die Zehenspitzen, um nach dem jungen Mann Ausschau zu halten, aber sie konnte ihn nirgends entdecken.

Passanten sammelten sich, um das Treiben zu begaffen. Straßenjungen, die etwas erleben wollten, klaubten Abfälle aus der Gosse und begannen sie zu werfen – Essensreste, Lumpen, Pferdeäpfel, die steinhart gefroren waren. Die Romantiker erhoben ihre Stöcke und ihre Stimmen. Jeanne schimpfte mit ihnen: «Aufhören, ihr Lümmel! Verdammt noch mal, hört auf!» Sie sah Nandou an und forderte ihn mit lachenden Augen heraus, sie wegen ihrer Ausdrucksweise zu tadeln. Mit flüchtiger Mißbilligung schüttelte er den Kopf, dann zuckte er die Achseln und rief dröhnend: «He, wollt ihr wohl aufhören, ihr verfluchten kleinen Bastarde!» Jeanne kreischte vor Begeisterung – über ihn, über den klaren, hellen Nachmittag, über die Tatsache, daß aus der Lumpensammlerstochter eine Kämpferin für die Befreiung des Theaters geworden war.

Ein Aufschrei der Erregung: Das Théâtre Français hatte seine Tore geöffnet. Sie und Nandou drängten mit den anderen hinein, suchten sich ihre Plätze in den hintersten Reihen des Parketts, und dann begann das stundenlange Warten auf den Beginn der Vorstellung. Beifallsgeschrei von allen Seiten begleitete die Verteilung der Kampftruppen unter ihren jeweiligen Anführern, bis schließlich Hugos Anhänger in allen Teilen des Theaters Platz genommen hatten. Hinter Nandou und Jeanne stimmte jemand lauthals das Revolutionslied *Ça ira* an, und bald fiel das Publikum unter dröhnendem Applaus ein. Jeanne spähte in die Sitzreihen rechts und links. Vor ihr sprang jemand auf und juchzte laut aus reiner Begeisterung. «Bravo!» rief sie und forschte in den vorderen Reihen. Jemand deklamierte eine Passage aus *Hernani*. «Bravo!» rief sie wieder und forschte in der Reihe, wo der Sprecher seinen Platz hatte.

«Was suchst du?» fragte Nandou.

«Ach, gar nichts.» Sie neigte sich zu ihm, berührte seine Hand und sagte dicht an seinem Ohr: «Ich danke dir für diesen wunderbaren Tag, Nandou. Für alle meine Tage.» Er drückte ihre Hand so fest, daß es weh tat. Sein Gesicht konnte sie nicht sehen. Und als er es ihr zuwandte, lächelte er.

Alles Zeitgefühl ging verloren im Tosen der Stimmen und im Überschwang der Emotionen. Namen, die Jeanne nur aus den Zeitungen oder vom Klatsch in den Cafés kannte, wurden ausgerufen, und ihre Träger zeigten sich stolz in den Zuschauerreihen: Balzac mit einem Fleck von einem faulenden Kohlkopf im Gesicht, den ein Straßenjunge draußen auf ihn geworfen haben mußte; Théophile Gautier in scharlachroter Weste und silbergrauer Pluderhose; Dumas, die Arme in triumphaler Geste erhoben.

Man hatte reichlich zu essen mitgenommen, und als die Bündel geöffnet wurden, breiteten sich die Düfte von Knoblauch, Wein und Schinken aus. Nandou nahm ein Stück Käse und wies auf die Standbilder von Corneille und Racine in den Wandnischen. «Paß mal auf, ob die nicht empört ihre steinernen Nasen rümpfen werden.» Er war so aufgeräumt, wie Jeanne ihn selten erlebt hatte. Es war, als gäbe es diesen einen Tag keine Spiegel auf der Welt.

Die Leute schleuderten die Abfälle nach allen Seiten. Eine Wurstpelle flog an ihnen vorbei, und als Jeanne sich neugierig umdrehte, sah sie den Mann kommen, den sie gesucht hatte, und erstarrte.

«Was ist denn?» fragte Nandou.

«Ach, nichts.» Erst später fragte sie: «Links drüben, ungefähr zwölf Reihen weiter – wer ist der Mann mit dem dunklen Haar und der grünen Weste?»

Nandou reckte den Hals. «Keine Ahnung», sagte er. «Niemand besonderer. Komm, nimm dir ein Stück Schokolade.» Sie brach sich einen Riegel ab und kaute automatisch, ohne den Geschmack, den sie sonst so liebte, überhaupt wahrzunehmen.

Endlich senkte sich unter dem Schreien und Grölen der Menge der gewaltige Lüster von der Decke herab. «Jetzt marschiert der Feind ein», rief Nandou, während die Anhänger der Tradition und der Akademie ihre Plätze einnahmen. Sie waren leicht zu erkennen in der Menge, älteren Jahrgangs meist, die Männer in nüchternen grauen oder schwarzen Hosen und hellen Halstüchern, die Gesichter glattrasiert, das Haar, sofern sie noch welches hatten, korrekt geschnitten und frisiert. Als sie die Abfälle in den Logen und im vorderen Parkett sahen, äußerten sie laut ihre Empörung. «Unverschämt.» – «Kein Anstand unter diesen Leuten!» – «Keine Achtung vor fremdem Eigentum!» – «Langhaarige Barbaren!»

«Gefallen euch unsere Manieren nicht?» rief Nandou laut, und die Leute um ihn herum stimmten in den Ruf ein. Ein alter Herr hob wütend die Faust. «Gefallen euch unsere Haare nicht?» rief Nandou und riß sich das rote Samtbarett vom Kopf. «Es lebe Hugo!» brüllte er und schwenkte die Mütze. Bald widerhallte das ganze hintere Parkett von Füßestampfen und herausfordernden Rufen. «Es lebe Hugo!» schrie auch Jeanne und erkannte blitzartig, daß es in diesem Kampf um etwas anderes, viel Umfassenderes ging als um Victor Hugo oder selbst das Theater. Auf dem Spiel standen nicht nur die Regeln des Theaters, sondern Grundsätze. Sollte die Vergangenheit immer sakrosankt bleiben, wie diese hochmütigen alten Männer das haben wollten? Sollte man bis in alle Ewigkeit alles genauso machen, wie es bisher gemacht worden war? Die alten Männer hatten die Welt geschaffen, in die sie hineingeboren worden war, und ihr Werk war nicht gut. Sie hatten die Errungenschaften einer Revolution unterdrückt und die Monarchie wiederhergestellt, und wäre es nach ihnen gegangen, so wäre sie auf immer die geblieben, als die sie geboren worden war – die Tochter eines Lumpensammlers. Sie haßten Freiheit und Veränderung. «Augen und Ohren zum Haken!» schrie sie und lachte. «*Ihr* seid die Unverschämten!» schrie sie noch lauter. «Nicht wir. Es lebe *Hernani.*»

Ohne es zu wollen, blickte sie nach links. Ein Dutzend Reihen entfernt war auch der Mann mit dem attraktiven Gesicht aufgesprungen und schrie, einen Arm trotzig erhoben, mit den anderen. Alles, was sie in diesem Moment fühlte, verband sich mit seiner Person, nahm sich ihn zum Symbol und zum Ausdruck. Sie hätte seinen Namen gerufen, wenn sie ihn gewußt hätte.

Drei dröhnende Schläge hallten wie Kanonendonner durch das Theater zum Zeichen, daß das Spiel gleich beginnen würde. Der Vorhang öffnete sich langsam vor einem Schlafzimmer, in dem eine alte Dienerin saß. Auf ein kurzes Klopfen folgten die ersten Worte.

«Kann er das schon sein?» Neuerliches Klopfen. «Ja, 's ist die private Treppe ...»

Die Zuschauer in den Logen und den vorderen Parkettreihen zischten. Schon mit den ersten Worten hatte Hugo der klassischen Tradition, die verlangte, daß jeder Gedanke mit dem Ende der Zeile abgeschlossen wurde, eine Ohrfeige verpaßt. Dieser erste Gedanke jedoch – mit seinem Übermaß an Silben, wie jeder hören konnte – strömte kühn in die nächste Zeile hinein; so wie die Romantiker in dieses Theater geströmt waren und nun mit lauten Rufen versuchten, die zischenden Traditionalisten zum Schweigen zu bringen. Die Schauspielerin, die unverkennbar Angst hatte, konnte endlich fortfahren, aber schon nach wenigen Worten ging ihre Stimme wieder im Geschrei der gegnerischen Parteien unter. Fast nach jeder zweiten Textzeile kam es zu Störungen und Unterbrechungen; das Publikum bemächtigte sich des Stücks wie einer Waffe im wogenden Kampf. Alles, was die Traditionalisten empörte, begeisterte die Romantiker: ein König, der wie ein gemeiner Mann sprach, eine versuchte Verführung, ein Giftmord, eine Vendetta, ein Mord – und eine lyrische Sprache, die mit Leidenschaft Liebe und Haß Ausdruck gab. Eine Szene löste in den Logen und im vorderen Parkett solche Wut aus, daß es zu Handgreiflichkeiten kam und die Schauspieler nicht fortfahren konnten. Nandou war außer Rand und Band. Schreiend und mit erhobenen Fäusten kämpfte er sich in die Gänge hinaus, seine sonstige Abneigung gegen Menschenmengen völlig vergessend. Einem alten Mann, der ihn auf den Kopf schlagen wollte, trat er brüllend ins Schienbein. Jeanne war aufgesprungen und schrie, die geballten Fäuste schüttelnd, wie eine Wilde. Zehn Minuten dauerte es, bis der Tumult sich legte und Nandou an seinen Platz zurückkehrte.

Als der letzte Vorhang gefallen war, brach die Hölle los. Brüllend und schimpfend beugten sich die Leute aus den Logen. In den Gängen herrschte solches Gedränge, daß Jeanne und Nandou keinen Schritt vorwärtskamen. Ein Stück weiter vorn sah Jeanne den Mann mit der grünen Weste. Ohne zu überlegen, schlängelte sie sich durch das Gewühl, bis sie ihm so nahe war, daß sie hören konnte, wie er zu seinem Begleiter sagte: «Das ist bestimmt noch lange nicht vorbei. Wir müssen immer wieder kommen.» Mit einem Ruck stieß sie zwischen zwei Leuten hindurch, pflanzte sich neben dem Mann auf und rief: «Haben wir denn nicht gesiegt?»

Er neigte den Kopf, um zu ihr hinunterzusehen, und lächelte. «Noch nicht, fürchte ich.»

«Kommen Sie dann wieder?» rief sie.

«Ja.» Er lachte. «Du auch?»

«Ja, ja. Wann kommen Sie wieder?»

«Morgen abend, Junge», antwortete er immer noch lachend.

«Komm schon, Louis», rief sein Begleiter.

«Ich bin kein Junge», rief sie, aber er war schon im Gedränge verschwunden.

Sie wartete, bis Nandou sie einholte. «Ach, war das ein Abend!» sagte er, als sie wieder frei atmen konnten. «Was für ein Abend für das Theater und für Frankreich.» Das Haar hing ihm wirr unter dem roten Barett hervor, das Cape war ihm halb von den Schultern gerutscht. Er nahm ihre Hand – in der Öffentlichkeit, obwohl er sie immer ermahnt hatte, das nicht zu tun –, und seine Augen leuchteten. «Ach, Jeanne», sagte er. «Jeanne...»

Sie sah lachend zu ihm hinunter. «Die Leute sagen, daß der Kampf noch nicht vorbei ist. Wir müssen wiederkommen. Gleich morgen abend.»

«Das wäre großartig», sagte er, «aber ich muß arbeiten. Du nicht?»

«Ich sag ihnen, daß ich nicht kann. Ich muß wieder hierher, Nandou. Ich muß.»

4

Goldene Lichtstreifen glühten noch am dunkler werdenden Himmel, und Fidèle, die am offenen Fenster hockte, stand auf, streckte sich und sah in den Hinterhof hinunter. Plötzlich drehte sie den Kopf zur Tür. Schritte waren draußen auf der Treppe zu hören, schwach erst, dann zunehmend lauter.

Die Tür öffnete sich. Nandou spähte in das dämmrige Zimmer. «Jeanne?» rief er. Keine Antwort. «Dann ist sie also ausgegangen Fidèle, hm?»

Schwerfällig ging er zum Tisch. Zwischen zwei Apfelsinen, die darauf lagen, steckte ein Zettel. «Lieber Nandou, ich esse mit Louis zu Abend. Es kann spät werden.» Er schleuderte den Zettel auf den Tisch. Aus einer großen Tasche seines Mantels zog er eine Flasche Wein und eine gefaltete Zeitung. Er holte ein Glas aus dem Schrank, zündete die Lampe auf dem Tisch an und setzte sich leise ächzend. Die Katze sprang vom Fensterbrett auf den Tisch und rieb sich schmeichelnd an seinem Arm. Er trank einen Schluck Wein, faltete die Zeitung auseinander und vertiefte sich in einen Artikel über die Spannungen zwischen dem König und den Volksdeputierten. Als er zum Ende gekommen war, merkte er, daß er nichts aufgenommen hatte. Wieder griff er zum Glas, strich der Katze über den

Kopf und sagte: «Ich habe Neuigkeiten, Fidèle. Wir ziehen um. Ich habe eine größere Wohnung gefunden – zwei Zimmer mit einem kleinen offenen Kamin. Es ist zwar auch fünf Treppen hoch, aber es wird ihr bestimmt gefallen. Sie wird dort mehr Platz für sich haben. Und ich auch. Und das Kochen wird einfacher sein, und...»

Er brach ab. Der Schlag seines Herzens dröhnte ihm überlaut in den Ohren. Vielleicht, dachte er, ist mein Herz zu groß für meinen Körper, vielleicht hat es Normalgröße mir zum Spott. Warum kann es nicht Zwergengröße haben und unhörbar sein? Warum bin ich verdammt, dem Klang meines Inneren zu lauschen?

Er nahm Jeannes Zettel wieder zur Hand und las ihn noch einmal. Seine Haltung veränderte sich nicht, aber er sprach so heftig, daß die Katze zusammenzuckte. «Wenn ich ihr das Schreiben nicht beigebracht hätte, könnte sie mir keine Nachrichten hinterlassen. Dann brauchte ich nicht zu wissen, wo sie ist!»

Er legte den Kopf in seine Hände. «Sie erzählt mir alles. Nie kommt ihr der Gedanke, daß ich vielleicht nicht – daß es mir vielleicht...»

Als er sich nicht gleich am folgenden Tag wieder mit ihr *Hernani* hatte ansehen können, war sie trotz seiner Warnungen allein gegangen. «Mir passiert schon nichts, Nandou. Mach dir keine Sorgen. Ich finde schon jemanden, zu dem ich mich setzen kann.» Als sie spät am Abend erst nach Hause gekommen war, hatte ihr Gesicht geglüht. «Ich habe vor dem Theater gewartet, Nandou, und jemand, den ich gestern abend getroffen habe, hat mir eine Eintrittskarte besorgt. Er heißt Louis Vollard, und er studiert Malerei, aber er ist nicht arm wie seine Freunde, da bin ich sicher. Er hat versprochen, mir für Mittwoch auch wieder eine Karte zu besorgen.» Sie hatte nicht einmal versucht, ihre Erregung zu verbergen. Warum sollte sie auch? Sie teilte ja nur mit Nandou. Mit Nandou, dem Zwerg.

Er hatte von einem Perückenmacher, der die Schneiderin der Mutter des Mannes kannte, soviel wie möglich über den jungen Mann in Erfahrung gebracht. Louis war der jüngere Sohn von Olivier Vollard, zu dessen diversen geschäftlichen Unternehmen die Möbelfabrik Vollard und Co. gehörte. Louis war zwanzig und ein gutaussehender Junge. Und großgewachsen.

Nandou sagte aber Jeanne nicht, was er wußte: Schweigend die Katze streichelnd, hörte er ihr zu, wenn sie mit leuchtenden Augen erzählte. «Stell dir mal vor, bei der Premiere, als Louis bei uns saß, saß sein Onkel bei den Traditionalisten! Ja! Die ganze Familie war wütend und hat ihm verboten, in *Hernani* zu gehen. Aber er ist trotzdem gegangen. Und sie wollen von seinen Freunden nichts wissen, aber Louis hält trotzdem zu ihnen. Er rebelliert gegen die eigene Familie, Nandou! Ist er nicht großartig?»

Nandou vergaß, daß er nichts hatte sagen wollen, und bemerkte: «Du bist auch großartig, Jeanne. Du hast auch gegen deine Familie rebelliert.»

«Ach, bei einem Lumpensammler ist das doch keine Kunst», meinte sie wegwerfend. «Aber Louis' Vater ist ein angesehener Mann, und seine Mutter ist die Tochter eines Vicomte.»

Nandou hatte die Achseln gezuckt und seine Finger in Fidèles Fell gegraben und zugesehen, wie Jeanne in einen Rock schlüpfte, ehe sie sich mit dem Mann traf. Und als sie zurückgekehrt war, hatte er ihr wieder schweigend zugehört.

«Louis ist der Meinung, daß die Zukunft der Malerei darin liegt, das Natürliche abzubilden.» Und: «Louis kann Goethe auf deutsch lesen.» Und: «Louis hat ein kleines Atelier. Da malt er jeden Morgen mindestens zwei oder drei Stunden.» Und was Louis sonst noch alles sagte oder dachte oder tat. Louis, Louis, Louis.

Eines Tages hatte Jeanne gesagt: «Was meinst du, soll ich Louis ins Theater mitnehmen, damit er dich einmal sieht?»

Er antwortete vorsichtig: «Hast du ihm denn von mir erzählt?»

«Ja. Das heißt, nein.» Sie wurde rot. «Louis weiß, daß ich mit einem Freund vom Theater zusammenlebe, das ist alles. Aber ich hab gedacht, ihr solltet euch vielleicht kennenlernen.»

Ich bin nicht dein Vater und nicht dein Bruder, denen du den Mann vorstellen mußt, in den du dich verliebt hast. Zwing mich nicht, euch zusammen zu sehen! Nandou schluckte die Worte hinunter. Er hustete und räusperte sich, und dennoch war seine Stimme heiser, als er schließlich sagte: «Ich würde dir raten, Louis Vollard nichts von mir zu erzählen.»

«Warum denn nicht?»

Ja, erzähl ihm von dem Zwerg und sieh, wie er sich angewidert von dir abwendet. Wieder hustete er und sagte: «Ich glaube, Monsieur Vollard hätte kein Verständnis dafür.»

«O doch! Ganz bestimmt. Du meinst nur, weil Louis reich ist und gut erzogen, kann er nicht – du täuschst dich. Ich werde dir beweisen, daß du dich täuschst.»

«Ich glaube, auch ein armer Mann hätte kein Verständnis dafür – niemand, der nicht beim Theater ist. Oder selbst ein Zwerg ist.» Er hatte es nicht geschafft, ein bitteres Lachen zu unterdrücken. «Ich würde dir raten, Monsieur Vollards Freundschaft nicht auf eine solche Probe zu stellen.»

Bitte widersprich mir. Besteh darauf, es doch zu tun. Er hoffte es, wünschte es inbrünstig, und als sie ihn zweifelnd ansah, glaubte er schon, er hätte gewonnen. Aber dann hatte sie ihn auf die Stirn geküßt und gesagt: «Vielleicht hast du recht, Nandou. Ich tu's erst mal lieber nicht. Aber bald. Du wirst schon sehen.»

Nandou hob den Kopf. Der leichte Wind bewegte die Flamme der Lampe und warf zuckende Schatten auf sein Gesicht. Die Katze gähnte.

«Ich weiß ja, Fidèle», sagte er. «Ich habe gelobt, dafür zu sorgen, daß sie in mir nur einen Freund sieht. Niemals mehr. Und es ist mir gelungen. Bravo! Der Zwerg ist ein hervorragender Schauspieler.» Er legte seine Hand auf den Rücken der Katze, die mit ihm zu zittern schien. «Wenn sie befürchtete, ich könnte eifersüchtig werden, und versuchen würde zu verbergen, was sie tut ... wenn sie mir die Rolle eines Rivalen zugestehen würde ... eines hoffnungslosen zwar, aber eines Rivalen dennoch ...» Er wußte, es wäre noch schlimmer gewesen, wenn sie ihm verheimlicht hätte, was sie tat; denn dann hätte er es sich vorstellen müssen: wie sie mit Vollard lachte, zu ihm aufsah, wie Vollard ihre Hand faßte, sie vielleicht sogar in den Arm nahm ... Er verfluchte seine Phantasie. «Ja, liebe Freundin, ich leide», sagte er zu der Katze. «Und bin trotzdem froh. Es ist besser zu leiden und zu lieben, als gar nichts zu fühlen.»

Die Katze miaute protestierend unter dem Druck seiner Hand. «Oh, tu ich dir weh?» Er zog die Hand weg und goß sich nochmals Wein ein. «Soll ich fortgehen und bis zum Morgen in den Straßen herumlaufen, damit ich nicht wissen muß, wann sie nach Hause kommt? Oder soll ich bleiben und sie hier erwarten – der treue Freund, dem sie alles sagen kann? Sag's mir, Fidèle, was soll ich tun?»

Die Katze sprang zurück aufs Fensterbrett und starrte wieder in den Hof hinunter, der voll bewegter Schatten war. Nandou schaute lange in die Flamme der Lampe.

«Ja, die Schlacht um *Hernani* haben wir gewonnen», sagte Louis, «aber der wahre Kampf beginnt erst jetzt. Dieser König – der einmal allen politischen Gefangenen die Amnestie versprach – raubt den Franzosen jeden Tag mehr von ihren Freiheiten.»

Er trank seinen Wein aus und schenkte ihnen beiden frisch ein, obwohl Jeannes Glas noch zur Hälfte gefüllt war. Sie saßen in einem kleinen

Restaurant beim Palais-Royal, nachdem sie zuerst durch die von Händlern und Kauflustigen bevölkerten Arkaden flaniert waren, sich dann unter die Leute an den Quais gemischt hatten und bei den Bouquinisten in alten Büchern gekramt hatten.

«He, *petite*», sagte Louis leise, «hörst du mir überhaupt zu?»

«Aber ja», versicherte Jeanne. «Und du hast ganz recht. So kann es wirklich nicht weitergehen.» Es war nicht etwa so, daß sie nicht auf Louis' Worte geachtet hatte oder sich nicht für das Tun des Königs interessierte; aber manchmal, wenn sie Louis nahe war, mit ihm an einem Tisch in einem Café saß oder an seiner Seite durch die Straßen ging, drängte seine Nähe plötzlich alles andere in den Hintergrund.

«Du hast überhaupt nicht an den König gedacht, stimmt's?» sagte Louis. Er hob die Hand und berührte leicht ihre Wange.

«Nein», antwortete sie. «Ich habe an etwas viel Angenehmeres gedacht als an einen dicken alten Bourbonen, der nichts anderes im Kopf hat, als in Frankreich die Uhren zurückzudrehen.»

«Ach ja? Was kann das denn sein?»

«An einen Mann, den ich kenne. Ein ganz großartiger Mann, weißt du. Er sieht gut aus, er ist klug, und er ist natürlich Republikaner.»

Louis kniff die Augen zusammen. «Und wer ist dieser Mann?»

«Das möchte ich lieber nicht sagen.» Jeanne preßte die Lippen aufeinander, um ein Lächeln zu unterdrücken. «Ich kann dir nur sagen, daß er den gleichen Namen trägt wie ein König.»

Mit gespieltem Grimm sagte Louis: «Ich habe einen Rivalen namens Karl? Ist er auch so dick und verschlafen wie unser König?» Er blies die Backen auf und ließ den Kopf seitlich herabfallen.

Jeanne lachte. «Nein, der Mann hat den Namen eines anderen Königs.»

Louis nahm ihre Hand. «Du hast das hinreißendste Lachen von ganz Paris. Und ganz Europa. Von der ganzen Welt.»

Das Spiel war vorbei. Sie sahen einander an. Sie vergaß zu atmen, gefangen im Blick seiner dunklen Augen.

So war es von Anfang an gewesen, an dem Tag schon, als sie allein zum Théâtre Français gegangen war und draußen im Gedränge gewartet hatte, bis sie Louis und seine Freunde entdeckte. Im besten Laufjungenton hatte sie ihn angerufen und gefragt, ob er ihr eine Eintrittskarte besorgen könne. «Ich werd's versuchen, Junge», hatte er lächelnd gesagt. Sie hatte sich an ihn gehängt – wenn man etwas haben will, muß man es sich holen; das sagte Nandou immer – und hatte es geschafft, sich den Platz neben ihm zu erobern. Er war interessiert, als er hörte, daß sie beim Theater arbeitete «du bist wirklich ein unternehmungslustiges Bürschchen» –, aber mehr als unpersönliche Freundlichkeit hatte er nicht gezeigt. Er hatte ihr für den übernächsten Tag wieder eine Karte besorgt, und diesmal hatte er sie nach der Vorstellung aufgefordert, mit ihm und seinen Freunden in ein Café zu gehen. Sie hatte zwei Gläser Wein getrunken und sich bemüht, ihn nicht die ganze Zeit anzustarren, während er lebhaft und engagiert mit ihr und den anderen gesprochen hatte. Oft hatte er sich direkt an sie gewandt: «Noch ein Glas, Junge?» – «Kennst du Géricaults ‹Floß der Medusa›, Junge?» Schließlich hatte sie es einfach nicht mehr hören können und hatte, so dicht zu ihm geneigt, daß sein Haar beinahe ihre Wange berührte, geflüstert: «Ich muß dir was gestehen. Ich bin gar kein Laufjunge. Ich meine, ich bin zwar Laufjunge im Theater, aber ich bin nicht Jean Sorel. Ich bin Jeanne.»

Er war zurückgewichen und hatte sie verblüfft angestarrt – verblüfft und erleichtert. Dann hatte er gelächelt und schließlich so herzlich gelacht, daß die anderen riefen: «He, was gibt's denn?»

«Nichts.» Louis hatte ihr kameradschaftlich den Arm um die Schultern gelegt und geflüstert: «Das soll unser Geheimnis bleiben, hm?» Sie war enttäuscht gewesen, hatte aber genickt, und von diesem Abend an hatte er sich nur noch allein mit ihr treffen wollen, zum Essen oder zu Spaziergängen, und sie hatte sich stolz in den neuen Röcken gezeigt, die sie selbst genäht hatte. Nandou hatte große Augen gemacht, als er sie bei der Arbeit gesehen hatte, aber er hatte nur gesagt: «Soviel Fleiß!» Manchmal, wenn sie mit Louis Hand in Hand durch die Straßen flanierte, kam ihr der Gedanke, ihm von Nandou zu erzählen, aber immer schob sie es auf.

Louis hielt noch immer ihre Hand, sah sie immer noch an. «Bist du noch hungrig?» fragte er.

«Nein.»

«Aber ich», entgegnete Louis. «Ich kann nicht genug von dir bekommen – von deinem Lächeln, deinem Lachen, deinem schönen Gesicht. Ach, Jeanne, Liebste ... Kommst du mit zu mir? In mein Atelier? Heute abend?»

So klar und deutlich, als säße er mit ihr an einem Tisch, konnte sie Nandou sagen hören, ‹Jeder will etwas›. «Ja», antwortete sie. «Ich komme mit.»

Louis küßte ihre Finger. «Du bist so direkt. Das liebe ich an dir.»

Hand in Hand traten sie auf die Straße hinaus. Der Aprilwind zerrte an ihrem Hut, wie im Traum gewahrte sie die Menschen um sich herum. Sie sprachen beide kein Wort. Irgendwie gelangten sie in das Haus an der Place des Italiens und gingen die Treppe zum obersten Stockwerk hinauf in zwei kleine Zimmer. Louis hängte sein Jackett über eine Stuhllehne und sagte lächelnd: «Weißt du eigentlich, daß ich mich vor dir gefürchtet habe?»

«Wie meinst du das?»

«Ich habe mich vom ersten Moment an zu dir hingezogen gefühlt, aber ich dachte, du wärst Jean Sorel, der Theaterjunge. Ich dachte, mit mir wäre etwas nicht in Ordnung, daß ich einen Jungen so anziehend fand.»

Louis' Gesicht war ihrem sehr nahe, seine Augen enthielten die ganze Welt. «Jeanne, du Liebe, Süße, ich möchte dir keine Angst machen.»

«Ich habe keine Angst, Louis. Überhaupt keine.»

Draußen regten sich die Spatzen auf den Dächern, und der Himmel begann hell zu werden. Jeanne eilte mit gerafften Röcken durch die schmutzigen Straßen. Louis hatte sie nicht gehen lassen wollen, aber sie mußte nach Hause, sonst machte Nandou sich Sorgen. Immer wieder hatte Louis sie mit Worten und Liebkosungen zurückgehalten, bis sie sich schließlich zum Gehen gezwungen hatte. «Ich komme wieder», hatte sie versprochen und war die Treppe hinuntergelaufen.

In der Ferne rumpelte ein Jauchewagen. An einer Ecke sah sie auf einem Abfallhaufen etwas blinken: Es war ein angeschlagener Porzellanteller, mit Veilchen bemalt und mit einem goldenen Rand. Es war ein Teller wie jener, der in ihrem Leben als Lumpensammlerin einen besonderen Tag gekennzeichnet hatte. Welch eine Kluft zwischen jenen finsteren Tagen, als der Fund eines hübschen Gegenstands in einem Müllhaufen das einzige gewesen war, worauf sie hoffen konnte, und den strahlenden Tagen mit Louis, die jetzt vor ihr lagen. Zum ersten Mal stieg Mitleid mit ihren Eltern, sogar mit ihren Brüdern in ihr auf; zum ersten Mal, seit sie die Familie verlassen hatte, spürte sie ein Verlangen, sie wiederzusehen, ihnen zu sagen, «schaut, was aus mir geworden ist, wie glücklich ich heute bin, wollt ihr euch nicht mit mir freuen?» Aber noch während ihr der Gedanke durch den Kopf ging, sah sie ihren Vater vor sich, das graue argwöhnische Gesicht, den gekrümmten Rücken, den verkniffenen, ewig schimpfenden Mund. Für fünfzig Francs hätte er sie verkauft. Sie hatte nichts mehr mit ihm zu schaffen, mit keinem von ihnen. Ihre Familie waren Nandou und Fidèle, die sie verstanden und sich mit ihr freuten. Sie blickte auf den Porzellanteller und nahm ihn an sich – niemand verbot ihr mehr, ihn zu behalten. Dann ging sie weiter.

Als sie oben die Wohnungstür öffnete, sah sie Nandou schlafend über dem Tisch liegen. Sie nahm ihren Hut ab und ging leise zu ihm. Neben ihm lagen eine Zeitung, ein halber Laib Brot, eine umgekippte leere Weinflasche und ihr Zettel, zerknüllt. Sein Kopf ruhte auf den muskulösen Armen, das Gesicht war vom lose herabfallenden Haar zugedeckt, und die kurzen Beine waren unter ihm ausgestreckt. Das Fenster stand offen, die Luft im Zimmer war kühl, aber frisch. Eine Welle der Zärtlichkeit überflutete sie. «Guten Morgen, Nandou», sagte sie leise, obwohl sie vor Glück am liebsten gejauchzt hätte.

Nandou hob schlaftrunken den Kopf. Er sah sie beinahe so an, als kenne er sie nicht, und sagte heiser: «Du siehst sehr schön aus.» Sie war überrascht, und er schien es auch zu sein; er sagte ihr sonst niemals solche Dinge. Einen Moment lang sahen sie einander an wie zwei Fremde. Dann stand er taumelnd auf, schwer vom Wein.

«Hast du wieder mal einen Nachtspaziergang gemacht?» fragte sie.

«Nein.» Er fuhr sich mit den Händen durch das Haar und dann über das Gesicht. «Ich hab hier gesessen und auf dich gewartet, weil ich dir etwas erzählen wollte. Und darüber bin ich eingeschlafen.»

«Du hättest nicht aufbleiben sollen. Geht es dir gut?»

«Natürlich. Und dir?»

«Mir? Ja, o ja.»

Nandou stellte die Weinflasche auf. «Das Abendessen war also nett?» Sie nickte. «So nett, daß du dir zum Andenken gleich einen Teller unter den Arm geklemmt hast?»

Sie hatte den Teller vergessen. Lachend stellte sie ihn auf den Tisch. «Der ist nicht vom Abendessen. Ich hab ihn gefunden. Er erinnerte mich an etwas... Ich meine, er ist wie ein Zeichen...» Sie konnte die Worte nicht länger zurückhalten. «Ich muß dir auch was erzählen, Nandou. Etwas ganz Wunderbares.»

«Ja, das merke ich schon. Was ist denn geschehen?»

«Ich habe – ich bin – Louis und ich, wir lieben uns.»

«Ah. Gut. Da du mir ja bereits seit Wochen Monsieur Vollards Vorzüge in den glühendsten Tönen geschildert hast, bin ich nicht übermäßig überrascht.»

«In meinem ganzen Leben hab ich mich nicht so gefühlt, Nandou. Ich hatte keine Ahnung, daß man so glücklich sein kann.»

Erst als sie sah, daß Nandous Gesicht ihr Glück nicht spiegelte, erkannte sie, daß sie sich das gewünscht hatte. Doch seine Miene war völlig unverändert. Er nickte nur mehrmals. Dann ging er zum Wasserbecken und spritzte sich Wasser auf Augen und Wangen. Als er sich umdrehte, waren seine Augen ausdruckslos.

«Bist du böse?» fragte sie.

«Aber nein. Warum sollte ich böse sein?»

«Ich weiß nicht.» Sie war unsicher. «Wo ist Fidèle?»

«Treibt sich draußen herum. Wie du.»

«Du bist doch böse.»

«Ich habe keinen Grund dazu. Ich bin nicht dein Vater und nicht dein Bruder. Ich habe dir nichts zu befehlen. Ich bin nur – weshalb sollte ich böse sein?»

«Dann freust du dich, daß ich glücklich bin?»

«Wieso denn? Ich hab dich doch nicht aus dem Müll gezogen, damit du glücklich wirst!»

«Ach, Nandou, entschuldige. Ich weiß ja, daß du nur mein Glück willst. Du warst doch derjenige, der mir beigebracht hat, daß das Leben nichts ist, solange man nicht liebt.» Sie nahm ihr Schultertuch ab und hängte es über die Stuhllehne. Ohne ihn aus den Augen zu lassen, setzte sie sich. «Du hast soviel für mich getan, Nandou. Ich kann nicht verlangen, daß du bis in alle Ewigkeit für mich sorgst. Du solltest deine Wohnung wieder für dich allein haben – keine Strümpfe mehr auf dem Stuhl, keine angebissenen Äpfel auf dem Tisch, keine...»

«Du gehst.» Nandous Worte fielen schwer wie Steine.

«Louis hat ein Atelier, wo wir beide zusammenleben können.»

«Wir beide?» wiederholte er verwirrt, als glaubte er, sie hätte ihn gemeint.

«Ich liebe Louis, Nandou. Das verstehst du doch?»

«Wie sollte ich? Was weiß ein Zwerg schon von der Liebe?»

«Sag nicht so was. Eines Tages wirst du dich auch verlieben. Ich weiß es, und dann wirst du verstehen, warum ich mit Louis zusammen sein muß.»

Nandou nahm den Teller und betrachtete ihn. «Er ist angeschlagen und schmutzig. Ein Unding. So was will niemand haben. Niemand. Warum hast du ihn nach Hause gebracht?»

«Ich weiß nicht. Er erinnerte mich an etwas.» Sie beugte sich vor und sah ihn an. «Ich wollte, wir könnten alle zusammenleben – du und ich und Louis und Fidèle.»

«Sei nicht albern.» Nandou stellte den Teller mit solcher Vehemenz wieder auf den Tisch, daß er entzweibrach. Sie starrten beide auf die Scherben.

«Du willst nicht, daß ich gehe, nicht wahr?» sagte Jeanne.

Sie sah, wie er schluckte. «Ich will nicht, daß du verletzt wirst», entgegnete er. «Ich kenne diese jungen Herren, die an der Place des Italiens ihre Liebesnester haben und sich dort vergnügen. Am Ende kehren sie immer in den Schoß der Familie im Faubourg zurück.»

«Louis bestimmt nicht. Louis liebt mich.»

«Zweifellos. Wenn ihr zusammen seid, wenn ihr... Sicher meint er in solchen Momenten, was er sagt. Aber später, wenn er...»

«Louis liebt mich!» rief sie laut.

Nandou griff sich an den Hals, als wäre ihm der Kragen zu eng. «Erinnerst du dich an den Abend, als du mir mitgeteilt hast, daß du eine Anstellung als Inspizientengehilfe hast? Damals sagte ich zu dir: Du kannst immer tun, was du willst.»

Sie erinnerte sich auch ihrer Antwort: «Ach, Nandou, du weißt doch, ich gehe niemals fort.»

«Die Hauptsache ist, daß du glücklich bist», fuhr er fort. «Behältst du die Arbeit auf dem Boulevard?»

«Ich höre erst mal eine Weile auf. Louis meint, es wäre...» Sie hob den Kopf. «Du wolltest mir doch auch was erzählen.»

«Ach, es ist nichts. Ich habe eine größere Wohnung für uns – eine größere Wohnung gefunden. Das ist alles.»

«Oh», sagte sie schwach. Das Schweigen war drückend. Sie versuchte zu erspüren, was in Nandou vorging, aber es gelang ihr nicht.

Sie wandte sich zum Fenster. «Ach, schau», rief sie erleichtert, «Fidèle ist heimgekommen.» Sie lief hinüber und nahm die Katze in die Arme. «Fidèle, ich ziehe in eine eigene Wohnung. Zwei Zimmer mit einem Oberlicht und einem Fenster zum Hof. Aber ich werde oft kommen und dich besuchen, dich und Nandou. Denn ich hab euch doch lieb. Und dann reden wir über das Theater, und Nandou liest vor und spielt dazu, und du und ich, wir hören zu. Du brauchst also nicht traurig zu sein, daß ich gehe, denn ich komme ja immer wieder. Sehr, sehr oft. Und dann spielen wir und reden wie immer...»

Mit der Katze im Arm plapperte sie fort. Nandou ging zu seiner Pritsche und streckte sich darauf aus. Er hob den kurzen Arm, starrte ihn an und drückte ihn auf die Augen.

Henriette Vollard nahm die Finger von den Tasten des glänzenden Flügels, der im rot ausgeschlagenen Salon ihres großen Hauses stand, und blickte stirnrunzelnd auf die Noten einer Mozart-Sonate, die sie einmal mühelos gespielt hatte. Sie hatte seit Monaten nicht mehr am Klavier gesessen, und Griffe, die sonst wie von selbst gekommen waren, wollten nicht mehr klappen. Sie machte ein paar Fingerübungen und zog den Saphirring ab, den ihr Mann ihr zum fünfundvierzigsten Geburtstag geschenkt hatte, bevor sie mit verbissener Entschlossenheit die Sonate von neuem in Angriff nahm.

Sie probte weder für ein Hauskonzert, noch spielte sie zum Vergnügen. Das Klavierspiel war eine Fertigkeit, und Fertigkeiten, die man sich einmal erworben hatte, durfte man nicht vernachlässigen. Sie hatte das Klavierspiel neben vielen anderen Dingen, die von einer jungen Dame aus gutem Hause erwartet wurden, schon in jungen Jahren erlernt. Sie hatte keine Tochter, an die sie ihre Fähigkeiten und den unnachgiebigen Fleiß, mit dem sie sie entwickelt hatte, weitergeben konnte; aber Söhne, sagte sie sich, waren sowieso eine bessere Garantie für die Zukunft.

Während sie noch mit der Sonate kämpfte, kam Louis leise ins Zimmer und setzte sich still auf das Sofa. Sie warf ihm einen kurzen Blick zu, ohne die Finger von den Tasten zu nehmen, und spielte zielstrebig weiter bis zum Ende.

«Bravo, Mama», sagte Louis.

Sie griff nach ihrem Ring. «Wir haben dich seit vier Tagen nicht zu Gesicht bekommen.»

«Tut mir leid, Mama. Ich hatte viel zu tun. Aber als ich hörte, daß du mich zu sehen wünschst, habe ich mich sofort auf den Weg gemacht.» Er lächelte sie strahlend an.

Was ist er doch für ein ungewöhnlich gutaussehender Junge, dachte sie wie so oft und gestattete sich flüchtige Genugtuung bei dem Gedanken. Dann aber sah sie auf die Uhr, die an einer langen Kette an ihrem Gürtel hing, und stand auf, um zu läuten.

«Ich bin beglückt zu hören, daß meine Wünsche bei dir noch Geltung haben.»

«Mama, bitte glaub mir, es war mir wirklich arg, in dieser Sache mit *Hernani* gegen deine Wünsche zu handeln. Aber das Stück ist ja inzwischen abgesetzt worden. Der Kampf ist vorüber. Können wir das jetzt nicht ruhen lassen?»

«Frag deinen Onkel Claude.»

«Wieso? Ich habe ihm gesagt, es tut mir leid, daß unsere ästhetischen Ansichten nicht übereinstimmen. Ich dachte, das hätte er akzeptiert. Habe ich mich getäuscht? Willst du darüber mit mir sprechen?»

«Nein», antwortete Henriette kurz angebunden. «Da du kaum noch zu Hause bist und jedes Zusammensein mit der Familie als lästige Pflichtübung zu betrachten scheinst, habe ich deinen Bruder gebeten herauszufinden, was du in letzter Zeit eigentlich treibst.»

Louis fuhr in die Höhe. «Und was hat er dir gesagt?»

Es klopfte, und das Mädchen trat ein. «Bitten Sie Monsieur Nicolas, in den Salon zu kommen», befahl Henriette. Das Mädchen knickste und ging wieder.

«Was hat er dir gesagt?» wiederholte Louis.

«Einiges. Zum Beispiel, daß du seit Monaten eine Wohnung an der Place des Italiens hast. Wieso überrascht es dich, daß wir das wissen? Nicolas sagt, es war ganz einfach, das zu erfahren.»

«Aber das ist kein Grund, mir Vorwürfe zu machen. Ich brauche einen Raum, in dem ich malen kann.»

Henriette setzte sich ihm gegenüber in einen Sessel. «Und was ist mit der jungen Person, die bei dir lebt? Wozu brauchst du die?»

Sie sah, daß sie ihren Sohn nicht nur überrascht, sondern in Verlegenheit gebracht hatte. Hatte er geglaubt, sie würde es seinem Vater überlassen, diese Dinge mit ihm zu besprechen? Sie beugte sich vor.

«Nun, was ist mit dieser Person?»

«Sie hat einen Namen, Mama. Jeanne Sorel.»

«Gut. Und was weißt du über sie? Vorausgesetzt, sie hat dir die Wahrheit gesagt.»

«Kein Mensch würde so etwas erfinden.» Louis setzte sich noch aufrechter. «Sie ist die Tochter eines Lumpensammlers namens Sorel, der bei der Mauer der Steuereintreiber wohnt.»

«Ach, du lieber Gott!» Es war heraus, ehe sie überlegen konnte, und sie war selbst so erstaunt darüber, daß sie einen Moment lang glaubte, jemand anderer hätte die Worte gesprochen. «Das ist untragbar, Louis. Du mußt diese Liaison beenden, freundlich und rücksichtsvoll natürlich, aber du mußt sie sofort beenden, im Interesse aller, auch des Mädchens. Sie würde auf Dauer sowieso nicht halten, dazu sind die Unterschiede viel zu groß. In einigen Monaten wirst du zurückblicken und froh sein, daß es vorbei ist. Und in ein paar Jahren wirst du kaum noch glauben können, daß du je so ein Verhältnis eingegangen bist.»

Sie sah, wie das Gesicht ihres Sohnes sich verfinsterte. Nichts machte junge Leute so zornig wie hören zu müssen, daß ihre Leidenschaften mit der Zeit abkühlen würden.

«Aber Mama, du verstehst nicht! Du hast keine Ahnung ...»

«Ich habe mehr Ahnung, als du glaubst.»

Sie drehte sich herum, als die Tür geöffnet wurde. «Mama?» sagte Nicolas mit dieser festen, ruhigen Stimme, die so typisch für ihn war.

«Louis!» rief Nicolas mit ungeheuchelter Freude. «Bleibst du zum Essen?»

«Gern. Aber offenbar muß ich erst die bittere Pille schlucken.»

Nicolas schnitt eine Grimasse und setzte sich zu seinem Bruder auf das Sofa.

«Ich habe etwas mit euch beiden zu besprechen», erklärte Henriette. «Ihr seid junge Männer und habt gewisse natürliche Begierden. Das liegt in der Natur der Dinge, und es wäre albern von mir, wollte ich es leugnen. Ich weiß, daß euer Vater euch gezeigt hat, wie man...» sie überlegte einen Moment – «wie man mit diesen Begierden vor der Ehe angemessen umgeht.» Angemessen nur, weil es keine Wahl gab. Wenn man halbwüchsige Jungen sich selbst überließ, nahmen sie unweigerlich zur Selbstbefriedigung Zuflucht, und ein Bordell war dieser sündigen Praktik unbedingt vorzuziehen. Dennoch hatte sie kein Auge zugetan in jenen Nächten, als ihr Mann erst den vierzehnjährigen Nicolas und zwei Jahre später Louis in eines dieser Häuser geführt hatte. Jetzt waren sie beide junge Männer, und junge Männer hatten Affären, das war normal. Aber es gab Grenzen.

Der Blick ihrer Söhne war ausdruckslos. Louis allerdings hatte einen roten Kopf bekommen. Sie beugte sich ein wenig vor.

«Aber eine gemeinsame Wohnung mit einem hergelaufenen jungen Ding zu beziehen, von dem bekannt ist, daß es manchmal in Hosen herumläuft und vorher mit einem *Zwerg* zusammengelebt hat – das ist absolut unakzeptabel.»

Louis wurde blaß. «Entschuldige Mama, aber du irrst dich.»

Sie wandte sich Nicolas zu. «Irre ich mich?»

Nicolas schüttelte den Kopf. «Nein.» Er legte Louis eine Hand auf die Schulter. «Es tut mir leid, daß dich das so schockiert. Ich dachte, du wüßtest es. Louis, ich habe lediglich ein paar diskrete Fragen gestellt. Ich dachte, es wäre dir lieber, ich tue es als irgendein Fremder, den Papa beauftragt hätte. Auskunft hätten sie auf jeden Fall eingeholt, das wird dir wohl klar sein.»

Louis nickte benommen. «Aber – Jeanne sagte immer, sie lebe mit einem Freund vom Theater zusammen.»

«Das ist durchaus richtig – der Mann arbeitet auf dem Boulevard. Soviel ich weiß, nennt man ihn manchmal auch Hugos Zwerg, ich weiß allerdings nicht, warum.»

Beim Anblick von Louis' Gesicht blitzte ein Gefühl in Henriette auf, so flüchtig nur, daß es keine Spur hinterließ. Ja, dachte sie, so weh tut das, und sie hätte ihm gern gesagt, laß dich davon nicht verletzen. Aber das tat sie natürlich nicht. Nur so lernte man ja – durch Verletzung.

Nicolas drückte kurz die Schulter seines Bruders.

«Sie ist schön und klug», sagte Louis, «die schönste Frau in...»

«Ihre körperlichen Vorzüge stehen hier nicht zur Debatte», unterbrach Henriette. «Es geht um unsere Vereinbarung mit der Familie Tissot. Wenn der Baron von dieser Liaison erfahren sollte – oder gar die Baronin! Glaubst du im Ernst, sie würden dich noch als akzeptablen Bewerber um die Hand ihrer Tochter betrachten? Junge Männer müssen ihre Affären haben, daran gibt es nichts auszusetzen, und das ist allgemein akzeptiert, aber in aller Öffentlichkeit mit der Tochter eines Lumpensammlers zusammenzuleben, die die Mätresse eines Zwergs gewesen ist...» Henriette kniff die Lippen zusammen, um sich nicht zu unüberlegten Tiraden hinreißen zu lassen.

Louis sprang auf. «Sie war nicht seine Mätresse. Ich weiß, daß sie vor mir nie...» Er brach ab. «Jeannes Herkunft stößt dich ab, Mama, aber ich bewundere sie dafür, daß sie sie hinter sich gelassen hat. Es tut mir leid, ich weiß, daß solche Dinge dir wichtig sind, aber mir ist gleichgültig, woher sie kommt. Man kann heute die Menschen nicht mehr mit der Nase in den Schmutz drücken, nur weil sie zufällig dort geboren wurden. Jeder Mensch ist ein Individuum. Jeder muß die Freiheit haben, sein wahres Wesen zu finden und sein eigenes Schicksal zu schmieden, genauso wie die Kunst die Freiheit haben muß, die Wahrheit abzubilden. Wenn Jeanne Sorel mir bestimmt ist, muß ich die Freiheit haben, sie zu lieben.»

Sein Gesicht war gerötet, seine Augen funkelten. Henriette betrachtete ihn mit widerstreitenden Gefühlen: Müde Geringschätzung für die romantischen Phrasen, die er von sich gab, und Bewunderung für seine Schönheit und sein Feuer.

Sie drehte den Saphirring an ihrem Finger. «Deine Romantikerfreunde behaupten vermutlich, daß allein tiefe Gefühle wichtig sind und daß man ihnen folgen muß. Das ist in vieler Hinsicht eine verlockende Vorstellung. Aber als Erwachsener lernt man, daß Wunsch und Tat voneinander trennbar sind und in der Tat oft getrennt werden müssen – daß von den vielen Gesichtspunkten, die bei einer wichtigen Entscheidung in Erwägung gezogen werden müssen, die eigenen Emotionen häufig das geringste Gewicht haben. Ich weiß, du findest mich gefühllos, wenn ich das sage, aber ich spreche aus Erfahrung und weil du mir so viel bedeutest. Der Aufbau unserer Gesellschaft und ihre Regeln sind wohlbegründet. Sie sichern das Überleben unserer Institutionen, unserer Kultur und unserer Familien. Indem sie die Vergangenheit schützen, machen sie die Zukunft möglich. Ich erwarte nicht, daß du das mit deinen zwanzig Jahren verstehst, aber ich erwarte von dir, daß du mir glaubst, daß mir dein Wohl am Herzen liegt. Glaubst du mir das? Sieh mich an, Louis, und antworte mir.»

«Ja, ich glaube es dir, Mama», antwortete Louis leise. «Glaub du mir bitte, daß es mein Wunsch ist, dir ein guter Sohn zu sein. Aber ich kann mir für dich nicht das Herz aus dem Leib reißen. Bitte verlang das nicht.»

Henriette schüttelte nur schweigend den Kopf.

«Mama», bemerkte Nicolas, «hast du dir überlegt, daß Louis vielleicht nicht anders kann?» Er war ganz ruhig. Seine Fähigkeit, seine Gefühle zu verbergen – genau wie Henriette –, hätte eigentlich ein Band zwischen ihnen sein müssen; aber so war es nicht.

«Man kann in solchen Dingen immer anders», entgegnete sie. «Alles andere ist Schwäche und Selbstverwöhnung.» Sie ging zur Tür und öffnete sie. «Louis», sagte sie, sich noch einmal umdrehend, «wenn du vorhaben solltest, dich mit der Hoffnung zu trösten, daß mein Widerstand gegen diese Liaison abbröckeln wird, dann laß dich von deinem Bruder eines Besseren belehren.» Mit der rechten Hand warf sie ihre Röcke nach hinten und rauschte hinaus.

Louis ließ sich wieder auf das Sofa fallen. Nicolas legte ihm den Arm um die Schultern.

«Ich glaube nicht, daß sie seine Mätresse war», sagte Louis. «Sie war vor mir mit keinem Mann zusammen. Das weiß ich. Das hätte jeder gemerkt. Ich meine – ich will damit sagen, daß sie niemals jemanden ...»

«Ich weiß, was du meinst.»

«Ja, Gott sei Dank, du weißt das immer. Hast du sie gesehen, Nico? Hast du gesehen, wie schön sie ist?»

«Ja.»

«Dann kannst du doch meine Gefühle für sie verstehen, oder nicht?»

«Doch, ich denke schon. Ich verstehe aber auch Mamas Gefühle.»

Louis sah Nicolas in die Augen. «Was würdest du an meiner Stelle tun?»

Nicolas drückte ihm die Schulter und stand auf. «Ich wäre niemals an deiner Stelle, das weißt du. Vielleicht bin ich dadurch besser dran, vielleicht schlechter – aber es ist nun mal so. Aber wenn mir daran gelegen wäre, Mama freundlicher zu stimmen, würde ich häufiger zum Essen nach Hause kommen. Ich würde mindestens einmal in der Woche in die Firma gehen und Interesse zeigen. Ich würde ab und zu Tante Madeleine auf eine Fahrt im Bois mitnehmen und – hm, laß mich überlegen – ja, ich würde mir das Haar schneiden, wie es Mama gefällt.»

«Das nicht», versetzte Louis. «Alles andere, ja, aber das nicht.»

Die Brüder tauschten ihr verständnisinniges Lächeln, das sie einander so ähnlich machte. Dann fügte Nicolas hinzu: «Und ich würde meine Freundschaft mit Edmée Tissot nicht weiter so vernachlässigen.»

5

Durch das Oberlicht des größeren Zimmers fiel das Licht hell auf Louis' Malsachen und gab der Kreidezeichnung, die auf der Staffelei stand, einen blassen Schimmer. Am anderen Ende des Raums waren ein Spülbecken und ein kleiner blauer Ofen. Kleider und Bücher waren in zwei großen Schränken untergebracht, und fast in der Mitte des Zimmers stand ein Eßtisch mit drei Stühlen. Die Wände, die mit einer beigen Tapete bespannt waren, liefen in ungewöhnlichen Winkeln zusammen, da die kleine Wohnung aus größeren Räumen herausgeschnitten war. Die Schlafkammer war fast keilförmig, aber sonnig und hell sowohl von den Farben als auch von der Atmosphäre. Beide Zimmer waren blitzsauber und ordentlich aufgeräumt; der Boden im Wohnraum war noch feucht von Jeannes gründlicher Reinigung. Sie saß in einem blauen Kattunkleid, das Louis ihr gekauft hatte, auf dem Sofa und las die Zeitung. Aber Anwandlungen ängstlicher Besorgnis, die sie wie scharfe kleine Stiche durchzuckten, störten sie immer wieder in der Lektüre.

Es muß die politische Stimmung sein, sagte sie sich. Auf den Straßen, die ruhig schienen, brodelte es unter der drückenden Julihitze. König Karl hatte neue Parlamentswahlen ausrufen lassen, um sich der liberalen Oppositionsmitglieder zu entledigen, aber die Opposition war in noch stärkerer Zahl wieder ins Parlament eingezogen. Voll nervöser Spannung warteten die Bürger von Paris darauf, was der König als nächstes tun würde. Einige Wochen zuvor hatte er sie mit einer Feier anläßlich der algerischen Kapitulation vor der französischen Flotte in Triumph zu einen gesucht, aber die Leute hatte dieser Sieg nicht interessiert. Louis hatte erzählt, daß kaum jemand *vive le roi!* gerufen hatte, als Karl in seiner goldenen Kutsche zu Notre-Dame gefahren war. Die Zeitung auf Jeannes Schoß enthielt beängstigende und empörende Nachrichten: Karl erwog, verschiedene Erlasse zu unterzeichnen, mit denen Rechte, die allen Franzosen mit der Verfassung von 1814 garantiert worden waren, aufgehoben werden sollten. Sollte es tatsächlich dazu kommen, so konnte aus dem unterschwelligen Brodeln auf den Straßen nur allzu leicht offene Gewalt werden.

Durch das geöffnete Fenster hinter Jeanne wehte ein leichter Luftzug, doch Kühlung brachte er nicht. Sie nahm die Zeitung wieder zur Hand, las ein Stück, legte das Blatt wieder weg und fuhr sich seufzend durch das Haar, das langsam nachwuchs, aber noch immer nicht lang genug war, um es zur Hochfrisur zu kämmen. Unruhig stand sie auf und stellte sich vor Louis' Staffelei. Er hatte seit ihrem Einzug nicht viel gearbeitet; einige Versuche, ein Pferd im Stil Géricaults zu Papier zu bringen, einige Kreidezeichnungen von ihr, die er zerrissen hatte, noch ehe sie fertig waren. Die Zeichnung, die auf der Staffelei lag, zeigte sie im Profil. Seit Tagen arbeitete er an der Linienführung ihres Mundes, hatte sie aber noch immer nicht richtig getroffen. «Wieso ist es so leicht, ihn zu küssen, und so schwer, ihn zu zeichnen?» Jeanne lachte leise bei der Erinnerung an seine Worte, nahm eine Farbtube und drückte sie an ihren Mund. Mach, daß er heute kommt. Mach, daß er kommt.

Sie mußte ihn oft entbehren. «Familiäre Verpflichtungen», wie er es nannte, beanspruchten einen großen Teil seiner Zeit. Sie sah ihn vor sich, an einem langen Tisch, in Gesellschaft seiner Eltern und seines Bruders, alle zufrieden und freundlich lächelnd, denn wer würde nicht lächeln, wenn er mit Louis Vollard in einem prachtvollen Haus lebte? Sie hatte ihn nie gebeten, sie mit seiner Familie bekanntzumachen; ein Instinkt hatte ihr geraten zu warten, bis er es von selbst anbot – wie er das nun natürlich tun würde. Dann würde in ihren Gesprächen nichts mehr unausgesprochen bleiben. Dann würde sie nicht mehr vergebens hoffen müssen, daß er auf eine Bemerkung wie, «ich bin von meiner Familie weggegangen, ohne noch einmal zurückzublicken», sagen würde: «Ich muß heute abend auch nicht unbedingt mit meiner essen». Sie verstand, daß seine Familie ihm wichtig war. Dem Franzosen war die Familie heilig. Das hatte sie irgendwo gelesen. Nur sie und Nandou waren anders. Seine Mutter, die verbrannt war, weil sie zuviel getrunken hatte, lag in einem Massengrab auf dem Friedhof von Montmartre. Als Jeanne gefragt hatte, ob er Angst gehabt hatte, als er so jung allein zurückgeblieben war, hatte er gesagt: «Ja, aber es war einfacher als das Leben mit ihr.»

Nandous Gesicht erschien vor ihr: dunkelhäutig und breit, mit hoher Stirn und langem dunklem Haar, in dem er, wenn er erregt war, mit den Fingern zu wühlen pflegte, bis es nach allen Seiten abstand. Sie hatte ihn vielleicht ein halbes dutzendmal gesehen seit ihrem Auszug. Zweimal war sie ins Theater gegangen und hatte hinter der Bühne auf ihn gewartet, aber das war hart gewesen. In ihrer alten Maske, als sein Neffe, der Inspizientengehilfe, hatte sie dort gestanden, den Leuten zugenickt, die mit einem «Hallo, Sorel, auch mal wieder da?» an ihr vorbeigelaufen waren, hatte den Geruch nach Farbe und Leim, nach Sägemehl und Schminke geatmet, den sie liebte, und hatte doch nicht mehr dazugehört. Sie war jetzt nur noch Zuschauerin, die manchmal mit Louis ins Theater ging, meistens jedoch allein, als junger Mann verkleidet, weil sie da keine Belästigungen zu fürchten brauchte. Dieses Wissen, nicht mehr dazuzugehören, hatte sie so aus dem Konzept gebracht, daß sie kaum gewußt hatte, was sie mit Nandou sprechen sollte. Und da es ihm nicht anders erging, hatten sie sich am Ende über vertraute Dinge wie zwei Fremde unterhalten. Aber selbst diese Gespräche waren noch besser als jene, die sie miteinander führten, wenn sie Nandou in seiner neuen Wohnung besuchte, in der die Möbel und die Gegenstände, die sie so gut kannte, an ungewohnten Plätzen standen und fremd und schäbig wirkten. Viermal war sie dort gewesen, und immer war es gleich abgelaufen: Hallo, wie geht's dir; was macht Fidèle; hast du den Artikel in der Zeitung über dies oder jenes gesehen; hab ich dir schon erzählt, daß ich gerade dies oder jenes lese; hast du gehört, daß Hugo an einem neuen Stück arbeitet... Als sie das letzte Mal dort gewesen war, hatte sie lange mit Fidèle gespielt, die dem Stück Schnur, mit dem sie sie lockte, mit soviel komischem Eifer nachgesprungen war, daß sie aus dem Lachen kaum herausgekommen war. Als sie sich Nandou zuwandte, der am Tisch saß, um zu sehen, ob er mitlachte, war sein Blick ausnahmsweise einmal unverhüllt gewesen. Sie hatte ihm in die Augen geblickt und den Schmerz in ihren Tiefen gesehen. Sei nicht traurig, hätte sie ihm am liebsten zugerufen. Bitte, sei nicht traurig. Aber wenn sie das getan hätte, hätten sie darüber sprechen müssen, warum er traurig war.

«Geht es dir gut?» hatte sie stockend gefragt.

«Natürlich.» Sein Blick hatte sich schon wieder verschlossen. «Es ist mir nie besser gegangen. An den Theatern gibt es Arbeit genug, und zu Hause habe ich soviel Platz wie noch nie.» Er hatte gelächelt, als wären seine Worte ganz harmlos und ohne Sarkasmus, doch sie hatte den Schmerz in seinen Augen nicht vergessen können. Sie hatte das Spiel mit der Katze wieder aufgenommen, aber mit dem Herzen war sie nicht mehr dabei gewesen, weil sie nur noch daran gedacht hatte, daß sie etwas sagen oder tun mußte, um Nandou zu trösten.

Sie mußte Louis von ihm erzählen. Wieso ihn das trösten würde, hätte sie nicht erklären können, sie wußte es einfach. Der Vorsatz, es zu tun, sobald sie nach Hause kam, hatte sie erleichtert. Sie hatte Nandou gebeten, etwas vorzulesen, und als er ihren Wunsch erfüllt und im Zimmer auf und ab gehend mit wechselnder Stimme und wenigen Gesten die verschiedenen Personen des ausgewählten Stücks heraufbeschworen hatte, war es beinahe wie früher gewesen. Aber als sie nach Hause kam, war Louis nicht da gewesen, und über dem Warten auf ihn war das dringende Bedürfnis, ihm von Nandou zu erzählen, abgeklungen. Aber ich muß es tun, dachte sie. Ich muß und ich werde. Aber nicht heute. Heute hatte sie ihm anderes zu sagen, wenn er kam. *Falls* er kam.

Sie atmete einmal tief durch. Eine blauschillernde Schmeißfliege schwirrte durch das Zimmer und ließ sich auf Louis' Zeichnung von ihr nieder. «Hau ab, du!» rief sie zornig, als wäre die Fliege schuld an ihren Ängsten. Jeanne blieb unter dem Fenster stehen und sah ihr blinzelnd nach, bis sie Schritte auf der Treppe hörte. Louis, dachte sie, ohne sich zu rühren, zählte die Schritte, wartete darauf, daß sie in einem der unteren Stockwerke verhallen würden, hörte sie lauter werden.

Als die Tür sich öffnete, lief sie schnell zu ihm. Er wedelte mit der Zeitung, die er hoch über den Kopf hielt, während er sie mit einem Arm an sich zog und küßte. Seine Erregung war so spürbar, daß sie sich gleich wieder von ihm löste. «Was ist?» rief sie.

«Die Erlasse sind eben im *Moniteur* bekanntgegeben worden.»

Sie riß ihm die Zeitung aus der Hand. Was sie alle gefürchtet hatten, war eingetreten – Karl hatte vier Erlasse unterzeichnet: Mehrere liberale Zeitungen, die gegen ihn opponiert hatten, wurden verboten, die neue Deputiertenkammer wurde aufgelöst, noch ehe sie das erste Mal zusammengetreten war, ein neuer Wahltermin im September war angesetzt, die Zahl der wahlberechtigten Bürger verringert worden.

«Das ist Tyrannei», sagte sie.

Louis nickte. «Er will Frankreich gegen die Verfassung seinen Willen aufzwingen. Damit hat er sein Todesurteil unterzeichnet.»

«Und wer wird es vollstrecken?»

«Das Volk», antwortete Louis.

«Wie ist es draußen?»

«Bis jetzt noch ruhig. Wenn es zu Kämpfen kommen sollte, Jeanne, werde ich dabei sein.»

Atemlos, mit blitzenden Augen sahen sie einander an, als spürten sie schon das Zittern des Umbruchs, der ihrer Welt drohte. Ihre Wangen wurden heiß, und während sie ihm in das erregte Gesicht sah, wurde sie sich mit eisigem Erschrecken seiner und ihrer Sterblichkeit bewußt und schrie auf. «Ja», sagte er nur, und sie wußte, daß er fühlte wie sie. Sie streckte die Arme nach ihm aus. Er küßte ihre Hände, ihren Mund, und blind, doch sicheren Schrittes gingen sie in das kleine Schlafzimmer. Sie hatte nie Scheu oder Scham ihm gegenüber gekannt, nicht einmal in der ersten Nacht, aber jetzt überfiel sie ein solches Sehnen, mit ihm eins zu sein, seinen Körper und ihren eigenen zu spüren, daß sie nicht schnell genug aus ihren Kleidern kommen konnte. In dem sonnigen Zimmer ließen sie sich auf das Bett fallen, abgerissene Worte stammelnd, Laute ausstoßend, die nicht Schluchzen und nicht Lachen waren, und ihre Körper bewegten sich pausenlos, als könnten sie so die Möglichkeit ewiger Stille und Starre, die sie ängstigte, leugnen.

Danach lagen sie wie benommen. Jeanne regte sich zuerst. Sie richtete sich auf einen Ellbogen gestützt auf, sah sich in dem hellen Zimmer um, ihrer Oase der Geborgenheit, und sah dann Louis an. «Ich liebe dich», sagte sie. Er lächelte, ohne die Augen zu öffnen. Sie tupfte ihm die Schweißperlen von den Schläfen und leckte das salzige Naß von ihren Fingern. Jetzt, dachte sie, ist der Moment, es ihm zu sagen; jetzt, da wir einander so nahe sind.

«Louis», sagte sie leise, «wir bekommen ein Kind.»

Seine Lider zitterten, hoben sich langsam. «Was hast du gesagt?»

«Ich erwarte ein Kind. Dein Kind.»

«Ein Kind?» wiederholte er perplex.

«Erst wünschte ich, es wäre nicht so bald passiert, aber so, wie es mit uns ist...» Sie wies lachend auf die verstreuten Kleider.

Er setzte sich auf. «Bist du sicher?»

«Es sind jetzt drei Monate.» Sie starrte auf seinen Rücken. «Louis, sag mir, was du denkst. Sieh mich an.»

Endlich drehte er sich herum. «Es ist schön, natürlich, aber so unerwartet. Ich dachte, du wärst... du wüßtest...»

«Ich wüßte ein Mittel, um es zu verhindern? Nein.»

«Meine kluge kleine Jeanne. Du kanntest niemanden, der dir hätte helfen können? Schauspielerinnen – die wissen doch in solchen Dingen sicher Bescheid. Oder vielleicht jemand aus deinem früheren Leben...?»

«Ich arbeite nicht mehr am Theater, Louis. Ich komme nicht mit Schauspielerinnen zusammen. Und mein früheres Leben – du meinst die Prostituierten, die wir morgens auf den Straßen trafen? Ja, die haben sicher alle schon Abtreibungen hinter sich. Meintest du das?»

«Nein.» Er seufzte. «Und was sollen wir jetzt tun, *ma petite?*»

«Gute Eltern werden», antwortete sie langsam. «Vielleicht ist gerade jetzt die beste Zeit für ein Kind, Louis. Wir haben der Zukunft, auch wenn sie noch so bedrohlich ist, etwas entgegenzusetzen, ein neues Leben, das wir selbst geschaffen haben, aus Liebe. Es wird uns schützen, ganz gleich, was die Zukunft bringt.»

Er nickte, doch in Gedanken schien er weit fort zu sein.

«Wirst du mit deinen Eltern sprechen?» fragte sie und wünschte, es hätte nicht wie eine Frage geklungen.

Er berührte leicht ihre Wange. «Du denkst an die Zukunft, Jeanne, aber das kann ich nicht. Jedenfalls nicht heute. Vielleicht morgen schon werden wir kämpfen müssen. Vielleicht werde ich sterben...»

«Nein!»

«Doch. Es ist möglich. Darum laß uns nicht an morgen denken. Laß uns glücklich sein, solange wir das können.»

«Aber – bist du denn auch glücklich, Louis? Über das Kind, meine ich.»

«Natürlich. Ich bin nur überrascht. Du hast mich überhaupt nicht vorgewarnt, obwohl du es doch sicher schon seit einigen Wochen vermutest.»

«Ich wollte sicher sein.»

«Ach so. Und außerdem hast du gern deine kleinen Geheimnisse, hm?»

«Wie meinst du das?»

Sein Lächeln war so sanft, daß sie im ersten Moment die Worte nicht begriff, die es begleiteten. «Du hast mir erzählt, daß du mit einem Freund vom Theater zusammengelebt hast. Du hast mir nie gesagt, daß der Freund ein Zwerg ist.»

Verdammter Mist, dachte sie, aber sie wagte nicht, es laut zu sagen, weil Louis es haßte, wenn sie fluchte. Er lächelte immer noch, also war er vielleicht doch nicht böse. Vielleicht würde er es verstehen. Zaghaft lächelte sie zurück.

«Ich weiß, es war nicht recht von mir, Louis, aber ich hatte Angst, du würdest es vielleicht nicht verstehen. Die Leute vom Theater führen ein anderes Leben als normale Bürger. Wenn da Männer und Frauen zusammenleben, heißt das noch lange nicht, daß sie Liebespaare sind. Nandou war – ist – mein Freund. Ein sehr lieber Freund, aber nur ein Freund.» Louis' Gesicht zeigte keine Regung. «Ich habe dir erzählt, daß ich von meiner Familie weggegangen bin, und das ist die Wahrheit. Aber Nandou hat mir dabei geholfen. Er sah mich, und er sprach mit mir – er hat mir die Augen geöffnet... Es ist sehr schwer zu erklären, Louis, wahrscheinlich habe ich darum nicht mit dir darüber gesprochen... Er machte mir klar, daß ich nicht den Rest meines Lebens als Lumpensammlerin zubringen muß. Er fragte mich, ob ich zu ihm ziehen und bei ihm leben wolle. Er wollte mir Lesen und Schreiben beibringen und – nein, zieh nicht die Augenbrauen hoch, es ist wahr. Er sah, daß ich völlig unwissend war, Louis, und er hat mich alles gelehrt, was ich weiß, er ganz allein. Er hat mich mit dem Theater bekannt gemacht. Er ist ein wunderbarer Mensch, klug und intelligent. Einmal hat er nachts sogar Victor Hugo vor Räubern gerettet. Darum nennen sie ihn manchmal Hugos Zwerg. Und er – es war nicht recht, daß ich dir nicht von ihm erzählt habe, aber jetzt, wo du es weißt... Du bist doch nicht böse, nicht wahr?»

«Nein.» Louis' Gesichtsausdruck war immer noch unverändert. Das war das Beängstigende.

«Louis, ich wäre dir nie begegnet, wenn Nandou nicht gewesen wäre. Er hat mich in das Café mitgenommen, in dem ich dich zum ersten Mal sah, und später zur Premiere von *Hernani.*»

«Wenn er in deinem Leben eine so wichtige Rolle gespielt hat, wieso hast du ihn dann nie erwähnt?»

«Das habe ich dir doch eben erklärt. Ich hatte Angst, du würdest glauben, daß er und ich – oder du würdest dich daran stoßen, daß er ein Zwerg ist. Ich hätte es besser wissen müssen. Du würdest niemals nach dem äußeren Schein urteilen. Gerade du nicht, der du dich gegen deine Familie auflehnst, um Kunst studieren zu können, und mit einer Lumpensammlerstochter zusammenlebst.» Sie lachte. Einmal ausgesprochen, fielen all ihre närrischen Ängste in sich zusammen. «Ich kann mir vorstellen, wie sehr mein Mangel an Vertrauen dich kränken muß. Gerade du hättest meine Freundschaft mit Nandou verstanden. Ich weiß selbst nicht mehr, warum ich Angst hatte. Kein Wunder, daß du verstimmt warst – du hast dich von mir nicht verstanden gefühlt, und mit Recht.» Sie strich ihm eine dunkle Haarsträhne aus der Stirn. «Kannst du mir verzeihen, daß ich dich so verkannt habe?»

Er sah sie schweigend an, sein Blick so unergründlich wie der Nandous. Einen entsetzlichen Moment lang war sie sicher, daß nun alles anders werden würde, daß dieses Gespräch alles Gewesene vernichten würde, aber dann sagte er leise: «Aber ja, natürlich verzeihe ich dir.»

Sie küßte ihn. «Ich weiß, daß Nandou dir gefallen wird. Du mußt ihn kennenlernen. Du wirst sehen, wie gescheit er ist, wie...»

«Ich bin überzeugt, er ist ein großartiger Mensch, aber lassen wir das jetzt erst einmal.» Er stand vom Bett auf und schlüpfte in seine hellgraue Hose. «Ich muß sehen, was auf der Straße los ist.»

Auch sie sprang auf und griff nach ihrem Kleid. «Ich komme mit.»

«Gut.» Er gab ihr einen feinen Klaps auf den Po, und ehe sie gingen, küßte er sie und nannte sie «meine süße Jeanne», wie immer; es war also alles wieder in Ordnung.

Aber einige Stunden später, nachdem sie durch Straßen gegangen waren, in denen trügerische Ruhe herrschte, nachdem sie in ihrem kleinen Stammlokal beim Palais Royal gegessen hatten und Louis festgestellt hatte, daß hier niemand etwas zu wissen schien, sagte er, er würde sie nach Hause bringen, weil er zu seinem Vater und seinem Bruder müsse, um zu erfahren, ob sie mehr wüßten. Als sie wieder in der Wohnung an der Place des Italiens waren, umfaßte er ihr Gesicht mit beiden Händen und küßte sie innig.

«Bis bald», sagte Jeanne und war froh, daß es nicht wie eine Frage geklungen hatte. Er nickte. «Sei vorsichtig!» rief sie ihm nach, als er ging.

Sie fand keinen Schlaf in dieser Nacht. Bei jedem Geräusch schreckte sie in die Höhe. Es hätte ja Gewehrfeuer sein können oder das Rumoren sich sammelnder Menschenmengen, oder seine Schritte auf der Treppe. Am Morgen war sie rastlos, hin und her gerissen zwischen dem Verlangen, auszugehen und zu erfahren, was sich tat, und der Furcht, er könne kommen, während sie weg war. Der Drang, etwas zu tun, gewann schließlich die Oberhand. Sie schlüpfte in Hemd und Hose, stülpte ihre Mütze auf den Kopf und legte ihm einen Zettel auf den Tisch.

Im Café an der Ecke würgte sie einen Becher Kaffee und ein Brötchen hinunter und lauschte den Gesprächen über die neuesten Entwicklungen. Vierundvierzig Journalisten hatten im Namen der Verfassung einen Protest gegen das willkürliche Vorgehen des Königs gegen die Presse unterzeichnet. Es blieb abzuwarten, wie der König reagieren würde.

Sie verließ das Café und streifte durch die Straßen, die sich mit Menschen füllten, die so rastlos waren wie sie. Am frühen Nachmittag verbreitete sich wie ein Lauffeuer das Gerücht, die Polizei sei auf dem Weg zur Rue de Richelieu, zur Redaktion einer der liberalen Zeitungen, deren Stillegung angeordnet worden war. Eine Menschenflut, getragen von dem vielstimmigen Ruf «*Vive la Charte*!», setzte sich in Richtung zur Rue de Richelieu in Bewegung, und sie schloß sich ihr an.

Vor der Redaktion der Zeitung *Le Temps* wogte ein Meer von Menschen. Drucker und Redakteure hatten die Türen verschlossen und präsentierten sich dem Polizeipräsidenten in geschlossener Phalanx, um ihn und seine Leute am Eintritt und an der Zerstörung der Pressen zu hindern. Als der Polizeipräsident versuchte, einen Schlosser aufzutreiben, um die Türen öffnen zu lassen, vereitelten sie unter dem Jubel der Menge seine Bemühungen. Einer der Redakteure las mit dröhnender Stimme aus dem Code Napoleon den Artikel über Hausfriedensbruch vor, und unter gellenden Pfiffen und donnerndem Applaus fühlte sich Jeanne an den Tag vor dem Théâtre Français erinnert. Nur fand diesmal die Schlacht nicht auf der Bühne statt; diesmal ging es um das Leben der Bürger Frankreichs: Republikaner gegen Monarchisten. Das Kampfziel war das gleiche wie damals zwischen den Romantikern und den Anhängern des Klassizismus: mehr Freiheit. Sie stand fast die ganze Zeit auf Zehenspitzen, um über die Menge hinwegsehen zu können. Einmal sah sie kurz das krause Haar und die imposante Gestalt Alexandre Dumas'. Da konnte auch Louis nicht weit sein. Und sie hatte recht; sie entdeckte ihn Meter entfernt und winkte und rief seinen Namen. Aber als der Mann den Kopf drehte, sah sie, daß es nicht Louis war.

Am Ende trug der Polizeipräsident dennoch den Sieg über die Zeitungsleute davon. Er drang in die Redaktion ein und befahl seinen Truppen, die Straßen freizumachen. Als die Männer mit gezückten Bajonetten vordrangen, blieb Jeanne nichts anderes übrig, als mit der Menge zurückzuweichen, und als die Garnisonssoldaten aufmarschierten, um die Boulevards zu besetzen und die Menschen in breiter Front abzudrängen, war klar, daß es zum Kampf kommen würde. Rundherum schrien die Leute wütend den Namen des Garnisonskommandanten, dann fielen Schüsse, und die Menschen stoben in allen Richtungen auseinander. Immer neue Meldungen jagten einander: In der Rue Saint-Honoré waren drei Menschen getötet worden; in der Rue de Richelieu hatte man Barrikaden errichtet, die sofort wieder eingerissen worden waren! In Panik drängte sich Jeanne durch die Menge, immer auf der Suche nach Louis, aber sie fand ihn nicht.

Als sie um eine Straßenecke bog, stieß sie mit dem Direktor des Vaudeville-Theaters zusammen. «Monsieur Arago!» rief sie, und im nächsten Augenblick packte sie jemand fest am Arm. Es war Nandou. «Ich war an der Place des Italiens und habe dich gesucht», rief er. «Alles in Ordnung?»

Sie nickte nur, gerührt, daß er sich trotz seiner Abneigung gegen Menschenmengen bis zur Place des Italiens durchgekämpft hatte, um nach ihr zu sehen.

«Bist du allein?» fragte er. «Wo ist Vollard?»

Sie wollte lügen, aber sein Blick ließ es nicht zu. «Ich weiß nicht», antwortete sie.

«Du mußt nach Hause», befahl er. «Wo du in Sicherheit bist. Komm, ich bringe dich heim.»

«Nein! Ich will nicht! Ich bleibe bei dir. Wohin willst du?»

«Ich gehe mit Arago die Theater schließen. Wir fordern die Leute auf, ihre Vorstellungen abzubrechen und die Zuschauer auf die Straße zu schicken. Sie dürfen nicht im Theater sitzen und sich amüsieren, während in den Straßen von Paris gekämpft wird.»

Sie hörte «Sorel! Sorel!» und sah vertraute Gesichter in der Gruppe hinter Arago: Bühnenarbeiter, Schauspieler, Garderobieren.

«*Vive la Charte*!» rief sie und schloß sich ihnen auf dem Weg zu den Theatern bei der Börse an. Nandou blieb ständig an ihrer Seite. Er trug das Arbeitsgewand des Kulissenschiebers und eine weiche braune Mütze. Er wirkte sehr angespannt. Sie hätte ihn am liebsten umarmt, hätte sie am liebsten alle umarmt, weil sie endlich wieder zu ihnen gehörte – und weil sie gemeinsam eine Revolution anführten.

Mit den Rufen «Brecht die Vorstellung ab! Schließt die Theater!» näherten sie sich der Place de la Bourse und stolperten beinahe über die Leiche einer jungen Frau. «Es war Mord», schrie jemand aus einem Fenster. «Sie hat nur dagestanden und den Straßenjungen zugeschaut, die Steine geschmissen haben, und da haben die Soldaten sie erschossen!» Nandou sagte zu Arago: «Bringen wir sie an einen Ort, wo alle sie sehen können.» Gemeinsam trugen sie die Tote zur erleuchteten Treppe des Théâtre des Nouveautés.

«Brecht die Vorstellung ab! Schließt die Theater! In den Straßen von Paris werden die Menschen umgebracht!»

Unablässig schrien sie die Worte, während sie marschierten, die Zuschauer aus den Theatern holten und zusahen, wie auf deren Gesichtern der gleiche Zorn aufflammte, der in ihnen brannte. Und als sie es geschafft hatten, die Theater zu leeren, bauten auch sie Barrikaden mit Steinen und Möbelstücken, die die Leute aus den Fenstern warfen, mit allem, was sie finden konnten. Sie sangen und brüllten ihren Widerstand gegen Karl und alle Tyrannen hinaus, und es kam Jeanne vor, als wäre es wieder der Premierenabend von *Hernani*. Sie aßen Brot, Käse und Schinken, die herumgereicht wurden, aber Wein und Schnaps lehnten sie ab, weil sie einen klaren Kopf brauchten in diesem Kampf, der seinen eigenen Rausch produzierte. «*Vive la Charte*!» «Nieder mit den Bourbonen!» Zorn und Leidenschaft schmiedeten die Menschen zusammen. Jeanne stand auf den Barrikaden, kämpfte gegen die Traditionalisten und die Monarchie, verteidigte die Freiheit des Theaters und der Stadt und dachte an Louis, der, ganz gleich, wo er war, kämpfte wie sie. Sie waren vereint im Kampf für die Republik und die Freiheit und auf ewig durch das Kind, das sie trug.

Als der Morgen kam, erkannten sie, daß sie dringend Waffen brauchten, und überlegten, wo sie sich welche beschaffen sollten. «Was ist mit den Requisitenkammern?» fragte Jeanne, und schon planten sie weiter.

«Nein», sagte Nandou zu ihr, «es ist besser, du kommst nicht mit.»

«Du kannst mich nicht daran hindern!» gab sie zurück. «Du weißt doch – ich kann tun, was ich will.»

Er wandte sich ab, und wenig später stahl sie sich mit ihm und neun anderen hinter der Barrikade hervor.

In der Straße vor dem Theater, für das sie sich entschieden hatten, standen Soldaten. Doch sie gelangten ohne Zwischenfall zur Bühnentür, und sobald sie drinnen waren, rafften sie alles an Schwertern, Gewehren und Pulver zusammen, was sie finden konnten, und stapelten es an der Tür. Als sie zum Abzug bereit waren, sagte Nandou: «Laßt mir drei Minuten Zeit, dann lenke ich die Soldaten ab, und ihr könnt in Ruhe hinausmarschieren.» Das ruhige Selbstvertrauen seines Tons gab ihnen Zuversicht.

Einer nach dem anderen schlichen sie sich mit Waffen beladen hinaus. Jeanne hatte Pulverhörner umhängen, so viele sie schleppen konnte. Als sie die Straße erreichte, warf sie einen Blick zurück: Die Soldaten standen lachend um Nandou herum, der gerade ein buntes Tuch aus seinem Ohr zog.

Sie hastete weiter, sah in einer Seitenstraße zwei Männer, unverkennbar Rebellen, die vor einem dritten standen, der auf dem Boden kauerte. Sie wollte schon weiterlaufen, da erkannte sie den Verletzten. «Louis!» schrie sie und rannte in die Straße hinein.

Die beiden Männer wollten sie aufhalten, aber sie stieß sie weg und kniete neben Louis nieder. Aus einer Schußverletzung in seinem Oberschenkel quoll Blut, und die eine Gesichtshälfte war blutig aufgeschürft.

Immer wieder rief sie seinen Namen, bis er endlich die Augen öffnete und sie ansah. «Jeanne?» sagte er verwundert.

«Ja, Louis, Liebster, ich bin's. Ich wußte, daß du irgendwo kämpfst. Ich wußte es. Hast du starke Schmerzen? Mach dir keine Sorgen, ich kümmre mich um dich. Es wird alles gut. Wir bringen dich nach Hause, und ich pflege dich...» Sie sprach leise tröstend auf ihn ein, während sie behutsam den zerrissenen Stoff seiner Hose von der Wunde löste und ihm die unverletzte Wange streichelte. Sein Gesicht verdunkelte sich.

«Was ist?» rief sie erschrocken. «Hast du Schmerzen? Sag's mir, Louis.» Dann bemerkte sie, daß sein Blick nicht ihr galt, sondern jemandem an ihrer Seite. Sie drehte den Kopf und sah Nandou, die Augen zusammengekniffen, wie von der Sonne geblendet. Die Blicke der beiden Männer kreuzten sich wie Schwertklingen.

«Nandou, das ist Louis», sagte sie heiser. «Wir müssen ihm helfen.»

«Natürlich», stimmte Nandou zu. Er zog einen Schal aus der Tasche und hielt ihn ihr hin. «Bind ihm das oberhalb der Wunde um das Bein, damit es erst einmal zu bluten aufhört.»

Sie schlang Louis ungeschickt das Tuch um den Schenkel, und als sie es geschafft hatte, sagte sie, ohne aufzublicken: «Nandou, ich muß ihn nach Hause bringen.»

«Nach Hause», wiederholte Louis, dessen Augen sich verschleierten.

Jeanne stand auf. «Bitte helft mir. Ich muß ihn nach Hause bringen, solange es noch einigermaßen ruhig ist.»

«Wissen Sie denn, wo er wohnt?» fragte einer der beiden Männer.

«Es ist nicht weit. An der Place des Italiens.»

Louis hob eine Hand und ließ sie schwach wieder fallen. «Ich muß... in die Rue du Faubourg Saint-Honoré.»

«Nein, Louis, ich bring dich nach Hause...»

«Saint-Honoré», wiederholte er beharrlich trotz seiner Schwäche. «Nummer neununddreißig – nach Hause.»

«Louis...»

«Nach Hause.» Die Augen fielen ihm zu.

Jeanne trat von ihm weg und lehnte sich seitlich an die Hausmauer. Sie drückte sich so fest an den Stein, daß er ihr in Schultern und Hüfte schnitt. Die Übelkeit hatte sie nur überfallen, weil es Morgen war, nur deshalb.

Hinter sich hörte sie Nandous Stimme. «Geht's dir nicht gut?»
«Doch, doch», antwortete sie hastig. «Es geht mir gut.»

6

Nach drei Tagen war die Revolution vorbei.

Die Menschen stürmten die Tuilerien. Sie zerstörten die Korrespondenz des Königs, trampelten durch die Gänge, in Zimmer und Säle, zum Thron hinauf, auf dem sie unter lautem Gelächter abwechselnd Platz nahmen. Auf den Straßen sangen und tanzten sie und brüllten aus voller Kehle immer wieder *Vive la République*. Geschichten machten die Runde, die zu Legenden werden sollten: von einem Ladeninhaber, der die Gewehrkugel, die ein Medizinstudent aus seinem Körper holte, küßte und mit seinem letzten Atemzug sagte: «Bringt sie meiner Frau»; von dem zwölfjährigen Jungen, der im Kampf mit einem Soldaten verwundet wurde und das Lob für seine Tapferkeit mit den Worten abwehrte: «Die Liebe zum Vaterland macht ein Kind zum Mann.» Die Julirevolution hatte Helden hervorgebracht, die eines Stücks von Hugo würdig gewesen wären, und einen Sieg errungen, der all jener würdig war, die für ihn gestorben waren. Frankreich war eine Republik.

Doch als man Lafayette das Amt des Präsidenten antrug, lehnte er ab. Die Macht ging an einen weiteren Bourbonen über, Louis Philippe, und nur Wochen später setzte ihn die Kammer nach Abstimmung zum König ein. Frankreich war wieder eine Monarchie.

Der neue König jedoch gelobte, die Verfassung zu achten. Er lockerte die Zensur an den Theatern, so daß diese es wagen konnten, neue, kühnere Stücke auf ihren Spielplan zu setzen.

In der Garderobe sagte eines Abends ein Schauspieler zu Nandou: «Ich sehe, dein Neffe arbeitet wieder bei uns. Wo war er denn so lange?»

Nandou tupfte rote Schminke in die Innenwinkel seiner Augen, um sie glänzender erscheinen zu lassen. «Weg», sagte er nur.

«Das weiß ich», erwiderte der Schauspieler lachend. «Aber wo?»

Nandou musterte sich im Spiegel. «Bei seiner Mutter. Im Süden.»

«Aha. Und ist seine Mutter auch eine Zwergin? Oder ist sie normal gewachsen wie der Sohn?»

Nandou rollte die Augen und zog die Mundwinkel abwärts. «Sie ist in jeder Hinsicht normal», antwortete er. «Und sehr schön.»

«Na so was! Und sie ist deine Schwester?»

«Manche Dinge kann man eben nicht erklären», brummte Nandou.

In der folgenden Woche, als Nandou beim Bühnenumbau half, fragte ihn einer der Arbeiter: «Hab ich nicht bei der Revolution deinen Neffen mit dir auf den Barrikaden gesehen?»

«Kann schon sein. Er war dabei.»

«Kaum zu glauben, daß er mitkämpfen konnte. Schau ihn dir doch mal an. Da drüben hockt er in der Ecke und sieht zum Erbarmen aus. Ist er krank?»

«Nein, er ist kerngesund, nur ein bißchen müde heute.»

«Erzähl das mal dem Inspizienten», versetzte der Mann spöttisch. «Ich sag das nur, um dich zu warnen, verstehst du. Du willst doch bestimmt nicht, daß dein Neffe seine Arbeit verliert.»

«Es geht ihm gut», versicherte Nandou, als wäre alles in Ordnung.

Er bemühte sich, wenn immer möglich an denselben Theatern zu arbeiten, bei denen Jeanne Anstellung fand. Er hörte die ungeduldigen Rufe des Inspizienten: «He, Sorel, mach mal 'n bißchen Dampf!» – «Wo zum Teufel ist Sorel?» – «Ich hab Sorel vor einer halben Stunde zum Perückenmacher geschickt. Ist er immer noch nicht wieder da?» Zweimal machte er sich unter der Gefahr, sein Stichwort zu verpassen, auf die Suche nach ihr. Einmal entdeckte er sie an einer Stange mit Ballettkostümen, wo sie das Gesicht tief in Tüll und Federn vergraben hatte. Als er sie bei den Schultern faßte, sah sie mit tränennassen Augen zu ihm auf, riß sich dann von ihm los und sagte: «Laß, Nandou, es ist nichts.»

Das zweite Mal kniete sie hinter einem Stapel Kulissen und übergab sich in einen Eimer. Er machte sich nicht bemerkbar, aber erkannte blitzartig, was ihr fehlte. Erst als sie aufstand, trat er zu ihr und sagte: «Ich mach das hier schon. Sag dem Inspizienten, daß du dich nicht wohl fühlst, und geh nach Hause.»

Sie wischte sich Mund und Augen und sah ihn mit dem gleichen Trotz an wie damals, als sie sich geweigert hatte, lesen zu lernen. «Das mach ich schon selbst sauber, Nandou. Es ist schließlich mein Dreck.»

«Warum läßt du dir nicht helfen?»

«Ich bin nicht krank. Es ist nur der Schinken vom Frühstück. Er ist mir nicht bekommen. Jetzt geht's mir wieder gut.»

«Dann komm nach der Vorstellung mit mir und iß etwas, das dir bekommt.»

«Ich kann nicht. Heute abend nicht. Tut mir leid.»

«Wie du meinst.» Er zögerte. «Ist dir kalt?»

«Nein.»

«Warum trägst du dann bei dieser Hitze eine Jacke?»

Sie hob trotzig das Kinn. «Damit keiner sieht, daß Jean Sorel einen Busen hat. Hast du nicht gleich einen Auftritt?»

Warum brachte er es nicht fertig zu sagen, du erwartest ein Kind, nicht wahr?

Weil sie entweder lügen oder die Wahrheit sagen würde und er keines von beidem ertragen konnte.

Seit dem Tag, an dem sie Vollard in das Haus seiner Eltern gebracht hatten, hatte sie ihn nur zweimal besucht. Ihr Lächeln war so künstlich und starr gewesen wie das eines Clowns. Danke, mir geht's gut, Nandou, ja, alles in Ordnung. Nein, sie könne nicht wieder zu ihm und Fidèle ziehen, weil Louis ja bald zurückkehren würde. Selbstverständlich würde er zurückkehren! Sobald die Ärzte es erlaubten. Es war nur natürlich, daß er ins Haus seiner Eltern hatte gebracht werden wollen, wo ihn die Behandlung der besten Ärzte und die Pflege treuer Diener erwarteten. Daß er sich so gut erhole, sei der beste Beweis dafür, daß sein Wunsch völlig berechtigt war. Woher sie wisse, wie es ihm ging? Aber sie besuche doch oft genug das Haus in der Rue du Faubourg Saint-Honoré! (Und das stimmte sogar, wie Nandou wußte, der ihr mehrmals gefolgt war. Nur ging sie niemals in das Haus hinein. Er hatte beobachtet, wie sie mit den Hausangestellten gesprochen hatte, die die Tür öffneten, und sich dann mit einer Gebärde solcher Niedergeschlagenheit abgewandt hatte, daß er am liebsten selbst ins Haus gestürmt wäre und Vollard getötet hätte.) Bis zu Louis' Rückkehr, erklärte sie mit ihrem künstlich strahlenden Lächeln, arbeite sie wieder im Theater, weil sie die Zeit dafür hätte und es ihr Freude mache. Ob es daran vielleicht etwas auszusetzen gäbe? Aber nein, natürlich nicht. Es geht mir gut, Nandou, es geht mir gut.

Angesichts ihrer hartnäckigen Entschlossenheit, so zu tun, als wäre alles in bester Ordnung, konnte er sich nur mit dem Gedanken trösten, daß er sie nicht aus dem Elendsleben einer Lumpensammlerstochter hätte retten können, wenn sie nicht hartnäckig und entschlossen gewesen wäre. Nichts konnte er tun, als sich abwenden, in die Kulissen zurückkehren und auf sein Stichwort warten. Auftritt Zwerg, böse lächelnd.

Und ihr nach der Vorstellung gute Nacht zurufen, als wäre sie nicht mehr als einer von vielen Kollegen. Und ihr dann folgen, ohne es sie merken zu lassen, an Hausmauern gedrückt, in Toreinfahrten verborgen, um sicherzugehen, daß sie die Place des Italiens wohlbehalten erreichte.

Wenn ihr Schritt kurz vor der Straßenecke schneller wurde und sie wie flehend zum Dachfenster hinaufsah, folgte er ihrem Blick mit gleicher Bangnis, aber aus anderem Grund. Und wenn kein Licht aus dem Dachfenster schimmerte und sie entmutigt den Kopf senkte, hätte er am liebsten Freudensprünge gemacht – weil Vollard nicht da war; weil sie nun fühlen mußte, was ihn marterte, seit er sie kannte: eine Liebe, die unerfüllt bleiben, die zurückgedrängt werden mußte, die nicht erwidert wurde und dennoch nicht aufhörte zu wachsen.

Aber wenn sie mit hängenden Schultern die Tür öffnete, war es vorbei mit seiner Schadenfreude. Er fand sich gemein und niederträchtig; kein Wunder, daß sie ihn nicht lieben konnte, da seine Seele so mißgestaltet war wie sein Körper. Gequält von den Gedanken an ihr Leid und an das Kind, das sie erwartete, streifte er durch die nächtlichen Straßen und verspürte nur noch den Wunsch, sie zu trösten. Sie war mehr sein Geschöpf als das der elenden Eltern, denen er sie weggenommen hatte. Sie hatte lieben gelernt, was er liebte, und wenn sie Vollard gewählt hatte, so darum, weil er, der Zwerg, sie gelehrt hatte, die Schönheit zu lieben und die Freiheit und jene zu achten, die für sie kämpften. Hätte es in seiner Macht gestanden, ihr Vollard zuzuführen, er hätte es getan.

Ohne Geräusche und Gerüche der Nacht wahrzunehmen, von seinen Gedanken verfolgt, pflegte er fort und fort zu wandern, bis er sich schließlich an der Place des Italiens wiederfand, wo er im Schatten der Nachbarhäuser zu dem Dach hinaufspähte, unter dem sie schlief, froh, daß sie allein schlief, voller Verachtung für seinen Egoismus. Dann stapfte er weiter, zurück zu seiner eigenen Wohnung, nahm Fidèle in den Arm und vertraute ihr flüsternd seine Qualen an.

Eines Tages bei der Arbeit fiel ihm auf, daß etwas sich verändert hatte. Jeanne erledigte ihre Aufgaben wie immer, aber jedes Mal, wenn sie sich allein glaubte, breitete sich ein Lächeln auf ihrem schönen Gesicht aus. Nandou ging nach seinem Auftritt als Zauberer sie suchen und fand sie selbstvergessen vor sich hin lächelnd damit beschäftigt, eine Anzahl Schwerter für die nächste Nummer, eine Kampfdarbietung, zurechtzulegen.

«Du bist ja heute so vergnügt», sagte er. «Was gibt's denn?»

Das Lächeln erlosch. «Ach, gar nichts.» Und blühte wieder auf. «Ich fühle mich einfach wohl.»

«Wie schön! Hast du dann nicht Lust, nachher noch mit mir ins Café zu gehen?»

«Doch», antwortete sie. «Gern.»

Er war so auf Ablehnung gefaßt gewesen, daß ihn ihre Zusage im ersten Moment sprachlos machte. Dann lachte er, und er lächelte den ganzen Abend still vor sich hin, so daß die Leute ihn verwundert ansahen und ihn fragten, wie er Jeanne gefragt hatte: «Du bist ja heute so vergnügt. Was gibt's denn?»

Er führte sie in eines ihrer Lieblingscafés, drängte sie, zu essen und zu trinken, und betrachtete sie so intensiv, als könne er sich nicht sattsehen an ihr. Sie hatte sich das Haar wieder geschnitten, und es hing ihr in schwarzen Locken bis knapp über die Ohren. Im Lampenlicht schimmerte ihre Haut wie Elfenbein, und der feingezeichnete Mund mit der leicht hervorspringenden Oberlippe war wie eine hellrote Blüte. Plötzlich fürchtete er sich davor, zu hören, was sie den ganzen Abend lächeln gemacht hatte, und begann hastig von unpersönlichen Dingen zu sprechen: Der neue König war täglich beim Verdauungsspaziergang in den Straßen von Paris zu sehen, ein Bürger allem Anschein nach wie jeder andere, aber konnte man ihm trauen? Victor Hugo arbeitete an einem neuen Stück. Ein Theaterdirektor hatte Dumas beauftragt, ein Stück über Napoleon zu schreiben, aber Dumas hatte nicht angebissen, worauf der Theaterdirektor ihn in einem Zimmer neben dem seiner Geliebten, Mademoiselle George, eingesperrt hatte. «‹Aber meine Mätresse erwartet mich!› ruft Dumas. ‹Ich hab ihr ein Armband gesandt, damit sie die Geduld nicht verliert›, erwidert der Theaterdirektor. ‹Und ich werde Ihre Gefängniswärterin sein›, sagt Mademoiselle George. ‹Machen Sie nicht so ein Gesicht. Seien Sie ein bißchen galant. Machen Sie sich an die Arbeit.› Eine Woche später ist das Stück fertig.»

Jeanne lachte. «Du bist wirklich ein glänzender Schauspieler, Nandou.»

Ihre Stimme, die so gelöst und glücklich klang wie in den Tagen, als er sie und Fidèle mit seinen Vorstellungen unterhalten hatte, nahm ihm die Furcht. Er legte seine Hand auf die ihre und sagte: «Erzähl mir, was dich heute abend so glücklich macht.»

«Ach, Nandou!» Jeanne stellte ihr Weinglas nieder. «Ich habe heute einen Brief aus der Rue du Faubourg Saint-Honoré bekommen. Ich soll morgen dort einen Besuch machen. Das kann nur bedeuten, daß es Louis wieder gutgeht. Ich wußte, daß er nach mir schicken lassen würde. Ich wußte es.»

«Ach so», sagte Nandou. Er zog seine Hand weg und trank lange, um sein Gesicht zu verbergen, ehe er fragte: «Der Brief kam von Vollard selbst?»

«Nein, von seiner Mutter. Es hat mich gewundert, weil ich Madame Vollard ja nie kennengelernt habe, aber dann wurde mir klar, was es zu bedeuten hat.» Wieder blühte das Lächeln auf. «Louis muß ihr gesagt haben, daß... Sie möchte natürlich die Frau kennenlernen, die ihr Sohn... ich soll morgen vormittag um halb elf dort sein.»

«Du glaubst, die Vollards sind bereit, dich aufzunehmen?»

«Weshalb sonst sollte seine Mutter nach mir senden?» Sie hob den Kopf. Der Widerschein der Lampenflamme tanzte in ihren Augen.

«Ich hoffe, du hast recht», sagte Nandou, und ein Teil von ihm meinte es.

Die Eichentür mit den schweren Messingbeschlägen wirkte wuchtig und stark, aber nicht mehr abweisend wie an dem Tag, als sie Louis hierhergebracht hatten und er hinter ihr verschwunden war wie in einer uneinnehmbaren Festung, während Jeanne nichts geblieben war als ein paar Spritzer seines Blutes auf ihren Händen und Wangen. Sie war mehrmals zu dieser Tür zurückgekehrt, immer als junger Mann verkleidet, um sich nach seinem Befinden zu erkundigen. Wenn der Diener geöffnet hatte, hatte sie nur hochmütiges Naserümpfen und kurze Antworten erhalten. Aber manchmal war eines der Mädchen an die Tür gekommen, und sie waren freundlicher gewesen. Eine von ihnen hatte ihr berichtet, daß Louis' Bein bös entzündet sei, und später, daß das Fieber endlich zurückgegangen sei.

Heute trug sie statt der Hose und der Schirmmütze einen hellen Strohhut und ein blaßgelbes Baumwollkleid, das sie sich von Marie ausgeliehen hatte, die ihr gegenüber wohnte. Es war ein wenig groß, aber wenigstens saß es bequem in der Taille, die begonnen hatte, fülliger zu werden.

Der hochmütige Diener öffnete auf ihr Klopfen. «Ja?»

«Ich habe eine Verabredung mit Madame Olivier Vollard. Mein Name ist Jeanne Sorel.»

«Treten Sie ein. Sie werden erwartet.»

In ihrer Phantasie hatte sich Jeanne das Haus immer wie ein Märchenschloß auf der Bühne vorgestellt, im blendenden Glanz funkelnder Lichter und Edelsteine. Tatsächlich war es ziemlich düster, mit dunklen, dicken Teppichen und schweren Möbeln.

Eine Frau mit grauen Augen und einem grauen Kleid erwartete sie in dem Zimmer, in das der Diener sie führte. «Mademoiselle Sorel», sagte sie mit einem dünnen Lächeln, «ich danke Ihnen, daß Sie gekommen sind.»

«Und ich danke Ihnen für die Einladung, Madame Vollard.»

«Bitte nehmen Sie Platz.»

Jeanne setzte sich auf das kleine Sofa der Frau gegenüber. Sie war beinahe enttäuscht. Sie hatte erwartet, im Gesicht der Mutter die Schönheit des Sohns wiederzufinden. Aber diese Frau war reizlos. Vielleicht, schoß es Jeanne durch den Kopf, bin ich im falschen Haus; vielleicht warten Louis und eine schöne Mutter im Nachbarhaus auf mich. Sie konnte die Szene deutlich vor sich sehen.

«Sie sind hübsch», bemerkte die Frau.

«Danke, Madame. Bitte verzeihen Sie meine Direktheit, aber darf ich gleich fragen, wie es Louis geht? Ich bin sehr besorgt.»

Die Frau seufzte. «Sie sind nicht nur hübsch, Sie verstehen es auch, sich gefällig auszudrücken. Das Befinden meines Sohnes bessert sich von Tag zu Tag.» Die Ringe an ihren Fingern blitzten im Sonnenlicht, das durch die Fenster fiel. «Sie haben sich gewiß schon gedacht, daß ich Sie wegen Ihrer früheren Verbindung zu ihm hierhergebeten habe.»

Das Wort «früher» erschreckte Jeanne. Sie drückte die verschränkten Arme fester auf die Brust und begann, die Worte herzusagen, die sie einstudiert hatte. «Ich bin glücklich und erleichtert, Madame Vollard, daß wir unsere Beziehung nun nicht länger geheimhalten müssen. Ich hatte schon lange den Wunsch, Sie kennenzulernen. Ich kann mir vorstellen, daß Sie uns beiden allzu große Hast vorwerfen werden, aber ich versichere Ihnen ...»

«Hast?» wiederholte die Frau, als hätte sie das Wort nie zuvor gehört.

«Ja, ich meine ... Ich hätte Louis' Familie gern kennengelernt, bevor wir ... Er hat Ihnen doch gewiß berichtet, daß wir ...»

«Mademoiselle, ich glaube, dieses Gespräch wird für Sie weniger schmerzlich werden, wenn Sie mir zuerst das Wort lassen.»

«Schmerzlich?» fragte Jeanne. «Wieso?»

«Mein liebes Kind, es gibt genug Leute, die ein solches Gespräch gar nicht gewährt, sondern Ihnen einfach einen Brief gesandt hätten, wenn sie überhaupt etwas getan hätten. Zu Ihrem Glück gehören mein Mann und ich nicht zu diesen Menschen.»

«Einen Brief?» wiederholte Jeanne perplex.

Henriette Vollard stand auf. Das Rascheln ihrer Röcke war wie ein Zischen, als sie zu einem kleinen Sekretär ging und den Brief nahm, der dort lag. «Den hat Ihnen mein Sohn geschrieben.»

«Ich werde ihn später lesen», sagte Jeanne. «Wenn ich allein bin.»

«Ich würde Ihnen raten, es jetzt zu tun. Wenn Sie nicht lesen können», sagte die Frau gönnerhaft, «helfe ich Ihnen gern.»

«Danke, ich brauche keine Hilfe», sagte Jeanne kühl, nahm den Umschlag, öffnete ihn und begann zu lesen.

Meine liebe Jeanne, da ich weiß, wie unruhig und besorgt Du in den letzten Wochen meinetwegen gewesen sein mußt, ergreife ich heute, da meine Kräfte wiederkehren, gleich die Gelegenheit, Dir mitzuteilen, daß ich mich auf dem Weg der Genesung befinde. Die Befürchtungen des Arztes haben sich zum Glück nicht bewahrheitet; er konnte das Bein retten. Aber es wird eine gewisse Steifheit zurückbleiben, die mir Erinnerung und Mahnung an jene drei Tage sein wird, als wir uns einbildeten, wir könnten die Welt aus den Angeln heben.

Und leider ist dies nicht das einzige, was ich aus diesen drei Tagen mitnehme; hinzu kommt vielmehr die traurige Erkenntnis, daß ich nicht, wie ich einst hoffte, alle Verantwortung meiner Familie gegenüber einfach ablegen und ein Leben völliger Ungebundenheit führen kann. Die Fürsorge, die meine Eltern mir bewiesen haben und ohne die ich zweifellos das verwundete Bein verloren hätte, die Liebe meiner Mutter, die ich verletzt habe, indem ich versuchte, außerhalb ihrer Welt zu leben – das alles bindet mich an die Familie.

Wäre ich fähig, Louis Vollard nach dem Bild zu erschaffen, das mir vorschwebt, so würde ich ihn zu einem Menschen machen, der frei ist wie Du, imstande, alle Bindungen von Familie und Tradition abzuschütteln. Ich habe jedoch entdeckt, daß diese Bande sich nicht durchtrennen lassen, es sei denn mit Gewalt, und das kann und will ich meinen Eltern nicht antun. Ich bin bereit, meine Verantwortung ihnen gegenüber anzuerkennen, doch darüber vergesse ich nicht, was ich Dir schulde. Unsere Beziehung muß ein Ende haben, aber es ist mein Wunsch, daß die Räume, in denen wir miteinander glücklich waren, Dir erhalten bleiben. Damit Du sie weiterhin mieten und für Deinen Lebensunterhalt sorgen kannst, wirst Du eine Summe Geldes erhalten. Deine Zukunft wird ohne mich heller sein. Das weißt Du jetzt vielleicht noch nicht, aber glaube mir, es ist so.

Die Erkenntnis, daß die Zeit unserer Gemeinsamkeit vorbei ist, schmälert nicht die Freude der Erinnerung an sie.

Louis

Jeanne faltete die beiden Bogen automatisch zusammen und schob sie wieder in den Umschlag. Er hatte kein Gewicht, das Zimmer war wie luftleer, kein Funken Gefühl oder Empfinden glomm in ihrem Körper.

Henriette Vollard hatte sich wieder gesetzt und betrachtete sie mit kühler Ruhe. «Sie sind erregt. Das ist natürlich. Soll ich Ihnen eine Tasse Kaffee bringen lassen?»

«Nein danke. Ich möchte mit Louis sprechen.»

«Das ist verständlich, aber nicht möglich. Ein Wiedersehen kommt nicht in Frage. Wenn Sie Zeit haben, darüber nachzudenken, werden Sie einsehen, daß es so am besten ist. Solche Angelegenheiten regelt man am besten mit einem sauberen Schnitt.»

«Angelegenheiten?» fragte Jeanne fassungslos. «Madame, Louis und ich lieben einander. Das müssen Sie doch wissen. Sie sind seine Mutter.»

«Mein liebes Kind», sagte Henriette Vollard noch immer mit dieser honigsüßen Gönnerhaftigkeit, «ich habe Sie nicht kommen lassen, um mich mit Ihnen über Ihre Liaison mit meinem Sohn zu unterhalten oder sie gar in irgendeiner Weise zu unterstützen. Mir geht es einzig darum, Ihnen begreiflich zu machen, daß sie beendet ist, und die in seinem Brief erwähnten finanziellen Vereinbarungen zu bestätigen.»

«Verzeihen Sie, Madame, wissen Sie denn, was Louis geschrieben hat? Haben Sie seinen Brief gelesen?»

Die Frau preßte die Lippen aufeinander, so daß sich an ihren Mundwinkeln zwei scharfe Falten bildeten. «Hier sind eintausend Franc», sagte sie und hob einen kleinen blauen Samtbeutel hoch. «Dieses Geld ermöglicht Ihnen eine weit freundlichere Zukunft, als Sie sonst zu erwarten gehabt hätten. Louis möchte, daß Sie dieses Geld erhalten, und da es uns, seinem Vater und mir, an einem gewissen Verständnis für Ihre Situation nicht fehlt, sind wir damit einverstanden, vorausgesetzt, Sie akzeptieren, daß es weitere Verbindungen von Ihnen zu ihm und unserer Familie nicht geben wird. Ich denke, Sie werden zugeben müssen, daß Sie in jeder Hinsicht von Ihrer Liaison mit unserem Sohn profitiert haben. Nicht nur verfügen Sie jetzt über eine stattliche Mitgift, die es Ihnen erlauben wird, einen Mann Ihres eigenen Standes zu heiraten, Sie haben sich, da mein Sohn Sie offensichtlich das Lesen und eine kultivierte Ausdrucksweise gelehrt hat, auch nützliche Kenntnisse erworben. Wenn

Sie sich entschließen können, dem Theater den Rücken zu kehren, und dazu würde ich Ihnen dringend raten, denn Sie scheinen mir eine vernünftige Person zu sein, könnten Sie zweifellos in einem der besseren Häuser von Paris Arbeit finden.»

Die Frau lächelte dünn, und bei diesem Lächeln war Jeanne, als würde ihr alles genommen. In ihr weinte es, und ihr schien, es müsse das Kind sein, das sich bisher höchstens in Anfällen von Übelkeit bemerkbar gemacht hatte. Jetzt auf einmal konnte sie es sich vorstellen; wie es sie drängte, den Kopf hochzuhalten und die Augen gerade, da ihr ja doch nicht alles genommen war. Sie hatte immer noch das Kind und ihren Stolz. Und das Kind gehörte ihr allein, genau wie ihr Stolz. Nie würde es von den Vollards erfahren.

«Sie irren sich, Madame», sagte sie. «Ich konnte schon lesen und mich, wie Sie es nennen, kultiviert ausdrücken, ehe ich Ihrem Sohn begegnete. Er hat mich weder das eine noch das andere gelehrt. Ich lernte es von einem Freund am Theater, einem wunderbaren Menschen, der ein Zwerg ist.» Sie hatte nicht beabsichtigt, das zu sagen, es war ihr einfach über die Lippen gesprungen, aber als sie das schockierte Gesicht der Frau sah, gab ihr das zusätzliche Kraft. «Bitte seien Sie so freundlich, Louis eine Nachricht von mir zu überbringen. Sagen Sie ihm, daß ich ihm seine Besitztümer unverzüglich schicken lasse. Und sagen Sie ihm auch, daß nichts mich dazu bewegen kann, dieses Geld von ihm anzunehmen.»

Henriette Vollard hielt immer noch den blauen Samtbeutel hoch. «Ihr Stolz ist töricht.»

«Nein, Madame, ich bin nicht töricht. Und ich habe nicht vergessen, was ich als Lumpensammlerin gelernt habe – es ist unklug, alles zu nehmen, was die Leute wegwerfen. Man muß wählerisch sein.»

Die Frau schnappte nach Luft. «Sie verraten Ihre Herkunft. Nur eine Person Ihres Schlags würde Großzügigkeit mit Beleidigung belohnen.»

«Großzügigkeit nennen Sie das?» Ein Bild erschien vor Jeannes Augen: Das berechnende Gesicht ihres Vaters, als er Nandou vorgeschlagen hatte, sie ihm für fünfzig Franc zu verkaufen. Sie hatte nicht erwartet, die gleiche Menschenverachtung in einem Haus voll Samt und Seide zu finden. Sie stand auf. «Ein Lumpensammler würde sagen, daß Sie mich kaufen wollen. Und ich, seine Tochter, sage Ihnen, daß ich weder zu kaufen noch zu verkaufen bin. Guten Morgen, Madame.»

Es bereitete ihr tiefe Genugtuung zu sehen, wie das hochmütige Gesicht der Frau in Fassungslosigkeit gefror. Sie hielt sich diesen Ausdruck vor Augen, während sie aus dem Zimmer ging, durch den Flur und zur Haustür hinaus.

Draußen fuhr eine offene Kutsche durch den Sonnenschein, und die Blätter einer Kastanie bewegten sich leicht im Wind. Die Hände fest auf den Bauch gedrückt, in der einen noch immer Louis' Brief, konzentrierte sich Jeanne nur darauf, einen Fuß vor den anderen zu setzen, Schritt für Schritt bis zu dem Baum zu gehen, dann an ihm vorbei bis zur Ecke, und weiter, immer eine Straße nach der anderen, an den Mauern großer Gärten vorbei, in denen die prächtigen Häuser der Hochmütigen standen. Was waren das für Menschen, die ihr Geld anboten, als wäre sie käuflich, und dann von Großzügigkeit sprachen? Wenn das die Moral der guten Gesellschaft war, zog sie die ihres Vaters vor; der war ehrlicher gewesen. Der hatte nur Geld verlangt und keine Dankbarkeit erwartet. Wie hatte Louis nur auf das Verlangen dieser Leute eingehen können? Er kannte sie doch!

Beinahe keuchend, weil der Zorn sie immer schneller vorwärtsgetrieben hatte, blieb Jeanne schließlich vor einer kleinen Kirche stehen, um zu verschnaufen.

«Ist alles in Ordnung?» Überall hätte sie diese Stimme erkannt.

Sie drehte sich nach ihm um. «Bist du mir gefolgt?»

Er zuckte die Achseln. «Ich habe mich um dich gesorgt.»

Sie sehnte sich danach, ihm die Wahrheit zu sagen, sich von ihm in die Arme nehmen und trösten zu lassen. Aber ihr eiserner Stolz ließ es nicht zu.

Sie knüllte Louis' Brief zusammen. «Du brauchst dich nicht zu sorgen», sagte sie. «Es geht mir gut.»

Nandou ballte die Hand zur Faust. «Dann gehörst du also jetzt zur Familie Vollard?»

«Nein.» Sie hob das Kinn. «Aber das spielt keine Rolle. Ich würde gar nicht in so einem Haus leben wollen. Ich bin, so wie ich bin, viel besser dran.»

Als Nicolas Vollard am Abend hörte, daß Louis ihn sprechen wollte, ging er unverzüglich zu ihm.

«Nico!» rief Louis, der halb aufrecht im Bett saß, «hast du gehört, was geschehen ist? Hat Mama es dir erzählt?»

«Nein, aber etwas Gutes kann es nicht sein. So blaß hast du nicht mehr ausgesehen, seit sie dich damals ins Haus trugen.»

«Frédéric hat meinen Brief an Jeanne nicht besorgen lassen. Er brachte ihn Mama. Und sie ließ Jeanne heute morgen hierherkommen und übergab ihr den Brief. Jeanne schlug das Geld aus und hat Mama obendrein beleidigt.»

«Ach, du lieber Gott!»

«Ja, dieser verdammte Frédéric! Aber du bist auch nicht besser. Hättest du mir den Gefallen getan und den Brief selbst zu Jeanne gebracht, wäre das alles nicht passiert.»

Nicolas setzte sich in den Sessel am Kamin. «Das tut mir wirklich leid, Louis, aber du mußt verstehen, daß ich mich nicht in eine Situation begeben wollte, in der ich den Fragen des Mädchens ausgesetzt gewesen wäre. Ich hätte ihr ja keine Antworten geben können. Ich ahnte natürlich nicht, daß das solche Folgen haben würde.»

«Es ist schlimm», sagte Louis traurig.

«Ja, natürlich. Aber könntest du nicht...»

«Es ist schlimmer, als du ahnst, Nico», unterbrach Louis ihn tonlos. «Jeanne erwartet ein Kind!»

«Was?!» Nicolas starrte seinen Bruder an. «Und es ist dein Kind, nehme ich an?»

Louis ließ sich in die Kissen zurücksinken. «Das hat Jeanne jedenfalls gesagt.»

«Hast du denn Anlaß, etwas anderes zu glauben?»

«Ich weiß nicht.» Louis hielt die Lider gesenkt. «Dieses Theatervolk... Ich meine, sie hat mir nie erzählt, daß sie mit einem verdammten Zwerg zusammenlebte...»

«Ich dachte, du seist sicher, daß du ihr erster Mann warst.»

«Ja, schon, aber warum hat sie nie ein Wort von dem Zwerg gesagt? Warum sollte ich glauben, daß er nur... Er war bei ihr, als sie mich fanden.»

«Weiß Mama von dem Kind?»

Louis wandte sich ab. «Nein. Ich hatte Angst, das würde sie gegen Jeanne aufbringen. Ich konnte sie schon so kaum dazu bewegen, Jeanne das Geld zu geben. ‹Ich habe dich vor einer solchen Liaison gewarnt. Warum soll ich jetzt dafür bezahlen, daß du meine Warnungen in den Wind geschlagen hast?› Stell dir nur vor, wie sie reagiert hätte, wenn ich etwas von dem Kind gesagt hätte! Ach, verdammt, warum hat Jeanne das Geld nicht genommen?»

«Vielleicht weil sie stolz ist», meinte Nicolas.

Louis sah ihn an. «Du verachtest mich, nicht wahr?»

«Das könnte ich gar nicht.»

«Aber irgend etwas geht dir im Kopf herum.»

«Ich erinnere mich», sagte Nicolas langsam, «daß du Mama einmal erklärt hast, es würde dir das Herz brechen, das Mädchen aufgeben zu müssen.»

«Das war die Wahrheit, Nico. Aber was habe ich denn für eine Wahl? Heiraten kann ich sie niemals, es sei denn, ich breche mit der Familie. Und das kann ich nicht, dazu verdanke ich den Eltern zuviel, vielleicht sogar mein Leben.» Nicolas sagte nichts. «Was könnte ich Jeanne denn schon bieten? Nichts als ewiges Warten, daß ich ab und zu einen Abend für sie Zeit hätte, mit Glück vielleicht auch einmal einen ganzen Tag. Ich kann nicht verlangen, daß sie ihr Leben an mich verschwendet. Sie verdient etwas Besseres.»

«Noble Worte», bemerkte Nicolas.

«Du glaubst mir nicht! Du denkst, das ist die älteste Geschichte der Welt – man schwängert ein Mädchen und dann... Sag mir, was du denkst, Nico!»

«Louis, es spielt keine Rolle, was andere denken. Wenn du der Überzeugung bist, richtig gehandelt zu haben, dann steh dazu.»

Louis seufzte. «Alles, was ich immer über die Zukunft und die Kunst sagte – und über Jeanne –, habe ich fest geglaubt. Vielleicht glaube ich es immer noch. Aber durch den Glauben allein werden die Dinge nicht wahr. Wir glaubten auch, den König stürzen zu können, indem wir auf die Straße stürmten und ‹Nieder mit den Bourbonen› schrien.»

«Aber Karl hat doch abgedankt.»

«Dafür haben wir jetzt Louis Philippe.»

«Einen Bürgerkönig.»

Louis schloß einen Moment die Augen. «Ich glaube nicht, daß Jeanne mir lange nachtrauern wird. Sie wird zu ihren Freunden vom Theater zurückkehren und mich vergessen.» Nicolas schwieg. «Warum sagst du nicht, was du denkst?» rief Louis erregt.

«Na schön», sagte Nicolas. «Ich dachte an die Holzsoldaten, die Onkel Claude dir zum sechsten Geburtstag schenkte. Du warst so hingerissen von ihnen, daß du dein Spiel nicht einmal unterbrechen wolltest, um zu schlafen oder zu essen. Aber als du einem von ihnen versehentlich ein Bein abgebrochen hattest, wolltest du nichts mehr von ihnen wissen. Du sagtest, es wären sowieso keine guten Soldaten gewesen und du hättest sie in Wirklichkeit gar nicht gemocht.»

«Aber doch nur, um mich zu trösten.»

«Eben.»

Louis hob hilflos die Hände und ließ sie wieder fallen. «Nico, versprich mir, daß du keinem Menschen etwas von dem Kind sagst, vor allem nicht Mama.»

«Du willst es also verleugnen?»

«Das habe ich nicht gesagt. Ich werde mich um das Kind kümmern und dafür sorgen, daß es alles hat, was es braucht.»

«Wie denn?» fragte Nicolas.

«Irgendwie. Ich schwöre es. Ach, Nico, du setzt dich nie so in die Nesseln wie ich. Wie kommt das nur?»

Nicolas antwortete nicht gleich. «Vielleicht», meinte er dann sinnend, «weil mich noch nie etwas genug gelockt hat.»

«Bedauerst du das etwa?» fragte Louis, aber Nicolas antwortete ihm nicht. «Versprich mir jetzt», sagte Louis schließlich, «daß du keinem Menschen etwas von dem Kind sagst, Nico.»

Nicolas hob die Hand wie zum Schwur. «Ich verspreche es, Bruderherz.»

Von Tag zu Tag, so schien es Jeanne, veränderte sich jetzt ihr Körper. Ihre Brüste lagen voll und schwer unter dem Knabenwams, und die Hose spannte über ihrem Leib. Mit dem Wachsen des Kindes wuchs ihr Zorn gegen seinen Vater, und nach einer Weile wollte ihr scheinen, daß nicht die Tage und Nächte mit Louis am Schwellen ihres Leibes schuld waren, sondern die Verhärtung ihres Herzens gegen ihn.

Gleich nach der Rückkehr aus dem Haus Vollard hatte sie seine Sachen und alles, was er ihr je geschenkt hatte, zusammengepackt und ihre sauer verdienten Centimes für einen Boten ausgegeben. Danach hatte sie sich in dem Zimmer, das ihr jetzt fremd und leer erschien, auf das Sofa geworfen und geweint. Später hatte sie die ganze Wohnung so gründlich geputzt, als könnte sie so alle Erinnerungen an ihn auslöschen. Sie war dumm und naiv gewesen, aber das würde ihr nie wieder geschehen.

Im September, als sich ihr Zustand nicht mehr verbergen ließ, mußte sie die Arbeit am Theater aufgeben. Nandou sah sie forschend an, als sie es ihm eines Abends im Café sagte, ohne ihm einen Grund zu nennen, dann fragte er so leise, daß sie sich zu ihm neigen mußte, um die Worte zu verstehen: «Wann kommt das Kind zur Welt?»

«Dann weißt du es?»

«Natürlich.»

«Wie lange schon.»

«Seit Wochen. Wann kommt es?»

Du hast dein Wissen vor mir verborgen, dachte sie. Wieso kann ich nichts vor dir verbergen? «In ungefähr vier Monaten.»

Er nickte. «Wovon willst du bis dahin leben? Und nachher?»

Sie sah ihm direkt in die Augen. Er selbst hatte sie gelehrt, daß man so die Menschen am ehesten täuschen konnte. «Ich habe Geld. Von Louis.»

«Ein Glück», sagte er. «Wieviel?»

«Genug.» Einen Moment lang glaubte sie es beinahe selbst. Dabei wäre gerade Nandou der einzige gewesen, der sie verstanden hätte; er hätte genauso gefühlt und gehandelt wie sie. Hätte sie ihm die Wahrheit gesagt, er hätte gelächelt wie damals, als sie ihren ersten vollständigen Satz zu Papier gebracht hatte, voller Freude und Stolz. Aber wenn sie ihm sagte, wie es wirklich stand, würde er ihr helfen wollen.

«Vollard übernimmt also die Verantwortung für das Kind?» fragte er.

Sie hielt seinem Blick stand. «Ja, natürlich.»

«Da bin ich froh», sagte Nandou. «Für dich und auch für Vollard.» Er lehnte sich zurück und gab sie frei.

Erleichtert drehte sie den Kopf zur Seite. Ein Mann am Nebentisch starrte Nandou über seinen Bierkrug hinweg an, neugierig, geringschätzig, unverfroren, als betrachte er nicht einen Mitmenschen, sondern einen Gegenstand, der nicht fähig war, seinen Blick zu spüren.

«Verdammt noch mal, was gaffen Sie so?» rief sie zornig.

Der Mann stellte den Krug nieder. «He, Bürschchen, sei nicht so frech. Oder möchtest du vielleicht 'ne Tracht Prügel?»

«Nein, aber Ihr Bier würd' ich Ihnen gern ins Gesicht schütten.»

«Hör auf!» rief Nandou und packte sie am Arm.

Sie schüttelte seine Hand ab und kehrte beiden Männern heftig den Rücken, als ihr klar wurde, daß ihr Zorn nicht dem Fremden galt, sondern sich selbst. Sein unverschämter Blick hatte ihr nur ihr Verhalten Nandou gegenüber gespiegelt. Hatte sie sich nicht hundertmal vorgenommen, Louis von ihm zu erzählen, und es immer wieder aufgeschoben? Hatte sie sich nicht selbst vorgemacht, sie zögere einzig aus Angst vor Louis' Eifersucht? Aber das war nicht der einzige Grund gewesen, vielleicht nicht einmal der vornehmliche. Sie hatte gezögert, weil sie sich Nandous geschämt hatte. In ihrer blinden Leidenschaft hatte sie Nandou verraten, der für sie durchs Feuer gegangen wäre.

Nie wieder durfte sie sich von ihm helfen lassen. Sie verdiente es nicht.

«Was, zum Teufel, ist in dich gefahren?» fragte Nandou zornig, und sie war froh über seinen Zorn. Es geschah ihr recht. Aber schon als sie aus dem Café gingen, sagte er versöhnlich: «Es muß dein Zustand sein.»

Im Oktober packte sie ihre wenigen Habseligkeiten und zog bei Marie ein, die ihr gegenüber wohnte. Sie mußte sparen, und Marie war froh, die Miete teilen zu können. Sie verdiente sich ihr Geld mit Nähen und Spitzenklöppeln und schickte soviel wie möglich von ihrem Verdienst an ihre Eltern, die einen kleinen Hof im Süden hatten. Jeanne wollte von ihr nähen lernen, um auch etwas zu verdienen, aber ihre Finger waren nicht so flink und geschickt. Sie machte zu große Stiche, unzählige Male rutschte ihr der Faden aus dem Nadelöhr oder verhedderte sich hoffnungslos, so daß sie schließlich schimpfend und entmutigt erklärte, da sei ja das Lesenlernen einfacher gewesen.

Marie liebte einen jungen Dichter. Wenn er mit einer Flasche Wein unter dem Arm zu Besuch kam, aßen sie manchmal zu dritt zu Abend, und während Marie lachend und errötend die Küsse entgegennahm, die der Dichter ihr über den Tisch zublies, tat Jeanne so, als hätte sie keinen Gedanken daran, daß auch er eines Tages in den Schoß seiner gutbürgerlichen Familie zurückkehren und nie wieder gesehen werden würde. Nach dem Essen pflegte sie die Liebenden in dem einzigen Zimmer allein zu lassen und den größten Teil der Nacht in einem dicken Mantel auf der Treppe zu verbringen. Wenn sie nicht schlafen konnte, vertrieb sie sich die Zeit damit, sich dramatische Szenen auszudenken: von der Frau, die sich weigerte, ihr Kind für ein Vermögen zu verkaufen und es statt dessen im Wald aufzog; die den untreuen Geliebten tötete, indem sie ihm ein Hemd aus vergifteter Seide webte.

Im November verschwand der Dichter, und Marie kehrte in ihr Heimatdorf im Süden zurück. Irgendwie schaffte es Jeanne, die Miete allein zu bezahlen; die Händler, bei denen Marie sie eingeführt hatte, gaben ihr etwas Arbeit. Aber sie brauchte eine Ewigkeit für jedes Stück. Unzählige Male mußte sie die Sachen wieder auftrennen, bis sie endlich so ordentlich waren, daß sie sie abliefern konnte.

Im Dezember lehnten zwei Händler ihre Arbeit ab und sagten, sie könnten ihr keine Aufträge mehr geben. Sie sparte, indem sie sich zum Frühstück mit Kaffee begnügte und abends mit der wäßrigen Linsensuppe, die sie aus ihrer Kindheit kannte. Obwohl sie ständig müde war, hielt der Hunger sie oft wach. Und wenn sie einschlief, träumte sie von dem blauen Samtbeutel. Alle, die sie kannte – Marie, Nandou, ihre Eltern, ihre Brüder –, standen in diesem Traum um sie herum und beschimpften sie, daß sie das Geld nicht genommen hatte. Dann fuhr sie mit einem Ruck aus dem Schlaf und spürte glühenden Haß gegen Louis, der ihr das Geld irgendwie hätte zukommen lassen können, wenn er wirklich gewollt hätte, obwohl sie es natürlich auch dann abgelehnt hätte.

Einmal in der Woche nahm sie um des Kindes willen Nandous Einladungen zum Abendessen an. Der Schatten des Mädchens, das sie einmal gewesen war, das gierig alles in sich hineingestopft hatte, was es bekommen konnte, schien dieser Jeanne Sorel zu spotten, die manierlich kleine Bissen nahm und vorgab, zu gesättigt zu sein, um ein zweites Mal von den Erbsen oder vom Hammel nehmen zu können. Oft war sie nahe daran, Nandou alles zu gestehen, aber immer stellten sich Stolz und Schuldgefühle der Versuchung entgegen.

Im Januar hatte sie nach Bezahlung der Miete gerade noch genug Geld, um entweder eine Hebamme bezahlen oder etwas Essen kaufen zu können. Es gab nur noch eine Möglichkeit: In der Finsternis des neuen Tages stand sie auf, wärmte sich mit heißem Kaffee, zog sich warm an und schlich schwerfällig die Treppe hinunter. Die eisige Kälte nahm ihr den Atem, doch am Himmel zeigten sich erste hellere Streifen, als sie in nordwestlicher Richtung davoneilte, fort aus dem Viertel, das in den letzten Jahren ihre Heimat gewesen war. Eine Gruppe Straßenkehrer, die Besen wie Musketen über den Schultern, zog an ihr vorüber. Eine Mutter, die mit ihrem kleinen Kind in einer Türnische kauerte, sah sie mit erloschenen Augen an. Ein Hund trottete aus einer Gasse und heftete sich eine Weile an ihre Fersen, ehe er entmutigt aufgab.

Als sie endlich anhielt, vergewisserte sie sich zuerst, daß niemand in der Nähe war, dann machte sie sich über die Abfallhaufen am Straßenrand her. Mehr als eine Stunde lang durchwühlte sie Haufen um Haufen. Obwohl ihre klebrigen, stinkenden Hände ein schlechter Ersatz für den Haken waren, fand sie eine Schnalle, die man polieren und verkaufen konnte, einen Rinderknochen, aus dem sich eine Brühe kochen ließ, und ein schmutziges, aber kräftiges Stück blauen Wollstoff. Jedes Mal, bevor sie sich hinunterbeugte, blickte sie sich um, aus Angst, es könnten andere Lumpensammler in der Gegend sein. Und doch wünschte sie sich nach einer Weile, als ihr Rücken immer heftiger schmerzte, sie würden kommen. Vielleicht würde ihre Mutter unter ihnen sein, und sie würde einen Moment mit ihr sprechen können. Ihre Mutter hatte aufgeschrien vor Kummer, als sie mit Nandou fortgegangen war. Sie hatte den Schrei noch im Ohr und wurde sich plötzlich bewußt, daß sie selbst geschrien hatte.

Die Innenseiten ihrer Beine waren eiskalt und naß, und der Schmerz, den sie im Rücken gespürt hatte, fuhr ihr jetzt wie ein scharfes Messer durch den Leib. Sie fiel auf einen Müllhaufen und wartete, bis der Schmerz nachließ.

Irgendwie kam sie wieder auf die Beine, wischte sich die Hände an ihrem Schal und machte kehrt, um nach Hause zu gehen. Erst viele Straßen weiter merkte sie, daß sie Schnalle, Knochen und Stoffetzen auf dem Haufen liegengelassen hatte, über dem sie zusammengebrochen war. Da kam eine neue Schmerzwelle, und als sie verebbt war, wußte sie, daß es für sie jetzt nur noch den Weg zur Hebamme gab. Die Hände unter dem Bauch schleppte sie sich weiter. Als die nächste Schmerzwelle sie erfaßte, fiel sie keuchend in die Türnische einer Weinhandlung und blieb stöhnend liegen, die Hände auf ihren Leib gedrückt, während sie sich vorzustellen versuchte, sie befände sich an einem Ort, an dem es keine Schmerzen gab, nur blühende Kastanien und Sonnenschein.

Statt dessen jedoch erschien ihr Nandou. Er rief ihren Namen, als läge sie im Sterben. Ja, so mußte es wohl sein, sie starb. Dann aber spürte sie seine Hände unter ihren Schultern und öffnete die Augen. Er war wirklich da.

«Ist ja gut», sagte er. «Ist ja gut. Ich helfe dir, Jeanne.»

Wenn sie sich von ihm helfen ließ, dachte sie dumpf, mußte sie es wiedergutmachen. Irgendwie.

7

Edmée Tissot hob den Schleier aus englischer Spitze und ließ ihn über ihr Gesicht herabfallen. Der Spiegel zeigte ihr den Glanz ihrer Augen und schattenhaft ihren lächelnden Mund. Nicht einmal der Schleier konnte ihre Glückseligkeit verbergen.

Seit jenem ersten Tanz mit Louis Vollard war sie entschlossen gewesen, diesen Mann zu heiraten. Er war unter all den jungen Männern auf dem Ball der einzige gewesen, der ihr Eindruck gemacht hatte. Die anderen waren zu berechenbar, reich, wohlerzogen, aus bester Familie, ständig schwankend zwischen Prahlerei und höflicher Aufmerksamkeit. Vielleicht waren sie ihr selbst zu ähnlich, behütet und in Luxus aufgewachsen, mit den gleichen Werten genährt, die man ihr mitgegeben hatte. Louis' Formen, als er sie zum Walzer auf die Tanzfläche führte, hatten nichts zu wünschen übriggelassen, dennoch hatte sie vom ersten Moment an gespürt, daß er anders war. Er erkundigte sich nicht nach dem Befinden ihres Vaters, des Barons, er machte ihr keine Komplimente; er sprach überhaupt nichts, während er sie mit routinierter Leichtigkeit herumschwang, mit den Gedanken sichtlich ganz woanders. Schließlich fragte sie: «Das Fest sagt Ihnen nicht zu, Monsieur Vollard?» Anstatt sich für seine Unaufmerksamkeit zu entschuldigen, sah er ihr forschend ins Gesicht und erwiderte: «Meinen Sie nicht auch, Mademoiselle, daß es in Paris zu viele Feste und zu wenig zu feiern gibt?»

Überrascht entgegnete Edmée: «Mir ist bisher weder ein Übermaß an dem einen noch ein Mangel an dem anderen aufgefallen. Aber Sie sind mit dem Pariser Leben zweifellos besser vertraut als ich, Monsieur.»

«Es gibt viele Lebensformen in Paris.»

«Und Sie kennen mehrere?»

«Vielleicht.»

«Ich kenne leider nur die eine, in der ich mich täglich bewege.»

«Und die Revolution praktisch unbeschadet überlebt hat.»

«Stört Sie das, Monsieur Vollard?»

«Leben ist nicht ohne Veränderung möglich.»

«Aber auch nicht ohne die Kraft zu überleben, denke ich.»

Er zog die dunklen Brauen hoch, aber er hätte über diese Entgegnung nicht überraschter sein können als Edmée selbst. Solche Gespräche waren ihr fremd. Die Unterhaltungen, die sie mit Freunden und Eltern zu führen pflegte, drehten sich um Mode, Musik, Reiten, Handarbeiten und die Kunst, ein großes Haus zu führen.

«Dann gehören Ihre Sympathien wohl den Republikanern, Monsieur Vollard?» fragte sie.

«Wenn es so wäre, Mademoiselle Tissot, würden Sie dann freundlicher lächeln oder weniger freundlich?»

«Ich weiß nicht.» Sie lachte. «Ich – das kann ich erst beantworten, wenn ich weiß, ob Sie Republikaner sind oder nicht.»

Aber er hatte es ihr nicht gesagt. Sie hatten den Tanz schweigend fortgesetzt, und obwohl er sie nicht fester hielt oder dichter an sich drückte, als die Form gestattete, hatte sie zum ersten Mal begriffen, warum manche Leute behaupteten, der Walzer wäre ein lasziver und herausfordernder Tanz.

Auf der Heimfahrt hatte sie versucht, Näheres über ihn zu erfahren, aber ihre Mutter hatte nur gesagt: «Ein gutaussehender junger Mann, aber ein rechter Rebell, soviel ich gehört habe. Sicher nicht der geeignete Umgang für dich.»

Am nächsten Morgen war sie mit einem Gefühl der Leere erwacht. Sie kannte dieses Gefühl, aber bisher hatte es sie immer nur in der Nacht befallen. In den folgenden Tagen ging sie wie im Traum umher und starrte die Dinge, die sie seit ihrer Kindheit kannte, an, als hätte sie sie nie gesehen. Ihre Mutter fragte, ob sie sich nicht wohl fühle. «Aber ja, Mama, es geht mir gut», antwortete sie und betrachtete ihre Mutter, der sie nach Aussage anderer so ähnlich sah: Eine gepflegte, elegant gekleidete Frau, die über das große Pariser Haus und den Landsitz der Tissots ein souveränes Regiment führte und sich gewandt über Kirche, Staat und Gesellschaft unterhalten konnte. Edmée hatte immer gewußt, daß sie für ein eben solches Leben erzogen wurde – das zweifellos sehr angenehm war. «Du lieber Gott», sagte ihre Mutter, vom Morgenkaffee und einem Stapel Briefen aufblickend, «was starrst du mich so an? Hast du nichts zu tun?»

Edmée wanderte in die Küche, wo eine der Köchinnen einen Blätterteig bereitete – raffiniert, leicht wie Luft und leer, aber sehr wohlschmeckend. «Möchten Sie probieren, Mademoiselle?» fragte die Köchin. «Nein!» rief Edmée schaudernd.

Und «nein» rief sie zu ihrer eigenen Verwunderung auch, als ihre Eltern ihr mitteilten, daß sie sie mit dem jüngeren Sohn eines Marquis zu verheiraten wünschten, mit dem ihr Vater häufig zur Jagd ging. «Den heirate ich nicht», erklärte sie entschieden. Ihre Mutter versuchte es mit Befehlen, Drohungen und gutem Zureden, aber Edmée behauptete, sie sei krank und werde sich nur erholen, wenn dieser Heiratsplan ad acta gelegt werde. Ihr Vater tobte, ließ aber zwei Ärzte holen, die sie untersuchten und kopfschüttelnd wieder abzogen. «Also gut», sagte ihre Mutter schließlich, «vergessen wir die Heiratspläne.» Edmée erhob sich vom Krankenlager und konzentrierte ihre Energien nunmehr darauf, an all den Orten und auf all den Festen zu sein, wo sie Louis anzutreffen hoffte.

Bald erkannte sie, daß sie in seiner Mutter eine Verbündete hatte. Sie lächelte stets wohlgefällig, wenn sie Edmée mit ihrem Sohn tanzen oder schwatzen sah. Es folgten Einladungen der Vollards, die von den Tissots erwidert wurden. Ab und zu runzelte Edmées Mutter unwillig die Stirn – sie hatte gehört, daß Louis seine Zeit mit dilettantischer Pinselei und in lockerer Gesellschaft vertat –, andererseits jedoch gab es kaum aufrechtere Royalisten als Monsieur und Madame Vollard, die zudem in der guten Gesellschaft hohes Ansehen genossen. Edmée hatte ihren Eltern natürlich nicht erzählt, daß Louis unter den Rebellen bei der Premiere von *Hernani* gewesen war, aber sie hatte seinen Schilderungen darüber voll Aufregung zugehört – nicht, weil es sie kümmerte, ob die Romantiker gesiegt hatten oder nicht, sie hatte ja nicht einmal eine klare Vorstellung davon, worum es bei dem Kampf gegangen war –, sondern weil sie bei seinen Ausführungen des Tumults die Gewißheit gewann, daß ein Leben an seiner Seite niemals leer sein würde. Nach seiner Verwundung in den Tagen der Julirevolution hatte sie große Ängste ausgestanden, weil sie fürchtete, ihre Eltern würden ihr den Umgang mit ihm verbieten, falls er auf seiten der Rebellen gekämpft haben sollte und sie davon erfuhren. Doch in der Genugtuung über die Thronbesteigung des neuen Königs hatte es die Tissots wenig gekümmert, wie und wo Louis verwundet worden war, und nach befriedigend verlaufenen Verhandlungen beider Familien hatte Louis einige Monate später, bleich und mager noch und das eine Bein ein wenig nachziehend, in aller Form um ihre Hand angehalten.

«Madame Louis Vollard», sagte Edmée strahlend zu ihrem Spiegelbild.

Nandou hielt dem kleinen Mädchen die Hand hin. Mit seiner kleinen Faust packte es seinen Zeigefinger und betrachtete ihn aufmerksam. Er wackelte mit dem Finger. Das Baby lachte hellauf vor Vergnügen.

Sie ist ein hinreißendes Geschöpf, dachte er. Jeder kleine Finger, jede kleine Zehe ein Wunder an Vollkommenheit. Die Augen unter den zarten Wimpern wie Sterne, das schwarze Haar so fein und glänzend wie Seide.

Er hatte für Kinder nie viel übrig gehabt. Ihr ausgewogener Körperbau, das gleichmäßige Wachstum ihrer Glieder schien ihm der reine Hohn. Sie wurden für ihr Kleinsein geliebt, er hingegen wurde dafür verspottet und verachtet. Er hatte erwartet, daß er das Kind um Jeannes willen dulden würde, doch er liebte es.

Es war am Abend jenes Januartags zur Welt gekommen, als Nandou Jeanne gefunden und in seine Wohnung gebracht hatte. Nachdem die Hebamme gegangen war, hatte Jeanne bleich und still dagelegen, hatte einmal kurz die Augen geöffnet und geflüstert: «Sie soll Solange heißen», und war dann in einen todesähnlichen Schlaf gefallen. Fast eine Woche lang hatte sie kaum ein Wort gesprochen – Nandou hatte alles für sie tun müssen, obwohl er von Kinderpflege keine Ahnung hatte. Aber in seiner Angst, sie beide zu verlieren, hatte er schnell gelernt. Am sechsten Tag hatte Jeanne sich aufgesetzt und ihn gerufen. Zum erstenmal war wieder Leben in ihren dunklen Augen.

«Ach, Nandou», sagte sie und berührte leicht seine Wange, «zweimal hast du mir das Leben gerettet und hast auch noch mein Kind gerettet. Ich weiß nicht, wie ich dir danken soll, aber glaub mir, du brauchst so was nie wieder zu tun.»

Er versuchte zu lächeln. «Ich werde es tun, so oft es nötig ist.»

«Es wird nie mehr nötig sein. Das verspreche ich dir.»

Was wollte sie damit sagen? Daß sie nicht wieder fortgehen würde? Daran durfte er nicht glauben. Das hatte sie schon einmal versprochen, und er hatte es geglaubt, und dann war sie doch gegangen. Er würde nicht darüber nachdenken, nicht fragen, was sie meinte. Er würde einfach dem Augenblick leben. Seine ausgedehnten nächtlichen Spaziergänge gehörten der Vergangenheit an; jeden Abend kam er direkt nach der Vorstellung nach Hause und berichtete, während Jeanne ihm ein schnelles Abendessen richtete, das Neueste aus den Zeitungen und vom Boulevard.

Einmal sagte Jeanne: «Haben sie dich eigentlich jemals gefragt, was aus deinem Neffen geworden ist?»

«O ja, dann sage ich, daß du – daß er zu seiner Familie im Süden zurückgekehrt ist.»

«Ebensogut könntest du sagen, daß er tot ist.»

«Unsinn.»

Jeanne seufzte.

«Wenn Solange ein bißchen älter ist», fuhr Nandou fort, «kannst du wieder mit mir ins Theater kommen. Ich erzähle dann allen, du wärst Sorels Schwester.»

«Ja, vielleicht.» Wieder seufzte Jeanne. Sie seufzte oft in diesen Tagen, konnte mitten im Kartoffelschälen oder beim Waschen der Babysachen innehalten und in die Ferne starren, als hörte sie Stimmen, die sie riefen.

Einmal konnte sich Nandou nicht verkneifen zu fragen: «Denkst du an Vollard?»

«Bestimmt nicht», antwortete sie heftig und fügte hinzu: «Und wenn, dann nur in der Hoffnung, daß er leidet.»

Nandou sagte nichts.

Ein paar Tage später bemerkte er vorsichtig: «Heute haben sie sich im Theater über Dumas und seinen unehelichen Sohn unterhalten. Die Mutter versäumte anscheinend, das Kind amtlich anzuerkennen, als es geboren wurde. Zwei Wochen später hat Dumas den Jungen als seinen Sohn anerkannt, und da die Mutter ihren Anspruch nicht geltend gemacht hatte, hat das Gericht jetzt entschieden, daß Dumas ihr den Jungen nehmen kann.»

«Du erzählst mir das doch nicht nur zur Unterhaltung, nicht wahr?»

«Nein. Ich bin der Meinung, du solltest aufs Rathaus gehen und eine förmliche Erklärung abgeben, daß du Solange als deine Tochter anerkennst.»

«Louis Vollard hat kein Interesse an Solange. Das dürfte wohl klar sein.» Doch nach einem kurzen Schweigen fügte Jeanne hinzu: «Aber du hast recht. Ich werde aufs Rathaus gehen.»

Sie sprachen nicht weiter von Vollard, nicht einmal an dem Frühlingstag, als Nandou mit einer Zeitung nach Hause kam und Jeanne auf einen Bericht mit der Überschrift «Hochzeit im Haus Tissot» hinwies. Sie las ihn, reglos bis auf die Augen, und sagte kein Wort.

«Es tut mir leid», sagte Nandou.

«Verschwende dein Mitleid nicht an mich», entgegnete Jeanne mit soviel Bitterkeit, wie er nie von ihr gehört hatte, «gönne es lieber der kleinen Tissot.»

Am Abend nach dem Essen sagte sie zu ihm: «Willst du mir nicht wieder einmal vorlesen, Nandou, so wie früher?»

Er ging zum Bücherregal und nahm seine kostbarste Neuerwerbung heraus: Victor Hugos *Der Glöckner von Notre Dame*, das derzeit begehrteste Buch in Paris. Er hatte stundenlang anstehen müssen, um ein Exemplar zu bekommen. Beinahe zärtlich strich er über den Umschlag mit der Zeichnung einer schönen jungen Frau, die einem grotesken Buckligen Wasser zu trinken gab, dann schlug er das Buch auf und begann zu lesen.

Viele Abende las er, und seine Stimme führte sie immer tiefer in die Geschichte hinein. Wenn Solange erwachte, nahm Jeanne sie auf den Arm und wiegte sie, während sie lauschte. Mehr als einmal sah er, wenn er aufblickte, Tränen auf Jeannes Gesicht. «Was ist?» sagte sie dann. «Warum hörst du auf?»

«Frosch im Hals.» Und es war wahr. Aber es war nicht nur Mitleid mit dem buckligen Glöckner, das ihm die Kehle zuschnürte, sondern auch das drängende Verlangen zu wissen, ob Jeanne um Quasimodo und die Hoffnungslosigkeit seiner Liebe weinte oder um Esmeralda und ihren Schmerz.

Er fragte sie nie; er nahm sich zusammen und las weiter. Aber wenn er später in seinem Bett lag und das Rascheln ihrer Kleider hörte, waren ihm zwei Dinge klar: daß sein Leben reicher war, als er je zu träumen gewagt hatte, und daß er dennoch niemals das haben würde, was er am tiefsten ersehnte.

Aber er hatte das Kind, vor dem er seine Liebe nicht verbergen mußte.

Jeden Morgen beugte er sich über das kleine Bett mit den Worten: «Guten Morgen, Solange. Guten Morgen, du Schöne.» Das erste Mal, als sie ihm artikuliert antwortete – «Du!» sagte sie nämlich, und das konnte nur ein Versuch sein, seinen Namen zu sagen –, sprang er im Überschwang durch das ganze Zimmer und rief: «Alle herhören! Alle herhören! Solange kann sprechen!» Jeanne sah auf und lachte beinahe so wie früher, und Fidèle legte die Ohren an und flitzte unter den Tisch. In der Theaterwerkstatt fertigte er Spielzeugtiere für Solange. Stundenlang zauberte er ihr vor, ließ Münzen zwischen seinen Fingern erscheinen und wieder verschwinden oder zog ein rotes Tuch aus seinem Ärmel oder seinem Ohr. Bei ihren ersten Schritten applaudierte er und rief: «Bravo! Bravo!», und ihren ersten Satz feierte er mit kleinen Kuchen aus der Patisserie.

«Sie wird sich noch einbilden, sie wäre der Nabel der Welt», schalt Jeanne.

«Aber das ist sie doch auch!» erwiderte er.

Jeanne schnitt zwar eine Grimasse, aber sie hing so sehr an Solange wie er. Manchmal standen sie, wenn das Kind schlief, an beiden Seiten des Bettchens und sahen lächelnd zu der Kleinen hinunter, und so, wie er sich schwor, daß dieses Mädchen niemals auf der Straße stehen und Beignets verkaufen würde, so, das wußte er, gelobte sich Jeanne, daß es niemals den Haken eines Lumpensammlers zur Hand nehmen würde. Während sie zu Solange hinunterblickten, wurde sein Lächeln langsam breiter, Jeannes jedoch verkroch sich hinter bitter zusammengepreßten Lippen.

Am Aschermittwoch nach Solanges erstem Geburtstag, als die letzten Nachtschwärmer von den wilden Feiern draußen vor der Stadt heimkehrten, starb in der Rue Chauchat jemand an der Cholera. Innerhalb von Wochen hatte die Seuche die ganze Stadt erfaßt. In den Gassen stapelten sich die Leichen, die Leichenkarren reichten nicht aus, um sie abzuholen. Nandou flehte Jeanne an, nicht auf die Straße zu gehen, und ausnahmsweise einmal pochte sie nicht auf ihre Unabhängigkeit. Er selbst setzte eine Maske auf, wenn er ausging, um an Nahrung einzukaufen, was sie brauchten. Wasser zu besorgen, war schwierig; unter den Armen der Stadt ging das Gerücht um, die Cholera sei gar keine Krankheit, sie sei eine Erfindung der Leute, die die Armen vergiften wollten. Es kam immer wieder vor, daß der Mob über Leute herfiel, die sich bei den Brunnen aufhielten, und sie grausam lynchte.

Wenn Nandou sich der Wohnung näherte, begann er stets heftig zu zittern und war überzeugt, die Cholera hätte nun auch ihn erwischt, bis ihm klar wurde, daß es nicht die Krankheit war, die ihn zittern machte, sondern die Angst davor, was er zu Hause vorfinden würde. «Alles in Ordnung?» pflegte er zu rufen, sobald er die Tür öffnete. Und Jeanne erwiderte: «Ja, alles gut. Und du?»

Eines Tages antwortete sie nicht, als er rief. Sein Herz dröhnte, und er fühlte sich so schwach, daß er sich kaum auf den Beinen halten konnte. Nachdem er die Tür aufgesperrt hatte, brach er zusammen.

Nach einer Weile merkte er, daß Jeanne neben ihm kniete. «Was ist denn?» fragte sie voll Angst. «Ist es die Cholera?»

Er konnte kein Wort hervorbringen.

«Nandou! Bist du krank?» Sie schüttelte ihn. «Lieber Gott, bitte! Nandou darf nicht sterben.» Die Tränen liefen ihr aus den Augen und tropften auf sein Gesicht. Er fand seine Stimme wieder. «Ich bin nicht krank», krächzte er.

Sie schüttelte ihn weiter, als wolle sie ihn vom Tod erwecken.

«Jeanne! Hör auf! Mir fehlt nichts.»

Endlich ließ sie ihn los und flüsterte: «Was war denn?»

«Wo ist Solange?» fragte er.

«Sie schläft. Sag mir, was los war? Warum bist du hier zusammengebrochen?»

«Weil du dich auf mein Rufen nicht gemeldet hast. Ich dachte, du hättest – mich verlassen.»

«Hab ich dir nicht versprochen, daß du mir nie wieder nachzulaufen brauchst?»

Er versuchte zu lächeln. «Du bist zu jung, um so etwas versprechen zu können.»

«Bin ich nicht. Ich werde nie wieder fortgehen bis zu dem Tag, an dem du mich darum bittest.»

«Weshalb sollte ich dich darum bitten?»

«Vielleicht willst du eines Tages heiraten. Vielleicht triffst du jemanden wie – eine Frau, die...»

«Die ist wie ich? Glaubst du, ich kann nur eine Zwergin lieben?»

Sie wurde rot. «Nein. Ich meinte nur – ich werde erst gehen, wenn du mich darum bittest.»

«Darum werde ich dich niemals bitten.» Er berührte ihre Hand. Sein Herz klopfte so stark, daß er sicher war, sie müsse es in seinen Fingern fühlen. Aber sie lächelte nur und stand auf. Er holte sich Fidèle und vergrub sein Gesicht in ihrem Fell, damit es ihn nicht verraten konnte.

«Konntest du Brot bekommen?» fragte Jeanne.

«Ja, aber es ist nicht frisch. Warum hast du dich eigentlich nicht gemeldet, als ich rief?»

«Ich habe dich nicht gehört. Ich war so vertieft.» Sie errötete unerklärlicherweise.

«In was denn?»

«Ach, nichts.»

«Jeanne, sag es mir», bat er.

Sie zuckte die Achseln, ging von ihm weg, drehte sich dann um. «Ich wollte ... ich habe ...» Sie schüttelte den Kopf und lief in ihr Schlafzimmer. Mit einem Bündel Papieren kam sie wieder heraus. «Ich wollte ein bißchen Geld verdienen. Nein, das stimmt nicht. Ich meine, Geld ist nicht der einzige Grund. Ich möchte etwas tun, Nandou. Das treibt mich schon lange um, eigentlich seit Solanges Geburt. Ich möchte schreiben. Seit Wochen arbeite ich, immer wenn du weg bist, an einem Stück.» Sie drückte die Papiere fest an ihre Brust. «Ich glaube, es ist gar nicht so schlecht. Würdest du es einmal lesen?»

«Wie soll ich es lesen, wenn du's nicht aus der Hand gibst?»

Sie lachte und gab ihm das Bündel Papiere.

«Für mich keinen Kaffee mehr, danke», sagte Edmée zu dem Mädchen. «Vielleicht möchte Monsieur noch eine Tasse.»

Hinter der Zeitung verborgen, sagte Louis: «Danke, nein.»

Er hörte, wie das Mädchen die silberne Kanne auf das Buffet stellte und aus dem Zimmer ging. Er las weiter – die Börsennachrichten, die ihn nicht sonderlich interessierten, über die man aber wenigstens oberflächlich Bescheid wissen mußte – und meinte, durch die Zeitung hindurch Edmées Blick zu spüren. Schließlich legte er das Blatt nieder. Sein Gefühl hatte ihn nicht getrogen. «Ist etwas?» fragte er.

«Nein. Ich sehe dich nur gern an.»

Wie stets, wenn sie solche Bemerkungen machte, hatte er das Gefühl, sie sage das, was sie gern von ihm gehört hätte. «Fühlst du dich wohl heute morgen?» fragte er, während er schon die nächste Zeitung von dem Stapel neben seinem Teller nahm. «Was ist denn das?» fragte er stirnrunzelnd. «Das habe ich doch gar nicht bestellt.»

«Aber ich», sagte Edmée.

Er las den Titel. «*La Liberté, Journal des Arts*. Hör mal, Edmée, weißt du, was das ist? Hast du es gelesen?»

«Nein, aber soviel ich weiß, ist es eine neue Zeitschrift, die für die absolute Freiheit der Künste eintritt. Ich dachte, das würde dich interessieren.»

«Die Redakteure sind Anarchisten.»

«Wirklich? Ich dachte, sie hätten vielleicht etwas Interessantes zur Absetzung von Hugos Stück durch die Zensur zu sagen.»

«In dem Stück wurde der König als Wüstling dargestellt. Es ist ganz natürlich, daß Louis Philippe verärgert war. Er nennt sich zwar Bürgerkönig, aber er ist und bleibt ein Bourbone.» Edmée blickte ihn unverwandt an. «Manchmal», fügte er hinzu, «habe ich den Eindruck, du möchtest, daß ich mein früheres Leben wieder aufnehme.»

«Und ich», entgegnete sie, «habe manchmal den Eindruck, du möchtest es vergessen. Warum malst du nicht mehr? Du hast dir ein Zimmer als Atelier eingerichtet, aber du benützt es fast nie.»

«Wenn man malen will, muß man ganz bei der Sache sein», sagte Louis. «Das kann man nicht nebenbei tun. Aber mir lassen die Firma und unsere gesellschaftlichen Verpflichtungen kaum Zeit.»

«Louis, ich würde mit Freuden alle Verpflichtungen absagen, wenn du das möchtest.»

«Ach, das ist doch lächerlich.»

«Nein, ist es nicht. Ich...» Mit einer Grimasse brach sie ab.

«Was ist? Hast du Schmerzen?» Sie war zum zweiten Mal schwanger, nachdem sie das erste Mal im vierten Monat eine Fehlgeburt gehabt hatte.

«Nein, nein. Es ist nichts», versicherte sie. «Hauptsache, die Ärzte verbannen mich nicht wieder ins Bett.»

«Aber du mußt tun, was sie dir sagen.»

«Ich weiß. Es ist nur nicht immer leicht zu tun, was einem gesagt wird.»

Louis lachte kurz und bitter und bedauerte es sofort, aber sie schien es nicht bemerkt zu haben. «Bald», sagte sie, «werde ich sowieso nicht mehr ausgehen können. Darum dachte ich – darum habe ich dir die Zeitschrift bestellt. Ich möchte doch, daß du glücklich bist, Louis.»

Er wußte, daß sie die Wahrheit sagte. Im ersten Jahr ihrer Ehe hatte sie sich bemüht, ihm jeden Wunsch von den Augen abzulesen, so daß es ihm manchmal beinahe lästig gewesen war; in letzter Zeit allerdings konnte sie gelegentlich überraschend kurz angebunden sein.

«Ich möchte dich so gern verstehen», sagte sie.

«Ich finde nicht, daß ich ein rätselhafter Mensch bin.»

«Doch, in mancher Hinsicht schon.»

Das Thema behagte ihm nicht. Er legte die neue Zeitschrift aus der Hand und stand auf. «Es kann sein, daß es heute abend spät wird.»

«In Ordnung.» Edmées Stimme war sanft. «Vergiß nicht, daß wir morgen bei meinen Eltern essen. Ich glaube, mein Vater möchte dich – ach, Himmel!» Sie drückte eine Hand auf ihren Leib.

«Edmée! Was ist?»

Sie lächelte mühsam. «Ich glaube, du solltest den Arzt kommen lassen.»

Eine Stunde später stand Louis in der Bibliothek und starrte in den düsteren Novembertag hinaus, während er auf das Urteil des Arztes wartete. Ein böiger Wind rüttelte an den Fenstern und riß die letzten Blätter von den Bäumen, und er dachte, daß er genau so von den Ereignissen fortgerissen worden war. Aber von der stürmischen Begeisterung jener Zeit, als er für die Befreiung der Kunst und eine neue Gesellschaft gekämpft hatte, war nichts geblieben. Seine Mutter und die Konvention hatten gesiegt. Seufzend trank er noch einen Schluck aus dem Glas, das neben ihm stand.

Es war später Nachmittag, als die Tür zur Bibliothek sich öffnete und der Arzt eintrat. «Monsieur Vollard, es tut mir leid. Ihre Frau hatte wieder eine Fehlgeburt.»

Louis nickte nur. Er hatte es erwartet. «Aber es geht ihr gut? Sie wird wieder ganz gesund werden?»

«Gewiß. Es ist allerdings sehr zweifelhaft, ob sie je in der Lage sein wird, ein Kind auszutragen.»

«Was soll das heißen?» fragte Louis. «Sie haben uns doch gesagt, daß wir Kinder bekommen können.»

«Das hoffte ich, ja, nach der ersten Fehlgeburt. Aber nun ...» Der Arzt zuckte bedauernd die Achseln.

Louis griff automatisch nach seinem Glas. «Heißt das, daß wir auf Kinder verzichten müssen?»

«Ich kann Ihnen keine Hoffnung machen, Monsieur, so leid es mir tut.» Als Louis nichts sagte, fügte der Arzt hinzu: «Ihre Frau schläft jetzt. Es wäre am besten, wenn Sie bis zum Abend warten, ehe Sie zu ihr gehen.»

Nachdem der Arzt sich verabschiedet hatte, schenkte Louis sich noch ein Glas ein. Wie sollte er seiner Mutter beibringen, daß aus seiner Ehe mit Edmée keine Kinder hervorgehen würden? Das war doch der Sinn dieser Heirat gewesen – die Familien Vollard und Tissot durch Blutsbande miteinander zu verbinden.

Und wie würde sich das Leben mit Edmée gestalten, wenn keine Kinder da waren, die sie – nun ja, ablenken konnten? Würde sie dann nicht noch stärker als bisher bei ihm Erfüllung suchen? Immer wenn sie ihn ansah, spürte er, daß sie etwas von ihm wollte, das er nicht definieren konnte. Würden diese Forderungen nun nicht noch drängender werden? Ich möchte dich verstehen, hatte sie gesagt. Aber wie sollte das je möglich sein, da er sich doch selbst nicht verstand. Warum erlaubte er Edmée nicht, für jene Ideen, an die er einst geglaubt hatte, Bewunderung zu zeigen? Warum verachtete er sich dafür, ein ehrbarer Bürger geworden zu sein, und konnte dennoch nicht auf den Respekt verzichten, den man ihm als Schwiegersohn des Barons zollte? Warum hatte er angefangen, ein bestimmtes Haus zu besuchen, wo die Frauen weder schöner noch williger waren als Edmée, nur schamloser?

Und warum hatte er sein erstgeborenes Kind aufgegeben, wenn er nun kein anderes haben konnte?

Mit einem Fluch stellte er sein leeres Glas nieder und eilte aus der Bibliothek.

Das Zimmer, das er als Atelier hatte einrichten lassen, war in der ersten Etage. Er war schon seit mehreren Wochen nicht mehr dort gewesen, und er hatte nie das Bündel mit den Leinwänden und Zeichnungen herausgenommen, das in den Tiefen des großen Schranks verstaut war, seit Jeanne es ihm vor zweieinhalb Jahren hatte schicken lassen. Aber er hatte es nicht vergessen. Das Wissen, daß es da war und wartete, war wie ein dauernder unterschwelliger Druck, der ihn überall begleitete.

Das erste, was ihm in die Hände fiel, als er das Bündel öffnete, war das Bild eines sich aufbäumenden Pferdes. Er stellte es auf die Staffelei. Als er es damals fertiggemalt hatte, war er recht zufrieden damit gewesen. Jetzt sah er, daß den Flanken des Tieres die feurige Kraft fehlte, die Géricault ihnen gegeben hätte. Er stellte das Gemälde auf die Seite und holte einen Skizzenblock heraus. Während er langsam darin blätterte, erwachte die Hoffnung, mit der er diese Seiten einst gefüllt hatte, von neuem. Die Skizzen waren gut. Oder wenigstens nicht schlecht. Diese Hand war kraftvoll und lebendig, der Fuß stand fest auf der Erde... Das nächste war eine Kreidezeichnung von Jeanne. Der Fehler sprang ihm sofort ins Auge. Der Mund war nicht richtig. Während er ihn anstarrte, schienen sich die Lippen zu bewegen, und ihm war, als hörte er Jeannes Stimme. «Louis», flüsterte sie. «Wie konntest du uns verlassen...» Das Blut schoß ihm ins Gesicht. Er schüttelte den Kopf, packte die Zeichnung und zerriß sie. Er riß die nächste heraus, ein Porträt von ihr, und zerriß auch diese. Und die nächste und die nächste, bis nichts mehr von ihr übrig war als ein Haufen Papierfetzen, die ihm keine Vorwürfe machen konnten.

Seine Mutter hatte sie natürlich richtig eingeschätzt. Kurz vor seiner Hochzeit hatte er jemanden dafür bezahlt, herauszufinden, ob sie wieder mit dem Zwerg zusammenlebte. «Sie lebt bei ihm», hatte der Mann berichtet. «Mit ihrem Kind, einem kleinen Mädchen. Der Vater? Das kann ich Ihnen nicht sagen, Monsieur, obwohl der Zwerg ganz so tut, als wär er's.»

Noch mehrmals danach hatte Louis den Mann mit Nachforschungen beauftragt, vor allem nach der Cholera, die nahezu achtzehntausend Opfer gefordert hatte. Das Kind war nicht unter ihnen gewesen. Auch Jeanne und der Zwerg nicht.

Er sammelte die Fetzen der Zeichnungen ein und warf sie in den Papierkorb. Als er den Skizzenblock und das Pferdebild wieder einpackte, überfiel ihn die Erinnerung an jene Zeit, in der er so glücklich gewesen war, mit solcher Heftigkeit, daß er sich schwor, sich dieses Glück wiederzugewinnen.

8

«Es gefällt ihm?» fragte Jeanne, die am Tisch saß und Äpfel für einen Kuchen schälte. «Das Stück gefällt ihm wirklich?»

«Ja», bestätigte Nandou. «Er möchte es im Frühjahr herausbringen.»

«Ich kann es nicht glauben. Er will es tatsächlich herausbringen?»

«Natürlich! Was sollte ein Theaterdirektor sonst mit einem neuen Stück wollen?»

Jeanne juchzte vor Glück und warf den Apfel in die Luft. Fidèle sauste unter den nächsten Sessel, Solange kreischte vergnügt, und Nandou ließ sich lachend auf das Sofa fallen.

«‹Der Zwergenfürst›», sagte Nandou mit seiner tiefsten Theaterstimme, als sie sich beruhigt hatten, und wieder fingen sie an zu lachen und durcheinander zu schreien.

Schließlich sagte Jeanne: «Jetzt erzähl mir mal ganz genau, was er gesagt hat.»

Nandou lächelte. «Ihm gefällt die Idee, daß der Held durch Folter zum Zwerg wird. Er meint, daß die Zigeuner- und die Gefängnisszenen sehr wirkungsvoll sind. Und die Verwechslungsspiele.»

«Ist er damit einverstanden, daß du die Rolle spielst?»

«Kennt er denn einen Zwerg, der besser spielen kann als ich? Der nicht nur bereit ist, auf Stelzen herumzugehen, sondern ihm auch noch dabei helfen kann, die Dinger so zu entwerfen, daß das Publikum den Betrug nicht merkt. Im übrigen würde ich niemals zulassen, daß ein anderer die Rolle spielt. Weißt du, ganz besonders hat es ihm die Szene angetan, in der der Held in dem hohlen Baum verborgen sitzt und mit anhört, wie sein Vater gesteht, daß er ihn verlassen hat. Und...»

«Ja, ja?»

«Er ist bereit, der Schriftstellerin Jeanne Sorel zwanzig Franc pro Vorstellung zu bezahlen. Außerdem bekommt sie jeden Abend zwei Plätze umsonst.»

Jeanne nahm ihre Schürze ab und schleuderte sie jubelnd in die Luft.

«So glücklich», sagte er, «habe ich dich nicht mehr gesehen, seit – habe ich dich lange nicht mehr gesehen.» Sie lachte ihn an. «Niemals werde ich dir so danken können, wie ich das gern möchte.»

«Ach, Nandou, ich will doch gar keinen Dank. Ich bin so glücklich, daß endlich einmal ich etwas für dich tun konnte.»

Sein Lachen klang merkwürdig, als bereite es ihm Schmerzen, und als er sprach, war seine Stimme unsicher. «Du hast vieles für mich getan, Jeanne. Du hast mir soviel gegeben. Seit ich dich das erste Mal gesehen habe, war ich immer...» Er schwieg, doch sein Blick blieb auf sie gerichtet.

«Was, Nandou?» fragte sie leise und wußte zugleich, daß sie es nicht hören wollte.

Er fuhr sich mit der Hand durch das Haar, schien einen Moment unschlüssig, dann zog er Solange auf den Schoß, küßte sie auf beide Wangen und drückte sein Gesicht in den kleinen Nacken.

Als er wieder aufsah, räusperte er sich. «Zur Premiere», rief er, «geben wir ein großes Fest und laden alle ein, die Jean Sorel, den Inspizientengehilfen, gekannt haben. Aber heute abend – Solange, sag deiner Mama, daß wir heute abend feiern, nur wir drei. Sag ihr, sie soll sich schön anziehen, und dann gehen wir in ein Restaurant – ja, du auch – und speisen wie die Könige, und was übrigbleibt, bringen wir Fidèle mit.»

Bald waren sie fertig, Nandou in seiner besten grauen Weste, Mutter und Tochter in Kleidern, die Jeanne unter Mühen selbst genäht hatte. «Pack die Kleine gut ein», sagte Nandou. «Es ist kalt draußen.»

Jeanne lächelte. «Natürlich ist es kalt. Wir haben Januar.»

Nandou lachte und streckte die Arme nach Solange aus. «Komm, Schatz, auf dein Pferd!»

Draußen klopfte es. Jeanne sah Nandou fragend an, doch der schüttelte den Kopf. «Ich erwarte auch niemanden», sagte sie, schon auf dem Weg zur Tür.

Der Mann, der draußen stand, war groß, elegant gekleidet, ein Fremder, der Jeanne dennoch irgendwie vertraut schien. Er musterte sie einen Moment mit zusammengekniffenen Augen, als blende ihn das Licht, dann lüftete er den Hut und sagte: «Mademoiselle Jeanne Sorel?»

«Ja. Und wer sind Sie, Monsieur?»

Er zögerte. «Ein Bote.»

«So sehen Sie aber nicht aus.»

Er lächelte, und in dem Moment wußte sie, wer er war. «Nein!» sagte sie unwillkürlich.

«Pardon?»

«Ich weiß nicht, was Sie wollen, aber es interessiert mich nicht, ganz gleich, was es ist.»

«Dann wissen Sie, wer ich bin?»

Sie hob stolz den Kopf. «Ja.»

Nandou war neben sie getreten. «Was gibt es denn, Jeanne?»

Der Fremde sah zu Nandou hinunter, ohne Mitleid und ohne Geringschätzung, als hätte er seinesgleichen vor sich.

Dennoch sagte Jeanne: «Bitte gehen Sie. Sie sehen, daß wir gerade ausgehen wollten.»

«Ich bitte Sie nur um ein paar Minuten...»

«Monsieur», sagte Nandou, «sagen Sie uns, was Sie wollen, oder tun Sie, was die Dame sagt.»

«Nun gut. Ich wurde gebeten, Mademoiselle Sorel dieses Schreiben zu überbringen.» Der Mann zog einen Brief heraus.

«Ich nehme ihn nicht an», erklärte Jeanne hitzig. «Er ist von Louis. Letzte und vorletzte Woche war auch schon ein Mann mit Briefen von ihm hier. Ich habe sie beide zerrissen.»

Nandou sagte nichts.

«Ja, das weiß ich», sagte der Mann. «Darum bringe ich diesen Brief selbst.»

«Louis findet offenbar nie den Mut, mir persönlich zu sagen, was er will.»

«Wenn Sie die anderen Briefe nicht zerrissen hätten, wüßten Sie, daß er darin um ein Gespräch mit Ihnen bat.»

«Ich habe nichts mit ihm zu besprechen.»

Der Mann betrachtete Jeanne mit einer Direktheit, die sie unsicher machte. «Bitte, tun Sie mir den Gefallen und lesen Sie das.» Er hielt ihr den Brief hin.

«Ich sehe keinen Grund, Ihnen einen Gefallen zu tun.»

«Nicht einmal aus Höflichkeit?»

«Jeanne», sagte Nandou mit trügerisch milder Stimme, «wer ist der Herr?»

«Ich bitte um Verzeihung», sagte der Mann. «Ich bin Nicolas Vollard, Louis Vollards Bruder. Und Sie sind Monsieur – Nandou?»

«Richtig.»

«Können Sie Mademoiselle Sorel nicht dazu bewegen, diesen Brief wenigstens zu lesen?»

Einen Moment schwiegen sie alle drei. Solange lief zu ihrer Mutter und drückte den Kopf in ihren Rock. Dann hob Nandou die Hand, als wolle er ein Zauberkunststück machen, doch statt dessen nahm er den Brief. «Jeanne, wir können dieses Gespräch nicht fortsetzen, wenn wir Monsieur Vollard nicht hereinbitten.»

«Es ist deine Wohnung», erwiderte sie kühl. «Du kannst selbstverständlich hereinbitten, wen du willst.»

Nandou ging zum Tisch und legte den Brief in die Mitte. Sie setzten sich. Jeanne nahm Solange auf den Schoß.

«Ich versichere Ihnen, Mademoiselle», sagte Vollard, «daß es in Ihrem Interesse ist, das Schreiben zu lesen.»

«Nichts, was Ihr Bruder zu sagen hat, könnte mich interessieren.» Jeanne drückte Solange an sich. Sie war ihr Schild gegen Vollard, ihr Schild und ihre Waffe.

«Jeanne, bitte», sagte Nandou. Sie sah die Frage in seinem Blick. Warum hatte sie ihm nicht erzählt, daß Louis ihr geschrieben hatte? Die Antwort war unsinnig: Weil sie nicht gewollt hatte, daß er sie so ansah, wie er sie eben jetzt ansah.

«Wenn du wissen willst, was in dem Brief steht», sagte sie, «dann lies du ihn doch. Lies ihn uns vor.»

«Das möchte ich nicht, Jeanne.»

«Auch gut. Dann zerreiße ich ihn eben wie die anderen.»

«Jeanne ...»

«Monsieur», sagte Vollard, «wenn Mademoiselle Sorel darauf besteht, dann lesen Sie ihn ihr bitte vor, ich beschwöre Sie.»

Nandou warf Jeanne einen flehenden Blick zu, dann sagte er: «Also gut», erbrach das Siegel auf dem Umschlag, entnahm ihm das Schreiben und begann mit monotoner, unbeteiligter Stimme zu lesen.

«Meine liebe Jeanne,

ich kann mir vorstellen, daß Du diese Zeilen mit widerstreitenden Gedanken und Gefühlen liest. Bitte glaube mir, daß ich sie mit aufrichtiger Achtung vor Dir und in der Hoffnung schreibe, daß Du glücklich bist. Ich bedaure es, daß Du Dich nicht entschließen konntest, das Geld anzunehmen, das meine Mutter Dir in meinem Auftrag anbot, aber ich bewundere auch Deine Stärke. Dennoch gilt meine Sorge dem Kind, und es ist mir ein ernstes Anliegen, daß es alles bekommt, was es braucht. Kurz, ich möchte für es sorgen.»

Jeanne sah, wie die Knöchel von Nandous Händen, die den Brief hielten, weiß wurden.

«Mein Angebot kommt spät, ich weiß, aber es ist darum nicht weniger aufrichtig gemeint. Und eben weil ich mich meiner Verpflichtung erst so spät besinne, möchte ich großzügigste Wiedergutmachung leisten. Ich bin bereit, das Kind in meinem Haus aufzunehmen, um ihm alles zu geben, was ich ...»

«Schluß!» rief Jeanne. «Das reicht. Ich möchte nichts mehr von der Großzügigkeit der Familie Vollard hören.»

Nandou senkte langsam den Brief.

In der Stille schlug Solange mit dem kleinen Holzgockel, den Nandou ihr geschnitzt hatte, auf den Tisch. «Dou! Nicht aufhören. Weiterlesen. Du liest so schön.» Nandou lächelte nicht.

Vollard sah Jeanne beschwörend an. «Hören Sie sich den ganzen Brief an, ehe Sie eine Entscheidung fällen, Mademoiselle Sorel. Louis weiß, daß seine Handlungen Sie verletzt haben. Er ist der Auffassung, daß jeder Versuch einer Erklärung oder Rechtfertigung einer Beleidigung gleichkäme. Darum begnügt er sich damit, Ihnen ein einfaches Angebot zu machen. Und Sie sollten es wenigstens in Erwägung ziehen.» Vollards Ton war ruhig und sachlich, der Ton eines Mannes, auf den man sich verlassen konnte.

«Hat Louis Ihnen aufgetragen, mir das zu sagen?»

«Louis bat mich, ihn in dieser Sache zu vertreten, da er wußte, daß Sie ein Gespräch mit ihm persönlich ablehnen würden.»

«Dann richten Sie Louis aus, daß es zwischen uns nichts mehr zu besprechen gibt. Er mag Worte machen, wie er will, er mag zu mir schicken, wen er will – sein Ziel ist doch einzig, mir unser – mein Kind wegzunehmen. Sagen Sie ihm, daß ich das niemals zulassen werde.»

Vollard sagte einen Moment gar nichts, dann wandte er sich Solange zu, die unruhig geworden war. «Würdest du mir sagen, wie du heißt?»

Solange hüpfte auf Jeannes Schoß auf und nieder und sagte dreimal ihren Namen.

Vollard lächelte. «Ein hübscher Name. Und woher hast du den schönen Gockel da?»

«Den hat Dou gemacht. Dou!»

«Aha. Weißt du auch, wie ein Gockel spricht?»

Sie schwenkte das Spielzeug in der Luft und krähte. «Kikeriki!»

Vollard lachte. Das kantige Gesicht, dachte Jeanne, hatte kaum Ähnlichkeit mit dem von Louis, und die Augen waren so grau wie die der Mutter, doch es war nichts Gönnerhaftes in ihrem Blick.

«Erlauben Sie mir», sagte er, «Ihnen etwas anzuvertrauen, Mademoiselle, das Sie Louis gegenüber vielleicht ein wenig nachsichtiger stimmen wird. Er und seine Frau haben erfahren, daß sie niemals Kinder bekommen werden.»

Jeanne schloß ihre Hand um die von Solange. «Und dafür soll ich jetzt leiden?»

«Nein, das möchte Louis gewiß nicht. Aber bei allem Respekt, Mademoiselle, glauben Sie, daß Sie dem Kind all das geben können, was Louis ihm bieten kann? Finden Sie es gerecht, Ihre Tochter jener Dinge zu berauben, die jede Mutter ihrem Kind ohne Zweifel wünscht?»

Jeanne drückte Solange fester an sich. «Liebe ist wichtiger als alle materiellen Vorteile.» Als Vollard sie nur schweigend ansah, fügte sie herausfordernd hinzu: «Hat Ihr Bruder Ihnen nicht aufgetragen, mir Geld anzubieten? Zu versuchen, das Kind zu kaufen, wie seine Mutter damals versuchte, mich zu kaufen?»

Diesmal, das sah sie, hatte sie Vollard getroffen. Er zögerte einen Moment, ehe er antwortete. «Davon kann keine Rede sein. Louis möchte das Kind zu sich nehmen und ihm seinen Namen geben. Er möchte dafür sorgen, daß ihm einmal alle Möglichkeiten offenstehen.»

Jeanne spürte, daß Nandou nahe daran war, die Beherrschung zu verlieren, und hob die Hand, um ihm Einhalt zu gebieten. Den Blick fest auf Vollard gerichtet, sagte sie: «Meiner Tochter stehen viele Möglichkeiten offen. Ich glaube nämlich noch an die Ideen, die Louis angeblich einmal so teuer waren – daß wir alle freie Menschen sind und jeder das Recht hat, seine Persönlichkeit zu entwickeln. Vielleicht wird meine Tochter einmal Schauspielerin. Oder Schriftstellerin. Vielleicht auch Verkäuferin oder Näherin. Oder die Mätresse eines reichen Mannes – es würde mir nicht gefallen, aber ich würde es akzeptieren. Niemals jedoch, Monsieur, wird sie eine Lumpensammlerin, eine Prostituierte oder eine Vollard werden.»

Ihre Stimme war zunehmend lauter geworden, und als sie geendet hatte, schüttelte Nicolas langsam, beinahe traurig den Kopf. «Als Angehöriger der Familie Vollard bedaure ich natürlich Ihre Antwort, Mademoiselle. Aber ich sehe ein, daß mir nichts anderes übrigbleibt, als sie Louis zu übermitteln und ihm klarzumachen, mit welch tiefer Überzeugung sie gegeben wurde.» Er stand auf und nahm seinen Hut, den glänzenden schwarzen Zylinder des Großbürgers, den Louis einst verachtet hatte, aber jetzt wahrscheinlich selber trug.

Solange zeigte mit dem Finger auf ihn. «Der Mann wird immer größer.»

Er lächelte. «Adieu, Solange.» Dann wandte er sich Nandou zu. «Monsieur.» Er verneigte sich.

Die Tür fiel hinter ihm zu. Jeanne rührte sich nicht, bis Nandou neben ihr leise sagte: «Bravo, Jeanne.»

Da erst drehte sie sich herum, glücklich über sein Lob. Ein Lächeln breitete sich auf ihrem Gesicht aus, und sie sah seinen Widerschein auf seinen dunklen Zügen.

Aber noch während sie einander ansahen, geschah etwas, das lange nicht mehr geschehen war: Seine Zwergenhaftigkeit wurde ihr bewußt. Nicolas Vollard war schuld daran. Sie wußte nicht, wie es kam, doch er war schuld daran, daß sie Nandou plötzlich in seiner ganzen grotesken Verwachsenheit sah. Aber sie würde Nandou lächelnd ansehen und nicht wieder an Nicolas Vollard denken. Sie würde sich und ihm ihr Lächeln bewahren.

Als der Moment vorüber war und sie gesiegt hatte, sagte sie: «Glaubst du, daß sie – glaubst du, er wird wiederkommen?»

«Ich glaube, Vollard kam mit der Absicht, dir Geld anzubieten, hat aber sehr schnell erkannt, mit wem er es zu tun hatte.»

«Ich hasse ihn», sagte sie.

«Wirklich?» Nandous Stimme war seidenglatt.

«Ich hasse alle Männer mit dem Namen Vollard. Ich hätte dir von den anderen Briefen erzählen sollen, aber ich...»

«Du brauchst mir nichts zu erklären.» Nandou fuhr sich mit einer kurzen Bewegung durch das Haar und rief in verändertem Ton: «Komm, Solange, mein Schatz, jetzt gehen wir feiern. Wir wollen uns doch nicht umsonst feingemacht haben.»

Aber die Fröhlichkeit, die sie vor Vollards Besuch erfüllt hatte, mußte jetzt mühsam aufrechterhalten werden. Als Nandou im Restaurant, dem vornehmsten, das Jeanne je betreten hatte, einen Tisch verlangte, musterte ihn der Oberkellner mit einer Art hochmütiger Belustigung, ehe er die Achseln zuckte und sie in die hinterste Ecke des Lokals führte. Die Gäste im Raum blickten auf, als sie vorüberzogen, und tuschelten miteinander. «Was gibt's da zu tuscheln?» hätte Jeanne ihnen am liebsten zugerufen. «Ihr seid hier doch nicht in der Provinz. Habt ihr noch nie eine Frau, ein Kind und einen Zwerg im Restaurant gesehen?» Aber sie ging schweigend an ihnen vorüber, den Kopf hoch erhoben.

Nandou bestellte Wein und Brathühnchen und neue Kartoffeln und führte zwei Gespräche zugleich, das eine mit Solange über die Lichter und das Essen, das andere mit Jeanne über ihr Theaterstück. Er hob sein Glas immer wieder zum Toast, bis der Glanz in seinen Augen zu hitzig wurde, und seine breiten Wangen glühten. Jeanne plauderte und lächelte und stopfte Solange immer wieder die Serviette unter den Kragen, aber ihre Gedanken wanderten: zu dem naiven jungen Ding, das sie gewesen war, als sie Louis kennengelernt hatte, zu dem Mädchen, das geglaubt hatte, bei diesem Mann Geborgenheit zu finden... zu Nicolas Vollard, der auf ihre Tirade mit Würde reagiert hatte, nicht mit dem Abscheu, den sie erwartet hatte... Als sie ihre Aufmerksamkeit zurückholte in den großen Saal, dessen Lichter sich funkelnd in unzähligen Spiegeln, in silbernem Besteck und glänzendem Porzellan brachen, bemerkte sie offene und versteckte Blicke von allen Seiten – auf Nandou gerichtet, als wäre er eine Jahrmarktsattraktion, und auf sie, doch in ganz anderer Art – Männerblicke, die sie ausziehen wollten. Sie schüttelte sich schaudernd.

«Was ist denn?» fragte Nandou.

«Ich mag es nicht, wenn man mich anstarrt.»

Er lächelte mit leichter Bitterkeit.

Sie verwünschte ihre Gedankenlosigkeit. «Ich meine, ich mag es nicht, wenn Männer mich ansehen.»

«Nein?» Er zuckte zusammen, als hätte er einen Schlag erhalten, und sie erkannte, daß sie ihn geführt hatte: Er war auch ein Mann. Sein Blick hatte es ihr schon den ganzen Abend gesagt. Ach was, viel länger schon. Immer. Sie hatte es nur nicht wissen wollen.

Er schien etwas sagen zu wollen, und sie erstarrte innerlich. Doch dann nahm er nur eine kleine Zigarre heraus und zündete sie an. Solange krauste die Nase.

«Gib mir auch eine», sagte Jeanne.

Er runzelte die Stirn. «Warum?»

«Damit sie auch was zu sehen kriegen, wenn sie uns schon so angaffen.»

Wortlos reichte er ihr eine Zigarre und gab ihr Feuer. Sie sog den Rauch ein und schaffte es, nicht zu husten. «Auf den Mann, der unser Zwergenfürst sein wird», sagte sie und hob ihr Glas.

«Auf die Frau, die es möglich gemacht hat», erwiderte er.

Auf Louis' Staffelei stand ein Porträt von Edmée. Sie hatte sich mit solchem Eifer angeboten, ihm Modell zu sitzen, daß er gar nicht hätte ablehnen können. Und die Stunden mit ihr waren harmonisch gewesen; nicht einmal hatte er das Gefühl gehabt, daß unausgesprochene Emotionen in der Luft hingen. Er legte frische Farben heraus und begann an ihrem Haar zu arbeiten. Aber er merkte bald, daß jetzt nicht daran zu denken war, dem Gemälde den letzten Schliff zu geben. Gedanken an seinen geheimen Plan und die beiden Männer, die er zu seiner Ausführung gedungen hatte, lenkten ihn ab. Unfähig, die für die Arbeit notwendige innere Ruhe zu finden, packte er die Farben schließlich weg und fuhr, da er nichts Besseres zu tun hatte, in die Firma.

Sein Vater freute sich, ihn zu sehen, und bezog ihn sofort in das Gespräch ein, das er gerade mit Nicolas führte. Es ging um das neugegründete Bankhaus Vollard, das sie, obwohl es in Paris mehrere hundert Privatbanken gab, zum finanzkräftigsten und mächtigsten der Stadt machen wollten. «In der Investition liegt die Zukunft», erklärte Nicolas. «Ich spreche jetzt nicht von Staatskrediten und kurzfristigen Spekulationen, sondern von Kapital zur Errichtung eines umfassenden Eisenbahnnetzes.»

Als die beiden Brüder beim Mittagessen in einem überfüllten Restaurant saßen, in dem sich alle Gespräche nur um die neue Eisenbahn und die Kreditbeschränkungen zu drehen schienen, die der Finanzminister verfügt hatte, fragte Louis: «Sag mal, Nico, macht es dir eigentlich Vergnügen, dich mit Eisenbahnen, Fabriken und Diskontsätzen zu beschäftigen?»

«Was für eine Frage! Ich kümmere mich eben um die Familiengeschäfte, so gut ich kann. Gewiß, die Arbeit hat einen gewissen Reiz, aber zu sagen, daß ich ...» Nicolas brach ab und legte den Kopf auf die Seite. Dann lachte er. «Du hast recht. Es macht mir Vergnügen. Zuckerrübenfabriken in der Provinz? Ein Eisenbahnnetz, das das ganze Land überzieht – warum nicht? Ich will ehrlich sein, Louis – manchmal kommt es mir vor, als wäre ich noch ein kleiner Junge, der sich mit Spielsachen vergnügt. Aber in diesen Spielen gibt es keine Soldaten, keine Waffen, keinen Tod.» Er beugte sich über den Tisch und berührte Louis' Hand. «Aus dem gelben Farbfleck da schließe ich, daß du wieder zu malen angefangen hast. Das ist gut.» Er lehnte sich erneut zurück. «Aber du hast mich doch sicher nicht zum Mittagessen eingeladen, um mich darüber auszufragen, was mir im Leben Vergnügen bereitet?»

«Nein.» Louis zögerte. «Ich wollte dich etwas anderes fragen: Bist du ganz sicher, daß Jeanne nicht bereit ist, das Kind aufzugeben?»

«Aber das habe ich dir doch schon ein dutzendmal gesagt, Louis. Eher hätte Napoleon auf die Kaiserkrone verzichtet.» Er zog eine Augenbraue hoch. «Das scheint dich zu befriedigen. Bewunderst du sie trotz allem für ihren Eigensinn?»

«Vielleicht, in gewisser Weise. Andererseits kann ich nicht verstehen, wie sie es fertigbringt, mir das Kind vorzuenthalten. Ich bin schließlich der Vater!»

Nicolas machte ein skeptisches Gesicht. «Siehst du das nicht ein bißchen zu einfach? Immerhin hast du sie verlassen und dich um das Kind zunächst gar nicht gekümmert.»

«Du bist auf ihrer Seite. Ich wußte es ja. Ich habe sofort gemerkt, wie sehr sie dich beeindruckt hat.»

«Ich verstehe ihren Standpunkt, Louis, aber das bedeutet nicht, daß ich auf ihrer Seite stehe.» Vorsichtig fügte Nicolas hinzu: «Welchen Sinn hat es, immer wieder darüber zu sprechen? Jeanne Sorel hat ihren Standpunkt klargemacht, und ich glaube nicht, daß es dir gelingen wird, sie umzustimmen, ganz gleich, was du tust.»

Louis schob seinen leeren Teller weg. «Mir gefällt die Vorstellung nicht, daß meine Tochter womöglich in dem Glauben aufwächst, der Zwerg sei ihr Vater.»

«Ich kann dir nur noch einmal sagen, daß sie ihn nicht ‹Papa› nannte.» Nicolas beugte sich wieder über den Tisch. «Louis, hör auf, dich mit der Vergangenheit herumzuschlagen. Du hast dich damals entschieden, Jeanne und das Kind zu verlassen und Edmée zu heiraten. Kannst du nicht ...»

«Ich hatte doch gar keine Wahl», fiel Louis ihm heftig ins Wort. «Ich war geschwächt von der Verwundung und vom Fieber, und Mama ist so dominant.»

«Ich wollte dich nicht belehren», sagte Nicolas. «Ich möchte doch nur, daß du dein Leben genießt. Edmée ist eine schöne Frau, sie liebt dich, du solltest dich an dem freuen, was du hast, anstatt dem nachzutrauern, was du aufgegeben hast. Wenn du ständig in der Vergangenheit lebst, verpfuschst du dir nur die Zukunft.»

«O nein, da täuschst du dich, Nico. Du wirst schon sehen.» Louis zog seine Uhr heraus. «Ich muß gehen. Ich habe eine Verabredung, zu der ich nicht zu spät kommen darf.»

Er hatte einen Wagen gemietet, denn seinen eigenen konnte er nicht nehmen. Der Kutscher hatte wie befohlen Decken, eine kupferne Wärmflasche, eine Flasche Kognak und eine Tafel Schokolade mitgebracht. Trotz dichtem Schneefall fürchtete Louis, gesehen zu werden, und befahl dem Kutscher deshalb, nicht durch die Champs-Elysées zu fahren, sondern die kleinen Seitenstraßen zu nehmen. Schwankend rumpelte die Kutsche über gefrorenen Schmutz und Abfall zum Bois de Boulogne, der bei diesem Wetter wie ausgestorben war. Louis wies den Kutscher zu einer Stelle in der Nähe des Sees und befahl ihm, im Schutz einer Baumgruppe zu halten.

Die beiden Männer hatten versprochen, wenn möglich bis vier Uhr da zu sein. Um halb fünf wurde das Schneetreiben noch dichter, und Louis hielt es kaum noch aus vor Spannung.

Kurz vor fünf wurde endlich die Wagentür aufgerissen. Einer der Männer sprang in den Wagen, drehte sich um und streckte die Arme nach draußen. Der andere übergab ihm ein in eine schmutzige Decke gehülltes Bündel und stieg dann ebenfalls in den Wagen.

«Ihr seid spät dran», sagte Louis unmutig.

«Wir haben so schnell gemacht, wie's ging», erwiderte der Mann, der zuerst eingestiegen war, und drückte Louis das Bündel in die Arme.

Louis zog einen Deckenzipfel weg und sah zwei angstvoll aufgerissene Augen. Zum ersten Mal wurde ihm voll bewußt, was er getan hatte, und einen Moment stockte ihm der Atem.

«Wo ist unser Geld?» fragte der ältere der beiden Männer. Der unterwürfige Ton verbarg nur schlecht die darunter schwelende Feindseligkeit.

Louis übergab ihm den Beutel. «Wie vereinbart. Und vergeßt nicht:

Keiner darf etwas erfahren. Wenn ihr mich verratet, werde ich dahinterkommen, glaubt mir, und dann werdet ihr mir dafür büßen.»

«Ja, Monsieur», erwiderte der Mann mürrisch. Er hatte den Beutel aufgemacht, bereit, die Münzen zu zählen.

«Verschwindet!» zischte Louis. «Hinaus mit euch. Sofort!»

Die beiden Männer sprangen aus dem Wagen, einige Münzen fielen aus dem offenen Beutel in den Schnee, und er hörte die Männer fluchen, als die Pferde anzogen.

Im Schutz des Wagens schälte er das wimmernde Kind aus der schmutzigen Decke und hüllte es in das weiche englische Plaid, das er den Kutscher hatte besorgen lassen. Dann drückte er das kleine Bündel fest an sich und flüsterte ihm und sich selbst Worte des Trosts und der Beschwichtigung zu, während der Wagen im Schneegestöber zur Stadt zurückfuhr.

Jeanne wartete hinter der Bühne. Sobald Nandou kam, lief sie zu ihm.

«Was ist?» fragte er erschrocken. «Was ist passiert?»

«Solange ist verschwunden. Sie haben sie mitgenommen.»

«Was?» Er packte sie bei den Schultern. «Wer hat sie mitgenommen? Wann?»

«Ich saß über der neuen Szene für den zweiten Akt, und sie spielte mit Fidèle. Ich hörte sie hereinkommen und mit ihr sprechen, aber ich konnte es nicht glauben. Sie sagten, sie wollten sie nur einmal sehen. Ich war so verblüfft. Ich stand da und wollte fragen, wie es ihnen geht, und plötzlich packten sie Solange und rannten hinaus. Ich lief ihnen natürlich nach, aber als ich zur Straße hinunterkam, konnte ich sie nirgends mehr sehen. Sie waren weg, Nandou. Sie haben mir Solange gestohlen.»

Nandou drückte sie an sich. «Wir finden sie wieder. Das verspreche ich dir, Jeanne. Die Vollards werden sie nicht bekommen. Vorher müßten sie mich töten.»

«Es waren nicht die Vollards. Es waren meine Brüder, Pierre und Jacques!»

Ein Wagen voller Kulissen kam ihnen entgegen. Nandou stieß Jeanne auf die Seite und sagte: «Jetzt erzähl mir ganz genau, was passiert ist.»

Während das Kind gewaschen, gefüttert und zu Bett gebracht wurde, wartete Louis in der Bibliothek. Er ließ sich Kaffee kommen statt Kognak, aber er rührte ihn nicht an. Immer noch erregt und voller Genugtuung über seinen Sieg ging er im Zimmer auf und ab. Indem er sich sein

Kind geholt hatte, schien ihm, hatte er sich endlich von Jeanne und dem Leben befreit, das er mit ihr geführt hatte. Nie mehr würden ihn Erinnerungen plagen; nie mehr würde ihn mitten in der Nacht Jeannes Stimme mit der Frage aus dem Schlaf reißen, warum er so an ihr gehandelt hatte; nie mehr würde er ihre Worte in Kognak ertränken oder in das Bett einer Hure tragen müssen, um sie zu vergessen. Und mit dieser Befreiung, meinte er, würde er zurückgewinnen, was er verloren hatte – die Leidenschaft und die Hingabe, die ihn früher zum Malen getrieben hatten. Er würde sich selbst wiederfinden.

Als Edmée endlich hereinkam, ging er ihr strahlend entgegen, küßte sie auf Wangen und Mund und drückte sie in den Sessel am offenen Kamin. Ihre Bewegungen waren beherrscht, doch ihre Wangen glühten und ihre Augen blitzten. «Die Kleine sagte, sie heißt Solange», bemerkte sie.

«Ja.» Louis nahm sich den Sessel neben dem ihren.

«Ach, das wußtest du schon?» Edmée faltete die Hände. «Sie ist gleich eingeschlafen, nachdem sie gegessen hatte. Jetzt ist Marthe bei ihr. Sie ist entzückend, Louis, aber wer ist sie? Warum hast du sie hierher gebracht?»

«Weil mir die Vorstellung unerträglich ist, daß du ein Leben ohne Kinder führen sollst.»

«Aber es besteht ja noch Hoffnung. Der Arzt hat nicht gesagt, daß es aussichtslos ist.»

Louis neigte sich zu ihr und nahm ihre Hände. «Du bist zweimal enttäuscht worden, Edmée. Um dir zu helfen, den Schmerz zu vergessen – um uns beiden darüber hinwegzuhelfen –, habe ich Solange zu uns geholt.»

«Wie meinst du das? Ist sie Waise? Oder ein Findelkind?»

«Keines von beidem. Aber sie ist jetzt uns anvertraut.»

«Aber Louis, versteh doch, ich muß mehr über die Kleine wissen. Jedes Kind hat eine Vergangenheit. Solange hat eine Mutter, nach der sie fragt, und sie ruft immer wieder einen Namen, den ich nicht verstehen kann. Diese Menschen haben offensichtlich gut für sie gesorgt. Ich kann mir nicht vorstellen, daß sie das Kind einfach verlassen haben.»

Louis zog seine Hand weg, aber er sagte nichts.

«Sind sie gestorben?» fragte Edmée

«Es ist niemand gestorben.»

«Louis, warum diese Geheimnistuerei? Warum sagst du mir nicht, wer sie ist? Ich bekomme allmählich das Gefühl, daß es in ihrem Leben irgend ein schreckliches Geheimnis gibt.»

Edmées sanfter, aber eindringlicher Blick verdarb alles. Warum konnte sie nicht einfach seine Freude teilen? Warum mußte sie immer Fragen stellen? «Kannst du mir nicht einfach vertrauen und Solange liebhaben?»

«Kannst du mir nicht vertrauen und mir sagen, wer sie bisher liebgehabt hat?»

Louis wandte sich ab. «Solange gehört mir.»

«Wie meinst du das?»

«Sie ist meine Tochter.»

Edmée zuckte zusammen, aber als Louis sich umdrehte und sie ansah, hatte sie sich schon wieder gefaßt. «Und wer ist ihre Mutter?» fragte sie.

«Eine Frau vom Theater.»

«Und sie hat Solange in deine Obhut gegeben?»

«Solange ist meine Tochter. Ich habe sie zu mir geholt, damit sie all das bekommt, was ihre Mutter ihr nicht bieten kann.» Er sah, wie Edmées Lippen zu zittern begannen, wie sie die Hand auf den Mund drückte, um das Zittern zu stillen. «Edmée, ich weiß, daß ich dir nicht der beste Ehemann bin. Aber bedenke, wie quälend es für mich war, mein Kind zu verleugnen und nicht an meinem Leben teilhaben zu lassen. Ich sagte mir, ich würde es vergessen, weil ich mit dir zusammen andere Kinder haben würde. Aber das soll offenbar nicht sein. Wenn du Solange annehmen und lieben könntest, wenn du ihr erlauben könntest, die Lücke zu füllen ...»

«Hast du ihre Mutter geliebt?» fragte Edmée nach einer Pause.

«Ich könnte lügen», sagte Louis langsam, «und behaupten, daß die Frau mir nichts bedeutet hat. Aber ich möchte aufrichtig sein. Ja, ich habe sie geliebt.»

«Und jetzt?»

«Ich habe sie seit zweieinhalb Jahren nicht mehr gesehen.»

«Vor zweieinhalb Jahren», sagte Edmée tonlos, «hast du mich gebeten, deine Frau zu werden. War diese Frau damals noch deine Geliebte?»

«Nein. Ich schwöre es.»

«Aber vor drei Jahren, vor dreieinhalb – in der ganzen Zeit, während du mir gesagt hast, wie schön ich sei, während du mich umworben und angestarrt hast, als ...»

«Edmée, bitte!»

Sie drückte wieder die Hand auf den Mund, aber die Worte ließen sich nicht zurückhalten. «Ich glaube, du hast keine Vorstellung davon, wie sehr ich dich liebte, Louis. Ich liebte dich abgöttisch, weil ich glaubte, du sähst in meinem Inneren einen Schatz, dessen Existenz ich höchstens dunkel ahnte. Ich dachte, du könntest mich aus meinem schalen, leeren Leben herausholen, aber während ich dich liebte, liebtest du eine andere. Und jetzt bringst du mir ihr Kind und verlangst von mir, es um deinetwillen zu lieben.»

«Um unser beider willen. Solange ist auch mein Kind, Edmée.» Louis legte seine Hände auf die ihren. «Sag niemals, daß ich dich nicht liebe – nur, daß ich dich nicht in dem Maß geliebt habe, wie deine Schönheit und deine Güte es verdient hätten. Ich habe mit der Mutter des Kindes schon vor unserer Heirat gebrochen. Aber ich habe oft an das Kind gedacht, das bekenne ich. Wenn es jetzt unser Leben teilen kann, wenn wir drei zusammensein können...» Seine Augen blitzten im Feuerschein. Er sprach mit einer Leidenschaft, die seinem Wunsch entsprang, sie zum Schweigen zu bringen und zu überzeugen; seine Vision von Vergangenheit und Zukunft wahrzumachen, indem er sie bewog, sie zu akzeptieren. «Hilf mir, Edmée. Ich möchte das Kind behalten. Es wird nicht einfach werden. Ich habe vor kurzem gehört, daß es möglich ist, ein Kind ohne Wissen der Mutter anzuerkennen. Das habe ich getan. Aber als der Notar die nötigen Dokumente aufsetzte, stellte er fest, daß die Mutter kurz nach der Geburt das Kind ebenfalls in aller Form anerkannt hat. Ihre Erklärung hat Vorrang vor meiner. Aber jetzt befindet sich Solange in meinem Haus. Das Gericht wird meinem Begehren stattgeben. Ich weiß es. Hilf mir, Edmée, wenn du mich liebst. Ich flehe dich an. Niemand darf wissen, daß Solange bei uns ist – nicht einmal unsere Familien –, solange das Gericht nicht entschieden und sie uns zugesprochen hat. Die Vergangenheit bedeutet nichts, Edmée, glaub mir, nur die Zukunft hat Bedeutung.» Louis sank vor Edmée in die Knie und legte seinen Kopf auf ihren Schoß. «Bestrafe nicht das Kind für meine Sünden. Hilf mir, damit wir sie behalten können. Ich bitte dich.»

Das Theaterstück war vergessen. Hunger und Durst waren so unwichtig wie die Kälte und der Schmutz in den engen Gassen, die sie durcheilten. Nur die Angst um Solange zählte.

Jeanne hatte darauf bestanden mitzukommen, obwohl Nandou ihr vorgehalten hatte, er käme ohne sie besser zurecht. Doch als sie jetzt vor der Hütte stand, so schäbig und elend wie vor sechs Jahren, meinte sie, nicht über die Schwelle treten zu können. Aber dann dachte sie an Solange, straffte die Schultern und öffnete die Tür.

Ihr Blick flog über die nackten Wände, die Sammlersäcke an den

Haken, die mit Lumpen bedeckten Strohsäcke, den schiefen Tisch, das offene Feuer, über dem ein Topf hing. Die Frau, die am Feuer stand, drehte sich mit zusammengekniffenen Augen herum.

«Wer ist da?»

«Ich bin's, Jeanne.»

«Jeanne? Welche Jeanne?» Die Frau strich sich mit knochiger Hand über das Gesicht. «Jeanne ist nicht mehr da. Schon lange nicht mehr.»

«Doch, jetzt bin ich wieder da.»

Blinzelnd kam die Frau näher. Ihr Rücken war krumm, ihr Gesicht aschgrau. Sie stank nach Moder und verrottendem Abfall. Hatten sie alle so gerochen, fragte sich Jeanne. Blitzartig sah sie ein Bild von sich selbst, wie sie in den Haufen wühlte, und von Nandou, der lächelnd sagte, «komm mit zu mir». Sie sah zu ihm hinüber. Er stand mit verschränkten Armen an der Tür, und sein Gesicht war hart.

«Dann bist du's wirklich?» fragte die Frau.

«Ja», antwortete Jeanne und ergänzte, «Mama», obwohl es ihr wie eine Lüge vorkam.

Ihre Mutter hob die Arme, als wolle sie sie umfassen, und ließ sie auf halbem Weg wieder sinken. «Jeanne», sagte sie. «Du bist mit diesem verfluchten Zwerg weg. Er hat dich verhext. Aber jetzt bist du ihm ausgekommen, hm?»

«Nein, er hat mich begleitet. Er steht hier an der Tür.»

Ihre Mutter drehte den Kopf und zuckte die Achseln. Dann wandte sie sich wieder Jeanne zu. «Bist du reich?»

«Nein.» Jeanne wurde sich bewußt, daß sie keine Ahnung hatte, wie alt ihre Mutter war. Fünfundvierzig? Fünfzig? Sechzig? «Wie geht es dir, Mama? Du siehst – geht es dir gut?»

«Ich hab die Cholera gehabt. Jacques ist dran gestorben.»

«Oh, das wußte ich nicht. Das tut mir leid.»

«Ja, Jacques ist weg. Und du auch.»

«Und wo sind die anderen?» fragte Jeanne. «Ich muß mit ihnen reden.»

«Papa verkauft die Sachen. Pierre und Bertrand ...» Ihre Mutter runzelte die Stirn. «Die sind gestern abend nicht heimgekommen. Und vorgestern auch nicht.»

«Haben sie dir nicht gesagt, was sie vorhatten?»

«Das sagen die mir nie.»

«Hatten sie Geld?»

«Das Geld hat immer dein Vater, das weißt du doch.»

«Kann es sein, daß sie aus Paris weg sind?»

«Weg aus Paris?» Die Vorstellung schien das Begriffsvermögen ihrer Mutter zu übersteigen.

«Als du sie das letzte Mal gesehen hast, war da ein Kind – haben sie etwas von einem Kind gesagt?»

«Von was für einem Kind? Pierre ist nicht verheiratet und Bertrand auch nicht. Wir könnten gut noch ein paar Hände gebrauchen, aber die finden beide keine Frau.»

«Sie haben mir mein Kind weggenommen», erklärte Jeanne. «Pierre und Bertrand haben irgendwie herausbekommen, wo ich wohne, und dann sind sie gekommen und haben mir meine kleine Tochter gestohlen.» Schmerz und Zorn schnürten ihr einen Moment die Kehle zu. Sie schluckte. «Sie haben mir meine kleine Tochter gestohlen, Mama!» Vergeblich forschte sie im Gesicht ihrer Mutter nach einem Anzeichen von Erschrecken und Teilnahme. «Als Solange zur Welt kam», sagte sie, «habe ich an dich gedacht, Mama. Ich wünschte, du wärst bei mir. Sie ist deine Enkelin. Wenn ich sie finde, bringe ich sie zu dir. Ich zeige dir, was für ein schönes kleines Mädchen sie ist, wie ...»

«Ist sie keine Zwergin?»

Jeanne starrte sie an. «Und wenn sie eine wäre? Was würde das für einen Unterschied machen? Sie ist meine Tochter.»

«Jeanne», sagte Nandou von der Tür her. «Gehen wir, komm. Sie versteht es nicht.»

«Aber sie muß es verstehen! Mama, weißt du noch, wie dir zumute war, als ich fortgegangen bin? Als du deine Tochter verloren hast? Du hast geschrien, als ich ging – ich habe es gehört! Du mußt doch etwas gefühlt haben. Sag es mir!»

Das Gesicht ihrer Mutter zog sich zusammen. «Ist lang her. Ja, lang her. Papa und die Jungen waren stinkwütend. Es war schwer. Ja.»

«Dann sag mir bitte, wo Bertrand und Pierre sind, Mama, wenn du noch weißt, wie schlimm es war.»

«Das kann ich dir nicht sagen, weil ich's nicht weiß.» Sie wollte zum Herd zurück.

Jeanne hielt sie am Ärmel fest. «Wenn Pierre und Bertrand wiederkommen, dann sag ihnen, daß ich hier war. Und daß ich nicht ruhen werde, bis sie mir mein Kind wiedergeben.»

Ihre Mutter nickte nur und beugte sich schon wieder über den Kochtopf. Jeanne sah plötzlich sich selbst dort stehen, grau, bucklig, hoffnungslos. «Mama», rief sie, «komm doch mit mir, komm mit uns, und wenn wir Solange gefunden haben, kannst du bei uns leben. Es ist nicht zu spät. Du kannst ganz von vorn anfangen, du mußt es nur versuchen. Schau doch, was aus mir geworden ist! Ich helfe dir, Mama. Ach, komm doch mit. Ja, kommst du?»

Ihre Mutter drehte sich nach ihr um und schüttelte langsam den Kopf.

Nandou sagte: «Komm jetzt, Jeanne. Es ist besser, wir gehen.»

Sie wußte, daß er recht hatte.

9

Außerhalb der Mauer der Steuereintreiber drängten sich die Gasthäuser dicht an dicht. Die Wirte brauchten hier draußen keinen Zoll auf den Wein zu zahlen und konnten ihn billiger anbieten als die Gasthäuser in der Stadt. Abend für Abend ging es hier hoch her.

Nandou faßte seinen Stock fester und zwängte sich in das Gewühl der Zecher. Es war das achte Wirtshaus, in dem er an diesem Abend nach Jeannes Brüdern suchte. Er glaubte genau wie Jeanne, daß sie Solange geraubt hatten, um sie zu verkaufen; sie vielleicht sogar schon verkauft und nun die Taschen voller Geld hatten.

«Ich wette», hatte er nach dem Besuch bei Jeannes Mutter mit aller Überzeugungskraft gesagt, die ihm zu Gebote stand, «sie sitzen in irgendeiner Taverne und lassen sich vollaufen. Ich bringe dich jetzt nach Hause und mache mich dann auf die Suche.»

«Ich komme mit!» hatte sie verzweifelt gerufen, aber er hatte widersprochen. Sie würde ihn nur behindern, vielleicht sogar den Erfolg seiner Bemühungen vereiteln.

Den größten Teil dieser Nacht hatte er erfolglos gesucht, war nach Hause gegangen, um ein paar Stunden zu schlafen und etwas zu essen, und hatte sich wieder auf den Weg gemacht. In einem Laden im Nordwesten, einem jener neumodischen Kaufhäuser, hörte er, daß zwei Männer, auf die die Beschreibung der Brüder paßte, am vergangenen Tag Hosen und Jacken gekauft hatten. Aber das war auch das einzige, was er in Erfahrung gebracht hatte. Als der Abend kam, machte er sich auf den

Weg zur Mauer der Steuereintreiber, um die billigen Spelunken außerhalb der Stadt abzuklappern.

Im vierten Wirtshaus schmetterte ein Gesangverein seine Lieder. Der Kellner warf Nandou einen stirnrunzelnden Blick zu, eine angetrunkene Frau deutete mit dickem Finger auf ihn, aber die anderen Gäste ließen ihn ohne Kommentar vorübergehen. Er musterte die Tische mit den Sängern und wollte sich schon abwenden, als ihm ein Jackett auffiel, das unter einem der Tische an der Wand auf dem Boden lag. Sich an einer Gruppe Sänger vorbeidrängend, trat er näher. Das Jackett war neu. Zwei schnarchende Männer hingen über dem Tisch, auf dem mehrere leere Weinkrüge standen. Er zog einen der Köpfe am langen Haar hoch und blickte in das Gesicht Pierre Sorels. Der Mann war im Vollrausch; die Augen waren verdreht, der Mund stand weit offen. Nandou zog den anderen Kopf hoch. Auch Bertrand Sorel war betrunken, schien aber noch etwas zu fühlen; er stöhnte und öffnete einmal kurz die Augen.

Nandou überlegte; wenn er wartete, bis die Kneipe sich geleert hatte, und wenn der Wirt ihm half... Er machte sich auf die Suche nach dem Mann, bot ihm Geld, bestellte sich einen Krug Bier und ließ sich an einem Tisch in der Nähe der Brüder nieder.

Konnten diese beiden heruntergekommenen, sinnlos betrunkenen Burschen wirklich mit Jeanne verwandt sein? Der Funke, der Jeanne beseelte, schien sich in ihnen – und in der Mutter – nie entzündet zu haben. Die Frau war wie eine wandelnde Tote gewesen – ausgelaugt und völlig gefühllos. Während er an der Tür der Hütte gestanden und den Wortwechsel zwischen Jeanne und ihrer Mutter verfolgt hatte, mußte er plötzlich an seine eigene, dem Alkohol verfallene Mutter denken. Auch ihr hatte der Funke gefehlt, der ihn am Leben erhielt – dieses berauschende Gefühl der Einzigartigkeit, das den Kummer über seine körperliche Verwachsenheit dämpfen, aber niemals auslöschen konnte.

Als die Sänger endlich aufbrachen, tat der Wirt, wofür Nandou ihn bezahlt hatte; er brachte einen großen Krug Wasser und schleppte den betrunkenen Pierre Sorel ein Stück weg. Nandou zog einen Strick aus der Tasche und band Bertrand die Hände auf den Rücken. Dann übergoß er den Mann mit dem eiskalten Wasser, bis er prustend und hustend zu Bewußtsein kam. Er zog ihm den Kopf nach rückwärts und drückte ihm den Spazierstock an den Hals. «Bertrand Sorel», sagte er zischend dicht am Ohr des Mannes, «du hast dich eines gemeinen Verbrechens schuldig gemacht. Du hast ein Kind geraubt. Dafür wirst du bis in alle Ewigkeit Höllenqualen leiden.» Der Mann wollte den Kopf drehen, aber Nandou ließ es nicht zu. «Nur ein Geständnis kann dich retten. Sag mir, wo das Kind ist.»

«Wer bist du?» krächzte der Mann. «Wo ist mein Bruder?»

«Ich bin die Gerechtigkeit. Dein Bruder wird für das Verbrechen bezahlen wie du. Sag mir, wohin ihr das Kind gebracht habt.» Nandou verstärkte den Druck des Stocks.

Bertrand fluchte, strampelte und stammelte schließlich: «Wir haben sie zu dem Mann gebracht.»

«Zu welchem Mann? Sag mir seinen Namen, verdammt noch mal.»

«Den weiß ich nicht.» Nochmals verstärkte Nandou den Druck. «Ich weiß ihn doch nicht.» Und noch fester drückte Nandou ihm den Stock auf die Kehle. «Er hat seinen Namen nicht gesagt. Aber er war reich. War bestimmt ein Herzog oder so was.»

«Idiot! Welcher Herzog würde mit euresgleichen zu tun haben wollen!» Der Mann trat mit den Füßen wie wild. «Wie habt ihr ihn aufgetan?»

Schluchzen. Räuspern. Würgelaute. «Er hat uns holen lassen.»

«Wie denn?»

«So ein Bürschchen kam zu uns und sagte, er sucht die Sorel-Brüder. Und dann hat er uns zu ihm geführt.»

«Du meinst, er ist zu euch nach Hause gekommen?»

«Ja.»

«Und was wollte dieser reiche Mann von euch?»

«Seine Tochter. Er hat gesagt, unsere Schwester hätte seine Tochter, und er würde uns 'ne Menge Geld geben, wenn wir sie ihm wieder holen.»

«Ich glaube dir nicht.» Nandou hätte beinahe den Stock fallen lassen. «Bist du sicher, daß er von eurer Schwester gesprochen hat?»

Der Mann schnappte verzweifelt nach Luft. «Ja. Er hat uns gesagt, wo sie wohnt und alles. Er hat gesagt...»

«Und ihr habt ihm das Kind gebracht?»

Bertrand nickte wimmernd. Nandou senkte den Stock, zog jedoch sofort einen Schal heraus und band ihn dem Mann über die Augen. «Dich wird bald jemand losbinden», sagte er und schlug krachend mit dem Stock auf den Tisch.

«He, Moment mal!» rief der Wirt. «Die Möbel lassen Sie mal lieber ganz.»

Nandou brummte: «Ich bin fertig hier. Da sind noch zwanzig Franc. Binden Sie den Kerl in zehn Minuten los. Und falls er seine fünf Sinne noch soweit beisammen hat, daß er fragt, sagen Sie ihm, daß der, der ihn gebunden hat, zwei Meter groß war.»

Der Wirt nickte grinsend.

«Louis?» rief Jeanne. «Louis hat sie gedungen?»

«Ja.» Nandou trank von dem heißen Kaffee, den sie ihm gebracht hatte.

«Ich wußte es!» sagte sie beinahe triumphierend und schlug mit der flachen Hand auf den Tisch. «O Gott, glaubst du, er wird versuchen, sie als seine Tochter anzuerkennen und über das Gericht das Sorgerecht für sie bekommen?»

«Möglich ist es.»

«Und ist es möglich, daß der Richter sie ihm zusprechen wird?»

«Glaubst du denn, Richter sind immer gerecht?»

«Aber die Erklärung, die ich abgegeben habe – mein Gott, bin ich froh, daß du mich dazu gedrängt hast, Nandou.»

«Danken wir lieber Alexandre Dumas dafür.»

Sie lächelte nicht. «Louis ist jetzt im Vorteil, nicht wahr, weil er das Kind bei sich hat?» Sie stützte den Kopf in die Hände und hob ihn abrupt wieder. «Ich werde mich an Nicolas Vollard wenden.»

«Nein!» rief Nandou scharf und fügte ruhiger hinzu: «Das wäre bestimmt ein Fehler.»

«Wieso? Er wirkte menschlich und hat sicher Einfluß auf Louis.»

«Wieso hat er die Entführung dann nicht verhindert?»

«Vielleicht wußte er nicht davon. Vielleicht sollte ich es ihm sagen.»

Vorsichtig entgegnete Nandou: «Glaubst du nach all den Erfahrungen, die du mit der Familie Vollard gemacht hast, im Ernst, daß einer von diesen Leuten dir helfen würde? Jeanne, ich hole dir Solange zurück. Ich verspreche es.»

«Wie denn?»

«Ich habe schon einen Plan», log er, obwohl er nicht einmal Hoffnung hatte.

Sie sah ihn an, und plötzlich zerbrach die starre Maske ihres Gesichts. Schluchzend warf sie sich über den Tisch und rief immer wieder Solanges Namen.

Er hob die Hand und strich ihr sachte über das Haar.

Die Schornsteinfeger kamen an einem frischen, strahlenden Morgen. Der Diener, der den Kaminkehrer erwartet hatte, der sonst immer kam, zuckte die Achseln, als er hörte, der sei krank, und führte die beiden Unbekannten in die Bibliothek, in welcher der Kamin seit mehreren Tagen nicht mehr richtig zog. Sie stellten ihre großen Körbe nieder, nahmen Stricke, Bürsten, Schaufeln, Säcke und Tücher heraus.

«Das Beste ist wahrscheinlich», sagte der ältere Mann zu seinem jungen Gehilfen, «du gehst gleich mal rauf aufs Dach.»

Der Diener warnte streng vor Rußflecken auf den Teppichen und überließ sie ihrer Arbeit.

Sie entfernten das Gitter vor dem offenen Kamin, zündeten eine Kerze an, um den Zug zu prüfen, und begannen schweigend zu arbeiten. Nach vielem Schürfen und Bürsten und Herumstochern warf der Junge einen Blick auf die kostbare Uhr auf dem Sims. «Zeit fürs Dach, Pa», sagte er.

«Sei vorsichtig da oben.» Der Vater schaufelte Asche und Kreosotreste in einen Sack.

Der Junge wischte sich die Schuhe an einem Tuch ab und zog seine Mütze noch tiefer in die Stirn. Er legte sich eine Rolle Seil, an der ein Sandsack hing, über die Schulter, ging zur Küche und erkundigte sich nach dem Weg auf das Dach. Eines der Mädchen führte ihn die Treppe hinauf. Der Junge betrachtete die Aquarelle an den Wänden und die Blumenarrangements, die die Treppenabsätze schmückten. «Das ist vielleicht ein Haus», sagte er mit Respekt. «Wie heißen die Leute, die hier wohnen?»

«Monsieur ist ein Vollard, und Madame ist die Tochter von Baron Tissot.» Der Junge pfiff leise durch die Zähne. Das Mädchen sagte, er solle sich ein bißchen beeilen.

Als er durch ein Dachfenster vorsichtig hinausgeklettert war, wickelte er das Seil ab und ließ es in den Kamin hinunter. Der Sandsack an seinem Ende schlug schwer auf einen Gegenstand, der im Kamin feststeckte; der löste sich und plumpste zur Feuerstelle hinunter, wo der ältere Mann ihn aufhob. Der Junge ließ das Seil durch den Kaminschacht fallen und kroch durch das Dachfenster wieder ins Haus.

Das Mädchen hatte nicht gewartet, da er ihr gesagt hatte, daß er mindestens eine halbe Stunde auf dem Dach brauchen würde. Er lief die Treppe hinunter bis zur ersten Etage. Dort waren vier Türen. Vorsichtig öffnete er die erste: das Boudoir der Hausherrin. Daneben befand sich ein Schlafzimmer, in dem ein Mädchen an der Arbeit war. Er schloß die Tür, ehe sie ihn bemerkte. Als er die vierte Tür öffnete, sah er sich einem überraschten Gesicht gegenüber. Ein Kindermädchen mit gestärkter weißer Haube sagte entrüstet: «Wer bist du? Was tust du hier?»

«Ach, Mademoiselle», jammerte er kläglich, «bitte helfen Sie mir. Ich bin der Kaminkehrergehilfe. Ich bin zum ersten Mal hier. Ich war oben auf dem Dach, und jetzt find ich nicht mehr runter.»

«Bist du denn nicht die Treppe heruntergekommen? Verschwinde sofort aus diesem Zimmer. Geh nach links, wenn du zur Tür hinaus bist und – was tust du denn da? Ich hab gesagt, du sollst verschwinden.»

«Sie sind so hübsch», sagte der Junge leise, obwohl sie ein völlig reizloses Geschöpf war. «So eine schöne Dame wie Sie hab ich noch nie gesehen.»

«Ich weiß nicht, was du da redest.» Das Kindermädchen lächelte unsicher. «Du bist ein sonderbarer Junge. Deine Beine sind irgendwie...»

«Sie sind krumm. Weil ich immer in Kaminschächten rumturnen muß.» Dann zog der Junge blitzschnell ein Tuch aus der Tasche, und ehe das Kindermädchen wußte, wie ihr geschah, hatte er sie in einen Sessel gestoßen und ihr die Hände auf dem Rücken gebunden. Sie wollte schreien, aber da zog er schon ein zweites Tuch heraus und legte es ihr um den Mund.

Das kleine Mädchen im Kinderstühlchen begann zu weinen. Hastig lief er zu ihm, aber es schreckte angstvoll vor dem rußschwarzen Gesicht zurück. Das Kindermädchen trampelte wie wild mit den Füßen auf den Boden, und das Kind schluchzte immer lauter. Er zog etwas unter seinem schmutzigen Hemd hervor. Das Kind starrte den Holzgockel an und verstummte. Er drückte ihm das Spielzeug in die Hand.

«Dou?» sagte es zaghaft.

Er nickte. «Ganz leise sein, Schatz», flüsterte er. Laut sagte er mit seiner Jungenstimme: «So, und dir werden wir auch den Mund verbinden, du kleiner Fratz.» Er nahm das Kind auf den Arm und flüsterte: «Wir gehen heim zu Mama und Fidèle. Aber wir müssen ein Spiel spielen, weißt du. Du mußt genau tun, was ich dir sage. Du mußt von jetzt ab mucksmäuschenstill sein, bis wir zu Hause sind. Ich halte dich ganz fest und drücke dein Gesicht an meinen schmutzigen Hals, aber das gehört auch zum Spiel. So, und jetzt gehen wir nach Hause zu Mama.»

Sobald sie auf dem leeren Flur waren, sprach er mit normaler Stimme. «Jetzt müssen wir die Treppe hinunter, und dann verschwindet meine kleine Prinzessin in einem Wunderkorb, in dem ich sie nach Hause trage.»

«Dou!» sagte sie glucksend vor Glück. «Ich weiß nicht, warum sie...»

«Pscht! Mäuschenstill! So leise wie Fidèle, wenn sie auf Mäusejagd geht. Also...» Langsam schlich er die Treppe hinunter. Unten hörte er den Diener mit jemandem sprechen, aber die Stimmen entfernten sich in Richtung zur Küche. Nandou klopfte an die Tür der Bibliothek, die sogleich von seinem «Vater» geöffnet wurde, einem Arbeitskollegen vom Theater.

«Gott sei Dank», sagte der Mann. Er griff in den Korb, den sie mitgebracht hatten, Requisit des türkischen Zauberkünstlers, der zur Zeit im Theater auftrat, und klappte den doppelten Boden auf.

«Siehst du, das ist dein Wunderkorb», sagte Nandou zu Solange. «Du mußt dich da unten in das Versteck legen und ganz leise sein, bis wir draußen auf der Straße sind.»

Sie wimmerte leise und sagte: «Aber ich hab Angst, Dou.»

Der Helfer verdrehte die Augen zum Himmel, als wolle er Gottes Hilfe erflehen, aber Nandou redete sanft auf das Kind ein, bis sie sich schließlich in dem Versteck zusammenrollte. In aller Eile stapelten die Männer ihre Werkzeuge darüber, nur für den Gegenstand, den Nandou zuvor durch den Kaminschacht gestoßen hatte, fand sich kein Platz mehr: einen dicken Klumpen aus Reisig, Stoff und Leim, den er einige Nächte zuvor nach einer halsbrecherischen Kletterpartie über die Dächer der Nachbarhäuser in den Kamin gestopft hatte, um die Störung herbeizuführen, die die Familie Vollard gezwungen hatte, die Schornsteinfeger zu holen.

Den Korb zwischen sich, traten die beiden Männer in den Vorsaal und liefen geradewegs Edmée Vollard in die Arme, die eben nach Hause gekommen war. Den Weg nach rückwärts, zur Hintertür, versperrte ihnen ein Dienstmädchen, das seiner Herrin entgegeneilte.

«Ah, die Schornsteinfeger sind hier», sagte Edmée. «Ist jetzt wieder alles in Ordnung?»

«Ich weiß es nicht, Madame», antwortete das Mädchen. «Ich glaube, sie sind eben erst fertig geworden.»

Edmée ging auf die beiden Männer zu und warf einen Blick in die Bibliothek. «Das sieht aber nicht sauber aus. Was ist das für ein schmutziges Ding da im Kamin?»

«Soll ich Jean holen, Madame?»

«Nein, das erledige ich gleich selbst.» Edmée reichte dem Mädchen ihre Federboa und ihren Hut. «So», sagte sie zu Nandou und seinem Freund, «jetzt stellen Sie Ihren Korb ab und holen dieses – Ding, das Sie da liegengelassen haben. Nun? Was ist? Haben Sie mich nicht verstanden?»

«Doch, Madame», erwiderte der Freund von Nandou.

«Ich mach's schon, Papa», sagte Nandou mit seiner hohen Jungenstimme. Sie stellten den Korb vorsichtig nieder, und er eilte zum Kamin. Edmée beobachtete ihn stirnrunzelnd. «Was ist das überhaupt?» fragte sie, als er den Klumpen herausbrachte.

«Keine Ahnung», antwortete er. «Es hat im Kamin gesteckt.»

«Sehr merkwürdig. Wie kann so etwas in den Kamin kommen?»

Nandou zuckte die Achseln und legte den Klumpen auf den Korb. Dann packten die beiden Männer wieder zu. Aber da wimmerte es plötzlich aus der Tiefe: «Dou! Mama!»

«Stellen Sie sofort den Korb nieder!» rief Edmée.

Nandou sandte einen kurzen sehnsüchtigen Blick zur Haustür, dann schüttelte er den Kopf und sagte mit seiner normalen Stimme: «Gestatten Sie, daß wir in die Bibliothek gehen, Madame.»

Edmée starrte ihn verblüfft an, folgte den beiden Männern aber in die Bibliothek. «Lassen Sie das Kind auf der Stelle heraus», befahl sie schon auf dem Weg zur Klingelschnur. «Was fällt Ihnen eigentlich ein? Wenn ihr Vater das hört, wird er...»

«Ich komme von ihrer Mutter», fiel Nandou ihr ins Wort.

Edmée drehte sich ruckartig herum. Er klappte den Korb auf, nahm Werkzeuge und Geräte heraus, öffnete den doppelten Boden und hob Solange aus ihrem Versteck.

«Solange, Liebes, ist alles in Ordnung?» rief Edmée und streckte die Arme nach ihr aus.

«Dou!» Sie klammerte sich an ihn.

«Ihr ist nichts passiert.» Nandou strich ihr über das Haar. «Du brauchst keine Angst zu haben, Herzchen. An deinem Wunderkorb ist nur ein Henkel abgerissen, darum kommen wir nicht so schnell nach Hause, wie wir gern möchten.» Zu seinem Freund sagte er: «Vielen Dank für deine Hilfe, aber ich glaube, es ist besser, wenn du nicht noch weiter in diese Sache hineingezogen wirst.» Der Mann sah Edmée unsicher an. «Geh schon», sagte Nandou. «Alles weitere ist eine Angelegenheit zwischen Madame und mir. Nicht wahr, Madame?»

«Ich denke, ja.»

Nachdem der Mann gegangen war, sagte Edmée erstaunt: «Aber Sie sind ja gar kein junger Bursche. Sie sind ein Zwerg.»

Nandou verneigte sich. «Und Sie sind die Frau von Louis Vollard. Hat er Ihnen nicht von mir erzählt?»

«Nein.»

«Vielleicht hat er Ihnen auch einiges andere nicht erzählt.»

«Vielleicht. Wenn Solanges Mutter Sie geschickt hat, warum hat sie Louis dann überhaupt gestattet, das Kind mitzunehmen?»

«Sie hat es nicht gestattet, Madame.»

«Wie?» Edmée wußte nicht, was sie davon halten sollte.

«Ihr Gatte hat die Herausgabe des Kindes mehrmals verlangt, aber sie lehnte ab. Daraufhin ließ er Solange von zwei Männern entführen. Darum war ich gezwungen, sie irgendwie zurückzuholen. Wie Sie sehen, ist es mir beinahe gelungen.»

Edmée schwieg. Sie war sehr blaß. «Setzen Sie sich doch», sagte sie dann.

«Madame, ich bin von oben bis unten schmutzig.»

«Das macht nichts. Setzen Sie sich, sonst läute ich doch noch dem Butler.» Freundlicher sagte sie: «Solange, bist du hungrig? Soll ich dir ein Apfeltörtchen bringen lassen?» Solange schüttelte stumm den Kopf. «Willst du dich nicht zu mir setzen?» Sie klopfte auf ihren Schoß. Solange betrachtete sie ernst, rührte sich aber nicht. Edmée wandte sich wieder Nandou zu. «Monsieur, kennen Sie Solanges Mutter gut?»

«Mama», rief Solange klagend.

«Ja, Liebes, wir sind hoffentlich bald wieder bei ihr. – Ja, Madame, ich kenne sie sehr gut. Ich kenne sie seit ihrem dreizehnten Lebensjahr.»

«Und wußten Sie von ihrer – wußten Sie, daß sie und mein Mann ...»

«Ja, Madame, ich wußte davon.»

Edmée senkte die Lider. «Ich habe Tag und Nacht an sie gedacht, seit ich von ihrer Existenz erfahren habe. Aber ich weiß weder ihren Namen noch, wie sie aussieht.»

Nandou blickte zur Tür, als beabsichtige er einen Fluchtversuch. Aber er sagte nur: «Jeanne ist eine sehr schöne Frau, Madame.»

«Hat sie meinen Mann geliebt?»

«Wie ihr Leben.»

«Und er – hat er sie genauso geliebt?»

«Ich habe nie mit ihm über sie gesprochen.»

«Sie müssen aber doch eine Meinung haben.»

Nandou zögerte. «Sie wäre nicht objektiv, Madame, da ich mir nicht vorstellen kann, wie ein Mann sie *nicht* lieben könnte.»

«Ach, so ist das», sagte Edmée langsam. «Weiß sie denn, wie sehr Sie sie lieben?»

«Das kann ich ihr nicht sagen.»

«Nein, manchmal kann man das nicht. Das ist wahr.»

Sie sahen einander an, erstaunt und erleichtert darüber, vor einem

Fremden Dinge aussprechen zu können, die sie bisher keinem Menschen anvertraut hatten.

«Wissen Sie, warum die beiden sich getrennt haben?» fragte Edmée.

«Monsieur Vollard verließ Jeanne nach seiner Verwundung bei der Julirevolution.»

«Aber warum denn, wenn er sie liebte?»

«Ist es nicht wahr, daß Männer selten die Frauen heiraten, die sie lieben?»

«Oder die lieben, die sie heiraten.» Edmée seufzte resigniert. «Als Louis diese Frau verließ, wußte er da, daß ein Kind unterwegs war?»

«Ja. Ich glaube heute noch, daß er sie verließ, *weil* sie ein Kind erwartete.»

«Aber er hat doch wenigstens für das Kind gesorgt?»

«Nein. Das habe ich getan. Louis' Mutter bot Jeanne in seinem Namen Geld, Madame. Aber sie lehnte es ab. Sie ist sehr stolz. Und sie hängt an ihrem Kind. Genau wie ich. Madame, ich bitte Sie, wenn...»

«Das Kind bedeutet meinem Mann viel. Sehr, sehr viel. Nur darum war ich einverstanden, es – ich kann ihm keine Kinder schenken.»

«Das tut mir leid, Madame.»

Leise, wie zu sich selbst, sagte Edmée: «Nichts war so, wie ich dachte. Vom ersten Walzer bis zur Hochzeit bis... Alles Theater. Das werde ich ihm nie verzeihen.» Sie schüttelte den Kopf, als erwache sie aus einem Trancezustand. «Es kann sein, daß er bald nach Hause kommt. Wenn er Sie hier vorfindet...»

«Wir sind in Ihrer Hand, Madame. Solange und ich und Solanges Mutter.»

Edmée schloß einen Moment die Augen, dann sagte sie fest: «Gehen Sie. Jetzt gleich.»

«Mit dem Kind?»

«Ja. So, wie Sie es geplant hatten. Können Sie den Korb allein tragen?»

«Nur wenn ich die Werkzeuge nicht mitnehme.»

«Dann lassen Sie das alles hier.»

Nandou sah sie fragend an. «Was werden Sie Ihrem Gatten sagen, Madame? Wenn Sie sagen, daß ein Zwerg das Kind geholt hat, weiß er sofort, wer es war und wo er mich finden kann.»

«Ich werde sagen, daß ein Kaminkehrer und sein Gehilfe Solange geraubt haben. Beeilen Sie sich! Bitte! Ehe ich es mir anders überlege. Ich gehe jetzt nach oben und warte fünf Minuten. Dann schlage ich Alarm und lasse sofort meinen Mann holen. Mehr Zeit kann ich Ihnen nicht geben. Schnell! Nein, warten Sie», sagte sie, als Nandou Solange wieder in den Korb helfen wollte. Sie lief zu dem Kind, umschloß sein Gesicht mit beiden Händen und küßte es. «Vergiß nicht, daß ich dich lieb gehabt habe», sagte sie.

Als Nandou zur Tür hinausging, hörte er von oben lautes Gezeter. Man hatte das gefesselte Kindermädchen gefunden. «Warten Sie», sagte Edmée, aber Nandou hob den Korb auf seine Schulter und hoppelte schon auf seinen kurzen Beinen die Vortreppe hinunter.

Sie trafen zwei Entscheidungen, die eine zerriß ihnen fast das Herz, die andere wurde ihnen nur schwer.

Aber zuerst mußte Jeanne ihre kleine Tochter umarmen und herzen, bis sie beide außer Atem waren. Dann wollte sie mehrmals die Geschichte ihrer Rettung hören, obwohl sie selbst bei der Planung geholfen hatte.

«Louis hat also seiner Frau nicht die Wahrheit gesagt», meinte sie. «Aber was konnte man denn auch anderes von ihm erwarten? Mich freut es, daß du Louis' Frau dazu gebracht hast, sich gegen ihn zu stellen. Das ist noch besser, als wir es geplant hatten. Du bist wirklich ein schlauer Bursche, Nandou. Aber Louis ist auch schlau. Er läßt sich bestimmt etwas Neues einfallen, um uns Solange zu nehmen. Meinst du nicht, wir sollten sie verstecken? Für eine Weile fortschicken vielleicht?»

Sie versuchten, sich gegenseitig davon zu überzeugen, daß das nicht nötig sei. Doch am Ende waren sie sich einig, daß sie Solange aus der Stadt bringen müßten, wenigstens solange, bis Louis' Absichten klar waren. Die verheiratete Schwester eines Schauspielerfreundes von Nandou lebte mit ihrer Familie etwa fünfzehn Kilometer nordöstlich von Paris auf dem Land. Nandou war sicher, daß sie Solange bei sich aufnehmen würde.

Jeanne nähte Solange einen warmen Mantel und besserte alle ihre Kleider aus. Nandou bat im Theater um Urlaub und teilte dem Produzenten, der auf den *Zwergenfürst* wartete, mit, das Stück könne wegen Erkrankung der Autorin erst später geliefert werden. Dann mietete er Pferd und Wagen, und an einem klaren, kalten Tag brachen sie auf.

Während der Wagen den Boulevard hinauf zum Stadttor hinaus rumpelte, hüpfte Solange hinten vergnügt herum. Nach einer Stunde stieg Jeanne zu Nandou auf den Bock und sagte: «Wenn sie auf dem Land ihren Namen behält, wird es für Louis viel einfacher sein, sie zu finden.»

Nandou kniff die Augen zusammen. «Da hast du recht. Es wäre besser, ihr einen anderen Namen zu geben.»

Schweren Herzens trafen sie ihren zweiten Entschluß.

Nachdem sie eine Weile schweigend gefahren waren, sagte Jeanne: «Wie kann ich sie je anders als Solange nennen?» Sie wischte sich die Augen und sah Nandou an. Sein Profil mit der kräftigen, geraden Nase und der hohen, fliehenden Stirn hob sich scharf vom Hintergrund des strahlend blauen Himmels ab. Seine Mütze lag neben ihm, sein schwarzes Haar flatterte im Wind. «Ist Nandou eigentlich dein richtiger Name?» fragte sie. «Ich habe dich nie danach gefragt.»

«Das ist wahr.» Er lächelte.

«Aber jetzt frage ich dich.»

Er gab dem Pferd die Zügel, und der Schatten einer Erinnerung flog über sein Gesicht. Nach langem Schweigen sagte er: «Gabriel.»

Sie versuchte, diesen fremden Namen mit dem Mann in Einklang zu bringen, den sie kannte, erwartete beinahe, daß sein Gesicht sich irgendwie verändern würde. Fast sechs Jahre lebte sie nun schon mit ihm, und nie hatte sie ihn nach seinem wahren Namen gefragt, hatte es schlicht für selbstverständlich gehalten, daß ein Zwerg den Namen eines tolpatschigen Vogels annehmen würde, der nicht fliegen konnte. Sie dachte an die Rolle, die sie für ihn geschrieben hatte: Der junge Fürst, der durch schlimmste Folter zum Zwerg wurde und lernte, sich Stelzen unter seine Schuhe zu binden, so daß er als «normaler» Mensch auftreten konnte. Sie hatte plötzlich das Gefühl, nichts von Nandou zu wissen. Wie tief gingen der Schmerz und die Qual, die sich höchstens einmal in einem sardonischen Lächeln oder einer sarkastischen Bemerkung andeuteten? Wieso war er es zufrieden, mit ihr zusammenzuleben, da er sich doch eine Frau hätte suchen können, die ihn als Mann begehrte?

«Ist das alles?» fragte sie. «Nur Gabriel?»

«Ich heiße Gabriel Corday.» Er zuckte die Achseln. «Nicht verwandt mit Charlotte, aber ich bewundere sie dafür, daß sie Marat, diesen Tyrannen, tötete.»

Schweigend fuhren sie weiter, während Solange hinten im Wagen spielte und sang.

«Nennen wir sie Gabrielle», sagte Jeanne. «Gabrielle Corday.»

Er sagte nichts. Sie fürchtete, ihn verärgert zu haben. Sie sah nur, wie er die Lippen aufeinanderpreßte und den Kopf ein wenig senkte.

Dann räusperte er sich. «Das fände ich schön», sagte er ein wenig heiser. «Wenn du es wirklich willst.»

«Ich will es.»

Jeanne holte Solange auf ihren Schoß, und sie erzählten dem Kind von dem neuen Spiel, das sie jetzt spielen würden, bei dem sie einen wunderschönen neuen Namen bekäme und keinem Menschen ihren alten verraten dürfe. Ja, ganz recht, keinem Menschen. Solange begriff das nicht und wollte zu weinen anfangen, aber Nandou sagte, sie würden sie sehr, sehr oft besuchen. «Und Fidèle bleibt die ganze Zeit bei dir, und ihm kannst du manchmal deinen alten Namen zuflüstern, wenn du magst.»

Es war schon dämmrig, als sie den Hof erreichten. Eine rundliche Frau mit wettergegerbtem Gesicht empfing sie. Ihre drei Kinder spielten in der Stube, während sie den Brief las, den Nandou und Jeanne von ihrem Bruder mitgebracht hatten. Innerhalb von zehn Minuten waren sie sich über die Bedingungen einig. «Schau mal, Sol – Gabrielle», sagte Jeanne und deutete auf die Hühner vor dem Haus. «Jetzt bekommst du einen richtigen Gockel und nicht nur einen aus Holz.» Das Kind drückte sein Spielzeug nur um so fester an sich.

Jeanne und Nandou blieben zum Abendessen, zu dem sie Schokolade und Wein beisteuerten. Die Nacht verbrachten sie im Stroh über dem Pferdestall, und am Morgen wollte Jeanne gern sehen, wie Solange auf die Tiere reagierte, und dann wollte Nandou ihr noch eine letzte Geschichte erzählen, an die sie am Abend, wenn sie fort waren, denken konnte. Es wurde zehn Uhr, und sie wußten, wenn sie nicht sofort aufbrachen, würden sie «Gabrielle» packen und wieder mitnehmen.

«Auf Wiedersehen, mein Liebstes», sagte Jeanne und hielt sie so fest, als wolle sie sich den Abdruck des kleinen Körpers in ihrem Körper bewahren.

«Auf Wiedersehen, meine Gabrielle», sagte Nandou. Er zog eine Münze hinter dem Ohr hervor, versuchte zu lachen, streichelte ihr Gesicht und zeichnete mit dem Finger immer wieder ihre seidenweichen Augenbrauen nach. Dann wandte er sich ab und hob Fidèle auf. «Mein guter alter Freund», sagte er heiser. «Vergiß mich nicht. Und laß sie nicht...» Er drückte sein Gesicht in das Fell der Katze.

Auf der Rückfahrt sprachen sie lange nichts. Jeanne blickte über die weiten Felder zum Horizont und sagte endlich leise: «Als sie geboren wurde, sagte ich, du würdest mich nie wieder retten müssen. Und jetzt hast du *sie* gerettet. Ich kann dir nicht sagen, wie dankbar ich dir bin, wie...»

«Hören wir auf, von Dank zu sprechen», unterbrach er sie beinahe brüsk. «Zwischen uns sollte es das nicht geben.»

«Ich werde Louis nie verzeihen», sagte Jeanne. «Niemals. Ich werde sie so erziehen, daß sie Männer seines Schlags verachtet. Das schwöre ich.»

Nachdem sie wieder ein Stück gefahren waren, meinte Nandou: «Sie muß so tapfer sein, unsere Kleine. Erst entführt, dann in einem Korb versteckt, dann ein ganz neues Leben und ein neuer Name...»

«Weißt du noch, als sie damals die Kolik hatte?» fragte Jeanne. «Ich dachte, sie würde überhaupt nicht mehr zu weinen aufhören. Aber dann hast du ihr Lamartine vorgelesen, und sie hörte auf.»

Nandou nickte. «Und als ich damals einen Eimer Wasser vom Brunnen heraufgeholt hatte, und sie zwei frische Laib Brot hineinwarf, weißt du noch?»

Und so fuhren sie weiter und versuchten, sich mit ihren Erinnerungen zu trösten.

Es war *mardi gras*, und bald trafen sie auf die ersten Masken, die singend und lachend durch die Straßen zogen. Viele Masken waren in Wagen oder zu Pferd unterwegs, und als es Abend wurde, war klar, daß sie in die Massen hineingeraten würden, die sich alljährlich zum *mardi gras* in Belleville versammelten, um zu trinken und zu feiern. Sie beschlossen, in einem Gasthaus in Belleville etwas zu essen.

Drinnen, in der Schenke, wurde laut Musik gespielt. Auf einem langen Tisch tanzten vier maskierte Frauen einen Tanz aus den Revolutionstagen, den Cancan, während die Männer sich pfeifend und klatschend Schulter an Schulter um den Tisch drängten. Grell gemalte Münder tranken gierig schäumendes Bier und schweren dunklen Wein. Männer streckten lüstern die Arme nach Jeanne aus und lachten, wenn sie ihnen auswich, riefen: «He, schaut mal, was sie uns mitgebracht hat!» oder: «Das ist bis jetzt das Beste – ein Zwerg!» Aber ihre Stimmen waren nicht höhnisch und verletzend, und als Nandou ihnen zur Antwort seinen Stock in die Höhe schwang, tat er es nicht zornig und gekränkt, sondern triumphierend. Diese eine Nacht in seinem Leben, dachte Jeanne, fühlte er sich zugehörig.

Er kaufte Wein für sie beide, trank sein erstes Glas beinahe in einem Zug und ermahnte sie zu trinken, da er sonst ihr Glas auch noch nehmen würde. Er bestellte Würstchen und Brot und noch mehr Wein. Er lachte belustigt, als eine Cancantänzerin im Übereifer vom Tisch fiel, und spendete der Frau, die für sie einsprang und die Beine noch höher warf, kräftigen Beifall. Er zog einem schlafenden Zecher am Nebentisch ein rotes Seidentuch aus dem offenen Mund und genoß den Applaus der Umstehenden. Der Wein rötete seine Wangen und machte seine Augen feurig.

Ein vielstimmiger Ruf stieg auf. Die Sonne war aufgegangen, nun konnte die wilde Jagd die Hügel hinunter zur Stadt beginnen. Die Masken sprangen in Kutschen und Wagen, schwangen sich auf ihre Pferde oder stürmten zur Straße hinaus, um sich dem bunten Zug anzuschließen, der sich weiter oben gesammelt hatte und kein Ende zu haben schien. Straßabwärts wälzte er sich zwischen den Mauern der johlenden Zuschauer und wurde zum reißenden Strom. Die Leute in den Fahrzeugen warfen kandierte Mandeln und Eier in die Menge und Mehl, das wie Schnee Mützen und Gesichter bestäubte.

«Jeanne!» schrie Nandou laut und glücklich, als wolle er keine Antwort, als genüge es ihm, ihren Namen herauszuschreien. Sein schwarzes Haar flatterte im Fahrtwind, sein Mund war in Ekstase geöffnet.

Als sie sich dem Temple-Bezirk näherten, wo der Zug sich traditionsgemäß aufzulösen pflegte, zog Nandou den Wagen zur Seite und manövrierte ihn unter Mühe aus dem Menschenstrom heraus. «Wohin fahren wir?» fragte sie, aber er schüttelte nur den Kopf. In einer Straße, die sie nicht kannte, hielten sie an, auf einem kleinen Platz vor einem Gebäude, das wie ein Kloster aussah. Das Geschrei und Gelächter der Masken war deutlich zu hören, aber weit entfernt, und mit ihm mischte sich das vielstimmige Läuten der Kirchenglocken von Paris.

«Wozu sind wir hierher gekommen?» fragte sie.

Nandou sagte nichts. Die Zähne tief in seine Unterlippe gegraben, als könne er so das Zittern seines Körpers stillen, starrte er vor sich hin.

«Ist alles in Ordnung?» fragte sie und legte ihm die Hand auf die Schulter.

Er zuckte zurück, wie unter glühendem Eisen.

«O Gott, ich halte es nicht mehr aus», rief er verzweifelt und warf sich in ihren Schoß, die Wange an ihrem Bauch, die Hände um ihre Taille. «Sag nichts», bat er. «Laß mich nur einen Moment so bleiben. Mach die Augen zu. Sieh mich nicht an. Halt dir die Ohren zu, hör nicht auf mich. Nur laß mich einen Moment so bleiben, ganz nahe bei dir, so, als gehörte ich hierher. Ich laß dich gleich, ich gehe weg, aber noch nicht, noch nicht. Nein, sag jetzt nichts. Ich weiß, was du sagen wirst. Ich will jetzt nicht deine Stimme hören, ich will meine eigene hören, wie sie sagt, was ich mir niemals zu sagen geschworen habe. Ich liebe dich. Ich liebe dich», rief er laut auf den leeren Platz hinaus. Und leiser: «Ich sehne mich so sehr nach dir, daß die Sehnsucht mich aufgefressen hat. Nichts ist mehr in mir als Sehnsucht. Ich bin nur noch ein leerer Panzer – ein Schildkrötenpanzer.» Er lachte. «Tritt auf mich. Dann zerspringe ich unter deinem Fuß, und du kannst die Stücke in die Gosse schleudern, wohin sie gehören...» Er stöhnte und klammerte sich wie ein Ertrinkender an sie. «Ich verachte mich», sagte er. «Ich weiß, was ich bin, wie grotesk, aber es ändert nichts an meiner Sehnsucht nach dir. Ich bin ein Tier, das niemals satt werden kann. Es reicht nicht, daß du mir die beste Zwergenrolle in Paris schreibst, daß du mit mir zusammenlebst, daß du mich an der Freude an deinem Kind teilhaben läßt – ich will mehr. Ich will auch noch deinen Körper, deine Schönheit...» Er glitt tiefer und drückte sein Gesicht in ihren Schoß. Sie glaubte, seinen Herzschlag spüren zu können.

Mit einem Ruck hob er plötzlich den Kopf und richtete sich auf. Entsetzt sah er sie an. «Was tue ich da? Was zum Teufel – nein, sag nichts, ich bitte dich. Nicht ein Wort. Schweig still im Namen der Freundschaft, die uns verbindet. Schweig still und laß mich fortlaufen, aus deinen Augen verschwinden, davonlaufen wie das Tier, das ich bin. Das Zwergentier.» Mit einem erstickten Lachen packte er seinen Stock und sprang vom Wagen.

Sie preßte die Hände auf den Mund, um ihm das Schweigen zu gewähren, um das er gebeten hatte. Er setzte seine Mütze auf, sah kurz zu ihr auf und eilte im Laufschritt davon, mit schwankenden Schultern und auf seinen kurzen Beinen schlingernd. Sie sah ihm nach, trostlos, da sie ihn nicht trösten konnte.

Sie brauchte Stunden, um Pferd und Wagen zurückzubringen, und als sie wieder in die Wohnung kam, war er nicht da. Er war fort wie Solange und Fidèle, und sie fürchtete, sie würde ihn nie wiedersehen. Alles, was ihr Leben ausgemacht hatte, schien mit einem Schlag verschwunden zu sein wie eine schöne Kulisse in einem Märchenstück. Ziellos ging sie durch die beiden Räume, berührte Solanges Kinderstühlchen, sah in den Schrank, in dem ihre Kleider gehangen hatten. Sie schlief ein Weilchen, aber als sie erwachte, klangen ihr Nandous verzweifelte Worte im Ohr. Wieder wanderte sie umher, versuchte, an ihr Theaterstück zu denken, *Der Zwergenfürst* – aber was, wenn der Zwerg nie zurückkam?

Als er endlich kam, hatte sie längst die Lampe angezündet. Mit hängenden Schultern blieb er an der Tür stehen. Dann räusperte er sich. «Ich hätte dich nicht allein mit dem Wagen im Stich lassen sollen.»

«Das macht doch nichts. Ich hab ihn schon zurückgebracht. Möchtest du etwas essen?»

«Nein. Ich bin nicht hungrig. Ich bin sehr müde. Ich gehe gleich zu Bett.»

«Wie du meinst.»

Er wollte gehen, doch dann hielt er inne. «Ich war betrunken, Jeanne, sehr betrunken. Bitte vergiß, was ich gesagt habe.»

«Hast du es denn nicht gemeint?»

«Natürlich nicht.» Er zuckte die Achseln mit einer Übertriebenheit, die verriet, wie unecht die Geste war. «Der Karneval bringt bei uns allen das Tier zum Vorschein. Nur bei dir nicht.»

«Du bist kein Tier.»

Er seufzte. «Ich gehe jetzt schlafen. Gute Nacht.»

«Gute Nacht», sagte sie.

Sie wartete, hörte, wie er sich auskleidete und sich auf sein Bett sinken ließ. Zum ersten Mal seit Solanges Geburt waren sie allein in der Wohnung.

Sie stützte den Kopf in die Hände und dachte an das Mädchen, das sie einmal gewesen war, das durch die Kunst lebendig geworden war und dann, als sie die Liebe entdeckt hatte, ohne Nachdenken dem Ruf ihres Körpers gefolgt war, in dem blinden Glauben, daß ein Mann, der ihre Liebe zur Kunst teilte, sie niemals verraten würde. Es gab Verluste, dachte sie, die einen für immer veränderten – wie der Verlust des Vertrauens in die Liebe.

Nach langer Zeit stand sie auf, löschte die Lampe und schlüpfte aus ihren Kleidern. Als sie sich auf den Rand seines Bettes setzte, fuhr er in die Höhe und sagte rauh: «Nein, Jeanne! Ich will dein Mitleid nicht. Und auch nicht deine Dankbarkeit oder...»

«Sch!» Sie legte ihm die Hand auf den Mund. «Tun wir einfach so, als wäre der Karneval noch nicht vorüber.»

10

Die Erwartungen des Theaterdirektors waren bereits weit übertroffen worden. Abend für Abend sah er die Schlangen an der Kasse, die Mengen, die sich in den Saal drängten; hörte nach jedem Akt den donnernden Applaus, sah die vollen Kassen. Wer hätte sagen können, wie es kam? Vielleicht lag es an den besonders raffinierten Effekten; vielleicht an der schauspielerischen Leistung des Hauptdarstellers; vielleicht, und das war das Wahrscheinlichste, lag es an der Besprechung des bekannten Kritikers, der sich das Stück angesehen und beschlossen hatte, Paris auf dieses Schauspiel aufmerksam zu machen.

«Die Feinde eines Fürsten verhindern die Nachfolge seines Sohns, indem sie den Jungen rauben und ihn jahrelang in einem teuflischen Apparat gefangenhalten, der das Wachstum seiner Beine hemmt, so daß er zum Zwerg wird. Die Rache des jungen Fürsten, der eine Bande Renegaten zusammenrottet, die ihm bei der Zurückeroberung seiner Krone helfen, und die erstaunlichen Mittel, mit denen er sein Ziel erreicht, bilden das Herzstück von *Der Zwergenfürst*, das eine neue Autorin, J. Sorel, geschrieben hat. Die Titelrolle wird von einem Schauspieler verkörpert, ‹Nandou›, der selbst ein Zwerg ist und jeder schauspielerischen und körperlichen Herausforderung des Stücks gewachsen ist... Es ist atemberaubend zuzusehen, wie M. Nandou mit und ohne seine ‹Stelzen› agiert und die zahlreichen Winkelzüge vollbringt, die ihm gestatten, nicht nur sich selbst, sondern auch anderen zu Recht und Gerechtigkeit zu verhelfen. Eine schlichte Handbewegung von ihm kann die ganze Last eines schweren Herzens ausdrücken, ein kurzer Gruß eine Fülle giftiger Bosheit... Und trotz der galoppierenden Handlung, die ein wenig an Dumas erinnert, steckt weit mehr in Sorels Stück als Effekthascherei...»

Dazu hatten sich gewisse Gerüchte über die Autorin und den Zwerg bis zu den Zeitungen und Journalen herumgesprochen: daß die Sorel, schön wie sie war, mehrere Jahre lang als Inspizientengehilfe auf dem Boulevard gearbeitet habe und sich selbst jetzt noch gelegentlich in Männerkleidern sehen lasse, ein Verhalten, das um so aufreizender war, als es als schamlos galt; daß sie offenbar keine Liebhaber habe, sondern mit dem Zwerg zusammenlebe. Von Klatsch und Erfolg getragen, wurde das Stück zum Kassenschlager. Das Melodrama stand auf seinem Höhepunkt, und wenn auch der Theaterdirektor weder Dumas noch einen Schauspieler wie den großen Frédéric Lemaître bieten konnte, so hatte er doch ein Stück und einen Star, die nicht nur die Galerien füllten, sondern von Abend zu Abend mehr Neugierige aus der Halbwelt und der großen Gesellschaft anlockten.

«Ich kann nicht glauben, Mademoiselle, daß Sie die Verfasserin des Stücks sind. Sie sind zu jung und zu schön, um sich solche Kunst erworben zu haben.»

«Und darf ich fragen, Monsieur, welche Kunst Ihrer Meinung nach der Jugend und Schönheit angemessen ist?»

«Nun, sagen wir, die Kunst, Freude zu geben und zu empfangen.»

«Aber tue ich denn nicht genau das mit meinem Stück? Es hat Ihnen doch Freude gemacht, sonst wären Sie gewiß nicht hier, und ich empfange Freude in Form der Beteiligung an den Einnahmen, die ich erhalte.»

Beifälliges Gemurmel war von der Menge in der Garderobe zu hören – Nandous Garderobe, die Jeanne in den Pausen und nach dem letzten Vorhang aufzusuchen pflegte, wenn sie im Theater war, im allgemeinen einmal in der Woche. Still stand sie dann in den Kulissen, wanderte leise von Ort zu Ort, um auf jede Szene die beste Sicht zu haben. Irgendwie sprach es sich immer herum, daß sie anwesend war, und spätestens in der zweiten Pause war die Garderobe voller Bewunderer, größtenteils Männer: aus der eleganten Lebewelt und dem betuchten Großbürgertum.

Eines Abends kam Nicolas Vollard. Als Jeanne ihn an der Tür stehen sah, ein Programm vom *Zwergenfürst* in der Hand, flog ihr Blick zu Nandou. Der zog nur die Brauen hoch, sagte aber nichts. Sie ging durch das Gedränge auf Nicolas zu, und er verneigte sich höflich, als sie ihn erreichte. «Ich hoffe, ich bin nicht unwillkommen.»

«Ich muß gestehen, es wundert mich, Sie hier zu sehen.»

«Ich wollte Ihnen beiden zu Ihrem großen Erfolg gratulieren.» Er hob das Programm in die Höhe. «Sie haben ein originelles und spannendes Stück geschrieben, und die Darstellung ist hervorragend.»

«Sie haben es sich angesehen?»

«Ja.»

Ihr Blick war starr. «Und Ihr Bruder – ist er etwa auch hier?»

«Ich bin mit Freunden hier, Mademoiselle. Was Louis heute abend treibt, weiß ich nicht.»

«Es würde mich interessieren, ob Sie wissen, was er vor acht Monaten trieb.»

«Pardon?» Als Jeanne keine Antwort gab, fragte Nicolas nach einer kurzen Pause: «Wie geht es Ihrem Töchterchen? Ich hoffe, es ist gesund und munter.»

Jeanne war einen Moment sprachlos. Dann drehte sie sich um und rief: «Meine Damen und Herren, Nandou und ich bedauern, aber wir müssen Sie alle bitten, jetzt zu gehen.» Zu Nicolas gewandt, fügte sie leise hinzu: «Sie bitte ich zu bleiben, Monsieur.»

Unter gutmütigem Murren und Protestieren schoben sich die Gäste hinaus. Als der letzte gegangen war, wollte Jeanne sich wieder Nicolas Vollard zuwenden, doch der hatte sich schon zu Nandou gesetzt.

«Monsieur, ich möchte nicht versäumen, Ihnen persönlich zu Ihrer großartigen Leistung zu gratulieren. Schon was Sie rein körperlich auf der Bühne leisten, ist beeindruckend, aber die Überzeugungskraft, mit der Sie die Gedanken und Gefühle des Zwergenfürsten zum Ausdruck bringen, ist noch beeindruckender.»

«Ich danke Ihnen, Monsieur», antwortete Nandou. «Aber die Anerkennung für die Gedanken und Gefühle des Zwergenfürsten gebührt seiner Schöpferin.» Mit großer Geste wies er auf Jeanne.

«Selbstverständlich. Es würde mir nicht einfallen, Mademoiselle Sorels kreative Leistung zu schmälern. Aber ich vermute, sie gibt in ihrem Stück Ideen und Idealen Ausdruck, die Sie beide teilen.»

«Das ist richtig», bestätigte Nandou.

Jeanne sagte: «Nandou und ich glauben an die Ideale, für die der Zwergenfürst sich einsetzt. Sie werden sich erinnern, wie sehr ihm insbesondere die Gerechtigkeit am Herzen liegt.»

Nicolas war verwundert. «Aber natürlich, wie sollte ich das vergessen. Es wäre mir übrigens eine große Freude, wenn Sie beide mit mir zusammen speisen würden.»

«Nein.» Nandous Antwort war freundlich, aber bestimmt. Er gab keine Erklärung, sah Nicolas nur ruhig an.

«Das ist schade», sagte der. «Ich hätte mir gern erzählen lassen, wie Sie...»

«Monsieur Vollard hat sich nach dem Befinden meiner Tochter erkundigt», fiel Jeanne ihm ins Wort.

«Ach ja?» Nandou lehnte sich zurück und verschränkte die Arme.

«Er hofft, daß sie gesund und munter ist», fuhr Jeanne fort. Sie sah Nicolas an. «Habe ich Sie richtig zitiert?»

«Die Worte stimmen, aber nicht der Ton, in dem Sie sie wiedergeben. Mein Interesse an Ihrer Tochter ist aufrichtig. Ich weiß, Sie wollen nicht gern daran erinnert werden, aber sie ist schließlich meine Nichte, und sie hat mir sehr gefallen.»

«So sehr», entgegnete Jeanne, «daß Sie gern erfahren würden, wo sie ist, damit Sie es dann Ihrem Bruder mitteilen können?»

Nicolas blickte verwirrt von einem zum anderen. «Was soll das heißen? Mich interessiert, ob es der Kleinen gutgeht, aber Sie scheinen mir andere Interessen zu unterstellen. Darf ich fragen, was Ihre Bemerkung zu bedeuten hat?»

«Monsieur, wann haben Sie meine Tochter das letzte Mal gesehen?»

«Vor fast einem Jahr, in Ihrer Wohnung.»

«Sie wissen nicht, daß sie...»

«Jeanne!» sagte Nandou.

Jeanne biß sich auf die Lippen. «Sie haben seitdem nichts von ihr gehört?»

«Aber nein. Was hätte ich denn hören sollen?»

Jeanne wandte sich Nandou zu, aber der hielt den Blick unverwandt auf Nicolas gerichtet. «Monsieur», sagte er ruhig, «warum sind Sie heute abend hierhergekommen?»

«Um Ihnen zu sagen, wie sehr ich mich über Ihren gemeinsamen Erfolg freue.»

Nandou neigte den Kopf ein wenig zur Seite und sagte, als handle es sich um eine abstrakte Überlegung: «Sind Sie aufrichtig? Oder sind Sie ein guter Schauspieler?»

«Da Sie selbst beides sind, überlasse ich die Entscheidung darüber Ihnen.» Nicolas stand auf und wandte sich Jeanne zu. Einen Moment trafen sich ihre Blicke, taxierend und herausfordernd. Dann verneigte er sich. «Mademoiselle, ich wünsche Ihnen alles Gute.» Zu Nandou sagte er: «Monsieur, Sie sind eine Bereicherung im Theaterleben.» Er ging zur Tür, öffnete sie und drehte sich noch einmal herum. «Übrigens, ich bin noch aus einem anderen Grund gekommen. Ich wollte Ihnen mitteilen, daß mein Bruder und seine Frau im Januar ihr erstes Kind erwarten.»

Geräusche von draußen drangen in die Stille in der Garderobe: Die Gute-Nacht-Rufe von Schauspielern und Bühnenarbeitern, das Quietschen eines Kulissenwagens, das Klatschen einer Rolle Seil.

«Seine Frau», sagte Jeanne, «die niemals Kinder bekommen wird? So daß er Sie zu mir schicken mußte, um mir meines wegzunehmen?»

«Es geschehen offenbar noch Wunder», erwiderte Nicolas. «Ich dachte, die Nachricht würde Sie erleichtern.»

Als keiner von beiden etwas sagte, ging er zur Tür hinaus und zog sie hinter sich zu.

Jeanne drehte sich nach Nandou um. «Louis hat also gelogen. Er hat nur vorgegeben, daß er niemals Kinder haben würde, um seine Versuche, mir Gabrielle wegzunehmen, zu rechtfertigen.»

«Mir liegt nichts daran, Louis Vollard zu verteidigen», versetzte Nandou, «aber als ich mit seiner Frau sprach, sagte sie mir selbst, daß sie unfruchtbar sei. Und ich glaube, sie war ehrlich.»

«Sie hat gelogen, um den Raub meiner Tochter zu rechtfertigen.»

Nandou zuckte die Achseln. «Vielleicht hast du recht. Vielleicht lügt aber auch Nicolas Vollard.»

«Warum sollte er? Das wäre doch dumm, da ihm die Lüge spätestens im Januar nachgewiesen werden könnte. Nein, ich glaube ihm.»

«Gut. Aber dann überleg mal – wenn Louis Vollards Frau wirklich schwanger ist, wird er ein Kind haben. Dann wird er vielleicht nicht mehr versuchen, dir Gabrielle wegzunehmen. Vielleicht können wir sie nach Hause holen.»

Ein verhaltenes Lächeln breitete sich auf Jeannes Gesicht aus und entspannte ihre Züge.

«Seit wir sie aufs Land gebracht haben», fuhr Nandou fort, «haben wir nichts von einer Suche nach ihr bemerkt. Glaubst du nicht, daß sie jetzt zu uns zurückkommen kann?»

«Wenn Louis' Kind da ist und gesund ist, sprechen wir darüber.» Jeanne hob die Hände zum Haar, das zu streng frisiert war für die Mode, ganz ohne Löckchen und kunstvoll gedrehte Zöpfe. «Komm», sagte sie, «gehen wir essen. Irgendwohin, wo es elegant und voll ist.»

«Wenn du willst.»

Als sie aus dem Theater traten, fragte Jeanne: «Warum hast du Vollards Einladung abgelehnt?»

«Du lehnst doch selbst sonst alle Einladungen ab – ganz gleich, wieviel Mühe sich deine Bewunderer geben, dich zu beschwatzen.»

«Ich betrachte Nicolas Vollard nicht als Bewunderer.»

«Hättest du denn gern mit ihm gegessen?»

Jeanne zögerte. «Nein. Aber ich habe das Gefühl, er ist nicht so wie die anderen, die sich einbilden, sie können sich mit Lügen und Schmeicheleien alles ergaunern, was sie wollen.»

«Und denen du deine Verachtung zeigen kannst, indem du mit einem Zwerg statt mit ihnen ausgehst.»

Sie sah ihn an. «Glaubst du das wirklich?»

«Ja. Aber ich komme ja immer mit, nicht wahr?» Er bot ihr seinen Arm. Sie legte die Hand darauf, und sie gingen los.

«Auf meinen Bruder! Gesundheit und ein langes, glückliches Leben.»

«Auf Papa!»

«Auf Olivier!»

«Auf meinen Ehemann», sagte Henriette Vollard abschließend, ehe sie mit ihren Gläsern anstießen.

Die ganze Familie hatte sich eingefunden – abgesehen von dem kleinen

Marc, der mit seinem Kindermädchen, einer erfahrenen Frau, die früher die Kinder der Herzogin de Lessert versorgt hatte, zu Hause geblieben war. Es war Olivier Vollards sechzigster Geburtstag, zu dem Henriette in eines der elegantesten Restaurants von Paris eingeladen hatte.

Er saß am Kopf des Tisches, bieder und ein wenig derb; er zog sich nicht gern an, fand Anzüge und Halstücher lästig und nicht zu vergleichen mit dem alten Morgenrock, in den er hineinzuschlüpfen pflegte, sobald er von der Firma nach Hause kam. Sie beobachtete ihn im Gespräch mit Claude und Nicolas. Verstehen konnte sie kaum etwas, aber die Lebendigkeit der Unterhaltung verriet das Thema: Es ging um den Erfolg und die Vergrößerung des Bankhauses Vollard. «Eines Tages», hatte Olivier zu ihr gesagt, «und dieser Tag ist nicht mehr fern, wird es weit mehr bedeuten, der Inhaber eines großen Bankhauses zu sein, als einen Titel zu haben.» Finanzmagnaten sollten die Aristokraten der Zukunft sein? Die Vorstellung war absurd, daß das Adelsprivileg, das ihr durch die Guillotine geraubt worden war, ihr nun mittels großer Finanzgeschäfte wiedergegeben werden sollte. Aber vielleicht nicht absurder als ein Monarch, der sich Bürgerkönig nannte und mit dem Regenschirm am Arm durch Paris spazierte.

Sie trank einen Schluck Champagner und ließ ihren Blick über die Tischrunde schweifen. Das hier, dachte sie, ist meine Leistung: der feste Zusammenhalt der Familie.

«Meine Liebe», sagte Madeleine, ihre Schwägerin, gerade zu Edmée, «der kleine Marc wünscht sich doch gewiß ein Brüderchen, nicht wahr?»

«Ich habe ihn nicht gefragt», antwortete Edmée mit einer Nüchternheit, die sich im Verlauf des vergangenen Jahres ganz unbemerkt in ihr Verhalten eingeschlichen hatte und eines Tages plötzlich wahrnehmbar geworden war.

«Natürlich hast du ihn nicht gefragt, was für eine Idee! Aber er wäre sicherlich genau so erfreut wie wir alle.»

«Du redest, als wäre ich schon wieder guter Hoffnung, Tante Madeleine. Ich darf dir versichern, daß das nicht der Fall ist.»

«Aber jetzt, wo der Bann gebrochen ist und die Vorhersage der Ärzte sich als falsch herausgestellt hat, besteht doch kein Grund, weshalb Marc kein Brüderchen bekommen sollte. Alle Jungen wollen Brüder, und alle Familien wollen Jungen, im Plural.»

Madeleine lachte über ihre eigenen Worte und tätschelte Edmée die Hand.

Edmées Blick war kühl, aber ihr Mund lächelte weiter. Ebenmäßige weiße Zähne, anmutig gebogene Schultern, ein makelloses Dekolleté über dem pfirsichfarbenen Kleid, blondes Haar – sie war nach Aussehen und Herkunft die ideale Schwiegertochter. Henriette blickte zu Louis hinüber und erinnerte sich an den Tag seiner Hochzeit, als sie ihm im Flur begegnet war, wie er für die Feier gekleidet aus seinem Schlafzimmer gekommen war, ein schöner junger Mann auf der Schwelle zu dem Leben, das sie für ihn gewünscht hatte. Sie war so überwältigt gewesen von Liebe und Stolz, daß ihr einen Moment geschwindelt hatte und sie sich an die Wand lehnen mußte.

«Ist dir nicht gut?» hatte er besorgt gefragt.

Sie hatte seine Hand genommen und mit schwacher Stimme gesagt: «Ich bin überwältigt vor Glück. Und vor Freude.»

«Weil ich das Rechte tue?»

Sie hatte genickt, und dann hatten sie sich einen Moment lang schweigend angesehen, sie unfähig, noch etwas zu sagen, er sichtlich von Gefühlen aufgewühlt, nach denen sie nicht fragen wollte.

Sein Blick war über den Tisch hinweg auf Edmée gerichtet, unbewegt wie seine Miene – ganz so, als wäre er bei diesem Abendessen nur stiller Beobachter.

«Louis!» sagte Henriette mit einer Schärfe, die sie nicht beabsichtigt hatte. «Findest du nicht auch, daß deine Frau heute abend besonders schön ist?»

Er sah sie an. «Besonders, Mama? Das ist schwer zu sagen. Edmée ist immer schön. Ich bin zu dem Schluß gekommen, daß das zu ihrem Charakter gehört.»

«Wie Rechtschaffenheit zu deinem», bemerkte Edmée trocken, und die Augen der beiden trafen sich mit kühlem Blick.

«Die Perfektion, meine Liebe, ist ein Ziel, dem man sich verschreiben kann, ohne es je zu erreichen.» Louis hob sein Glas und trank, in jeder Bewegung die Anmut, die ihn schon als Kind ausgezeichnet hatte. Doch sie wirkte seelenlos wie bei einer Puppe.

Nun ja, sagte sich Henriette, es gab Spannungen zwischen den beiden. Das war nur normal. Das gab es in jeder Ehe. Wenigstens benahm Louis sich korrekt. Zu Beginn der Ehe hatte sie heimlich gefürchtet, Louis würde die Leidenschaften nicht zügeln können, die ihn damals beherrscht hatten. Doch der Austausch, den sie soeben miterlebt hatte, bestätigte ihr, daß er endlich seine Position und seine Pflichten akzeptiert hatte. Aber er trank zuviel. Unvermittelt überfiel sie eine Erinnerung an Louis, wie er früher gewesen war, voller Feuer, mit flammenden Augen und glühenden Wangen. So lebendig war die Erinnerung, daß sie unwillkürlich die Hand hob, um sie zu vertreiben.

«Ist etwas nicht in Ordnung?» fragte Edmée.

Henriette faßte sich. «Doch, doch, es ist nichts. Wann bringst du mir Marc wieder einmal?»

«Irgendwann nächste Woche», antwortete Edmée. «Wäre es dir recht, wenn ich ihn an dem Nachmittag bei dir lasse, an dem ich zur Schneiderin gehe?»

«Aber ja, das wäre schön», meinte Henriette.

Am anderen Ende des Tisches hörte sie Nicolas über die neue Eisenbahn sprechen, ein Thema, bei dem seine Stimme stets lauter und seine Gesten lebhafter wurden. Wie seltsam, daß mit zunehmendem Alter Louis immer distanzierter und Nicolas immer engagierter wurde, als hätten die beiden die Rollen getauscht. Nur wenn das Thema Heirat angeschnitten wurde, war Nicolas kühl wie immer. Es gab da eine junge Frau, die Henriette als Schwiegertochter gut gepaßt hätte – die Tochter eines reichen Weinhändlers und einer adeligen Engländerin. Nicolas war ihr gegenüber aufmerksam, aber in Grenzen. Als Henriette ihn gefragt hatte, was ihm an ihr nicht gefalle, hatte er nur gesagt: «Sie ist hübsch, ja, aber sie hat so etwas Kleinliches im Blick.» Etwas Kleinliches im Blick? Was sollte das nun wieder heißen? Hauptsache, der Vater war mit der Mitgift nicht kleinlich. Aber Nicolas war Nicolas; er ließ sich nicht formen und bestimmen wie sein Bruder.

Als der letzte Schluck Kaffee getrunken war, tupften sich alle mit den Damastservietten die Lippen und standen auf. In gemessenem Zug schritt die Familie aus dem privaten Speiseraum durch den großen Saal, und an der Tür, wo sich die Gäste stauten, die auf einen Tisch warteten, wurde Olivier von einem ihm bekannten Bankier begrüßt und zum Geburtstag beglückwünscht.

Die Tür zur Straße öffnete sich, ein kalter Luftzug wehte herein, und ehe Henriette wußte, was geschah, kam die ganze Familienprozession zum Stillstand. Was ist denn? wollte sie ungeduldig fragen, aber die Worte blieben ihr im Hals stecken, als sie die Person in Männerkleidern sah, die in Begleitung eines grotesken kleinen Mannes hereinkam – Jeanne Sorel und ihr Zwerg.

Henriette sah, wie Louis das Blut ins Gesicht schoß, aber sie war selbst wie gelähmt und konnte nicht eingreifen.

Nandou sah ihn noch vor Jeanne, aber ihm blieb keine Zeit, sie zu warnen. Sie erstarrte und sagte nur: «Louis!»

«Jeanne? Bist du es wirklich? Ich hätte dich – du siehst anders aus.»

Sie starrten einander an. Dann zupfte sie trotzig an ihrer Weste und sagte: «Aber ich habe mich nicht verändert. Ich trage immer noch Hosen, wie du siehst, und glaube immer noch an die Ideen, für die du einmal gekämpft hast.»

Und Vollard war noch immer der gleiche gutaussehende Teufel, dachte Nandou, der sah, wie er bei ihren letzten Worten errötete. Seine Frau stand hinter ihm. Sie sah Nandou an; er konnte nur hoffen, sie würde nicht verraten, daß sie ihn kannte. Er war erleichtert, als ihr Blick zu Jeanne zurückkehrte.

«Ich höre, du hast großen Erfolg», sagte Louis.

«Den ich in hohem Maß meinem Freund Nandou verdanke. Du kennst ihn ja aus den Tagen der Revolution.»

Louis wandte sich ihm zu. «Und ich habe mich nie angemessen für Ihre Hilfe bedankt.»

«Monsieur!» Nandou nickte kurz.

«Ich hoffe, es geht dir gut», sagte Louis wieder zu Jeanne.

«Wirklich?» fragte sie mit eisiger Verachtung.

Louis wurde rot. «Ich wünsche dir immer das Beste.»

«Du wirst wohl verstehen, wenn ich davon nicht überzeugt bin.»

«Jeanne, ich ...»

«Deinetwegen mußte ich meine Tochter aus Paris fortschicken, Louis. Das werde ich dir nie verzeihen. Und einiges andere auch nicht.»

Louis war offensichtlich bestürzt.

«Versuch nie wieder, ihr nahe zu kommen, Louis», fuhr Jeanne fort. «Nie wieder.»

«Drohst du mir?» fragte er.

«Muß ich das?» Als er stumm blieb, fügte sie hinzu: «Möchtest du mich nicht mit deiner Begleiterin bekannt machen?»

Louis straffte die Schultern und sagte mit einer Würde, die Nandou, wenn auch widerwillig, bewundern mußte: «Edmée, ich möchte dich mit Mademoiselle Jeanne Sorel bekannt machen, einer alten Freundin, die heute eine bekannte Autorin ist.»

Sie kam nicht dazu, etwas zu erwidern. Eine ältere Frau, die Nandou nicht kannte, stieß Edmée plötzlich auf die Seite und pflanzte sich mit hochrotem Kopf neben Louis auf. «Was geht hier vor?» fragte sie.

«Guten Abend, Madame Vollard», sagte Jeanne mit ausgesuchter Höflichkeit. «Wie ich höre, sind Sie seit unserer letzten Begegnung glückliche Großmutter geworden. Meinen Glückwunsch. Ich bin überzeugt, Sie werden den kleinen Vollard lehren, die Ehre der Familie genauso hochzuhalten wie vor ihm sein Vater.»

Die Frau musterte Jeanne von der schlichten Frisur bis zu den Säumen ihrer Samthose, ehe sie ätzend sagte: «Mir ist leider nicht klar, wie Sie angesprochen werden möchten. Mademoiselle? Oder lieber Monsieur?»

«Das überlasse ich ganz Ihnen und Ihrem Unterscheidungsvermögen, Madame.»

«Dann halte ich es für das Beste, Sie Ihrem gegenwärtigen Begleiter zu überlassen und Ihnen gute Nacht zu wünschen.»

Nicolas Vollard trat neben seine Mutter. «Mama», sagte er freundlich, aber bestimmt, «ehe du gehst, würde ich dir gern Monsieur Nandou vorstellen, einen der glänzendsten Schauspieler von Paris. Ich habe seine Leistung im *Zwergenfürst* sehr bewundert.»

«Madame», sagte Nandou mit höflicher Verbeugung.

«Monsieur», sagte sie so giftig, daß es wie ein Zischen klang. «Entschuldigen Sie uns jetzt, unsere Wagen warten.»

Nandou neigte noch einmal den Kopf.

Die Frau schlug ihre Röcke nach hinten und rauschte zur Tür hinaus. Louis reichte seiner Frau den Arm und sagte: «Komm, meine Liebe. Ich denke, es wäre unschicklich, länger hier zu bleiben.»

Jeanne sagte gar nichts.

Nicolas blieb, bis die anderen alle gegangen waren. «Mademoiselle», sagte er dann zu Jeanne, «ich wollte, es gäbe diese Feindseligkeit zwischen Ihnen und unserer Familie nicht.»

«Aber sie ist nun einmal da», erwiderte sie leise.

«Guten Abend, Monsieur Vollard», sagte Nandou.

Nicolas wandte sich ihm zu. «Es ist mir ein Vergnügen, Sie zu sehen, Monsieur, selbst unter so unerfreulichen Umständen.»

Er verneigte sich und ging. Endlich waren sie alle weg, die Vollards.

Sie blieben nicht in dem Restaurant; Jeanne sagte, ihr hätte es den Appetit verschlagen. Auf dem ganzen Heimweg brach sie ihr Schweigen nur einmal. «Unschicklich!» sagte sie leise und bitter.

Sie hatten eine neue, größere Wohnung gemietet, ehe sie Gabrielle vom Land zurückgeholt hatten. Jeder von ihnen hatte sein eigenes Zimmer, auch das Kind. Ein junger Student, der oben unter dem Dach wohnte, kam abends herunter, um auf Gabrielle aufzupassen. Er berichtete, sie sei schon vor mehreren Stunden fest eingeschlafen.

Nachdem er gegangen war, sagte Nandou: «Du hast Vollard gesagt, du hättest sie fortgeschickt. Willst du ihn glauben machen, daß sie immer noch nicht wieder in Paris ist?»

«Ja.» Jeanne zog ihr Jackett aus. «Ich habe immer noch Angst um sie. Vielleicht sollten wir sie auf eine Klosterschule geben.»

Nandou sah stumm zu, wie sie ihre Weste aus rotem Satin ablegte. «Es wäre mir lieber, du würdest in Zukunft nicht mehr diese Kleider tragen.»

«Warum? Findest du sie nicht *schicklich*?» fragte sie spöttisch.

«Ich finde, du bist eine einzigartige Frau», erwiderte Nandou leichthin, «aber nur ein Mann unter vielen.»

«Kann schon sein, aber wenigstens kennen alle Journale meinen Namen.»

«Du könntest dafür eingesperrt werden, daß du dich so anziehst.»

«Davor fürchte ich mich nicht.»

«Aber ich.» Noch immer bemühte er sich um einen leichten Ton. «Warum willst du dich unbedingt zur komischen Figur machen? Eine komische Figur in der Familie reicht doch.»

Sie sah ihn an. «Du kennst mich. Verstehst du nicht, warum ich es tue?»

«Doch.» Nandou holte tief Atem. «Du tust es, um deine Schönheit zu verleugnen. Ich kann es kaum mit ansehen! Ich würde meine Seele für ein bißchen Schönheit verkaufen, wenn nur der Teufel käme und mir so einen Handel anböte.»

Jeanne knüpfte ihr Halstuch auf. «Wenn ich manchmal Männerkleider anziehe, dann nur, um zu zeigen, wie gleichgültig mir der hohle Schein ist, dem die Arglosen so leicht erliegen und den die Listigen zu nutzen wissen.»

«Das hast du gut gesagt. Ja. Aber da ist doch kaum ein Unterschied zu dem, was ich gesagt habe, hm?»

«Aber natürlich! Da ist ein großer Unterschied. Ich verstehe nicht, wieso du ...»

«Mama? Nandou?» Gabrielle kam im Nachthemd aus ihrem Zimmer gelaufen und blieb, sich die Augen reibend, vor ihnen stehen, ein zierliches kleines Mädchen von viereinhalb Jahren, dessen ebenmäßiges Gesichtchen künftige Schönheit verhieß. Nandou streckte die Arme nach ihr aus, um sie hochzunehmen, aber da zog Jeanne sie schon auf ihren Schoß.

«Komm, Herzchen, setz dich zu mir und drück mich mal ganz fest – noch fester, ja, so, das war schön. Ich bin richtig atemlos. Sollen wir Nandou sagen, was wir denken? Ja, ich glaube, das sollten wir tun. Wir werden ihm sagen, daß die Welt von Männern regiert wird – von Männern, die die Macht haben, zu tun, was ihnen beliebt. Nicht Männer wie Nandou, nein, Nandou ist ein ganz besonderer Mann, sondern Männer, die vorgeben, die Kunst und die Freiheit zu lieben, die ihre unvergängliche Leidenschaft beteuern und dann im Stich lassen, was sie zu lieben behauptet haben. Wir werden ihnen nie verzeihen, niemals! Aber wir werden uns an ihnen rächen, mein Herzchen, ja, das werden wir. Wenn du groß bist, wirst du ebensoviel Macht besitzen wie sie – nicht weil du schön bist, sondern weil du eine Künstlerin sein wirst, eine so große Künstlerin, daß ihnen gar nichts anderes übrigbleiben wird, als dich zu ehren und zu bewundern. ‹Gabrielle Corday!› werden alle rufen – sogar die Katzen und die Hunde und die Gockelhähne.»

Nandou lächelte, wie immer, wenn er den Namen des Kindes hörte, der von seinem abgeleitet war. Gabrielle kuschelte sich tiefer in Jeannes Arm und war bald wieder eingeschlafen. «Soll ich sie ins Bett bringen?»

«Nein», antwortete Jeanne. «Ich möchte noch eine Weile so mit ihr sitzen.»

Er nickte. «Also dann, gute Nacht.»

«Gute Nacht.»

Er ging durch den Flur zu seinem Zimmer. Fidèle hockte auf seinem Bett und putzte sich. Er war älter und ruhiger geworden, nicht mehr so versessen auf seine nächtlichen Streifzüge über die Dächer, aber immer noch so weiß und weich wie Schnee. Er beobachtete den Kater einen Moment und neidete ihm die Liebe und die Fürsorge, die er seinem eigenen Körper gönnte. Dann zog er sich aus. Die kurzen krummen Beine schimmerten bleich im Licht der Lampe. Sie taten ihm weh. Abend für Abend, wenn er auf der Bühne auf den Stelzen des Zwergenfürsten umherstolzierte, litt er abscheuliche Schmerzen, die vom Rist bis in die Waden hinaufzogen. Er hatte niemandem davon erzählt, nicht einmal Jeanne. Alles hatte seinen Preis, und für diese Rolle hätte er jeden Preis bezahlt. Fidèle wußte es natürlich. Er hatte es ihm anvertraut, als er mit Gabrielle nach Paris zurückgekehrt war, und seltsamerweise hatten die Schmerzen daraufhin ein wenig nachgelassen. Er löschte die Lampe, setzte sich auf das Bett und massierte Fußsohlen und Waden. Die Katze stand von ihrem Platz auf und kam zu ihm, um sich schnurrend an seine Hüfte zu schmiegen.

Als die Schmerzen erträglich geworden waren, legte er sich hin. Nach einer Weile hörte er draußen Jeanne, die Gabrielle ins Bett brachte und dann durch den Flur zu ihrem Zimmer ging.

Aber es war nicht ihre Tür, die sie öffnete, sondern seine. Sie setzte sich zu ihm ans Bett. «Soll ich bleiben?»

Bestimmt ein dutzendmal hatte sie ihn das seit jenem Aschermittwoch gefragt.

«Nein», sagte er.

«Warum nicht, Nandou? Warum weist du mich immer zurück? Bitte, sag es mir.»

«Weil...» Es kostete ihn unerhörte Anstrengung, die Worte auszusprechen. «Weil du mich nicht begehrst.»

Sie wandte sich ab, genau wie er es geahnt hatte; wie hätte sie seine Worte leugnen können?

«Ich nehme es dir nicht übel», sagte er. «Nicht im geringsten. Aber ich möchte auch nicht dein – dir nicht als Demonstrationsobjekt für deine Gleichgültigkeit gegenüber dem hohlen Schein dienen.»

«Wie meinst du das?» fragte sie langsam.

«Ich meine...» Er hätte alles mögliche sagen können, mehr oder weniger Unverfängliches, aber er war plötzlich der Verschleierung müde. «Ich meine, wenn du manchmal Hosen trägst, um deine Verachtung für die Louis Vollards dieser Welt zu demonstrieren, dann kannst du dich ab und zu aus dem gleichen Grund anbieten, mit dem Zwerg zu schlafen.»

«Das glaubst du wirklich?» fragte sie leise. «Du glaubst, daß ich damals aus diesem Grunde bei dir geblieben bin?»

«Ja.» Ihm war eiskalt. «Aber in jener Nacht machte es mir nichts aus.»

«Und seitdem?»

«Ich sagte dir doch, ich will nicht von dir zu einem Objekt gemacht werden, mit dem du deinen Haß auf Vollard befriedigst.» Sie schwieg so lange, daß er schließlich fragte: «Oder bestreitest du, daß es so ist?»

«Ja, das bestreite ich.»

Wenn er nur ihr Gesicht hätte sehen können; wenn nur die Lampe noch gebrannt hätte.

«Nandou, du bist der einzige Mensch auf der Welt, der mich versteht, dem ich vertrauen kann, der mich manchmal besser kennt als ich mich selbst. Du hast alles für mich getan, alles gesehen, was ich in mir habe. Kein Mensch war mir je näher, keiner wird mir je näher sein.»

«Aber du begehrst mich nicht», sagte er so leise wie sie. Und dann heftig und laut: «Belüg mich nicht, Jeanne!»

Wieder schwieg sie. Die Stille wurde unerträglich lang.

«Nein», sagte sie schließlich. «Aber ich liebe dich, Nandou, als wärst du ein Teil von mir. Kannst du nicht annehmen, daß ich dich glücklich machen möchte?»

«Es würde mich nicht glücklich machen.»

«Das tut mir leid», sagte sie.

Sie beugte sich über ihn, küßte ihn auf die Wange und ging.

TEIL II

1848–1858

11

In dem Jahr, in dem Gabrielle siebzehn Jahre alt wurde, veränderte sich alles.

An ihrem Geburtstag im Januar gaben ihre Mutter und Nandou ein kleines Essen für sie mit einigen lieben Freunden. Die Gespräche folgten einem Muster, das Gabrielle vertraut war. Es ging um das Ringen um künstlerische Wahrheit, den Mißerfolg von Victor Hugos letztem Stück (war er der Beweis dafür, daß die Romantik tot war?), um Louis Philippe, der von Tag zu Tag mehr Bourbone und weniger Bürgerkönig wurde, um die Zukunft des Dramas, um Paris, um Frankreich.

Nach dem Essen schenkte Jeanne ihrer Tochter goldene Ohrringe und sagte: «Gabrielle, mein Kind, du bist eine wunderschöne und hochbegabte junge Frau geworden. Ich weiß es, mit deiner Stimme wirst du zur französischen Nachtigall werden.» Applaus, Gelächter und Tränen in Jeannes Augen. Nandou schenkte ihr eine goldene Brosche: einen Gokkel, dessen Kamm und Schnabel aus Korallen waren. Während alle das Schmuckstück bewunderten, rief er laut «Kikeriki!» und goß ihr noch ein Glas Wein ein, zum Zeichen, daß sie kein Kind mehr war. Aber sie konnte nicht trinken; sie hatte vor Rührung einen dicken Kloß im Hals.

Kaum einen Monat später wurden auf den Straßen Barrikaden errichtet, Schüsse krachten, es kam zu Tod und Blutvergießen. Die Beschaulichkeit, in der Paris unter Louis Philippe dahingedämmert war, wurde ebenso wie die Beschaulichkeit von Gabrielles jungem Leben von heftigen Umwälzungen erschüttert.

Es begann an einem Morgen Ende Februar. Nandou erschien in der Schule, an der sie bei einem italienischen Professor Gesang studierte, und erklärte, sie müsse sofort mit ihm nach Hause kommen. Während er sich den Regen von den Wangen wischte und vom Hut schüttelte, sagte er: «Es gibt wieder eine Revolution in Paris. Du mußt nach Hause kommen.»

Sie wollte nicht, sie fühlte sich wohl in der Schule, hatte Freunde hier, aber er ließ nicht mit sich reden. «Wenn Paris wieder bei Verstand ist», entgegnete er ihr, «kannst du wieder singen. Dann singen wir alle. Komm jetzt, beeil dich. Deine Mutter macht sich Sorgen.»

Während Signor Martinelli unglücklich die Hände rang und Nandou von der Garde Nationale und der wütenden Menge in der Nähe der Place des Victoires berichtete, packte Gabrielle ihre Sachen. Als sie fertig war, ging Nandou mit ihr ins Foyer hinunter und hieß sie warten, bis er die Droschke geholt habe, die er gemietet hatte. Die Tasche mit ihren Noten zu ihren Füßen, stand sie da und lauschte dem Trommeln des Regens, der sie hinauszurufen schien, und den Tonleitern und Trillern des Solfeggio, die sie zurückhalten wollten. Würde die Revolution ihr Debüt verhindern? Sechzehn oder siebzehn war das angemessene Alter dafür, und sie brannte darauf, in die Welt einzutreten, in der Erfolg und Abenteuer warteten und – sie wußte nicht genau, was noch.

Ihr Leben lang hatten die Worte ihrer Mutter sie begleitet: «Du wirst eines Tages eine große Künstlerin werden.» Was für eine Künstlerin, war unklar gewesen, bis sie auf die Klosterschule gekommen war, in der Nandou einst in der Küche gearbeitet hatte. Einige der älteren Nonnen kannten ihn noch und erzählten ihr von ihm: daß er die Kartoffeln so schnell und geschickt gepellt hatte, daß sie praktisch aus der Schale sprangen; daß er dann stundenlang unter einem Baum im Hof gesessen und gelernt hatte. Als Gabrielle zehn war, ließ Schwester Marie-Thérèse sie vorsingen. Mit klopfendem Herzen hatte sie drei kleine Lieder vorgetragen. Die Schwester hatte genickt und gesagt: «Du hast einen Vogel in der Kehle, mein Kind.» Gabrielle hatte ihn in ihrer Phantasie vor sich gesehen: ein silbernes Vögelchen mit einem goldenen Schnabel, das auf einer Stange im Käfig ihrer Kehle saß und ihr wunderbare Dinge zu bescheren versprach, wenn sie es richtig nährte und versorgte. Von da an hatte die Schwester ihr täglich Gesangsstunden gegeben. Ein Jahr lang hatte sie danach am Konservatorium studiert und gelernt, daß das silberne Vögelchen sowohl ihr Herr als auch ihr Diener war; dann war sie zu Martinelli gegangen, der das italienische Repertoire lehrte und dessen Schule kleiner und intimer war. «Auf diese Weise», hatte ihre Mutter gesagt, «wissen wir auch, wer deine Mitschüler sind.»

Die Haustür wurde aufgestoßen, aber nicht Nandou kam herein, sondern die Eltern einer Schülerin – die Vérons, die ein elegantes Geschäft in der Rue de Rivoli hatten.

«Wir fahren mit Amélie aufs Land», sagte Madame Véron, nachdem sie Gabrielle begrüßt hatte. «In Paris kann man jetzt nicht bleiben. Werden Sie auch abgeholt, Mademoiselle Corday?»

«Ja, er holt gerade eine Droschke.»

«Hoffentlich bekommt er eine», meinte Monsieur Véron. «Ich habe eben beobachtet, wie das einzige Fahrzeug weit und breit ausgerechnet von einem Zwerg genommen wurde.»

Gabrielle schluckte. «Ach, es wird schon nicht so schlimm werden.»

«Mademoiselle, aus Ihnen spricht die Zuversicht der Jugend. Aber glauben Sie mir, wenn die Arbeiter auf den Straßen randalieren und die Sozialisten die Ordnung in Frage stellen, die von unserer Regierung sorgsam ...»

Krachend flog die Tür auf. «Komm, Gabrielle! Schnell!» rief Nandou und sprang aus dem strömenden Regen herein. Er hielt einen Regenschirm und trug ein rotes Halstuch – Symbole des Bürgertums und der Revolution in widersprüchlichem Nebeneinander.

Madame Vérons Augenbrauen schossen in die Höhe. Monsieur machte ein Gesicht, als hätte ihm jemand Asche in den Kognak gestreut. Gabrielle blieb das Wort im Hals stecken; sie lächelte verzweifelt. Wenn sie doch nur hätte sagen können, das ist Nandou, ein berühmter Schauspieler vom Boulevard, aber er hatte ihr streng verboten, ihn so vorzustellen. «Versuch nicht, die Leute zu einem anderen Verhalten zu zwingen, indem du mit meinem bißchen Ruhm winkst. Wenn sie die Augen aufreißen wollen, dann sollen sie es über mich tun, wie ich wirklich bin, und nicht über den Schauspieler.»

«Gabrielle!» sagte er. «Warum kommst du nicht?»

Wenn sie doch wie früher als Kind einfach schweigend seine Hand hätte nehmen und mit ihm im Regen hätte verschwinden können. Ach, hätte sie in jene Zeit zurückkehren können, als er der wunderbarste Mensch der Welt gewesen war, weil er alles wußte und doch nicht größer war als sie.

«Mademoiselle», sagte Monsieur Véron, «kennen Sie diesen Menschen?»

Am liebsten hätte sie nein gesagt. Ihr wurde fast übel vor Scham, aber die Scham gab ihr endlich den Anstoß zu sprechen. «Monsieur, Madame, darf ich Ihnen meinen Vater vorstellen?»

«Ihren Vater?» wiederholte Véron schockiert.

«Ja», antwortete sie fest.

«Monsieur Corday», sagte Véron mit einer steifen Verneigung. Als hätte er seiner Frau einen Puff gegeben, sagte diese wie er: «Monsieur». Ihre Gesichter zeigten jene Mischung aus Neugier, Mitleid und Geringschätzung, die Gabrielle so gut kannte.

«Es ist mir ein Vergnügen, Sie kennenzulernen», sagte Nandou. «Leider muß es ein kurzes bleiben, da ich Gabrielle so schnell wie möglich nach Hause bringen möchte.» Gabrielle hätte beinahe gelacht, in so groteskem Gegensatz stand der höflich korrekte Ton zu seiner von Wind und Regen mitgenommenen Erscheinung.

«Gabrielle?» sagte er.

Sie verabschiedete sich von den Vérons und trat in den Regen hinaus. Nandou nahm ihre Tasche und reichte ihr den geöffneten Regenschirm, den sie über sich und ihn hielt, während sie zur wartenden Droschke liefen, beide etwas schwerfällig, sie wegen ihrer Röcke und er – weil er immer so lief. Wenn ihre Mutter früher zu ihr gesagt hatte, «wenn du einmal groß bist», hatte sie immer geglaubt, Nandou würde mit ihr groß werden; sie würde Künstlerin werden und Jeanne dabei helfen, sich am heuchlerischen Bürgertum zu rächen, was immer das auch sein mochte, und er würde groß werden wie ein Baum und laufen können wie der Wind. «Nein, Liebes», hatte ihre Mutter ihr eines Tages erklärt. «Nandou wird nicht mehr größer.» – «Aber warum nicht?» – «Er ist so geschaffen.»

Gabrielle war in ihr Zimmer gelaufen und hatte geweint. Als Nandou nach Hause gekommen war, hatte er sie herausgelockt, auf den Schoß genommen und ihr die Geschichte vom Däumling vorgelesen. «Siehst du», hatte er gesagt, «man muß nicht groß sein, um Großes zu vollbringen.»

Sie fühlte sich jetzt genau wie damals, nachdem er ihr die Geschichte erzählt hatte, und sie wünschte dennoch, die Vérons würden ihm nicht nachblicken.

Als sie in der Droschke saßen, sagte Nandou: «Du hättest mich diesen Leuten nicht vorzustellen brauchen, Gabrielle.»

«Doch», sagte sie heftig, und er lächelte, als verstünde er jedes ihrer Gefühle.

Trotz des Regens ging es hoch her auf den Straßen. Auf dem Weg um die Place de la Concorde passierten sie Menschenhorden, die mit zornigen Schlachtrufen und wild entschlossenen Gesichtern auf den Platz zu marschierten. Gabrielle nahm Nandous Hand. «Was wollen sie?» Sie hatte wenig Ahnung von politischen Dingen, aber der Anblick so heftiger Gemütsbewegung auf so vielen Gesichtern faszinierte sie.

«Sie haben einige sehr magere Jahre hinter sich», erklärte Nandou. «Infolge der schlechten Ernten und der scharfen Kreditbeschränkungen haben viele von ihnen ihre Arbeit verloren. Sie sind der Meinung, man sollte sämtliche Minister hinauswerfen, vielleicht sogar den König.»

«Und dann?»

«Tja, das ist in Frankreich immer die Frage. Was passiert nach der Revolution?»

Gabrielle schob ihre Hand tiefer in die seine und sah gespannt zum

Fenster hinaus. Der Wagen schlug einen weiten Bogen um eine Gruppe Menschen, die, sich gegenseitig anfeuernd, die Pflastersteine aus der Straße rissen.

«Was tun die da?» rief Gabrielle.

«Sie bauen Barrikaden.»

Das Pferd bäumte sich, und der Wagen kam mit knirschenden Rädern zum Stillstand. Mit einer Stimme, die so nervös war wie das Wiehern seines Pferdes, sagte der Kutscher: «Laßt uns bitte durch, Freunde.»

«Nieder mit allen Privatwagen!» – «Gute Bürger nehmen den Omnibus!» – «Wir können die Räder und die Sitze für unsere Barrikaden gebrauchen!»

«Bitte!» flehte der Kutscher. «Bitte!»

«Glaubst du, die wollen uns etwas tun?» fragte Gabrielle.

«Aber nein», antwortete Nandou beruhigend. «Man muß aufmerksam und vorsichtig sein, aber nicht ängstlich. Wenn man Angst hat, kann man nicht mehr denken.» Er drückte Gabrielle die Hand, dann streckte er den Kopf zum Fenster hinaus. «*Vive la République!* Im Namen der Freiheit, laßt uns passieren.»

«Im Namen der Gerechtigkeit», schrie jemand zurück, «warum sollten wir?»

«Weil Freiheit und Gerechtigkeit nicht im Gegensatz stehen können.»

«Dann kommen Sie runter und kämpfen Sie an unserer Seite. Machen Sie sich die Hände schmutzig und die Füße naß.» Der Wagen schwankte plötzlich, ob durch den Wind oder den Ansturm der Leute konnte Gabrielle nicht erkennen. Erschrocken sah sie Nandou an, aber der war ganz ruhig.

«Ich habe bei der Julirevolution für die Republik gekämpft», rief er, «aber jetzt muß ich meine Tochter sicher nach Hause bringen. Laßt uns passieren.»

«Laß doch deine Tochter auch mitkämpfen!» schrie eine Frau. «Oder ist sie sich zu fein, um sich die Hände schmutzig zu machen?»

Wieder schwankte der Wagen. Nandou lehnte sich noch weiter aus dem Fenster. «Jeder kämpft auf die Weise, die er für die beste hält.» Laut schallte seine Stimme durch den Regen. «Meine Tochter hält Freiheit und Gerechtigkeit auf ihre Weise hoch, aber jetzt muß ich sie nach Hause bringen. Laßt uns passieren, Freunde!»

Murren und Schimpfen. Dann rief plötzlich jemand: «Es ist der Zwergenfürst. Es ist Nandou!» Andere schrien seinen Namen, pfiffen beifällig.

Er lachte, hob seine Hand und rief: «*Vive la République*!» Die Droschke setzte sich wieder in Bewegung. Er ließ sich vom Regen durchnäßt in den Sitz zurückfallen und lächelte Gabrielle beruhigend an, wie er sie immer angelächelt hatte, wenn sie als Kind Angst gehabt hatte.

«Die Leute haben den Zwergenfürsten immer geliebt», bemerkte er, während er sich das Wasser vom Gesicht wischte. «Ob das Stück wohl je wieder auf die Bühne kommt?» fügte er wehmütig hinzu.

Gabrielle hätte nicht sagen können, wie viele Wiederaufführungen es gegeben hatte. Sie konnte sich nur erinnern, daß sie beim ersten Mal, als sie Nandou groß wie ein normaler Mann auf der Bühne gesehen hatte, wie vom Donner gerührt gewesen war.

«Nein», meinte er dann kopfschüttelnd, «ich glaube, auf diesen Patentschuhen könnte ich heute nicht mehr laufen. Außerdem hat das Theater sich verändert. Aber das Volk erinnert sich, du hast es gehört.»

«Glaubst du wirklich, daß ich Freiheit und Gerechtigkeit auf meine Weise hochhalte, wie du gesagt hast?» fragte sie.

«Tust du das denn nicht?»

«Doch», antwortete sie, obwohl sie sich nicht sicher war. Sie wußte, daß Nandou und Jeanne gewisse Dinge von ihr einfach erwarteten. Und doch behandelten sie sie, als müßte sie dringend behütet werden. Immer war sie ermahnt worden, keinem Menschen ihren Namen, ihre Adresse oder irgend etwas über ihre Familie zu sagen, und wenn sie allein ausging, war ihre Mutter stets in Sorge. Wie sollte sie da Freiheit und Gerechtigkeit hochhalten oder die französische Nachtigall werden? Sie fand es sehr verwirrend.

Als sie zu Hause ankamen, eilte Jeanne mit offenem Haar aus ihrem Zimmer und umarmte ihre Tochter. «Du bist da», rief sie erleichtert. «Jetzt bleiben wir zusammen, bis es vorbei ist.»

«Müssen wir fort aus Paris?» fragte Gabrielle.

«Hoffentlich nicht.» Jeanne ging in die Küche, schaute in sämtliche Schränke und brachte Brot, Käse, Schinken und ein paar Birnen mit ins Zimmer. Nandou holte eine Flasche Rotwein, dann setzten sie sich zum Mittagessen.

«Sie errichten Barrikaden», berichtete Nandou.

«Wie damals», sagte Jeanne, während sie sich eine Birne schnitt.

«Und was passiert jetzt?» fragte Gabrielle.

«Sie werden kämpfen, singen, sterben. Und wenn es vorbei ist, wird manches anders sein – nicht viel anders, aber doch ein wenig. So war es vorher und so wird es wieder sein, bis Frankreich endlich frei ist von

Königen und ihrer tyrannischen Herrschaft. Man hofft natürlich jedes Mal auf den völligen Umsturz. Man hofft immer.»

Jeanne schnitt den Schinken auf und sagte dann: «Die Regierung sollte gestürzt werden! Wenn Louis Philippe von Republikanismus redet und sich als Bürger bezeichnet, dann ist das der reine Hohn. Die Zensur ist strenger denn je. Was mußte ich in der *Schwarzen Galeone* nicht alles ändern, ehe die Inszenierung erlaubt wurde. Wenn ich nur an diese Herren von der Zensur denke, wie sie ihre spitzen Nasen über mein Stück gerümpft haben ...» Sie reichte auch Nandou eine Scheibe Schinken. «Glaubst du, es wird so wie damals im Juli?»

«Selbst wenn es so wird», meinte er ruhig, «wird es anders sein.»

Schweigend sahen sie einander an, und Jeanne sagte: «Weißt du noch, wie Arago die Theater geschlossen hat?»

«Erinnerst du dich noch an deinen Plan zur Beschaffung der Munition für die Barrikaden?»

«Ja, und du wolltest partout nicht, daß ich bei der Ausführung mitmache.»

«Aber du hast wie meistens deinen Kopf durchgesetzt.»

Sie lächelten, aber plötzlich war da auch etwas wie Kampfbereitschaft. Gabrielle sah, wie ihre Mutter angriffslustig den Kopf hob und Nandou die breiten Schultern straffte. Niemals bekam sie alles mit, was bei so einem schweigenden Austausch zwischen ihnen vorging.

«Wart ihr 1830 auch auf den Barrikaden?» fragte sie.

«O ja», antwortete Jeanne. «Jeder, der an die Freiheit glaubte, ging damals auf die Barrikaden. Sogar manche, die später zu Säulen bürgerlicher Ehrbarkeit wurden.»

«Und wieso ließen sie eine Frau mitkämpfen?»

«Sie dachten, sie wäre ein Mann», erklärte Nandou. «Sie trug Hosen, und ihr Haar war kurz.»

«Wenn ich im Januar 1831 geboren bin», sagte Gabrielle nachdenklich, «dann mußt du damals doch schwanger gewesen sein, Jeanne.»

«Ja, das stimmt.»

«Ha! Dann war ich auch auf den Barrikaden.» Sie klatschte in die Hände. «Erzählt mir davon.»

«Ach was!» Nandou runzelte die Stirn. «Da gibt es nicht viel zu erzählen. Wir haben gesungen und gekämpft und gesiegt, jedenfalls fürs erste. Jetzt tun andere das gleiche.»

«*Vive Hernani*!» rief Jeanne.

«*Vive la République!*» Nandou sprang auf einen Stuhl, spießte eine

Scheibe Schinken auf seine Gabel und schwenkte sie über seinem Kopf wie eine Fahne. Jeanne sprang lachend auf und marschierte, die Marseillaise singend, um den Tisch herum.

Ihre Ausgelassenheit und ihre Leidenschaft waren ansteckend wie immer. Gabrielle marschierte hinter Jeanne her und stimmte in den Gesang ein. Aber mit einem Mal beschlich sie das Gefühl, nicht dazuzugehören, sondern draußen zu stehen, die Nase an die Scheibe gedrückt, und einen Zwerg zu sehen, der mit einer Scheibe Schinken in der Luft herumfuchtelte, und eine Frau, die sehr schön war, gewiß, aber die manchmal in Männerkleidern herumlief und Zigarren rauchte, die fluchte wie ein Fuhrknecht, wenn sie zornig war... Warum mußten sie sich immer so auffallend benehmen? Warum ein so verrücktes Leben führen? «Salons» für Boulevardschauspieler geben, die von der Hand in den Mund lebten, aber mit einer Grandezza auftraten, als gehörte ihnen halb Paris. Wie wäre ein Leben mit einem normal aussehenden Vater und einer Mutter, die «Mama» genannt werden wollte und nicht «Jeanne» und die sich kleidete und benahm, wie es sich gehörte?

Mit Eltern wie den Vérons vielleicht.

Abrupt hörte Gabrielle zu singen auf; nie zuvor waren ihr solche Gedanken durch den Kopf gegangen. Aber sie hatte das Gefühl, als hätten sie schon immer in ihr gesteckt und nur auf Freilassung gewartet. Die Vérons, sagte sie sich, waren wahrscheinlich ausgemachte bürgerliche Heuchler und Spießer. Sie ging zum Fenster und schaute hinaus.

Hinter ihr wurde es plötzlich still. «Was ist?» fragte Jeanne. «Was ist los, Gabrielle?»

«Nichts», antwortete sie, ohne sich umzudrehen.

«Das glaube ich dir nicht», sagte Jeanne.

«Gabrielle Corday», befahl Nandou mit gespielt strenger Stimme, «drehen Sie sich um, blicken Sie dem Tribunal der Wahrheit ins Auge.»

«Ich gehorche, o Herr», antwortete sie, auf seinen Ton eingehend. Und als sie sich umdrehte, waren sie dieselben wie immer: zwei Menschen, die sie liebte und verehrte, Nandou stark und klug und wundersam in seiner Zwergenhaftigkeit, ihre Mutter Schutz und Zuflucht in ihrer Schönheit und Eigenart. Sie wünschte sich, sie würden wieder lachen und singen, damit sie sich ihnen anschließen und ihre Schuldgefühle vergessen konnte.

«Ich möchte hinaus», sagte sie, «und mit den Arbeitern kämpfen. Ich möchte auch auf die Barrikaden. Ich möchte alles sehen. Wir könnten doch alle drei hinausgehen, oder nicht?»

«Aber ja!» rief Nandou sofort. «Auf die Barrikaden.»

«Kind!» Jeanne eilte mit ausgebreiteten Armen durch das Zimmer. «Du kannst nicht auf den Straßen kämpfen.» Sie schloß Gabrielle in ihre Arme und drückte sie an sich. «Du mußt auf deine eigene Weise kämpfen, mit deiner Stimme. Die Kunst allein besitzt die wahre Macht, nicht ein selbsternannter Bürgerkönig und seine scheinheiligen bürgerlichen Anhänger, die von Freiheit und Gerechtigkeit sprechen, aber nur Sicherheit wollen. Die Kunst ist die Waffe der Vergeltung gegen diese Leute, gegen das Spießertum, das die Seele zerstört...»

So vertraut war diese Tirade, beinahe beruhigend. Gabrielle legte die Arme um ihre Mutter und lächelte über ihre Schulter hinweg Nandou an. Er erwiderte das Lächeln nicht. «Ich gehe», sagte er. «Der Bürgerkönig kann ohne einen kräftigen Stoß von mir nicht stürzen.»

«Sei vorsichtig», mahnte Jeanne. «Du bist kein junger Mann mehr.»

«Aber auch kein alter.» Er packte seinen Schirm und stach damit in die Luft.

Stunden später kam er nach Hause, verdreckt und durchnäßt, aber mit glühendem Gesicht. «Er hat abgedankt!»

Arbeiter starben; Soldaten starben. Der Mob riß die Tore der Tuilerien ein und stürmte in den Park. Der König ließ sich seinen Schnurrbart abrasieren, verkleidete sich als einfacher Engländer namens ‹Smith› und floh über den Kanal. Die neue Republik wurde auf der Place de la Bastille ausgerufen.

Schauspieler sangen ihrem Publikum die Marseillaise und den *Chant du Départ*. Jeanne ergänzte ihr neues Stück mit republikanischen Ideen, die jetzt hoch im Kurs standen. In den Journalen war die politische Karikatur wieder erlaubt. «Schaut euch das an», rief Nandou und wies auf eine Zeichnung von Daumier: Ein Straßenjunge räkelte sich auf dem Thron, als gehöre er dorthin, und sagte: «Mann, ist das ein feines Leben!» Ein dutzendmal zitierte Nandou an diesem Tag den Satz und lachte herzhaft dazu.

Er brachte Gabrielle zurück zu Martinelli. Und selbst dort hatte die Politik Einlaß gefunden, wie sie feststellte. Der Professor berichtete von ähnlichen Aufständen in Venedig und Mailand – in der ganzen Welt, wie es schien –, und die anderen Schüler, die, welche Paris nicht verlassen hatten, fürchteten, daß ihre Zukunft von der heraufziehenden wirtschaftlichen Krise beeinträchtigt werden würde. Überall in Paris sah man Gruppen von Arbeitern, die rauchend, Karten spielend, Zeitung lesend und debattierend herumsaßen. Waren sie Helden oder Terroristen? Niemand schien darauf eine klare Antwort zu haben, nicht einmal Nandou und Jeanne. Nie wußte man, ob der nächste Tag friedlich verlaufen oder neuen Aufruhr bringen würde.

Gabrielle hatte mit ihrem eigenen inneren Aufruhr zu kämpfen. Seit sie einmal angefangen hatte, ihre Eltern in einem neuen Licht zu betrachten, konnte sie es nicht mehr lassen. Sie war wie besessen von dem Drang, sie zu verstehen. Warum stürzten sie sich in alles mit solcher Intensität? Wie hatten sie sich überhaupt gefunden? Sie hatte so eine Ahnung, daß sie einander im Theater kennengelernt hatten, konnte sich aber nicht erinnern, ob sie ihr das tatsächlich erzählt hatten. Immer wieder nahm sie sich vor, sie zu fragen; immer wieder unterließ sie es in der Erkenntnis, daß sie in Wirklichkeit etwas ganz anderes wissen wollte und fürchtete, die Frage würde ihr ungewollt über die Lippen springen: «Jeanne, wieso hast du einen Zwerg gewählt? Liebt ihr euch – auch körperlich?»

Sie betrachtete ihre Mutter, strahlend und schön, das Gesicht ruhig und gefaßt. Wie kommt es, dachte sie, daß ich manchmal, wenn ich unversehens ins Zimmer komme und du allein bist, einen Ausdruck solcher Traurigkeit auf deinem Gesicht erblicke? Wie kommt es, daß Nandou manchmal fortgeht und die ganze Nacht ausbleibt, daß sein Gesicht manchmal wie versteinert ist und ich dennoch das Zittern unter der Maske spüre? Was geht zwischen euch beiden vor?

Sie fröstelte. «Was ist denn, Kind?» fragte Jeanne sofort.

«Ach, nichts.»

Nandou hob den Kopf über seinem Suppenteller und sah sie mit dem alten Lächeln aus ihrer Kinderzeit an.

Am nächsten Tag in der Schule fragte sie ihre Freundin Amélie Véron, ob sie glaube, daß ihre Eltern das Bett teilten. «Ach, schon seit Jahren nicht mehr», antwortete Amélie unbekümmert. «Mein Vater hat eine Mätresse, weißt du. Mama tut so, als hätte sie keine Ahnung, aber er hat seine Geliebte schon seit einer Ewigkeit. Donnerstags führt er sie immer in die Oper. Wenn ich also mein Debüt an einem Donnerstag geben muß, wird das ein bißchen brenzlig werden.» Sie lachte, und Gabrielle lachte mit ihr, aber ohne Erheiterung.

Am Abend erzählte sie beim Essen Nandou und Jeanne die Geschichte. «Siehst du nicht, was das ist?» fragte Jeanne. «Das ist das typische Spießerverhalten. Das findest du überall in Paris.»

«Nicht nur beim Bürgertum», bemerkte Nandou. «Der Adel ist auch nicht besser.»

«Aber die Adeligen sind wenigstens ehrlich», warf Jeanne ein. «Die geben sich gar nicht die Mühe, als tugendhaft dazustehen. An Scheinheiligkeit ist das Bürgertum von niemandem zu übertreffen.»

«Außer von einem König», sagte Nandou.

Außer von eurer Tochter, dachte Gabrielle, die sich des Tages erinnerte, als Jeanne ihr gesagt hatte, daß sie und Nandou nicht verheiratet waren. Enttäuscht und verständnislos hatte sie gefragt, warum nicht. «Weil die Ehe nichts als ein Deckmantel für Heuchelei und Grausamkeit ist», hatte Jeanne geantwortet. Aber Nandou und Jeanne waren weder heuchlerisch noch grausam, warum also hatten sie nicht geheiratet? Wenigstens um ihrer Tochter willen. Schämte sich ihre Mutter, die Ehefrau eines Zwerges zu sein?

Aber nein, niemals schämte sich ihre Mutter Nandous; nur sie, Gabrielle, tat das. Der innere Aufruhr ließ nicht nach; und der äußere flammte immer wieder auf.

Im Mai gab es neue Unruhen, die rasch niedergeschlagen wurden, und im Juni, als die Zahl der Arbeitslosen weiter gestiegen war, füllten sich die Straßen über Nacht mit Tausenden bewaffneter Rebellen.

Nach vier Tagen hatte die Gewalt ein Ende. Doch nur wenige Wochen später, als die Pflastersteine noch die Spuren des vergossenen Bluts trugen, brach in der Stadt die Cholera aus.

Wenn man die Fenster offen ließ, wehte der Gestank herein – brachte vielleicht die Krankheit mit –, darum ließen sie sie geschlossen und versuchten, sich mit Fächern Kühlung zu verschaffen. Jeanne lief nur im Unterrock und einer alten Bluse herum. Nandou band seine Hemdzipfel hoch, so daß darunter sein flacher, muskulöser Bauch zu sehen war. Gabrielle saß soviel wie möglich am Klavier und studierte *La Sonnambula* und *I Puritani*, um sich auf das neue, wunderbare Leben vorzubereiten, in das die Musik sie einführen würde. Jeanne arbeitete an Änderungen ihres neuen Stücks, in dem Nandou eine interessante, wenn auch nicht tragende Rolle bekam. Nandou las das Manuskript vor, und sie diskutierten über die Echtheit und innere Logik der Personen und über die Zukunft des französischen Dramas. Es hätte in seiner Vertrautheit beruhigend wirken müssen. Doch wenn Gabrielle Nandou ansah, schien ihr, als betone der entblößte Bauch noch die Kürze seiner Arme. Und wenn Jeanne den Unterrock raffte, um ihre Beine zu kühlen ... Warum konnten sie sich nicht wie normale Menschen benehmen? Warum konnte sie selbst diese unloyalen Gedanken nicht abstellen? «Ach, ich will endlich mal wieder raus!» rief sie.

«Bald», versprach Jeanne. «Die Cholera geht vorüber. Wir haben sie das letzte Mal heil überstanden, und wir werden sie auch diesmal überstehen.»

Eines Tages kam ein Bote, zum Schutz gegen die Cholera trug er eine Maske über dem Gesicht, und brachte einen Brief von Martinelli: Das *Théâtre Italien* würde jetzt, da die Cholera am Abklingen war, seinen vollen Spielplan wieder aufnehmen. Bedauerlicherweise waren zwei Sopranistinnen der Seuche erlegen. Wenn Gabrielle sich am folgenden Tag beim Direktor melden würde, könne sie fast sicher mit einem sofortigen Engagement rechnen.

«Mama!» rief Gabrielle aufgeregt und las Jeanne und Nandou den Brief vor. Als sie fertig war, packte Nandou Gabrielle und tanzte mit ihr durch die ganze Wohnung. Aber als sie schließlich lachend und außer Atem vor Jeanne halt machten, sagte diese: «Wir müssen vernünftig sein. Es ist zwar eine phantastische Chance, aber du mußt auf sie verzichten, Gabrielle.»

«Wie meinst du das? Warum denn?»

«Kind», sagte Jeanne, «du kannst doch nicht aus dem Haus gehen, während in der Stadt noch die Cholera wütet.»

«Sie wütet nicht mehr. Sie ist am Abklingen.»

«Aber sie ist noch nicht vorbei. Martinelli selbst schreibt hier, daß zwei Sängerinnen daran gestorben sind.»

«Ich sterbe nicht, Mama. Das ist meine große Chance, und ich lasse sie mir nicht entgehen, nur weil du Angst um mich hast», erklärte Gabrielle. «Du hast immer Angst um mich. Ich weiß überhaupt nicht, warum. Aber du kannst mich nicht vor allem beschützen.»

«Nandou!» rief Jeanne hilfesuchend, aber er sah sie nur mit einem seltsamen Lächeln an.

«Wenn ich mir als Sängerin einen Namen machen will, muß ich morgen ins *Théâtre Italien*. Und du kannst mich nicht zurückhalten.»

«Das werden wir ja sehen, verdammt noch mal!»

«Ich gehe, Mama.»

«Jeanne», sagte Nandou sanft, «erkennst du nicht deine eigene Stimme wieder, wenn sie aus dem Mund deiner Tochter kommt?»

Jeanne schleuderte Martinellis Brief zu Boden und ließ sich in einen Sessel fallen. «Also gut», sagte sie resigniert. «Aber auf der Straße mußt du einen Schleier tragen, Gabrielle. Einen dicken, damit er dich schützt. Ich mache ihn dir.»

An diesem Abend fand Gabrielle lange keinen Schlaf und erwachte dann schon nach wenigen Stunden, ohne zu wissen, warum. Allmählich drangen Stimmen in ihr Bewußtsein. Nandou und Jeanne sprachen in der Küche miteinander, leise, aber scharf im Ton. Sie stand auf und huschte durch den Flur.

«Sie ist siebzehn», hörte sie Nandou sagen. «Hast du vergessen, daß du in ihrem Alter schon Mutter warst?»

«Glaubst du, ich wünsche ihr ein Leben wie meines?»

Ein Stuhl knarrte. «Du kannst sie nicht vor dem Leben schützen.»

«Ich spreche vom Tod. Vom Tod durch die Cholera.»

«Nein, du sprichst vom Leben. Glaubst du, ich möchte sie nicht vor seinen Gefahren beschützen – so wie ich dich beschützen wollte? Ich konnte es nicht, und du wirst es auch nicht können.»

Stille. Sie wußte, daß jetzt wieder einer dieser Blicke zwischen ihnen hin und her ging, die sie nie verstand, und das brennende Verlangen, zu sehen, was vorging, wenigstens einmal vielleicht zu begreifen, zog Gabrielle zur Küche.

Ihre Mutter sagte: «Ich kann niemals vergessen, daß ich sie beinahe verloren hätte.»

«Aber es droht jetzt keine Gefahr mehr von ihm.» Nandous Stimme war schneidend. «Er hat sich seit Jahren nicht mehr gerührt. Kannst du denn nicht endlich vergessen?»

«Erwartest du etwa, daß ich diesem Schwein verzeihe?»

«Nein. Ich wünsche dir von Herzen, daß du endlich aufhörst, an ihn zu denken.»

Ihre Mutter schrie plötzlich auf. «Gabrielle!» Und Gabrielle merkte erst jetzt, daß sie, ohne sich dessen bewußt zu sein, durch die Tür getreten war. «Was tust du hier?» fragte Jeanne.

«Ich hab euch gehört.»

Nandou saß an dem kleinen Tisch, ihre Mutter stand am Schrank. «In was für einer Gefahr war ich?» fragte Gabrielle. «Hat mir jemand etwas Böses getan?»

Jeanne sah Nandou an. Er zog die Brauen hoch, ohne etwas zu sagen. «Vor langer Zeit hat einmal jemand versucht, dich uns zu rauben», erklärte Jeanne langsam. «Ich kann es nicht vergessen. Vielleicht möchte ich dich darum allzu sehr behüten. Ich kann es nicht ändern.»

«Mich wollte jemand rauben? Entführen, meinst du?»

Jeanne nickte. «Erinnerst du dich, daß du einmal in einem großen, eleganten Haus warst? Und daß du in einem großen Korb aus dem Haus hinausgetragen wurdest?»

«Nein.» Sie fand die Vorstellung, daß man versucht hatte, sie zu entführen, faszinierend. Aber sie merkte, daß es besser war, das nicht zu sagen. «Wer wollte mich denn entführen?» fragte sie. «Und warum?»

Jeanne strich sich das Haar aus dem Gesicht. «Jemand, dem ich vertraute und der glaubte, ein Problem, das er selbst geschaffen hatte, dadurch lösen zu können, daß er dich mir wegnahm.»

«Dann war es also ein Mann?»

«Die Einzelheiten brauchen dich nicht zu interessieren, Kind, und ich möchte auch nicht über sie sprechen. Ich hasse die Heuchelei, die sich hinter der Fassade bürgerlicher Ehrbarkeit versteckt, weil ich selbst unter ihr gelitten habe. Niemand ist mir so verhaßt wie die Leute, die verraten, was für sie angeblich den höchsten Wert besitzt.»

Gabrielle wurde einiges klar. Sie verstand endlich, warum ihre Mutter von den sogenannten guten Bürgern nichts wissen wollte: Einer von ihnen hatte sie offensichtlich aufs gemeinste verraten. Sie war gleichzeitig erleichtert, daß sie endlich begriff, und wütend, daß jemand es gewagt hatte, ihrer Mutter weh zu tun. Sie lief zu Jeanne und umarmte sie stürmisch. «Ich räche dich!» versprach sie. «Ich kämpfe gegen die Heuchelei und gegen alle, denen Freiheit und Gerechtigkeit nichts bedeuten, denen nur ihre eigene Sicherheit wichtig ist.»

Und wenn ich das tue, dachte sie, kann ich vielleicht für alle meine schlimmen Gedanken Wiedergutmachung leisten.

Hinter ihnen sagte Nandou wieder, wenn auch sehr trocken diesmal: «Na Jeanne, erkennst du jetzt deine Stimme, die aus dem Mund deiner Tochter spricht?»

Ihre ersten Partien sang sie in komischen Opern. Die Kritiker vermerkten «den reinen und silberhellen Klang» ihrer Stimme, ihre «gefällige Erscheinung» und die «überzeugende Art ihrer Darstellung». Sie liebte die fieberhafte Atmosphäre hinter der Bühne, die erwartungsvolle Stille vor den ersten Tönen aus dem Orchestergraben, das Spiel auf der Bühne, den Applaus – aber nicht das Lampenfieber vor dem Auftritt, den Schweiß und die Schminke in den Kostümen, das tyrannische Auftreten der Dirigenten.

Jeannes neues Stück war gut aufgenommen worden, auch wenn es nicht so erfolgreich war wie *Der Zwergenfürst* – keines ihrer Stücke hatte je wieder so eingeschlagen –, und oft kamen Jeanne oder Nandou oder beide in die Oper, um sich hinter der Bühne Gabrielles Vorstellung anzusehen. Hinterher sagte Nandou: «Nicht übel», und erklärte ihr, welche ihrer Bewegungen am besten gewesen waren. Jeanne nahm sie einfach in den Arm und flüsterte: «Meine kleine Nachtigall.»

Der Blick in die Vergangenheit, den Gabrielle sich ertrotzt hatte, ließ ihr keine Ruhe. Wenn sie sich in ihrer kleinen Garderobe schminkte oder hinter der Bühne auf ihr Stichwort wartete, versuchte sie, sich vorzustellen, auf welche Weise ihre Mutter verraten worden war, und die Handlung der jeweiligen Oper pflegte sich mit ihren Phantasien zu vermischen. Vielleicht hatte ihre Mutter einen mittellosen Mann gekannt, der vorgegeben hatte, ein Adliger zu sein, und als sie die Wahrheit über ihn ans Licht gebracht hatte, hatte er sie mit der Entführung ihres Kindes strafen wollen. Oder vielleicht hatte er ihre Mutter geliebt und war, als sie sich für Nandou entschieden hatte, so unglücklich und verletzt gewesen, daß er das Kind, das sie mit Nandou hatte, stehlen und mit einem Wechselbalg vertauschen wollte. Diese letzte Phantasie faszinierte sie besonders. Manchmal kam sie ihr sogar in den Sinn, wenn Nandou mit ihr probte. Sie hörte ihm zu – «du mußt immer nach der inneren Wahrheit der Person suchen, die du verkörpern willst» – und beobachtete, wie er sich allein durch Gesten und Bewegungen in die Person verwandelte, die er darstellen wollte, und zugleich schossen ihr alle möglichen Fragen durch den Kopf: War er der Grund für den Verrat an Jeanne gewesen? Was, wenn sie selbst ein Zwergen-Kind bekommen sollte? Wie sollte sie das je ertragen? Warum nur konnte sie sich von diesen quälenden Gedanken nicht befreien?

Die Monate vergingen, sie bekam größere Rollen, sang mit mehr Sicherheit, und in ihrer Garderobe wurden die ersten Blumen abgegeben, versehen mit den Karten von Männern, die sie nicht kannte und die später unweigerlich hinter der Bühne erschienen. Ihre Mutter, die sich damit abgefunden zu haben schien, daß sie ihren eigenen Weg ging, hatte ihr prophezeit, daß es geschehen würde. «Sie werden dir erklären, sie hätten sich unsterblich in dich verliebt, sie werden dich umwerben, dich zum Essen einladen, dich anflehen, mit ihnen in ein Séparée zu kommen, nur für eine Stunde. Laß dich ruhig umwerben, Kind, aber glaub ihnen nicht. Alle ihre Erklärungen sind nichts als Heuchelei, die nur darauf abzielen, dich einzulullen. Laß dich nicht von ihnen ausbeuten. Laß dich bewundern, aber laß sie nicht in dein Leben.»

Einmal trat Nandou bei einem solchen Vortrag ins Zimmer. Jeanne bemerkte ihn nicht. Während sie sprach, verdunkelte sich sein Gesicht immer mehr. «Erzähl ihr nicht solche Dinge, Jeanne», sagte er schließlich.

«Wieso nicht?» Jeanne fuhr herum. «Hast du vergessen, daß sie wahr sind? Möchtest du, daß sie auf die gleiche Weise lernt wie ich?»

Ihre Blicke kreuzten sich, dann zuckte Nandou die Achseln und ging hinaus.

«Es gibt Dinge, die versteht nicht einmal Nandou», sagte Jeanne und tätschelte Gabrielle die Hand. «Die verstehen nur Frauen.»

Gabrielle lächelte. Ihre Mutter hatte sie eine Frau genannt; sie würde sich den Namen verdienen.

Gabrielle schlief in ihrem Zimmer und träumte einen Traum von Erfolg. Jeanne lag im Halbschlaf, Bruchstücke eines Theaterstücks im Kopf, ein Lächeln auf den Lippen, obwohl die Gedanken, die es hervorgerufen hatten, schon verflogen waren. Nandou lag auf seinem Bett, starrte in die Dunkelheit und dachte, wenn Fidèle noch am Leben wäre, könnte er es ertragen. Die Katze würde sich an ihn schmiegen und ihn mit ihrem warmen beruhigenden Schnurren trösten. Aber Fidèle war tot. Eines Tages, es war nun schon einige Jahre her, hatte sie sich auf schwachen Beinen in eine Ecke verkrochen, um zu sterben. Er hatte den kleinen weißen Leichnam in den Hof hinunter getragen und dort begraben. Dann war er bis zum Morgen umhergelaufen, am Ende zu der noch immer im Schmutz erstickenden Straße, in der ein junges Kätzchen ihm vor die Füße gesprungen war und ihn zu Jeanne geführt hatte.

Ohne Fidèle hatte er dem schrecklichen Verlangen nichts mehr entgegenzusetzen als seinen Willen. Manchmal verflüchtigte es sich und schwebte irgendwo in der Dunkelheit. Am Ende kapitulierte er und ging zu ihr.

«Jeanne», sagte er mit der erstickten Stimme, die sie das erste Mal am Morgen nach jenem lang vergangenen *mardi gras* gehört hatte.

«Komm herein», sagte sie leise.

Er schloß die Läden, ehe er zum Bett ging, und er sagte nichts; für ihn mußte es ein Akt des Schweigens und der Dunkelheit sein. Auch sie wagte nichts zu sagen, aus Furcht, er würde antworten und von Verachtung reden.

Hinterher saß er von Selbsthaß gequält auf dem Rand ihres Betts und sagte tonlos: «Es ist nicht gut für dich, so zu leben, Jeanne. Warum suchst du dir nicht einen Liebhaber?»

Als sie nicht antwortete, fügte er hinzu: «An Bewerbern mangelt es weiß Gott nicht.»

«Dann wird Gott auch wissen, daß ich keinen Liebhaber will.»

«Aber warum nicht?»

«Ich – weiß nicht», antwortete sie.

«So ist doch das Leben. Jede Frau in Paris hat einen Liebhaber.»

«Und jeder Mann eine Geliebte. Es heißt, Victor Hugo habe Hunderte. Warum hast du dann keine?» Schweigen. «Wir sind nicht so wie jeder Mann und jede Frau in Paris, nicht wahr?» Immer noch Schweigen. «Wenn ich mir wirklich einen Liebhaber nehmen würde, würdest du behaupten, ich täte es nur, um meine Verachtung für die Welt zu demonstrieren, der er angehört. Aber ich kann nicht mit einem Mann schlafen, den ich verachte.»

Nandou sagte noch immer nichts.

«Ich muß mich an seinem Gespräch und an seinem Witz erfreuen können. Ich muß seinen Mut und seine Zuverlässigkeit bewundern, etwas Reines in seiner Seele spüren können. Ich weiß nicht, warum, aber so ist es nun einmal. Vielleicht haben mich die vielen Jahre im Dreck der Straßen gegen den Dreck des Geistes allergisch gemacht.»

Er fürchtete, sie könne spüren, wie er zitterte. Als sie nach seiner Hand griff, nahm er schweigend seine Kleider und ging hinaus. Er schwor sich, nie wieder zu ihr zu gehen, und wußte doch, daß er den Schwur nicht würde einhalten können.

12

Louis Vollard stellte fest, daß seine Hand absolut ruhig war, als er nach dem Messingknauf griff, die Tür öffnete und ins Speisezimmer trat. «Guten Morgen», sagte er zu Edmée, die am Tisch saß und ihren Kaffee trank. Sie sah frisch aus und immer noch sehr schön.

«Guten Morgen.» Ihre Stimme war kühl. «Ich hörte dich gestern abend nicht kommen, darum nahm ich an, du würdest heute morgen nicht herunterkommen.»

«Du hast dich getäuscht, wie du siehst.»

«Ja.»

Louis schenkte sich an der Kredenz Kaffee ein und trug ihn zum Tisch. «Ich lasse dir etwas zu essen bringen», sagte Edmée.

«Nein, danke.» Beinahe hätte er eine angewiderte Grimasse geschnitten.

Sie beobachtete ihn eine Weile schweigend, während er langsam den lauwarmen, starken Kaffee trank, dann sagte sie: «Wieso ist die Natur eigentlich so gut zu dir, Louis? Ganz gleich, was du deinem Körper an Exzessen zumutest, du siehst so blendend aus wie eh und je.»

Er zuckte die Achseln. In den achtzehn Jahren ihrer Ehe, in denen sich jeder von ihnen auf seine eigene Insel zurückgezogen hatte und sie sich nur noch durch die Liebe zu ihrem Sohn Marc verbunden fühlten, hatte sie niemals aufgehört, Fragen zu stellen, auf die es keine Antwort gab.

Mit einem Seufzer griff sie zu dem kleinen Terminkalender, der neben ihrer Tasse lag. «Wir haben für Mittwoch Opernkarten, und am Donnerstag sind wir bei den Girardins eingeladen. Ein musikalischer Abend – Madame Girardin hatte gehofft, Chopin könnte spielen, aber er ist offenbar zu krank. Darf ich mit deiner Begleitung rechnen?»

«Aber selbstverständlich.» Louis stand halb von seinem Stuhl auf und machte eine spöttische Verbeugung, die ihm gleich leid tat. Am besten wurde man mit diesen Anspielungen auf vergangene Versäumnisse fertig, wenn man sie einfach ignorierte und neutralen Boden aufsuchte. «Du bist wohl froh, wieder in Paris zu sein», sagte er.

Sie und Marc waren gerade erst von einem ausgedehnten Aufenthalt im Landhaus ihrer Eltern zurückgekehrt. Sie waren vor den Unruhen in der Stadt dorthin geflüchtet, aber nun schien die Ordnung endlich wiederhergestellt, wenn auch auf eine Art und Weise, die viele überrascht hatte: Bonapartes Neffe, Prinz Louis Napoleon, war aus dem Exil zurückgekehrt und kürzlich zum Präsidenten der neuen Republik gewählt worden.

«Es war schön zu reisen», antwortete Edmée gleichmütig, «und es war schön zurückzukommen.»

«Die Pflastersteine sind inzwischen fast überall wieder verlegt und die Gaslaternen repariert. Das Leben in der Stadt ist beinahe wieder normal.»

«Und wie steht es um die Republik? Mein Vater sagte, die Aufständischen wären Diebe und Mörder und müßten samt und sonders guillotiniert werden. Als ich sagte, daß ich zwar ihre Mittel nicht billigen könne, aber angesichts ihrer Situation ein gewisses Verständnis für sie hätte, nannte er mich übergeschnappt.»

«Ich verstehe nicht, wieso du überhaupt mit deinem Vater streitest, Edmée.»

«Es war kein Streit. Ich hoffe, ich habe inzwischen gelernt, wie sinnlos es ist zu streiten.»

Zum ersten Mal, seit er das Zimmer betreten hatte, sahen sie einander direkt an. Im allgemeinen vermieden sie es beide, aber manchmal, wenn sie sich ins Gedächtnis rufen mußten, warum es besser war, einander nicht anzusehen, begegneten sich ihre Blicke, und er sah in ihren Augen die kühle Verachtung und die Resignation, die auf ihre Weise schlimmer waren als Schmerz und Zorn.

«Hat es dir denn überhaupt nichts bedeutet?», hatte sie vor Jahren bitter gesagt, als er das erste Mal mehrere Tage und Nächte nicht nach Hause gekommen war. Sie hatte an ihrem Schreibtisch gearbeitet, als sie ihn hörte; sie kam zur Tür ihres Zimmers, in irgend etwas Hellgelbes gekleidet, einen Brieföffner in der Hand. «All deine Beteuerungen, daß dein Leben sich durch das Kind verändern wird, daß du endlich wieder mit Hingabe und Leidenschaft malen wirst – das war alles nichts als leeres Gerede?» Ihre Stimme war leise, ihr Ton beherrscht, aber sie drehte unaufhörlich den Brieföffner, bohrte seine Spitze mit der einen Hand in die Fläche der anderen – «ist jetzt der Kognak die große Offenbarung für dich?» –, bis plötzlich Blut auf das blaßgelbe Kleid tropfte und sie mitten im Wort verstummte. «O Gott, Edmée, warte, ich helfe dir.» – «Nein!» hatte sie geschrien – zum ersten Mal hatte er diesen schrecklichen Schrei gehört – und die Tür zugeschlagen. Er war in sein Zimmer gegangen, hatte im Spiegel das Gesicht über dem Halstuch betrachtet, das, wie er sich vage erinnerte, um einen nackten Schenkel gebunden gewesen war, und hatte sich geekelt vor dem, was er sah. Nie wieder! hatte er sich geschworen. Ich werde nur noch zum Essen trinken, ich werde jeden Tag malen, ich werde wieder der sein, der ich einmal war ... Und er hatte es geschafft. Immer wieder, über Monate; einmal sogar ein ganzes Jahr, und die Veränderung wäre von Dauer gewesen, wäre nicht sein Vater gestorben und hätte nicht seine Mutter von ihm verlangt, noch mehr von seiner Zeit der Firma zu widmen. Und wäre er nicht zu der Erkenntnis gelangt, daß er niemals würde sagen können, ich gehe fort, ich werde malen, nur noch malen – weil er nicht gut genug war. Er hatte sein altes Leben wiederaufgenommen, es war zu neuen Szenen gekommen, und Edmées Stimme war mit jedem Mal kühler und distanzierter geworden, bis sie am Schluß überhaupt nichts mehr gesagt, sondern sich nur umgedreht und die Tür geschlossen hatte, wenn sie ihn sah.

Er entzog ihr seinen Blick. Sie hob ihre Kaffeetasse und trank.

«Gehst du heute morgen in die Firma?» fragte sie.

Er war entschlossen gewesen zu gehen. Jetzt sagte er: «Das glaube ich nicht.»

«Was hast du vor?»

«Ich weiß noch nicht.»

«Gut.» Ihre Stimme war sachlich. «Ich muß heute deine Mutter besuchen, und Tante Madeleine, wenn mir noch Zeit bleibt.»

Louis verdrehte die Augen. «Wie kannst du nur? Sie ist doch gräßlich.»

«Ja, aber sie tut mir leid, krank wie sie ist.»

«Weil du die reinste Heilige bist.»

«Warum sagst du so etwas, Louis?»

«Warum nicht?»

«Ich bin bestimmt keine Heilige. Und ich habe den Eindruck, es ist von dir auch nicht unbedingt als Kompliment gemeint.»

«Ich bin schlicht neidisch.»

Nach einem kurzen Schweigen sagte sie: «Ich glaube, wir sollten Nicolas und Joséphine einmal zum Essen bitten.»

«Warum denn? Du hast doch für Joséphine sowieso nicht viel übrig, und Nico sehe ich jeden Tag in der Firma.»

«Es wäre eine Beleidigung, die Frau deines Bruders nicht wenigstens ab und zu einzuladen.»

Louis packte plötzlich der Zorn, nicht nur über ihre Tugendhaftigkeit, sondern auch darüber, daß sie sie bestritt. Niemals konnte er ihr sagen, sie solle aufhören, sich mit ihrer Tugendhaftigkeit zu brüsten, weil sie es nicht tat; aber gerade darum war er sich ihrer um so stärker bewußt.

«Ist dir nicht gut, Louis?»

«Doch, doch.» Tatsächlich jedoch schien es zu heiß im Zimmer zu sein, oder zu kalt, oder sein Halstuch saß zu eng.

«Würde dir der nächste Sonntag passen?»

«Wofür?»

«Nicolas und Joséphine.»

«Ganz wie du willst.» Er schob seine Tasse weg. «Wo ist Marc?» Er hatte etwas mit seinem Sohn zu besprechen, etwas, das er seit Wochen immer wieder aufgeschoben hatte.

Ein Lächeln verjüngte Edmées Gesicht. «Ich glaube, er schläft noch. Du weißt ja, in zwei Tagen muß er zurück in die Schule.»

«Ich gehe zu ihm hinauf», sagte Louis.

«Tu das. Da wird er sich freuen.» Als er fast an der Tür war, sagte sie: «Louis?» Er blieb stehen. «Du bist ein guter Vater.»

Er hätte nicht gedacht, daß die Worte ihn so erfreuen würden. Und er ärgerte sich über seine Freude. «Marc ist ein guter Sohn», erwiderte er kurz.

Als er oben vorsichtig Marcs Zimmertür öffnete, sah er den Jungen noch im Nachthemd im Schneidersitz auf dem Bett sitzen und lesen.

«Guten Morgen, Marc. Deine Mutter dachte, du schliefst noch.»

«Papa!» rief Marc überrascht. «Ich bin früh aufgewacht. In der Schule hasse ich das frühe Aufstehen, aber ich kann's mir anscheinend nicht mehr abgewöhnen.»

Louis atmete tief. Dieses Zimmer war für ihn stets wie ein Hauch frischer Luft. Dann setzte er sich zu Marc auf das Bett. Er war ein ruhiger, verschlossener Junge, hatte Edmées Augen und lockiges hellbraunes Haar.

«Was liest du da?» fragte Louis.

«*Die drei Musketiere*. Das ist so ein schönes Buch, Papa. Wie die drei zusammenhalten – das sind echte Freunde... Weißt du, daß der Sohn von Monsieur Dumas auf meiner Schule war?»

«Nein, das wußte ich nicht. Freust du dich wieder auf die Schule?»

«Es geht so.» Marc streckte die Beine aus und wackelte mit den Zehen. Er war noch sehr kindlich, dachte Louis, obwohl sein Körper sich gestreckt hatte und die ersten Anzeichen des Stimmbruchs sich bemerkbar machten. «Eigentlich mag ich die Schule», sagte er, «obwohl die meisten anderen sie überhaupt nicht mögen. Die sagen alle, ich nähme sie viel zu ernst.»

«Und – tust du das?»

«Ich weiß nicht. Aber ich glaube, ich kann es nicht ändern. So bin ich nun mal.»

«Aha, du bist schon jetzt ein Fatalist, hm?»

Marc sah ihn mit plötzlicher Spannung an. «Papa, glaubst du, ein Mensch kann sein Wesen verändern?»

Louis hatte Mühe, ein unbefangenes Gesicht zu machen. Bezog sich die Frage auf sein eigenes Verhalten? Konnte ein halbwüchsiger Junge ohne Lebenserfahrung so direkt zum Kern vorstoßen: Ist man für immer in dem Teufelskreis gefangen, Gelöbnisse abzulegen, nur um sie wieder zu brechen? Muß man sich ewig mit dem Wissen quälen, daß man besser sein könnte, als man ist, soviel besser, wenn man nur... Marcs Blick ließ ihn nicht los.

«Es ist schwierig, sich zu verändern», sagte Louis langsam. «Aber wenn man nicht lockerläßt, wenn man daran glaubt, daß es möglich ist... Das scheint nicht die Antwort zu sein, die du haben wolltest.»

Marc seufzte. «Ich wollte die Wahrheit wissen, Papa.» Er drehte sich weg, um das Buch zur Seite zu legen. Ein paar Bögen Papier fielen heraus, die er unter das Kopfkissen schieben wollte. Aber Louis hielt ihn davon ab. «Zeig mal. Skizzen? Wovon?»

«Ach, nur ein paar Szenen aus dem Buch. Und eine von einem Schulkameraden.»

Louis sah sie sich alle aufmerksam an. «Einige davon sind wirklich gut, Marc. Vielleicht waren die Tage in meinem Atelier nicht verschwendet. Weißt du noch?»

«Aber ja.» Marc lächelte, und mit dem Lächeln entschwand aller früher Ernst aus dem kindlichen Gesicht.

«Ich weiß es auch noch», sagte Louis. Ein kleiner Junge auf einem Höckerchen neben ihm, mit baumelnden Beinen, das Kinn in beide Hände gestützt; ein kleiner Junge voller Fragen; über die Palette, die Pinsel, die Kreiden, die Anordnung der Farbtuben... In jenen Jahren war Louis viel in seinem Atelier gewesen, morgens und an den Wochenenden, und durch die Anwesenheit des Kindes hatte er sich lebendig gefühlt – gereinigt. Er war glücklich gewesen. Aber viel zu bald war Marc ihm von einer Gouvernante entführt worden, dann war er zur Schule gekommen, und im kalten Licht der Einsamkeit waren die Leinwände tot gewesen; dann war sein Vater gestorben; und eines Tages war das Verlangen, für ein paar Tage einfach zu verschwinden, übermächtig geworden.

«Hör mal, Marc», sagte er. «Ich könnte dir einiges zeigen, wenn du möchtest. Im Atelier. Und sobald das Wetter schön wird, können wir ins Freie hinausgehen, aufs Land vielleicht.»

«Ach ja, bitte», sagte Marc mit leuchtenden Augen. «Wie alt warst du, als du zu malen angefangen hast?»

«Ich kann mich nicht genau erinnern. Onkel Claude hat mich zu einigen Ausstellungen mitgenommen, und als ich ungefähr fünfzehn war, traf ich jemanden, der an der Akademie studierte. Er machte mich mit einem Maler bekannt, bei dem ich dann mehrere Jahre arbeitete.»

«Warum hast du nicht 1848 im Salon ausgestellt? Sie hätten dich...» Marc brach ab.

«Du meinst, sie hätten meine Bilder nehmen müssen?» Zum zweiten Mal in seiner Geschichte war der Salon in jenem Jahr allen Malern geöffnet gewesen. Über 4500 Gemälde waren eingereicht worden. «Ich habe nicht ausgestellt, weil ich es überheblich von mir gefunden hätte.»

«Aber Papa, du bist doch...»

«Laß gut sein», unterbrach ihn Louis. Es war Zeit, zur Sache zu kommen. «In deinem Alter lernte ich erst einmal andere Seiten des Lebens kennen. Mein Vater führte uns, erst deinen Onkel Nicolas, dann mich, in ein Haus, in dem wir lernten, wie – was es heißt, ein Mann zu sein.» In einem rot ausgeschlagenen Zimmer, von einer Frau namens Ninette, zu der Louis' Vater mit gekünstelter Nonchalance, die gar nicht seinem Wesen entsprach, gesagt hatte: «Ninette, *ma chérie*, das ist mein Sohn. Ich möchte gern, daß du heute abend seine Führerin bist.» Eine üppige Frau, der das weiße Fleisch aus dem scharlachroten Mieder und unter den schwarzen Strumpfbändern hervorquoll. «Das gleiche muß ich jetzt für dich tun», sagte er behutsam zu Marc. «Verstehst du mich?»

«Ja.» Tiefe Röte überzog Marcs Gesicht.

«Du bist noch nicht mit einer Frau zusammengewesen?»

«Nein.»

«Dann gehen wir morgen abend.»

«Morgen?» Marcs Stimme klang hoch und dünn.

«Hast du Angst, mein Junge?»

«Ich – ja.»

Einen Moment lang war Louis versucht zu sagen, zum Teufel mit den Autoritäten. Aber das wäre Marc gegenüber nicht fair gewesen. Ein Vater hatte die Pflicht, seinen Sohn vor der Sünde der Selbstbefriedigung zu bewahren, und das gelang nur, wenn man ihn in die Freuden der Liebe einführte. Er hatte es schon viel zu lange hinausgeschoben, ohne Grund eigentlich. Ein Widerwille hatte ihn davon abgehalten, den er selbst nicht verstand. «Es ist ganz natürlich, daß du nervös bist», sagte er zu Marc. «Aber du brauchst wirklich keine Angst zu haben.»

Er wählte ein Haus, das er selbst selten aufsuchte. «Ihr Sohn?» sagte Madame. «Seine erste Erfahrung? Reizend. Bei uns ist er bestens aufgehoben.» Sie ließ eine Frau namens Arlette holen, so üppig wie damals Ninette, mit rotem Mieder und roten Strumpfbändern und stark geschminktem Gesicht. Als sie Marc sah, stahl sich eine Spur mütterlicher Fürsorglichkeit in ihr geschäftsmäßiges Lächeln.

Zu viert setzten sie sich mit Kognak in den Salon, aber während die anderen drei schwatzten, blieb Marc stumm. Schließlich nickte Madame einmal kurz.

«Marc», sagte Arlette und stand auf, «kommst du mit?»

Marc sah seinen Vater so flehentlich an, daß Louis unwillkürlich sagte: «Morgen fangen wir mit der Arbeit im Atelier an, wenn du willst.»

«Ja, bitte», sagte Marc mit starren Lippen.

«Warum an morgen denken», bemerkte Arlette, «wenn die Nacht noch so jung ist? Komm.» Sie nahm Marc bei der Hand. Als er mit ihr aus dem Zimmer ging, hob er den Kopf und straffte die Schultern.

«Keine Sorge», sagte Madame. «Arlette kann gerade mit den Schüchternen sehr gut umgehen.»

Louis hielt ihr sein Glas hin, um sich noch Kognak einschenken zu lassen.

«Und wie steht es mit Ihnen?» fragte sie. «Ich habe ein neues Mädchen, eine Schwedin, blond und...»

«Nein», sagte Louis. «Heute abend nicht.»

Die Frau nickte beifällig, und obwohl Louis wußte, daß es ihr Geschäft war, allen Launen der Kunden entgegenzukommen, fühlte er sich irgendwie beruhigt.

«Haben Sie Lust auf ein Kartenspiel, während Sie warten?» fragte sie.

Sie zogen sich in ihr Zimmer zurück, das ganz in Rosarot gehalten war, und Louis führte das Kognakglas nur halb so oft zum Mund, wie es ihn eigentlich gelüstete, da er entschlossen war, klar und nüchtern zu sein, wenn Marc zurückkam.

Um vier Uhr, oder vielleicht war es auch fünf – es war auf der Uhr schwer zu erkennen – läutete eines der sechs Glöckchen an Madames Wand. «Na also», sagte sie. «Ihr Sohn hat es geschafft.»

Louis legte Geld auf den Tisch. Madame sackte es mit flinker Hand ein.

Selbst im warmen Schein der rosarot beschirmten Lampen wirkte Marc bleich. Arlette saß auf einem Sofa und zupfte schon wieder an ihrem Mieder und ihrem roten Haar. «Gute Nacht, Mademoiselle», sagte Marc zu ihr. Sie tätschelte ihm lächelnd den Arm.

Der Himmel über den Dächern war blaßgelb, von weißen Lichtstreifen durchzogen. Irgendwo rollte klappernd ein Wagen durch eine Straße. «Von jetzt an...» begann Louis und brach ab, als Marc gekrümmt zur Gosse in der Mitte der Straße rannte. Er begann zu würgen, und Louis lief zu ihm, um ihm zu helfen, aber der Junge schrie schluchzend «Nein!» und stieß ihn weg.

Endlich richtete sich Marc auf, wischte sich das Gesicht mit dem Taschentuch und kam langsam zu Louis zurück. Seine Augen waren rot und feucht. «Entschuldige, Papa. Ich habe anscheinend zuviel Kognak getrunken.»

«Zweifellos», sagte Louis und hätte am liebsten geweint, obwohl er nicht wußte, warum. Marcs Gesicht war eine einzige stumme Bitte, nichts zu sagen, darum schwieg er, und sie gingen ohne ein Wort zu wechseln nach Hause.

Die Theater waren jeden Abend voll, aus den Cafés schallten Stimmengewirr und Gelächter, die Gaslichter brannten hell auf dem Boulevard. Wieder einmal hatte Gabrielle den Eindruck, die Stadt spiegele ihre Stimmung. Sie hatte einige wichtige neue Partien bekommen: die Marie in *Die Regimentstochter* und die Rosina in *Der Barbier von Sevilla*, an denen sie arbeitete, als gälte es ihr Leben. Weder Jenny Lind noch Henriette Sontag brauchten sie zu fürchten, schrieben die Kritiker, aber sie bewunderten ihre Arpeggiopassagen und ihre Staccati und lobten immer wieder ihre gefällige Erscheinung, ihr schönes Gesicht, die feurigen dunklen Augen. Sie würde ein großer Opernstar werden, wie ihre Mutter prophezeit hatte.

Die Arbeit war hart, dafür waren andere Dinge leicht: einen Mann anzulächeln, der sie in ihrer Garderobe aufsuchte; ihm kokette Blicke zuzuwerfen; vielleicht ein- oder zweimal mit ihm zu dinieren, wenn er einem gefiel; und ihm schließlich, wenn er einen mit schmachtendem Blick ansah, mit Bedauern zu sagen, daß man seine Gefühle nicht teile und in Zukunft seine Einladungen nicht mehr annehmen könne. Oft waren sie jung, diese Verehrer: manchmal hatte Gabrielle das Gefühl, daß sie alle – auch sie selbst – ein Spiel spielten, wie früher in der Schule.

Das Beste an dem Spiel war, ihrer Mutter davon erzählen zu können. «Es läuft alles genau so ab, wie du immer gesagt hast. Sie beteuern mir, ich sei die schönste Frau von Paris, sie schicken mir Blumen – an einem Abend bekam ich vier Rosensträuße! –, sie laden mich ein und schwören mir, daß sie mich lieben. Und wenn ich ihnen sage, daß ich die Heuchelei hinter ihren Liebeserklärungen durchschaue und nicht bereit bin, mich zu ihrem Vergnügen ausbeuten zu lassen – oh, du solltest ihre Gesichter sehen, Jeanne!»

«Ich weiß», sagte Jeanne. «Ich weiß.» Und dann drückte sie Gabrielle die Hand.

Eines Abends wurde ihr ein wunderschönes Blumenarrangement gebracht und ein kurzer Brief. «Ihre Darbietung hat mir ungemeines Vergnügen bereitet. Bitte nehmen Sie diese Blumen als bescheidenen Dank von einem Bewunderer, der lieber unbekannt bleiben möchte.» Eine Woche später kam ein weiteres Bukett mit einem ähnlichen Schreiben. «Für eine hinreißende Frau und Sängerin von einem glühenden Bewunderer.» Nachdem sie etwa ein halbes Dutzend dieser Botschaften erhalten hatte, begann ihre Neugier sich zu regen. Als sie Jeanne davon erzählte, machte diese einen Moment ein nachdenkliches Gesicht, dann sagte sie: «Dieser Mann ist nur raffinierter als die meisten anderen, weiter nichts. Wenn er sich dir endlich zeigt, wird er glauben, du hättest dich bereits Hals über Kopf in ihn verliebt. Um so mehr wird es ihn treffen, wenn du ihm sagst, daß seine ausgeklügelten Bemühungen umsonst waren.»

Wochen vergingen, und es kamen immer nur Blumen und Briefchen. Gabrielle begann, den Absender für sich als Monsieur X zu bezeichnen. Eines Abends, als sie nach der Vorstellung in ihre Garderobe zurücklief, weil sie ihre Handschuhe liegengelassen hatte, trat ein Mann aus den Schatten neben dem Bühneneingang.

«Mademoiselle Corday», sagte er, «ich kann nicht länger der unbekannte Bewunderer bleiben. Der Zauber Ihrer Kunst und Ihrer Persönlichkeit haben mich besiegt.»

Er war um einiges älter als sie und sah sehr gut aus. Ohne es eigentlich zu wollen, nahm sie seine Einladung zum Essen am folgenden Abend an und ging drei Tage später erneut mit ihm aus. Er sagte, seinen Namen wollte er ihr erst verraten, wenn sie gute Freunde geworden seien. Sie sei für ihn, erklärte er, die Verkörperung der zwei Dinge, die er am höchsten schätze, Unschuld und Schönheit. Dabei nahm er ihre Hand und küßte ihr Handgelenk. Sie beschloß, noch einmal mit ihm auszugehen, um sich die Vorfreude auf den Moment zu verlängern, da sie ihm sagen würde, daß sie ihn nicht wiedersehen wollte.

Sie ließ sich von ihm nach Hause fahren. Als sie aus dem Wagen stieg, beugte er sich aus dem Fenster, umfaßte ihre Hand und küßte sie noch einmal.

Der Wagen fuhr ab. Sie eilte zur Haustür, lächelnd in der Gewißheit, daß sie nicht mehr zu diesen jugendlichen Naivlingen gehörte, die sie auf der Bühne darstellen mußte. Plötzlich fühlte sie sich grob am Arm gepackt.

«Nandou!» schrie sie auf. «Du tust mir weh! Was machst du überhaupt hier draußen?»

«Ich beobachte Dinge, die ich nicht glauben kann.»

Es war still im Zimmer. Nur das Kratzen der Feder und das Ticken der Uhr waren zu hören, das eine so sprunghaft wie das andere gleichmäßig. Jeanne schrieb eilig, hielt inne, starrte ins Leere, legte die Feder nieder, nahm sie wieder zur Hand. Sie schrieb, weil sie nicht schlafen konnte, solange Gabrielle nicht zu Hause war; weil Nandou auf einem seiner nächtlichen Streifzüge unterwegs war; weil Schreiben eine Notwendigkeit für sie geworden war, einziges Mittel, ihrem Innersten Stimme zu geben. Sie starrte in die Ferne, sah plötzlich sich selbst an jenem Tag, als sie auf dem Boulevard ein paar Münzen erbettelt und ihr erstes Märchenstück gesehen hatte. Dann schüttelte sie den Kopf und schrieb weiter in ihrem Tagebuch.

‹Ich habe das Gefühl, daß ich mich verändere, wie das Theater selbst vielleicht, und die Richtung noch nicht erkenne, in die diese Veränderung führen wird. Immer hat mich der Geist der Romantik bei meiner Arbeit geleitet. Ich werde niemals akzeptieren, daß er tot ist, aber es ist vielleicht wahr, daß er schwerfällig und träge geworden ist.

Hätte ich mir jemals träumen lassen, daß ich das schaffen würde, was ich heute erreicht habe? Acht Stücke auf dem Boulevard, eines davon ein überwältigender Erfolg, keines ein Mißerfolg. Und wenn ich hundert Stücke schreibe, jedes Mal wieder werde ich verblüfft sein, daß ich das kann – daß ich die Bilder meiner Phantasie anderen mitteilen kann. Das ist eine Art der Kommunikation, die intimer ist als körperliche Vertraulichkeit, denn seinen Körper kann man geben, ohne sich hinzugeben, nicht aber die inneren Bilder.›

Sie blickte auf das Geschriebene hinunter, legte die Feder weg und stand auf. Ich habe alles, dachte sie, während sie im Zimmer auf und ab ging. Eine geliebte Tochter, Erfolg, einen Mann, von dem ich mir nicht mehr treue Zuneigung und Verständnis wünschen könnte. Sie ließ sich auf ihr Bett fallen und drückte das Gesicht in beide Hände. Sie haßte diese Momente, in denen ihr Körper plötzlich dem Geist den Gehorsam verweigerte und sich in schmerzlicher Sehnsucht aufbäumte; in denen Erinnerungen an die Wonnen, die er einmal gekannt hatte, ihr Blut erhitzten, und das Verlangen, in Liebe zu verbrennen, sie peinigte.

Und immer waren diese Sehnsüchte an ein Gesicht, einen Körper gebunden. Sie liebte Louis nicht mehr; sie haßte ihn. Aber was sie erfahren hatte, hatte sie einzig durch ihn erfahren. Und da diese Erfahrungen sich mit keinem anderen Mann verknüpfen ließen, drangen sie in seiner Gestalt in ihre Träume ein, selbst nach so vielen Jahren noch. Der Haß auf ihn war das einzige Mittel, die Erinnerungen auszutreiben, aber sie kamen immer wieder, Hydrenköpfe der Sehnsucht. Und dafür vor allem haßte sie ihn.

Sie stand vom Bett auf, kehrte zu ihrem Tagebuch zurück, tauchte die Feder ins Tintenfaß. ‹Warum weigert sich der Körper, dem Willen zu gehorchen?› schrieb sie. ‹Warum kann man sich, wenn man zu dem Schluß gekommen ist, daß gewisse Dinge gut und erstrebenswert sind, nicht zufriedengeben?›

Warum suchst du dir nicht einen Liebhaber?

Sie hatte Nandou die Wahrheit gesagt, sie wußte es selbst nicht. Etwas in ihrem Inneren – tief in ihrer Seele, wo die bedeutenden Entscheidungen ihres Lebens getroffen wurden, die sie bestimmt hatten, Nandou in ein anderes Leben zu folgen, mit Louis zu leben, das Geld der Vollards auszuschlagen, ihr jetziges Leben ganz zu leben – hatte sich geweigert, auch nur einen der Männer, die ihr im Lauf der Jahre ihr Begehren gezeigt hatten, in Betracht zu ziehen.

Sie konnte nur mit Nandou sein. Aber er stillte die schmerzliche Sehnsucht nicht.

Hätte sie sprechen dürfen, wenn er zu ihr kam, hätte sie nicht gewußt, daß er den Schutz des Schweigens brauchte, sie hätte ihm gesagt, daß seine Körperlichkeit sie mit Zärtlichkeit erfüllte – daß sie ihn vor den spöttischen Blicken der Welt schützen und den Schmerz lindern wollte, den die Menschen seiner Seele zugefügt hatten. Aber das konnte sie einem Mann, der so stolz und so verschlossen war wie er, nicht sagen. Sie konnte nur mit der Wärme ihres Körpers antworten und sich im stillen danach sehnen, er möge sie als seinesgleichen behandeln – einen Menschen, den er in Schwingungen hätte versetzen können, wenn er nur nicht vorausgesetzt hätte, sie könne gar nichts für ihn empfinden. Es war seine Selbstverachtung, die vor allem zwischen ihnen stand. Aber wie hätte sie ihm das sagen können? In der Nacht, als er sie gefragt hatte, warum sie sich nicht einen Liebhaber suchte, hatte er praktisch das einzige Mal überhaupt nach einer Umarmung mit ihr gesprochen, und gerade als sie in der Hoffnung, seinen Panzer zu durchdringen, nach seiner Hand gegriffen hatte, war er gegangen.

Am nächsten Tag war er förmlich und distanziert gewesen, bis sie allmählich zu ihrem normalen Miteinander zurückgefunden hatten. Jedes Mal war das so. Niemals war er unpersönlicher als nach dem Zusammensein mit ihr: als erfordere die körperliche Nähe, die er sich erlaubt hatte, die Buße geistiger Distanz.

Warum mußte er sich für sein Verlangen nach ihr verachten? Warum nahm er nicht das, was sie ihm geben konnte und mit Freuden gab, ohne sich zu quälen, weil er unfähig war, Leidenschaft in ihr zu wecken?

Und warum konnte sie selbst sich nicht mit dem zufriedengeben, was sie bekam?

Sie sah, daß sie, ohne es zu merken, eine Rose in ihr Tagebuch gezeichnet hatte, und dachte an die weißen Rosen, die zu jeder Premiere eines neuen Stücks von ihr gekommen waren. Die Begleitkarten – ‹Erlauben Sie mir, Ihnen weiterhin Glück und Erfolg zu wünschen› oder ‹Mit allen guten Wünschen und in Bewunderung› – hatten immer dieselbe Unterschrift getragen: ‹Nicolas Vollard›. Zweimal war er kurz hinter die Bühne gekommen, um sich nach ihrer «bezaubernden Tochter» zu erkundigen, hatte ihr dann die Hand geküßt und war wieder gegangen.

Warum nimmst du dir keinen Liebhaber?

Sie sah zu, wie ihre Hand die Worte niederschrieb, als gehöre sie nicht zu ihr. Dann tauchte sie die Feder wieder ein und löschte mit dicken schwarzen Strichen den Satz und die Rose aus.

‹Nimm es, wie es ist›, schrieb sie und unterstrich die Worte. Da sprang die Wohnungstür auf, und sie hörte Nandous und Gabrielles erregte Stimmen. Sie trocknete das Geschriebene mit Löschpapier, klappte das Tagebuch zu und sperrte es in ihren Schreibtisch.

Als sie durch den Flur ging, hörte sie Gabrielle sagen: «Deine Schuhe sind völlig verdreckt. Warum läufst du draußen herum, wenn sie gerade frisch geteert haben?»

«Ich laufe herum, wann und wo ich will, da können sie modernisieren, soviel sie wollen. Wechsle du jetzt nicht das Thema.»

«Bitte! Du hast mich so grob gepackt, daß es mir weh getan hat.»

«Das wollte ich nicht. Aber ich war so entsetzt, dich mit diesem Kerl zu sehen ...»

«Ach, willst du mir vielleicht verbieten, mit Männern auszugehen?»

«Wenn du diesen Menschen noch ein einziges Mal wiedersiehst, bringe ich dich eigenhändig aus Paris weg, und zwar für immer. Das kannst du mir glauben, Gabrielle. Versprich mir, ihn nie wiederzusehen.»

«Nein!» Das klang wütend. «Ich bin alt genug ...»

«Was ist denn los?» rief Jeanne, als sie das Wohnzimmer erreicht hatte. «Was ist passiert?»

Sie drehten sich beide ruckartig nach ihr um: Nandou keuchend, in den schäbigen alten Kleidern, in denen er auch heute noch manchmal durch die Stadt streifte, Gabrielle in einem elfenbeinfarbenen Seidenkleid, den Hut noch in der Hand, die Lippen zornig aufeinander gepreßt.

«Sagt mir jetzt sofort, was los ist», verlangte Jeanne.

Gabrielle warf ihren Hut auf den Tisch und öffnete die Knöpfe ihres Capes. «Überhaupt nichts ist los, außer daß Nandou verrückt spielt», erklärte sie wütend. «Ich habe mich von einem Verehrer nach Hause fahren lassen, das ist alles. Ich habe dir von ihm erzählt, Jeanne – der, der mir immer die Blumen geschickt hat, ohne sich zu erkennen zu geben. Er hat sich endlich doch gezeigt. Ich war ein paarmal mit ihm beim Essen. Er benimmt sich genau so, wie du es vorausgesagt hast, und ich werde ihm demnächst in aller Freundlichkeit sagen, daß mir leider überhaupt nichts an ihm liegt und ich auf ihn und seine heuchlerischen Anträge dankend verzichte.» Sie sah Jeanne erwartungsvoll an. «Ich verstehe Nandous Reaktion überhaupt nicht.»

«Frag sie, wer der Mann ist», sagte Nandou.

«Ich hab dir doch gesagt, daß ich seinen Namen nicht weiß.»

«Es ist Vollard», sagte Nandou. «Ich habe sein Gesicht im Lampenlicht ganz deutlich gesehen.»

Nur ein Gedanke schoß Jeanne durch den Kopf: Ich hätte es wissen müssen. Die Blumen – ich hätte es wissen müssen. Er schickt sie wahrscheinlich vielen Frauen. Während sie seine weißen Rosen in ihr Tagebuch gezeichnet hatte, hatte er ihrer Tochter den Hof gemacht.

Sie betrachtete Gabrielle, als sähe sie sie zum ersten Mal: das hübsche Gesicht, die glänzenden Augen. Wie jung sie war.

«Wie hast du ihn kennengelernt?» fragte Jeanne.

«Er wartete eines Abends am Bühneneingang.»

«Ist er dir – zu nahe getreten?»

Gabrielle hob trotzig den Kopf. «Das würde ich nie zulassen. Ich möchte ihm nur ...»

«Herrgott noch mal, Jeanne!» rief Nandou.

«Warst denn nicht du derjenige», schrie sie zurück, «der gesagt hat, sie müsse ihr eigenes Leben führen?» Sie zog ihren Schal fester um sich und sagte ruhiger: «Gabrielle, es wäre nicht gut für dich, diesen Mann wiederzusehen.»

«Wieso? Wer ist er? Was ist denn so schlimm an ihm?»

«Er ist ... er ist ein typischer Bourgeois, ein Bankier mit einem beträchtlichen Vermögen. Er wohnt in der Rue ...»

«Nicht Nicolas», fiel Nandou ihr ins Wort. «Es war sein Bruder.»

«Louis?» fragte Jeanne ungläubig. Nein, das war nicht möglich. «Louis», sagte sie noch einmal, lauter, und diesmal glaubte sie es. «Dieses gottverdammte Schwein!»

«Mama!» Gabrielle lief erschrocken zu ihr.

«Nein!» stieß Jeanne hervor, und Gabrielle blieb verwirrt stehen. Jeanne holte ein paarmal tief Atem, ehe sie sagte: «Damit es ganz klar ist – du siehst ihn nicht wieder, unter keinen Umständen. Niemals.»

Mit einem Ausdruck im Gesicht, den Jeanne bei ihrer Tochter nie zuvor gesehen hatte, versetzte Gabrielle: «Dann solltest du mir sagen, warum. Du bist völlig außer dir, und schon aus diesem Grund muß ich wissen, wer dieser Mann ist und was er getan hat.»

Jeannes Lippen waren trocken. «Nein. Glaub mir, Gabrielle, ich weiß, was in dieser Sache für dich das beste ist. Laß dir einfach gesagt sein, daß du ihn nicht wiedersehen darfst.»

«Du willst doch jetzt nicht anfangen, mich wieder wie ein Kind zu behandeln? Ich brauche nicht mehr behütet und gegängelt zu werden. Ich dachte, darin wären wir uns einig gewesen.»

Darum, dachte Jeanne, sah sie so anders aus: Sie sprach von Frau zu Frau und nicht mehr von Tochter zu Mutter.

«Gabrielle», sagte sie, «hat dieser Mann dir gesagt, daß er verheiratet ist?»

Gabrielle sah sie verdutzt an. «Nein, aber das habe ich mir gedacht. Das ist doch typisch für diese Männer – sie spielen die Ehrbaren, obwohl sie es gar nicht sind.»

«Das ist richtig.»

«Mama, ich habe dich noch nie so außer dir gesehen», sagte Gabrielle. «Ich glaube nicht, daß der einzige Grund dafür die Tatsache ist, daß der Mann verheiratet ist. Was weißt du noch von ihm?»

«Die Details spielen keine Rolle.»

«Ach nein?» Sie fuhr herum. «Dann sag du sie mir, Nandou.»

Er schüttelte den Kopf. «Das ist Sache deiner Mutter.»

Gabrielle sah ihre Mutter herausfordernd an. «Ist er der Mann, der mich damals entführen wollte? Der dich verraten hat?»

Jeanne warf Nandou einen flehenden Blick zu, doch der konnte ihr diesmal nicht helfen. Ja war so gefährlich wie nein; sie pendelte zwischen beiden, bis ihr fast schwindlig war.

Gabrielle, die sie scharf beobachtete, sagte: «Er muß es sein, ich spüre es.»

Jeanne nickte wortlos.

«Aber das ist doch ideal!» rief Gabrielle triumphierend. «Fast wie aus einem deiner Stücke, Mama. Die Tochter wächst heran und rächt ihre Mutter und sich selbst. Wenn ich ihn das nächste Mal sehe und zurückweise, werde ich ihm sagen, wer ich bin. Stell dir nur einmal vor, wie er...»

«Nein, Gabrielle! Nein!»

«Und warum nicht?»

Die einzige Rettung war Schweigen.

«Wenn du es mir nicht sagst», erklärte Gabrielle entschlossen, «frage ich eben Monsieur Vollard selbst.»

Schweigen. Gabrielle wandte sich wieder Nandou zu. Sein breites Gesicht verriet nichts. «Nandou», sagte sie, «du weißt, was damals geschehen ist. Du mußt es wissen. Bitte sag es mir.»

Er hob eine Hand, und einen Moment überkam Jeanne die verrückte Hoffnung, er würde mit einem seiner Taschenspielertricks die ganze Szene verschwinden lassen. Aber er machte nur eine hilflose Geste.

«Verlang das nicht von ihm», sagte Jeanne. «Wenn es dir jemand sagen muß, kann nur ich es sein.»

«Gut. Ich warte, Mama.»

Jeanne drehte ihr Haar zu einem Knoten zusammen und ließ ihn wieder auseinanderfallen. «Louis Vollard ist dein Vater, Gabrielle.»

Im ersten Moment reagierte Gabrielle überhaupt nicht. Dann drehte sie sich wie eine Schlafwandlerin nach Nandou um. «Nicht du?»

«Nein.»

«Das verstehe ich nicht. Du hast doch immer so getan – du hast nie – ich glaubte immer...»

«In meinem Herzen warst du immer mein Kind», sagte er.

«Aber...» Sie sah aus wie eine Zehnjährige, verwirrt und den Tränen nahe.

«Ach, Liebes.» Jeanne lief zu ihr. Aber als sie sie erreichte, war das Kind nicht mehr da. Vor ihr stand eine Frau, die nicht in den Arm genommen werden wollte, die sagte: «Dann habt ihr mich beide mein Leben lang belogen. Immer habt ihr davon geredet, daß die Wahrheit auf der Bühne unerläßlich ist, aber im wirklichen Leben habt ihr mir die Wahrheit vorenthalten. Warum?»

«Papa?» hatte sie als Kind vor Jahren gesagt, als sie sie vom Land zurückgeholt hatten, so wie die Kinder, mit denen sie zusammengelebt hatte, es zu ihrem Vater gesagt hatten. Nandou hatte Jeanne angesehen, als er es hörte, und Jeanne hatte entschieden: «In diesem Haus sagen wir nicht ‹Mama› und ‹Papa›. Du bist jetzt Gabrielle, ich bin Jeanne, und Nandou ist der, der er immer gewesen ist. Weißt du, von wem du deinen neuen Namen hast? Von Nandou. In Wirklichkeit heißt er nämlich Gabriel Corday. Ja, genau wie du.»

Sie hatten niemals behauptet, daß er ihr Vater sei, sie hatten nur zugelassen, daß sie es glaubte.

«Warum?» wiederholte Gabrielle.

«Weil ich dich sehr lieb hatte», antwortete Nandou. «Ich wollte, daß du dich in dieser Liebe sicher und geborgen fühlst.»

«Das habe ich ja auch getan», rief Gabrielle. «Aber ich ...» Ihr Blick flog zwischen beiden hin und her wie der eines gehetzten Tieres. Dann fing sie an zu weinen. Mit einer heftigen Bewegung drehte sie sich um und rannte zwischen Jeanne und Nandou hindurch den Flur hinunter in ihr Zimmer. Die Tür flog krachend hinter ihr zu.

Die ganze Nacht weigerte sie sich, zu öffnen. Als Jeanne am nächsten Morgen in aller Frühe aufstand, war sie fort.

Louis und Edmée saßen allein an dem langen Tisch, in dessen glänzendem Holz sich dunkel Kerzen und Gläser spiegelten.

«Wie schade», bemerkte Edmée, nachdem sie schweigend ihre Suppe gelöffelt hatten, «daß das Palais Royal nicht rechtzeitig für den diesjährigen Salon fertiggestellt werden konnte. Weißt du, wo man ihn abhalten wird?»

«Nein», antwortete Louis. «Ich glaube, sie haben vor, ihn auf Anfang 51 zu verschieben.»

«Wir gehen auf jeden Fall hin, wenn es soweit ist, nicht wahr?» meinte Edmée. «Und wir nehmen Marc natürlich mit.»

«Wenn du möchtest.»

Edmée neigte sich zu ihm. «Es macht mir solche Freude, ihn mit dir zusammen im Atelier zu sehen, Louis.»

Louis lächelte. «Der Junge ist begabt. Sehr begabt.»

«Dann schicken wir ihn doch auf die Kunstakademie!»

«Das wird einen Kampf mit den Großmüttern geben.»

«Aber das ist doch kein Grund, ihm seinen Wunsch abzuschlagen. Wenn er wirklich gut ist, dann sollte er nach Herzenslust malen dürfen.»

Beinahe zu sich selbst sagte Louis: «Ich hätte nie gedacht, daß du dich gegen meine Mutter stellen würdest, Edmée.»

«Für die Menschen, die ich liebe, tue ich alles. Weißt du das nicht?»

Die Stille, die ihren Worten folgte, wurde vom Butler unterbrochen, der mit einem kurzen Klopfen ins Zimmer trat. «Verzeihen Sie, Monsieur, aber draußen ist ein Bote mit einem Brief, den er nur Ihnen persönlich aushändigen möchte.»

Louis legte gereizt seine Serviette nieder und ging ins Foyer hinaus. Sobald ihm der Mann den Brief überreicht hatte, erbrach er das Siegel, das ihm unbekannt war. Das Schreiben war kurz. Er las es dreimal.

«Ist Ihnen nicht gut, Monsieur?» fragte der Butler.

Louis stopfte den Brief in die Tasche. «Bringen Sie mir meinen Mantel und sagen Sie Madame, daß ich weg mußte.»

«Sehr wohl, Monsieur. Soll ich den Wagen vorfahren lassen?»

«Nein. Ich gehe zu Fuß.»

Drei Stunden später verlangte Louis, der betrunken auf einem roten Sofa saß, Schwefelhölzer und einen Aschenbecher. Als eines der leichtgeschürzten Mädchen ihm beides gebracht hatte, zog er den Brief heraus, legte ihn in den Aschenbecher und zündete ihn an. Befriedigt sah er zu, wie er unter den Flammen zu einem Häufchen Asche zerfiel. Doch die Worte behielt er: ‹Louis, Gabrielle Cordays wahrer Name ist Solange Sorel. Solltest Du auch nur einen Versuch machen, Dich ihr noch einmal anzunähern, so bringe ich Dich um, das schwöre ich. J.›

Er fiel schwer in das Sofa, und Tränen rannen über seine Wangen auf das rote Satinkissen.

13

«Sie haßt uns», sagte Jeanne. «Sonst wäre sie nicht gegangen.»

«Nein, sie haßt uns nicht», entgegnete Nandou. «Das kann sie gar nicht.»

«Glaubst du?»

«Bestimmt», sagte er unsicher.

Jeanne, die am Tisch saß, legte den Kopf auf die Arme und weinte. Nandou trat zu ihr und legte ihr leicht die Hand aufs Haar, unfähig, sie zu trösten oder selbst zu weinen. Sein Schmerz war wie ein harter Knoten, der sich nicht auflösen ließ.

Immer wieder sprachen sie es durch, jeden Tag, jede Nacht.

«Wir haben das getan, was für sie am besten war», beteuerte Jeanne, «auch wenn sie das nicht weiß.»

«Natürlich», bestätigte Nandou. «Wir haben nur an sie gedacht.»

«Was hätten wir denn tun sollen – sie in dem Bewußtsein aufwachsen lassen, daß sie ein uneheliches Kind ist?»

«Das wäre grausam gewesen.»

«Und wie hätte ich ihr von Louis erzählen können?»

«Nein, das konntest du nicht.»

Wir haben getan, was für sie am besten war, auch wenn sie es nicht weiß. Sie sagten es sich immer wieder vor – zur eigenen Beruhigung. Aber war es wirklich das Richtige gewesen, da es sie doch fortgetrieben hatte?

Nandou ging zum Théâtre des Italiens und versuchte, sie nach der Vorstellung abzupassen, aber sie sah ihn kalt an und sagte: «Ich möchte nicht mit dir sprechen.» Er senkte den Kopf, und sie fuhr in fremden Wagen davon, die ihm direkt über das Herz zu rollen schienen.

«Warum habe ich ihr die Wahrheit gesagt?» jammerte Jeanne. «Ich hätte mir doch etwas ausdenken können, warum sie ihn nicht wiedersehen darf. In meinen Stücken fällt mir doch auch für alles eine Erklärung ein. Warum fiel mir für meine eigene Tochter nichts ein?»

«Ich war zu hart zu ihr», sagte Nandou. «Ich habe sie die Treppe heraufgeschleift wie eine Verbrecherin. Ich habe ihr gedroht. Ich habe sie enttäuscht.»

Jeanne schrieb ihr einen langen Brief: ‹Ohne Dich ist das Leben leer ... Niemals wollte ich Dir weh tun, ich wollte Dich nur beschützen ... Ich werd Dir nie wieder weh tun, nur komm wieder nach Hause, ich bitte Dich, Gabrielle, mein Kind ...› Der Junge, der den Brief ins Theater trug, brachte ihn ungeöffnet wieder mit. Mademoiselle Corday, sagte er, habe ihn nicht angenommen.

Jeanne ging in ihr Zimmer, starrte auf Gabrielles Bild und weinte eine Stunde lang. Dann trocknete sie sich die Augen, kühlte sie mit Wasser und erklärte Nandou: «Ich werde ihr nicht nachlaufen und betteln. Sie ist diejenige, die gegangen ist.»

«Ich würde betteln», sagte Nandou, «wenn sie mich nur anhören würde.»

Schritt für Schritt fanden sie mühsam in den Alltag zurück. Stunden konnten vergehen, ohne daß sie von ihr sprachen, dann Tage; einmal eine ganze Woche. Aber in ihren Gedanken war sie immer.

Nandou stellte sich vor, wie er Gabrielle eines Tages oder Abends stellen und zwingen würde, ihn anzuhören; wie er sie überzeugen würde, zu ihnen zurückzukehren oder sich zumindest mit ihnen auszusöhnen; wie die ungeweinten Tränen hinter seinen Augen sich endlich Bahn brechen würden.

Jeanne dachte an Louis: Welch eine Genugtuung es wäre, sich an ihm dafür zu rächen, daß er ihr zweimal ihre Tochter genommen hatte, wenn ihr nur etwas einfallen würde – etwas, das ihm nicht nur Schmerz bereiten würde, wie er ihr Schmerz bereitet hatte, sondern ihn auch noch für die Heuchelei seines Handelns, seines Lebens bestrafen würde...

Im Januar des neuen Jahres, 1851, faßte sie einen Plan. Wenn er überhaupt durchführbar war, würde die Verwirklichung viel Zeit brauchen – Monate –, aber spätestens im Herbst würde er reif sein. Und dann würde sie wieder heil sein. Spätestens im Herbst; in nur neun Monaten.

Nandou sah sich den *Barbier von Sevilla* an. Er hatte sich so elegant gekleidet, wie das für ihn möglich war, obwohl er diese Kostümierung nicht mochte, denn im Abendanzug sah er aus wie ein kleiner Junge in Vaters Kleidern. Aber um Gabrielles willen meinte er, das auf sich nehmen zu müssen.

«Wo, in aller Welt, willst du denn hin?» hatte Jeanne ihn gefragt. Als er es ihr gesagt hatte, war ein Funke Hoffnung in ihrem Blick aufgeflammt, aber gleich wieder erloschen.

Während Gabrielle auf der Bühne sang und spielte, versuchte er, ihre Darbietung objektiv zu betrachten. Es war schwierig für ihn, ihren Gesang zu beurteilen; die stimmlichen Bravourstückchen, die sie vollbrachte, beeindruckten ihn, aber er wußte, daß es viele Sopranistinnen gab, die das konnten. Sie hatte eine Begabung für das Komische, sie hatte Temperament und einen natürlichen Liebreiz, der sich in allem äußerte, was sie tat. Die Rosina schien wirklich die ideale Partie für sie. Aber packte sie das Publikum durch ihre Präsenz? Hatte man beim Klang ihrer Stimme das Gefühl, etwas Außergewöhnliches, Unvergeßliches zu hören? Er fürchtete, die Antwort konnte nur nein lauten. Doch mit seiner Liebe zu ihr hatte das nichts zu tun. Er liebte sie, ob sie nun ein strahlender Stern war oder eine kleine Soubrette mit einem hübschen Talent.

Nach der Vorstellung wartete er im Schatten neben der Bühnentür auf sie. Er hatte herausgefunden, wo sie wohnte. Nicht weit vom Theater war ein großes, ziemlich düsteres Haus, in dem mehrere Sänger logierten, unter ihnen auch Amélie Véron. Mit ihr teilte Gabrielle eine Wohnung in der zweiten Etage. Zweimal hatte er sie dort aufgesucht, aber jedes Mal hatte ihm Amélie Véron geöffnet und gesagt, Gabrielle wolle nicht mit ihm sprechen. Aber diesmal würde sie mit ihm sprechen müssen. Er rieb sich die Hände und stampfte mit den Füßen, um warm zu bleiben und sich Mut zu machen.

Die Bühnentür wurde geöffnet, und mehrere Musiker traten heraus.

Schimpfend über die neumodische Sitte, im Abendanzug musizieren zu müssen, machten sie sich auf den Heimweg. «Sollen die Engländer doch ihre Spleens für sich behalten.» – «Ja, wenn man uns so gut bezahlen würde wie die Leute da drüben. Ein Geiger in Covent Garden würde für den Lohn, den ich hier kriege, keinen Finger rühren.»

Wäre nicht *Der Zwergenfürst* gewesen, dachte Nandou, so wäre auch er selbst noch heute in diesem Dilemma von Kunst und Armut gefangen. Er lebte sparsam, ständig erinnert an die Risiken des Theaterlebens durch die mißliche Situation der Kollegen, denen er und Jeanne zu helfen pflegten, aber die chronische Existenzangst war verschwunden. Dank Jeanne. Und dabei hatte er einst geglaubt, *sie* vor der Armut zu retten. Es war nicht das einzige Ironische an ihrer Beziehung.

Wieder öffnete sich die Bühnentür. Eine junge Frau erschien im Lichtschein, und Nandous Herz schlug schneller. Aber es war eine Fremde, die zu den wartenden Wagen ging. Ein Schlag wurde geöffnet, ein Arm erschien, der Frau in den Wagen zu helfen.

Als Gabrielle an jenem Abend aus dem Wagen gestiegen war und Nandou mit angesehen hatte, wie Vollard sich aus dem Fenster beugte und ihre Hand küßte, hatte er Jeanne zu sehen gemeint. Eine Halluzination, hatte er gedacht, heraufbeschworen von dem Verlangen nach ihr, das ihn immer noch nachts auf die Straßen trieb. Dann war der Moment verflogen, und er hatte gesehen, daß es Gabrielle war, nicht ihre Mutter – doch der Mann war eindeutig Vollard gewesen.

Könnte er Gabrielle erklären, was in diesem Moment in ihm vorgegangen war, er wußte, sie würde ihn verstehen. Aber gerade das konnte er ihr nicht erklären: seine fortwährende Eifersucht auf Vollard, der – Gott verdamme seine Seele – fähig gewesen war, in Jeanne eine Leidenschaft zu wecken, die er selbst – Zwerg, sagte er sich scharf, schlag dir diese Gedanken aus dem Kopf.

Wieder fiel ein Lichtkegel aus der Bühnentür. Ein Mann mit einem Cello trat auf die Straße. Aber unmittelbar hinter ihm kam Gabrielle. Sie trug ein schlichtes blaues Kleid unter ihrem Tuch, hatte offensichtlich nicht vor, noch auszugehen. Nandou umfaßte seinen Stock fester, wartete, bis sie ein Stück die Straße hinuntergegangen war, und folgte ihr.

Daß sie so ganz allein durch die nächtlichen Straßen ging! Am liebsten hätte er sie gerufen. Aber er tat es nicht und blieb immer zehn Schritte hinter ihr. Er konnte ihre Gestalt nur undeutlich erkennen, und doch sah er sie ganz klar: den geraden Rücken, den ruhigen Gang, den bei jedem Schritt ein kleiner rebellischer Schwung begleitete...

Wir haben getan, was für sie am besten war, auch wenn sie es nicht weiß.

Sie bog in die schmale Straße ein, in der sie wohnte. Nur der klare Vollmond hoch über den Dächern spendete Licht. Nandou blieb zurück, bis sie sich ihrer Haustür näherte, dann lief er ihr nach. Sie drehte sich um und sah ihn. Das Täschchen, aus dem sie ihren Schlüssel genommen hatte, schnappte mit einem metallischen Klirren zu.

«Gabrielle, du mußt mit mir sprechen», sagte er.

«Warum muß ich das?»

«Weil wir neunzehn Jahre lang in Liebe miteinander verbunden waren. Oder hast du mich gar nicht lieb gehabt?»

«Ich habe dir nichts zu sagen.»

«Dann sage ich eben, was zu sagen ist.» Er hatte es scherzhaft sagen wollen, aber es klang wie ein Befehl. «Laß mich dir sagen, daß du heute abend gut warst. Ich habe mir die Vorstellung angesehen. Du warst wirklich gut. Weißt du noch, wie wir die Rolle zusammen geprobt haben?»

«Ich fühle mich heute abend nicht wohl, Nandou. Deswegen bin ich auch gleich nach der Vorstellung nach Hause gegangen.»

«Und wie oft habe ich mich um dich gekümmert, wenn du dich nicht wohl gefühlt hast?» Sie sagte nichts. «Soll ich betteln, Gabrielle? Soll ich vor dir auf die Knie fallen?» Er kniete auf den holprigen Pflastersteinen nieder, den Stock mit beiden Händen vor sich ausgestreckt. «Bitte, Gabrielle, sprich mit mir. Auch wenn du nicht meine leibliche Tochter bist, warst du im Herzen immer meine Tochter.»

«Steh auf, Nandou. Du machst dich schmutzig.»

«Ich stehe auf, wenn du mir sagst, daß du bereit bist, mit mir zu sprechen.»

Sie seufzte. «Also gut. Wir gehen nach oben.»

In dem großen, freundlich eingerichteten Zimmer, das sie betraten, stand eine junge Frau vom Sofa am Kamin auf und blieb überrascht stehen. «Mademoiselle Amélie Véron», sagte Gabrielle. «Amélie, das ist Nandou.»

Er verbeugte sich. «Wir kennen uns bereits von meinen vergeblichen Besuchen. Es freut mich, daß wir uns jetzt unter freundlicheren Umständen begegnen.»

«Nandou ist auf der Straße gestürzt. Darum sind seine Kleider so schmutzig.»

«Das tut mir leid, Monsieur», sagte Amélie. «Haben Sie sich verletzt?»

«Keine Spur.»

«Amélie, würdest du uns entschuldigen? Wir haben etwas zu besprechen.»

Mit einigen höflichen Phrasen zog die junge Frau sich zurück und schloß die Glastür hinter sich.

Gabrielle legte schweigend Hut und Handschuhe ab und knöpfte ihre Jacke auf. Nandou überfiel plötzlich die Hoffnung, sie trüge die Brosche, die er ihr geschenkt hatte. Sie sagte: «Ich nehme an, du willst mir erklären, warum ihr mich belogen habt. Nun gut. Aber sag mir bitte nicht, daß es zu meinem Besten war.»

Erster Punkt an Gabrielle, dachte Nandou. Wie selbstsicher sie geworden ist. Aber sie ist ja auch im Alter der Allwissenheit; nie wieder ist man so klug, wie man sich mit zwanzig fühlt. Sie schlüpfte aus der Jacke; sie trug überhaupt keinen Schmuck.

Mit dem unterdrückten Ächzen, das ihr so vertraut war, setzte sich Nandou und sah zu ihr auf. «Du hast mich gleich ertappt. Ich bin wirklich gekommen, um dir zu sagen, daß Jeanne und ich um deinetwillen so gehandelt haben – zu deinem Besten. Es ist wahr, aber du willst es nicht glauben, und ich verstehe das. Es ist schwer zu akzeptieren, daß andere wissen sollen, was für einen selbst das beste ist. Darum will ich dir etwas anderes sagen, das auch wahr ist.» Er machte eine kleine Pause. «Warum hast du deiner Freundin eben erzählt, ich wäre auf der Straße gestürzt, obwohl das doch gar nicht wahr ist?»

Ihre Wangen röteten sich im Zorn. Wie früher als Kind. «Willst du damit vielleicht sagen, daß die Situationen vergleichbar sind?»

«Nein, nein. Ich frage nur, warum du deiner Freundin diese kleine Lüge erzählt hast.»

«Weil ich dich nicht in Verlegenheit bringen wollte.»

«Ein Mensch, der aussieht wie ich, ist durch ein bißchen Schmutz auf der Hose nicht in Verlegenheit zu bringen.» Gabrielle zwinkerte verwirrt, dann preßte sie fest die Lippen aufeinander. «War es nicht vielmehr so, daß es dich in Verlegenheit gebracht hätte, die Wahrheit zu sagen?» fragte er. «Deiner Freundin gestehen zu müssen, daß dieser Mensch so wenig Wert auf Äußerlichkeit legt, daß er sich mitten im Straßendreck auf die Knie fallen läßt?»

Gabrielle starrte ihn fasziniert an, wie früher als Kind, wenn er ihr Zauberkunststücke vorgeführt hatte.

«Gabrielle, ich möchte dir nur zeigen, daß man tief drinnen immer lügt, um sich selbst zu schonen. So sehr auch deiner Mutter und mir dein bestes Interesse am Herzen lag, als wir dich belogen, wir logen auch für uns. Wenn sie dich in dem Glauben ließ, ich sei dein Vater, so nicht nur, um dir die Enttäuschung darüber zu ersparen, daß dein leiblicher Vater dich verlassen hatte, sondern auch um sich selbst den Schmerz zu ersparen, es dir sagen zu müssen. Und wenn ich dich in dem Glauben ließ, du seist meine Tochter, so – um mich dem Schmerz zu entziehen, den mir das Wissen bereitete, daß du es nicht bist.»

Sie hob den Kopf auf die gleiche herausfordernde Art wie ihre Mutter. «Du hast eben zugegeben, daß ihr mehr an euch selbst gedacht habt als an mich.»

«Das ist wahr, ja. Wir hätten uns mehr Gedanken darüber machen sollen, wie es dir gehen würde, wenn je die Wahrheit ans Licht kommen sollte.»

«Mama war also Louis Vollards Geliebte?»

«Ja. Aber er verließ sie, kurz nachdem er erfahren hatte, daß sie ein Kind erwartete.»

Gabrielle machte ein Gesicht wie früher, wenn er ihr Gruselmärchen erzählt hatte; voller Angst vor dem, was kommen würde, und doch unfähig, nicht weiter hinzuhören. «Und er wollte mich entführen?»

«Ja.»

«Dann hast du schon wieder gelogen. Eben sagtest du, er hätte mich verlassen. Aber das stimmt gar nicht. Er wollte mich zu sich holen.»

«Nur weil er glaubte, seine Frau könne keine Kinder bekommen. Und ohne jede Rücksicht auf die Gefühle deiner Mutter. Gabrielle, es war eine schreckliche Situation und sehr kompliziert. Sie läßt sich nicht auf eine mathematische Gleichung reduzieren – er tat dies plus das minus jenes. Wenn es so simpel wäre, hätten wir längst mit dir darüber gesprochen.»

In ihrem Gesicht waren soviel Zorn und Verbitterung wie noch nie. «Wie konntet ihr glauben, es sei in meinem Interesse, mich zu belügen? Gerade ihr, die ihr immer sagt, die Wahrheit sei wichtiger als alles andere! Mein Leben lang habe ich geglaubt, daß ihr mir in allen Dingen die Wahrheit sagt, und in Wirklichkeit habt ihr mich belogen und...»

«Hinterher weiß man immer alles besser. Kannst du nicht verstehen, daß wir dich nur schützen und behüten wollten, als du noch ein Kind warst? Und als du älter wurdest, glaubten wir – wir wußten nicht – kannst du uns das nicht verzeihen?»

Er glaubte, sie würde ihn anschreien. Aber als sie sprach, war es nur ein Flüstern. «Ihr habt gelogen. Ihr habt gelogen», sagte sie immer wieder mit vehementer Intensität.

«Kannst du uns denn niemals verzeihen, Gabrielle? Liebst du uns nicht mehr?»

«Doch! Ich liebe euch immer noch!» rief sie in einem Ton, als hasse sie ihn. «Aber die ganze Zeit habt ihr mich – ach, ich kann es dir nicht erklären.» Sie schlug die Hände vor ihr Gesicht.

Er stand auf, ging zu ihr, berührte sachte ihren Arm. «Versuch es, Gabrielle. Ich werde es verstehen. Bestimmt.»

«Nein!» rief sie und riß sich von ihm los. «Nein! Geh weg! Geh, Nandou! Bitte!»

«Für wie lange?» Es gelang ihm, mit ruhiger Stimme zu sprechen.

«Ich muß jetzt meinen eigenen Weg gehen.»

«Das verstehe ich. Du möchtest auf eigenen Füßen stehen. Das ist – bewundernswert. Aber du wirst uns besuchen?»

«Ich weiß es nicht!» Ihre Stimme wurde schrill. «Im Moment will ich jedenfalls keinen von euch beiden sehen.»

«Gut.» Auch wenn er von diesem Abend nichts mitnehmen würde, seine Würde wenigstens würde er behalten. «Wenn du Geld brauchst ...»

«Ich habe genug Geld.»

Er glaubte nicht, daß das der Wahrheit entsprach; sie war kein Star geworden und verdiente wahrscheinlich nur mäßig. Doch er sagte: «Gewiß. Aber ich weiß, wie unsicher eine Künstlerexistenz ist. Wenn du jemals etwas brauchst, ganz gleich, was, dann denk daran, daß deine Mutter und ich immer für dich da sind.» Sie sagte nichts. Er ging zur Tür, öffnete sie und drehte sich noch einmal um. «War es denn so schrecklich für dich zu glauben, dein Vater sei ein Zwerg?»

Ein seltsamer erstickter Laut drang aus ihrem Mund, vielleicht wie das Piepsen eines Vogels, der aus dem Nest gefallen ist. Dann schüttelte sie heftig den Kopf und rannte aus dem Zimmer.

Er war unten auf der Straße, schon ein ganzes Stück von ihrem Haus entfernt, setzte mechanisch einen Fuß vor den anderen, als der Knoten brach. Er lehnte sich trostsuchend an eine Hausmauer und weinte wie nie mehr seit der Nacht, in der Fidèle gestorben war, und aus demselben Grund: Er weinte um etwas, das unwiederbringlich verloren war.

Als er endlich den Kopf hob, schwamm der Mond in Nebeln, und die Straße war ein verwischtes graues Band, auf dem eine schemenhafte Gestalt ihm entgegenzukommen schien. Ein weißes Kätzchen? Oder ein Kind, das mit strahlendem Lachen «Dou?» rief. Er wischte sich die Augen. Nichts war da. Die Straße war dunkel und leer.

«Es hat keinen Sinn», sagte er zu Jeanne, als er nach Hause kam. «Sie ist unglaublich zornig. Und sobald Gefühle für uns in ihr hochkommen, beschwört sie ihren Zorn herauf. Ich glaube, sie hängt noch an uns, ja, ich weiß es, aber auch das macht sie vor allem zornig.»

Jeanne sank in sich zusammen. «Trug sie die Ohrringe, die ich ihr geschenkt habe? Glaubst du, sie trägt sie manchmal? Kommt sie nie wieder zu uns zurück?»

«Jeanne, bitte quäl dich nicht.»

«Du quälst dich doch genauso, aber du weinst nie.»

«Sei da mal nicht so sicher. Die Leute interessiert es nicht, was ein Zwerg fühlt. Er behält es am besten für sich.»

«Ich bin nicht ‹Leute›. Ich bin Jeanne.»

«Ja. Du bist Jeanne.» Er legte ihr die Hand auf die Schulter. Sie legte die ihre darüber. Er spürte ihre Wärme und fühlte, wie das Verlangen erwachte. Er trat von ihr weg. «Ich gehe jetzt zu Bett.» Sie nickte.

Er lag im Dunkeln und kämpfte mit sich. Er hatte gehört, daß Soldaten unmittelbar vor der Schlacht oft von einem heftigen Verlangen nach einer Frau ergriffen wurden, einem Verlangen eigentlich, sich angesichts des möglichen Todes ihrer Lebendigkeit zu vergewissern. Er hatte Gabrielle verloren; er mußte sich vergewissern, daß nicht auch Jeanne ihm verloren war. Er hörte die Glocke zwei schlagen, dann drei. Um vier ging er durch den Flur zu ihrem Zimmer.

Er hörte ihr gedämpftes «Komm herein». Als er eintrat, wollte sie etwas sagen, aber er legte ihr die Hand auf den Mund. Er trank ihren Duft, ihre Wärme, die Berührung ihres Körpers bis zum Rausch, und in der Ekstase wurde alles fortgeschwemmt, selbst Scham und Selbstverachtung. Aber so kurz nur. So kurz. Er ging, wie er gekommen war – schweigend.

Ich tue es nicht, sagte sich Edmée. Nein, es kommt nicht in Frage.

Sie saß allein in ihrem Boudoir, umgeben von den vertrauten Geräuschen, die ihre Tage begleiteten, der diensteifrigen Geschäftigkeit der Domestiken, die das Haus so sorgfältig putzten und pflegten, als hätten sie es mit einem lebendigen Wesen zu tun. Ein Wort aus ihrem Mund genügte, um alle diese Aktivitäten in Gang zu setzen – und wenn sie es ausgesprochen hatte, was blieb ihr dann zu tun, um ihre Tage zu füllen? Wenn ich es täte, sagte sie sich, setze ich vielleicht dies alles aufs Spiel.

Wenn sie es täte, würde sie die Diskretion selbst sein. Das Wissen um das eigene Tun in den Blicken, dem Lächeln von halb Paris zu sehen wie

Spiegelungen in Regenpfützen – nein, sie würde dafür sorgen, daß ihr das nicht geschehen würde. Allerdings – sie allein würde das nicht bestimmen können.

Sie zog eine der kleinen Geheimschubladen in ihrem Schreibtisch auf und nahm einen Brief heraus. Eine elegant geschwungene Schrift. Kostbares Papier.

‹Madame – erbarmen Sie sich meiner Sehnsucht, die mit jedem Tag und jeder Nacht, da sie ungestillt bleibt, nur um so heftiger wird. Werde ich niemals von Ihren süßen Lippen trinken dürfen? Bin ich dazu verdammt, auf ewig in der Kälte Ihrer Ablehnung zu leben?›

Sie war ihm an einem Abend im Frühling bei einem Opernbesuch mit Freunden begegnet. Niemand hatte es bemerkt, als einer der Logenschließer hereingekommen war und ihr diskret ein Briefchen in die Hand gedrückt hatte. Er habe sie seit langem aus der Ferne beobachtet, schrieb der Unbekannte, und könne seinen Wunsch, sie kennenzulernen, nicht länger für sich behalten. Wenn Louis bei ihr gewesen wäre, wenn er in der Nacht zuvor nicht angetrunken nach Hause gekommen wäre, nicht wieder einen seiner guten Vorsätze gebrochen hätte, wenn die Kastanien nicht gerade zu blühen angefangen hätten – wenn, wenn, wenn.

Sie hatte sich mit ihm unter den Arkaden des Palais Royal getroffen. Sie hatten sich in den Geschäften umgesehen, Bücher, Schmuck, Elfenbeinschnitzereien bewundert und über Musik und Literatur gesprochen. Er hatte hellbraunes lockiges Haar und kastanienbraune Augen mit kleinen Lachfältchen, und er sprach mit einer Intensität, die sie faszinierte. Er erinnerte sie an Louis – nicht den Louis ihres heutigen Lebens, sondern an jenen, den sie geliebt hatte, bevor sie ihn geheiratet hatte. Seltsam, sie fühlte nichts als dumpfen Zorn gegen Louis, der sie während ihrer ganzen Ehe immer wieder gekränkt und verletzt hatte, und flirtete doch mit einem anderen Mann, eben weil er sie an Louis erinnerte.

Edmée schob den Brief wieder in die Schublade, lehnte sich zurück und faltete die Hände hinter dem Kopf. Ihre Arme und ihr Busen waren noch straff, ihr Körper noch schlank und grazil. Es reizt mich, dachte sie und war erleichtert, sich das eingestehen zu können. Er hieß Henri. Dem ersten Rendezvous war ein zweites gefolgt, in den Tuilerien-Gärten, dann weitere im Bois, im Louvre, im Jardin des Plantes, immer sehr diskret – sie und Henri hatten nie etwas anderes getan als sich unterhalten. Aber die Gespräche mit ihm waren wundervoll. Er liebte die Musik so sehr wie sie und trat leidenschaftlich für den neuen Klang ein; die Zukunft, meinte er, gehöre Liszt und seinem Kreis. Meyerbeer tat er mit einer wegwerfenden Geste ab; der Italiener, Verdi, würde sie alle übertreffen. «Wenn ich einen Wunsch frei hätte», sagte sie zu ihm, «würde ich mir echte musikalische Begabung wünschen.» Er hatte sie mit einem trägen Lächeln angesehen und leicht ihre Wange berührt. «Und wenn ich einen Wunsch frei hätte...»

Er war als Casanova bekannt; das hatte sie durch vorsichtige Fragen über ihn herausgefunden. Aber er las ihr seine Gedichte mit soviel Gefühl vor. Er tat alles mit Gefühl und Leidenschaft. Manchmal stellte sie sich vor, sie wäre ein Vampir und sauge ihm diese lebenspendende Intensität aus den Adern. Ich möchte sehr gern, dachte sie, aber was ist, wenn etwas schiefgeht?

Wenn sie sich mit ihm treffen wollte, dann um drei in seiner Wohnung in der Nähe des Boulevard des Italiens. Soweit hatte sie zugestimmt. Aber sie hatte sich noch nicht entschieden, ob sie ihn überhaupt treffen wollte.

Sie streckte ihre langen Beine vor sich aus und ärgerte sich über ihren Mangel an Mut, während sie ihre schmalen, feingliedrigen Füße betrachtete. Wenn sie auf etwas stolz war, dann auf ihre langen, wohlgeformten Beine. Albern, denn niemand außer ihrer Zofe und Louis bekam sie je zu sehen, und Louis beachtete sie schon lange nicht mehr. Dennoch, wenn sie zum Ausgehen gekleidet war, gab ihr das geheime Wissen um die Schönheit ihrer Beine Selbstsicherheit. Marc hatte diese wohlgeformten Beine geerbt; schade, daß Kniehosen bei den Männern absolut nicht in Mode waren. Sie lächelte. An so etwas würde Marc gewiß nicht denken. Oder doch? Sie wußte kaum, was in seinem Inneren vorging. Sie sah nur, daß sein ganzes Interesse der Malerei galt; der Politik, Frauen, den Bankgeschäften konnte er nichts abgewinnen, er wollte nur malen. Sie sah ihn vor sich, wie sie ihn oft im Atelier bei der Arbeit gesehen hatte, den Mund leicht geöffnet, die Augen schmal in der Konzentration, einen Ausdruck von Selbstvergessenheit auf dem schönen Gesicht.

Tränen schossen ihr plötzlich in die Augen – Tränen um nichts, oder vielleicht um alles: um eine Ehe, die nie glücklich geworden war, um ihre zurückgewiesene Liebe und ihre Illusionen, deren letzte an dem Tag gestorben war, als sie erfahren hatte, daß Louis sie von Anfang an belogen hatte; um die traurige kleine Rebellion, die sie inszeniert hatte; und, so seltsam es war, um den guten Vater, der Louis geworden war. Um den Louis, der hätte sein können.

Als sie ihn ihren Namen rufen hörte, sprang sie aus dem Sessel. «Was ist denn?» fragte er, ins Zimmer tretend.

Sie zog mit einer Hand ihr Peignoir um sich und tupfte sich mit der anderen die Augen. «Nichts. Es ist so warm, und ich – ich dachte, du wärst in der Firma.»

«Da war ich auch. Aber ich hatte genug.»

Sag, daß du nach Hause gekommen bist, um zu malen, Louis. Dann werde ich nicht zu Henri gehen.

«Nicolas ist nach Rouen gefahren, um einen Abteilungsleiter für die neue Zweigstelle zu engagieren, und in der Firma gibt es nichts, was meine dringende Aufmerksamkeit erfordert», sagte er in spöttischem Ton.

Sag, daß du nach Hause gekommen bist, um mich auszuführen. Dann werde ich nicht zu Henri gehen.

«Wo essen wir heute abend?»

«Bei den St. Cyrs. Wolltest du etwas, Louis?»

«Wollen? Nein. Das heißt – wir könnten ja ein bißchen ausfahren.»

Sie starrte ihn an. Solche Angebote machte er sonst nie. «Ausfahren?»

«Ja, wenn du Lust dazu hast.»

Sie wurde sich plötzlich bewußt, daß sie ärgerlich war; ärgerlich, weil er ihr nicht den Vorwand geliefert hatte, zu Henri zu gehen.

«Ist etwas?» fragte er.

«Nein, nein. Ich kann leider nicht mitkommen, Louis. Ich habe um drei einen Termin bei der Schneiderin.»

Er zuckte die Achseln. «Macht nichts. Es war nur so eine Idee. Dann werde ich dich jetzt nicht länger stören.» Er wandte sich ab und ging hinaus.

Um vier Uhr, als Henri sie im Arm hielt und ihren Hals küßte, wurde ihr plötzlich klar, warum sie so ärgerlich gewesen war: nicht weil Louis es versäumt hatte, ihr einen Vorwand zu liefern, sondern weil sie einen nötig gehabt hatte. Wieso? fragte sie sich. Mein ganzes Leben mit ihm ist doch nichts als Schein. Warum kann ich nicht einfach tun, was ich will?

«Liebste», sagte Henri, «du bist mit deinen Gedanken weit weg, ich spüre es. Laß doch das Nachdenken und genieße den Moment.»

«Du hast recht», sagte sie und zog seinen Kopf zu ihrem Busen hinunter.

Im Herbst kehrten die Reichen aus Landhäusern und Seebädern zurück, und in der klaren Luft, in der ein erster herber Hauch lag, schienen die Lichter heller zu brennen und die Hufeisen der Pferde mit härterem Klang auf das Pflaster zu schlagen. Bälle und Empfänge, Theater- und

Opernbesuche jagten sich – Paris war wie im Fieber der Erwartung, da alle sich einig waren, die Diktatur würde kommen. Louis Napoleon hatte Zeichen genug gegeben, nur eines davon seine Aufforderung an das Parlament, die Verfassung zu ändern, um eine Verlängerung seiner Amtszeit als Präsident der Republik zu ermöglichen. Das Parlament hatte abgelehnt; ein Staatsstreich schien unausweichlich.

«Und er ist nötig», erklärte Henriette Vollard bei einem Familienessen. «Diese Republik hat nichts weiter fertiggebracht, als finanzielles Chaos zu stiften.»

Joséphine Vollard, zu Henriettes Rechten, schnitt sich ein Stück Rebhuhnbrust ab. «Wir brauchen Stabilität, wenn Wohlstand möglich sein soll.» Sie wandte sich ihrem Mann zu. «Dieser Meinung ist jedenfalls Nicolas. Nicht wahr?»

«Es ist wahr», sagte Nicolas, «es kann keinen wirtschaftlichen Fortschritt geben, wenn die innenpolitische Lage nicht stabil ist.»

«Na bitte», sagte Joséphine, als hätte jemand ihre Worte angezweifelt. Sie war eine zierliche Frau mit einem porzellanfeinen Gesicht, das man vielleicht hätte schön nennen können, wäre nicht der kleine, verkniffene Mund gewesen.

«Und wer ist schuld an der Unsicherheit?» sagte Henriette. «Die Arbeiter. Man kann ihnen nicht erlauben, daß sie alles niederreißen, was wir aufgebaut haben.»

«Aber muß Stabilität denn gleich Diktatur bedeuten?» fragte Edmée, die bei solchen familiären Anlässen im allgemeinen kaum ein Wort sagte. Niemand antwortete ihr. «Was meinst du, Nicolas?»

«Ich möchte es nicht glauben», sagte er langsam, «aber wir Franzosen scheinen nicht zu wissen, wie sonst Stabilität zu erreichen ist.»

«Ich denke, wir Franzosen verstehen uns sehr gut auf Stabilität», erklärte Henriette. «Als Monarchie ist unser Land jahrhundertelang das Herz der zivilisierten Welt gewesen.»

«Aber es kann nun mal nicht alles immer so bleiben, wie es einmal war», warf Edmée ein.

«Das weiß gerade ich am besten. Ich habe weiß Gott Veränderungen genug erlebt. Aber jede Veränderung muß eine Veränderung zum Besseren sein. Zerstörung und Umsturz sind kein Fortschritt», sagte Henriette bestimmt.

«Und du hast dazu gar nichts zu sagen?» fragte Edmée ihren Mann.

Louis verzog geringschätzig den Mund. «Ich habe Wichtigeres im Kopf als Politik», fertigte er sie schroff ab.

Joséphine kicherte peinlich berührt und begann hastig von den letzten Eskapaden ihres fünfjährigen Sohnes Denis zu erzählen.

Nach dem Essen nahm Nicolas seinen Bruder beiseite und fragte: «Was ist los mit dir? Du hast Edmée den ganzen Abend angestarrt, als wolltest du sie am liebsten umbringen.»

Louis antwortete nicht gleich. Dann sah er seinen Bruder scharf an. «Kann ich dir vertrauen, Nico?»

«Das weißt du doch.»

Louis zog einen zerknitterten Brief aus der Tasche, glättete ihn und reichte ihn Nicolas. «Den habe ich vor zwei Tagen bekommen.»

Nicolas las: ‹An Monsieur Louis Vollard von einem wohlmeinenden Freund. Wenn Sie Ihrer Frau bei ihren Nachmittagsausgängen folgen, werden Sie entdecken, daß sie sie häufig in die Arme eines anderen Mannes führen.› Nicolas sah auf. «Hast du eine Ahnung, wer dir das geschickt hat?»

«Was spielt das für eine Rolle?»

«Aha, du bist ihr also gefolgt?»

«Gestern nachmittag, ja. Er heißt Henri Foucher. Ein Dichter, der für seine zahllosen Weibergeschichten besser bekannt ist als für seine Verse.»

«Das tut mir leid, Louis. Du hattest keinerlei Verdacht?»

«Gegen Edmée, die Tugendhafte?» Louis lachte bitter. «Ich schwöre es dir, Nico, ich bringe sie um.»

«Also hör mal, ich kann verstehen, daß du betroffen bist, aber das ist doch albern.»

«Nein, es ist mir bitter ernst.»

Nicolas legte Louis die Hand auf den Arm. «Ich kann deinen Zorn verstehen, aber findest du nicht, du reagierst etwas zu heftig? Nimm es mir nicht übel, wenn ich offen spreche, aber du hast Edmée doch nie geliebt. Und du warst ihr auch nicht treu. Dein Stolz ist gekränkt, aber...»

Louis zog seinen Arm weg. «Verteidigst du etwa ihr Benehmen?»

«Nein. Ich bitte dich nur, zu überlegen...»

«Angenommen, du hättest so ein Schreiben über Joséphine bekommen?»

Nicolas schwieg einen Moment. Dann sagte er: «Um ehrlich zu sein, Louis, es wäre mir ziemlich gleichgültig, solange sie die Diskretion wahren würde.»

Louis wandte sich kopfschüttelnd ab.

«Hast du mit Edmée gesprochen? Ist ihr klar, daß du Bescheid weißt?»

«Nein.»

«Was hast du jetzt vor?»

«Wenn du mich nicht verstehen kannst, möchte ich darüber nicht mit dir sprechen.»

«Louis, du erschreckst mich. Bitte laß mich...»

Aber Louis war aus dem Zimmer gegangen.

Zwei Tage lang schleppte er seine Wut mit sich herum. Sie saß ihm wie ein erstickender Kloß im Hals, den weder vernünftige Überlegung noch Alkohol auflösen konnten. Was Nico gesagt hatte, war wahr – er hatte Edmée nie geliebt und sie unzählige Male mit unzähligen Frauen betrogen. Aber was Nico nicht begriff, war, daß es darum gar nicht ging. Es ging um – er wußte selbst nicht, worum es ging. Er wußte nur, daß er seine Wut nicht hinunterschlucken konnte.

Einen ganzen Morgen lang ging er ununterbrochen in der Straße auf und ab, in der Foucher wohnte, und spielte mit dem Gedanken, den Mann zu fordern. Aber der Mann interessierte ihn gar nicht. Seine Wut galt Edmée. Was für ein Narr er doch gewesen war! Er hatte die Ideale seiner Jugend verraten, um ein ehrbarer Bürger mit einer ehrbaren Frau zu werden, und gerade sie, die Ehrbare, deren Tugendhaftigkeit ihm jahrelang stummer Vorwurf gewesen war, hatte ihn zum Narren gemacht... Ja, ein Narr war er, naiv und vertrauensselig, der nichts richtig machen konnte. Hatte Wärme gesucht in der Bewunderung einer schönen jungen Frau, die so rein und unschuldig schien, so unähnlich einer Ninette oder Arlette... Einzig bewundern hatte er sie wollen, hatte keinerlei Nebenabsichten gehabt, aber auch sie hatte ihn zum Narren gehalten und ihn gedemütigt, indem sie sich als seine eigene Tochter entpuppt hatte.

Wo man hinsah, wurde man betrogen.

Irgendwie mußte man sich wehren.

Am dritten Tag sagte Edmée, sie wollte zu Worth in die Rue de la Paix. Aber sie ging zu Foucher. Louis beobachtete sie, und als sie im Haus ihres Geliebten verschwunden war, machte er kehrt und eilte zielbewußt die Straße hinunter.

Eine Stunde später klopfte es bei Foucher, und gebieterische Stimmen verlangten Einlaß. Als Foucher, noch damit beschäftigt, den Gürtel seines Morgenrocks zu binden, die Tür öffnete, stürmten fünf Polizeibeamte herein. Der Anführer hielt ihm einen Haftbefehl für eine gewisse Edmée Vollard unter die Nase. Tut uns leid, Monsieur, aber wir müssen uns mit eigenen Augen vergewissern, ob die Dame hier ist oder nicht –

diese Tür führt ins Schlafzimmer? Ah, Madame, bitte vielmals um Entschuldigung, aber wir müssen Sie unter dem Verdacht des Ehebruchs verhaften. Bitte ziehen Sie sich so schnell wie möglich an, damit Sie uns begleiten können.

Als Jeanne zum Mittagessen aus ihrem Zimmer kam, saß Nandou schon wartend am Tisch.

«Kommst du voran?» fragte er.

«Ich habe heute nichts fertiggebracht außer einen großen Haufen zerknüllte Blätter.»

«Reg dich nicht auf», sagte er. «Es kommt schon wieder.»

«Woher willst du das wissen? Es würde mich wundern, wenn ich zehn halbwegs gute Seiten geschrieben habe, seit – seit Gabrielle fort ist.»

Er nickte nur.

«Glaubst du, sie wird je wieder zurückkommen?»

Sie versuchten schon lange nicht mehr, sich diese Frage zu beantworten, aber manchmal mußten sie sie einfach stellen. Hätten sie aufgehört, es zu tun, so wäre es gewesen, als hätten sie den Glauben an ihre Rückkehr aufgegeben.

Schweigend begannen sie zu essen. Nach einer Weile sagte Jeanne: «Irgend etwas ist doch passiert. Ich sehe es dir an.»

Nandou fuhr sich mit beiden Händen durch das Haar. «Ich hörte heute morgen im Café, daß Louis Vollard seine Frau wegen Ehebruchs hat verhaften lassen.»

Jeanne fiel die Gabel aus der Hand und landete klirrend auf dem Teller. «Er hat sie verhaften lassen?»

«Ja, ist das nicht ein Witz, wenn man überlegt, wie er sich benimmt?»

«Doch, ja.»

«Du fragst gar nicht, wer der Mann war.»

Jeanne griff nach ihrem Glas und trank einen Schluck. «Wer war es?»

«Ein Verehrer von dir, glaube ich. Henri Foucher.»

«Ist er auch verhaftet worden?»

«Er wurde zur Polizei gebracht, aber die Anklage gegen ihn wurde offenbar fallengelassen. Madame Vollard ist im Gefängnis Saint-Lazare.»

«Im Gefängnis?» sagte Jeanne schwach.

«Du weißt doch, wie ernst eine solche Beschuldigung bei einer Frau genommen wird.»

«Ja, aber ich hätte nicht gedacht...» Jeanne schob ihren Teller weg. «Ich hab keinen Appetit.»

«Was ist los?»

«Nichts.»

«Warum machst du dann ein Gesicht, als hättest du einen Geist gesehen?»

«Ich bin einfach entsetzt über das, was Louis getan hat, und schockiert, daß Henri Foucher mit Louis' Frau ein Verhältnis hatte.»

«Aber das ist doch nicht alles.»

«Ich möchte nicht darüber sprechen.»

«Warum nicht?»

«Ich möchte einfach nicht darüber sprechen.» Sie schob ihren Stuhl zurück und ging aus dem Zimmer.

14

Als die Pariser am Morgen des 2. Dezember erwachten, erfuhren sie, daß das Erwartete eingetreten war: Der Staatsstreich war geglückt. Die Führer der Opposition waren festgenommen und ins Gefängnis gebracht worden. Es wurde bekanntgegeben, daß das Parlament aufgelöst und Kriegsrecht verhängt worden sei, und in Kürze eine Volksabstimmung abgehalten werden solle. Louis Napoleon hielt jetzt die Macht in den Händen. Er hatte das Datum mit Überlegung gewählt: Es war der Jahrestag der Schlacht von Austerlitz und der Krönung seines Onkels Napoleon I. zum Kaiser von Frankreich.

Im Haus der Vollards in der Rue du Faubourg Saint-Honoré, in dem Henriette seit dem Tod ihres Mannes in einsamer Pracht residierte, hatten sich ihre Söhne eingefunden. Man saß im Salon, der sich seit Louis' und Nicolas' Kindertagen kaum verändert hatte. Nur die Brokattapete war durch eine gestreifte Bespannung ersetzt worden. Das Sofa, auf dem sie Platz genommen hatten wie früher, wenn eine Strafpredigt bevorstand, war so unbequem wie damals.

«Was ist los auf den Straßen?» fragte Henriette.

«Es ist ruhig», antwortete Nicolas. «In der Stadtmitte haben sich zwar Tausende versammelt, aber es wird nicht geschossen. Wir wissen noch nicht, was uns dieser Umsturz kosten wird.»

«Ordnung hat immer ihren Preis», dozierte Henriette.

«Aber ich könnte mir vorstellen, daß die, die letzte Nacht verhaftet wurden, ihn allzu hoch finden», gab Nicolas mit ungewohnter Schärfe zurück.

Henriette zog die Brauen hoch und sagte: «Wir müssen abwarten. Im übrigen habe ich euch wegen einer Sache hergebeten, die mit dem Staatsstreich nichts zu tun hat. Es tut mir allerdings nicht leid, daß durch ihn eine gewisse Ablenkung geschaffen und Louis' kopflose Handlung so etwas in den Hintergrund gedrängt wird.» Sie sah ihren jüngeren Sohn durchdringend an. «Willst du allen Ernstes an der Klage gegen Edmée festhalten?»

«Ich tue, was recht ist», antwortete er tonlos. Er sah aus wie immer – korrekt gekleidet, elegant auf eine lässige Art –, nur seine Augen waren starr wie Glas.

Henriette erwiderte: «Was Edmée getan hat, ist eine Sünde vor dem Herrn. Es muß jeden, der einen Funken Anstand besitzt, schockieren. Aber wieso soll es recht sein, den Namen Vollard öffentlichem Klatsch und Spott auszusetzen? Der Journaille Schlagzeilen zu liefern? Nein, Louis, das ist absolut unakzeptabel.»

Louis schüttelte abwehrend den Kopf. «Unakzeptabel ist Edmées Benehmen.»

«Ich sagte bereits, daß ich dir da zustimme.»

«Warum soll sie dann nicht die Strafe bekommen, die das Gesetz vorsieht?»

«Weil ich möchte, daß die Sache innerhalb der Familie geregelt wird. Du hast sie durch dein unüberlegtes Handeln publik gemacht. Jetzt mußt du dafür sorgen, daß sie schnellstens aus dem Rampenlicht verschwindet. Du kannst die Klage fallenlassen oder mindestens verlangen, daß man Edmée in ein Kloster überführt, anstatt sie im Gefängnis festzuhalten.»

«Das möchtest du, Mama, nicht ich.»

Henriette beugte sich gereizt vor. «Und was, um alles in der Welt, möchtest du?»

«Gerechtigkeit.»

Nach einer kleinen Pause sagte Henriette: «Ich verstehe, daß du verletzt bist, Louis, glaub mir. Aber wenn du an deinem Entschluß festhältst, wirst du dir nur selbst schaden. Erinnere dich an den Skandal vor einigen Jahren, als dieser törichte Biard seine Frau bei Victor Hugo fand und sie wegen Ehebruchs verhaften ließ. Weißt du nicht mehr, wie ganz Paris über ihn geklatscht und gelacht hat?»

«Biard ist nicht töricht», entgegnete Louis. «Er ist ein großartiger junger Maler.»

Henriette schnalzte ungeduldig mit der Zunge. «Du sprichst, als wärst du immer noch zwanzig und ließest dich nur von deinen Emotionen leiten.»

Louis lächelte bitter. «Im Gegenteil, Mama, ich habe mich allzu häufig von deinen Ansichten darüber, was recht und unrecht ist, leiten lassen. Aber diesmal tue ich das nicht.»

«Tu nicht so, als hättest du dein Leben nach meinen Wünschen geführt.»

«Jetzt, wo du es aussprichst – ja, ich glaube, genau das habe ich getan. Ich habe mich immer nach deinen Wünschen gerichtet.»

«Das ist ja absurd, Louis. Ich habe lediglich versucht, dir den rechten Weg zu zeigen.»

«Wie kommt es dann, Mama, daß ich am Ende dieses Wegs mit einer Ehefrau dastehe, die mich betrügt?»

Einen Moment lang schien Henriette getroffen, dann aber hob sie nur den Kopf ein Stück höher. «Gib nicht anderen die Schuld an deinem Versagen. Es ist Sache des Ehemanns, dafür zu sorgen, daß seine Frau ihr Vergnügen nicht bei anderen Männern sucht.»

Louis sprang auf. «Du gibst mir die Schuld? Wo ich immer getan habe, was du wünschtest? Die Frau geheiratet habe, die du wolltest, in die Firma eingetreten bin, wie du es wolltest! Aufgegeben habe, was ich ...» Er brach ab. «Aber bei Gott, einmal in meinem Leben werde ich das tun, was *ich* will.»

Wortlos starrten sie einander an.

«Du willst also uns alle zum Gespött machen?» sagte Henriette schließlich.

«Ich will, daß Edmée für das bezahlt, was sie getan hat. Es wäre mir lieber, wenn andere nicht in Mitleidenschaft gezogen würden, aber, wie du eben selbst bemerkt hast, die Ordnung hat immer ihren Preis.»

«Nicolas», sagte Henriette, «du mußt deinem Bruder Vernunft beibringen.»

Als er nicht antwortete, sahen sie ihn beide an. «Du stehst doch in dieser Sache nicht etwa auf seiner Seite?» fragte Henriette scharf.

«Ich bin wie du der Meinung, daß Louis allen Beteiligten schaden wird, sich selbst vielleicht am meisten», sagte Nicolas. «Und ich würde gern alles tun, um ihm das zu ersparen.»

«Da hörst du es», sagte Henriette zu Louis. «Dein Bruder ...»

«Aber andererseits verstehe ich auch dich nicht», fuhr Nicolas fort. «Du sagst, was Edmée getan hat, ist eine Sünde und verdient Bestrafung, wenn auch nicht in der Öffentlichkeit. Dabei wird selbst in den höchsten Kreisen, selbst in denen um Louis Napoleon, täglich Ehebruch begangen. Ist nicht der Herzog von Morny, sein eigener Halbbruder, ein uneheliches Kind? Wie viele Kokotten und sogenannte Schauspielerinnen tanzen denn auf den Festen im Elysée-Palast? Du weißt das doch alles, Mama. Ganz Paris weiß davon – praktiziert es selbst –, und keiner schreit nach Strafe. Die Heuchelei wäre zum Lachen, wäre sie nicht so ekelhaft.»

«Wenn du nicht bereit bist, vernünftig über die Angelegenheit zu sprechen», begann Henriette.

«Und wenn jemand bestraft wird», fiel Nicolas ihr ins Wort, «dann immer nur die Frau. Als Biard seine Frau des Ehebruchs anklagte, ließ man ihren Liebhaber ungeschoren, weil er der berühmte Victor Hugo war. Aber die Frau wanderte ins Gefängnis. Siehst du denn die Heuchelei nicht? Nein? Aber du, Louis, du mußt sie doch sehen.»

«Das französische Gesetz sieht vor, daß eine Frau wegen Ehebruchs bestraft wird», sagte Louis starrköpfig.

«Während er bei einem Mann nicht einmal als Verbrechen gilt, es sei denn, er logiert die Geliebte in seinem Haus ein.»

Henriette seufzte. Sie wirkte plötzlich alt, verwirrt durch die Veränderungen, die sich in ihrer Welt vollzogen hatten. «Ich verstehe dich nicht, Nicolas. Du weißt, wie anfällig gerade eine Bank für Skandale ist. Ich zähle darauf, daß du die Interessen der Firma wahrst.»

«Und mich um die schreckliche Lage meiner Schwägerin, die ich gern habe, nicht kümmere?»

«Verteidigst du etwa ihr Handeln?»

Nicolas zögerte. «Ich möchte verhindern, daß sie das Opfer von Louis' fixer Idee wird.»

«Fixe Idee nennst du das?» rief Louis zornig.

Nicolas stand jetzt ebenfalls auf und trat ihm gegenüber. «Verzeih mir, Louis, aber ich sehe es so. Neben deinem Zorn auf Edmée spüre ich bei dir noch etwas anderes, das dich dazu treibt, alle Vernunft in den Wind zu schlagen. Vergiß die Firma, vergiß den Skandal, den Mama fürchtet – frage dich im Namen des glücklichen Lebens, das wir in diesem Haus geteilt haben, ob die Vernichtung Edmées dir wahrhaftig den Seelenfrieden bringen wird.»

Henriette sah, daß zwischen ihren beiden Söhnen ein stummer Austausch stattfand, an dem sie keinen Anteil hatte. Es war ähnlich wie früher, wenn die beiden mit ihrem Lächeln alle Unterschiede, die sie trennten, überbrückt hatten. Nur lächelten sie jetzt nicht. Eher verriet der Blickwechsel einen Machtkampf.

«Ich lasse mich nicht umstimmen», sagte Louis schließlich.

«Ich werde dir bei dieser Sache nicht helfen», antwortete Nicolas.

«Laß es bleiben, Louis», beschwor ihn Henriette. «Denk an die Firma und den Skandal.»

«Denk an Marc», sagte Nicolas. «Und an dich selbst. Laß es bleiben.»

Louis drehte sich brüsk um und ging aus dem Zimmer.

Auf dem Heimweg vom Atelier seines Lehrers Belloc begegnete Marc kaum Aufständischen, aber überall sah er Militär. Er fragte sich, ob seine Mutter in ihrer Zelle im Gefängnis St. Lazare wußte, was vorging. Belloc, dachte er, hatte recht gehabt mit seinen Worten: Er fühlte sich tatsächlich zerrissen. Immer hatte er sich zwischen seinen Eltern hin- und hergerissen gefühlt, und das hatte ihm das Zusammensein mit beiden zugleich schwergemacht. Die Liebe, die er jedem von ihnen entgegenbrachte, das Erleben, das er mit jedem von ihnen teilte, waren so unterschiedlich wie Kreide und Öl und paßten nicht in denselben Raum.

Plötzlich merkte er, daß er an den Händen fror. Er war den ganzen Weg bis nach Hause zu Fuß gegangen. Als er die Treppe hinaufstieg, kam sein Vater in den Flur heraus. «Wie war's, Marc? Hattest du Schwierigkeiten auf dem Nachhauseweg?»

«Ich habe zwar überall Truppen gesehen, aber es hat mich niemand aufgehalten.»

«Du bleibst am besten zu Hause, bis wir sicher sein können, daß die Ordnung wiederhergestellt ist.» Marcs Gesicht verriet Enttäuschung. «Du kannst doch auch hier malen», sagte sein Vater. Er hatte neben dem Atelier seines Vaters ein eigenes, aber sie arbeiteten beide selten in diesen Räumen.

«Was tust du, Papa?» fragte Marc, der sah, daß die Tür von Edmées Zimmer offenstand.

Louis zögerte einen Moment. «Ich packe die Sachen deiner Mutter.»

«Warum?»

«Weil ich nicht will, daß die Dienstboten es tun.»

«Ich meine – was willst du mit ihnen anfangen?»

«Ich gebe sie den Lumpensammlern», antwortete Louis mit einem merkwürdigen Unterton der Genugtuung.

Obwohl er sich vorgenommen hatte, mit seinem Vater nicht über seine Mutter zu sprechen, sagte er: «Bitte, tu es nicht, Papa.»

«Erwartest du, daß ich alles so lasse, wie es ist, und daß ich sie eines Tages mit offenen Armen wieder aufnehme?»

«Das meinte ich nicht. Ich meinte – zieh die Klage gegen sie zurück.»

Der Ausdruck, den Marc haßte, trat auf das Gesicht seines Vaters: Kindlicher Trotz, gemischt mit unerbittlicher Härte. «Marc, du mußt einsehen, daß sie mir auf eine Weise weh getan hat, für die es keine Verzeihung gibt. Sie muß dafür büßen.»

«Aber du tust auch mir weh!»

«Das bedaure ich zutiefst. Aber es ist nicht meine Schuld. Daran hätte sie vorher denken sollen.»

«Papa, sie ist im Gefängnis. Das kannst du doch nicht wollen!»

«Das verstehst du nicht», entgegnete Louis. «Ich habe keine andere Wahl.»

Sein Vater war ihm plötzlich so fremd wie noch nie. Du tust unrecht, Papa, wollte er ihm zurufen. Ja, sie hat dir weh getan, aber ganz gleich, was sie getan hat, es ist nicht recht, sie so dafür büßen zu lassen. Aber er sagte nichts. Wie kam ausgerechnet er dazu, er, dessen eigene Seele so finster und sündig war, seinem Vater von Recht und Unrecht zu sprechen?

«Ich weiß, es ist schwer für dich», sagte Louis. «Möchtest du eine Weile verreisen? Nach Italien vielleicht, zum Malen? Du könntest bleiben, so lange du willst. Mit deiner Schule würde ich das schon regeln.» Jetzt war er wieder der Vater, den er kannte, liebevoll und fürsorglich.

«Danke, aber ich möchte lieber hierbleiben», entgegnete Marc. «Entschuldige mich jetzt bitte, Papa, ich will in mein Zimmer.» An der Tür drehte er sich noch einmal um: «Ich kann nicht verreisen, solange Mama in Saint-Lazare sitzt.»

Sein Vater nickte und sagte: «Das verstehe ich.» Und Mark glaubte es ihm.

Den ganzen Morgen beobachteten Jeanne und Nandou vom Fenster aus die Vorgänge auf der Straße, dann trieb es sie unwiderstehlich hinaus. Mehrere Stunden lang streiften sie umher, nachdem Nandou sich zuvor diskret vergewissert hatte, daß Gabrielle in Sicherheit war. Überall hörten sie, mit welcher Umsicht Louis Napoleon den Staatsstreich geplant hatte: Alle Druckereien waren in der Hand seiner Truppen. Einen Appell an die Bürgerwehr zur Verteidigung der Nationalversammlung hatte man durch die Zerstörung der Trommeln der Nationalgarde verhindert. Im Unterschied zu früheren Umsturzversuchen gab es diesmal keine Revolte, sondern nur Unterdrückung.

«Ich will versuchen, ein bißchen zu arbeiten», sagte Jeanne, als sie wieder zu Hause waren. «Aufs Abendessen verzichte ich.»

In den vier Tagen, seit Nandou von Edmée Vollards Verhaftung berichtet und Jeanne jedes Gespräch darüber abgelehnt hatte, begegneten sie einander so distanziert wie Schauspieler in einem Theaterstück. Bei den Mahlzeiten unterhielten sie sich über die politischen Ereignisse wie Fremde, die in einem Café zufällig am selben Tisch saßen. «Louis Napoleon hat die Unterstützung der Industrie und der Banken.» – «Die Mittelklasse scheint zu apathisch zu sein, um sich ihm entgegenzustellen.» – «Und den Liberalen und Radikalen fehlen starke Führer.» Jeanne verbrachte weit mehr Zeit als sonst in ihrem Zimmer. Nandou zog blind irgendwelche Bücher aus seinem Regal und las immer wieder dieselben Seiten. Unausgesprochenes hing drückend in den Räumen.

«Ich habe auch keinen Appetit», sagte Nandou, und so ging jeder in der kleinen Fünf-Zimmer-Welt seiner Wege.

In der Nacht, als er auf seinem Bett lag und in die Dunkelheit starrte, hörte Nandou ein gedämpftes Geräusch; er stand auf, ging langsam durch den Flur und blieb lange vor Jeannes Zimmertür stehen. Hier war das Geräusch deutlicher. Er öffnete die Tür und sah sie an ihrem Schreibtisch sitzen, den Kopf in die Hände gestützt, mit zuckenden Schultern. Zweimal mußte er ihren Namen sagen, ehe sie ihn hörte und aufblickte. Ihr Gesicht war naß.

«Was bedrückt dich denn?»

«Alles.»

«Sag es mir.»

«Ich kann nicht.»

«Ist es wegen Gabrielle?»

«Ja. Nein.» Sie kämpfte mit ihrem Schluchzen. «Sie ist fort, und ich kann nicht mehr schreiben, und ich ... ich ... diese Frau sitzt im Gefängnis.»

«Vollards Frau, meinst du?» Sie nickte. «Wieso berührt dich das so? Was hat sie mit dir zu tun?»

«Nichts. Das ist es ja ... Ich wollte ihr doch nicht ... ich hätte nie gedacht, daß Louis so etwas ...»

«Sag mir, was du getan hast.» Nandous Ton verriet, daß er sich vollkommen sicher war, daß sie ihm die Wahrheit sagen würde.

«Ich habe Henri Foucher gesagt, er solle versuchen, mit ihr ein Verhältnis anzufangen.»

«Und warum ist er darauf eingegangen?»

«Er hat mich oft gedrängt, seine Geliebte zu werden. Das mußt du doch wissen.»

Nandou verschränkte die Arme. «Ja. Und?»

«Ich sagte, ich wüßte eine Frau, bei der er seine Verführungskünste wirklich unter Beweis stellen könnte. Und wenn es ihm gelänge, sie zu erobern ...»

«Würdest du ihm nachgeben?»

«Nein. Das habe ich nicht gesagt.» Sie wich seinem Blick aus.

«Aber du hast es ihn vermuten lassen.»

«Ja.»

«Weiter.»

«Er sagte mir, er hätte es geschafft. Er sagte auch, er hätte sich in sie verliebt. Ich ...» Jeanne fröstelte und zog ihren Schal enger um sich. «Ich schickte Louis einen anonymen Brief, in dem ich ihm mitteilte, daß seine Frau ihn betrügt.»

«Wozu?» Nandous Stimme wurde schneidend.

«Um ihn für das büßen zu lassen, was er Gabrielle angetan hat.»

«Und da mußtest du seine Frau hineinziehen?»

«Er spielt den ehrbaren Bürger. Ich wollte ihm zeigen, wie wenig es mit seiner Ehrbarkeit auf sich hat.»

«Und dazu mußtest du der Frau so mitspielen?»

«Ich dachte, wenn sie sich verführen läßt, verdient sie es nicht anders.»

«Sie war es, die uns Gabrielle zurückgab, nachdem er das Kind entführt hatte. Hast du daran gedacht? Hast du überhaupt an die Frau gedacht?»

«Ich denke an nichts anderes, seitdem ich weiß, daß sie im Gefängnis ist.»

Nandou schien sie gar nicht gehört zu haben. «Nein! Du denkst nur an Louis Vollard!» Seine Stimme war plötzlich so laut und hart, daß Jeanne vor ihm zurückwich. «Wie lange noch willst du dein Leben von diesem Menschen bestimmen lassen? Wie lange noch soll sein Schatten unser aller Leben verdunkeln? Nach allem, was ich erlebt habe – wie kommt es, daß der Mann, der dich verlassen hat, noch immer dein Herz besitzt, während der Mann, der dich gerettet hat ...» Er brach ab.

«Er besitzt mein Herz nicht», widersprach Jeanne. «Ich empfinde nichts als Haß für ihn.»

«Und wohin hat dieser Haß dich geführt? Bin ich je in dein Bett gekommen, ohne auch ihn dort vorzufinden, ohne genau zu wissen, daß du mich, den Zwerg, mit ihm vergleichst und ungenügend findest?»

«Warum kommst du dann, wenn es dich nur elend macht?»

Er lachte nur.

«Was glaubst du denn, wie mir zumute ist, wenn ich weiß, daß du dich meinetwegen elend fühlst? Nandou, ich habe zu Gott gebetet, daß er mich zur Zwergin macht, damit wir ...»

«Nein!» schrie er. «Niemals!»

Der Abgrund vor ihnen war plötzlich ganz nah.

Nach Halt suchend, flüsterte Jeanne: «Es ist mir doch ganz egal, daß du ein Zwerg bist. Warum kannst du mir das nicht glauben?»

«Weil du dich in Louis Vollard verliebt hast und nicht in mich.»

Nach einem kurzen Schweigen entgegnete sie: «Ich kann mich nicht anders machen, wie ich bin, Nandou.»

«Ich auch nicht.»

«Es war gemein und unrecht von mir zu versuchen, Louis durch seine Frau zu strafen. Das ist mir seit Tagen klar. Vielleicht war alles, was ich getan habe, falsch. Bis auf eines – daß ich damals zugriff, als du mir die Hand botest. Das glaubst du doch auch, nicht wahr, Nandou?»

Er sagte nichts.

«Du mußt es glauben», sagte sie. «Wenn du es nicht tätest, würde ich – du mußt!»

«Ich glaube es. Das weißt du. Aber ich habe dich nicht von der Straße geholt, ich habe dich nicht all die Jahre geliebt, um zusehen zu müssen, wie du das Leben anderer Menschen zerstörst.»

Sie biß sich auf die Lippe, sagte aber nichts.

«Jeanne», sagte er, «ich bin müde, sehr müde. Ich gehe wieder zu Bett.»

Ihr Blick folgte ihm zur Tür. «Würdest du ...» Er blieb stehen. «Würdest du bei mir bleiben?»

Weit weg, irgendwo unten auf der Straße, grölte ein Betrunkener. Nur das Wort «Freiheit» war verständlich. Sie lauschten beide, bis die Stimme verklungen war.

«Nein», sagte Nandou. «Heute nacht möchte ich nicht bleiben.» Und er ging.

Am 3. Dezember kam Bewegung in beide Lager. Die Truppen wurden in die Kasernen zurückgeschickt. Sollten die Aufständischen sich ruhig sammeln, man würde die Rebellion mit um so mehr Entschlossenheit niederschlagen und so desto besser den Staatsstreich rechtfertigen können. Die Republikaner bildeten einen Widerstandsausschuß, der die Errichtung einiger weniger Barrikaden organisierte; aber es steckte kein richtiger Kampfeseifer dahinter. Die Arbeiter waren 1848 mit solcher Brutalität unterdrückt worden, daß sie nicht bereit waren, erneut die Köpfe hinzuhalten, und das Bürgertum schien kaum berührt.

Am Nachmittag ging Nandou aus. Die Atmosphäre in der Stadt unter den grauen Winterwolken hatte etwas Unwirkliches; dabei waren die Geschäfte geöffnet, in Restaurants und Cafés ging es zu wie alle Tage, und auf den Boulevards flanierten die Spaziergänger wie immer. So gelassen wollte Paris sich neuer Tyrannei beugen? Wo war der Geist von 1830?

Und andererseits konnte sein eigenes Verlangen nach Jeanne in einer Nacht erlöschen – mit einem einzigen Gespräch? Er nahm den Weg zum Boulevard du Crime, an dem Haus vorbei, in dem er gewohnt hatte, als sie zu ihm gekommen war. Der junge Mann von damals hätte es für undenkbar gehalten, daß sie ihn eines Tages bitten würde «bleib bei mir» – und daß er stark genug wäre, sich einfach von ihr abzuwenden.

Und was sollte er nun anfangen, ohne dieses Begehren nach ihr, das ihn wahnsinnig gemacht und zugleich am Leben erhalten hatte? Vierundzwanzig Jahre lang war ihm seine Rolle als Außenseiter nur durch die Anbetung der Schönheit erträglich geworden. Nur dadurch hatte er sich selbst nicht als die komische Figur gesehen, die alle Spiegel ihm zeigten, sondern als einen ernstzunehmenden Menschen. Ohne seine Leidenschaft war er nackt, glich einem Vogel, der nicht nur nicht fliegen konnte, sondern nicht einmal Federn hatte.

Er ging und ging, in seine Gedanken eingesponnen, bis das Lärmen einer Menschenmenge seine Aufmerksamkeit erregte. Vor ihm ragte die Bastille auf. Soldaten und Polizei bewachten die häßliche, düstere Festung, und ein Mann, groß und dunkel, mit hoher Stirn und leidenschaftlicher Stimme, redete mit flammenden Worten auf die Menge ein. «Louis Napoleon Bonaparte ist ein Verräter ... hat die Verfassung verraten ... stellt euch auf die Seite des Volkes ...» Nandou trat näher und lächelte; der Mann, der die Soldaten beschwor, die Seiten zu wechseln und gegen den Tyrannen zu kämpfen, war kein anderer als Victor Hugo. Hugo, der in der Nationalversammlung, in die das Volk ihn gewählt hatte, mit beißender Kritik gegen den Präsidenten aufgestanden war: «Müssen wir, weil wir Napoleon den Großen hatten, jetzt Napoleon den Kleinen ertragen?» Nandou hörte mit geballten Fäusten zu. Nein, so leicht würde Paris sich nicht in die Knie zwingen lassen, jedenfalls nicht, solange es Männer wie Victor Hugo gab.

Am 4. Dezember wurden im Faubourg Saint-Antoine und in der Rue Montorgeuil Barrikaden aufgetürmt. Musketenfeuer knatterte durch die gesperrten Straßen, Kavallerieregimenter galoppierten, Infanterie marschierte.

Nicolas Vollard beobachtete die Vorgänge von seinem Büro in der Nähe der Börse. Während der Unruhen im Jahr 1848 war er nicht von seinem Platz in der Firma gewichen, überzeugt, daß er dadurch das Unternehmen, das er mit soviel Mühe aufgebaut hatte, vor Erschütterungen bewahren könne. Aber natürlich war es nicht so gewesen. Die große Zahl der Bankkräche, die mit der Krise von 1848 einhergingen, hatten Wirtschaft und Großfinanz hart zugesetzt. Das Geld der Firma Vollard steckte zum größten Teil in Eisenbahnkrediten. Aber waren diese langfristigen Kredite sicher?

Plötzlich wurde ihm klar, daß er diesmal nicht unbeteiligter Zuschauer bleiben konnte, und hutlos, im offenen Mantel, machte er sich auf den Weg zu den Boulevards. Er kam an der Schule vorüber, die er und Louis als Knaben besucht hatten – und die vermutlich sein eigener Sohn Denis in einigen Jahren besuchen würde. Er gestand sich ein, daß er beinahe vergaß, daß er Frau und Sohn hatte. Sein Denken und seine Kraft gehörten der Firma, die ihm täglich neue Herausforderungen bescherte. Er führte sein Leben in der Firma, nicht zu Hause. Joséphine verstand das. Er hatte sie gewählt, weil sie klug war – und auch weil sie, am äußersten Rand des heiratsfähigen Alters stehend, einen Zug trauriger Hoffnungslosigkeit um den Mund gehabt hatte, der ihn rührte. Außerdem gehörte sie zu den armen Verwandten der wohlhabenden Familie, deren Namen sie trug. Und wenn er schon heiraten mußte, dann wenigstens eine Frau, welcher der Titel «Madame Vollard» ein bißchen Freude machen würde. Waren das nicht ausreichende Gründe für eine Heirat? Es waren die einzigen gewesen, die er gehabt hatte. Nein, wenn er ehrlich sein sollte, so hatte er Joséphine auch geheiratet, weil sie nicht den Wünschen seiner Mutter entsprach. Woher hätte er wissen sollen, daß die beiden soviel Gemeinsames entdecken und so gute Freundinnen werden würden? Daß der traurige kleine Mund immer verkniffener werden würde anstatt gelöster und ihn nicht mehr rühren würde?

Jemand rief seinen Namen. Er drehte sich um und sah Jeanne Sorel. Sie erschien ihm wie eine Vision – und war doch Realität. Von all den befremdlichen Gefühlen, die ihn an diesem unwirklichen Tag bewegten, war das befremdlichste der plötzliche Wunsch, sie bei der Hand zu nehmen, in eine Tornische oder ein Haus zu ziehen und sie zu besitzen.

«Warum sind Sie ganz allein?» fragte er überflüssig.

«Ich wollte es so.» Ihre Augen waren groß, und ihre Stimme klang ein wenig atemlos. «Alles ist so – unwirklich.»

«Ja, das dachte ich auch gerade.»

«Beim Théâtre des Variétés liegen Berge von Leichen, aber die Leute scheint das nicht... 1830 waren alle...» Ihre unvollendeten Sätze zerstoben im Wind.

«Waren Sie damals, 1830, auf den Barrikaden?»

«Ja, mit Nandou zusammen.»

«Gestatten Sie mir, daß ich Sie nach Hause bringe?»

Sie schüttelte den Kopf. «Was tun Sie überhaupt auf der Straße?»

«Ich wollte die Republik selbst mit zu Grabe tragen.»

Sie betrachtete ihn einen Moment aufmerksam, ehe sie sagte: «Ich wollte sowieso zu Ihnen kommen. Wenn nicht der Coup dazwischengekommen wäre, hätte ich Sie schon vor zwei Tagen in Ihrem Büro besucht.»

«Sie überraschen mich. Warum?»

«Ich wollte Sie bitten, Louis zu bewegen, die Klage gegen seine Frau zurückzuziehen.»

«Sie erstaunen mich wirklich. Das kann Sie doch eigentlich nicht interessieren.»

Eine dunkle Locke hatte sich aus dem Knoten in ihrem Nacken gelöst. «Es reicht, denke ich, daß Louis gegen eine Frau grausam war. Bitte bringen Sie ihn von seinem Vorhaben ab.»

«Ich habe es versucht», sagte Nicolas. «Wir haben es alle versucht. Ohne Erfolg. Er läßt sich nicht umstimmen. Es ist, als hinge sein Leben davon ab.»

«Oh...»

«Es tut mir leid. Abgesehen davon – glauben Sie, daß wir uns je aus einem anderen Grund begegnen werden, als über Louis zu sprechen?»

«Ich weiß es nicht.» Ihr Blick tauchte tief in den seinen. Dann zog sich ein dunkler Schleier über ihre Augen.

«Was veranlaßt Sie, bei mir Hilfe zu suchen?» fragte er.

«Was veranlaßt Sie, mir zu jeder Premiere weiße Rosen zu schicken?»

«Die Hoffnung, daß es Ihnen soviel Freude machen wird, sie zu empfangen, wie mir, sie zu schenken.»

Sie lächelte schwach. Dann ging sie so hastig davon, als täte ihr das Lächeln leid, und Nicolas konnte ihr nur nachblicken.

Am 20. Dezember wurde der Staatsstreich durch eine Volksabstimmung mit weit über sieben Millionen Stimmen bestätigt, und im Januar 1852 wurde eine neue Verfassung aufgesetzt, die Louis Napoleon mit den Vollmachten eines Diktators ausstattete.

15

Der Februar brachte mehrere Ereignisse, die der Regierung sehr gelegen kamen, da sie die Öffentlichkeit heftig erregten und so die allgemeine Aufmerksamkeit davon ablenkten, daß mit wahrhaft blitzartiger Geschwindigkeit Tausende von Sozialisten und Republikanern entweder in Haft genommen oder des Landes verwiesen wurden.

Das eine Ereignis war ein neues Theaterstück, die Bearbeitung des Romans *Die Kameliendame* durch seinen Verfasser, Dumas den Jüngeren, für das Theater. Über zwei Jahre hatte die Zensur das Stück verboten, nicht nur weil seine Heldin eine Kurtisane war – derartiges wurde niemals auf der Bühne gezeigt, es sei denn in der sicheren Distanzierung historischer romantischer Dramen –, sondern auch weil sie als edle, aufopfernde Seele dargestellt wurde. Louis Napoleons Halbbruder jedoch, der Herzog von Morny, war klug genug, zu sehen, daß sich dieses Stück hervorragend zu Ablenkungszwecken eignete, eben weil es so kontrovers war. Nachdem er sich durch ein Sauberkeitszeugnis von drei Schriftstellern abgesichert hatte, konnte er die Zensoren dazu bewegen, das Stück freizugeben, und wie er gehofft hatte, wurde es ein durchschlagender Erfolg: Verteidigt wegen seiner Aufrichtigkeit, attackiert wegen seiner Unmoral, rührte es die Zuschauer allabendlich zu Tränen.

Das zweite Ereignis, das die Menschen bewegte, war der Prozeß gegen Edmée Vollard.

Zum ersten Tag des Prozesses konnte Gabrielle wegen einer Probe nicht kommen. Am zweiten Tag jedoch traf sie früh im Justizpalast ein, den Kopf gesenkt, um vielleicht nicht erkannt zu werden. Es gelang ihr, einen Platz schräg hinter Louis zu finden. Seinetwegen war sie gekommen; nicht um mit ihm zu sprechen – dazu war sie noch nicht bereit, falls sie es überhaupt je sein würde –, sondern um ihn wiederzusehen.

Erster Zeuge der Anklage war ein Polizeibeamter. Der Ankläger schritt in seiner roten Robe auf und ab, während der Mann sprach.

«Am Nachmittag des vierten November kam ein Herr auf die Dienststelle und sagte, wenn wir in das Haus an der Place Vendôme Nummer vier gingen, würden wir dort eine Frau vorfinden und bei ehebrecherischem Verhalten...»

Weitere Polizeibeamte folgten ihm in den Zeugenstand, dann die Concierge, die aussagte, Madame Vollard sei mindestens sechs- oder siebenmal in das besagte Haus gekommen.

Gabrielle schenkte den Aussagen nur sporadische Aufmerksamkeit. Sie beobachtete Louis' Profil und glaubte, etwas von sich bei ihm zu entdecken. «Sie erinnern mich an jemanden», hatte er einmal zu ihr gesagt. Aber diese Erinnerung wollte sie nicht mehr wahrhaben. Auch die Abendessen mit ihm waren nie wirklich gewesen; sie gehörten in die Zeit der Illusionen, als sie noch geglaubt hatte, der Erfolg würde ihr in den Schoß fallen wie eine reife Frucht. Was war er überhaupt für ein Mensch – dieser Vater, der sie verlassen, sie dann zu entführen versucht und sich ihr später auf eine Weise genähert hatte, wie kein Vater sich einer Tochter näherte. Sie starrte ihn an, als könne sie ihm vom Gesicht ablesen, wer er war – und sah nur, daß er bleich und angespannt wirkte.

Der Verteidiger, ein älterer Mann in schwarzer Robe, rief seine wenigen Zeugen auf: Leute, die für Edmée Vollard gearbeitet hatten. Wo, fragte sich Gabrielle, waren ihre Freunde und ihre Familie? Die Frau, die jetzt verhört wurde, war viele Jahre lang ihre Zofe gewesen.

«War Madame Vollard Ihrer Beobachtung nach eine gute Ehefrau und Mutter?»

«Ja. Sie war zu ihrem Mann immer sehr liebevoll und sehr zärtlich zu ihrem Sohn.»

«Sie standen Madame nahe und waren stets über ihren Tagesablauf unterrichtet?»

«Ja.»

«Wissen Sie etwas von außerehelichen Affären?»

«Solange ich bei ihr war, Monsieur, hat es nie so etwas gegeben.»

Louis Vollard hatte eine Geliebte gehabt, dachte Gabrielle, ihre Mutter. Und hatte er nicht die Absicht gehabt, sie selbst zu seiner Geliebten zu machen? Warum sprach hier niemand von seinem Verhalten? Die Antwort ergab sich von selbst: bürgerliche Heuchelei. Wieder sah sie zu ihm hinüber. Er sah nicht selbstgerecht aus, nur unglücklich.

Schließlich trat der Ankläger noch einmal vor, um sein Plädoyer zu halten.

«Sie haben es hier mit einem Fall zu tun», sagte er zu den Geschworenen, zwölf Männern, «der einfach ist, aber sehr ernst, da er die Heiligkeit der Familie angreift, das Herz unserer Nation und unserer Gesellschaft. Wir sehen uns hier nicht etwa einer ungebildeten Person gegenüber, die sich darum der Pflichten ihres Geschlechts vielleicht weniger bewußt ist, sondern einer Frau, die die beste Erziehung genossen hat und in eine Familie von tadellosem Ruf und Ansehen aufgenommen wurde. Ihr Verhalten hätte von den hohen Prinzipien geleitet werden müssen, nach denen sie erzogen wurde. Statt dessen verrät sie diese Prinzipien und verstößt mutwillig gegen ihre heilige Pflicht als Mutter und Ehefrau. Der Gatte, der ihr vertraut, das Kind, das auf ihre Führung angewiesen ist, beide hat sie vernachlässigt.»

Der Ankläger brach ab, als ein junger Mann, der in einer der vorderen Reihen saß, aufsprang.

«Ich bin der Sohn von Madame Vollard!» rief er mit fester Stimme und doch zitternd vor Erregung. «Ich möchte dem Gericht sagen, daß sie mir eine wunderbare Mutter war und ist. Niemals hat sie mich auch nur einen Moment vernachlässigt. Sie hat mir ihre ganze Liebe gegeben und alle Aufmerksamkeit, die ich brauchte. Ich kann nur wünschen, daß alle in diesem Saal eine so zärtliche und verständnisvolle Mutter haben wie ich.»

Alle starrten ihn an. Zuschauer und Geschworene begannen zu tuscheln, doch er ließ sich nicht unterbrechen. «Meine Mutter hat mich mein Leben lang nur zum Guten beeinflußt. Es ist mir gleich, weswegen sie hier vor Gericht steht, in meinen Augen ist sie über jeden moralischen Vorwurf erhaben.»

Er blickte über seine Schulter nach rückwärts – zu Louis, dachte Gabrielle – und setzte sich.

Den Tumult, der seiner Ansprache folgte, nahm Gabrielle kaum wahr. Bis zu diesem Moment war ihr gar nicht bewußt gewesen, daß Louis Vollard einen Sohn hatte. Sie starrte auf seinen geraden Rücken, den stolz erhobenen Kopf mit den braunen Locken und hatte noch immer seine Worte in den Ohren. Wie schrecklich mußte es sein, so zwischen den eigenen Eltern hin- und hergerissen zu werden! Und dann kam ihr plötzlich ein ganz anderer Gedanke: Wenn dieser Mann Louis Vollards Sohn war, dann war er ihr Halbbruder.

Sie hörte kaum auf das Plädoyer des Verteidigers, so sehr beschäftigte sie diese Erkenntnis. Sollte sie versuchen, nachher mit ihm zu sprechen? Aber was sollte sie ihm sagen?

Die Geschworenen zogen sich zur Beratung zurück.

Stimmengewirr und Füßescharren begleitete den Auszug der Zuschauer aus dem Saal. Gabrielle drängte sich durch das Gewühl und versuchte, Marc Vollard im Auge zu behalten, der von Journalisten umlagert wurde.

Plötzlich faßte jemand sie beim Arm. Zornig drehte sie sich um und sah in die Augen ihrer Mutter.

«Gabrielle, Liebes», sagte Jeanne beinahe scheu, «ich bin so froh, dich zu sehen.» Hinter ihr stand Nandou.

Gabrielle konnte sich nicht von der Stelle rühren. Sie war in einem Netz widerstreitender Gefühle gefangen. Ihre Mutter sah so schön aus ... «Du siehst gut aus, Jeanne», sagte sie zurückhaltend. «Wie geht es dir?»

«Du fehlst mir.»

Sie meinte, durch den Stoff ihrer Jacke die warme Hand ihrer Mutter zu fühlen, die schmalen Finger, einer von ihnen mit einer kleinen Beule vom vielen Schreiben. Eigentlich wollte sie ihre Mutter anlächeln, aber es ging nicht. Ihre Mutter hatte sie belogen, hatte sie glauben lassen, Nandou sei ihr Vater; hatte ihr eingeredet, aus ihr könne eine große Künstlerin werden ... Und Nandou hatte die Lüge nicht berichtigt ... Er würde nichts zu ihr sagen, das wußte sie; nur ansehen würde er sie mit diesem Blick, der mühelos bis in ihr Innerstes vordrang. Irgend jemand aus der Menge stieß ihn an, so daß er beinahe das Gleichgewicht verloren hätte, und die alte Liebe und die alte Scham stiegen in ihr hoch wie damals, als er ihr zu ihrer Wohnung gefolgt war. Wenn sie nicht neunzehn Jahre lang geglaubt hätte, daß er ihr Vater wäre – wenn sie von ihrer Mutter nicht in diesem Glauben gelassen worden wäre –, dann hätte sie sich jetzt nicht mit so beschämenden Gedanken, nicht mit solchen Schuldgefühlen wegen ihrer Lieblosigkeit plagen müssen.

«Kommst du nach der Urteilsverkündung mit uns zum Essen?» fragte Jeanne.

Sie schüttelte den Kopf.

«Dann wenigstens auf einen Kaffee», sagte Jeanne. «Bitte.»

Sie hatten sie belogen. Sie waren schuld daran, daß sie sich böse und herzlos vorgekommen war. Es war leichter, sie beide nicht zu sehen. Es war besser. Und nur gerecht. «Nein», sagte sie. «Ich kann nicht.»

Jeanne ließ ihren Arm los. Gabrielle wandte sich ab und drängte sich durch die Menge hinaus.

Nandou zog eine Augenbraue hoch, als Jeanne um mehr Wein bat – normalerweise trank sie sehr wenig –, aber er machte keine Bemerkung und winkte nur dem Kellner, der eine zweite Flasche brachte.

In dem Café, in dem sie im Lauf der Jahre hundertmal gewesen und über Theater und Politik diskutiert hatten, drehten viele Gespräche sich um den Prozeß. Mehrere Theaterkollegen hatten ihnen zugewinkt, als sie hereingekommen waren, aber Jeanne war nicht nach Gesellschaft zumute gewesen.

«Warum hat die Frau überhaupt nichts gesagt?» fragte Jeanne. «Nicht ein einziges Wort zu ihrer Verteidigung, nichts über Louis' Verhalten. Er muß doch im Lauf der Jahre unzählige Geliebte gehabt haben. Ich bin überzeugt, jeder Richter in dem Saal, sämtliche Geschworene haben ihre Affären. Es ist eine Ungerechtigkeit sondergleichen. Wieso hat sie geschwiegen?»

«Vielleicht wußte sie, daß es ihr nicht geholfen hätte, ihren eigenen oder irgendeinen anderen Mann zu beschuldigen.»

«Aber ein Jahr Gefängnis! Und da wagt dieser Richter auch noch von Milde zu sprechen!» Jeanne hob ihr Glas, starrte in den Wein und sagte leise: «Ich kann mir nicht verzeihen.»

Nandou schwieg.

Es ist anders geworden, dachte sie. Die Veränderung hatte in der Nacht angefangen, als sie ihm ihre Schuld an Edmée Vollards Verhaftung eingestanden hatte. Er zwar zornig gewesen – mit Recht –, aber als der Zorn verflogen war, da war mit ihm noch etwas anderes geschwunden. Sie hatte es nur ganz allmählich wahrgenommen, ohne zu wissen, was es war: eine Leere vielleicht, die sie paradoxerweise noch eindringlicher empfand, wenn Nandou sich bei ihr aufhielt. Irgend etwas war anders, wenn er sie ansah, auch wenn die großen dunklen Augen sie so aufmerksam und forschend beobachteten wie immer. Eines Tages hatte er einen Akt des neuen Stücks gelesen, an dem sie gerade arbeitete; die Szenen waren nicht überzeugend gewesen, und er hatte ihr teilnehmend die Hand auf den Arm gelegt. Die Beiläufigkeit der Geste hatte es ihr schlagartig klargemacht: Geschwunden war sein Begehren nach ihr. Das

Begehren, das er immer bekämpft und selbst in jenen Nächten zu verbergen gesucht hatte, da es ihn besiegt hatte – es war nicht mehr da.

Eigentlich hätte sie froh sein müssen; wie oft hatte sie gewünscht, er würde nicht darunter leiden! Und sie war auch froh um seinetwillen, aber sie selbst... Wie anders das Leben geworden war. Irgendwie schien sie ihr Gleichgewicht nicht mehr finden zu können. An der Oberfläche war alles wie immer, aber darunter war eine Leere, fehlte ein Halt, dessen stützende Kraft sie bewußt niemals wahrgenommen hatte.

Sie drückte beide Hände an die Schläfen. «Hast du erwartet, daß Gabrielle zu dem Prozeß kommen würde?» fragte sie.

«Nein. Aber eigentlich wundert es mich nicht. Es ist ganz natürlich, daß Vollards Frau sie interessiert.»

«Du glaubst nicht, daß sie wegen Louis gekommen ist? Vielleicht hat sie mit ihm gesprochen.»

«Nein, sicher nicht. Ich sah Vollard mit seinem Bruder weggehen.»

«Ach so.» Jeanne trank wieder von ihrem Wein. «Gabrielle hat unsere Gesellschaft abgelehnt. Ich werde nicht mehr bitten und betteln. Nie wieder. Auch ich habe meinen Stolz. Sie weiß, wo sie uns finden kann. Wenn sie uns sehen möchte, soll sie kommen.»

«Ich glaube nicht, daß wir überhaupt eine Wahl haben», entgegnete er.

«Wir werden einfach ohne sie weiterleben.»

Er lächelte, aber wie in Erinnerung an etwas.

«Jeanne! Nandou!» Ein Mann eilte an ihren Tisch, ein begabter Dichter, mit dem sie befreundet waren, der mehrere Monate auf Reisen gewesen war. Er küßte Jeanne die Hand und meinte, sie sähe ein wenig müde aus, aber schön wie immer. Dann setzte er sich zu ihnen und sagte: «Und was finde ich bei meiner Heimkehr vor? Die Republik ist tot, Hugo im Exil und Henri Foucher auf und davon nach Italien, während seine Geliebte wegen Ehebruchs vor Gericht steht. Los, Kinder, ihr müßt mir alles erzählen, was hier inzwischen passiert ist.»

Jeanne warf Nandou einen flehenden Blick zu; sie konnte jetzt nicht hier sitzen und über Edmée Vollard klatschen.

«Hm, mal sehen», meinte Nandou. «Hugo erklärt, er wird erst zurückkehren, wenn Louis Napoleon von der Bildfläche verschwunden ist. Bonaparte beraubt uns also nicht nur unserer Freiheit, sondern auch der Literatur. Dumas der Ältere ist bankrott, aber Dumas der Jüngere lebt in Saus und Braus. Er hat seinen Roman zu einem Theaterstück umgearbeitet, das unheimlich realistisch ist und daher alle die schokkiert, die ins Theater gehen, um der Wirklichkeit zu entfliehen. Aber sie haben andere Fluchtmöglichkeiten entdeckt – der letzte Schrei ist Tischrücken. Überall halten die Leute Séancen ab, um mit den Toten Verbindung aufzunehmen.»

Nandou, dachte Jeanne, hatte ihre Bitte verstanden; wenigstens das hatte sich nicht verändert. Sie hörte ihm zu, während er das Gespräch auf die Reisen des Dichters in Deutschland lenkte, sprach selbst aber wenig. Seine Worte hatten sie auf eine Idee gebracht, und so zog sie sich hinter ein starres Lächeln zurück und hing ihren Gedanken nach.

Die Matratze war ein Strohsack, der einzige Stuhl wackelte, der Trinkbecher war angeschlagen und voller Sprünge. Aber immerhin waren ihr ein Kopfkissen und eine Decke von zu Hause zugestanden worden, ein Klapptisch, Papier und Feder und sogar ein Stapel Bücher.

Die meiste Zeit hing sie jedoch einfach ihren Gedanken nach, dachte an Marc, an seinen klaren, liebevollen Blick, seine Besuche, die Worte, die er im Gerichtssaal gesprochen hatte; dachte an ihr Zimmer zu Hause, die kühlen, weichen Leintücher auf ihrem Bett und den Lavendelduft, der in der Luft hing. An Louis dachte sie selten, weil Zorn und Fassungslosigkeit sie dann zu überwältigen drohten. Und ebenso selten an Henri Foucher, der mit seinem Verschwinden aus ihrem Leben seltsam substanzlos geworden war.

Bei den obligatorischen Rundgängen im Gefängnishof hielt sie sich anfangs von den anderen Frauen fern; es waren fast ausschließlich Prostituierte. Aber nach einer Weile wurde sie neugierig auf diese Geschöpfe, mit denen die Gesellschaft sie in einen Topf geworfen hatte. Diese Frauen redeten unaufhörlich davon, was sie tun würden, wenn sie wieder draußen seien – viel Geld verdienen, ihre Kinder besuchen, der Polizei ins Gesicht spucken. Ja, und sie hatten mehr Hoffnung als Edmée, die an den Tag ihrer Entlassung nicht zu denken wagte. Sie konnte nicht einmal zu ihren Eltern gehen, die zwar ihren Anwalt bezahlt hatten, aber allzu bereitwillig ihrem Wunsch gefolgt waren, nicht zum Prozeß zu kommen. Vielleicht würde sie enden wie die Frauen im Hof.

Eines Tages kam ein Wärter und sagte, sie hätte Besuch von ihrer Schwester. Beinahe hätte Edmée erwidert, sie habe keine Schwester, aber irgend etwas hielt sie davon ab. Stumm folgte sie dem Mann in den Besuchsraum. Die Frau, die auf der anderen Seite des Gitters wartete, kam ihr vage bekannt vor, doch ihr Gesicht war hinter einem Schleier verborgen.

Nachdem Edmée sich gesetzt hatte, schlug die Frau den Schleier zurück. «Ich bin Jeanne Sorel», sagte sie. «Ist Ihnen der Name bekannt?»

«Ja», antwortete Edmée langsam. «Sie sind mit Louis ... sie waren ...»

«Richtig», sagte die Frau. «Ich war bei Ihrem Prozeß. Ihnen ist Unrecht geschehen. Sie sind keine Verbrecherin. Sie gehören nicht hierher.»

Edmée starrte sie an. Sie wußte nicht, was diese Frau von ihr wollte. «Vielleicht verdiene ich es doch, hier zu sein.» Sie hätte nicht erklären können, warum sie dieser Fremden so ein Geständnis machte.

«Nein.» Jeanne neigte sich näher zum Gitter. «Ich möchte Ihnen zur Flucht verhelfen.»

«Was meinen Sie damit?»

«Ich möchte Ihnen hier heraushelfen.»

«Aber – wie? Warum?»

«Sie haben mir vor Jahren meine Tochter zurückgegeben. Das ist einer meiner Gründe. Die anderen sage ich Ihnen vielleicht eines Tages, wenn die Flucht gelingt. Wollen Sie es versuchen?»

Die Direktheit der Frau war bestechend. «Ja», sagte Edmée.

«Gut, Sie haben Mut. Und Sie werden ihn brauchen, denn wenn die Sache mißlingt, wird es Ihnen noch schlechter ergehen als jetzt.» Jeanne neigte sich ganz dicht zum Gitter. «Passen Sie jetzt gut auf.» Flüsternd erklärte sie ihren Plan.

Edmée hörte ihr ungläubig zu. «Das schaffe ich nicht», protestierte sie am Ende.

«Ich habe Sie beim Prozeß beobachtet. Sie haben keinen Moment die Haltung verloren. Wer das schafft, für den dürfte das, was ich vorschlage, kein Problem sein.»

Edmée glaubte das nicht, aber der beschwörende Blick der Frau erstickte jeden Widerspruch. «Also gut», sagte sie. «Ich will es versuchen.»

Mulot, der Wärter, hatte alles vorbereitet: den Tisch geschrubbt, drei Stühle bereitgestellt, die Lampe geputzt und den Docht heruntergeschraubt, so daß sie nur auf kleiner Flamme brannte. Er trank einen Schluck Wein, um sich zu stärken, und setzte sich dann an den Tisch.

Mulot war ein einsamer alter Mann, der in den langen Jahren seiner Tätigkeit in den Pariser Gefängnissen jeder Art von Gaunern und Verbrechern begegnet war. Nichts war ihm vom Feuer seiner Jugend geblieben als die tief verwurzelte Gewißheit, daß Geld und Macht verderblich waren – und die zärtliche Liebe zu dem einzigen Geschöpf, das in seinen Augen rein und unschuldig war, seinem einzigen Enkel Georges.

Bei dem Gedanken, mit dem Jungen sprechen zu können, zitterte die Hand, die den Weinkrug hielt. Vielleicht war er im Begriff, sich lächerlich zu machen – aber was konnte ein Versuch schon schaden? Wenn die Sache mißlang, hatte er nichts verloren als die Hoffnung. Aber wenn es klappte...

Er war dem Mann in einem Restaurant begegnet, in dem er oft zu Abend aß. Sie waren ins Gespräch gekommen, hatten sich über ihre Arbeit unterhalten, und der Mann, der Jean hieß, hatte ihm erzählt, daß er bei einem Vicomte in Diensten sei. Eines Abends, hatte er berichtet, war einer der Dienstboten auf die Idee gekommen nachzuahmen, was die Herrschaft einmal veranstaltet hatte – er hatte mit seinen Kollegen eine Séance abgehalten. Dabei hatte sich herausgestellt, daß die mißgestaltete Köchin ein hervorragendes Medium war, wie das ja bei Buckligen häufig der Fall sei – ob Mulot das gewußt hätte? –, und daraufhin hatten sie weitere Séancen abgehalten. Mehrmals war es Jean dabei gelungen, Verbindung zum Geist seiner verstorbenen Frau aufzunehmen. Das hatte er mit leuchtenden Augen erzählt, und Mulot war plötzlich von dem Wunsch überwältigt worden, noch einmal mit seinem kleinen Enkel Georges zu sprechen, der 1848 an der Cholera gestorben war. Jean hatte versprochen, die Köchin zu fragen, ob sie sich als Medium zur Verfügung stellen würde, und hatte ein paar Tage später dem alten Mulot mitgeteilt, sie sei zu einem Versuch bereit, jedoch keinesfalls zur heiligen Fastenzeit, da sie Gottes Zorn fürchte. Man hatte sich darum für die Séance auf den Karnevalssonntag geeinigt. Und nun stellte also Mulot seinen Weinkrug nieder und ging schwitzend vor Aufregung zur Seitentür, um Jean und seine Kollegin einzulassen.

Geschrei und Gelächter der Masken, die auf den Straßen feierten, schallten ihm entgegen, als er die Seitentür öffnete. Im Schatten standen Jean und die Frau, Berthe, eine kleine, bucklige Person. Leise führte er beide in sein Zimmer. Berthe fragte ihn mit rauher Stimme, ob er ein guter Christ sei, und erbat dann einen Schluck Wein, da sie sich dann den Stimmen aus dem Jenseits besser öffnen würde. Mulot wies stumm zu dem Krug auf dem Tisch, viel zu aufgeregt, um sprechen zu können.

Berthe nahm Hut und Schal ab und inspizierte mißbilligend den Tisch: zu groß für festen Handkontakt, zu hoch für sie und daher unbequem. «Wir müssen versuchen, es ihr recht zu machen», flüsterte Jean, «sonst brauchen wir gar nicht erst anzufangen.» Mulot nickte und holte einen kleineren, leichteren Tisch aus seiner Schlafkammer. Berthe war immer noch nicht zufrieden: Der Tisch müsse weiter links stehen, ein Kissen für ihren Stuhl wäre ihr recht und ein weiterer Schluck Wein dazu, die Litanei der Wünsche war fast endlos. Aber schließlich war doch alles in Ordnung, und die drei setzten sich an den Tisch, die Arme so weit ausgestreckt, daß ihre Finger sich berührten. Nach langer, gespannter Stille, in der Berthes Atem immer keuchender wurde, rief sie endlich laut: «Ist jemand hier? Ist jemand hier? Einmal klopfen heißt ja, zweimal nein. Ist jemand hier?»

Stille. Plötzlich hüpfte der Tisch in die Höhe wie ein störrischer Esel, und es pumperte einmal. Mulots Herz pumperte mit.

«Ist es ein Mann?» rief Berthe. Stille. Dann zwei Klopfzeichen.

«Eine Frau?» Eines.

«Hat sie eine Botschaft für Monsieur Mulot?» Zwei Klopfzeichen.

«Ist die Botschaft für mich?» Wieder zwei.

«Ist sie für Jean?» Ein Zeichen.

Jean, der links von Mulot saß, stieß einen tiefen Seufzer aus. «Ist es Marie?» flüsterte er. «Marie, Liebste, bist du's?» Lange Stille. Dann sachtes Klopfen. «Ah!» rief Jean. «Es ist meine Frau.»

«Laß uns die Botschaft hören», sagte Berthe mit tiefer Brummstimme.

Es dauerte lange, bis die Botschaft durchgegeben war, denn jeder einzelne Buchstabe des Alphabets mußte durch Klopfzeichen übermittelt werden.

«Jean, ich liebe dich wie immer. Sei gut zu Louise.»

«Ja, ja!» rief Jean. «Louise ist ihre Schwester. Sie hat sich kurz vor ihrem Tod mit ihr gestritten.»

Sie schlossen die Augen und konzentrierten sich wieder, aber es geschah nichts mehr. Der Tisch war nur ein lebloses Stück Holz. Schließlich öffnete Berthe den Kreis ihrer Hände, ließ ihre Finger flattern wie kleine Flügel und sagte, sie sollten etwas trinken, ehe sie weitermachten. Mulot schenkte ein, trank aber kaum von seinem Becher. Berthe schlürfte mit Genuß und erzählte eine weitschweifige Geschichte von ihrer Schwester, die ins Languedoc gereist war, bis Mulot schließlich fragte, ob sie nicht weitermachen könnten.

Doch trotz Berthes wiederholter Fragen, ob jemand da wäre, rührte der Tisch sich nicht. Am Ende sagte Jean, es hätte wohl keinen Sinn, sie sollten besser aufhören, und Berthe stimmte zu, aber genau in dem Moment wackelte der Tisch kurz, und gleich darauf ertönte ein schwaches Klopfen.

«Ist jemand hier?» rief Berthe. Ein Klopfzeichen. «Ist es ein Mann?»

Zwei. «Eine Frau?» Wieder zwei. «Ist es ein Kind?» Lange Pause. Dann einmaliges kurzes Klopfen.

«Oh!» rief Mulot.

«Hast du eine Botschaft für jemanden?» Der Tisch wackelte schwach. «Das ist ungewöhnlich», flüsterte Berthe. Dann lauter: «Möchtest du mit jemandem hier sprechen?» Wieder wackelte der Tisch. «Möchtest du mit jemandem hier sprechen?» Ein ganz schwaches Klopfzeichen.

«Georges, mein kleiner Georges!» rief Mulot. «Bist du es?»

Ein Klopfzeichen. Mulot stöhnte. Lange Stille. Dann eine kurze Botschaft: «Zu schwach. Brauche Hilfe.»

«Wir verstehen dich nicht», sagte Berthe.

«Schwach.» Stille. «Großpapa, hol Hilfe.»

«Wissen Sie, was er will?» fragte Berthe flüsternd Mulot.

«Nein», krächzte Mulot.

Wieder sprach Berthe mit ihrer tiefen Stimme. «Ich kann dich nicht begreifen. Brauchst du Hilfe?» Ein Klopfzeichen. «Was für Hilfe?»

«Die Frau.» Schweigen. «Bitte.»

«Ich verstehe das nicht», flüsterte Berthe. «Ich weiß nicht, was ich tun soll.» Laut fragte sie: «Was für eine Frau?»

Langsam, mit immer größer werdendem Abstand zwischen den Klopfzeichen, kam die Antwort: «Vollard.»

«Was soll das bedeuten?» flüsterte Jean.

«Ich hab keine Ahnung», sagte Berthe.

Stille.

«Kennen Sie eine Frau, die Vollard heißt?» flüsterte Jean.

Bedächtig entgegnete Mulot: «Eine Frau hier im Gefängnis heißt Vollard. Edmée Vollard.»

«Ist sie ein Medium?» fragte Jean.

«Ich weiß es nicht. Sie sitzt wegen Ehebruch.»

Der Tisch begann zu wackeln, wie zur Bestätigung.

«Georges, mein Kleiner», sagte Berthe, «kann diese Frau dir helfen, mit deinem Großvater zu sprechen?»

Ein Klopfzeichen. Mulot überlief es eiskalt.

«Mulot, können Sie sie herholen?» flüsterte Jean.

Wieder wackelte der Tisch.

Mulot stand auf. «Ich hole sie.»

«Gut», sagte Berthe. «Wir warten hier. Wir halten die Verbindung.»

Mulot nahm seinen Schlüsselbund und ging. Draußen im düsteren Gang mit den feuchten, muffig riechenden Mauern gewann augenblicklich die Realität die Oberhand; er fragte sich, ob er träume oder ein Narr sei oder beides. Aber als er sich der Zelle Edmée Vollards näherte, stand sie von ihrer Pritsche auf, kam zur Tür und sagte, ehe er sprechen konnte: «Das Kind hat Sie zu mir geschickt. Ich fühle es.»

Wenn der Mann jetzt nicht bald seinen Wein trinkt, dachte Jeanne, nehme ich den Krug und flöße ihm das Zeug mit Gewalt ein. Aber der Krug, in den sie das Pulver gegeben hatten, während Mulot Edmée geholt hatte, blieb unberührt stehen, obwohl man dem Alten bei seiner Rückkehr angesehen hatte, daß er nun blind an alles glaubte. Und Edmée machte ihre Sache gut. Den Kopf nach rückwärts geneigt, das Gesicht wie in Trance, die Hände eingebunden in den geschlossenen Kreis auf dem Tisch, mimte sie mit hoher Kinderstimme das Medium, durch das der kleine Georges sich mitteilte. Nur waren die spärlichen Auskünfte über den toten Enkel, die Jeanne aus Mulot herausgekitzelt hatte, bald verbraucht, und seit zehn Minuten hielt Edmée sich nun mit Liebesbeteuerungen für Großpapa und Verweisen auf das Glück und den Frieden im Himmel mühsam über Wasser. Weder die Banalität noch die Langsamkeit der Antworten auf seine Fragen schienen Mulot zu stören, der in einem Fieber von Erinnerung und Schmerz brannte, das kaum geschürt zu werden brauchte. Er hätte einem leid tun können, wäre man nicht zur eigenen Sicherheit darauf angewiesen gewesen, daß er endlich den Wein trank und in den tiefen Schlaf versank, der die Flucht möglich machen würde.

«Georges», sagte Mulot, «sprichst du im Himmel mit deiner Großmutter?»

Lange Pause. «Ja», piepste Edmée. «Großmama ist glücklich.»

Jeanne warf Nandou einen verzweifelten Blick zu. Trotz ihrer inneren Unruhe konnte sie nicht umhin zu bewundern, mit welcher Überzeugungskraft er die bucklige Berthe spielte. Sie hatte ihn eigentlich nicht in diese Sache hineinziehen wollen, aber bald eingesehen, daß ihr Plan ohne seine Hilfe nicht durchführbar war. Weder war sie eine so gute Schauspielerin, daß sie Mulot von der Echtheit der Séance hätte überzeugen können, noch war sie kräftig genug, den Tisch zu manipulieren. Als sie Nandou ihren Plan unterbreitet hatte, war der vertraute Funke in seinen Augen aufgeflammt, und er hatte gesagt: «Ich sehe, du hast mir wieder eine Paraderolle geschrieben.» Einen Moment lang hatte sie gehofft, es würde alles wieder werden wie früher. Aber der Moment war verflogen.

«Großpapa, ich werde so müde», piepste Edmée. Die Verzweiflung in ihrer Stimme war so deutlich, daß selbst der verwirrte Mulot sie hören mußte.

Hastig sagte Nandou: «Sie verliert die Kraft. Wir müssen sie freilassen.»

«Nein», bettelte Mulot. «Noch nicht.»

«Dann müssen wir sie wenigstens einen Augenblick rasten lassen. Kommen Sie, machen wir eine Pause und trinken wir einen Schluck.»

«Heute abend trinke ich keinen Wein mehr», erklärte Mulot. «Nicht den kleinsten Schluck, solange mein kleiner Georges bei mir ist.»

«O Gott», stöhnte Edmée und glitt zu Boden.

16

Das Licht des prachtvollen Kronleuchters brach sich funkelnd in den kostbaren Geschmeiden der Frauen. Man hatte Sessel und Sofas im Halbkreis um das Klavier gruppiert für diese musikalische Soirée, bei der die Gäste von einem Geiger, einem Pianisten und Mademoiselle Gabrielle Corday unterhalten wurden.

Sie sang Arien von Donizetti und Bellini und schloß mit den sentimentalen Balladen, die die Gastgeberin, die Frau eines schwerreichen Bankiers, sich gewünscht hatte.

Als sie sich nach ihrem letzten Lied zum Applaus der Gäste verneigt hatte und sich wieder aufrichtete, entdeckte sie im Hintergrund des Salons Marc Vollard. Lächelnd ging sie durch den Raum von Gruppe zu Gruppe, hielt dabei nach Gönnern und Kollegen Ausschau, die vielleicht ihre Karriere fördern konnten, nahm Komplimente entgegen, tauschte ein paar Worte mit Leuten, von denen sie zu einer weiteren Soirée engagiert zu werden hoffte, scherzte mit den jungen Männern, die sich wie stets an sie hängten – aber ihr Ziel war Vollard. Er war in Begleitung einer jungen Frau, mit der er sich angeregt unterhielt, während er mit den anderen Gästen kaum Kontakt zu haben schien. Als Gabrielle einen ihrer Verehrer bat, sie mit ihm bekanntzumachen, sagte der: «Das ist Marc Vollard, dessen Vater seine Frau vor Gericht...»

«Ja, ich weiß. Ich würde ihn gern kennenlernen.»

Marc neigte sich über ihre Hand. «Ihr Vortrag hat mir sehr gefallen, Mademoiselle, besonders die Donizetti-Arien.»

Er sieht gut aus, dachte sie, während sie ihm dankte. Auf andere Art allerdings als sein Vater. Ihr gemeinsamer Vater. Er hatte eine kräftige, gerade Nase, einen relativ schmalen Mund, ein energisches Kinn und braune Augen mit intensivem und zugleich mißtrauisch wachsamem Blick.

Seine Begleiterin war, wie sich herausstellte, eine Cousine, die erst kürzlich nach Paris gezogen war. Nachdem sie einige Minuten geplaudert hatten, sagte Gabrielle beherzt: «Monsieur Vollard, ich hätte Sie gern einen Moment unter vier Augen gesprochen, wenn unsere Freunde» – sie sah die Cousine und ihren Verehrer lächelnd an – «uns entschuldigen würden.»

Er folgte ihr mit verwunderter Miene, die abweisend wurde, als sie bemerkte: «Ich hätte schon beim Prozeß Ihrer Mutter gern mit Ihnen gesprochen. Nein, bitte – ich möchte Ihnen wirklich nicht zu nahe treten. Ich möchte Ihnen lediglich sagen, wie sehr ich Ihren Mut im Gerichtssaal bewundert habe, als Sie für Ihre Mutter eintraten. Ich kann mir vorstellen, wie schmerzlich das alles für Sie war.»

«Ja, das war es», antwortete er steif.

Sie wartete einen Moment, ehe sie hinzufügte: «Es muß eine Qual sein, seinen Vater zu lieben und gleichzeitig sein Handeln überhaupt nicht zu verstehen.»

Jetzt sah er sie mit scharfer Aufmerksamkeit an. «Können Sie sich das denn vorstellen?»

«Ich denke schon.»

Sein Blick wurde wieder abweisend. «Das ist ein seltsames Gespräch. Wenn ich mich sonst mit jungen Damen unterhalte ...»

«Vielleicht möchte ich nicht das von Ihnen, was die jungen Damen sonst von Ihnen wollen.»

«Möchten Sie sich nicht näher erklären, Mademoiselle?»

«Nun, ich vermute, die meisten Frauen sehen in Ihnen einen möglichen Bewunderer oder Verehrer, vielleicht sogar einen Heiratskandidaten. Das tue ich nicht.»

«Und was sehen Sie in mir?» fragte er mit einer Spur Ironie.

«Ich möchte gern Ihre Freundschaft. Nichts weiter.»

Er machte ein so verblüfftes Gesicht, daß sie lachte. «Sie glauben mir wohl nicht?»

«Doch, aber ich verstehe dieses Angebot nicht.»

«Ich werde es Ihnen eines Tages erklären, wenn wir gute Freunde geworden sind.»

«Na schön», sagte er lächelnd und bot ihr die Hand.

Von der Straße schallte der gedämpfte Ruf eines Wasserträgers herauf. Edmée öffnete die Augen. Zum ersten Mal seit Tagen hatte sie das Gefühl, wieder sie selbst zu sein. Es äußerte sich in dem wohligen Behagen an kleinen Dingen, die sie um sich herum wahrnahm: Das Zimmer mit den gelben Vorhängen war freundlich; die Wintersonne schien hell herein; in der Luft hing ein verlockender Duft nach Schokolade. Sie schwang die Beine aus dem Bett und stand auf, um Morgentoilette zu machen.

In den ersten Tagen war sie sich vorgekommen wie in einem Traum, aus dem sie nicht erwachen konnte. Phantasien, Erinnerungen und Realität waren miteinander verschmolzen. War die Séance Wirklichkeit? Der besinnungslos daliegende Wärter, die Flucht aus dem Gefängnis durch den Wirbel tanzender und singender Masken auf den Straßen – war das Wirklichkeit oder Traum gewesen? Wenn sie Jeanne oder Nandou gefragt hatte: «Warum helfen Sie mir?» hatten diese nur lächelnd geantwortet: «Darüber machen Sie sich jetzt mal keine Gedanken. Sie müssen sich erst gründlich erholen.»

Aber jetzt endlich war sie wieder sie selbst. Sie schlüpfte in eines der beiden Kleider, die Jeanne ihr geliehen hatte, und sah sich noch einmal in dem Zimmer um: Es wäre das ihrer Tochter gewesen, hatte Jeanne gesagt.

Jeanne und Nandou saßen in der Küche. «Hier ist seit einer Woche nicht mehr richtig saubergemacht worden», erklärte Jeanne gerade. «Wir müssen das Mädchen wieder kommen lassen, und wenn nur für einen Tag.»

«Guten Morgen», sagte Nandou, als er Edmée bemerkte.

Sie sahen sie beide lächelnd an, und sie wollte den Gruß erwidern, war aber plötzlich so von Gefühlen überwältigt, daß sie kein Wort herausbringen konnte. Die wunderbare Alltäglichkeit der Szene – der Tisch mit der karierten Decke, die Kanne mit der heißen Schokolade und der Korb mit den Brötchen darauf, die Kupfertöpfe an den Wänden, die Selbstverständlichkeit, mit der diese beiden hier saßen –, das alles war wie eine Erlösung.

«Was ist denn?» fragte Jeanne. «Fühlen Sie sich nicht wohl?»

Edmée lachte. «Doch, doch. Mir ist nur eben bewußt geworden, wie froh und dankbar ich dafür bin, daß ich hier sein darf. Sie haben beide soviel für mich riskiert...»

«Bitte!» Nandou legte die Zeitung aus der Hand. «Ich hasse Dankeshymnen.»

«Trotzdem müssen Sie mir erlauben, Ihnen zu sagen, wie sehr...»

«Nein», entgegnete Jeanne, «das erlauben wir nicht. Wir hatten nämlich auch unseren Spaß: Nandou konnte wieder einmal in einer ausgefallenen Rolle glänzen, und ich hatte Gelegenheit, mir eine Szene auszudenken, wie ich sie liebe. Sie sehen, wir sind quitt.»

«Kommen Sie», sagte Nandou, «setzen Sie sich und frühstücken Sie mit uns.»

Jeanne reichte ihr eine Tasse. «Sie sehen heute morgen viel besser aus.»

«Es geht mir auch viel besser.» Edmée trank einen Schluck von der Schokolade, die ihr köstlicher zu schmecken schien als alles, was sie seit langem zu sich genommen hatte. «Mir geht es auf jeden Fall gut genug, um hören zu können, was die Zeitungen über mich schreiben.»

«Sie haben schon seit ein paar Tagen nichts mehr geschrieben», antwortete Nandou. «Die Sensation ist bereits verpufft.»

«Aber unmittelbar nach der Flucht haben sie doch sicher etwas gebracht?»

«Natürlich. Man hat sich über die Schlamperei in St. Lazare aufgeregt und Ihren Prozeß noch einmal durchgekaut.»

«Und kein Wort davon, daß die Polizei mich jetzt sucht?»

«Doch, das leider auch.»

«Aber die Polizei wird Sie nicht finden», versicherte Jeanne. «Jetzt, wo Sie glücklich draußen sind, werden Sie auch draußen bleiben.»

Edmée brach ein Brötchen und bestrich es mit Butter. «Ich kann mich an die Einzelheiten gar nicht erinnern. Wieso lag Mulot plötzlich besinnungslos auf dem Boden, als ich wieder zu mir kam?»

«Puh, das war ein heikler Moment», sagte Jeanne. «Sie wissen ja, er wollte den Wein nicht trinken, den wir ihm gemischt hatten. Als Sie dann ohnmächtig wurden, stürzten wir alle zu Ihnen und versuchten, Sie wieder auf Ihren Stuhl zu bugsieren. Und in dem Durcheinander packte unsere gute Berthe» – sie nickte Nandou zu – «den kleinen Sandsack, den sie unter ihrem Rock versteckt hatte, und gab dem armen Mulot eins über den Schädel. Ihr Ohnmachtsanfall kam also wie gerufen.»

«Ist Mulot tot?»

«Aber nein!» rief Nandou empört. «Ich weiß schließlich, wie man mit einem Sandsack umgeht.»

«Und von wem haben Sie das gelernt?» fragte Edmée.

«Von einem Straßenräuber. Aber die Idee mit dem Sandsack stammte von Jeanne. Wie kamst du überhaupt darauf?» fragte er sie. «Hast du das aus dem Theater?»

«Nein, von meinen Brüdern.»

Edmée dachte an die Fertigkeiten, die man sie gelehrt hatte: Klavierspielen, Englisch, Kochen, Reiten. Wie kam es, daß sie sich bei diesen Menschen, die so anders waren als sie, so wohl fühlte?

«War Nandou nicht großartig als Berthe?» fragte Jeanne.

Edmée lachte. «Glänzend. Genau wie damals als Kaminkehrergehilfe.»

«Haben Sie ihn einmal als Zwergenfürst gesehen?» fragte Jeanne.

«O ja. Louis wollte sich das Stück nicht ansehen, aber ich ...» Edmée brach errötend ab. «Aber ich habe es mir nicht nehmen lassen», fuhr sie dann fest fort. «Und ich war begeistert, sowohl von dem Stück als auch von Monsieur Nandous schauspielerischer Leistung.»

«Edmée», sagte Jeanne, «von Louis zu sprechen braucht Ihnen nicht peinlich zu sein. Ich habe ihn einmal geliebt. Und dann habe ich ihn zwanzig Jahre lang gehaßt. Nur eines würde ich Ihnen aus eigener Erfahrung raten: Lassen Sie sich nicht vom Haß auffressen. So, und jetzt trinken Sie noch eine Tasse Schokolade.»

«Vielen Dank, aber ich glaube, ich sollte mich langsam fertigmachen.»

«Wie meinen Sie das?»

«Es wird Zeit, daß ich gehe. Ich kann Ihre Gastfreundschaft nicht ewig in Anspruch nehmen. Schließlich muß ich daran denken, ein neues Leben anzufangen.»

«Aber Sie sind uns willkommen! Was wollen Sie denn anfangen?»

«Ich werde mich an meine Eltern wenden. Sie werden mir sicher weiterhelfen», erklärte Edmée entschieden, als reiche das aus, ihre Zweifel zu ersticken. Und dabei sah sie ihre Mutter vor sich, wie sie schön und kalt in ihrem Salon saß und mit dem Bischof plauderte, während sie ihm in hauchfeinem Porzellan Tee kredenzte. «Ich hoffe, sie werden mir helfen, Frankreich zu verlassen und irgendwo anders von vorn anzufangen. In England vielleicht.»

«Möchten Sie denn in England leben?»

Edmée seufzte. «Nein.»

«Und wenn Ihre Eltern es ablehnen, Ihnen zu helfen?»

«Dann werde ich ...» begann Edmée und verstummte. Eine Alternative fiel ihr nicht ein.

Jeanne schob die Ärmel ihres roten Morgenrocks hoch und stützte die Ellbogen auf den Tisch. «Sie sind wegen Ehebruchs verurteilt worden, das heißt, Sie sind gesellschaftlich und finanziell ruiniert. Außerdem sind Sie aus dem Gefängnis entflohen, das heißt, wenn Sie gefaßt werden, wird man Sie um so länger wieder einsperren. Ich möchte Sie mit meinen Worten nicht beunruhigen oder ängstigen; ich möchte Ihnen nur klarmachen, daß es für Sie das Vernünftigste ist, noch eine Weile hier bei uns zu bleiben.»

«Ich falle Ihnen schon lange genug zur Last.»

«Sie fallen uns nicht zur Last.»

«Aber ich bin doch praktisch eine Fremde für Sie. Warum wollen Sie für mich Ihre Sicherheit aufs Spiel setzen? Daß wir beide zufällig unter Louis gelitten haben, ist schließlich kein ausreichender Grund.»

«Für mich schon.»

Edmée wandte sich Nandou zu, der Jeanne so scharf beobachtete, als wolle er sie zeichnen. «Sie sagen gar nichts, aber meine Anwesenheit hier geht doch auch Sie an.»

«Ich dieser Sache», erwiderte er langsam, «überlasse ich Jeanne allein die Entscheidung.»

«Und ich möchte, daß Sie bleiben», sagte Jeanne.

Edmée überlegte einen Moment. «Ich will ehrlich sein. Natürlich wäre ich glücklich, bleiben zu können. Aber ich könnte es nur unter einer Bedingung tun – daß ich mir Kost und Logis verdiene.» Sie begann, das Frühstücksgeschirr einzusammeln.

«Was tun Sie da?» fragte Jeanne.

«Sie konnten Ihr Mädchen nicht kommen lassen, weil Sie Angst hatten, sie würde mich hier entdecken. Wenn ich für sie einspringe, wird die Hausarbeit jeden Tag getan, und Sie brauchen nichts zu fürchten.»

«Aber das ist doch grotesk!» rief Jeanne. «Sie als mein Dienstmädchen!»

«Aber warum denn nicht? Glauben Sie vielleicht, jemand aus meinen Kreisen kann nicht arbeiten? Da täuschen Sie sich.» Edmée hob den Stapel Tassen und Teller auf.

Jeanne sprang auf. «Stellen Sie das Geschirr sofort wieder hin!» rief sie so heftig, daß Edmée automatisch gehorchte. «Ich werde mich doch nicht von Ihnen bedienen lassen! Selbst wenn es Ihnen nichts ausmachen sollte, mich würde es ständig belasten.»

«Und mich würde es belasten, von Ihrer Wohltätigkeit zu leben.»

«Das hat mit Wohltätigkeit nichts zu tun. Ich schulde es Ihnen...» Jeanne brach ab und verschränkte die Arme auf der Brust.

«Geht es immer noch darum, daß ich Ihre Tochter damals mit Nandou gehen ließ? Das ist doch längst abgegolten durch alles, was Sie für mich getan haben. Sie schulden mir nichts mehr.»

Ein Ausdruck flog über Jeannes schönes Gesicht, in dem Edmée bei jeder anderen Frau Hilflosigkeit erkannt hätte. «In diesem Punkt gebe ich nicht nach», erklärte Edmée. «Ich kann nicht bleiben, wenn ich mich nicht nützlich machen kann. Da Sie das nicht wollen, muß ich gehen.»

«Wenn Sie gehen, sind Sie verloren!» rief Jeanne.

«Vielleicht verdiene ich es nicht anders.»

«Das ist doch albern! Sie müssen bleiben.»

Edmée straffte die Schultern. «Ich mag albern sein, aber ich bin auch stolz. Ich kann nicht von Wohltätigkeit leben, darum werde ich gehen.»

«Ach, verdammt!» rief Jeanne verzweifelt.

«Du schockierst unseren Gast», sagte Nandou.

«Dann hilf mir doch», bat Jeanne.

Nandou schüttelte den Kopf. «Das ist allein deine Sache, Jeanne.»

«Na gut», sagte Jeanne mit grimmiger Entschlossenheit wie zu sich selbst. Sie wandte sich wieder Edmée zu. «Ich werde Ihnen sagen, warum von Wohltätigkeit keine Rede sein kann: Ich stehe noch immer tief in Ihrer Schuld. Nur meinetwegen sind Sie überhaupt ins Gefängnis gekommen. Ich habe Henri Foucher überredet, Sie zu verführen. Ich habe Louis anonym von der Affäre unterrichtet. Und ich weiß nicht, ob es Ihnen ein Trost ist, wenn ich Ihnen sage, daß Henri mir vor seiner Abreise nach Italien sagte, daß er Sie liebt. Zu meiner Entschuldigung kann ich nur vorbringen, daß ich niemals so gehandelt hätte, wie ich es tat, wenn die Konsequenzen vorhersehbar gewesen wären. Ich wollte nur Louis strafen. Für – für etwas, das er unserer Tochter angetan hatte. Aber statt ihn zu strafen, habe ich Ihr Leben zerstört. Verstehen Sie? Ich schulde Ihnen alles!»

Edmée fühlte eine seltsame Leere. «Warum?» fragte sie wie versteinert. «Warum haben Sie das getan?»

«Weil ich Louis haßte», antwortete Jeanne leise. «Und weil ich in meinem Haß völlig blind war.»

«O Gott», sagte Edmée. «Sie glaubten, es wäre eine Strafe für Louis zu erfahren, daß ich ihm untreu bin? Es hat ihn nie gekümmert, was ich tue!»

«Wenn das wahr wäre, hätte er Sie nicht verhaften lassen!»

«Das hat er aus Wut und gekränkter Eitelkeit getan, nicht aus enttäuschter Liebe.»

«Ich kann Sie nicht bitten, mir zu verzeihen, aber lassen Sie mich wenigstens versuchen, Wiedergutmachung zu leisten, wenn das überhaupt möglich ist.»

Jeanne standen die Tränen in den Augen. Edmée sah Nandou an, aber sein Blick war auf Jeanne gerichtet, und er sah aus, als hätte er am liebsten mit ihr geweint.

Gabrielle und Marc saßen an einem kleinen Fenstertisch in einem der vielen Cafés auf dem Boulevard des Italiens.

«Kommen Sie oft hierher?» fragte Gabrielle.

«In die Cafés weniger, aber ich setze mich gern irgendwo auf dem Boulevard auf eine Bank und studiere das Licht und die Menschen.»

«Und was studieren Sie an ihnen?»

«Alles eigentlich. Ihre Haltung, ihre Bewegungen, was sie ausdrücken, ob Selbstbewußtsein zum Beispiel oder Schüchternheit. Nasen sind wichtig – was für Schatten sie werfen. Augen, mit denen habe ich die meisten Schwierigkeiten. Aber Sie sind offenbar häufig hier. Mehrere Leute haben Sie gegrüßt, als Sie hereinkamen.»

«Ach, hier sitzen immer irgendwelche Musiker», entgegnete Gabrielle.

Marc schob seinen Teller weg. «Ihre Gedanken drehen sich wohl meistens um die Musik?»

Gabrielle lachte. «Meine Gedanken drehen sich meistens um die Frage, wo das nächste Engagement herkommt. Aber im Ernst...» Sie dachte einen Moment nach. «Manchmal glaube ich, ich singe am besten, wenn ich dabei überhaupt nicht denke, sondern die Töne einfach kommen lasse.»

«Das muß ja wunderbar sein. Wenn meine Hand das tun soll, was ich will, muß ich mich vollkommen konzentrieren. Und selbst dann bin ich selten zufrieden mit dem Ergebnis.»

Sie fühlten sich wohl miteinander. In den Monaten seit der ersten Begegnung bei jener musikalischen Soirée hatte sich eine Vertrautheit zwischen ihnen entwickelt, eine Ungezwungenheit, die sie sonst im Umgang mit jungen Leuten des anderen Geschlechts nicht kannten. Gabrielle brauchte in Marc keinen möglichen Feind zu sehen; er fühlte sich nicht unter Druck, ihr schmeicheln oder mit ihr flirten zu müssen.

«Was denken Sie?» fragte Gabrielle.

«Ich habe mir eben überlegt, ob mir außer dem Malen wirklich etwas wichtig ist.»

«Ihre Mutter doch auf jeden Fall. Das habe ich im Gerichtssaal gehört, und ich weiß, ihre Flucht muß für Sie ...» Sie brach unvermittelt ab.

«Es ist schon in Ordnung. Sprechen Sie ruhig weiter.»

«Sie haben keine Ahnung, wie es zu der Flucht kam?»

«Nein. Ich weiß nur das, was in den Zeitungen stand. Der Wärter hatte irgendwelche Leute bei sich, die sich als Betrüger entpuppten. Sie überwältigten ihn und holten meine Mutter heraus.»

«Hat sie versucht, mit Ihnen Verbindung aufzunehmen?»

«Nein. Darauf wartet die Polizei ja nur, und das weiß sie sicher.»

«Kann es sein, daß Ihr Vater die Flucht organisiert hat?»

«Mein Vater? Der hat sie doch ins Gefängnis gebracht!»

Sein Ton war so bitter, daß es Gabrielle leid tat, die Frage gestellt zu haben. Um abzulenken, fuhr sie hastig fort: «Ist Ihr Vater eigentlich damit einverstanden, daß Sie malen?»

«O ja. Er hätte selbst ein guter Maler werden können, aber er hat sich nie voll engagiert. Was ich nicht begreife. Ich kann gar nicht anders als malen.» Er zog ein Skizzenheft aus seiner Jackentasche, schlug es auf und reichte es ihr. «Das habe ich gemacht, nachdem ich Sie in der *Regimentstochter* gesehen hatte.»

Gabrielle betrachtete die Skizze, die sie als Marie zeigte, eine Hand in die Hüfte gestemmt, den Kopf leicht nach rückwärts geworfen, den Mund beim Singen geöffnet. «Das ist unglaublich lebendig», sagte sie. «Darf ich es behalten?»

«Wenn Sie möchten.» Er riß das Blatt heraus.

«Danke.» Sie rollte es zusammen und steckte es ein.

«Merkwürdig, ich habe das Gefühl, daß wir schon ewig befreundet sind.»

«Mir geht es genauso», sagte Gabrielle.

«Haben Sie viele Freunde?»

«Freundinnen, ja. Die meisten Männer mag ich nicht besonders.»

«So geht's mir mit den meisten Frauen, die ich kennenlerne.»

«Haben Sie sich schon einmal gewünscht, Sie hätten eine Schwester?»

«Darüber habe ich noch nie nachgedacht.»

Gabrielle sah ihn an. Der Wunsch, ihm das zu sagen, was ihr ständig im Kopf herumspukte, ließ sich nicht länger unterdrücken. «Ich habe ein Geheimnis», sagte sie, «über das ich gern mit Ihnen sprechen möchte.»

«Ein Geheimnis? Was denn?»

«Ich kann es Ihnen nur verraten, wenn Sie mir versprechen, mit keinem Menschen darüber zu reden.»

«Ich verspreche es», sagte Marc feierlich.

Gabrielle holte tief Atem. «Also gut. Ich glaubte immer, genau wie Sie, ich hätte keine Geschwister. Aber eines Tages erfuhr ich, daß meine Mutter vor Jahren eine Affäre gehabt hatte. Der Mann verließ sie, aber sie bekam ein Kind von ihm – mich. Danach lebte sie mit einem anderen Mann zusammen, den ich für meinen Vater hielt. Aber er war es gar nicht, wie ich dann erfuhr.»

«Das muß ein schlimmer Schock gewesen sein», sagte Marc.

«Ja, ich war fassungslos. Und dann hörte ich, daß mein richtiger Vater bald nach der Trennung von meiner Mutter eine andere Frau heiratete.»

«Kennen Sie Ihren richtigen Vater?»

«Ich...» Gabrielle schüttelte den Kopf. «Nein. Ich weiß nur, daß er kurz nach der Sache mit meiner Mutter eine andere Frau heiratete und mit ihr zusammen einen Sohn bekam. Folglich habe ich einen Halbbruder.»

«Das wird ja immer spannender. Kennen Sie diesen Halbbruder?»

«Ja. Aber ich habe ihm von unserer Verwandtschaft nichts gesagt. Und von Ihnen wollte ich wissen, ob Sie mir weiterhelfen können.»

«Ich?»

«Wenn ich einem Mann sagen wollte, daß er eine Halbschwester hat, von deren Existenz er bisher keine Ahnung hatte, wie sollte ich das anstellen? Was sollte ich sagen?»

«Ich würde ihm in die Augen sehen», entgegnete Marc langsam, «und ihm ohne alle Umschweife die Wahrheit sagen.»

«Gut. Ich sehe Ihnen in die Augen.»

«Sie und ich...?»

«Jetzt wissen Sie, warum ich sagte, ich wollte nur Ihre Freundschaft.»

«Mein Vater und Ihre Mutter...»

«Hat Ihr Vater nie eine Andeutung gemacht?»

«Nein.»

Gabrielle beugte sich nah zu ihm herüber. «Sie dürfen ihm nie verraten, daß Sie es wissen, und ihn auch nie danach fragen. Wenn er es Ihnen nicht selbst sagt, hat er sicher Gründe dafür. Versprechen Sie es mir?»

«Ich... ja, gut.» Marcs Gesicht war ernst, aber dann zuckte ein Lächeln um seine Mundwinkel. «Also ist es gar nicht so merkwürdig, daß wir so schnell Freunde geworden sind.»

«Nein.» Auch sie begann zu lächeln. «Ich konnte es einfach nicht mehr für mich behalten.»

Als der Kellner kam, strahlten sie einander so selbstvergessen an, daß er das bestellte Essen mit besonders schwungvoller Geste auf den Tisch stellen mußte, um ihre Aufmerksamkeit zu erlangen.

«Du wirst es doch jetzt ruhen lassen, nicht wahr?» sagte Nicolas Vollard. «Und nach diesem letzten Bericht der Polizei nichts mehr unternehmen?»

Louis stand am Fenster im Büro der Firma und schaute hinunter auf die glanzvolle Parade: Louis Napoleon, soeben zum Kaiser gekrönt – am 2. Dezember wie Jahre zuvor sein Onkel –, befand sich auf der Fahrt zu den Tuilerien. Ohne sich von dem Schauspiel abzuwenden, sagte er: «Ich werde nichts tun, das die Firma Vollard in Verlegenheit bringen könnte.»

«Ich denke nicht an die Firma», entgegnete Nicolas. «Ich denke an dich.»

«Ich weiß.» Schweigend blickte Louis hinunter auf anmutig trabende Pferde, farbenprächtige Uniformen und blitzende Helme. «Wie das wohl sein mag», sagte er, «sich durch einen simplen Erlaß vom Präsidenten in einen Kaiser zu verwandeln? Sich durch einen reinen Willensakt zu einem anderen zu machen?»

«Du vergißt, daß dafür Menschen sterben mußten.»

«Ach Gott, Nico. Dir paßt der Kaiser nicht und dein Bruder auch nicht. Und trotzdem mußt du mit uns beiden leben.» Louis seufzte. «Der Kaiser ist wenigstens gut fürs Geschäft.»

Nicolas trat näher zu ihm und legte ihm die Hand auf die Schulter. «Das bist du auch, wenn du nur willst.»

«Du brauchst mir nichts vorzumachen. Ich weiß, daß mehrere wichtige Kunden der Bank sich wegen des Skandals zurückgezogen haben und daß Tissot uns die Teilhaberschaft bei der Eisenbahnfinanzierung aufgekündigt hat. Du dachtest, ich wäre blind für alles außer für Edmées Schicksal. Aber so war es nicht.»

«Trotzdem hast du nicht nachgegeben.»

Louis drehte sich zu seinem Bruder um. «Mach dir keine Sorgen, ich werde nichts mehr unternehmen. Die Polizei hat sie bis heute nicht gefunden. Für mich ist die Angelegenheit abgeschlossen. Ich bin geschlagen, das ist mir klar. Das ist das Zeichen der Schwachen, nicht wahr – zu wissen, daß sie geschlagen sind. Louis Vollard hat ein letztes Mal vergeblich rebelliert, möge er in Frieden ruhen.»

Nicolas packte seine Schulter fester. «Sprich nicht so. Hör auf, dich selbst zu bemitleiden und von Schwäche zu reden.»

«Aber ich bin schwach! Das solltest gerade du am besten wissen.»

Die Brüder starrten einander schweigend an.

«Und du müßtest auch wissen, daß eben diese Erkenntnis meiner Schwäche mich manchmal an den Rand des Wahnsinns treibt.»

«Ach, Louis...» Nicolas ließ ihn los und trat einen Schritt zurück. «Vergiß Edmée. Vergiß die Firma, vergiß alles außer den beiden Dingen, die dir wirklich wichtig sind – dein Sohn und das Malen. Wenn du das tust...»

«Dann werde ich stark?» Louis lächelte bitter.

«Dann findest du vielleicht zu dir selbst.»

17

Stimmengewirr und Gelächter erfüllten die Wohnung. Nach einer Pause von mehreren Monaten hatten Jeanne und Nandou endlich wieder zu einem ihrer Salons eingeladen. Viele Schauspieler waren da, einige noch aus dem ursprünglichen Ensemble von Jeannes erstem Stück, *Der Zwergenfürst*. Sie begrüßten Nandou, als hätten sie ihn seit Jahren nicht gesehen, und ließen immer wieder Zitate aus dem Stück in ihre Gespräche einfließen. Schriftsteller und Maler standen herum, Maskenbildner und Bühnenarbeiter.

Nandou hielt auf einem roten Plüschsofa hof, da brauchte er sich nicht wie im Stehen zu strecken, wenn er sich mit den Leuten unterhalten wollte. Doch selbst während der lebhaftesten Gespräche mit den Freunden, die sich um ihn scharten, glitt sein Blick immer wieder zu Jeanne. Sehr schön in einem altrosa Seidenkleid, das lange schwarze Haar hochgesteckt, ging sie zwischen den einzelnen Gruppen umher, um die Freunde mit der Frau an ihrer Seite bekannt zu machen. «Meine Liebe, darf ich dir meine Cousine Aimée vorstellen?» hörte er sie sagen. «Seit einigen Wochen lebt sie hier in Paris und arbeitet für das Theater. Sie näht phantastisch und hat gerade mit Kostümen für Claudel begonnen. Du mußt dir das unglaubliche Kleid ansehen, das sie für das neue Stück im Gaîté entworfen hat...»

«Aimée» lächelte, stellte höfliche Fragen und hörte sich interessiert die Antworten an. Hier fiel es keinem auf, daß sie für eine schlichte Näherin aus der Provinz erstaunlich selbstbewußt und gewandt auftrat; eine gewisse Grandezza gehörte für die Menschen hier zum Handwerk und diente zur Kompensierung mancher Enttäuschung und Entbehrung.

Jeanne hatte bei der Erschaffung Aimées ganze Arbeit geleistet und eine komplette Lebensgeschichte für sie erfunden, zu der ein verschollener Ehemann und eine dominante Mutter gehörten, durch deren Tod Aimée endlich ihre Freiheit erlangt hatte. Nandou war für die äußere Erscheinung zuständig gewesen: Das Haar hatte einen rötlich braunen Ton bekommen und einen neuen Schnitt, der andere Gesichtspartien betonte, die Augenbrauen wurden breiter, der Mund voller. Immer noch beherrschten die Augen das Gesicht, aber wenn nötig, konnte sie eine Brille tragen. Er hatte sie gelehrt, ihren Tonfall ein wenig zu verändern und mit südfranzösischem Akzent zu sprechen. Das konnte sie zwar auf Dauer nicht durchhalten, aber sie konnte darauf zurückgreifen, wenn sie sich wirklich mit jemandem aus ihrem früheren Leben oder gar von der Polizei konfrontiert sehen sollte. Nandous wichtigster Beitrag zu Edmées neuer Persönlichkeit jedoch waren die Papiere, die ihre neue Identität belegten.

Die Persönlichkeit dieser Frau mit Namen Edmée Vollard hatte sie mit kaum mehr Bedauern abgelegt als ein altes Kleid. Wäre es ihm auch so leichtgefallen, seine alte Persönlichkeit aufzugeben? fragte sich Nandou. Würde er mit gleicher Bereitwilligkeit ein anderer werden wollen? Die Antwort kam prompt und klar: Nein, niemals.

Nicht einmal, dachte er, wenn ich ein normal gewachsener Mensch werden könnte? Nein, auch dann nicht.

Er war fassungslos. Da hatte er jahrelang gegen diesen mißgestalteten Körper gewütet, in den er eingeschlossen war, und war doch nicht bereit, ihn herzugeben? Er hatte ihn zu dem gemacht, der er war.

In Nachdenklichkeit versunken saß er da, als Jeanne zu ihm trat, angeregt vom Plaudern, eine kleine schwarze Zigarre in der Hand. «Warum schüttelst du den Kopf?» fragte sie.

«Ich habe eben entdeckt, daß ich noch zu Gedanken fähig bin, die mich selbst überraschen.»

Sie lächelte. Jetzt verhielten sie sich so nett zueinander, so höflich. Keine bösen Worte, keine Streitereien. Keine Leidenschaften. So war es seit der Nacht, in der sie ihm gestanden hatte, was sie Edmée angetan hatte. «Ich werde Aimée jetzt mit Jules bekanntmachen», sagte sie.

«Ich komme sofort.»

Jules, der Bühnenarbeiter, der einst den Kaminkehrer gespielt hatte, war der einzige im Raum, der Edmée Vollard gekannt hatte. Es war zwar unwahrscheinlich, daß er sich nach so vielen Jahren noch an sie erinnern würde, doch die Gegenüberstellung sollte als eine Feuerprobe dienen, die ihr, wenn sie sie bestand, Selbstvertrauen geben konnte.

Nandou stand vom Sofa auf und ging auf die beiden Frauen zu, ohne Zweifel die strahlendsten Erscheinungen im Raum. Edmée – nein, Aimée – war schon im Gespräch mit Jules. «Achtundvierzig Jahre beim Theater! Da kennen Sie sicherlich alle Geheimnisse und können mir erklären, wie man in dem neuen Stück am Théâtre Lyrique die Heldin aus der Sänfte verschwinden läßt?»

Jules erläuterte es ihr mit Vergnügen und großer Ausführlichkeit. Sie stellte gescheite Fragen, drückte Bewunderung aus, hatte instinktiv gewußt, daß es Jules Freude bereiten würde, von seiner Arbeit zu erzählen. Es war offensichtlich, daß er keinerlei Erinnerung an sie hatte.

«Eine nette Frau», meinte er, als sie mit Jeanne davonging. «Aus dem Süden, nicht wahr?»

Als die Gäste gegangen waren, räumten sie zusammen auf. Jeanne und Edmée trugen das Geschirr in die Küche, Nandou spülte. Lachend begossen sie das Debüt von «Cousine Aimée» und sprachen über ihre Eindrücke im Verlauf des Abends, bis Edmée schließlich sagte, sie sei müde und wolle in ihre Wohnung hinauf, zwei kleine Zimmer in der fünften Etage, die sie erst im vergangenen Monat durch Zufall bekommen hatte. Sie war schon auf dem Weg dorthin, als sie stehenblieb und noch einmal zurückkam.

«Was ist?» fragte Jeanne.

«Ich ...» Sie wirkte verlegen. «Ich habe das Gefühl, daß ich heute abend etwas gefunden habe, nach dem ich mein Leben lang suchte. Als ich noch Edmée Tissot war, fand ich mein Leben leer. Ich heiratete Louis, weil ich glaubte, er könne mir zeigen, wie ich es ausfüllen kann, aber er war zu sehr mit sich selbst im Kampf, um rebellieren zu können. Und Edmée Vollard hat nichts weiter getan, als ihren Sohn großzuziehen. Marc fehlt mir schrecklich. Ich muß einen Weg finden, um ihn zu sehen, aber hier, bei euch, habe ich das Leben gefunden, das ich mir immer ersehnt habe. Ich meine – ich kann endlich ich selbst sein und muß mich nicht darum kümmern, was die Leute sagen ...» Sie hielt einen Moment inne. Dann lief sie zu Jeanne und gab ihr einen Kuß. «Sag nie wieder, daß du mein Leben ruiniert hast. Ich glaube eher, du hast mir geholfen, es zu finden.» Sie wandte sich Nandou zu. «Du bist ein großartiger Schauspieler. Und ein großartiger Mensch.» Dann ging sie wieder zur Tür. «Gute Nacht», sagte sie und war verschwunden.

Sie schwiegen beide, den Blick zur Tür gerichtet. Dann drehte Jeanne langsam den Kopf und sah Nandou an. «Glaubst du, ich habe es abgegolten?»

Er hörte den flehenden Ton in ihrer Stimme.

«Ja», sagte er nur. Warum nur konnte er nicht mehr sagen als dieses dumme Ja?

Er sah die gleiche Frage in ihren Augen.

Nach einer kleinen Pause fuhr sie fort: «Es war ein gelungener Abend. Wenn nur auch Gabrielle hier gewesen wäre...»

«Ja.»

Übertrieben lebhaft sagte sie: «Ich habe übrigens das Stück, an dem ich gearbeitet habe, in den Papierkorb geworfen.»

«Wirklich? Das tut mir leid.»

«Aber du weißt doch selbst, daß es nicht gut war.» Er nickte. «Letzte Woche habe ich etwas Neues angefangen.»

«Gut.»

«Es ist etwas ganz anderes. Keine Schlösser und Könige und verwunschenen Schätze mehr. Es handelt von realen Dingen, wie sie sich heutzutage in Paris abspielen – eine ähnliche Geschichte, wie Edmée sie durchgemacht hat.»

«Und wie kommst du voran?»

«Gut. Wirklich gut. Zum ersten Mal seit zwei Jahren hat es mich wieder richtig gepackt. Es geht mir beinahe so wie damals, als ich den *Zwergenfürst* schrieb. Nur ist für dich keine Rolle dabei.»

«Das ist doch Nebensache.»

«Für mich nicht.»

«Aber Jeanne! Ich weiß doch, daß sich nicht in jedes Theaterstück ein Zwerg einbauen läßt!»

«Wenn du Gott wärst», sagte sie unvermittelt, «würdest du dann dich so erschaffen wie alle anderen Menschen, oder würdest du alle anderen zu Zwergen machen?»

Er war erstaunt. Es war beinahe so, als ahnte sie, worüber er an diesem Abend nachgedacht hatte. «Ich wäre immer der, der ich bin», antwortete er langsam. «Ich wäre also niemals Gott.»

«Wünschst du dir nie, du wärst etwas anderes als Schauspieler geworden?»

«Nein.»

«Wir können das, was wir lieben, nicht selbst wählen, nicht wahr?»

Ihr Gesicht schimmerte weich im Schein der Lampe. Ihre Augen waren unverhüllt, und der Mund sehr sanft.

«Nandou», sagte sie wie gegen ihren eigenen Willen, «hast du mir verziehen?» Er nickte. «Dann sag es mir», verlangte sie. «Sag es.»

«Ich habe dir verziehen.» Es war wahr, wenn er auch nicht hätte sagen können, wann es geschehen war. Sein Zorn hatte sich allmählich aufgelöst und war der Bewunderung für ihr ehrliches Bemühen gewichen. Aber das war auch alles. Er legte ihr leicht die Hand auf die Wange und hoffte, sie könne nicht in ihn hineinsehen. Denn wenn er ihr verziehen hatte, warum war dann nicht alles wie früher? Konnte er den Rest seines Lebens in ruhiger Beschaulichkeit an ihrer Seite verbringen, lächelnd und wohlwollend, aber ohne Leidenschaft?

«Ich habe viel über alles nachgedacht», sagte er. «Es war auch meine Schuld.»

«Unsinn! Du hattest nichts damit zu tun. Ich haßte Louis und wollte mich rächen.»

«Sicher. Aber durch meine Eifersucht nährte ich deinen Haß.»

«Jetzt machst du mir angst», sagte sie. «So würdest du nicht sprechen, wenn du noch – wenn es noch ...» Sie sah ihn so durchdringend an, daß er fürchtete, nichts vor ihr verbergen zu können. Dann trat sie zurück und sagte: «Ich bin müde, Nandou. Ich gehe jetzt zu Bett.»

An einem Samstag im Januar ging Edmée in die Kirche Saint-Sulpice. Dämmriges Licht strömte durch die bunten Fenster in den stillen, hohen, kühlen Raum.

Edmée zog den Schal übers Gesicht und trat zu dem großen, muschelförmigen Weihwasserbecken. Automatisch tauchte sie die Finger ein und bekreuzigte sich, ehe sie den linken Seitengang hinunterschritt bis zur zehnten Sitzreihe. Sie sah sich einmal nervös um, dann knickste sie und schob sich hinein. Sie kniete nieder, legte die Hände aneinander, als wolle sie beten, und schloß die Augen.

«Mama?» sagte jemand unsicher.

Edmée öffnete die Augen und drehte sich um. «Marc!» Sie stand auf und setzte sich neben ihn. Im fahlen Licht sahen sie einander an und lächelten, zaghaft zuerst, dann offen und glücklich.

«Ach, mein Junge», flüsterte Edmée. «Ich kann es kaum glauben, daß du hier bei mir bist.»

«Ich wußte, daß ich eine Nachricht von dir bekommen würde», flüsterte Marc zurück.

«Ich fürchtete schon, du arbeitest vielleicht nicht mehr bei Belloc.»

«Ich gehe mehrmals in der Woche hin.» Er lachte leise.

«Ich wußte, daß du kommen würdest. Geht es dir gut, Marc, mein Liebling?»

«Sehr gut, Mama, besonders jetzt, wo ich mit dir zusammen bin.»

Edmée nahm seine Hand und drückte sie. «Du malst viel, wie?»

«Ja, jeden Tag, und wenn ich nur ein paar Skizzen mache.»

«Dann bist du glücklich.»

Marc machte ein Gesicht, als wolle er lachen, doch er unterdrückte den Impuls und sah sich um. Wurden sie auch nicht beobachtet? Doch die Kirche war fast leer, und die wenigen Gläubigen, die in den Bänken knieten, waren ganz in ihrer eigenen Welt versunken. «Du siehst ganz anders aus», flüsterte er. «Im ersten Moment war ich nicht sicher, ob du es wirklich bist.»

«Ich mußte mich doch verändern», antwortete Edmée. «Und mein Leben auch.»

«Und wo lebst du jetzt? Was tust du?»

«Wenn du wüßtest, wie gern ich dir das erzählen würde. Aber ich habe meinen Freunden versprochen, mit keinem Menschen, der mich aus meinem früheren Leben kennt, darüber zu reden. Ich würde sie in Gefahr bringen, wenn ich das täte. Außerdem möchte ich nicht, daß du womöglich in eine Situation gerätst, in der du für mich lügen müßtest.»

«Pah, das würde mir überhaupt nichts ausmachen.»

«Das ist lieb von dir, aber trotzdem...» Edmée streichelte ihm über die Wange. «Mach nicht so ein unglückliches Gesicht. Ich verschwinde ja nicht aus deinem Leben. Wir können uns regelmäßig treffen. Jeden Samstag zum Beispiel. Wie wäre das?» Sie lächelte. «Eines Tages wird sich die Polizei vielleicht nicht mehr für mich interessieren, dann wird alles wieder anders. Aber jetzt mußt du dich damit zufriedengeben, daß es mir gutgeht und daß ich gute Freunde habe.»

«Haben sie dir bei der Flucht geholfen?»

«Darüber kann ich dir auch nichts sagen, Marc. Vielleicht später einmal.»

«Du hast keine Ahnung, wie glücklich ich war, als ich von deiner Flucht hörte, Mama!»

«Und dein Vater?»

Marc straffte die Schultern. «Wir haben nicht darüber gesprochen.»

«Entschuldige, Marc. Ich hätte dich nicht danach fragen sollen.»

Marc sah sie an. «Haßt du Papa, Mama?»

Sie seufzte. «Wahrscheinlich – obwohl ich mich bemühe, es nicht zu tun. Aber du sollst ihn auf keinen Fall hassen, Marc. Er hat dich immer geliebt. Vom ersten Tag an.»

«Ja, aber manchmal denke ich, ich müßte ihn eigentlich verachten für das, was er dir angetan hat.»

«Was ich getan habe, war auch nicht recht.»

«Wieso? Was ist denn schon dabei, wenn jemand eine Affäre hat?»

«Marc, sag so etwas nicht.»

«Aber es ist meine Meinung, Mama.»

«Du bist noch zu jung. Du kannst das noch nicht verstehen. Wenn du selbst einmal eine Frau liebst und heiratest... Hast du schon jemanden gefunden, Marc? Hast du dich verliebt?»

Marc blickte zur hohen Decke hinauf. Edmée betrachtete sein Profil, sah, wie sein Gesicht sich verschloß. Dann senkte er den Kopf. So leise, daß sie seine Worte kaum hören konnte, sagte er: «Ich habe eine junge Frau kennengelernt, mit der ich mich sehr angefreundet habe.»

Wie scheu er ist, dachte Edmée. Wie schön und wundervoll scheu. «Ach, das freut mich», flüsterte sie. «Erzähl mir von ihr.»

«Sie ist Sängerin, eine sehr gute Sängerin. Sie ist klug und schön und hat sehr viel Verständnis. Wir können stundenlang miteinander reden. Aber wir sind nicht... wir sind nur Freunde. Und so wird es auch immer bleiben.»

Edmée lächelte. «Sei dir da mal nicht so sicher.»

Er wandte sich ihr zu. «Doch, Mama, ich bin ganz sicher.»

«Wir werden sehen. Warum machst du so ein grimmiges Gesicht? Sie scheint doch eine ganz besondere Frau zu sein. Wer ist sie?»

«Sie heißt Gabrielle Corday.»

«O Marc!» Ihr unterdrückter Aufschrei verhallte zitternd in der Stille. «Sag jetzt einen Moment nichts. Bitte!» Sie merkte, daß er sie verwundert ansah, aber sie brauchte Zeit, um mit dem Gehörten fertig zu werden. Tausende junger Frauen gab es in Paris, warum hatte er ausgerechnet die eine kennengelernt, die Tochter von Jeanne und Louis? Jeanne und Nandou vertraten die Ansicht, jeder sei frei, das eigene Schicksal zu gestalten, aber wie sollte das funktionieren, wenn fremde Mächte einem das Heft aus der Hand nahmen?

«Wie hast du Mademoiselle Corday kennengelernt?» fragte sie.

«Auf einer Soirée, zu der ich Cousine Sophie begleitet habe.»

«A ja. Und du magst sie sehr gern, hm?»

Marc umklammerte mit beiden Händen die Rückenlehne des Betstuhls vor dem seinen. «Ich muß mit dir sprechen, Mama. Du bist die einzige, der ich es überhaupt sagen kann. Aber es ist so schwierig.»

Sie blickte in sein gequältes Gesicht. Warum war er so unglücklich? Warum war er nicht selig in seiner Verliebtheit? Warum war er nicht...? Ein schrecklicher Gedanke brachte alle Fragen zum Schweigen. Er glaubte, Gabrielle Corday sei seine Schwester. Louis hatte ihm das gesagt. Und nun war er todunglücklich. Die eigene Schwester zu lieben und zu wissen, daß diese Liebe für immer unerfüllt bleiben mußte... Edmée faßte Marc unter dem Kinn und drehte behutsam seinen Kopf, so daß er ihr in die Augen sehen mußte. «Liebst du sie denn so sehr?»

«Es fällt mir schwer, dir zu sagen, was mit mir ist... Wenn ich überhaupt heiraten könnte, dann sie. Aber ich kann nicht, weil ich...»

«Ja, ja, ich verstehe schon», sagte Edmée und streichelte seine Wange wie früher, wenn sie den kleinen Jungen getröstet hatte.

«Mama, wenn ich dir sage, wie es um mich steht, wirst du mich verachten. Genauso wie ich mich selbst verachte. Aber ich muß es dir trotzdem sagen. Wenn du mir nur...»

«Ruhig.» Sie legte ihm wieder die Hand auf den Arm. Mußte eine Mutter nicht alles tun, was in ihrer Macht stand, um ihrem Kind zu helfen? Sie dachte an ihre eigene Mutter, die weder zum Prozeß gekommen war noch sie auch nur ein einziges Mal im Gefängnis besucht hatte.

«Du brauchst mir nichts weiter zu erklären», sagte sie zu Marc. «Ich weiß es ja.» Er starrte sie verblüfft an. «Ich weiß, wie dir zumute ist. Du hast erfahren, daß Gabrielle Corday deine Schwester ist, nicht wahr?»

«Ja», antwortete Marc verwundert. «Woher weißt du...»

«Woher ich es weiß, ist unwichtig. Marc, ich muß dir etwas sagen, das dich erleichtern wird, auch wenn es dir vielleicht auf andere Art weh tut.» Edmée seufzte. «Nichts verbietet dir, Gabrielle zu lieben und zu heiraten, wenn du das möchtest. Sie ist nicht deine Halbschwester.»

«Wie meinst du das? Papa ist nicht ihr Vater?»

«Doch.»

«Aber dann – dann müssen wir doch... Was willst du damit sagen?»

«Du bist nicht mit Gabrielle verwandt.»

«Das verstehe ich nicht», sagte Marc, aber sein Ton verriet, daß er schon begriffen hatte.

«Du bist schockiert. Das verstehe ich. Aber laß es mich erklären.» Edmée blickte nach vorn zum Altar. Es würde ihr leichter fallen, wenn sie sich vorstellte, sie sage es nicht zu ihrem Sohn, sondern zu einem Priester. Sie schloß die Augen. «Als ich erfuhr, daß dein Vater eine andere Frau geliebt hatte und mit ihr zusammen ein Kind hat, war ich tief getroffen – nicht so sehr, weil er eine andere Frau geliebt hatte, vielmehr weil er mich belogen hatte. Damals erkannte ich, daß Louis nicht der Mann war, für den ich ihn gehalten hatte. Ich glaube heute, daß ich selbst an der Enttäuschung schuld war; ich hatte mir ein Bild von dem Mann gemacht, den ich mir wünschte, anstatt den Mann, mit dem ich zusammenlebte, so zu sehen, wie er wirklich war. Aber ich war zu jung, um an irgend etwas anderes zu denken als meinen eigenen Schmerz. Ich wollte diese Kränkung nicht einfach so hinnehmen. Ich wollte beweisen, daß ich mein eigenes Leben in die Hand nehmen konnte. Ich ... ach Gott, es ist so schwer, darüber zu sprechen ...» Sie schwieg. Denk an den Priester, sagte sie sich. «Ich fing eine Affäre mit einem Mann an, der einmal ein Verehrer von mir gewesen war», fuhr sie dann entschlossen fort. «So, jetzt hast du das Schlimmste von mir erfahren. Niemand außer dem Mann selbst weiß, daß der Fehltritt, dessentwegen ich ins Gefängnis kam, nicht der einzige dieser Art war. Es war nur damals etwas – ganz anderes. Im Gefängnis sagte ich mir oft, daß ich für beide Vergehen bezahle und es nicht anders verdient habe ... Aber ich möchte jetzt nur von damals sprechen. Ich bildete mir ein, wenn ich Louis trotzte, indem ich ihn betrog – auch wenn er niemals davon erfahren sollte, und er hat es nie erfahren –, würde ich mich besser fühlen. Da irrte ich mich natürlich. Ich fühlte mich nur schlecht und schuldig und brach die Sache schon nach kurzer Zeit ab. Bald danach merkte ich, daß ich ein Kind erwartete. Im ersten Moment war ich entsetzt. Aber dann dachte ich, Gott hätte mir vielleicht vergeben, da er mich dieses Kind austragen ließ, während ich die beiden zuvor verloren hatte. Und als das Kind zur Welt kam ...» Vorsichtig berührte sie Marcs Hand. «Ach, Marc, es war wunderbar. Du warst so schön, so gesund, daß ich fest glaubte, mir sei meine Sünde vergeben. Ich habe dich vom ersten Moment an geliebt. Genau wie dein Vater. Ich meine, wie Louis. Ganz gleich, was zwischen uns – ihm und mir – war, er hat dich immer geliebt. Das weißt du doch, nicht wahr?»

Sie mußte lange warten, ehe Marc den Kopf drehte, um sie anzusehen. «Mama – woher weißt du so sicher, daß Papa – daß er nicht mein Vater ist?»

«Als Frau weiß man das, Marc», antwortete sie, gerührt von seiner Ahnungslosigkeit. «Aber wenn auch Papa nicht dein leiblicher Vater ist, so war er doch in jeder anderen Hinsicht dein Leben lang dein Vater.

Wenn er jetzt erführe, daß du nicht sein Sohn bist – ich bete zu Gott, daß das nicht geschieht, denn es wäre sehr schmerzlich für ihn –, würde er dich dennoch nicht weniger lieben. Du warst immer, du bist seine ganze Liebe und sein ganzer Stolz, Marc.»

Edmée schwieg erschöpft. Am liebsten hätte sie sich einfach auf den Steinboden sinken lassen, um sich im Frieden und in der Stille der Kirche auszuruhen. Aber sie konnte Marc jetzt nicht im Stich lassen. Sie sah es seinem angespannten, gequälten Gesicht an, daß er Hilfe brauchte.

«Es tut mir leid, daß ich dir das sagen mußte», flüsterte sie. «Wenn es eine andere Möglichkeit gegeben hätte, dich zu beruhigen, hätte ich sie wahrgenommen. Aber vielleicht kann dich wenigstens die Gewißheit trösten, daß an deinen Gefühlen für diese junge Frau nichts Unrechtes ist und daß du auf dein Glück nicht zu verzichten brauchst.»

Er sagte gar nichts.

«Marc?» flüsterte Edmée. «Willst du nicht mehr mit mir reden?»

Er hob den Kopf. «Warum hast du dir nicht zuerst meine Beichte angehört?»

«Aber Marc, was hättest du denn zu beichten – außer deiner Liebe, die du nun nicht mehr als sündig betrachten mußt.»

Er lachte lautlos, eine erschreckende Bitterkeit um den Mund. «Es mag sein, daß ich Gabrielle tatsächlich liebe, Mama, aber nicht auf die Art, wie du glaubst. Ich liebe Frauen nicht auf diese Art. Ich werde sie nie so lieben. Ich kann es nicht. Ich gehöre zu den Männern, die nur – Männer lieben können. Das war es, was ich dir sagen mußte. Ich mußte mit jemandem darüber sprechen, sonst wäre ich wahnsinnig geworden.»

«Ach Gott», sagte Edmée hilflos. Sie starrten einander an, und beide wünschten sich, verleugnen zu können, was sie gehört hatten, und wußten doch, daß es Wahrheit bleiben würde.

Seit Stunden schrieb Jeanne wie gehetzt. Die Gedanken flossen mit solchem Ungestüm, daß sie mit dem Schreiben kaum nachkam. Schließlich jedoch löschte sie die letzte Seite, schob die Blätter zu einem Stapel zusammen und ging ins Eßzimmer hinüber, um Nandou ihr Werk zu zeigen.

Er saß im schwachen Schein der heruntergedrehten Lampe, die dunklen Augen ins Leere gerichtet.

«Woran denkst du?» fragte sie leise, um ihn nicht zu erschrecken.

«An alte Zeiten», antwortete er, ohne aufzublicken.

Wie von Zauberhand gestoßen, stürzte sie selbst durch den Schacht der

Jahre: Gabrielle hockte lachend unter dem Tisch und spielte mit Fidèle, das Zimmer schien erfüllt von der Liebe, die sie alle miteinander verband, und von Nandous besonderer Liebe zu ihr. Irgendwie hatte er die Bilder, die ihn bewegt hatten, auf sie übertragen.

Er schüttelte langsam den Kopf. «Was hast du da?» Er zeigte auf die Papiere in ihrer Hand.

«Das neue Stück. Ich hatte heute nachmittag einen großartigen Einfall. Und habe jetzt doch eine Rolle für dich eingebaut.»

Er schien erfreut, sagte aber: «Das hättest du nicht zu tun brauchen.»

«Doch.» Und so war es. Der Gedanke, ein Stück zu schreiben, in dem keine Rolle für ihn vorgesehen war, hatte bei jeder Seite auf ihr gelastet wie eine düstere Mahnung. «Hier ist die erste Szene, in der du auftrittst.» Sie hielt ihm die Blätter hin.

Er drehte die Lampe höher und begann zu lesen. Während sie ihn schweigend beobachtete, bemächtigte sich ihrer die phantastische Hoffnung, daß die Szene – die Rolle, die sie für ihn geschaffen hatte – all das zurückbringen würde, was unwiederbringlich verloren schien: Gabrielle würde zurückkehren und lachend sagen, wie töricht sie gewesen war; Fidèle würde eines Abends wieder auf dem Fensterbrett stehen und sich gähnend strecken; und wenn Nandou den Blick von den Seiten hob, würden seine Augen leuchten wie früher.

Er hob den Kopf. In seinen Augen blitzten Freude und Dankbarkeit, aber nicht mehr. «Das ist glänzend, Jeanne! Wirklich. Ich freue mich darauf, diesen Mann zu spielen.» Er nahm ihre Hand. «Wieviel du mir gegeben hast», sagte er leise. «Wie reich du mein Leben gemacht hast.»

Ohne zu überlegen, kniete sie neben ihm nieder und legte ihre Hand über die seine. «Nandou, glaubst du, du wirst einmal wieder zu mir kommen wollen?»

«Jeanne, ich – ich weiß es nicht.»

«Entschuldige.» Sie entzog ihm ihre Hände. «So eine Frage sollte man nicht stellen.»

Er wandte sich ab. «Warum nimmst du dir nicht einen Liebhaber?»

«Das ist auch so eine Frage», entgegnete sie.

18

Das Stück hatte im Winter des Jahres 1854 Premiere und wurde schnell zu einem großen Erfolg. Jeden Abend war das Theater ausverkauft. Ein Kritiker schrieb erbost: «Gewiß, die Welt ist schmutzig, aber das ist noch lange kein Grund, diesen Schmutz auf die Bühne zu bringen. Wenn anständige Frauen es fertigbringen, Ehebruch zu verüben, so sollten sie dafür verurteilt, aber nicht zur mitleiderregenden Heldin eines Bühnenstücks gemacht werden.» Diese Stimmen jedoch konnten den Ansturm auf die Kasse nicht eindämmen, und auf Gesellschaften jeglicher Art sah man sich in Verlegenheit, wenn man den *Prozeß Louise Bernier* nicht gesehen hatte.

Seine besondere Pikanterie gewann das Stück dadurch, daß es auf Tatsachen beruhte, nämlich dem öffentlich angeprangerten Ehebruch und der Inhaftierung Edmée Vollards, die seit ihrer Flucht aus dem Gefängnis vor nahezu zwei Jahren verschwunden geblieben war.

Die Autorin enthielt sich bezüglich der Quellen jeden Kommentars und sagte lediglich: «Meine Stücke spielten stets an exotischen und phantastischen Schauplätzen. Aber finden Sie nicht, daß das heutige Paris der exotischste und phantastischste Schauplatz ist, den man sich vorstellen kann?»

Am meisten entzückte oder empörte die Leute einer der zentralen Aspekte des Schauspiels: Louises Ehemann, der über die Untreue seiner Frau völlig außer sich gerät, hält sich selbst eine Mätresse, und dies mit dem Wissen und der uneingeschränkten Zustimmung all jener, die Louise ein verworfenes Geschöpf nennen. In einer Szene, die in Paris bald in aller Munde war, flüchtet sich der Ehemann, nachdem er Louise wegen Ehebruchs hat verhaften lassen, zu seiner Geliebten, um von ihr getröstet zu werden, während auf der Straße vor ihrer Wohnung der Zeitungsverkäufer, ein Zwerg, mit grimmigem Spott seine Kommentare gibt: «Auf wen kann ein Mann denn noch tiefer hinunterblicken als auf einen Zwerg? Ach ja – auf eine Ehefrau, die das gleiche tut wie er.»

Als man die Autorin fragte, ob sie damit sagen wolle, daß Frauen die gleichen Rechte und Privilegien eingeräumt werden sollten wie Männern, erklärte sie, sie glaube an zwei Dinge: Gleichheit der Geschlechter und eine gute Zigarre nach dem Essen. Also wirklich, sagten die Leute lachend, was sonst konnte man schon von einer Frau erwarten, die bekanntermaßen mit einem Zwerg zusammenlebte!

«Natürlich kann man der Autorin böse sein!» erklärte Joséphine Vollard ihrer Schwiegermutter. «Aber die wahre Schuldige an dem Skandal ist doch Edmée. Ich werde ihr das nie verzeihen.»

Henriette Vollard trank einen Schluck Tee. «Ich sagte nicht, daß ich Edmée verziehen habe», erklärte sie. Sie war gebrechlicher geworden und mußte sich beim Gehen auf einen Stock stützen, aber ihre Stimme war so kräftig wie eh und je. «Aber nachdem die Berichte über ihren Prozeß aus den Schlagzeilen verschwunden waren, begannen auch die Leute zu vergessen. Dieses Stück jedoch, dieses ekelhafte Machwerk aus der Feder dieser Kreatur...» Henriettes Wut drohte alle Dämme zu sprengen. Haltsuchend packte sie den Griff des Stocks an ihrer Seite. «Dieses Stück wird die Öffentlichkeit viel heftiger und länger bewegen. Und das ist ohne Zweifel genau die Absicht der Sorel. Sie hat das Stück nur geschrieben, um sich an unserer Familie zu rächen.»

«Ich verstehe nicht, wieso die Zensur es überhaupt durchgehen ließ», sagte Joséphine, «und wieso man die Herren nicht wenigstens jetzt dazu bringen kann, es absetzen zu lassen.»

Henriette schnaubte entrüstet. «Diese Art Drama scheint zunehmend Anklang zu finden – dieser sogenannte Realismus. Ich habe weiß Gott mit sämtlichen Leuten meiner Bekanntschaft gesprochen, die in einer Position sind, um auf die Zensoren Einfluß auszuüben, aber bisher ohne jeden Erfolg.»

Joséphine kniff die sowieso schon schmalen Lippen zusammen. «Ich werde noch einmal mit Nicolas sprechen», sagte sie.

Doch als sie einige Stunden später beim Abendessen das Thema zur Sprache brachte, blieb Nicolas in seiner Ablehnung so unnachgiebig wie bisher. «Selbstverständlich möchte ich nicht, daß Mama leidet», sagte er, «aber ich unternehme in dieser Sache nichts.»

«Du hast keine Ahnung, wie sehr sie leidet. Sie ist eine alte Frau, fast siebzig, und dann dieser Skandal!»

«Mama hat die Revolution überlebt. Ein Boulevarddrama wird sie gewiß nicht umbringen.»

Joséphine betrachtete ihn einen Moment lang schweigend. Vierzehn Jahre waren sie verheiratet, aber sie wußte immer noch nicht, in welchen Fragen sie bei ihm mit Nachgiebigkeit rechnen konnte.

«Du bist kalt, Nicolas», sagte sie. «Kalt wie ein Fisch.»

Geduldig sagte Nicolas: «Louis selbst hat seine privaten Geschichten mit Edmée als erster in die Öffentlichkeit getragen. Wenn dann darüber geklatscht wird, kann er sich nicht beschweren. Und wir ebensowenig.»

«Ich dachte immer, du liebst Louis», meinte Joséphine bitter. «Ich glaubte, du würdest ihn vor den Konsequenzen seines Handelns schützen wollen.»

«Ich liebe ihn, aber das hindert mich nicht, seine Schwächen zu erkennen. Die Folgen seines Handelns kann ich ihm sowieso nicht abnehmen. Er und Mama, du und ich und Marc, wir alle können nur unser Leben weiterführen, als gingen uns der Klatsch und das Stück nichts an.»

«Du hast leicht reden! Du führst sowieso ein Leben, als ginge nichts dich etwas an! Du machst dich zum Sklaven der Firma und arbeitest Tag und Nacht, aber nicht, weil dir am Geld liegt. Das wußte ich von Anfang an. Ich glaubte immer, dir ginge es um den Namen Vollard, um die Reputation, um die gesellschaftliche Stellung. Aber das ist es anscheinend auch nicht, sonst würdest du doch versuchen, das Machwerk dieser rachsüchtigen Person verbieten zu lassen und ... Was starrst du mir so auf den Mund, wenn ich spreche? Du tust das oft, es macht mich nervös.» Joséphine preßte die Lippen aufeinander.

«Ich dachte daran, wie ich dich kennengelernt habe», sagte Nicolas.

«Was soll das nun wieder heißen?»

«Genau das, was ich sage. Ich dachte an unsere jeweiligen Gründe für die Heirat. Und deine Vorstellungen sind wohl in angemessener Weise erfüllt worden.» Nicolas stand auf und warf seine Serviette auf den Tisch.

«Wohin gehst du? In die Bibliothek, um zu arbeiten, nehme ich an.»

«Nein. Dank der Stabilität unseres Kaiserreichs habe ich diese Woche schon genug Geld für die Firma Vollard gescheffelt.» Seine Heftigkeit bestürzte Joséphine, doch bevor sie noch etwas sagen konnte, war er schon zur Tür hinaus.

Auch Louis und Marc saßen beim Essen. Es gab Abende, da sprachen sie kaum ein Wort; kam doch ein Gespräch zustande, so drehte es sich unweigerlich um die Malerei.

«Die Fotografie ist natürlich eine herrliche Erfindung», sagte Marc, «aber ich glaube nicht, daß eine Fotografie je das lebende Modell ersetzen kann.»

Louis hob sein Messer, als wäre es ein Pinsel. «Da ist Delacroix anderer Meinung. Er sagte einmal, die Fotografie sei das einzige Mittel, die exakte Wahrheit abzubilden. Man solle deshalb mit Fotografien vorher festgelegter Posen arbeiten.»

«Nun, ich arbeite bei Belloc an einem weiblichen Akt. Niemals könnte ich die Verkürzung des Beins richtig hinbekommen, wenn ich nicht die

Frau aus Fleisch und Blut vor mir hätte. Man braucht das lebende Modell, um mit dem Pinsel die Wahrheit einfangen zu können. Vorausgesetzt natürlich, die Wahrheit ist das Ziel.»

«Aber kann man denn überhaupt ein lebendes Modell finden, das genau der eigenen Vorstellung entspricht?» widersprach Louis. «Irgendeinen Mangel haben sie doch alle, und wenn nicht, unterscheiden sie sich so stark vom Bild im Kopf, daß man nicht umhin kann, es zu ändern.»

«Und was gibt es daran auszusetzen, wenn die Veränderung gut ist?»

Louis schüttelte den Kopf. «Man muß die wahre Vorstellung im Kopf haben.»

«Aber heißt das nicht, daß du nicht sehen willst, was du vor dir hast? Das ist doch die größte Sünde, die ein Maler begehen kann – nicht zu sehen! Sich blenden zu lassen von einer vorgefaßten ...» Marc brach ab.

Louis nickte, und sie beendeten das Essen schweigend.

«Deine Großmutter hat sich übrigens darüber beschwert», bemerkte Louis, nachdem der Diener das Geschirr abgetragen hatte, «daß du schon zwei Wochen nicht mehr bei ihr warst.»

«Das stimmt leider. Aber ich hatte sowieso vor, sie in den nächsten Tagen zu besuchen.»

Louis seufzte und trank einen Schluck Wein. «Sie erkundigt sich immer wieder, ob du nicht endlich ans Heiraten denkst. Sie möchte gern Urenkel.»

«Und was sagst du ihr, Papa?»

«Daß du viel ausgehst, aber offensichtlich noch nicht die Richtige gefunden hast.»

«Und was wäre, wenn ich überhaupt nicht heirate?» fragte Marc, den Blick gesenkt.

«Wie meinst du das? Warum solltest du nicht heiraten?»

«Ich ... ach, es war nur so eine Frage.»

Wieder schwiegen sie beide.

«Papa», sagte Marc schließlich, «bitte entschuldige mich, ich gehe nach oben, ins Atelier.»

«Willst du bei Gaslicht malen?»

«Nein, nur über das Malen nachdenken.»

«Ach so.» Louis schien es zufrieden, aber als Marc fast an der Tür war, stellte er doch die Frage, die ihm seit Monaten keine Ruhe ließ. «Hast du sie gesehen seit – seit ...»

«Wen?»

«Deine Mutter.»

Marc zögerte kurz. «Ja.»

«Dann weißt du, wo sie ist?»

«Nein, das weiß ich nicht.»

Louis ballte die Fäuste, aber er konnte die nächste Frage nicht zurückhalten. «Wenn du es wüßtest, würdest du es mir sagen?»

«Das könnte ich nicht. Das mußt du verstehen.»

«Natürlich.» Mauern richteten sich zwischen ihnen auf.

«Gute Nacht, Papa.»

«Gute Nacht, mein Junge.»

Louis sah ihm nach und dachte, daß die breitschultrige Gestalt mehr der von Nicolas glich als seiner eigenen, und die braunen Augen, so klar, so forschend, hatte er von ihr... Vergiß sie, hatte Nico gesagt. Aber so leicht war das nicht.

Jeanne saß in ihrem Zimmer am Schreibtisch. Sie schrieb nicht, hatte gar nicht die Absicht zu schreiben, aber sie hatte so viele Stunden ihres Lebens an diesem Schreibtisch verbracht, mit Träumen, Phantasien, froher oder mühsamer Arbeit, daß sie wie von selbst zu ihm strebte, auch wenn sie nur lesen oder sinnieren wollte.

Es war halb zehn. Das Ticken der Uhr war deutlich hörbar, jetzt, da Räderrollen und Hufschlag auf den Straßen fast ganz verstummt waren. Die Pariser saßen beim Abendessen oder im Theater oder in der Oper, jedenfalls die unter ihnen, die das nötige Geld hatten. Irgendwo in der Stadt sang Gabrielle vielleicht bei einem privaten Konzert; an einem der öffentlichen Theater trat sie den Zeitungen zufolge derzeit nicht auf. Der große Durchbruch war ihr bisher versagt geblieben. «Und ich glaube nicht, daß er noch kommen wird», hatte Nandou gesagt. «Sie ist nicht besessen genug von ihrem Beruf.»

Fast vier Jahre war sie nun fort. Es war nicht mehr so, daß einem ihre Abwesenheit ständig bewußt wurde, und oft konnte Jeanne die Nacht durchschlafen, anstatt schreckhaft hochzufahren und sich dann stundenlang voll Hoffnung und Zorn, Reue und Verzweiflung in ihrem Bett zu wälzen. Manchmal glaubte sie beinahe, es wäre leichter gewesen, wenn Gabrielle gestorben wäre. Den Tod konnte man mit der Zeit akzeptieren. Aber wie sollte man sich mit einer Situation abfinden, die sich wieder ändern sollte und die sich doch niemals änderte?

Sie lauschte dem Ticken der Uhr. Es war so einsam in der Wohnung. Nandou hatte an diesem Abend Vorstellung und würde nicht vor Mitternacht nach Hause kommen.

Welche Ironie! Ihre blinde Wut auf Louis hatte sie zur Freundschaft mit seiner Frau geführt. Ihre zärtlichen Gefühle für Nandou, die sie niemals zu Leidenschaft hatte anfachen können, hatten sich ohne ihr Zutun in Wünsche verwandelt, sobald keine Aussicht mehr bestand, daß sie erfüllt werden würden.

Schließlich stand sie auf, um zu Bett zu gehen, zog die Nadeln aus ihrem Haar – und hörte draußen den Klopfer schwer gegen die Tür fallen. Wer konnte das um diese Zeit sein? Gabrielle vielleicht? Die Hoffnung überfiel sie wie ein Fieber. Es mußte Gabrielle sein! Sie warf die Haarnadeln auf den Schreibtisch und lief zur Tür.

«Guten Abend», sagte Nicolas Vollard. «Ich hoffe, ich störe nicht.»

Sie starrte ihn entgeistert an.

«Nein», sagte er, «ich muß mich berichtigen. Es ist mir gleich, ob ich Sie störe. Ich möchte Sie stören. Ich muß mit Ihnen sprechen.»

Mit einer Handbewegung forderte sie ihn auf einzutreten.

«Warten Sie», sagte sie, «ich will nur die Lampe höher drehen.» Als sie sein Gesicht deutlicher sehen konnte, entdeckte sie in seinen grauen Augen eine Erregung, die sie nicht verstand. «Möchten Sie mir nicht Ihren Mantel geben?»

Er schüttelte den Kopf. «Ich bleibe nicht lang.» Dann nahm er aber doch seinen Hut ab, legte ihn auf den Tisch und blickte ihr forschend ins Gesicht, als suche er nach irgendeinem Zeichen.

«Was ist?» fragte Jeanne. «Sind Sie hergekommen, um mir wegen des Theaterstücks die Leviten zu lesen?»

«Glauben Sie, dann hätte ich Ihnen zur Premiere Rosen geschickt?»

«Ist Louis etwas geschehen, von dem Sie meinen, ich müßte es wissen? Obwohl ich mir wahrhaftig nicht vorstellen kann, wieso.»

«Nein. Sprechen wir doch ausnahmsweise einmal nicht von Louis. Seinetwegen bin ich nicht hier. Er hat mit uns nichts zu tun.»

«Mit uns?» fragte Jeanne.

«Ja.» Nicolas trat einen Schritt näher zu ihr. «Können Sie leugnen, daß zwischen uns von Anfang an eine starke gegenseitige Anziehung bestand?»

Im ersten Moment war sie sprachlos, dann lachte sie über seine Unverblümtheit. «Nein, das leugne ich nicht.»

«Gut. Ich habe ständig versucht, es vor mir zu verbergen. Aber das will ich jetzt nicht mehr.»

«Wie meinen Sie das?»

«Ich glaubte immer, in meinem Leben gäbe es keinen Platz für so etwas wie Liebe. Ich wußte gar nicht, was Liebe ist – weiß es vielleicht immer noch nicht. Aber wenn es Liebe ist, von Tag zu Tag intensiver an einen anderen Menschen zu denken, sich danach zu sehnen, mit diesem Menschen zusammenzusein – wenn das Liebe ist, dann möchte ich ihr – möchte ich Ihnen – in meinem Leben Platz schaffen.»

Langsam entgegnete Jeanne: «Fragen Sie mich, ob ich Ihre Geliebte werden will?»

«Ich... Ja.»

«Ich glaube, ich muß mich erst mal setzen.»

«Mir ist klar, daß Sie kaum etwas über mich wissen, außer daß ich ein Vollard bin, ein Angehöriger der Familie und jener Welt, die Sie zu verachten scheinen.»

«Ich weiß, daß Sie ein glänzender Geschäftsmann sind.»

«Dem nur das Geld wichtig ist?»

«Das sagte ich nicht.»

«Es ist schon wahr, das Geld ist mir wichtig, aber es geht mir weniger um seinen Besitz als um die Herausforderung, die in jeder großen finanziellen Transaktion steckt. Man muß Dutzende von Aspekten gegeneinander abwägen, die politischen Tendenzen und möglichen wirtschaftlichen Auswirkungen berücksichtigen; das alles reizt mich, und – es befriedigt mich. Aber das reicht nicht. Zufrieden sein, ist nicht genug. Ich möchte...» Er brach ab und breitete hilflos die Hände aus.

«Glücklich sein?» fragte Jeanne.

«Ja.»

Sie sah ihn still an. «Wie lange tragen Sie sich schon mit dem Gedanken, mich das zu fragen?»

«Vielleicht seit unserer ersten Begegnung. Vielleicht erst seit heute abend, als ich plötzlich das Gefühl hatte, ich könnte nicht mehr...» Nicolas schüttelte den Kopf. «Ich war nie ein impulsiver Mensch; vielleicht habe ich mein Leben lang auf diesen Impuls gewartet, der mich hierher getrieben hat.»

«Eine Liaison mit mir», sagte Jeanne, «würde, wenn sie bekannt würde, einen schlimmeren Skandal heraufbeschwören als alles, was Ihr Bruder getan hat.»

«Der Skandal kümmert mich nicht. Skandale sind so kurzlebig wie die Mode. Aber ich würde von Ihnen sowieso keine Heimlichkeiten verlangen. Es würde mir nicht einfallen, eine Beziehung zu Ihnen zu verheimlichen.»

Jeanne schüttelte den Kopf.

«Ich würde Sie bitten, meine Frau zu werden, wenn eine Scheidung möglich wäre.»

«Wie können Sie so etwas überhaupt in Betracht ziehen?»

Nicolas lächelte flüchtig. «Die Ehe ist das einzige Abenteuer, das den Feiglingen bleibt, wie Voltaire sagte.»

«Sind Sie denn ein Feigling?»

Er blieb direkt vor ihr stehen. «Ich hoffe es nicht. Ich würde meine Frau verlassen, wenn ich Sie damit von der Ernsthaftigkeit meiner Absichten überzeugen könnte.»

«Das ist Ihnen schon gelungen.» Sie sah ihm in die brennenden Augen. «Doch selbst wenn ich könnte», fuhr sie fort, «würde ich niemals eine Heirat fordern, nicht von Ihnen und nicht von irgendeinem anderen Mann. Ich habe kein Verlangen nach der Ehe.»

«Aber haben Sie Verlangen nach mir?» Er berührte mit einer Hand ihre Wange.

«Warum nimmst du dir nicht einen Liebhaber?» murmelte sie und dachte an die Worte Nandous.

«Was sagten Sie?»

«Nichts.»

Er zog sie vom Sofa hoch. Alle Sehnsüchte, die sie so viele Jahre unterdrückt hatte, brachen sich Bahn. Als er sich über sie neigte, um sie zu küssen, warf sie ihm mit einem Aufschrei die Arme um den Hals.

«Nicht hier», keuchte er gleich darauf.

«Doch», widersprach sie. «Hier. Jetzt. Bitte...»

«So hatte ich es eigentlich nicht geplant», sagte Nicolas ohne das geringste Bedauern in der Stimme, als sie sich später gegenüberstanden.

«Ich auch nicht. Es tut mir leid. Aber manchmal ist man einfach machtlos.»

Er lachte. «Entschuldige dich nicht. Ich werde einen Ort finden, wo wir zusammensein können. Morgen. Ich mache mich gleich morgen auf die Suche.»

Sie schüttelte den Kopf. «Nein.»

«Warum nicht? Ach so, ich verstehe. Ich setze zuviel voraus. Du hast dich noch nicht entschieden, wie unsere Beziehung in Zukunft aussehen soll.» Sein Gesicht war offen und entspannt. Glücklich.

«Nicolas, es wird keine Beziehung geben. Wir können uns nicht wiedersehen. Es tut mir leid.»

«Ich verstehe nicht», sagte er verwirrt.

«Ich glaube nicht, daß ich dir eine Erklärung geben kann, die dich befriedigen wird. Ich weiß nur, daß ich – bis auf diesen einen Abend – Nandou treu sein muß.»

Nandou ging nach der Vorstellung zu Fuß nach Hause. Im Frühlingswind lag Fliederduft, und kleinere Monde, die weißen Kugeln der Gaslaternen, erleuchteten an mehrarmigen Leuchtern hängend die größeren Straßen – eine der Neuerungen, die der Kaiser im Rahmen seiner Sanierungspläne für die Stadt eingeführt hatte. Louis Napoleon hatte sich im Lauf seiner bisherigen Amtszeit als wahrer Meister der Effekthascherei erwiesen, der sich immer Neues einfallen ließ, um sein Publikum zu blenden. Alles Teile eines großangelegten Manövers, das davon ablenken sollte, daß die Rechte der französischen Bürger unter den kaiserlichen Teppich gefegt worden waren.

Nandou sperrte die Haustür auf und ging die Treppe zur Wohnung hinauf. Als er eintrat, sah er überrascht, daß Jeanne im Wohnzimmer saß, als hätte sie auf ihn gewartet. Herzklopfend wurde er sich bewußt, wie sehr er sie liebte, beinahe tiefer als damals, als das Begehren ihn noch verzehrt hatte. Eine innigere Liebe war es, ein reineres Feuer. Er blieb stehen und betrachtete sie still. Die Haltung ihres Körpers, halb in Licht getaucht, halb in Schatten, das lang herabfallende schwarze Haar, der sanfte Schwung ihrer Wange – so atemberaubend wie ein Schwall süßen Fliederdufts.

«Jeanne», sagte er, überrascht über die Weichheit in seiner Stimme. Sie drehte sich nach ihm um. «Du bist sehr schön heute abend. Jeden Abend.» Er ging zu ihr.

Sie schwieg. Der volle rote Mund war reglos, nein, er bebte leicht. «Was ist?» fragte er. «Sag es mir.»

Sie hob eine Hand, und obwohl sie sie wieder sinken ließ, ohne ihn berührt zu haben, glaubte er, ihre warmen, schlanken Finger auf seiner Haut zu spüren.

«Ist etwas geschehen?» fragte er. «Ist etwas mit Gabrielle?»

Sie schüttelte kaum wahrnehmbar den Kopf.

«Doch. Es ist etwas passiert. Ich sehe es dir an. Du bist aufgewühlt.»

«Wirke ich so auf dich?»

«Ja. Ich spüre es.» Sein Blick schweifte durch das Zimmer.

«Es war jemand hier.»

«Ja.»

«Wer? Was ist passiert?»

«Nicolas Vollard war hier.»

«Was wollte er?»

«Mich», antwortete sie.

«Wie meinst du das?»

«Er wollte, daß ich seine Mätresse werde.»

Wie aus weiter Ferne hörte Nandou seine eigene Stimme. «Und was hast du ihm gesagt?»

«Nein.»

Er schluckte. «Warum?»

«Ich weiß es nicht. Ich merkte, daß ich – daß ich es nicht kann.»

«Wolltest du denn? Wolltest du mit ihm schlafen?» Wenn sie ja sagte, würde er wissen, daß sein Begehren für immer erloschen war.

«Ja», sagte sie.

Er sank in einen Sessel und stützte den Kopf in die Hände. «Du hättest mit ihm gehen sollen. Ich kann dir nicht geben, was er zu bieten hat – nicht die Umarmungen, nicht das Geld, nicht die vollkommene Rache an seinem Bruder, die du bekämst, wenn du ihn akzeptierst.»

«Ich will mit Rache nichts mehr zu tun haben. Glaubst du mir das nicht?»

«Doch. Entschuldige.»

Sie zog ihm behutsam die Hände vom Gesicht. «Habe ich dir nicht gesagt, daß ich dich nie verlassen werde?»

Er schwieg.

«Habe ich das Falsche getan, Nandou? Bin ich eine Närrin?»

19

«Mit vierundzwanzig sollte ein junger Mann daran denken, eine Familie zu gründen.» – «Ich verstehe dich nicht, Marc. Warum heiratest du nicht?» – «Was soll ich von einem Enkel halten, der sich weder fürs Geschäft noch für die Ehe interessiert?»

Die Stimmen schoben sich ständig zwischen ihn und das Bild. Es war das Porträt einer Frau mit Hut. Sein ganzes Leben erschien ihm wie eine dauernde Abwehrschlacht gegen die Forderungen der Familie, um endlich zu der Wahrheit durchdringen zu können, nach der er strebte.

Er arbeitete allein. Belloc, der ihm ein Freund geworden war, befand sich für einen Monat in Barbizon, um sich in der Landschaftsmalerei zu üben. Er hatte Marc den Schlüssel mit einer Herausforderung hingeworfen: «Versuch dich mal am lebenden Modell, während ich weg bin, und wenn das Ergebnis nicht allzu schrecklich ist, darfst du mich zum Essen einladen, sobald ich wieder da bin.»

Ab und zu arbeitete Marc auch jetzt noch in seinem kleinen Atelier zu Hause, obwohl er sich dort niemals richtig frei fühlte. Aber er schaffte es nicht, einfach auszuziehen. Seit seine Mutter ihm gesagt hatte, daß Louis nicht sein leiblicher Vater war, fühlte er sich seltsamerweise stärker denn je an ihn gebunden. Ganz gleich, was Louis war und was er getan hatte, er war derjenige gewesen, der ihm als erster einen Pinsel in die Hand gedrückt und ihm gezeigt hatte, wie man damit umging.

«Was hält dich in dieser Welt?» fragte Belloc manchmal. «Wozu die Fiktion aufrechterhalten, daß Marc Vollard eines Tages Bankier wird?»

Er konnte es nicht erklären. Aber er wußte, daß das Leben in der Familie mit seinen Konventionen ihn schützte. Wenn er die Bande zu dieser festgefügten Welt durchtrennte, würde er verloren sein. Das Dunkle in seiner Seele, die schwarze Verlockung würde sich Bahn brechen, und er würde machtlos sein dagegen. Das durfte nicht geschehen. Nein, er würde sein Leben als Mönch leben. Ein Mönch, der sich der Kunst geweiht hatte.

Er trat ein paar Schritte von der Leinwand zurück. Der Finger, den er eben gemalt hatte, wirkte so hölzern wie der einer Puppe. «Ach, verdammt», murmelte er.

«Was ist denn?» fragte das Modell, eine Italienerin, die er sich vor allem wegen der satten Tönung ihrer Haut ausgesucht hatte.

Er legte Palette und Pinsel nieder. «Für heute reicht's.»

«Es sind aber erst drei Stunden», sagte sie.

«Egal. Ich zahle für vier, wie ausgemacht.» Marc zog das Geld aus der Tasche und gab es ihr.

Sie stopfte es in ihre Bluse und warf einen Blick auf die Leinwand. «So gerade ist meine Nase aber nicht.»

«Aber ich will sie so.»

Sie zuckte mit den Schultern. «Magst du heute abend bei mir essen?» Er schüttelte den Kopf. «Gut, dann bis morgen, *Ciao*!»

Belloc und die meisten seiner Kollegen hätten ihr Angebot und das, was es verhieß, mit Handkuß angenommen. Ihn schreckte es nur ab. Er malte gern Frauen, er bewunderte ihre Körper, die eine wunderbare Weichheit und anmutige Fülle besaßen, aber er sah sie einzig mit dem Auge des Künstlers. Wenn er versuchte, sie anders zu betrachten, sich Berührungen vorzustellen, Zärtlichkeiten, Liebkosungen, empfand er nichts. Ihn marterten Träume von verbotener Leidenschaft, die er sich niemals erfüllen, von denen kein Mensch jemals wissen durfte.

Nicht einmal mit Belloc konnte er darüber sprechen. Marc hatte ihn mit Gabrielle bekanntgemacht, und Belloc hatte sofort vermutet, er schlafe mit ihr. Er hatte ihn nur zu gern in diesem Glauben gelassen.

Marc schüttelte den Kopf und warf einen prüfenden Blick auf die Leinwand. Sofort sah er, daß an der Nase etwas nicht stimmte. Aber was? Er trat näher, wieder zurück, noch etwas näher.

Seine Tante Joséphine: Ich kenne da eine entzückende junge Dame, die du unbedingt kennenlernen mußt, Marc. Sie kommt am Freitag abend mit ihren Eltern zu unserem kleinen Abendessen.

Sein Vater: Es kann doch nicht schaden, ab und zu auf den Festen bei deiner Tante Joséphine zu erscheinen. Vielleicht triffst du da tatsächlich einmal ein junges Mädchen, das dir gefällt.

Seine Mutter: Du weißt, ich werde dich immer lieben. Aber du mußt versuchen, diese – diese Krankheit... Du darfst nicht zulassen, daß sie dein Leben zerstört...

«Ach Gott», flüsterte er, «laßt mich doch einfach arbeiten.» Wieder griff er zum Pinsel.

An einem strahlenden Tag im Mai wartete Gabrielle unter einem wolkenlosen Himmel im Jardin de Luxembourg auf Marc. Jung und hübsch in einem rosenholzfarbenen Kleid mit großer Krinoline, die ihre Taille ungemein zierlich erscheinen ließ und jedem ihrer Schritte eine wippende Anmut verlieh, wirkte sie so heiter und unbeschwert, wie das Zweite Kaiserreich sich gern gab. Tatsächlich jedoch war sie ohne Engagement, und das schon länger, als ihr lieb war.

Im Januar war sie siebenundzwanzig Jahre alt geworden. Sie hatte den Tag mit einer schlimmen Erkältung im Bett verbracht und den silbernen Vogel in ihrer Kehle mit heißer Honigmilch gesundgepflegt. Zehn Jahre zuvor hatte ihre Mutter ihr prophezeit, daß sie einmal eine große Sängerin werden würde. Aber es war anders gekommen. Gewiß, sie war Sängerin geworden, aber zur «großen» Sängerin hatte es nicht gereicht.

Sie sang gern, aber die ständige Jagd nach neuen Engagements, die dauernde Angst...

«Hallo! Worüber denkst du denn so angestrengt nach?»

Sie lachte Marc an, der ihr entgegenkam. «Ach, nichts Besonderes. Schön, daß du da bist.»

«Tut mir leid, daß ich mich verspätet habe. Das heißt, ich war eigentlich viel zu früh hier. Aber dann hab ich mich da drüben auf eine Bank gesetzt und ein bißchen gezeichnet, und ehe ich mich's versah, war es zu spät.»

Gabrielle lachte. «Denkst du eigentlich je an etwas anderes als ans Malen?»

«Aber natürlich.»

«Ja klar, du denkst darüber nach, wo du die richtigen Modelle findest.»

«Nicht nur das», erwiderte Marc, ohne auf ihre scherzhafte Art einzugehen. «Du kannst mir glauben, daß ich auch noch anderes im Kopf habe.»

«Ist was nicht in Ordnung?» fragte sie.

«Doch, doch. Aber ich muß dich etwas fragen. Komm, gehen wir erst mal ein Stück.» Sie schlugen einen der sauber gekiesten Wege durch den Park ein.

«Hast du etwas wegen eines Engagements gehört?» fragte Marc.

«Noch nicht. Aber es wird schon etwas kommen.»

«Sicher. Aber denkst du manchmal dran, was du tun willst, wenn du mal nicht mehr singst?»

«Wieso?» rief sie. «Wie kommst du darauf?»

«Na ja, irgendwann ziehen sich doch Sängerinnen von der Bühne zurück.»

«Ja, sicher.»

«Und dann?»

«Dann gehe ich nach Italien und lasse mich in einem schönen alten Palazzo an einem See nieder.»

«Ganz allein?» fragte Marc.

«Wie meinst du das?»

«Du willst ganz allein in deinem schönen Palazzo am See leben?»

«Wieso willst du mich unbedingt als einsame alte Frau sehen?»

«Das will ich ja gar nicht, Gabrielle, aber ich mache mir Gedanken über dich. Du hast keine Familie. Du scheinst nicht heiraten zu wollen. Du erzählst mir nie, daß du verliebt bist – nur wie albern oder enttäuschend irgendein Mann wieder einmal gewesen ist.»

Gabrielle antwortete nicht gleich. Tatsächlich, sie hatte sich zwar mehrmals verliebt, aber es waren immer nur flüchtige Affären gewesen. Die Männer hatten sich ihr gegenüber aufmerksam und großzügig gezeigt, aber das Gefühl, ihnen nur für ein nettes Intermezzo gut genug zu sein, hatte sie jedes Mal veranlaßt, die Beziehung bald wieder abzubrechen.

«Du brauchst dir um mich keine Gedanken zu machen», sagte sie schließlich. «Ich komme schon zurecht.»

«Glaubst du, daß du einmal heiraten wirst?»

«Du meinst, ob ich es so machen werde, wie viele meiner Kolleginnen, die versuchen, sich einen reichen Mann zu angeln, damit sie versorgt sind, wenn sie einmal nicht mehr singen? Nein, das sicher nicht.»

«War es bei deiner Freundin Amélie Véron auch so?»

Amélie hatte ihren Beruf aufgegeben, um einen Großfabrikanten zu heiraten. Gabrielle besuchte sie manchmal und genoß es dann, statt in ihrem kleinen Zimmer in einem luxuriös eingerichteten Salon zu sitzen und sich bedienen zu lassen.

«Keine Ahnung, Amélie hat darüber nie gesprochen. Aber ich glaube nicht, daß es die große Liebe war.»

«Es gibt viele Arten von Liebe», sagte Marc.

«Ach, du weißt genau, was ich meine.»

«Hm.»

Eine Weile gingen sie schweigend nebeneinander her, dem großen Wasserbecken in der Mitte des Parks entgegen.

«Gabrielle, glaubst du, daß wir beide einander lieben?»

Sie neigte nachdenklich den Kopf zur Seite. «Ich bin gern mit dir zusammen, lieber als mit jedem anderen Mann, den ich kenne. Und ich habe das Gefühl, daß du mich verstehst, obwohl wir so unterschiedlich sind. Auch habe ich nie Angst, daß du etwas von mir willst oder mich nur ausnützen willst wie andere Männer. Ich fühle mich wohl bei dir – und geborgen. Komisch, nicht?»

«Nein, gar nicht.»

«Vielleicht liebe ich dich wirklich.» Sie lächelte ihn an. «Bruderherz.»

Marc blieb stehen. «Komm, setzen wir uns da drüben auf die Bank, ja?»

Nachdem sie ihre Röcke zusammengerafft hatte, um ihm auf der Bank Platz zu machen, neigte er sich zu ihr und sagte mit einer Spur Unsicherheit: «Ich habe eine Idee, die du vielleicht für verrückt halten wirst. Aber es ist mir ernst. Ich finde, wir beide sollten heiraten.»

«Wen denn?»

«Einander», sagte er.

«Was? Das kann doch nicht dein Ernst sein!»

«Doch.»

«Aber...»

«Wenn wir heiraten, brauchst du dir wegen der Zukunft keine Sorgen mehr zu machen. Du hättest das Vermögen der Familie Vollard im Rücken. Du könntest singen, soviel oder so wenig du willst – du könntest tun, was dir beliebt.»

Sie war verwirrt. «Hast du vergessen, daß ich deine Halbschwester bin?»

Er errötete. «Es spielt keine Rolle, daß wir verwandt sind.»

«Wie kannst du das sagen?»

«Du hast recht. Ich drücke mich unklar aus, weil ich nervös bin.» Ein Lächeln lag zitternd auf seinen Lippen. «Ich meine nicht, daß zwischen uns je mehr sein sollte als heute. Wir würden Freunde bleiben, wie jetzt, nur das Haus und den Namen teilen. Ich würde nie von dir verlangen, daß du... ich würde nie mehr als Freundschaft von dir erwarten.»

«Es wäre also eine Art Scheinehe.»

«Ja. In der du jede Freiheit hättest, Gabrielle.» Er sah sie beinahe beschwörend an.

«Aber – warum, Marc? Was hast du davon?»

«Jeder Mann braucht eine Frau, stimmt's?»

«Ja, aber er möchte doch im allgemeinen eine Frau, mit der er... Ich meine, Freundschaft allein...»

«Ich habe bis heute keine Frau kennengelernt, an der mir wirklich liegt. Aber die ganze Familie setzt mich immer stärker unter Druck. Ich soll endlich heiraten.»

«Aber selbst wenn ich mitmachen würde, Marc, würde doch dein Vater – unser Vater – es niemals zulassen!»

Marc hob abwehrend die Hände. «Ich glaube, ich könnte ihn dazu bringen.»

Gabrielle wußte nicht, was sie sagen sollte. Sie beobachtete einen Moment lang einen kleinen Jungen und ein kleines Mädchen, die lachend um den Teich rannten. Dann sah sie auf Marcs Hände hinunter, die die Kante der Bank umklammerten. Sie hob den Blick und sah ihm in die Augen. «Warum?» fragte sie wieder. «Ich muß wissen, warum du das möchtest.»

«Seit ich dich kenne, habe ich oft gedacht, daß ich nur dich heiraten würde, wenn ich überhaupt heiraten wollte.»

«Das klingt so merkwürdig. Willst du denn heiraten?»

«Ich denke, es wäre das beste für mich.»

«Aber du willst eigentlich nicht?»

«Nein.» Er senkte die Lider. Sein Gesicht wirkte gequält. «Ich... Mir liegt nichts an Frauen...»

Sie wartete darauf, daß er fortfahren würde. Als er es nicht tat, begriff sie. Sie dachte, daß sie eigentlich schockiert sein müßte, aber sie war es nicht. «Ich verstehe», sagte sie.

«Wirklich?»

«Ja.»

«Und du bist – abgestoßen?»

«Nein», antwortete sie. «Ich kenne solche Männer vom Theater.»

«Ich möchte nicht so sein», flüsterte er. «Es ist eine Sünde. Aber ich kann es nicht ändern. Ich kann nur geloben, es nie – niemals auszuleben.»

«Marc! Du Armer. Quäl dich nicht so!»

«Wenn wir verheiratet wären, würde man uns in Ruhe lassen. Wir hätten Frieden, alle beide. Ich würde arbeiten, und du...»

«Würdest du in der Firma arbeiten?»

«So wie jetzt – einen Teil meiner Zeit. Soviel, daß sie mich nicht enterben. Den Rest der Zeit würde ich malen. Ich würde dafür sorgen, daß du alles bekommst, was du willst, Gabrielle. Alles. Es könnte doch sehr schön sein. Wir verstehen uns so gut... Was meinst du?»

«Ich muß es mir überlegen, Marc.»

«Natürlich.» Ein Funke Hoffnung blitzte in seinen Augen auf und erlosch wieder. Er wandte sich ab.

Sie fühlte sich hin und her gerissen. Hier winkten gesellschaftliche Stellung und Sicherheit. Nie wieder würde sie sich den Forderungen der Komponisten und Dirigenten beugen, nie wieder die Theater nach Engagements abklappern müssen, um nicht in Vergessenheit zu geraten... Nein, das war Wahnsinn! Ihren Halbbruder zu heiraten – auch wenn sie nur unter einem Dach leben würden, ohne das Bett zu teilen –, das war unnatürlich. Aber wieso eigentlich? Wäre es denn unnatürlicher als das Leben, das Jeanne und Nandou miteinander führten? Sie verscheuchte den Gedanken. Unter einem Dach mit ihrem Vater zu leben – als seine Schwiegertochter! Unmöglich. Und doch – sie würde endlich ihren Vater kennenlernen können. Sie würde den Namen tragen, der ihr von Rechts wegen zustand. Madame Vollard – etwas, das ihre Mutter nicht erreicht hatte... Und kannte sie denn einen Mann, den sie lieber hatte als Marc? Der sich liebevoller um sie bemühte? Aber wenn die Geschichte je herauskommen sollte, wie schockiert und entrüstet die Leute dann sein würden. Aber sie brauchten ja nie zu erfahren, wer ihr Vater war... Und auch nicht, wer ihre Mutter war; denn wenn die Vollards je dahinterkommen sollten, daß sie die Tochter der Frau war, die den *Prozeß Louise Bernier* geschrieben hatte... Sie schloß die Augen. Sie sehnte sich nach einem bürgerlichen Leben, sie wünschte sich die Bequemlichkeit, die Ordnung, die Geborgenheit, den Frieden... Dann wartete sie auf den inneren Protest gegen derart ketzerische Gedanken. Es kam keiner, nur Erleichterung spürte sie. Auch Marc brauchte den Schutz bürgerlicher Wohlanständigkeit, dachte sie, wenn auch auf andere Weise als sie. Sie sah ihn an. Ja, sie hatte ihn sehr gern. Sie liebte ihn, als Bruder. Im alten Ägypten waren König und Königin oft Bruder und Schwester gewesen...

«Schau mal», sagte er.

«Was denn?»

«Da, ein Zwerg!»

«Wo?» rief Gabrielle.

Er wies mit dem Kopf auf einen Zwerg, der mit dem ihr so vertrauten schlingernden Schritt den Weg heraufkam. Aber es war nicht Nandou.

Marc zog Skizzenblock und Stift aus der Tasche. «Was in diesen Menschen wohl vorgeht, die Gott so geschaffen hat», sagte Marc.

«Es wird ihnen sicher schwerfallen, ihn zu lieben», meinte Gabrielle nachdenklich.

«Dann kann ich sie verstehen.» Sein Ton war bitter.

Aber gleich darauf, während sein Stift über das Blatt flog, sein Blick ständig zwischen Block und Sujet hin und her wechselte, schien er ihr Gespräch vergessen zu haben. Das Malen, dachte sie, würde ihm immer das Wichtigste sein.

«Darf ich es sehen?» fragte sie, als er fertig war.

Mit wenigen Strichen hatte er das Wesentliche eingefangen, die Unproportioniertheit des Kopfes, die geballte Massigkeit des Oberkörpers, den wie abgebrochen wirkenden Schwung der kurzen Arme.

«Schenkst du es mir?» fragte sie.

«Wozu willst du das haben?» fragte er erstaunt.

«Das weiß ich selbst nicht», antwortete sie wahrheitsgemäß. «Ich weiß nur, daß ich es gern hätte.»

«Aber ich muß noch... also gut, meinetwegen.» Marc riß das Blatt heraus. «Ich habe ja gesagt, daß du alles haben kannst, was du willst.»

«Danke.» Sie steckte das Blatt ein. Dann stand sie auf und sagte: «Ich betrachte es als Verlobungsgeschenk.»

«Gabrielle!» Er sprang auf. «Ist das dein Ernst?»

Sie nickte. Er wollte sie auf die Wange küssen, aber die Krinoline schob sich wie eine Barriere zwischen sie. Statt dessen nahm er ihre Hände.

«Nein!» rief Louis. «Das kommt nicht in Frage. Ich erlaube es nicht.»

«Aber du mußt, Papa!» sagte Marc.

«Ich muß gar nichts!»

Marc beobachtete schweigend seinen Vater, der unablässig in der Bibliothek auf und ab ging. Dann sagte er: «Schließlich möchtest du doch, daß ich heirate.»

«Natürlich, aber doch nicht diese Frau. Jede andere meinetwegen, aber nicht sie.»

«Sie ist die einzige, die ich je heiraten könnte.»

Louis blieb stehen. «Wie lange kennst du sie überhaupt?»

«Seit gut fünf Jahren.»

«Was! So lange geht das schon?»

«Du siehst, ich habe wirklich Zeit genug gehabt, mir klarzuwerden.»

Louis nahm seine rastlose Wanderung durch das Zimmer wieder auf. Ein kaum merkliches Hinken erinnerte an die Verwundung aus den Julitagen 1830. Kaum vorstellbar manchmal, daß dieser Mann auf den Barrikaden gekämpft hatte. Er sah immer noch gut aus, groß und dunkel, mit vollem, lockigem Haar, aber seine Haut schien gröber geworden zu sein, und seine Gesichtszüge wirkten seltsam verwischt.

«Ich sehe schon, mir bleibt nichts anderes übrig, als dir reinen Wein einzuschenken.» Louis drehte sich um. «Du kannst diese Frau nicht heiraten. Wenn ich gewußt hätte, daß du ... Sie ist deine Halbschwester, Marc.»

Schweigend sahen sie einander an. Nur Louis' erregtes Atmen war in der Stille zu hören.

«Wieso sagst du nichts? Du scheinst nicht einmal überrascht.»

«Papa, ich war dir gegenüber nicht aufrichtig. Ich wollte dir nichts verheimlichen. Verzeih mir. Ich weiß, wer Gabrielle ist. Ich weiß es schon lange.»

«Woher?»

«Gabrielle selbst hat es mir erzählt.»

Louis rieb sich die Augen, als täten sie ihm weh. «Sie hat dir alles erzählt?»

«Ich weiß nicht, was alles ist, Papa.»

«Dann sag mir, was du weißt.»

«Nur, daß du vor deiner Ehe mit Mama eine Affäre mit ihrer Mutter hattest.»

«Hat sie dir auch gesagt, wer ihre Mutter ist?»

«Nein. Ihre Mutter ist tot.»

«Tot?» wiederholte Louis verblüfft.

«Du wirkst so betroffen. Hast du das nicht gewußt?»

Marc wartete, aber Louis sagte kein Wort.

«Gabrielle spricht nicht gern von ihrem früheren Leben», fuhr Marc fort. «Ich weiß eigentlich nur, daß sie ganz allein dasteht. Aber man braucht sie nur anzusehen, um zu wissen, daß ihre Mutter sehr schön gewesen sein muß. Ich würde gern mehr über sie wissen, Papa.»

«Das ist alles mehr als fünfundzwanzig Jahre her. Ich habe keine Lust, es aufzuwärmen.»

«Ich verstehe.»

«Sonst hat Gabrielle dir nichts erzählt?»

«Nein.»

Louis begann wieder umherzugehen. Als er am Klingelzug vorüberkam, zögerte er – bitte, läute jetzt nicht nach einem Kognak, Papa –, ging dann aber weiter zum Kamin. Dort blieb er stehen und drehte sich nach Marc um. «Wenn du weißt, daß sie deine Halbschwester ist, wie kannst du dann auch nur an eine Heirat mit ihr denken?»

Das war der Moment, vor dem Marc graute. Aber es gab kein Entrinnen. Er mußte diesem Mann, den er liebte, sagen, daß er nicht sein leiblicher Sohn war. «Papa», begann er, «kein Mensch ahnt auch nur, daß Gabrielle und ich blutsverwandt sind. Man wird glauben, daß wir einfach..., und man wird es zu Recht glauben, weil...»

Louis hob abwehrend eine Hand und kam zum Sofa, um sich zu ihm zu setzen. Er legte seine Hand auf die Marcs. «Glaub mir, Marc, es tut mir in der Seele weh, dir das antun zu müssen. Ich weiß aus eigener Erfahrung, wie schlimm es ist, die Frau aufgeben zu müssen, die man liebt. Aber es muß sein, Marc. Was du tun willst, ist unrecht. Das mußt du doch wissen.»

«Papa, ich...»

«Du würdest dir dein ganzes Leben verpfuschen. Das kann ich doch nicht zulassen! Du bist mir wichtiger als alles andere auf der Welt. Ich liebe dich mehr als mich selbst. Immer, wenn ich dich ansehe, bin ich mir bewußt, daß du das einzig Gute und Schöne bist, das ich in meinem

Leben zustande gebracht habe. Ich habe nichts geleistet – aber ich bin der Vater von Marc Vollard. Du verkörperst meine besten Möglichkeiten und wirst eines Tages der Maler sein, der Mensch, der ich nie geworden bin.» Louis drückte Marcs Hand. «Ich kann nicht zulassen, daß du deine Zukunft mit dieser Heirat ruinierst. Ich würde meine Pflicht als Vater mit Füßen treten. Und ich würde mich selbst bestrafen, denn du bist mein bester Teil, das einzige, was ich hervorgebracht habe. Kannst du das nicht verstehen?»

«Doch», sagte Marc unglücklich.

«Ich wußte es.» Wieder drückte Louis seine Hand. «Sicher wird es anfangs schwer sein, aber du wirst darüber hinwegkommen. Du wirst eine andere Frau kennenlernen, die du lieben kannst, glaub mir.»

«Wenn ich Gabrielle nicht heirate, kann ich niemals heiraten.»

«Aus dir spricht jetzt der Schmerz. Das ist ganz natürlich. Aber eines Tages ...»

«Papa», unterbrach Marc, «du mußt mir glauben. Entweder ich heirate Gabrielle, oder ich heirate gar nicht.»

«Aber das ist doch absurd.»

«Sie ist mein Schutz», sagte Marc verzweifelt.

«Dein Schutz? Wovor denn?»

«Vor mir selbst. Ich bin – ich kann ... Ist dir nie aufgefallen, daß ich ... Papa, erinnerst du dich an den Abend, ehe du mit mir zu dieser Frau namens Arlette gegangen bist? Da fragte ich dich, ob ein Mensch sich ändern kann, weißt du noch? Du hast auf meinem Bett gesessen, und du sagtest, es sei schwierig, aber man dürfe nicht aufgeben, man müsse fest daran glauben, daß es möglich sei. Aber das stimmt nicht, Papa. Ich habe es seit jenem Abend unablässig versucht, und auch vorher schon, aber ich kann nicht ...»

«Was willst du mir sagen, Marc?»

Die Zärtlichkeit in der Stimme seines Vaters, die Liebe, die er spürte, ermöglichten ihm, es auszusprechen.

Als es heraus war, starrte er stumm und unglücklich in das Gesicht seines Vaters, in dem Ungläubigkeit mit Entsetzen und Schmerz stritten. Dann sah er zu seinem Schrecken Tränen in seinen Augen. Und er hörte seine Stimme: «Wenn es so ist ...»

«Nein!» rief Jeanne erregt. «Das darf sie nicht. Das müssen wir verhindern.»

«Aber wie denn?» fragte Edmée.

«Sie ist so eigensinnig wie ihre Mutter», bemerkte Nandou.

Sie saßen um den Eßtisch in der Wohnung, Jeanne im Morgenrock, mit Tintenflecken an den Fingern. Sie hatte am Schreibtisch gearbeitet, als Edmée wie wild an die Wohnungstür getrommelt hatte und mit der Schreckensbotschaft hereingestürmt war.

«Wie kann Louis das zulassen?» fragte Jeanne. «Wenn er glaubt, daß sie beide seine Kinder sind, wie kann er das dann erlauben?»

Edmée griff sich mit einer Hand an die Augen, und ihre Finger stießen an die Brille, die sie stets trug, wenn sie außer Haus ging. «Marc hat beiden – Louis und Gabrielle – die Wahrheit über sich gesagt. Sie sind sich alle drei einig, daß es nur eine – eine Scheinehe sein wird.»

«Aber Gabrielle weiß nur die halbe Wahrheit, nicht wahr? Sie hält Marc immer noch für ihren Halbbruder?»

Edmée nickte. «Marc sagte, er könne die Wahrheit keinem Menschen anvertrauen, ohne sie auch Louis zu sagen. Und das will er auf keinen Fall.»

Nandou, der durch Edmées Kommen aus dem Schlaf gerissen worden war, rieb sich die Augen. «Ich brauche dringend eine Tasse Kaffee.»

«Bleibt sitzen», sagte Edmée. «Ich mach ihn schon.»

Als sie hinausgegangen war, sahen sie einander an.

«Arme Jeanne», sagte Nandou.

«Es scheint ihr völlig gleichgültig zu sein, daß wir es durch andere erfahren. Sie hält es nicht einmal für nötig, es uns selbst zu sagen. Wie kann sie nur so hart sein, Nandou?»

«Sie weiß, wie wir reagieren würden.»

«Aber doch mit Recht!» rief Jeanne. «Sie macht sich unglücklich für ihr Leben. Was soll das für eine Ehe sein, ganz ohne Leidenschaft und körperliche Nähe? Wie kann sie mit einem Mann zusammenleben, der überhaupt nicht das Verlangen hat ...» Sie brach ab, als ihr bewußt wurde, was sie da sagte, und im selben Augenblick sah Nandou von ihr weg.

Edmée kam mit dem Kaffee und Geschirr herein. Alle drei schwiegen, während sie einschenkte.

«Ach, gottverdammter Mist», sagte Jeanne schließlich leise und verzweifelt. Edmée zuckte zusammen, Nandou schüttelte den Kopf.

«Ich weiß, was in Louis vorgeht», meinte Edmée. «Er hat Todesangst um Marc und fürchtet, daß er selbst dazu beigetragen hat, daß Marc ..., nun, daß er so ist, wie er ist.»

«Homosexuell», sagte Jeanne ruhig.

Edmée fröstelte. «Ich bringe nicht einmal das Wort über die Lippen. Wieso nehmt ihr beide das so gelassen? Wißt ihr nicht, mit welchem Ekel und Abscheu die Leute solche Menschen betrachten?»

«Abscheu ist so angenehm», sagte Jeanne bitter. «Da kann man sich selbst um so tugendhafter fühlen.»

«Ja», stimmte Nandou zu. «Die Welt braucht Monster, vielleicht weil wir soviel leichter zu erschaffen sind als Heilige.»

«Sprich nicht von dir selbst als Monstrum», entgegnete Edmée scharf.

Ein Ausdruck der Überraschung flog über sein breites Gesicht. «Du hast recht. Ich entschuldige mich.»

«Du brauchst dich nicht zu entschuldigen», sagte Edmée.

«Doch, vor mir selbst.»

Edmée trank einen Schluck Kaffee und stellte die Tasse nieder. «Wenn ich euch beide nicht kennen würde, wenn ich nicht im Theater Menschen begegnet wäre, die wie Marc sind, würde ich vielleicht genauso reagieren wie Louis und wäre bereit, so eine Ehe zur Tarnung zu dulden.»

«Es ist nicht möglich», fragte Jeanne, «daß Louis weiß, daß Marc nicht sein Sohn ist?»

«Ausgeschlossen. Ich habe es nur Marc und euch beiden gesagt. Und ich bin überzeugt, Louis möchte diese Heirat so wenig wie wir, aber er glaubt zweifellos, Marc helfen zu müssen. Ihn quälen sicher die gleichen Ängste wie mich – daß wir in Marcs Kindheit vielleicht etwas getan haben, das ihn auf diesen Weg getrieben hat, der ihm jetzt das Leben zur Hölle macht.»

Jeanne legte ihre Hand auf die Edmées.

«Und wenn ich mir vorstelle», fuhr Edmée fort, «was man Marc antun wird, wenn seine Neigungen bekannt werden sollten – dann kann ich verstehen, daß Louis diesem Heiratsplan zustimmt. Mich hat man vor sechs Jahren wegen eines Verbrechens ins Gefängnis gesteckt, das im Vergleich dazu bestimmt als harmlos angesehen würde. Und erst letztes Jahr wurden Flaubert und Baudelaire vor Gericht gestellt, nur weil sie über Dinge *geschrieben* haben, die der Gesellschaft nicht gefallen.»

«Zum Teufel mit der Gesellschaft», knurrte Nandou.

«Edmée», sagte Jeanne, «ich verstehe deine Angst. Vielleicht wäre es das Sicherste für deinen Sohn zu heiraten, aber ich muß auch an meine Tochter denken. Ich kann nicht zulassen, daß sie diese Ehe eingeht. Ich muß es verhindern.»

«Wie denn?» fragte Nandou.

Jeanne stand auf und stützte sich mit beiden Händen auf den Tisch. «Ich werde zu ihr gehen», sagte sie. «Jahrelang habe ich darauf gewartet, daß sie zu mir kommt. Aber jetzt ist klar, daß sie das nicht tun wird. Da muß ich eben meinen Stolz hinunterschlucken und zu ihr gehen.»

«Und wenn sie sich weigert, mit dir zu sprechen?» fragte Nandou.

«Dann werde ich sie dazu zwingen.»

«Und wie willst du das machen?»

«Das wird sich zeigen.»

20

Eines Nachmittags fuhr Marc mit Gabrielle in die Rue du Faubourg Saint-Honoré, um sie seiner Großmutter vorzustellen, die sie bei Tee und Kuchen einem strengen Verhör unterzog.

«Mademoiselle Corday, Sie haben keine Familie, wie man mir sagte?»

Gabrielle hörte sich mit fremder Stimme antworten: «Ich habe meine Mutter vor vielen Jahren verloren, und meinen Vater habe ich nie gekannt.»

«Und wo sind Sie aufgewachsen? Wer hat Sie erzogen?»

«In Paris, bei meiner Mutter. Eine Zeitlang lebte ich als Pflegekind bei einer Bauernfamilie auf dem Land.»

«Und was für eine Erziehung haben Sie genossen?»

«Ich war in Paris auf der Klosterschule der Barmherzigen Schwestern. Dort bekam ich auch die ersten Gesangsstunden. Danach studierte ich bei Signor Martinelli. Er hat mich zur Sängerin ausgebildet.»

Nachdem Henriette Vollard ihr Verhör abgeschlossen hatte, lehnte sie sich in ihrem Brokatsessel zurück und sagte in dem strengen Ton, der einem Urteilsspruch angemessen war: «Ich will Ihnen nicht verschweigen, Mademoiselle, daß mir Marcs Entschluß, eine – äh – Komödiantin zu heiraten, mißfällt. Ich hätte eine Verbindung mit einer jungen Dame aus gutem Haus vorgezogen. Aber die Welt verändert sich, und da ich mir schon lange wünsche, Marc verheiratet zu sehen, werde ich mich wohl oder übel seinem Entschluß beugen müssen.» Sie stützte sich mit beiden Händen auf ihren Stock und stand auf. «Kommen Sie, mein Kind, geben Sie mir einen Kuß.»

Die erste Begegnung mit Louis Vollard, fürchtete sie, würde weit schwieriger werden. Aber sie verlief glatt und friedlich. Als Marc sie in den feudalen Salon führte, erhob sich Louis von dem breiten Sofa mit den geschweiften Beinen und ging ihr entgegen. «Gabrielle», sagte er und neigte sich über ihre Hand.

«Monsieur Vollard.»

Er sah dankbar zu ihr auf. «Es freut mich, Sie kennenzulernen», sagte er ruhig und nickte. «Willkommen in unserem Haus.»

Damit schien der Rahmen ihrer zukünftigen Beziehung ein für allemal abgesteckt. Nichts würde angesprochen oder offengelegt werden. Sie würden die Grenzen ihrer Rollen als Schwiegertochter und Schwiegervater niemals überschreiten.

Später wurde sie bei einem Abendessen der ganzen Familie präsentiert: Nicolas und Joséphine mit ihrem Sohn Denis, Cousine Sophie mit ihren Eltern, diversen anderen Vettern und Cousinen. Der ganze Abend kam ihr vor wie eine kunstvolle Inszenierung: Große Toiletten, blendende Lichter, strahlende Gesichter. Sie zeigte sich von ihrer gewinnendsten Seite – Adina, Rosina, Amina in einem; Verkörperung jeder süßen Unschuld, die sie je gesungen hatte. Wenn niemand mit ihr sprach, senkte sie züchtig die Lider und taxierte mit flinken Blicken die luxuriös gedeckte Tafel, die schweren Samtportieren, den spiegelblank polierten Boden – all die Dinge, die nach der Hochzeit ihr gehören würden.

Das Gespräch drehte sich um Baron Haussmanns Pläne zur Stadterneuerung, die dem Kaiser ein Paris bescheren sollten, wie er es sich wünschte: ein Aquädukt, über das aus einer Entfernung von mehr als hundertfünfzig Kilometern das Wasser in die Stadt geleitet werden sollte; eine Neuanlage des Bois de Boulogne nach dem Vorbild englischer Parkanlagen; einen völligen Umbau der Markthallen beim Palais Royal; breite Avenuen, die sich von der Place de l'Etoile wie die Speichen eines großen Rads nach allen Richtungen verzweigen sollten.

«Erinnerst du dich noch an dieses wirklich üble Viertel gleich hinter dem Louvre? Ich kann kaum noch glauben, daß es das je gegeben hat.»

«Es würde mich interessieren, wie viele von den Leuten, die dort gewohnt haben, ein neues Zuhause gefunden haben», bemerkte Nicolas, der an der langen, reich beladenen Tafel saß, als gehöre er nicht zur Familie, sondern sei nur als Beobachter da. Ein schwaches, distanziertes

Lächeln schien um seine Lippen zu spielen, selbst wenn er nicht lächelte. Jedes Mal, wenn Gabrielle zu ihm hinübersah, schien es ihr, als studiere er sie.

«Rothschild ist der Meinung, Haussmanns Methoden der Finanzierung seien sehr gewagt, aber Nicolas findet sie bewundernswert, nicht wahr?» Wie fast bei jeder Bemerkung, die sie machte, wandte sich Joséphine zustimmungsheischend an ihren Mann, der allerdings meist nicht reagierte.

«Was ich bei Haussmann bewundere», sagte er, «ist, daß er allen Bürgern von Paris die Möglichkeit gibt, sich an der Erneuerung zu beteiligen.» Er selbst, so schien es, hatte an der Börse ein großes Paket der Papiere gekauft, die Haussmann zum öffentlichen Verkauf angeboten hatte.

«Wenn du dich für Architektur interessieren würdest anstatt für Malerei, Marc», bemerkte einer der Verwandten, «hätte hier sicher niemand etwas dagegen.»

Alle schwiegen peinlich berührt. Gabrielle warf einen Blick zu Louis, aber der hüllte sich in Schweigen. Auch Marc sagte nichts. Sie wollte für ihn in die Bresche springen, aber ehe ihr die rechten Worte einfielen, wechselte jemand gewandt das Thema, und binnen kurzem war man wieder bei den Bauarbeiten angelangt, die ganze Stadtteile in Staubwolken hüllten.

«Hast du gewußt, daß der Kaiser persönlich einige der neuen Wege im Bois abgesteckt hat?»

«Sie pflanzen vierhunderttausend Bäume – kannst du dir das vorstellen?»

«Und unter der Rue Royale», sagte Nicolas, «wird ein großer Abwasserkanal ausgehoben.»

«Aber Nicolas», bemerkte Joséphine pikiert, «wir brauchen doch nicht gerade beim Essen von solchen Dingen zu sprechen.»

«Gerade beim Essen sollte die Abfallbeseitigung Thema sein.»

Alle erstarrten; dann lachte Louis plötzlich mit jungenhafter Erheiterung, und Gabrielle fing einen Blick schweigenden Einverständnisses zwischen den Brüdern auf.

«Wie findest du sie?» fragte Marc sie später.

«Sie waren alle sehr nett und höflich zu mir, obwohl sie mich doch bestimmt als Eindringling betrachten.»

«Wir sind immer höflich», erklärte Marc.

«Außer dein Onkel Nicolas vielleicht?»

«Früher hat er bei diesen Familienzusammenkünften nie viel gesagt, aber in letzter Zeit macht er oft provokante Bemerkungen. Ich habe das Gefühl, er findet uns alle ziemlich albern. Ich mag ihn sehr... Weißt du, eines Tages, nachdem ich mein Studium angefangen hatte, lud ausgerechnet er mich zum Mittagessen ein und sagte, wenn ich mich wirklich zum Malen berufen fühlte, dann sollte ich dabei bleiben, ohne Rücksicht darauf, was die anderen sagen, und er würde sich für mich einsetzen. Ich bin sicher, ich habe es ihm zu verdanken, daß Großmutter sich über meine seltenen Besuche in der Firma nicht noch mehr aufregt.»

«Glaubst du, er wäre mit unserer Heirat einverstanden, wenn er die Wahrheit wüßte?»

Marc schwieg.

Sie faßte ihn am Arm und sagte beinahe heftig: «Warum gehst du nicht einfach fort? Warum läßt du dieses bürgerliche Leben nicht hinter dir und begibst dich ganz in die andere Welt, die dir soviel bedeutet?»

«Weil ich Angst davor habe, was dann aus mir werden würde.»

«Ach Marc...» Plötzliche Wärme und Teilnahme brachen durch die Wand ihrer Distanziertheit. Sie berührte seine geballten Hände.

Er öffnete sie und umfaßte die ihren. «Sind wir im Begriff, eine ungeheure Dummheit zu begehen, Gabrielle?»

«Vielleicht», antwortete sie. «Aber wir tun es trotzdem.»

«Du kannst noch zurück. Ich würde es verstehen. Warum solltest du dich opfern, um mich vor mir selbst zu retten?»

«Möchtest du denn, daß ich einen Rückzieher mache?»

Er sah sie an, als suche er Gewißheit in ihren Augen. Doch sie schien selbst unsicher zu sein. «Nein», sagte er endlich und ließ ihre Hände los.

«Gut, dann heiraten wir.» Sicherheit und Distanziertheit hatten sich wieder etabliert. «Am fünfzehnten September achtzehnhundertachtundfünfzig.»

Am folgenden Nachmittag saß sie am Klavier, als es klopfte. Stirnrunzelnd stand sie auf und ging zur Tür. «Wer ist da?»

Stille. Dann eine entschlossene Stimme. «Mama.» Und eine zweite. «Nandou.»

Unwillkürlich wich sie einen Schritt zurück. «Was wollt ihr?»

«Ich muß mit dir sprechen», sagte Jeanne.

«Worüber?»

Wieder Schweigen. Dann: «Gabrielle, bitte mach auf.»

«Das möchte ich aber nicht.»

«Ich werde nicht gehen. Ich werde hier warten – wir werden beide hier warten –, bis du herauskommst. Du kannst dich nicht ewig hinter der Tür verschanzen. Es ist also das beste, du machst gleich auf.»

Gabrielle wußte, daß Jeanne ihre Drohung wahrmachen würde. Sie strich sich einmal über das Haar, dann öffnete sie.

Wie schön sie war! Das schwarze Haar ein schimmernder Rahmen für das vollkommene Oval ihres Gesichts, die Farben frisch und leuchtend, die dunklen Augen strahlend. Nandou spürte, wie Jeanne neben ihm die Arme hob, um ihre Tochter zu umschließen, und sie sogleich wieder senkte.

«Kind», sagte sie ruhig, und Gabrielle errötete. «Es ist so schön, dich wiederzusehen.»

«Du siehst gut aus», entgegnete Gabrielle kühl. «Ihr seht beide gut aus. Aber wie seid ihr heraufgekommen? Ich habe der Concierge extra gesagt, daß ich nicht gestört werden möchte.»

«Pah», sagte Nandou, «die Concierge, an der ich nicht vorbeikomme, muß erst noch geboren werden.» Um sie nicht anzustarren, mit den Augen zu verschlingen, wie Jeanne das tat, sah er sich im Zimmer um, das sich seit seinem letzten Besuch vor Jahren kaum verändert hatte. Neu waren nur einige schöne Bilder an der Wand.

«Also, Jeanne», sagte Gabrielle betont sachlich. «Worüber mußt du so dringend mit mir sprechen?»

«Das fragst du noch?» entgegnete Jeanne heftig. «Was glaubst du wohl, wie mir zumute war, als ich hörte, daß du heiraten willst? Und noch dazu einen Vollard?»

«Woher weißt du das? Es ist noch nicht öffentlich bekanntgegeben worden.»

«Ich habe meine Quellen», sagte Nandou.

Jeanne trat näher zu ihrer Tochter. «Es ist doch nebensächlich, woher wir es wissen. Wir wußten auch immer, wo du gerade sangst und wie du lebtest. Glaubst du etwa, nur weil du fortgegangen bist, seist du mir nicht mehr wichtig? Du bist mein Kind, Gabrielle. Glaubst du, ich kann dich eine solche Ehe eingehen lassen, ohne wenigstens zu versuchen, dich von diesem Wahnsinn abzubringen?»

«Du kannst mir schon lange nicht mehr sagen, was ich zu tun und zu lassen habe, Jeanne.»

«Ja, das weiß ich.» Jeanne holte zitternd Atem. «Vielleicht wollte ich dir früher zu oft sagen, wie du zu leben und was du zu tun hast. Heute bin ich nur gekommen, um dich zu bitten, dir diese Heirat aus dem Kopf zu schlagen. Wie kannst du nach allem, was geschehen ist, was du weißt, in die Familie Vollard hineinheiraten wollen?»

Gabrielle lächelte ohne Heiterkeit. «Ich hätte gedacht, es würde dich freuen. Schließlich ist das doch die perfekte Rache. Ein Schlag gegen die dir so verhaßte bürgerliche Heuchelei.»

Jeanne wurde kalkweiß. «Das kann doch nicht der Grund für dich sein, diesen Mann zu heiraten!»

«Hast du mir nicht ein Leben lang gepredigt, daß die Kunst eine Waffe gegen das Spießertum ist? Ich habe ganz einfach eine noch bessere Waffe entdeckt – die Ehe.»

«Ist das wirklich dein Ernst? Und selbst wenn es so wäre – wie kann es Rache sein, in eine Gesellschaft einzuheiraten, die du verachtest?»

Nandou beobachtete die beiden schweigend – Jeanne verzweifelt und beschwörend, Gabrielle mit trotzig erhobenem Kopf, eine Kopie der Mutter, der sie Widerpart bot. «Vielleicht», sagte er leise, «verachtet sie sie gar nicht.»

«Ach, Unsinn!» Aber es war ein Hauch von Zweifel in Jeannes Stimme.

«Tatsache ist», sagte Gabrielle, «daß ich Marc Vollard heiraten möchte, weil ich ihn sehr gern habe.»

«Du hast ihn *gern*?»

«Wir haben vieles gemeinsam, und wir sind gute Freunde. Wir...» Gabrielle brach ab. Sie hatte den Laut der Geringschätzung von ihrer Mutter gehört.

«Gabrielle, hör mir doch mal zu», sagte Nandou. «Deine Mutter und ich fragen uns, wieviel ihr beide, du und Marc Vollard, überhaupt voneinander wißt. Du mußt unsere Sorge doch verstehen.»

«Vielleicht», erwiderte sie. «Aber ich denke, meine Entscheidung ist meine Sache. Falls ihr euch fragen solltet, ob er weiß, daß wir Halbgeschwister sind – die Antwort ist, ja.»

«Weiß er auch, wer deine Mutter ist?» fragte Jeanne.

«Am Anfang habe ich es ihm nicht gesagt, weil ich – weil ich nicht wollte. Und nachdem du den *Prozeß Louise Bernier* geschrieben hattest, konnte ich es ihm nicht mehr sagen.»

«Ach so», sagte Jeanne. «Das Stück hat ihm nicht gefallen?»

«Ich will nicht lügen», erklärte Gabrielle mit einem Anflug von Selbstgerechtigkeit. «Er fand, in dem Stück würden Fragen aufgegriffen, die längst hätten diskutiert werden müssen. Aber er glaubt wie praktisch jeder in Paris, daß es auf der Lebensgeschichte seiner Mutter beruht. Hätte ich ihm und seiner Familie sagen sollen, daß meine Mutter die Frau ist, von der die Vollards erneut zum Gegenstand von Klatsch und Skandal gemacht wurden? Sie hassen dich, Jeanne.»

«Ich verstehe», sagte Jeanne. «Aber irgendwann wird Marc doch nach deiner Mutter gefragt haben. Da wirst du ihm doch etwas gesagt haben.»

Gabrielle hob den Kopf noch ein wenig höher. «Ich habe gesagt, sie sei tot.»

Jeanne schien in sich zusammenzusinken. Das Schweigen im Zimmer wurde so schwer, daß Nandou meinte, es würde sie alle erdrücken, wenn er es nicht brach.

«Was redest du da von Klatsch und Skandal!» rief er. «Hat Marc Vollard der Familie erzählt, daß er seine Halbschwester heiratet? Und daß sein Vater es zuläßt? Da hast du deinen Skandal!»

Er bedauerte seine Worte augenblicklich. Schließlich wußte er ja, daß sie nicht Marcs Halbschwester war, auch wenn sie es glaubte; es war unredlich von ihm, ihr mit Lügen beikommen zu wollen.

Aber sie reagierte gelassen. «Marc hat Gründe für diese Heirat, über die ich euch nichts sagen kann. Aber etwas anderes kann ich euch mitteilen: Ihr braucht euch keine Sorgen zu machen. Diese Ehe wird im eigentlichen Sinn nie vollzogen werden. Es ist eine Scheinehe. Das ist zwischen uns vereinbart. Und Louis Vollard weiß es.»

«Aber warum dann?» fragte Jeanne. «Gabrielle, Kind, eine Ehe einzugehen, die niemals eine richtige Ehe sein wird, das muß doch zur Katastrophe führen!»

«Wieso? Ich habe die Erfahrung gemacht, daß die Welt voller Ehepartner ist, die so wenig wie möglich miteinander zu tun haben.»

Jeanne ließ nicht locker. «Aber warum mußt du Marc Vollard denn *heiraten*? Warum könnt ihr nicht einfach Freunde bleiben? Gabrielle, ich bitte dich, heirate diesen Jungen nicht. Es ist...»

«Er ist kein Junge, Jeanne. Und du hast in dieser Sache nichts zu sagen.»

«Wenn du dich da nur nicht täuschst. Ich könnte ja den Vollards mitteilen, wessen Tochter du bist.»

«Wenn du das tust», erklärte Gabrielle, «siehst du mich nie wieder.»

Erneut Schweigen. Schwer und drückend.

Jeanne trat ganz dicht an Gabrielle heran. «Und was ist aus deiner Wahrheitsliebe geworden?» fragte sie leise. «Du hast uns verlassen, weil wir dir nicht gesagt haben, wer dein Vater ist. Du hast getan, als wäre das ein Verbrechen, das nie verziehen werden kann. Aber jetzt willst du eine Ehe eingehen, die nur auf Lügen aufgebaut ist.»

«Von Lügen kann keine Rede sein. Es ist einfach so, daß wir gewisse Dinge für uns behalten.»

«Das gleiche könnten Nandou und ich sagen. Wir haben gewisse Dinge für uns behalten, weiter nichts. Wie kannst du deine Zukunft auf etwas aufbauen, für das du uns verurteilt und verdammt hast?»

Gabrielle zuckte zusammen wie unter einem Schlag. Dann richtete sie sich kerzengerade auf und wandte sich ab.

«Nein!» Jeanne packte sie bei den Schultern und drehte sie herum. «Es ist wahr, daß wir dir nicht alles gesagt haben. Es gibt Dinge, die ich dir bis heute nicht gesagt habe – aber jetzt sollst du sie erfahren. Ich werde sie dir zeigen. Ja! Ich werde dir zeigen, warum die Familie Vollard deinem Vater den Umgang und die Ehe mit mir verbot. Dann wirst du sehen, in was für eine Gesellschaft du dich begeben willst – und dann kannst du Marc Vollard die Wahrheit sagen und sehen, ob er dich immer noch heiraten will. Nandou, würdest du uns bitte eine Droschke besorgen?»

Widerstand war zwecklos, das war Gabrielle klar. Die Entschlossenheit ihrer Mutter war so eisenhart wie die Umklammerung ihrer Finger.

«Du brauchst mich nicht festzuhalten, Jeanne», sagte sie. «Ich komme auch so mit. Ich will mir nur etwas anziehen.»

Zehn Minuten später rollten sie in einer Droschke den Boulevard hinunter. Gabrielle wandte den Kopf zum Fenster, aber sie sah kaum, was draußen vorging. Immer wieder warf sie heimliche Seitenblicke zur Sitzbank gegenüber.

Gabrielle hätte so gern den schrecklichen Abstand, der sie von ihnen trennte, überbrückt. Sie sehnte sich danach, Jeannes schöne Hände zu berühren, und auch die Nandous, die sie früher so oft verzaubert hatten. Warum, hatte sie als Kind oft gedacht, verwandelt er sich nicht einfach in einen richtigen Menschen? Jetzt dachte sie: Warum konnte er nie die Welt annehmen, in die er hineingehörte, den Zirkus und die Märchenspiele? Warum verlangte es ihn immer, sich über sich selbst zu erheben und die großen Heldenrollen zu spielen? Warum war Gott so grausam, ihn mit dieser Unvereinbarkeit von Körper und Seele zu erschaffen?

Aber wenn sie sich ihnen jetzt zuwandte, gab sie damit zu, daß es falsch gewesen war, sie zu verlassen. Sie würde von neuem in ihre Welt eingesogen werden, kaum merklich, aber unwiderstehlich wie der Sand vom Meer...

«Wenn du heiratest», sagte Jeanne unvermittelt, «was wird dann aus deiner Karriere als Sängerin?»

«Das habe ich mir noch nicht überlegt.»

«Würdest du aufhören zu singen?»

«Vielleicht.»

«Meinst du nicht, es würde dir fehlen?»

«Ich werde nie eine weltberühmte Sängerin werden.»

«Du hast in London gesungen.»

«Ein einziges Mal, ja.»

Jeanne wollte weitersprechen, aber Nandou drückte ihr mahnend die Hand auf den Arm, und sie ließ sich in ihren Sitz zurücksinken. Schweigend fuhren sie weiter, weg von den Boulevards, durch ein Gewirr kleiner Straßen, die immer düsterer wurden, bis die Droschke schließlich anhielt. Die Gassen waren zur Durchfahrt zu schmal geworden. Nandou befahl dem Kutscher zu warten.

«Wohin gehen wir?» fragte Gabrielle.

«Ich zeige dir das Haus, in dem ich geboren und aufgewachsen bin», antwortete Jeanne kurz.

Gabrielle sagte nichts. Sie wußte kaum etwas über Jeannes Kindheit und erinnerte sich nur daran, sie einmal danach gefragt zu haben. «Ich bin in Armut großgeworden», hatte Jeanne geantwortet. «Es war ein elendes Leben, aus dem ich geflohen bin, als ich dreizehn war. Seither bemühe ich mich nur, es zu vergessen.» Ihr Ton war so abweisend gewesen, daß Gabrielle nie wieder gefragt hatte. Mit kindlichem Instinkt hatte sie gespürt, daß ihre Mutter darüber nicht sprechen wollte.

Sie setzte die Füße vorsichtig und raffte ihren Rock über dem Schmutz und den Abfällen der Straßen, die immer enger wurden. Sonnenlicht schien in diese finsteren Gassen niemals einzudringen. Aus den Bretterwänden der elenden Hütten, die sie säumten, wehte ihr ein widerlich süßlicher Geruch nach Fäulnis und Fäkalien entgegen, von dem ihr übel wurde. Als sie glaubte, sich übergeben zu müssen, blieb Jeanne endlich stehen und sagte: «Hier ist es. Hier wurde ich geboren und bin ich aufgewachsen. Wir waren Lumpensammler.»

Gabrielle starrte verständnislos auf die windschiefe Tür aus faulendem Holz. Ein-, zweimal, bei der Heimkehr von einer Soirée, die bis in die frühen Morgenstunden gedauert hatte, hatte sie Gruppen von Lumpensammlern gesehen, die mit ihren Haken und Bündeln durch die Straßen gezogen waren, aber sie hatte ihnen nie auch nur einen Gedanken gegönnt.

Jeanne klopfte an die Tür. Es dauerte lang, ehe geöffnet wurde. Ein graues Gesicht zeigte sich. «Was is'?»

«Ich suche die Familie Sorel», sagte Jeanne. «Wohnt noch jemand von der Familie hier? Bertrand oder Pierre?»

Das Gesicht verschwand aus dem Türspalt. Sie hörten, wie jemand in der Hütte etwas rief. Dann kam ein Mann an die Tür, groß und grau und mager. «Wer will was von mir?»

«Hallo, Bertrand.»

Der Mann kniff die Augen zusammen. «Was wollen Sie? Wer sind Sie?»

«Ich bin Jeanne.»

«Wer?» Sie wiederholte es. Er starrte sie an, und langsames Erkennen breitete sich auf dem ausgezehrten Gesicht aus. «Heilige Bratwurst! Jeanne?» Sie nickte. «Ach, Scheiße!» sagte er. «Was willst du hier?»

«Ich möchte meine Tochter mit ihren Verwandten bekanntmachen. Gabrielle...» Jeanne nahm sie bei der Hand und zog sie näher. «Das ist dein Onkel Bertrand.»

«Guten Tag», sagte Gabrielle automatisch.

«Können wir einen Moment hereinkommen?» fragte Jeanne.

Er machte die Tür ganz auf. Der Raum roch wie ein Keller, der jahrelang nicht mehr gelüftet worden war. Eine Frau mit verhärmtem Gesicht saß am Tisch, zwei Kinder, die so dünn waren, daß ihre Augen riesengroß wirkten, hockten zu ihren Füßen.

«Wo ist Mama?» fragte Jeanne.

«Tot», antwortete Bertrand. «Sie ist an der Cholera gestorben.»

«Und Papa?»

«Auch.»

«Pierre?»

«Der ist weg. Irgendwo im Süden. Ich hab gehört, er sitzt im Knast.»

«Ist das deine Familie?» fragte Jeanne.

«Ja. Marie und die Kinder, Pierre und Louise. Marie, das ist meine Schwester Jeanne, die damals mit dem Zwerg abgehauen ist.»

«Gabrielle», sagte Jeanne, «das ist deine Tante Marie, und das sind Pierre und Louise.»

Die Frau nickte gleichgültig. Die Kinder hefteten ihre großen Augen auf Gabrielle; sie versuchte, sie anzulächeln, aber es gelang ihr nicht.

Zum ersten Mal fiel Bertrands Blick auf Nandou, der an der Tür stehengeblieben war. «Zum Teufel, da ist er ja, Marie! Da ist der Zwerg. Schaut, wie kurz seine Beine und Arme sind.» Er lachte verächtlich.

«Jeanne», flüsterte Gabrielle. «Sag ihm, er soll aufhören.»

Jeanne schien sie gar nicht zu hören. «Bist du noch Lumpensammler, Bertrand?» Er nickte. «Kindesraub hat sich also nicht gelohnt, wie?»

«Was zum Teufel redest du da?»

«Das weißt du genau. Gabrielle war das Kind, das ihr, du und Pierre, mir damals gestohlen habt. Erzähl ihr doch bitte mal, wie das war.»

Bertrand verschränkte die Arme. «Und was schaut dabei für mich raus?» fragte er mit listigem Blick.

Jeanne nahm einige Münzen aus ihrem Beutel. Bertrand grapschte nach ihnen, begutachtete sie gründlich und schob sie ein.

«Jetzt erzähl es ihr!» befahl Jeanne.

«Tja, also das is' lang her. Ich und Pierre, wir kriegten da 'nen Auftrag von einem Mann. Reicher Kerl. Unsere Schwester hätte sein Kind, hat er gesagt. Er würd' uns gut bezahlen, wenn wir's ihm zurückholen. Und das haben wir getan. Und er hat gezahlt. Aber dann...» Er geriet ins Stokken.

«Dann kam jemand, der weit klüger war als ihr und holte sie mir zurück», sagte Jeanne. «Gabrielle, du hast sicher Fragen an deinen Onkel.»

«Nein, ich glaube nicht», flüsterte sie.

«Ach nein? Vielleicht möchtest du dich einen Moment setzen und mit deiner Tante plaudern? Oder den Kindern etwas vorsingen?»

Gabrielle schüttelte heftig den Kopf. «Ich möchte gehen.»

«So bald schon?»

«Bitte.»

«He, Moment mal!» rief Bertrand. «Du kannst jetzt nicht einfach wieder abhauen – du bist doch reich, Jeanne. Bei uns fehlt's an allen Ecken. Gib uns noch 'n paar Kröten. Wir können das Geld gebrauchen.»

Jeanne nahm noch eine Handvoll Münzen aus ihrem Beutel und drückte sie Marie in die Hand. «Sehen Sie zu, daß die Kinder dafür etwas bekommen und daß er es nicht vertrinkt.» Dann trat sie zurück. «Komm, Gabrielle, gehen wir.»

Nandou hielt ihnen die Tür auf.

«Gottverdammich!» schrie Bertrand ihnen nach. «Das Mädchen hat doch auch Geld. Her mit ihrer Tasche!»

«Halt!» donnerte Nandou mit drohend erhobener Hand, und Bertrand blieb stehen wie ein gehorsamer Hund. Jeanne packte Gabrielle und rannte mit ihr zur Tür hinaus.

«Du gottverdammter mieser Bastard!» brüllte Bertrand ihnen nach.

Seine Beschimpfungen verfolgten sie bis zur wartenden Droschke. Gabrielle ließ sich keuchend in den Sitz fallen. Ihre Schuhe und ihr Kleid waren schlammbespritzt, und sie zitterte am ganzen Körper.

Als der Wagen sich in Bewegung setzte, sagte Jeanne ruhig: «Das war meine Welt, Gabrielle. Darum durfte dein Vater nicht bei mir bleiben. Weil ich die Tochter eines Lumpensammlers war. Willst du immer noch in diese Familie heiraten? Siehst du nicht, daß sie dich hinauswerfen würden, wenn sie wüßten, woher du kommst?»

«Marc ist nicht so. Es ist ihm gleich, ob ich arm oder reich bin. Es würde ihn nicht einmal kümmern, wenn ich selbst eine Lumpensammlerin wäre. Wirklich. Solche Dinge sind ihm nicht wichtig. Für ihn zählt nichts außer Malen und... außer Malen. Das müßt ihr mir glauben.»

Sie schwiegen alle drei. Erst nach einer Weile begann Jeanne wieder zu sprechen, langsam, wie zu sich selbst, doch den Blick hielt sie auf Gabrielle gerichtet. «Ich wäre heute noch in dieser Welt – oder tot, an der Cholera gestorben –, wenn Nandou mich nicht herausgeholt hätte. Er nahm mich mit zu sich und lehrte mich lesen und schreiben und denken. Er lehrte mich anständig sprechen, und er lehrte mich die Liebe zur Freiheit und zum Theater. Er verlangte nichts weiter von mir, als daß ich mir Mühe gab zu lernen.»

Jeanne machte eine kleine Pause, als wolle sie noch einmal in Ruhe zurückblicken. Dann fuhr sie zu reden fort. «Als ich deinen Vater kennenlernte, glaubte ich, er liebe die gleichen Dinge, die Nandou mich lieben gelehrt hatte. Ich glaubte, er hätte eine Seele wie die Nandous, und ich verliebte mich in ihn. Nun, vielleicht gab es einmal eine Zeit, wo er die Kunst und die Freiheit wahrhaftig liebte – um seinetwillen hoffe ich es –, aber das war bald vorbei. Er verließ mich noch vor deiner Geburt. Seine Mutter bot mir Geld, nur damit ich ihm fernbleibe. Ich lehnte es ab, aber ich blieb ihm fern.» Sie hob den Kopf. «Eines Tages war ich so am Ende, daß ich für mich nur noch die Möglichkeit sah, wieder zu den Lumpensammlern zurückzukehren. Ich lag auf der Straße, als ich merkte, daß deine Geburt bevorstand. Und ich wäre elend umgekommen, wenn Nandou mich nicht gefunden und bei sich aufgenommen hätte. Er hat uns beide versorgt. Und als Louis eines Tages einfiel, daß er dich doch haben wollte, als er meine Brüder anheuerte, dich zu entführen, da hat wieder Nandou dich gerettet und zu mir zurückgebracht. Er hat dich Louis gewissermaßen unter der Nase weggeschnappt.» Sie lächelte bei der Erinnerung. «Er hat dich zweimal gerettet, und wir konnten immer auf seine Liebe und Fürsorge zählen. Ich habe dich in dem

Glauben gelassen und bestärkt, du seist sein Kind, weil ich dir den Glauben erhalten wollte, du hättest den wunderbarsten Vater der Welt.»

«Warum erzählst du ihr das alles?» fragte Nandou. «Ich dachte, du wolltest von den Vollards sprechen.»

«Ja, du hast recht. Aber ich erzähle es ihr, weil es wahr ist.» Sie reichte ihm die Hand, und er nahm sie.

«Du liebst ihn, nicht wahr», sagte Gabrielle, und es war keine Frage.

«Ja», antwortete Jeanne. «Und du liebst ihn auch.»

«Ich weiß», sagte Gabrielle leise.

Jeanne beugte sich zu ihrer Tochter hinüber und legte ihr die freie Hand auf den Arm. «Ich möchte, daß du einen Mann findest, den du von ganzem Herzen liebst, Gabrielle, mit dem du geistige und körperliche Erfüllung finden kannst. Es ist mir gleich, ob du ihn heiratest, Hauptsache, du findest ihn. Marc Vollard ist nicht dieser Mann, das hast du selbst gesagt. Willst du nicht warten, bis ...»

«Ich kann keinen Mann auf die Art lieben, wie du es beschreibst.»

«Wie meinst du das?»

«Ich kann es eben nicht. Ich weiß nicht, was das für ein Gefühl ist. Ich würde ja gern einen Mann lieben, aber die Männer, die ich kennenlerne, finde ich nur albern oder armselig. Ich verachte sie. Ich bin nur ein Ding für sie, das sie benützen und dann wegwerfen wollen. Bei Marc ist das anders. Er ist liebevoll, und er versteht mich. Er wird mich mein Leben so führen lassen, wie ich es möchte ... Wir können einander helfen. Warum sollte ich ihn nicht heiraten? Soll ich den Rest meines Lebens damit zubringen, mich von eitlen Gockeln zum Essen einladen zu lassen – oder allein in meinem Zimmer zu sitzen?» Sie schlug die Hände vor das Gesicht und begann zu weinen.

Sie spürte eine behutsame Berührung am Knie; Nandou hielt ihr ein Taschentuch hin. Seine Augen waren feucht. Jeanne warf sich nach rückwärts und schlug immer wieder mit dem Kopf gegen die Droschkenwand, während sie unaufhörlich flüsterte: «Was habe ich getan? O Gott, was habe ich meinem Kind angetan?»

«Jeanne – Nandou!» Gabrielle ließ sich vor ihnen auf die Knie fallen und streckte tränenblind die Arme nach ihnen aus. Sie zogen sie hoch und drückten sie an sich, und sie fühlte sich eingehüllt und gewärmt von ihrer Umarmung. So blieben sie, bis das Lärmen der Boulevards zu ihnen hereindrang.

Langsam lösten sie sich, verlegen lachend, doch ihre Blicke ließen nicht voneinander, auch nicht, als Gabrielle wieder auf ihrer Bank saß.

So ruhig sie konnte, sagte sie: «Ich werde Marc Vollard heiraten. Ich glaube nicht, daß ich einen Fehler mache, aber wenn sich erweisen sollte, daß es doch einer war, dann muß ich eben dafür bezahlen.»

«Ich kann nicht einmal zu deiner Hochzeit kommen», entgegnete Jeanne. «Du hast ihnen gesagt, ich wäre tot.»

«Werden wir dich nie wiedersehen?» fragte Nandou. «Haben wir dich nur gefunden, um dich gleich wieder zu verlieren?»

«Ich – wir sehen uns wieder. Das verspreche ich.»

«Versprich mir noch etwas», sagte Jeanne. «Nenn mich Mama. Nie wieder Jeanne, nur noch Mama.»

«Mama», sagte Gabrielle. «Und Nandou. Mein Vater.»

Es dämmerte, als sie nach Hause kamen. Schweigend setzten sie sich an den Tisch und sprachen lange nicht, als fürchteten sie, durch Worte den Zauber zu brechen. Schließlich sagte Jeanne: «Edmée wird wissen wollen, was geschehen ist.»

«Wir werden es ihr erzählen. Früh genug.»

«Wir werden uns wohl mit der Heirat abfinden müssen», sagte sie. «Ich habe den Eindruck, daß sie es einerseits mir zum Trotz tut, aber gleichzeitig auch mir zu Gefallen.»

Er nickte.

«Wie ist das möglich – dieser Widerspruch?»

«Sind wir nicht alle widersprüchliche Geschöpfe?» meinte er.

Sie seufzte.

Er sagte: «Ich glaube, es gibt da noch einen Widerspruch – sie wünscht sich das Leben, das die Zugehörigkeit zu dieser Familie ihr eröffnet.»

«Das Leben, das ich sie von klein an verachten gelehrt habe.»

«Ja.»

«Das Leben, in das ich sie letztendlich hineingetrieben habe. Sie kann nicht lieben, weil ich sie die Männer verachten gelehrt habe. Es ist meine Schuld, daß sie nun diese Ehe eingeht, die nie eine richtige Ehe sein wird.» Lautlos begann sie zu weinen.

Er ging um den Tisch herum zu ihr. Behutsam wischte er ihr die Tränen vom Gesicht und legte ihr den Arm um die Schultern.

«Was habe ich ihr angetan!» sagte sie. «Ich, ihre eigene Mutter.»

«Nicht mehr und nicht weniger, als ich dir angetan habe.»

«Wie meinst du das?»

«Wer hat dir ein Leben bereitet, das so unnatürlich war, daß du keine normale Frau mit normalen weiblichen Empfindungen werden konntest? Ich, der Zwerg. Ich habe deine Seele mit allen mir zur Verfügung stehenden Mitteln an meine gekettet, bis du dich nicht mehr befreien konntest, selbst als ich bereit war, dich freizulassen.» Er sprach leise und strich ihr dabei über das Haar.

«Dann bist auch du nicht frei.» Sie sah zu ihm auf.

Er neigte sich zu ihr und küßte ihre Stirn und dann ihre Lippen. Sie legte die Arme um ihn, um ihn festzuhalten, stand langsam auf und ließ sich an ihn sinken. Mit Bekümmerung dachte er an das verlorene Begehren und wurde sich bewußt, daß es wiederkehrte.

Sie drückte ihr Gesicht an seine Wange. «Ich möchte mit dir schlafen», flüsterte sie, und er wurde sich mit Erstaunen bewußt, daß er ihr glaubte.

Sie gingen in ihr Schlafzimmer, und er warf einen Blick zu den Läden, aber er schloß sie nicht. Sie legten sich zueinander und ließen sich alle Zeit der Welt. Er entdeckte neue zauberische Gaben seiner Hände. Und sie erfand neue, kraftvolle Liebesworte. Nie war ihm ihr Körper so schön erschienen, da sein eigener ihm nicht mehr häßlich vorkam. Nie hatte sie solche Zärtlichkeit für ihn empfunden, da er sie endlich zu mehr bewegte als Zärtlichkeit. Beiden erschien das, was geschah, wie ein Wunder. Zum ersten Mal war sie glücklich, daß er sie liebte. Zum ersten Mal liebte er sie, weil er glücklich war.

Am 15. September wurde Gabrielle Corday in der Kirche Saint-Sulpice mit Marc Vollard getraut. Nachdem die beiden Familien, die Vollards und die Tissots, sich einmal mit der Heirat abgefunden hatten, stand für sie fest, daß es eine Feier mit allem Pomp werden mußte. Der Hochzeitszug – die Männer in strengem Schwarzweiß, die Damen in Satin, Tüll und Spitzen – entsprach bis ins Detail dem, was die Gesellschaft von einer großen Hochzeit erwartete.

Eine Stunde vor der Trauung hielt gegenüber der Kirche eine Droschke. Unsichtbar in ihrem Inneren, beobachteten die drei Insassen die Ankunft der Gäste und des Brautpaares. Sie sprachen wenig. Ihre ganze Aufmerksamkeit galt den Vorgängen vor dem Portal.

«Die ganze Finanzwelt von Paris ist hier», bemerkte Edmée, die ihre Brille trug und einen Hut mit Schleier. Als Marc aus einem der Wagen stieg, preßte sie ihr Gesicht an die Scheibe des Droschkenfensters und blieb einige Minuten lang so.

Gabrielle kam, und Jeanne flüsterte: «Sie ist wunderschön, nicht wahr?»

Nandou nahm ihre Hand: «Wie ihre Mutter.»

Drinnen, in der Kirche, führte Nicolas die Braut zum Altar. Hinter sich hörte er das Rascheln ihrer langen Schleppe, und der süße Duft von Orangenblüten stieg ihm in die Nase. Er hatte Gabrielle von jenem ersten Abend an gemocht, als sie der Familie vorgestellt worden war, und die Sympathie war nicht allein damit zu erklären, daß er hinter ihrem wohlerzogenen Verhalten Funken von Selbständigkeit und Eigenwillen hatte aufblitzen sehen. Es hatte ihn gewundert, daß sie und Marc heiraten wollten – und es wunderte ihn immer noch trotz der offenkundigen Zuneigung, die zwischen den beiden bestand. Irgend etwas an dieser Heirat machte ihn stutzig, aber er hätte nicht sagen können, was es war. Nun, Hauptsache, Marc wurde glücklich, und Gabrielle hielt ihn nicht vom Malen ab. Er hatte sie ganz unverblümt darauf angesprochen, und sie hatte gesagt: «Keine Sorge, Onkel Nicolas. Ich weiß doch, wie Künstler sind. Aber ich hätte nicht gedacht, daß ausgerechnet ein Bankier wie du sich so darum sorgt, daß Marc ungestört malen kann.» Das hatte ihm gefallen. Eines Tages würde er es ihr vielleicht erklären. Er warf einen kurzen Blick auf sie. Sie wirkte sehr gefaßt, beinahe zu ruhig.

Louis drehte sich nach ihnen um, als sie den Gang heraufkamen. Sein Blick flog über die Reihen der Gäste, über die Blumenarrangements und die schimmernden Kerzen. Alles war von vollendeter Schönheit und Pracht. Alles war Schwindel. Das Glück des Brautpaares, das niemals ein Liebespaar werden würde! Der Stolz des Vaters, der in Trauer und Schuldgefühlen ertrank. Nie wäre es zu dieser Heirat gekommen, wäre nicht seine eigene Heuchelei gewesen. Am liebsten hätte er es all diesen Menschen hier ins Gesicht geschrien. Doch vielleicht war auch in ihrem Leben alles Schwindel? Vielleicht war nichts so, wie es zu sein schien oder wie es sein sollte. Nur eines war sicher: Diese Hochzeit war der letzte Akt der Heuchelei, zu dem Louis Vollard sich hergeben würde. Seine Kinder hatten mehr für ihn getan als er je für sie, denn sie hatten ihm endgültig gezeigt, daß er das Leben, in das er sich hatte hineintreiben lassen, nicht länger ertragen konnte. Er starrte auf Marc und Gabrielle, die vor dem Priester standen, und als sie ihr Versprechen gaben, gab er seines.

Als das Kirchenportal sich öffnete, beugten sich die drei im geschlossenen Wagen vor. Die Gäste sammelten sich auf dem Vorplatz und warteten, bis Braut und Bräutigam unter einem Regen von Blumen heraustraten.

«Unsere Kinder», sagte Edmée mit brüchiger Stimme. «Was für ein Leben erwartet sie?»

Teil III

1870–1885

21

Sie wurde in die Zeit des Zweiten Kaiserreichs hineingeboren, das mit Wohlstand und Frieden, mit rauschenden Festen und prunkvollen Demonstrationen militärischer Stärke protzte. Und sie hatte fast alles, was man einem Kind für Geld bieten konnte: ein Kindermädchen, eine Gouvernante, ein Pony, auf dem sie im Sommer im Bois de Boulogne ausritt, Schlittschuhe, mit denen sie sich im Winter auf der Eisbahn tummelte. Sie hatte einen Schrank voller Kleider, Puppen mit hübschen Porzellangesichtern, ein Kasperletheater, ein Hündchen namens Bijou. Die zwei Dinge jedoch, die ihr die liebsten waren, kosteten keinen Sou: sich auf die Fensterbank in ihrem Zimmer zu kuscheln und zu lesen – und von Vater oder Mutter in Welten entführt zu werden, die mit der, in der sie aufwuchs, kaum Ähnlichkeit hatten.

Ihr Vater nahm sie manchmal mit, wenn er zum Zeichnen oder Malen in den Bois oder den Jardin des Plantes ging, und ab und zu durfte sie ihm in seinem Atelier Gesellschaft leisten. Fasziniert sah sie zu, wie er den Pinsel in die Farben auf der Palette tauchte und ihn zur Leinwand führte, um an irgendeiner Stelle zu tupfen und zu stricheln, bis dort eine Blume entstand oder eine Frucht, die mit jedem Schwung des Pinsels satter und schöner wurde. Auch das Gesicht ihres Vaters faszinierte sie; es veränderte sich, wenn er vor der Staffelei stand. Er war plötzlich nicht mehr der lustige, vertraute Papa, der sie auf seinen Knien reiten ließ und ihr hinter der Zeitung hervor zuzwinkerte, sondern ein Fremder mit ernster, abwesender Miene und einem Ausdruck in den Augen, als sähe er etwas, das sie nicht sehen konnte. Sie mußte dann warten, bis er den Pinsel niederlegte und wieder zurückkehrte.

«Nun, Simone», pflegte er dann zu sagen, «was meinst du?» Dabei sah er sie so ernst an, als wäre sie eine große Kennerin. Sie hielt seinem Blick stand, so lange sie konnte, das gehörte zum Ritual, bis sie schließlich das Lachen nicht mehr zurückhalten konnte; wenn er es hörte, flog auch über sein Gesicht ein Lächeln. Er hob sie vom Hocker, gab ihr einen Kuß und erklärte, sie wäre die gescheiteste Kunstkritikerin von ganz Frankreich.

Manchmal machte er mit ihr Besuche in fremden Häusern, von denen sie keinem Menschen erzählen durfte. In einem wohnte eine Frau, von der Papa nur sagte: «Das ist eine Tante, die dich sehr, sehr lieb hat.» Simone nannte sie die Rosenfrau, denn sie duftete nach Rosen. Sie nahm

Simone immer so fest in die Arme, daß ihr die Luft wegblieb. Meist nähte sie auf einer Zaubermaschine, die sie mit dem Fuß in Bewegung hielt. Überall lagen Stoffballen und Spitzen, Schneiderbüsten standen beim Fenster, und auf dem Teppich konnte man immer Stecknadeln finden. Während die Rosenfrau sich mit Papa unterhielt, probierte Simone die Kleider an, die sie gemacht hatte, Kleider für erwachsene Frauen mit Perlen und Pailletten und Federn. Manchmal spielte die Rosenfrau auch Klavier, und Simone sang dazu. Wenn sie und Papa wieder gingen, weinte die Rosenfrau oft und drückte sich ein nach Rosen duftendes Tüchlein auf die Augen.

Zu anderen Zeiten besuchten sie einen Riesen namens Belloc, der in einem großen, unordentlichen Zimmer wohnte. «Mademoiselle Simone!» rief er, wenn Papa mit ihr eintrat. «Platz da für Mademoiselle Simone!» Und gleich flogen seine großen Hände über Tisch und Stühle, fegten schmutziges Geschirr, alte Lumpen und Orangenschalen weg, damit sie sich setzen konnte. Bei Belloc wurde einem nie langweilig, weil es so vieles zu sehen gab: eine ausgestopfte Eule mit Glasaugen, die sich zu bewegen schienen; einen Kohleofen mit einem dicken Rohr, das wie ein Ellbogen geknickt war; eine Tonpfeife, die so lang und dünn war, daß der Rauch gewiß in Fäden aus ihr herauskam. Wenn Belloc für sich und Papa Wein holte, gab es für Simone immer Limonade in einem blauen Glas, das wie eine Tulpe geformt war. Bevor sie gingen, pflegte Belloc sie mit Schwung bis zur Zimmerdecke hinaufzuheben und gab ihr zum Abschied einen Kuß, der nach Wein roch und wegen seiner Barthaare kitzelte.

Auf der Heimfahrt sagte Papa dann: «Wir erzählen Mama nicht, wo wir heute waren. Wir sagen einfach, wir waren im Bois.» Oder im Louvre, oder bei den Bouquinisten, oder an irgendeinem anderen Ort, den sie nach dem Besuch bei Belloc aufsuchten, so daß sie nie wirklich logen.

Aber auch Mama unternahm heimliche Ausflüge mit ihr. «Du darfst keiner Menschenseele verraten, wo wir heute waren, Simone.»

«Warum nicht, Mama?»

«Ach – weil wir Ärger bekämen, alle miteinander, und das möchtest du doch nicht. Wenn du älter bist, kann ich es dir besser erklären. Jetzt mußt du es mir einfach versprechen, sonst kann ich dich nie wieder mitnehmen.»

Natürlich gab Simone ihr das Versprechen. Jeanne und Nandou nie wieder besuchen zu dürfen, wäre zu traurig gewesen. Wenn Jeanne lächelnd die Arme ausbreitete, mußte man sich einfach hineinwerfen. Und wenn sie wissen wollte, wie es einem ging, konnte man gar nicht anders als alles zu erzählen, was einen bewegte. Unweigerlich zog sie, während sie zuhörte, die schönsten Überraschungen aus ihren Taschen: Pralinen, ein Tütchen Nüsse, ein Harlekinpüppchen.

Und Nandou war überhaupt der ungewöhnlichste Mensch, den sie kannte. «Ich bin ein Zwerg», erklärte er ihr, als sie gerade überlegte, warum er ganz anders aussah als alle Männer, die sie kannte. Sie hatte es nicht laut gefragt, aber er schien sie dennoch gehört zu haben. «Zwerge sind Menschen, bei denen das Gehirn stärker wächst als der Körper», sagte er. «Vor langer, langer Zeit war die Erde von Zwergen und Riesen bevölkert, weißt du. Die Riesen waren sehr grausam und sehr stark, darum mußten die Zwerge immer klüger werden, um sie überlisten zu können. Wie sie das machten? Sie lernten, auf dem Wind zu reiten. Ja, wirklich. Sie segelten über die Köpfe der Riesen hinweg, beugten sich hinunter und schlugen sie ihnen ab. Dann befreundeten sie sich mit den Vögeln und lernten ihre Sprache. Danach kamen sie auf die Erde zurück und versteckten sich in den Bergen. Aber kein Zwerg vergißt jemals, daß es eine Zeit gab, wo sein Volk durch die Lüfte ritt, und jeder Zwerg ist in seiner Seele immer noch Herrscher des Windes.»

«Ist Nandou sehr alt?» fragte sie ihre Mutter, denn sein Haar war von Grau durchzogen, und an den Augen hatte er viele Fältchen. «Ziemlich alt», antwortete ihre Mutter. «Aber das macht nichts, weil er auch sehr jung ist.» Simone nickte.

Und stets, wenn sie wieder nach Hause fuhren, mußte sie ihrer Mutter versprechen, keinem Menschen von diesen wunderbaren Besuchen zu erzählen. Wie seltsam, dachte sie, als sie ein wenig älter geworden war, daß Papa mit ihr heimlich zu einem Riesen ging und Mama zu einem Zwerg.

Der Zusammenbruch erfolgte fast über Nacht. Im Juni 1870 war noch alles wie sonst: Auf der Rennbahn von Longchamps im Bois de Boulogne wurde das Rennen um den Grand Prix mit Pferden aus ganz Europa gelaufen. Die Sonne schien auf die goldenen Epauletten der Kavallerieoffiziere und die duftigen Sonnenschirme der Damen, und man feierte den Sieg der französischen Champions mit Strömen von Champagner. Doch im Juli gipfelte ein an sich geringfügiger Streit zwischen Frankreich und Preußen in der Kriegserklärung durch Louis Napoleon, der sich zu diesem Schritt von einer Öffentlichkeit verleiten ließ, die die preußische

Streitmacht unterschätzte und gewiß war, daß Frankreich der Sieg so leicht zufallen würde wie beim Großen Preis von Longchamps.

Tapfer lächelnd – trotz des taubeneigroßen Gallensteins, der ihm solche Schmerzen bereitete, daß er Opium nehmen und sich das Gesicht schminken mußte, um ihm Frische zu verleihen – ritt der Kaiser an der Spitze seiner Soldaten dem Feind entgegen. Sein Heer wurde von der preußischen Kriegsmaschinerie niedergewalzt, und am 2. September kapitulierte er.

Über Nacht wendete sich Paris gegen den Kaiser und seine Herrschaft. Die kaiserliche Familie floh, während die Dienerschaft die Tuilerien plünderte. Drei Tage später wurde im Hôtel de Ville die Republik ausgerufen. Menschenmengen wälzten sich singend und jubelnd durch die Straßen, stürzten Statuen um, zerstörten alle sichtbaren Symbole des alten Kaiserreichs.

Jeanne, Nandou und Edmée gingen am späten Nachmittag auf die Straßen und mischten sich in das Getümmel auf den Boulevards. Mit Jubelgeschrei nahmen sie die Nachricht vom Ausruf der Republik auf, umarmten einander und dazu jeden, der in ihrer Nähe war. Glücklich und erschöpft setzten sie sich schließlich in ein Café. Rundherum sahen sie nur strahlende Gesichter, als hätte Frankreich nicht eine demütigende Niederlage erlitten, sondern einen glänzenden Sieg errungen.

«Wie vergänglich doch alles ist», sagte Edmée. «Vor drei Monaten wurde er noch gefeiert, weil er uns Wohlstand gebracht und Paris zur modernsten und schönsten Stadt der Welt gemacht hatte.»

«Unter der Schminke bleibt jede Hure eine Hure.»

«Nandou!» sagte Jeanne. «Nenn Paris nicht eine Hure. Du liebst Paris.»

«Stimmt. Dann eben eine Mätresse.» Er sah Jeanne lächelnd an und begann mit lauter Stimme zu singen. «*Allons enfants de la patrie* ... Nach achtzehn Jahren singen wir es wieder!»

Er breitete die Arme aus und schwang sie aufmunternd, bis alle im Café in den Gesang einstimmten. Unter Louis Napoleon war die Marseillaise verboten gewesen; jetzt schmetterten die Menschen sie mit trotzigem Triumph, und Nandou, der Jeanne bei der Hand gefaßt hatte, dirigierte mit leuchtenden Augen.

Er ist glücklich, dachte Edmée, glücklicher als er je zu hoffen gewagt hat. Nie hatte er etwas zu ihr gesagt, aber sie sah es an dem Ausdruck, der manchmal über sein Gesicht flog, eine Mischung aus reiner Freude und Ungläubigkeit. Sie wußte nicht, was Nandou die Erlösung gebracht hatte, aber er war befreit. Und der neue, weiche Ton in Jeannes Stimme, die neue Offenheit ihres Wesens verrieten, daß auch sie glücklich war.

Von sich selbst hätte sie nicht sagen können, ob sie glücklich war. Jedenfalls war ihr Aimée Sorel zur zweiten Natur geworden. Das Haarfärben und Schminken gehörten zum Alltag, und die Brille, die früher als Maske gedient hatte, war nach den langen Jahren anstrengender Nadelarbeit Notwendigkeit geworden. Sie hatte viele Freunde beim Theater, aber Jeanne und Nandou würden ihr immer die nächsten bleiben, auch wenn sie inzwischen in eine größere Wohnung etwas entfernter von ihnen umgezogen war. Sie führte ein einfaches Leben, der einzige Luxus, den sie sich geleistet hatte, war der Kauf eines Klaviers gewesen. Sie spielte nur für sich selbst und manchmal für Marc. Nach dem Umzug hatte sie sich entschlossen, ihn wenigstens ein Stück weit in ihr neues Leben einzulassen, und wenn er sie besuchte, zum Tee oder vielleicht zum Mittagessen, spielte sie meistens ein Weilchen, weil sie durch die Musik etwas ausdrücken konnte, was sonst niemals Stimme bekommen hätte und was sie ihren Sohn wissen lassen wollte.

Die Leute applaudierten lachend und jubelnd, als die letzten Töne der Marseillaise verklungen waren. «Wir wissen nicht, was morgen sein wird», sagte Nandou, «aber heute abend ist es herrlich.»

Sie hoben ihre Gläser und stießen an – auf ihre Gesundheit und ihr Glück und auf die Republik.

«Auf unsere Kinder», sagte Edmée.

«Was glaubst du, wo sie heute abend sind?» meinte Jeanne. «Auch unterwegs wie wir?»

«Wenn ja», sagte Edmée, «dann zeichnet Marc wahrscheinlich wie ein Wilder.»

Nandou zog seine Uhr aus der Tasche. «Zehn Uhr. Simone liegt schon im Bett.»

«Auf Simone», sagte Jeanne. Sie tranken wieder, und jeder sah dabei vor sich das zierliche kleine Persönchen mit dem eigenwilligen Gesicht und den klaren braunen Augen, deren Blick von ernster Betrachtung plötzlich zu blitzender Schalkhaftigkeit wechseln konnte.

Sie betrachteten sie als ihr gemeinsames Enkelkind, und sie schien wirklich von jedem von ihnen etwas mitbekommen zu haben, selbst von Nandou – seine rasche Intelligenz; von Jeanne die Direktheit; von Edmée Sanftmut; obwohl sich mit Sicherheit nur sagen ließ, daß Jeannes Blut in ihren Adern floß. Ob auch Edmée wirklich ihre Großmutter war, blieb ungewiß, da Marc niemals eine Erklärung gegeben hatte. «Gabrielle ist guter Hoffnung», hatte er ihr eines Tages lächelnd, aber mit beinahe trotzigem Blick eröffnet. Ehe sie eine Frage stellen konnte, fügte er hinzu: «Bitte frag mich nichts, Mama. Glaub mir einfach, daß ich mich ungeheuer freue und daß du dir keine Sorgen zu machen brauchst.»

Gabrielle war Jeanne und Nandou gegenüber ebenso verschwiegen gewesen. «Ich bekomme ein Kind. Ich habe das nicht erwartet, aber es ist so, und Marc und ich freuen uns sehr. Ich hoffe, ihr freut euch mit uns und fragt mich nicht nach Dingen, über die ich nicht sprechen möchte.»

Soweit die drei wußten, hielt Gabrielle Marc noch immer für ihren Halbbruder. War sie dennoch die körperliche Verbindung mit ihm eingegangen? Oder hatte Marc ihr doch die Wahrheit gesagt, daß er nämlich nicht Louis' Sohn war, damit einer körperlichen Beziehung, falls sie sich entwickeln sollte, nichts im Wege stand? Aber konnte sich Marc so verändert haben? Und wenn nicht, wer war dann Simones Vater? Immer wieder hatten die drei sich diese Fragen gestellt, ohne je zu einer Antwort zu kommen. Sie sprachen schon lange nicht mehr darüber, aber die Zweifel und die Ungewißheit begleiteten sie ständig.

«Nandou!» rief plötzlich jemand. «Jeanne!»

Ein Mann eilte zwischen den Tischen hindurch auf sie zu. Er hatte graues Haar und sonnenbraune Haut, und als er näher kam, senkte Edmée plötzlich den Kopf. Unter gesenkten Lidern sah sie den grauen Stoff seines Jacketts, als er an ihrem Tisch stehenblieb.

«Was für eine Heimkehr!» sagte er. «Da komme ich das erstemal seit Jahren wieder nach Paris und gerate mitten in eine Revolution.»

«Da müßten Sie sich doch sofort zu Hause fühlen.» Nandous Stimme war kühl.

Der Mann lachte kurz und unbehaglich. «Wird die Republik denn diesmal von Dauer sein?»

«Wir hoffen es von Herzen.»

Kurzes Schweigen.

«Sind Sie noch beim Theater, Nandou? Treten Sie zur Zeit auf?»

«Im Augenblick nicht. Ich mache immer weniger, je älter ich werde.»

«Und du, Jeanne? Ich hörte, du bist zu den Realisten übergelaufen. Erteilst du deinem Publikum von der Bühne aus Lektionen?»

«Ich schreibe über das, was ich in meiner Umwelt sehe. Wenn die Leute das als Lektion auffassen, sagt das wohl mehr über sie als über die Stücke.» Jeannes Stimme verriet ihre Spannung.

«Dir liegen ja besonders die Rechte der Frauen am Herzen, wie?»

«Findest du nicht, daß das seine Berechtigung hat?»

«Jeanne, wir müssen uns bald einmal sehen. Ich möchte dir einiges erzählen und – erklären.»

Edmée hob den Kopf. Sie fühlte sich schwindlig.

«Würdest du mich mit eurer Freundin bekanntmachen?» sagte der Mann zu Jeanne.

«Darf ich vorstellen», entgegnete Jeanne mechanisch. «Monsieur Henri Foucher – meine Cousine Aimée Sorel. Sie arbeitet als Kostümbildnerin, seit sie in Paris lebt.»

«Wann ist sie denn nach Paris gekommen?» fragte Henri, der Edmée unverwandt anstarrte.

«Oh, vor vielen Jahren», antwortete Jeanne nichtssagend.

«*Enchanté*», sagte Henri, ergriff Edmées Hand und hielt sie lange fest. «Wir kennen uns», sagte er.

«Da täuschst du dich ganz sicher», widersprach Jeanne.

Er achtete nicht auf sie. «Ich würde dich in jeder Maske erkennen, Edmée – trotz der Brille, der anderen Haarfarbe, der verflossenen Jahre. Wenn du wüßtest, wie viele Briefe ich dir geschrieben habe, ohne zu wissen, wohin ich sie schicken sollte. Wie sehr habe ich mir gewünscht, dich um Verzeihung bitten zu können. Ich kann es nicht fassen, daß ich dich wiedergefunden habe.»

«*Allons enfants de la patrie …*» sang eine Horde Menschen, die am Café vorübermarschierte.

Würde eine neue Welt entstehen?

Die Euphorie über den Sturz des zweiten Kaiserreichs schwand rasch unter der Belagerung der deutschen Truppen, die damit rechneten, Paris in spätestens sechs Wochen erobert zu haben.

Aber Paris verteidigte sich, und die neue Regierung traf die erforderlichen Maßnahmen, um die Lebensmittelversorgung sicherzustellen. Die unteren Regionen des neuen Opernhauses, das noch nicht fertiggestellt war, wurden in einen Vorratsspeicher umfunktioniert; darüber kamen eine Bäckerei, ein Krankenhaus, ein Kleiderlager. Rinder, Schafe und Ziegen grasten im Bois de Boulogne und im Jardin de Luxembourg.

Die Familie Vollard plante, die Stadt zu verlassen: Neben Joséphine und den meisten anderen auch Gabrielle und Simone.

Marc brachte die beiden zur Gare du Nord, wo eine Woche zuvor unter dem Jubel Tausender Victor Hugo aus dem Exil eingetroffen war. Dort küßte er Gabrielle auf beide Wangen: «Paß gut auf euch auf.»

«Und du auf dich.»

Simone, ihr Hündchen im Arm, warf sich weinend an Marc und beschwor ihn, ihr jeden Tag zu schreiben. «Ich fürchte, das wird nicht gehen, Herzchen. Wer weiß, wie lange die Post noch funktioniert.»

Er hatte recht. Schon nach wenigen Tagen fuhren keine Züge mehr, der Postverkehr lag lahm; Brieftauben und Ballons wurden mobilisiert. Die deutschen Kanonen rund um die Stadt begannen ein Arrondissement nach dem anderen unter Beschuß zu nehmen.

Die Theater, die zunächst geschlossen hatten, öffneten ihre Türen wieder zu Wohltätigkeitsveranstaltungen für Waisen und Verwundete. Um Geld für Kanonen zur Verteidigung der Stadt aufzubringen, gestattete man Victor Hugo öffentliche Lesungen aus *Les Châtiments*, Gedichten, die er im Exil geschrieben und die Louis Napoleon verboten hatte, weil sie das Regime nicht nur verhöhnten, sondern als Verbrechen bezeichneten. Nandou gehörte zu denen, die gebeten wurden, an der Lesung teilzunehmen. Die Proben sollten bei Hugo stattfinden.

Er kam wie benebelt nach Hause. «Hugo hat sich noch an mich erinnert, Jeanne. Nach vierzig Jahren! Er dankte mir noch einmal, daß ich ihn damals vor den Straßenräubern gerettet habe. Und er sagte, es würde ihn ehren, wenn ich seine Verse lese.»

Am folgenden Abend traten die Schauspieler im spärlich erleuchteten Theater vor den geschlossenen Vorhang. Unten im Zuschauerraum erlebte Jeanne mit, wie Nandou als zu Tode erschöpfter Krieger hervortrat, schmutzig und zerlumpt, und mit zornbebender Stimme rief: «So töten sie jetzt also Kinder?» Niemals, dachte sie, hatte Nandou eindringlicher gesprochen.

Als sie später neben ihm lag, sagte er: «Weißt du eigentlich, daß ich heute zum ersten Mal als Mensch vor das Publikum getreten bin und nicht als Zwerg?»

«Daran habe ich überhaupt nicht gedacht.»

«Ich glaube wirklich, manchmal vergißt du, daß da ein Unterschied besteht.»

«Nein», antwortete sie und schmiegte sich an ihn, «ich denke nur nicht daran.»

Er starrte in die Dunkelheit. «Ich glaube, ich werde nicht mehr auftreten. Dieser Abschluß war die Krönung, nicht wahr, Jeanne?»

Je mehr sich die Geschäfte leerten, desto lauter wurden die Stimmen der Revolutionäre: Arbeiter, Sozialisten, Kommunisten, alle prangerten sie die neue Regierung an. In dem Haus in der Rue du Faubourg Saint-Honoré lag Henriette Vollard, fast bewegungsunfähig durch ihre Arthritis, unter Bergen von Decken, weil nicht mehr genug Brennholz da war, um den Kamin zu schüren. Nicolas und ihre Enkel sahen häufig nach ihr, wenn auch immer nur kurz. Manchmal erkannte sie sie nicht. Einmal nannte sie Marc Louis und fragte, warum er fortgegangen sei und ob er je zurückkommen würde.

«Ich weiß es nicht», antwortete Marc, der ihr den Brief nie gezeigt hatte, den er und Gabrielle eine Woche nach der Hochzeit erhalten hatten: «Meine lieben Kinder, ich gehe fort aus Eurem Leben, ich habe Euch nur Kummer gebracht. Ich möchte neu anfangen und versuchen, mir die Träume zurückzuerobern, die ich hatte, als ich in Eurem Alter war...» Damals hatte Marc geweint. Heute spürte er, wenn er an Louis dachte, einen Anflug von Neid.

Er war bei den Füsilieren der Nationalgarde aufgenommen worden. Alle Angehörigen der Truppe durften zu Hause wohnen und ihr gewohntes Leben weiterführen, wenn sie nicht gerade zu Übungen oder zum Dienst einberufen wurden.

Der Weg von und zu seiner Stellung führte ihn durch Montmartre. Das Dorf war zehn Jahre zuvor eingemeindet worden, nachdem man die alte Stadtmauer abgerissen hatte und die neuen Maler, die der akademischen Schule den Rücken gekehrt hatten und von den etablierten Künstlern verlacht wurden, fanden sich jetzt dort zusammen. Marc setzte sich gern in eines der Cafés, um sich die Diskussionen anzuhören und gelegentlich seine eigene Meinung zu äußern. Die Streitgespräche über Ingres und Delacroix, die Debatten über die soziale Funktion der Kunst und über die Frage, worin liegt die Schönheit, wurden oft bis in die frühen Morgenstunden geführt. Edgar Degas war oft dort anzutreffen, ebenso Manet – Männer, denen sich Marc über die Leidenschaft zu malen hinaus verwandt fühlte, weil sie wie er Söhne wohlhabender Familien waren, mit denen sie nicht gebrochen hatten.

In den Cafés von Montmartre trafen sich auch Schriftsteller und Literaten, und unter ihnen war ein junger Mann, ein Dichter namens Octave, der Marc schöner schien als alle Männer, die er kannte. Wenn Octave aus seinen Gedichten vorlas, erstanden die Bilder seiner Verse wie gemalt vor Marcs Augen. Die beiden Männer sprachen selten miteinander und nie etwas Persönliches, aber sie sahen einander auf die gleiche Weise an.

Wochen zogen ins Land. Das Heizmaterial ging aus, die Lebensmittel wurden knapp. Freiwillige der Armee stahlen sich nachts durch die Stadttore hinaus, um unter feindlichem Beschuß Gemüse zu ernten, und kehrten mit magerer Ausbeute zurück.

Trotzdem hielten Jeanne und Nandou an ihrem *jour fixe* für die Freunde vom Theater, die alle arbeitslos waren, fest, und die Gäste bemühten sich redlich, ihren Teil zum gemeinsamen Essen beizusteuern. Allerdings, als das erstemal einer eine Ratte mitbrachte, die es in den Läden für einen Franc das Stück zu kaufen gab, wurden alle außer Jeanne ziemlich bleich. Sie ging in die Küche, schnitt und wiegte das Fleisch unter lautem Schimpfen und Fluchen so fein, bis es wie Hackfleisch aussah, und fabrizierte eine Fleischpastete daraus.

Edmée bat sie, Henri Foucher einzuladen. «Hast du ihm verziehen?» fragte Jeanne.

Edmée wurde rot. «Hast du selbst mir nicht vor langer Zeit gesagt, daß man sich nicht vom Haß auffressen lassen soll?»

In jenem Teil des Festungsgürtels, zu dem Marc abkommandiert worden war, gab es nicht viel zu tun. An einem grauen, kalten Novembertag jedoch, als er in einer Gruppe seiner Kompanie auf Patrouille geschickt wurde, gerieten sie unerwartet unter schweres feindliches Feuer. Innerhalb von Sekunden dröhnte die Luft vom Krachen der Schüsse, Rauchwolken verdunkelten den Tag, Flüche und Schmerzensschreie ertönten von allen Seiten, während der Offizier konfuse Befehle brüllte, die Marc in seiner Aufregung kaum verstand. Blind begann er zu feuern, lud, feuerte wieder. Als es vorbei war, lag der Mann, der neben Marc gekauert hatte, mit glasigem Blick und einem blutigen Loch in der Brust zwei Schritte von ihm entfernt auf dem Boden.

An diesem Abend machte Marc in Montmartre halt. Das Café war fast leer, und im Hinterzimmer spielten nur ein paar alte Männer Karten. Marc setzte sich allein an einen Tisch und trank ein Glas Bier, das kaum Alkohol zu enthalten schien, während er das Spiel von Kerzenlicht und Schatten auf den Gesichtern der Männer beobachtete und vor seinem inneren Auge immer nur das Gesicht des toten Kameraden sah.

Als die Tür sich öffnete, sah er auf. Octave trat ein, regennaß und durchgefroren. Er zögerte, dann kam er zu Marc an den Tisch.

«Wünschen Sie nicht manchmal», sagte er mit seiner weichen, immer ein wenig schwermütig klingenden Stimme, «Sie hätten Paris verlassen?»

«Doch.» Irgend etwas trieb Marc hinzuzufügen: «Ich habe meine Frau und meine Tochter mit einem der letzten Züge fortgeschickt.»

«Und warum sind Sie geblieben?»

«Um zu tun, was ich kann. Und – um zu beobachten.»

Octave nickte. «Seit drei Nächten träume ich immer wieder von Brot. Von frischem, knusprigem Brot. Haben Sie je zuvor gehungert?»

«Nach Brot nicht – nein.»

«Wonach dann?»

«Glücklich zu sein», hörte Marc sich sagen.

«Glauben Sie denn, daß es möglich ist, glücklich zu sein?»

«Ich weiß es nicht. Aber heute abend muß ich daran glauben.»

«Warum?»

«Um den Tod auszulöschen.»

Octave nickte wieder. «Und woran glauben Sie noch?»

«An die Wahrheit im Herzen der Dinge.»

«Haben Sie die je gefunden?»

«Noch nicht.»

«Stellen Sie darum Ihre Bilder nicht aus?»

«Genau. Sie sind noch nicht wahrhaftig genug.»

«Ich glaube an die Sprache», sagte Octave. «Und an das Brot. Und an die Liebe.»

Es war das merkwürdigste Gespräch, das er je geführt hatte, dachte Marc. Er schien über seine Worte keine Kontrolle zu haben. Und auch als Octave ihm die Hand auf den Arm legte, setzte die Kontrolle nicht ein. Aber es kümmerte ihn nicht, denn das Bild des Toten begann zu verblassen, und ebenso die Vorstellung von einem mönchischen Leben.

Am Morgen litt er Qualen der Reue und gelobte, daß es nie wieder geschehen soll.

So war es dann jedes Mal.

Am 28. Januar kapitulierte Paris trotz heftiger Proteste großer Teile der Nationalgarde. Die im Februar gewählte Nationalversammlung mußte der Abtretung Elsaß-Lothringens und Reparationszahlungen in Höhe von fünf Milliarden Franc zustimmen.

Marc ließ Gabrielle Nachricht zukommen, daß sie erst nach Paris zurückkehren solle, wenn das Leben dort sich normalisiert habe, und sagte sich dabei, daß er einzig an das Wohl seiner Frau und seiner Tochter denke. Er verbrachte jeden Abend in Montmartre und erhitzte sich mit den anderen in stundenlangen Diskussionen über die Friedensbedingungen und die schändliche Bereitwilligkeit der Nationalversammlung, sie anzunehmen, obwohl ein Teil von ihm sich keinen Deut darum scherte und nur die Minuten zählte, bis er mit Octave gehen konnte. Er wußte, daß dies alles bald vorbei sein würde; er und Paris würden zu einem normalen Leben zurückkehren. Mit Schrecken sah er die ersten Anzeichen dieser Normalität, so sehr sie ihm andererseits willkommen waren: das frische Brot, das Klappern der Pferdehufe, der wieder funktionierende Postdienst, der ihm endlich erlaubte, Simone täglich einen Brief zu senden.

Und Anfang März kehrten Gabrielle und Simone nach Paris zurück. Simone stürzte sich ihrem Vater in die Arme und überschüttete ihn mit Küssen. Gabrielle küßte ihn auf beide Wangen, dann trat sie zurück und sah ihm in die Augen. «Du hast dich verändert», sagte sie.

«Inwiefern?»

«Ich weiß nicht genau. Du bist natürlich magerer und wirkst müde. Aber du siehst auch – jünger aus.»

«Das bin ich nun wirklich nicht», meinte er leichthin.

Sie wechselte das Thema, aber er merkte bei verschiedenen Gelegenheiten, daß sie ihn forschend betrachtete. Gern hätte er sie gefragt, was sie sah, hätte ihr gern alles erzählt und wollte doch zugleich sein Geheimnis auf ewig für sich behalten. Er sagte nichts.

Auf den Straßen meuterten die Massen, erbost über den schändlichen Frieden, der ihnen aufgezwungen worden war. Am 26. März wählten sie der von Bismarck eingesetzten Regierung zum Trotz ihre eigene Sonderregierung, die sich «die Pariser Kommune» nannte.

Am 27. März schien es mit Henriette Vollard zu Ende zu gehen. Die ganze Familie versammelte sich in ihrem Schlafzimmer. Einer nach dem anderen trat an ihr Bett, um von ihr Abschied zu nehmen.

«Wo ist Louis?» fragte sie plötzlich in großer Erregung.

Keiner antwortete. Keiner wußte es.

«Er muß mir verzeihen!» rief sie. «Ich habe das Beste für ihn getan. Immer. Sagt ihm das. Sagt ihm, daß er mir verzeihen muß.»

Wenig später starb sie. Nicolas' Augen waren feucht, aber Joséphine war die einzige, die weinte.

22

Paris war rot. Rot von den Flaggen der Kommune, rot vom linken Fanatismus derer, die die Sonderregierung unterstützten, und rot eine Woche lang im Mai – als es zum Zusammenstoß der Truppen der konservativen Regierung mit den Kommunarden kam – von Gewehrfeuer und Blut.

«Wir hätten nicht zurückkommen sollen», erklärte Joséphine nervös. Obwohl es warm war, hatten sie die schweren Vorhänge fest zugezogen, doch die vermochten das Krachen der Schüsse und die Schreie der Menschen nur zu dämpfen. «Deine Mutter hätte nicht gewollt, daß ihr Tod auch unseren verursacht.»

«Wir werden nicht sterben», sagte Nicolas.

«Woher willst du das wissen? Diese Wahnsinnigen auf den Straßen, die nach einer neuen Ordnung schreien und die Tuilerien abbrennen – glaubst du, die lassen sich davon abhalten, unsere Türen einzureißen und dieses Haus in Flammen zu setzen.»

«Dazu sind wir nicht wichtig genug. Sie bevorzugen die öffentlichen Gebäude.»

«Aber wir sind reich und angesehen. Sie bezeichnen uns als ihre Feinde. Ach Gott, das ist alles viel schlimmer als 48. Viel, viel schlimmer. Ein Glück nur, daß Denis zu Hause ist. Hoffentlich ist Marc nicht unterwegs. Die Nationalgarde ist ja zu einer wahren Brutstätte für Radikale geworden. Ich kann nicht verstehen, warum Marc sich ihr angeschlossen hat und wieso du das zugelassen hast, wenn er jetzt...»

«Reg dich nicht auf, Joséphine, es hat keinen Sinn, sich so aufzuregen.»

«Ich bin eben nicht so kalt wie du», zischte sie giftig. «Ich sorge mich um die Zukunft dieser Familie. Jetzt, wo deine Mutter tot ist und du dich um gesellschaftliche Dinge überhaupt nicht kümmerst, lastet alle Verantwortung auf mir.»

«Aber das wolltest du doch immer. Darum hast du mich doch geheiratet, oder nicht?»

Hochrot im Gesicht sah es so aus, als wolle sie sich auf ihn stürzen. «Ach», sagte sie dann, «du verstehst überhaupt nichts. Und du wirst es auch nie verstehen.»

«Vermutlich hast du recht.»

Sie wollte etwas entgegnen, aber knatterndes Gewehrfeuer unterbrach sie, und sie schrie erschrocken auf. «Nicolas! Bitte, sieh nach, ob die

Türen alle richtig abgeschlossen sind. Bitte, Nicolas, tu mir diesen einen Gefallen. Ich bitte dich selten um etwas, aber ich habe Angst. Bitte geh hinaus und sieh nach.»

Nicolas sah sie stirnrunzelnd an und hätte abgelehnt, wenn er nicht echte Panik in ihren Augen gesehen hätte. Und es war richtig: Sie hatte selten etwas von ihm verlangt außer Geld. Er legte die Zeitung aus der Hand und ging aus dem Zimmer.

Als er die Haustüre öffnete, rief eine vertraute Stimme: «Nico!»

«Du hast keine Ahnung, wie sehr du mich erschreckt hast», sagte Nicolas am nächsten Morgen, als Louis erwachte. «Joséphine hatte mich gebeten nachzusehen, ob alle Türen richtig abgeschlossen seien. Und als ich aufmachte, fand ich dich!»

«Hätte sie das gewußt, hätte sie dich wahrscheinlich nicht hinausgeschickt.»

Louis lächelte, und Nicolas sah, wie früher, sich selbst in diesem Lächeln, obwohl das Gesicht seines Bruders dem seinen mit den Jahren immer unähnlicher geworden war.

«Zwölf Jahre, Louis», sagte er. «Ich glaubte, ich würde dich nie wiedersehen. Was hat dich zurückgeführt?»

«In Florenz entdeckte ich einige Pariser Zeitungen und las, daß Mama gestorben war. Plötzlich mußte ich einfach wissen, ob ihr anderen alles gesund überstanden habt. Ich bin seit Wochen schon hier, aber ich hatte nicht den Mut zu kommen.»

«Wieso brauchst du dazu Mut?»

Er erhielt keine Antwort.

«Den letzten Brief von dir bekam ich vor fast zwei Jahren aus London», fuhr Nicolas fort. «Wo bist du seither gewesen?»

«Ich war eine Zeitlang in Amerika. Da solltest du hin, Nico. Der Süden muß sich jetzt nach dem Bürgerkrieg ganz neu orientieren. Und sie bauen im ganzen Land Eisenbahnen. Nico – wie geht es Marc?»

«Gut. Und Gabrielle auch.»

Louis ließ sich wieder in die Kissen sinken. Sein Gesicht war sehnsüchtig. «Ich muß ihn sehen – wenigstens einmal. Aber ich werde nicht bleiben. Joséphine und Denis sollen niemandem sagen, daß ich hier bin, Nico, bitte. Sobald ich wieder auf den Beinen bin, verschwinde ich.»

«Wohin?» Louis schwieg. «Brauchst du Geld?»

«Ich habe meinen Wechsel das ganze letzte Jahr nicht anrühren müssen.»

«Sag nicht Wechsel. Du hast dir das Geld verdient.»

Louis zog spöttisch eine Braue hoch.

«Dann verdienst du also mit deinen Bildern?» fragte Nicolas.

«Die bemesse ich nach ihrem Wert. Das heißt, die meisten werfe ich weg oder verschenke sie. Mach nicht so ein Gesicht, Nico. Ich bin kein guter Maler.»

«Aber du bist doch nicht schlecht.»

«Sicher. Nur – das reicht nicht.»

«Du bist zu streng zu dir.»

Louis lächelte bitter. «Das ist wohl das Letzte, was man über mich sagen kann.»

«Willst du mir nicht erzählen, wie du zu der Verletzung an deinem Arm gekommen bist?»

Louis seufzte. «Beim Kampf. Für die Kommunarden.»

«Louis! Die wollten die Stadt dem Erdboden gleichmachen. Sogar den Louvre wollten sie abbrennen. Bist du ein Roter geworden?»

«Ich bin so wenig rot wie du», erwiderte Louis und wandte sich ab. «Es war nur ein – ein Mißverständnis.»

Nicolas neigte sich zu ihm hinunter. «Louis, bist du gesund? Ist alles in Ordnung? Bitte, sag mir die Wahrheit.»

«Oh, mir geht's gut. Das heißt, ich hab mir die Syphilis eingefangen, aber ich war bei mehreren Ärzten und nehme brav ihr verdammtes Quecksilber.» Louis schüttelte sich. «Doch, mir geht's gut. Ich habe nämlich eine neue Liebe.»

«Oh! Das freut mich für dich.» Nicolas sagte es automatisch, von einem Gefühl übermannt, das er seit Jahren nicht mehr verspürt hatte: Neid auf Louis und seine Leidenschaften, ganz gleich, wie fehlgeleitet oder destruktiv sie sein mochten; auf seine Bereitschaft, sich ihnen hinzugeben. «Dann bist du also glücklich?» Die Frage besaß plötzlich ungeheure Wichtigkeit. Louis hatte alle Irrtümer, alles, was ihn gequält hatte, hinter sich gelassen; er *mußte* glücklich sein.

«Manchmal bin ich es», antwortete Louis. «Meine neue Liebe ist – der Absinth, kühl und grün und schön wie das Meer. Man läßt sich hineinfallen und verliert sich ... Erinnerst du dich an den Sommer, als Papa und Mama mit uns an die See fuhren?»

Nicolas hatte seit fünfzig Jahren nicht mehr daran gedacht, aber jetzt stand ihm die Szene klar vor Augen: das blaßgrüne Wasser der Bucht, er und Louis, wie sie es aufpeitschten, daß es schäumte, wie sie sich dabei krümmten vor Lachen und dann an den Strand zurückrannten, um eine riesige Sandburg zu bauen. Er rieb seine Hände aneinander und spürte die kühle, feuchte Rauheit des Sandes zwischen ihnen...

Louis murmelte: «Ich kämpfte mit den Kommunarden, weil ich betrunken war. Ich fühlte mich – in eine ganz andere Zeit versetzt. Ich ging auf die Straße, weil ich für – für etwas kämpfen wollte. Aber ich hab's nicht geschafft. Ich hatte Todesangst, Nico. Todesangst.»

Sie schwiegen beide. Dann sagte Nicolas scheinbar unvermittelt: «Mamas letzte Worte galten dir: ‹Sagt Louis, er muß mir verzeihen.›»

«Mein Leben lang habe ich getan, was sie wollte – aber verzeihen kann ich ihr nicht.»

«Ich denke, du mußt zuerst dir selbst verzeihen.»

«Du hast mich immer verstanden, Nico.»

«Was willst du ihm sagen?» fragte Gabrielle, die in einem grünen Morgenrock in ihrem Boudoir saß. «Du weißt, er wird fragen.»

«Vielleicht auch nicht.» Marc schlüpfte in einen alten Rock, den er meistens anzog, wenn er malen ging. «Papa und ich verstehen uns meisterhaft darauf, nicht nach dem zu fragen, was wir gern wissen wollen.»

Gabrielle entgegnete nichts.

«Und wenn er fragt», fuhr Marc fort, «sage ich, daß sie unsere Tochter ist, und fertig. Oder möchtest du, daß ich mehr sage?»

«Nein.»

Marc setzte sich zu ihr auf die Chaiselongue. «Ich habe von dem Moment an, als du mir sagtest, daß du ein Kind erwartest, keine Minute bedauert. Du?»

Nach einer kleinen Pause erwiderte sie: «Nein.»

«Warum zögerst du?»

«Kein Grund.» Sie konnte Marc vieles sagen, aber nicht, daß es Tage gab, an denen sie sich fühlte wie ein Vogel in einem goldenen Käfig, der keine Tür hatte.

«Möchtest du manchmal weg, Gabrielle?»

«Weg?»

«Bist du es nicht leid, die schöne, ehrbare Madame Vollard zu sein, die musikalische Soirées von höchstem Kunstverstand gibt und in einer absolut heilen Welt lebt?»

Sie sah ihm direkt in die Augen, während sie die Finger in das Kissen an ihrer Seite grub. «Manchmal, ja. Aber wohin könnte ich gehen? Soll ich wieder eine von diesen Sängerinnen werden, die froh sein müssen, von Leuten wie mir ein Engagement für einen Abend zu bekommen?

Selbst wenn es möglich wäre, wieder zur Bühne zu gehen, könnte ich doch niemals Simone verlassen.»

Seufzend drückte Marc ihre Schulter.

Als er schon an der Tür war, sagte sie: «Du siehst nicht mehr so aus wie in der ersten Zeit nach unserer Rückkehr. Während der Belagerung warst du glücklich. Kannst du nicht wieder glücklich sein?»

Er zögerte kurz. «Das bildest du dir ein, Gabrielle», sagte er und ging.

Sie stand auf und begann, zwischen der Chaiselongue und dem offenen Kamin hin und her zu gehen, acht Schritte jedesmal. Sie und Marc waren gute Freunde, aber in ihrem Leben gab es, genau wie in seinem, große Räume der Verschwiegenheit. Was hatte er in dem schrecklichen Jahr der Belagerung getan, als sie auf dem Land gelebt hatte? Was wußte sie von seinen Wünschen, die in ihrer Ehe keinen Platz hatten? Sie wußte, wie es ihr selbst ging, wozu ihre eigenen Wünsche sie trieben, welche Spannungen sie in ihr erzeugten – aber wie war es bei ihm?

Mit brutaler Gewalt war die Ordnung wiederhergestellt worden. Die blutige Woche war vorbei. Regierungstruppen hatten die letzten Kommunarden auf dem Père-Lachaise an die Wand gestellt. Die vierzigtausend Gefangenen, die man vorher schon gemacht hatte, waren nach Versailles gebracht worden, wo weiß Gott was für ein Schicksal sie erwartete; bestenfalls Deportation auf die Strafinseln.

Ordnung um jeden Preis, dachte Marc. Er empfand eine gewisse Sympathie für die Kommunarden – nicht für ihre Ziele und Methoden, sondern wegen ihrer grausamen Unterdrückung, die seinem eigenen inneren Kampf vergleichbar war: Der Aufstand der Gefühle, den die Begegnung mit Octave ausgelöst hatte, mußte gebrochen und unterdrückt, das Feuer ausgetreten werden, bis nicht ein Rauchwölkchen mehr in der Luft hing, nicht ein einziges Fetzchen verkohlten Papiers mehr im Wind flatterte. Bis nichts übrig war als Ordnung und Ehrbarkeit.

Nicolas war nicht zu Hause, als Marc kam. Joséphine, ihr Mund noch säuerlicher als sonst, führte ihn hinauf. Während er ihr folgte, betrachtete er ihre mageren Schultern und fragte sich, woran sie in ihrem Leben Freude fand. An ihrem Haus? Ihrem Sohn? Ihrer gesellschaftlichen Stellung? Sie schien in ständiger Angst vor Unsicherheit und neuem Skandal zu leben, immer mißtrauisch, immer auf der Hut. Einen Moment lang spürte er Mitleid mit ihr, aber da hatten sie die Tür in der ersten Etage schon erreicht, und sie blieb stehen.

«Es wäre passender gewesen, wenn Louis sich an euch gewandt hätte, aber er besteht darauf, hier zu bleiben», sagte sie. «Er möchte deiner Familie keine Unannehmlichkeiten bereiten, meint er. Aber was ist mit unserer Familie? Vielleicht kannst du ihn überreden, mit zu euch zu kommen?»

Marc zuckte die Schultern und öffnete die Tür.

Sein Vater saß in einem Sessel am Fenster. Er war angekleidet, nur der rechte Arm steckte nicht im Hemdsärmel.

«Mein Junge!» Louis stand auf und streckte seinen gesunden Arm aus.

Marc ging zu ihm. Sie umarmten einander mit einer Gehemmtheit, die nicht allein Louis' Verletzung zuzuschreiben war. Dann zog Marc sich einen zweiten Sessel heran, und sie setzten sich.

«Du hast ja einen Bart, Papa.» Eine alberne Bemerkung, ein kläglicher Versuch, die Kluft von zwölf Jahren zu überbrücken.

«Ach, Marc, mein Junge...» Louis sah ihn an, als kämpfe er gegen einen Sturm von Gefühlen und Gedanken. «Jedes Jahr hoffte ich zu lesen, man hätte etwas von dir für den Salon ausgewählt.»

«Ich habe nie etwas vorgelegt.»

Louis zog die Brauen hoch. «Warum?»

«Weil ich nichts hatte, das gut genug war.»

«Und was hast du? Erzähl.»

Wie typisch für sie beide, dachte Marc, daß sie zuerst von der Malerei sprachen, als sei alles andere nur halb so wichtig. «Ich kann mehr als früher», sagte er. «Die Raumaufteilung, das Zeichnerische, die Formgebung – das alles beherrsche ich zu meiner Zufriedenheit. Aber die Farbe – das ist ein Geheimnis, das ich einfach nicht lösen kann. Ich habe das Gefühl, tiefer und tiefer einzudringen – aber niemals stoße ich bis zum Kern vor. Immer ist da noch etwas, das ich nicht greifen kann. Manchmal komme ich ganz nahe an das heran, was mir vorschwebt, aber niemals nahe genug. Die meisten Sachen werfe ich weg.»

Louis sagte leise: «Du bist doch sicher nicht zu mir gekommen, ohne mir etwas mitgebracht zu haben?»

Marc lächelte. Wie gut sein Vater ihn kannte. Er ging in den Flur und holte den Koffer, der die drei Bilder enthielt. Zwei von ihnen stellte er an den Schrank gelehnt auf den Boden. Louis' Augen, dunkler und wacher als bei Marcs Ankunft, wanderten von einem zum anderen. Dann begann er von technischen Dingen zu sprechen: dem Pinselstrich, dem Gebrauch von Cadmiumfarben, dem Fehlen von Firnis, der Tiefe des Raums, aus der die Figuren hervortraten. Marc antwortete sachlich, so gespannt er innerlich auch war. Schließlich lehnte sich Louis zurück. «Ich habe so etwas noch nie gesehen. Sie sind einzig in ihrer Art. Und gut.»

Marc atmete auf.

«Aber du hast recht. Sie sind irgendwie verhalten – suchend.»

«Es tut gut, mit dir zu reden, Papa», sagte Marc.

«Ich glaube, du hast noch etwas in deinem Koffer. Was ist es?»

Marc nahm das Bild heraus und stellte es vor die anderen; ein kleines Bild von Simone: ein dunkellockiges kleines Mädchen, das in die Welt hinausblickte, als könne es nicht erwarten, all ihre Wunder kennenzulernen.

«Ach», sagte Louis entzückt. «Das Licht auf dem Haar ist großartig. Und da auf dem Rock, wie du das...»

«Sie ist deine Enkelin», sagte Marc.

Louis ließ die gestikulierende Hand sinken. «Wieso? Das verstehe ich nicht. Du und Gabrielle, ihr sagtet doch, ihr würdet nie... Ich konnte mit der Tatsache dieser Heirat nur leben, weil... Wie soll ich mich an der Existenz dieses Kindes freuen können?»

«Papa, ich schwöre dir, sie ist nicht das Kind eines Inzests. Ich schwöre es dir und bitte dich, mich nichts weiter zu fragen.»

Louis schloß die Augen und schüttelte den Kopf. «Eine Frage muß ich dir noch stellen: Seid ihr beide glücklich?»

«Wir – sind zufrieden. Und du, Papa?»

Es dauerte einen Moment, ehe Louis antwortete. «Ich habe akzeptiert, was ich bin und was ich nicht bin.»

«Dann kann ich dich nur beglückwünschen.»

Nach Henriettes Tod hatte Joséphine dafür gesorgt, daß die Tradition gemeinsamer Familienfeste aufrechterhalten wurde, und so fand sich an Simones zehntem Geburtstag, einem Sonntag im Mai 1872, die ganze Familie – fast zwanzig Personen – bei Marc und Gabrielle ein. Es war ein warmer, sonniger Tag, die Kinder spielten im Garten, die Erwachsenen saßen im Gespräch unter der großen alten Kastanie. Es ging wie so oft in dieser Zeit um das politische Patt, das der Niederwerfung der Kommune gefolgt war. Während monarchistische Gruppen sich in der Nationalversammlung erbittert bekämpften und die Republikaner hofften, daß ihnen die Macht zufallen würde, befand sich das Land in einem Zustand der Lähmung.

Als die Getränke gebracht wurden, kamen die Kinder und hockten sich zu Füßen der Erwachsenen ins Gras, um durstig die Limonade zu trinken, die ein Mädchen ihnen reichte.

«Mama war neulich mit uns im Zirkus», erzählte die achtjährige Annabelle und biß mit Genuß in ein Törtchen. «Da haben wir einen riesigen Bären gesehen, der auf einem Ball balancierte. Und er ist nicht runtergefallen.»

«Meine Mama hat gesagt, ich darf mit ihr ins Theater gehen und Sarah Bernhardt anschauen», gab Simone zurück.

«Im Theater waren wir schon», erwiderte Annabelle. «Da haben wir Feen und Zwerge gesehen.»

«Was sind Zwerge?» fragte der kleine Maurice.

«Ach, du behältst aber auch gar nichts», schimpfte Annabelle. «Zwerge sind Leute, die aussehen, als wären ihnen die Beine und die Arme abgeschnitten worden.»

«Abgeschnitten?» kreischte Maurice. «Richtig abgeschnitten?»

«Nein, Dummkopf. Es sieht nur so aus. Zwerge sehen überhaupt ganz komisch aus. Und sie gehen so.» Annabelle sprang auf und ging mit übertrieben wackelndem Oberkörper steifbeinig hin und her. «Ich bin eine Zwergin», sagte sie.

«Eine Zwergin! Eine Zwergin!» schrie Maurice und wälzte sich lachend im Gras.

«Jetzt hör endlich auf!» rief Simone. «Du hast überhaupt keine Ahnung, Annabelle!»

«Doch, hab' ich schon. Wir waren im Theater, und da habe ich die Zwerge gesehen. Lauter komische Zwerge!»

«Du weißt überhaupt nichts. Hör sofort auf, sonst zieh ich dich an den Haaren!»

Joséphine wandte sich Gabrielle zu, um zu protestieren, aber Gabrielle machte ein so merkwürdiges Gesicht, daß sie nichts sagte.

«Annabelle, komm, setz dich wieder!» rief Sophie ihrer Tochter zu, aber Annabelle wackelte weiter im Garten hin und her und rief im immer gleichen Singsang: «Ich bin eine Zwergin. Ich bin eine Zwergin...!»

«Hör auf!» schrie Simone fast außer sich. «Zwerge sind gut und klug. Früher sind sie auf dem Wind geritten und haben die Riesen getötet. Ich weiß es ganz genau. Weil ich einen Zwerg kenne, und du nicht.»

«Simone!» rief Gabrielle scharf. Sie lief zu ihrer Tochter und nahm sie bei der Hand. «Setz dich sofort hin und sei still. Und du auch, Annabelle. Schluß mit dem Unsinn.»

«Was für Märchen du erzählst, Simone», sagte Joséphine. «Das kommt von diesen Büchern, die deine Mutter dich lesen läßt. Ich bin sicher, du kennst überhaupt keinen Zwerg.»

«Tu ich doch!» entgegnete Simone hitzig. «Er heißt Nandou. Er ist der König des Windes, und er kann...» Mit tief erschrockenem Gesicht brach sie plötzlich ab und drückte die Hand auf den Mund.

Gabrielle zog sie an sich. «Es ist kein Märchen», sagte sie ruhig. «Ich habe sie neulich zu alten Freunden vom Theater mitgenommen. Das scheint sie sehr beeindruckt zu haben. Möchte noch jemand etwas zu trinken?»

Der Zwischenfall war schnell vergessen, nur Nicolas sah Gabrielle forschend an.

«Ich habe gestern nacht von Ragout geträumt», bemerkte Jeanne.

Edmée, Nandou und Henri nickten verständnisvoll. Die Entbehrungen der Belagerung waren zwar längst ausgestanden, aber so recht hatten sie sich immer noch nicht wieder daran gewöhnt, daß auf den Märkten alles in Fülle vorhanden war.

Sie aßen zum ersten Mal zusammen. Edmée hatte zu Kalbsfrikassee eingeladen, und Henri hatte Wein und Bier mitgebracht. Einen Moment widmeten sie sich schweigend dem Genuß des Essens, ehe Jeanne wieder auf das eigentliche Thema zu sprechen kam.

«Seit ich *Louise Bernier* geschrieben habe, sind fünfzehn Jahre vergangen», sagte sie. «Ich habe in der Zeit vier weitere Stücke verfaßt, die sich alle mit der Scheinheiligkeit der Gesellschaft befassen, unter der Frauen zu leiden haben. Aber bis jetzt hat sich, soweit ich sehen kann, an der Stellung der Frau nicht das geringste geändert. Frauen können auch heute noch nicht an der Sorbonne studieren.»

«Aber Jeanne», meinte Nandou, «das Theater kann nun mal die Welt nicht verändern. In mancher Hinsicht wird sie sich niemals ändern, schon gar nicht in ihrer Feindseligkeit allem Neuen und Anderen gegenüber. Weißt du noch, als die Romantik verdonnert wurde? Dann war es der Realismus, und heute ist es Monsieur Zola mit seinem Naturalismus.»

Jeanne ließ sich nicht beirren. «Das Gesetz, das auch Mädchen ein Recht auf höhere Schulbildung zugesteht, wurde schon vor Jahren erlassen, aber wie viele höhere Schulen für Mädchen gibt es heute? Vielleicht ist es an der Zeit, mehr zu tun, als nur Theaterstücke über diese Mißstände zu schreiben.»

«Und was wäre das?» fragte Henri.

«Ist euch eigentlich klar, daß eine Frau von ihrem Mann von Rechts wegen dazu gezwungen werden kann, dort zu leben, wo er will, auch wenn sie das nicht möchte? Und daß sie, auch wenn sie sich trennen, für alle ihre geschäftlichen Angelegenheiten seine Unterschrift braucht?»

«Ach, du lieber Gott!» rief Edmée. «Wenn Louis wüßte, wo ich bin, könnte er also über meine Ausgaben bestimmen. Ich glaube allerdings nicht, daß er das wollte.»

«Aber er hätte das Recht dazu.»

«Vorsicht, Jeanne», sagte Henri. «Gleich wirst du alle meine Hoffnungen zerstören, Edmée zur Heirat mit mir zu überreden.»

«Heiraten willst du?» Edmée drohte ihm scherzhaft mit der Gabel. «Ich habe dir oft genug gesagt, Henri, daß ich nie wieder heiraten werde. Selbst wenn es das Problem meiner Identität nicht gäbe und eine Scheidung möglich wäre.»

«Genau», sagte Jeanne. «Warum sollte eine Frau sich zum Eigentum des Mannes machen?» Sie wandte sich Nandou zu. «Würde es dir gefallen, wenn ich dein Eigentum wäre?»

Um seinen Mund zuckte es. «Ich muß gestehen, die Vorstellung hat etwas Verlockendes.»

Sie schnitt ihm eine Grimasse und wandte sich wieder an Henri, aber ehe sie etwas sagen konnte, fragte der: «Habt ihr nie daran gedacht zu heiraten?»

Jeanne schüttelte den Kopf. «Nein.»

Nandou schien keine Antwort geben zu wollen. Aber dann fuhr er sich mit der Hand durch das volle Haar, das er immer noch lang trug, und sagte: «Anfangs hätte ich daran so wenig zu denken gewagt wie an die Möglichkeit, in *Le Cid* den Rodrigue zu spielen. Und als ich zu wünschen begann, daß es möglich wäre, erkannte ich, daß ich nur hoffen konnte, Jeanne bei mir zu behalten, wenn ich sie nicht band.» Er klatschte in die Hände und sagte, das Thema wechselnd: «Also, Edmée, wie sieht es mit deinem Dessert aus? Wolltest du nicht einen Kuchen backen?»

Später, als sie wieder zu Hause waren, fragte Jeanne: «War das wirklich dein Ernst, Nandou, was du heute abend gesagt hast? Du hättest mich gern geheiratet?»

«Eine Zeitlang, ja. Ich redete mir ein, es ginge um Gabrielle, aber das war natürlich nur der zweite Grund.»

«Warum hast du nie etwas zu mir gesagt?»

«Weil ich den Schmerz vermeiden wollte, dich nein sagen zu hören.»

Sie seufzte. «Und was war der erste Grund?»

«Ich wollte genau das, was du so stark ablehnst – ich wollte dich vor Recht und Gesetz an mich binden, um die Gefahr, daß du mich verlassen könntest, zu verringern.»

Sie sah ihn kopfschüttelnd an. «Ich glaube, ich kenne dich so gut, wie man einen anderen Menschen überhaupt kennen kann», sagte sie nach einer Pause, «aber immer gibt es noch etwas, von dem ich keine Ahnung hatte.»

Er lächelte. «Ein Zauberer muß immer neue Kunststücke auf Lager haben.»

Eine Stunde später, als sie neben ihm lag, murmelte sie in die schläfrige Stille hinein: «Möchtest du immer noch heiraten?» Er antwortete nicht. «Wenn du es nämlich willst...»

«Nein.»

«Und warum nicht?»

«Es ist zu schön zu wissen, daß du bei mir bist, nur weil du es willst.»

Sie lächelte.

Zu ihrem dreißigsten Hochzeitstag gab Joséphine ein großes Fest, das sie wochenlang geplant hatte. Im großen Salon unter dem prachtvollen Lüster wurde getanzt, und in mehreren kleineren Räumen spielte man Karten, die Tische waren beladen mit erlesensten Leckerbissen. Joséphine huschte von einer Gruppe Gäste zur nächsten, aber schon nach kurzem Gespräch pflegte sie sich unweigerlich umzusehen und zu fragen: «Und wo ist mein lieber Nicolas?» Auch er, die hellen Brauen buschiger, das kräftige Gesicht markanter als damals, als er sie zum Altar geführt hatte, schlenderte unter den Gästen umher, hörte zu und sagte wenig, verweilte selten länger bei einer Gruppe. Ab und zu tanzte er mit den Ehefrauen und Töchtern der Männer, die zu den Geschäftsfreunden des Bankhauses Vollard zählten, und mit seinen weiblichen Verwandten – außer mit Gabrielle, die ihm dreimal mit der Begründung einen Korb gab, sie habe den Tanz schon vergeben.

Sie war die schönste Frau des Abends, schlank und anmutig im gelben Satin, das schwarze Haar von einem fächerförmigen Kamm aus Elfenbein hochgehalten, den Marc ihr im vergangenen Jahr zu ihrem vierzigsten Geburtstag geschenkt hatte, ständig von einem Schwarm von Bewunderern umlagert. Marc beobachtete es, wie auf so vielen anderen Festen, mit Gleichmütigkeit. Manchmal konnte man ihr Lachen hören, klar und melodisch, aber nicht ganz natürlich, mit einem Klang wie sprödes Glas.

Gegen elf Uhr bahnte sich Nicolas einen Weg durch die Schar der Verehrer und legte ihr die Hand auf den Arm. «Mein liebes Kind», sagte er, «ich bin sicher, deine Freunde werden nichts dagegen haben, wenn dein Onkel dich ihnen für zehn Minuten entführt.» Er ließ ihr keine Chance, Einwendungen zu erheben, sondern führte sie freundlich und bestimmt zu einem Erker, wo er sie Platz zu nehmen bat.

«Ich brauche dringend frische Luft», sagte er, nachdem sie sich gesetzt hatten.

«Aber das Fenster ist ja zu», erwiderte sie, ohne ihn direkt anzusehen.

«Ich meinte es mehr im übertragenen Sinn. Ich wollte mich zur Abwechslung einmal mit jemandem unterhalten, der sich nicht vom schönen Schein blenden läßt, sondern die Leere dahinter sieht.»

«Warum gibst du so ein Fest, wenn du es so siehst?»

«Vielleicht aus dem gleichen Grund, aus dem du daran teilnimmst.»

Gabrielle hob nur ihren Fächer, ohne etwas zu erwidern.

«Seit Simones Geburtstag gehst du mir beharrlich aus dem Weg», bemerkte Nicolas.

«Wir haben uns seitdem bei allen möglichen Gesellschaften gesehen.»

«Und du hast es stets tunlichst vermieden, mit mir allein zu sprechen.»

«Aber warum sollte ich?» fragte sie mit großen, erstaunten Augen.

«Ja, warum? Wo wir doch so gute Freunde sind.»

Aus dem Salon schallten gedämpft die Klänge eines Walzers aus einer Offenbach-Operette herüber.

«Das habe ich mal gesungen», sagte Gabrielle mit einem Anflug von Wehmut. «Mein Gott, wie lang ist das her.»

«Ja, sprechen wir von der Vergangenheit. Gabrielle, ich hörte, was Simone an dem Nachmittag ihres Geburtstags sagte. Andere haben es auch gehört, aber ich glaube, ich bin der einzige, dem es etwas sagte. Du kennst Jeanne Sorel und Nandou, nicht wahr?»

Sie hob die Schultern. «Ja. Ich spreche hier in der Familie aber nicht darüber, weil ich weiß, wie ihr zu der Autorin von *Louise Bernier* steht.»

«Ach, du weißt auch, wie ich zu ihr stehe?»

«Wie meinst du das?»

«Ich kenne Jeanne Sorel und ich bewundere sie. Auch heute noch, obwohl ich sie viele Jahre nicht gesehen habe. Du hast mir übrigens von Anfang an gefallen», fügte er scheinbar zusammenhanglos hinzu. «Um deiner selbst willen, aber auch, weil manches an dir mich an Jeanne Sorel erinnerte. Bis zu diesem Nachmittag glaubte ich, das wäre reiner Zufall.»

«Ich verstehe nicht, worauf du hinaus willst», sagte Gabrielle.

«Wie gut kennst du Jeanne Sorel?»

«Sie ist – eine Freundin.»

«Nicht mehr? Gabrielle, nimm diesen verdammten Fächer weg und antworte mir.»

Gabrielle senkte den Fächer und hob trotzig das Kinn.

«Na bitte», sagte er. «Diese Kopfhaltung...» Er fixierte sie. «Jeanne Sorel und Louis hatten ein Kind. Bist du dieses Kind? Die Solange, die ich vor vielen Jahren einmal kennengelernt habe? Bin ich also dein leiblicher Onkel und nicht nur der angeheiratete?»

Gabrielle kniff die Augen zu wie geblendet.

«Ja, du bist dieses Kind», fuhr Nicolas fort. «Du brauchst dich nicht zu fürchten, es zuzugeben, Gabrielle. Ich habe dich doch gern.»

Er nahm ihre Hand. Sie blickte auf seine kräftigen Finger hinunter und dann in seine Augen. «Ja», sagte sie leise. «Du hast recht.»

Sie saßen schweigend, ohne sich zu rühren, während er das Gehörte verarbeitete und sie sich verwundert fragte, warum dieses Geständnis sie so erleichterte. Und als sie schließlich etwas sagen wollte, trat plötzlich Joséphine zu ihnen.

«Nicolas, mein Lieber», sagte sie mit übertriebener Munterkeit, «ich habe mir schon Gedanken gemacht, wohin du verschwunden bist.» Auf ihren Wangen brannten rote Flecke.

23

Die Frau hatte bessere Tage gesehen – sie war sogar einmal die Mätresse eines Regierungsbeamten gewesen –, aber seit mehreren Jahren ging es stetig bergab mit ihr. Sie hatte ein hübsches Gesicht und eine hübsche Figur und versuchte ihr Glück bei den Studenten im Quartier Latin und als Modell, immer in der Hoffnung auf eine Liaison – mit Glück vielleicht sogar eine Ehe. Aber oft blieb ihr nichts anderes übrig, als in einem der Bordelle zu arbeiten. Die Frau hieß Albertine Fossey, doch sie nannte sich La Grande Carlotta.

Sie ging schon in aller Frühe zur Modellbörse und stellte sich in Posen zur Schau, von denen sie hoffte, sie würden Aufmerksamkeit erregen. Aber sie hatte kein Glück, und da sie Kopfschmerzen hatte, beschloß sie, lieber nach Hause zu gehen und sich hinzulegen. Auf dem Weg nach oben, der sie an Bellocs Atelier vorbeiführte, zögerte sie einen Moment, sagte sich dann aber, daß er wahrscheinlich gar nicht da war. Mehrmals hatte sie ihm Modell gesessen, und einmal hatte er sie sogar nach der Sitzung losgeschickt, um Fleisch, Brot und Wein zu besorgen, und sie war die Nacht bei ihm geblieben.

Um acht war sie angekleidet auf ihrem schmalen Bett eingeschlafen. Als es klopfte, ging sie schlaftrunken die Tür öffnen. «Mein Gott! Du?» rief sie unterdrückt. «Was willst du?»

Der Mann trat hastig ein und schloß die Tür hinter sich. Nach einem kurzen Wortwechsel drehte er ihr plötzlich mit rascher Bewegung den Arm auf den Rücken, stieß sie zum Bett und warf sie bäuchlings darauf nieder. Dann zog er einen Schal aus seiner Jacke und band ihn ihr fest um den Mund. Sie schrie, aber es war kaum zu hören, und ihn schien es nicht zu kümmern. Von hinten hob er ihre Röcke hoch und öffnete seine Hose. Sie lag stocksteif, während er sich befriedigte.

Als er fertig war, riß er ihr den Schal vom Mund, schlang ihn ihr um den Hals und zog fest zu. Sie schlug mit Armen und Beinen um sich wie eine Wahnsinnige, doch es war nutzlos. Als sie still lag, zog er den Schal weg und steckte ihn ein.

Nachdem sein Atem wieder ruhig geworden war, ging er zum Fenster. Mehrere Stunden blieb er dort sitzen und schaute hinaus, ohne einen Blick auf die Frau zu werfen, die reglos auf dem Bett lag. Als es ganz dunkel geworden war und die Geräusche auf den Straßen langsam verstummten, öffnete er das Fenster, stieg hinaus und machte sich über die Dächer davon.

«Diesen Blick kenne ich doch», sagte Nandou, der Jeanne über den Frühstückstisch hinweg musterte. «So ein Gesicht machst du immer, wenn du in den Kampf ziehen willst. Also, heraus mit der Sprache, was geht dir durch den Kopf?»

Jeanne tippte mit dem Finger auf ihre Zeitung, ein kleines Blatt, das mehr oder weniger regelmäßig von einem Verein herausgegeben wurde, der sich für die Rechte der Frauen einsetzte. «Mir geht dieser Artikel durch den Kopf. Vor zwei Monaten wurde im Quartier eine Frau vergewaltigt und ermordet. Die Polizei hat den Täter bis heute nicht gefunden und bemüht sich offensichtlich auch gar nicht darum. Weil das Opfer arm war und eine Frau, verdient ihr Tod keine Aufmerksamkeit.»

«Aber diese Zeitung berichtet doch darüber», widersprach Nandou.

«Ja, nur wird sie weder von der Polizei noch von der Allgemeinheit gelesen.»

«Und was willst du tun? Planst du eine Attacke auf die Sûreté? Oder ein neues Theaterstück über den Fall?»

«Keines von beidem. Einen Artikel über die Frau vielleicht. Wenn ich ihn bei einem der größten Blätter unterbringe – bei dem zum Beispiel, das meine Sachen über die Ehescheidung gedruckt hat... Oder vielleicht sollte ich es bei einem dieser Klatschreporter versuchen, die so gern über meine ausgefallenen Lebensgewohnheiten berichten. ‹J. Sorel bricht eine Lanze für ermordete Prostituierte..›»

«Na, da hast du ja heute einen arbeitsreichen Tag vor dir. Ich gehe ins Theater und sehe mir Sarah Bernhardt bei der Probe an. Ist doch gut, wenn man Beziehungen hat.»

«Was ist das eigentlich für ein Blick?» fragte Jeanne.

«Wie meinst du das?»

«Na, der Blick, den ich bekomme.»

«Ach so.» Nandou verschränkte die Arme. «So ein Zwischending zwischen Kampfbereitschaft und Begeisterung. Die Augen werden ganz schmal, wie bei einem Schützen, der sein Ziel anvisiert, und der Mund bekommt so einen entschlossenen Zug, als wolle er gleich zubeißen.»

Jeanne lachte. «Ich glaube nicht, daß mir das gefällt.»

«Aber mir gefällt es. Gut sogar. Und den Leuten, denen der Blick gilt, kann ich nur raten – hütet euch.»

Labat, stellvertretender Leiter der Sûreté, sah die drei Inspektoren an, die vor ihm standen. «Die Sache wird langsam mehr als ärgerlich», sagte er. «Seit Wochen beschuldigen uns diese Leute von der republikanischen Presse der Nachlässigkeit. Jetzt behaupten sie auch noch, wir hätten den Fall ad acta gelegt, weil das Opfer eine Frau war.» Er hob die Zeitung hoch. «‹Bleibt Albertine Fosseys Ermordung ungestraft, weil sie eine Frau war?› Solche Vorwürfe sind absolut lächerlich und ungerechtfertigt. Wir dürfen sie nicht auf uns sitzen lassen.»

Die drei Inspektoren nickten brav.

«Berichten Sie, was bis heute geschehen ist», sagte Labat.

Einer der Inspektoren griff zu einer Akte. «Albertine Fossey oder La Grande Carlotta, wie sie sich nannte, wurde am 3. Juni gefunden, nachdem man sie mehrere Abende nicht in ihren Stammkneipen gesehen hatte. Eindeutig Vergewaltigung und Mord. In der eigenen Wohnung. Keine Spur des Täters. Die Wohnungstür war nicht mit Gewalt geöffnet worden. Die Concierge hat keine verdächtigen Fremden ins Haus kommen sehen.»

«Und die anderen Mieter?» fragte Labat.

«Im Erdgeschoß wohnt ein Bildhauer, der zur Zeit des Verbrechens verreist war. In der ersten und zweiten Etage ein Weinhändler mit Frau; zwei Schwestern, die im *café chantant* um die Ecke auftreten; drei Studenten und ein Kellner. Über ihnen lebt ein Maler, der zur Zeit in der Provence ist, und im vierten Stockwerk wohnen außer dem Opfer zwei weitere Prostituierte.»

«Hm», meinte Labat. «Zwei Künstler.»

«Hat diese Fossey nicht als Modell gearbeitet?» fragte einer der Inspektoren.

Der andere warf einen Blick in seine Akte. «Manchmal, ja.»

Labat wurde munterer. «Hat sie mal dem Bildhauer oder dem Maler gesessen, die im Haus leben?»

«Darüber weiß ich nichts.»

«Dann kriegen Sie es raus. Das ist der Weg, den wir einschlagen müssen, meine Herren. Stellen Sie fest, ob einer der Künstler diesen neuen radikalen Bewegungen angehört oder mit ihnen sympathisiert. Solche Leute sind gefährlich. Denen ist so ein Verbrechen durchaus zuzutrauen.» Labat stand auf. «Also, machen Sie sich an die Arbeit, meine Herren. Ich möchte Ergebnisse sehen, und zwar schnell.»

Mehrere Tage lang verhörten Polizeibeamte die Mieter des Hauses, in dem Albertine Fossey gelebt hatte, klapperten Cafés, Kneipen, Läden und Nachbarhäuser ab. Am Ende der Woche konnten die Inspektoren Monsieur Labat Ermutigendes berichten.

«Für den Bildhauer hat die Fossey nie gearbeitet, sagten ihre Freunde. Aber dem Maler hat sie mehrmals Modell gesessen. Ein gewisser Jules Belloc.»

Labat warf die Hände hoch. «Das nützt uns wenig, wenn der Mann zur Zeit des Verbrechens in der Provence war.»

«Stimmt, aber er hat Künstlerfreunde, von denen mindestens einer den

Schlüssel zu seinem Atelier hat. Die Concierge glaubt, daß dieser Mann am Tag des Mordes im Haus war.»

«Was heißt glauben? Kann sie es nicht mit Sicherheit sagen?»

«Die Frau trinkt manchmal. Angeblich weil ihr die Arthritis so zu schaffen macht. Aber sie behauptet, der Freund sei an dem Tag im Haus gewesen, und sie ist bereit, das vor dem Untersuchungsrichter auszusagen.»

«Na wunderbar», sagte Labat. «Und jetzt erzählen Sie mir etwas über diesen Mann.»

«Schau mal, Mama!» rief Simone, als sie an den geschwärzten Trümmern der Tuilerien vorüberfuhren, die nach dem Kommuneaufstand nicht wiederaufgebaut worden waren. Nicht weit entfernt stand ein Lorbeerbaum, unter dem ein Vogelhändler seine Käfige aufgestellt hatte. «Komm, steigen wir doch aus und sehen uns die Vögel an, Mama.»

«Nein», entgegnete Gabrielle leicht gereizt. «Ich mag Vögel nicht.»

«Aber warum denn nicht, Mama?»

«Weil ich viele Jahre lang mein Zimmer mit einem teilen mußte. Und laß mich jetzt mit deinen Fragen in Ruhe, Simone. Ich erkläre es dir vielleicht ein andermal.»

Simone, mittlerweile dreizehn Jahre alt, lehnte sich zurück. Sie war ein wißbegieriges Kind – alles, was sie sah und hörte, interessierte sie –, aber sie hatte gelernt, ihre Fragen für sich zu behalten, wenn ihre Mutter in dieser Stimmung war oder ihr Vater zu beschäftigt.

Als der Wagen in eine vertraute Straße einbog, rief sie erfreut: «Mama, du hast mir gar nicht gesagt, daß wir zu Jeanne und Nandou fahren!»

«Ich habe mich eben erst dazu entschlossen», antwortete Gabrielle, immer noch ungeduldig. «Aber wir bleiben nicht lange.»

Jeanne empfing sie in einem alten roten Morgenrock und mit einer kleinen schwarzen Zigarre in der Hand. «Ach, du lieber Gott!» rief sie, als sie sie sah, und wedelte den Rauch mit der Hand weg. Simone starrte sie verblüfft an: Eine Frau, die Zigarren rauchte?

Plötzlich hörte Jeanne zu wedeln auf. «Na, was soll das? Nun kennst du eben mein heimliches Laster», sagte sie scherzhaft zu Simone. «Wie geht es dir, Liebes?» Sie breitete die Arme aus, doch ehe Simone sich hineinwerfen konnte, nahm ihre Mutter Jeanne beim Ellbogen und führte sie mit sich weg. «Ich muß mit dir reden, Mama», sagte sie leise. «Es ist etwas geschehen.»

«Tja», sagte Nandou zu Simone, «jetzt haben sie uns beide einfach sitzenlassen. Aber das macht nichts. Da können wir uns um so besser unterhalten.»

Er streckte die Hand aus, als wolle er den gerüschten Kragen an ihrem Kleid richten, und zauberte statt dessen eine rote kleine Blume hervor, die er ihr mit einem altmodischen Kratzfuß überreichte. «So», sagte er, «und jetzt erzähl mal, was es an diesem herrlichen 20. September 1875 Neues in deinem Leben gibt.»

Sie sah ihn strahlend an: seine leuchtenden dunklen Augen, in einen Kranz feiner Fältchen eingebettet, die, so hätte ihr Vater gesagt, «wie schraffiert» wirkten, den mächtigen Kopf, die hohe Stirn, die ganz glatt war, obwohl das Haar darüber ergraute. Sie hatte eine Unmenge Fragen an ihn, aber die, welche ihr über die Lippen schoß, hatte nichts mit dem zu tun, worüber sie auf der Fahrt nachgedacht hatte. «Wieso darf ich nie einem Menschen erzählen, daß ich zu dir und Jeanne zu Besuch komme?»

Er schürzte die Lippen. «Ich glaube, das fragst du am besten deine Mutter.»

«Das habe ich ja schon getan. Sie sagt, es gibt Ärger, wenn es herauskommt. Aber ich verstehe nicht, wieso. Wäre es den anderen nicht recht, weil du ein Zwerg bist?»

«Vielleicht», meinte Nandou. «Manche Leute mögen nichts, was anders aussieht als sie selbst.»

«Wie langweilig!»

Nandou lachte. «Sicher, aber wenn alles altbekannt und vertraut ist, fühlt man sich eben sicher. Und das brauchen manche Leute.»

«Ja, ich auch», bekannte sie. «Darum bin ich auch so gern zu Hause. Aber wenn gar nichts Aufregendes passiert, wird mir langweilig. Wenigstens muß ich dann ein spannendes Buch lesen.»

«Ich kann dich gut verstehen. Warum lesen wir denn, warum gehen wir ins Theater, wenn nicht...»

Lautes Klopfen an der Wohnungstür unterbrach ihn. Simone fuhr zusammen. Nandou stand auf, doch da flog die Zimmertür schon auf, und die Rosenfrau kam hereingestürzt. Simone starrte sie mit offenem Mund an.

«Jeanne!» rief die Rosenfrau. «Es ist etwas Entsetzliches geschehen!»

«Ich weiß», sagte Jeanne. «Gabrielle hat es mir eben erzählt.»

Die Rosenfrau blieb abrupt stehen, starrte Gabrielle entgeistert an, sah sich im Zimmer um und bemerkte Simone. «Simone!» rief sie mit zitternder Stimme, aber dann faßte sie sich und ging zu Jeanne und Gabrielle.

«Gabrielle», sagte sie, «ich freue mich so, Sie endlich kennenzulernen. Ich habe soviel von Ihnen gehört. Ich bin eine alte Freundin Ihrer Mutter, eine entfernte Verwandte, Aimée Sorel...»

Simone hörte, wie Nandou laut «Pah!» rief. Sie versuchte zu begreifen, was sich hier abspielte. Die Rosenfrau kannte Jeanne? Sollte sie selbst jetzt so tun, als kenne sie die Rosenfrau nicht? Sie hörte, wie ihre Mutter in dem höflichen Ton, den sie Gästen gegenüber immer gebrauchte, die Rosenfrau begrüßte.

Aber Jeannes Stimme unterbrach sie. «Genug, Gabrielle! Reicht es denn nicht endlich? Haben wir nicht alle lange genug mit Heimlichkeit und Täuschung gelebt?»

«Bravo», sagte Nandou.

Gabrielle stand wie erstarrt.

«Warum wollen wir nicht endlich die Verbindungen anerkennen, die zwischen uns bestehen», fuhr Jeanne fort. «Diese schreckliche Nachricht ist doch Anlaß genug, offen zu sprechen.»

«Was für eine Nachricht?» fragte Nandou.

«Marc steht unter dem Verdacht, Albertine Fossey ermordet zu haben», sagte Jeanne.

«Guter Gott!» flüsterte Nandou.

«Warum nur haben wir dafür gekämpft, daß dieser Frau Gerechtigkeit widerfährt?» rief Edmée. «Ist das eine Strafe Gottes, Jeanne?»

«Bitte!» rief Gabrielle. «Denkt an Simone.»

Die vier Erwachsenen sahen das kleine Mädchen an, aber keiner sagte ein Wort.

Endlich brach Nandou das Schweigen. «Simone ist keine kleine Treibhauspflanze. Sie ist ein vernünftiges, gescheites Kind, dem man die Realität nicht vorenthalten sollte, nur um sich selbst zu schützen.»

«Nandou, sie ist erst dreizehn», sagte Gabrielle.

«Deine Mutter hat in dem Alter alles aufgegeben, was ihr vertraut war, um ein ganz neues Leben anzufangen. Man kann mit dreizehn erwachsen sein, wenn es sein muß.»

«Bitte!» rief Simone völlig verwirrt. «Bitte, Jeanne, was hast du eben über Papa gesagt?»

Schweigen. Gabrielle ging zu ihr, kniete nieder und nahm sie in die Arme. «In einem Haus, in das Papa manchmal zum Malen geht, ist eine Frau getötet worden, Simone. Die Polizei glaubt, daß Papa sie getötet hat. Natürlich täuschen sie sich, und das werden sie auch bald merken. Aber im Augenblick sind wir alle sehr erschrocken.»

«Wie können sie nur denken, daß Papa so was tun würde?»

«Weil sie unbedingt beweisen wollen, daß sie den Schuldigen gefunden haben, auch wenn es nicht so ist.»

«Aber das ist doch dumm», sagte Simone. «Wie können sie so dumm sein?»

Keiner antwortete ihr.

«Ich ertrage es nicht», sagte Edmée, «daß ich dazu beigetragen habe, meinen eigenen Sohn in eine solche Katastrophe zu stürzen!»

Gabrielle ließ Simone los und stand auf. «Ihren eigenen Sohn?»

«Ja», rief Edmée verzweifelt. «Jeanne hat recht – seien wir endlich ehrlich miteinander. Ich bin, ich war Edmée Vollard. Sie sind meine Schwiegertochter, und Simone ist – Simone, Kind, ich bin deine Großmutter.»

«Und ich auch», sagte Jeanne.

Simone war wie betäubt.

Nandou meinte tröstend: «Das war vielleicht ein bißchen viel Aufregung für einen Tag, hm?»

Der Untersuchungsrichter, Monsieur Foucault, hatte persönlich die Wohnung des Opfers und Bellocs Atelier in Augenschein genommen und festgestellt, daß man mit Leichtigkeit von einer Wohnung in die andere gelangen konnte. Er hatte auch die Concierge verhört, die aussagte, Vollard sei häufig ins Haus gekommen, manchmal mit Modellen, gelegentlich sogar mit einem Kind. Sie schwor, er sei auch am Nachmittag des Verbrechens dagewesen, und sie hätte ihn nicht weggehen sehen. Belloc wurde in der Provence verhört. Er hatte nicht viel zu sagen gehabt, lediglich «in lautem, wenig überzeugendem Ton» erklärt, nur ein Idiot könne Vollard der Vergewaltigung oder des Mordes für fähig halten. Schließlich bezog Foucault noch zwei weitere Fakten in seine Überlegungen mit ein: Vollard war an dem fraglichen Abend erst um zehn Uhr nach Hause gekommen und konnte keinen Zeugen beibringen, der bestätigen konnte, daß er bis zu dieser Stunde «durch die Straßen gegangen» war. Außerdem – höchst interessant – behauptete eine Prostituierte in einem Bordell, in dem die Fossey gearbeitet hatte, ein Mann, auf den Vollards Beschreibung paßte, sei einige Jahre früher einmal da gewesen. Sie erinnerte sich an ihn, weil er «so merkwürdiges Zeug» geredet hatte und weil ihm mitten im Akt übel geworden war.

Foucault lud Vollard vor. Er kam in Begleitung seines Anwalts und gab zu, Albertine Fossey mehrmals in Bellocs Atelier begegnet zu sein. Doch blieb er bei seiner Behauptung, daß er am fraglichen Tag nach der Arbeit in Bellocs Atelier einen langen Spaziergang gemacht habe. Seine Angaben darüber, wohin der Spaziergang ihn geführt hatte, waren äußerst vage. «Nach Montmartre», sagte er nur, «um zuzusehen, wie in der Abenddämmerung die Lichter angehen.» Mehr hatte auch ein strenges Verhör nicht zutage gefördert.

Nicolas und Joséphine warteten im Salon auf einem dunkelgrünen Plüschsofa. Als die Tür sich öffnete und Marc und Gabrielle erschienen, machte Joséphine Anstalten aufzustehen, ließ sich aber gleich wieder zurücksinken.

Nicolas ging ihnen entgegen. «Ach, Kinder», sagte er und küßte sie beide.

Trotz der Herzlichkeit seiner Begrüßung hatte die Atmosphäre etwas von der eines Gerichtssaals, als Marc und Gabrielle sich in den beiden Sesseln dem Sofa gegenüber niederließen.

«Ich danke euch, daß ihr gekommen seid», sagte Marc. «Wir wollten euch auf das vorbereiten, was vielleicht kommen wird. Es wird die ganze Familie in Mitleidenschaft ziehen, aber ich bin heute abend nicht in der Verfassung, allen gegenüberzutreten.»

«Womit müssen wir rechnen?» fragte Joséphine.

«Maître Durand vermutet, daß man mich verhaften wird, vielleicht schon morgen.»

«Allmächtiger!» schrie Joséphine schrill, und Nicolas zuckte zusammen. «Aber wieso denn?» fuhr sie dann fort. «Nur weil du dieses – diese Person gekannt hast und an dem Tag, an dem sie getötet wurde, im Haus warst?»

Marc sagte nichts. Er war sehr blaß, mit dunkel umschatteten Augen.

«Wo warst du an dem Abend?» fragte Nicolas. «Warum bist du erst um zehn nach Haus gekommen?»

«Ich war in Montmartre.»

«Und was hast du dort getan? Jemand muß dich doch gesehen haben!»

«Ich war nur dort, weil ich sehen wollte, ob – ob jemand, den ich dort einmal getroffen hatte, noch – noch da wäre.»

«Eine Frau, meinst du?» fragte Joséphine scharf. «Irgend so eine Prostituierte?»

«Nein. Ein Mann.» Marc warf einen Blick auf Gabrielle, die stumm an seiner Seite saß.

«Ach so», meinte Joséphine. «Einer von deinen Künstlerfreunden. Wenn du dich nur nie mit diesen Leuten eingelassen hättest, Marc!»

«Wenn nur könnte man zu vielem sagen, Tante Joséphine.» Marc war unnatürlich ruhig.

«Und war der Mann da?» fragte Nicolas.

«Ja.»

«Dann muß er sofort zur Polizei gehen, Herrgott noch mal!»

«Ich habe nicht mit ihm gesprochen. Er hat mich gar nicht bemerkt.»

«Und du hast auch sonst mit niemandem geredet? Es erinnert sich niemand an dich?»

«Ich – wollte für mich bleiben.»

Nicolas war sichtlich verwirrt, doch er sagte nur: «Ganz gleich, was geschieht, Marc, ich stehe zu dir.»

«Danke, Onkel Nicolas.»

«Es muß doch eine Möglichkeit geben, deine Unschuld nachzuweisen», warf Joséphine erregt ein.

«Du glaubst mir also, daß ich unschuldig bin?» Marc lächelte schwach.

«Aber natürlich! Wofür hältst du mich!»

«Entschuldige, Tante Joséphine. Es war nicht so gemeint.»

«Wir müssen einen Weg finden. Ganz gleich, wie.» Joséphines Mund zuckte vor Erregung.

Marc holte tief Atem. «Wenn alles andere versagt, gibt es vielleicht einen Weg. Aber ich könnte ihn nicht einschlagen, könnte nicht einmal mit Maître Durand darüber sprechen, ohne euch eingeweiht zu haben. Denn es geht die ganze Familie an, und es – es wird schrecklich werden.»

«Sag es uns!» forderte Joséphine.

«Wenn die Polizei erfährt, daß ich – daß ich ...»

Gabrielle brach ihr Schweigen. «Es ist sehr schwer für Marc, euch das zu sagen. Vielleicht kann ich es erklären. Er kann diese Frau nicht vergewaltigt haben, weil ...»

«Nein, Gabrielle!» unterbrach Marc scharf. «Das muß ich selbst machen.» Er richtete sich auf. «Ich bin – nicht wie andere Männer. Ich habe an Frauen kein Interesse.»

Nicolas atmete tief durch, betroffen, aber auch erleichtert, als hätte er endlich den Schlüssel zu einem Geheimnis gefunden.

«Ich könnte Marcs Aussage bestätigen», bemerkte Gabrielle. «Der Ehefrau müssen sie doch ...»

«Ich verstehe nicht!» schrie Joséphine dazwischen, so rot im Gesicht, als wäre sie einem Schlaganfall nahe.

«Ich bin das, was man homosexuell nennt», sagte Marc hart.

Joséphine fiel ins Sofa zurück, als hätte sie nun wirklich der Schlag getroffen.

«Es tut mir leid», sagte Marc leise. «Wenn ihr wüßtet, wie unglücklich ich bin...»

«Natürlich, Marc», sagte Nicolas. «Wußte dein Vater eigentlich davon?»

«Ja.»

«Das kannst du der Polizei nicht sagen.» Joséphines Stimme war laut und aggressiv. «Du darfst das keinem Menschen erzählen, Marc. Niemals!»

«Er wird es ja nur tun, wenn es überhaupt keine andere Möglichkeit gibt, seine Unschuld zu beweisen», entgegnete Gabrielle. «Wir hoffen, daß Maître Durand die Polizei dann dazu bewegen kann, die Sache absolut vertraulich zu behandeln.»

«Ihr hofft!» schrie Joséphine. «Und was soll aus uns werden, wenn die Presse davon Wind bekommt? Dann ist der Ruf der Familie ein für allemal ruiniert! – Nicolas, sag ihm, daß er damit nicht zur Polizei gehen darf.»

Nicolas schüttelte den Kopf. «Das ist eine Entscheidung, die Marc allein treffen muß, Joséphine. Aber», fuhr er zu Marc und Gabrielle gewandt fort, «ihr solltet bedenken, daß die Polizei vielleicht auch das nicht als Beweis für Marcs Unschuld gelten lassen wird. Auch ein Mann, der seinesgleichen bevorzugt, kann sich an einer Frau vergehen.»

«Aber nicht ich!» rief Marc ungewohnt hitzig.

Nicolas zögerte. «Die Polizei wird in Betracht ziehen, daß du ein Kind gezeugt hast, Marc. Und sie wird diese Tatsache als Beweis dafür sehen, daß dein Desinteresse an Frauen so absolut nicht ist.»

Gabrielle und Marc sahen einander an.

«Es sei denn», fuhr Nicolas fort, «ihr wollt der Polizei sagen – verzeiht, aber ich weiß nicht, wie ich es sonst ausdrücken soll –, daß eure Ehe nie vollzogen wurde.»

«Nein», sagte Marc. «Ja», sagte Gabrielle.

«Hört auf! Hört auf!» fuhr Joséphine wütend dazwischen. «Ich will nichts mehr hören. Ihr könnt das der Polizei nicht sagen. Wenn ihr es doch tut, wenn ihr irgend jemand diese Unsäglichkeit erzählt, werde ich Simone die Wahrheit über ihre Eltern sagen, das schwöre ich euch! Ja, schaut mich nur alle an, als wäre ich eine gemeine Schlange, aber die Schlange bist du, Gabrielle! Denn du bist die Tochter von Jeanne Sorel, die unserer Familie immer nur schaden wollte. Ja, ich weiß es – seit unserem dreißigsten Hochzeitstag. Da hörte ich, wie du es Nicolas gegenüber zugabst. Und, glaub mir, ich werde Simone alles sagen! Marc, wenn du auch nur ein Wort über deine – deine unnatürliche Veranlagung verlauten läßt, werde ich dafür sorgen, daß die Familie Vollard alle Verbindung zu dir und deiner Frau und diesem Kind der Sünde abbricht. Und das sind keine leeren Drohungen, das kannst du mir glauben!»

«Joséphine!» Nicolas' Stimme war schneidend.

Sie fuhr herum. Die Tränen liefen ihr über das Gesicht. «Ich weiß, was du von mir denkst, Nicolas. Für dich bin ich eine törichte Person, die man nicht ernst nehmen kann. Aber was ist denn so Törichtes oder Verwerfliches daran, daß ich für mich und meinen Sohn ein anständiges Leben ohne Skandale wünsche? Warum blickst du auf mich herab, nur weil ich von der Gesellschaft akzeptiert und geachtet werden möchte? Wenn du wüßtest, wie es ist, das Kind armer Verwandter zu sein, die abgelegten Kleider der reichen Cousinen zu tragen, immer nur von der Wohltätigkeit der Daudets zu leben und sich dafür von oben herab ansehen lassen zu müssen ...» Sie schlug schluchzend die Hände vor das Gesicht.

Nicolas sah sie an, ausnahmsweise einmal ratlos. «Komm», sagte er nach einer Weile. «Ich bring dich nach Hause.» Er wandte sich noch einmal an Marc und Gabrielle. «Kind, ich halte es wirklich nicht für klug, mit dieser Geschichte zur Polizei zu gehen. Ich glaube auch nicht, daß es dir helfen wird, Marc. Es gibt sicher eine andere Möglichkeit, dich von allem Verdacht zu entlasten. Und wir werden sie finden. Ganz bestimmt. Maître Durand ist ein hervorragender Anwalt. Komm jetzt, Joséphine», sagte er und zog sie hoch.

Nachdem sie gegangen waren, ließ Marc sich schwer auf das Sofa fallen. «Man könnte beinahe lachen, wenn es nicht so bitter ernst wäre», sagte er. «Für Joséphine ist meine – meine Neigung schlimmer als Inzest.»

«Wir hätten ihr sagen können, daß von Inzest keine Rede sein kann», meinte Gabrielle.

«Damit wir ihr die ganze Geschichte hätten erzählen müssen? Nachdem sie gedroht hatte, alles Simone zu sagen?»

Gabrielle seufzte. Marc stützte den Kopf in die Hände und dachte an das, was selbst Gabrielle bis heute nicht wußte. Er hätte zu Joséphine sagen können: Aber Gabrielle und ich sind nicht verwandt. Sie ist die Tochter Louis Vollards, aber ich bin nicht sein Sohn. Doch er hatte es nicht über sich gebracht, das zu tun. Er würde es niemals können.

«Marc», sagte Gabrielle zögernd, «was Joséphine über meine Mutter sagte... Das muß dich schockiert haben.» Er hob den Kopf. «Immer wieder wollte ich es dir sagen», beteuerte sie. «Aber deine ganze Familie haßt sie so sehr – wie hätte ich da... Ich dachte, du würdest vielleicht...»

«Es spielt keine Rolle, Gabrielle», sagte er. «Früher einmal hätte es mich vielleicht schockiert. Aber jetzt nicht mehr.»

«Nein? Nein, du hast recht. Aber es ist seltsam – da habe ich mir jahrelang Kopfzerbrechen gemacht, hatte fast ständig ein schlechtes Gewissen, und jetzt – jetzt spielt es einfach keine Rolle mehr.»

«Nichts spielt eine Rolle. Außer morgen. Außer der Polizei.»

Gabrielle ging zu ihm und nahm ihn in die Arme, als wäre er ein Kind. Sie strich ihm über das lockige hellbraune Haar und sah, daß es von Grau durchzogen war. Zärtlich lehnte sie sich an ihn, und so saßen sie lange, einer dem anderen Halt gebend.

24

Geister der Vergangenheit begleiteten Nandou auf dem Weg den Boulevard Prince Eugène hinunter.

Dort, wo das neue Wohnhaus stand, war einst das Theater gewesen, in dem er das erste Mal auf der Bühne gestanden hatte, als kleiner Elf. Ein Stück straßabwärts, da, wo jetzt der Tabakladen war, hatte er früher seine Zauberkunststücke vorgeführt. Und zwei – oder waren es drei? – Türen weiter hatte *Der Zwergenfürst* Triumphe gefeiert.

Vor Jahren, 1862, um genau zu sein, war hier alles dem Erdboden gleichgemacht worden, weil man Platz schaffen wollte für das neue Paris. An einem Nachmittag Mitte Juli hatten er und Jeanne zusammen mit einer großen Menschenmenge der improvisierten Abschiedsfeier für den Boulevard beigewohnt und ein letztes Mal seine deftige, lärmende Lebendigkeit genossen. Das ist mein Zuhause, hatte Nandou gedacht, und im selben Moment hatte Jeanne gesagt: «In meiner Erinnerung wird das immer der aufregendste Ort der Welt bleiben.» Am nächsten Tag hatten straßauf, straßab Versteigerungen stattgefunden; er hatte ein Bühnenschwert erstanden und einen vergoldeten Sessel. Dann hatten die Abbrucharbeiten begonnen, und Weihnachten war von dem alten Boulevard de Crime nichts mehr übrig gewesen. Napoleon III. und die Kaiserin Eugénie waren in allem Pomp über die neue Prachtstraße kutschiert und hatten ihr den Namen ihres Sohnes gegeben.

In Wahrheit, dachte Nandou, war ihm Louis Napoleon wegen der Zerstörung des alten Boulevard so verhaßt gewesen wie wegen seiner tyrannischen Herrschaft. Gewiß, das Theater lebte andernorts weiter, aber es war nicht mehr das gleiche. Das Herz fehlte.

«Brauchen Sie Hilfe?»

Nandou kehrte aus der Vergangenheit zurück und sah einen Jungen an seiner Seite, nicht älter als Simone, der ihn mit Interesse und Besorgnis ansah.

«Wie kommst du denn auf die Idee?» fragte er, so energisch er konnte, obwohl er sich tatsächlich recht schwer auf seinen Stock stützte und das Atmen ihm Mühe machte, da der Schmerz in seiner Brust wieder aufgeflammt war. Immer wenn er sich meldete, trotzte er ihm, indem er ein Stück marschierte, um zu zeigen, wer der Herr war. Sein Leben lang hatte er gegen seine körperlichen Leiden gefochten; er würde jetzt nicht aufhören, nur weil er 72 war.

«Vielleicht sollten Sie sich einen Moment setzen», meinte der Junge.

«Wenn ich das Gefühl habe, daß ich mich setzen muß, tue ich das schon», entgegnete Nandou, und gleich tat ihm seine Schärfe leid. Der Junge hatte es freundlich gemeint. «Aber ich danke dir für deine Hilfsbereitschaft», fügte er hinzu.

Der Junge musterte ihn mit unschuldiger Neugier. Nandou fühlte sich an Jeannes Gesicht erinnert, als er sie das erste Mal gesehen hatte, und an Simone, die soviel Ähnlichkeit mit Jeanne hatte. «Hast du noch nie einen Zwerg gesehen?» fragte er.

«Doch. Im Theater.»

«Ach ja? Ich war auch beim Theater.»

«Wirklich?» Die Augen des Jungen leuchteten auf. «Mein Bruder ist zweiter Liebhaber, und mein Onkel ist Charakterkomiker.»

«Oh. Und wo spielen sie?»

«In unserem Theater in Belleville natürlich.»

Nandou lachte. «Frag deinen Bruder und deinen Onkel, ob sie von dem Zwerg Nandou gehört haben, und wenn ja, dann übermittle ihnen meine besten Empfehlungen. Das kannst du aber auch machen, wenn sie nicht von mir gehört haben, denn wir vom Theater gehören alle zu einer großen Familie.»

«Nandou», wiederholte der Junge nachdenklich. «Ich glaub, ich hab Ihren Namen schon mal gehört.»

«Und wie heißt du?» Als der Junge ihm seinen Namen nannte, schüttelte Nandou ihm die Hand und zog eine Münze zwischen seinen Fingern hervor. Der Junge sperrte den Mund auf. «Sie gehört dir, wenn du mir jetzt einen Wagen holst», sagte Nandou, und der Junge flitzte davon.

Als er mit der Droschke zurückkam, winkte Nandou ihm noch einmal zu, nachdem er eingestiegen war, dann ließ er sich in die Polster sinken und hing seinen Erinnerungen nach.

Als er zwanzig Minuten später keuchend die Wohnungstür aufstieß, saßen Jeanne und Edmée niedergeschmettert am Tisch, zwischen sich eine Zeitung.

«Marc ist verhaftet worden», sagte Jeanne zur Begrüßung. «Wir überlegen, was wir tun können.»

«Ihr habt doch schon soviel getan.»

«Ja, nicht wahr?» fragte Edmée bitter. «Wir haben das Leben unserer Kinder zerstört.»

«So meinte ich das nicht.» Nandou setzte sich zu ihnen. «Seit ihr wißt, daß Marc verdächtigt wird, habt ihr auf eigene Faust alles getan, um dem wahren Täter auf die Spur zu kommen.»

«Aber ohne Erfolg», sagte Jeanne tonlos. «Wir müssen etwas unternehmen. Wir müssen und wir werden», sagte sie entschlossen, und in ihre Augen trat der Blick, den Nandou so gut kannte.

Nur drei Minuten brauchte Gabrielle die Treppe hinauf, aber sie hatte eine ganze Woche benötigt, um sich zu diesem Entschluß durchzuringen. Der Concierge, die ihr neu war, sagte sie, sie sei zu einer Sitzung bestellt. Ihr Herz hämmerte so laut, als sie vor seiner Tür stand, daß es kaum nötig schien anzuklopfen.

Drinnen blieb es still. Sie hob die Hand, um ein zweites Mal zu klopfen, aber da wurde die Tür plötzlich aufgerissen, und er stand vor ihr wie immer, im fleckigen Malkittel und in der zerknitterten alten Hose.

Er zog die Brauen hoch. So höflich, daß sie nicht sagen konnte, ob er es spöttisch oder ernst meinte, sagte er: «Madame Vollard. Ich habe mich oft gefragt, ob wir uns je wiedersehen würden.»

«Guten Tag, Belloc. Kann ich einen Moment hereinkommen?»

Er zog die Tür noch weiter auf. «Du wirst meine Behausung im üblichen Chaos vorfinden. Ich arbeite seit dem frühen Morgen. Wie spät ist es überhaupt?»

«Fast zwei», sagte sie.

«Kein Wunder, daß mir der Magen knurrt.» Er ging zu einem Schrank, kramte darin herum, nahm einen halben Laib Brot, ein Stück Käse und eine Flasche Rotwein heraus. Dann machte er Platz auf einem kleinen Tisch und fragte: «Möchtest du auch was?»

«Nein, danke.» Sie setzte sich auf die Bank und sah sich in dem Tohuwabohu um, an dem sich in den Jahren, seit Marc sie das erste Mal hierher gebracht hatte, nichts verändert zu haben schien. Auf der Staffelei stand ein Porträt einer schwarzhaarigen Frau. Merkwürdig, dachte Gabrielle, sie hatte Bellocs Arbeiten nie sonderlich gemocht. Sie spürte seinen Blick auf sich und wandte sich ihm zu. Er war natürlich älter geworden, aber seine Ausstrahlung hatte sich nicht verändert.

Er lächelte. «Du bist immer noch die schönste Frau von Paris, verdammt noch mal!»

«Du kannst dir wohl denken, daß ich nicht gekommen bin, um mir bei dir Komplimente zu holen.»

«Sicher, aber ein Maler sieht so etwas eben.»

«Er braucht nicht darüber zu sprechen.»

Belloc schenkte sich Wein ein. «Vielleicht hast du recht.»

«Im übrigen», sagte Gabrielle gegen ihren Willen, «siehst du doch Schönheit in jeder Frau, nicht wahr?»

«In manchen mehr als in anderen.» Er lachte über ihr Unbehagen.

«Du weißt wohl, daß ich Marcs wegen hier bin», sagte sie nach einer kleinen Pause.

«Natürlich.»

«Ich möchte gern wissen – ich muß wissen, was du der Polizei gesagt hast.»

«Nicht viel. Ich habe gesagt, daß ich Marc seit mehr als zwanzig Jahren kenne und daß der Gedanke, er könnte diese Frau getötet haben, völlig absurd ist. Einzelheiten über meine Freundschaft mit ihm habe ich nicht zum besten gegeben. Ich glaube nicht, daß es ihm nützlich gewesen wäre. Oder hättest du es gewollt?»

«Ich weiß nicht. Manchmal denke ich ... Nein, du hast schon recht.»

«Außerdem ist ein Künstlerkollege kein besonders guter Leumundszeuge. Die Polizei hält uns genau wie die Öffentlichkeit alle für ehemalige Kommunarden oder Dekadente oder beides. Ich würde Marc wahrscheinlich mehr schaden als helfen.»

«Weißt du denn keine Möglichkeit, ihm beizustehen? Es kann gut sein, daß sie ihn eines Verbrechens schuldig finden, das er unmöglich begangen haben kann. Und wenn es soweit kommt...»

«Das wäre die größte Ungerechtigkeit, die ich mir vorstellen kann.»

«Kannst du dann nicht etwas dagegen tun?»

«Was denn? Wenn du etwas weißt, das ich tun kann, Gabrielle, dann brauchst du es mir nur zu sagen. Ich tue es sofort.»

Sie schloß die Augen. Eigentlich hatte sie gehofft, er wüßte einen Rat. Ihr war, als hätte man ihr den Boden unter den Füßen weggezogen. Marc saß im Gefängnis. Jeanne und seine Mutter waren völlig verzweifelt. Und Simone, das arme kleine Ding...

«Marc sagte mir, die Polizei weiß, daß er manchmal mit einem Kind hierher kam. Er hat zugegeben, daß es Simone war.»

«Ich wollte sie sehen», sagte Belloc, als wäre sein Wunsch das einzige, was zählte.

«Das ist jetzt vorbei», erwiderte sie scharf.

«Wie geht es dem Kind?»

«Sie ist verwirrt und verängstigt. Stell dir vor, sie wäre am Tag des Mordes mit Marc hier gewesen! Das wäre eine Katastrophe.»

Belloc beugte sich über den Tisch und faßte sie unter dem Kinn. «Nicht böse sein, Gabrielle.»

Sie zitterte. «Laß mich los, Belloc.»

«Du verlangst schwierige Dinge von mir. Das war immer so.»

«Ich hätte nicht herkommen sollen.»

Er streichelte ihre Wange. «Du bist nur Marcs wegen gekommen?»

«Belloc – bitte, laß mich los.»

«Ich halte dich ja gar nicht.»

«Ich habe in meinem Leben viele Dummheiten begangen. Und ich möchte sie nicht noch verschlimmern.»

Belloc sah sie einen Moment schweigend an, dann zog er die Hand weg und sagte leichthin: «Ich beuge mich wie immer deinen Wünschen.» Er spülte seinen Wein mit einem Schluck hinunter und stand auf.

«Du kannst also nichts tun, um Marc zu helfen?» fragte sie.

«Nein, ich wollte, ich könnte es.»

«Dann leb wohl, Belloc.»

«Leb wohl, Gabrielle.»

«Du brauchst nicht mit hinauszukommen», sagte sie. «Ich kenne den Weg.»

An einem frischen Oktobertag legte Edmée das Kleid an, das sie sich extra für diesen Anlaß geschneidert hatte – Seidenmoiré in dem Pfirsichton, den sie liebte, aber als Aimée Sorel nie getragen hatte. Sie zog die natürlichen Linien ihrer Augenbrauen und ihrer Lippen nach und frisierte sich das Haar, das sie am Abend zuvor in seinem Naturton blondiert hatte, ganz aus dem Gesicht. Die Frau, die ihr aus dem Spiegel entgegenschaute, war ihr vertraut und fremd zugleich; eine Edmée Vollard, die selbstverständlich älter geworden war, aber noch etwas anderes hinzugewonnen hatte. Stärke? Einsicht? Zufriedenheit? Substanz, dachte sie. Sie besaß einfach mehr Substanz als früher.

«Zur Sûreté, bitte», sagte sie, als sie unten eine Droschke gefunden hatte. Wenn sie den anderen – Jeanne, Nandou, Henri – anvertraut hätte, was sie vorhatte, hätten alle versucht, sie davon abzuhalten. Aber ich habe keine Wahl, sagte sie sich, wie sie sich das seit Marcs Verhaftung ständig gesagt hatte.

Vielleicht hätte es eine Wahl gegeben, wenn es ihr und Jeanne gelungen wäre, den wahren Mörder Albertine Fosseys ausfindig zu machen. In der Annahme, daß Albertine Fossey ihren Mörder gekannt haben mußte, da es keinerlei Spuren eines gewaltsamen Eindringens in ihre Wohnung gab, waren sie zu den beiden Prostituierten gegangen, die in derselben Etage wohnten, um Auskünfte über die Männer in Albertine Fosseys Leben einzuholen. Anfangs waren die Frauen mißtrauisch und abweisend gewesen, aber als Jeanne mit ihnen gesprochen hatte, in ziemlich derbem Jargon, beinahe von gleich zu gleich, waren sie zugänglicher geworden. Albertine, sagten sie, hätte immer gern einmal angedeutet, daß unter ihren Liebhabern bedeutende Männer gewesen seien; sie hatte sogar damit geprahlt, eine Zeitlang die Mätresse eines Beamten des Zweiten Kaiserreichs gewesen zu sein, eines Mannes, der in der Zensur gesessen habe. Er sei «ganz verrückt nach ihr» gewesen, aber sie sei seiner überdrüssig geworden. Als er sie nicht in Ruhe gelassen hatte, behauptete sie, hätte sie ihm schließlich damit gedroht, seiner Frau von der Affäre Mitteilung zu machen.

«Und haben Sie ihr geglaubt?» fragte Jeanne die beiden Frauen. Die eine zog nur die Brauen hoch, die andere zuckte die Schultern und sagte: «Wer weiß? Sie hat gern Geschichten erzählt. Da kam sie sich als was besonderes vor. Aber vielleicht hat's ja auch gestimmt.» Albertine, sagten sie, habe von dem Mann immer nur als «César» gesprochen und behauptet, seinen Nachnamen wage sie nicht zu nennen.

Das war herzlich wenig, aber Jeanne und Edmée hatten alle Beziehungen, die ihnen über das Theater und die Frauenrechtsbewegung zur Verfügung standen, spielen lassen und herausgebracht, daß es bei der Zensur tatsächlich einen niederen Beamten namens César gegeben hatte, der nun ein wohlangesehener mittlerer Beamter im Justizministerium war. Sie hatten ihn unter einem Vorwand aufgesucht, aber nichts erfahren, das die Leute von der Sûreté dazu veranlaßt hätte, einen Beamten des Justizministeriums unter die Lupe zu nehmen.

Bei einem letzten verzweifelten Versuch hatte Jeanne – «Nein, Edmée, das erledige ich allein. Du wärst so peinlich berührt, daß dir doch niemand ein Wort sagen würde!» – mehrere Bordelle aufgesucht, bei denen Albertine Fossey nach Angaben der beiden Prostituierten gearbeitet hatte. Aber auch das hatte ihnen nicht weitergeholfen.

Nein, sagte sich Edmée, ich habe keine Wahl.

Der stellvertretende Leiter der Sûreté, Labat, empfing sie in seinem Büro. Sie gab ihren Namen nicht an, sondern erklärte nur, sie habe wichtige Informationen über Marc Vollard. «Ich weiß etwas über ihn», sagte sie, «das beweisen wird, daß es höchst unwahrscheinlich, wenn nicht sogar unmöglich ist, daß er das Verbrechen verübt hat, dessen Sie ihn beschuldigen.»

«In der Tat?» Labats Stimme war von eisiger Höflichkeit.

«Ja, aber ehe ich darüber spreche, müssen Sie mir zusichern, daß die Informationen vertraulich behandelt werden.»

«Madame, derartige Zusicherungen können wir nicht geben, schon gar nicht, solange wir nicht wissen, um was für Informationen es sich handelt. Ich kann Ihnen nur sagen, daß wir Informationen nur herausgeben, wenn es im Interesse der Öffentlichkeit liegt, sie publik zu machen.»

Edmée war klar, daß sie sich damit zufriedengeben mußte. Sie holte einmal kurz Atem und setzte dann zu der kleinen Rede an, die sie vorbereitet hatte. «Sehen Sie, Monsieur, Marc Vollard unterhält keine Beziehungen zu Frauen – im körperlichen Sinn, meine ich. Er interessiert sich nicht für Frauen. Er ist – anders veranlagt.»

«Vollard ist verheiratet, Madame.»

«Ich denke, seine Frau wird Ihnen auf Befragen bestätigen, was Sie von mir gehört haben. Die beiden haben sich – arrangiert, und sie sind sicher nicht das einzige Paar in Paris, dessen Ehe nicht mehr ist als ein Arrangement.»

«Wirklich?» sagte Labat im gleichen kühlen Ton. «Und woher, wenn ich fragen darf, haben Sie Ihre Kenntnisse, Madame?»

Sie zögerte. Das war das Schwierigste. Sie dachte an die Tage im

Gefängnis und hatte Angst. Sie dachte an Henri, an Jeanne und Nandou, die ihr vielleicht nie verzeihen würden, daß sie sich freiwillig ausgeliefert hatte. Aber dann richtete sie sich auf und sagte: «Ich denke, Sie werden mir glauben, wenn ich Ihnen sage, daß ich Marc Vollards Mutter bin.»

Es war ein kleiner Trost zu sehen, daß sie Labats Panzer eisiger Höflichkeit durchbrochen hatte. Er war einen Moment sprachlos vor Verblüffung und starrte sie an wie ein seltenes Insekt. «Edmée Vollard», sagte er schließlich langsam und nachdenklich. «Ich war noch Sergeant, als Sie aus Saint-Lazare geflohen sind. Sie hatten nur zwei Monate einer Strafe von einem Jahr abgebüßt.»

Sie nickte, eiskalt und wie gefroren.

Ein Ausdruck flog über Labats Gesicht, den sie nicht deuten konnte. «Madame Vollard», sagte er, «ich ziehe den Hut vor Ihnen. Daß Sie sich der Polizei stellen, um Ihren Sohn zu retten – das kann man nur bewundern.» Er schüttelte den Kopf. «Dennoch – es tut mir leid, die Geschichte, die Sie mir da präsentieren, ist wenig überzeugend, Ihr Opfer daher bedauerlicherweise völlig nutzlos.»

«Sie glauben mir nicht?» Edmée dachte, sie würde wahnsinnig werden. «Sie halten es für möglich, daß eine Mutter eine solche Lüge über ihren eigenen Sohn erfinden würde?»

«Nein, Madame. Aber ich könnte mir denken, daß ein Sohn seiner Mutter eine solche Lüge erzählt, wenn er hofft, daß sie damit zur Polizei gehen wird.» Labat hob abwehrend die Hand, als sie protestieren wollte. «Selbst wenn Ihre Aussage zuträfe, Madame, wäre das für mich kein zwingender Beweis für die Unschuld Ihres Sohnes. Es scheint mir eher ein weiterer Hinweis auf abartige Neigungen zu sein, und nur ein Mann mit abartigen Neigungen kann dieses scheußliche Verbrechen begangen haben.»

Edmée schrie auf.

«Madame», fuhr Labat fort, «ich bedaure es, daß Sie hierher gekommen sind und daß ich nunmehr die Pflicht habe, Sie zu verhaften. Eine bessere Mutter als Sie könnte sich niemand wünschen.»

In seiner kleinen Mansardenwohnung im Quartier Latin griff Louis Vollard nach den Zeitungen, die er sich eben besorgt hatte. Tage – vielleicht Wochen – hatte er mit Fieber und so höllischen Kopfschmerzen zu Bett gelegen, daß er sich manchmal am liebsten die Augen aus dem Kopf gedrückt hätte. Nun war die Tortur vorbei, nur ein dumpfer Schmerz in den Schläfen war geblieben.

Aber als er die Schlagzeilen der Zeitungen sah, wünschte er beinahe, wieder in der schwarzen Qual von Fieber und Kopfschmerzen zu versinken. Während er sich halb besinnungslos auf seinem Bett gewälzt hatte, waren sein Sohn und seine Frau – Edmée, nach all diesen Jahren! – verhaftet worden.

Er hob den Kopf und starrte auf das Durcheinander von Leinwänden und Malutensilien, die er kaum noch anrührte. Vor vier Jahren, nach dem Debakel beim Kommuneaufstand, hatte er Nicolas' Haus mit der Absicht verlassen, zuerst nach Deutschland zu reisen und dann weiter nach Spanien. Aber zuerst hatte er sich in eine Taverne am Rive Gauche gesetzt, und je länger er dort verweilt hatte, desto stärker war das Gefühl geworden, bleiben zu müssen; beinahe, als könne er nur in Paris sich selbst finden. Gleich am nächsten Morgen hatte er die Wohnung im Quartier Latin gemietet und das Viertel seither selten verlassen. Eine Zeitlang hatte er beinahe jeden Tag gemalt und abends in irgendeiner Kneipe gesessen. Aber die Gäste waren alle jünger als er und bessere Maler – und dann hatten die mörderischen Kopfschmerzen begonnen. Er vermutete, daß sie von der Syphilis kamen, aber zu einem Arzt ging er nicht. Der Absinth war bessere Medizin als alle Mittel, die die Ärzte verschrieben.

Die Nachricht, daß Marc im Gefängnis saß, stürzte ihn in einen Abgrund. Er dachte an die Enkelin, deren Porträt Marc ihm gezeigt hatte; sah den wißbegierigen Kinderblick, das Lächeln der schöngezeichneten Lippen. Was für eine Zukunft erwartete dieses Kind – mit einem Vater, der im Gefängnis saß, und einem Großvater, der auf der ganzen Linie versagt hatte?

Wie war es nur gekommen, daß alles sich so unglücklich gefügt hatte?

Langsam, wie ein verklingender Schmerz, entfaltete sich in seinem Hirn ein Gedanke, wie er alles wiedergutmachen konnte.

Am Quai des Orfèvres ließen sie ihn warten, während sie einen Beamten namens Labat zu informieren versprachen. Es machte ihm nichts aus. Er hatte Zeit.

Als Labat ihn nach zwei Stunden endlich empfing, teilte der ihm mit, daß die Erledigung der Formalitäten Zeit brauche. Er vertrieb sich die Stunden mit einem Spaziergang an der Seine und blickte lange hinunter in das graubraune Wasser. Die Oberfläche war in ständiger, zitternder Bewegung, aber in der Tiefe schien alles ruhig und still.

Um sechs Uhr stand er vor dem Gefängnistor. Um Viertel nach sechs wurde es geöffnet, und Edmée kam heraus. Sie sah sich um wie geblendet, obwohl die Sonne mit kühlem, orangefarbenem Glanz hinter dem Gefängnis versank. Als sie Louis entdeckte, neigte sie den Kopf, krauste die Stirn und sagte in ungläubigem Ton: «Louis? Bist du es wirklich?»

«Ja.»

«Man sagte mir, du hättest die alte Klage zurückgezogen, aber ich habe es, ehrlich gesagt, nicht geglaubt.»

«Doch, es stimmt.»

«Und warum?»

«Es ist so lange her, Edmée. Ich wollte nicht, daß du heute noch dafür büßen mußt.»

«Heißt das», sagte sie langsam, «daß du der Polizei nur zu sagen brauchtest, du zögest die Klage zurück?»

Er nickte. Sie war immer noch schön, auch wenn sie über sechzig sein mußte. Ihr Gesicht wirkte weich trotz der Falten, lebendiger als früher.

«Warum bist du hergekommen?» fragte sie. «Erwartest du Dank?»

«Nein.»

«Dabei müßte ich dir eigentlich danken, so merkwürdig das ist. Was du getan hast, hat mein Leben auf wunderbare Weise verändert.»

«Dann bist du glücklich?»

«Ja. Und du, Louis?»

«Nein.» Er zögerte. «Haßt du mich, Edmée?»

«Warum sollte dich das interessieren?» Sie sah ihn scharf an. «Wo bist du gewesen, Louis? Was ist aus dir geworden?»

«Ich bin in der ganzen Welt herumgereist und habe immer nur erfahren, daß es zu spät für mich war.»

Er hatte nicht die Absicht gehabt, so etwas zu sagen, aber sie sah ihn an, als verstünde sie ihn.

«Weißt du, was mit Marc ist?» fragte sie.

«Ja. Ich glaube, ich kann ihm vielleicht helfen, Edmée.»

«Wie denn?» fragte sie skeptisch.

«Wenn es klappt, wirst du es hören. Dann haßt du mich vielleicht ein bißchen weniger.»

«Ich würde dir alles verzeihen, wenn du ihm helfen kannst.»

Er spürte, wie ihm die Tränen in die Augen schossen, und räusperte sich. «Soll ich eine Droschke holen und dich nach Hause bringen?»

«Nein. Ein Freund holt mich ab. Er wird jeden Moment hier sein.»

«Soll ich bleiben, bis er kommt?»

«Es wäre mir lieber, du gehst.»

«Ich verstehe.»

Edmée trat einen kleinen Schritt näher zu ihm. «Ich habe dich einmal geliebt, Louis.»

«Ich weiß. Es tut mir leid, daß ich deine Liebe nicht würdigen konnte.»

«Ja, dann ...», sagte sie unsicher. «Leb wohl, Louis.»

«Leb wohl, Edmée. Bleib glücklich.»

Er nahm sich eine Droschke und nannte dem Kutscher die Adresse, die er seit Jahren kannte. Es war acht, als er die Treppe hinaufstieg und klopfte.

Er beobachtete ihr Gesicht, als sie ihm öffnete: Verwunderung zuerst, dann Wiedererkennen und Verständnislosigkeit.

«Du!» sagte sie.

«Guten Abend, Jeanne.»

«Ich hätte nicht erwartet, dich je wiederzusehen.»

«Aber nun bin ich hier.»

«Und warum?»

«Ich bin ... Ich muß wissen, ob du mich immer noch haßt, Jeanne», sagte er wieder, und sie hörte den flehenden Unterton in seiner Stimme, «du warst das Schönste, das mir im Leben begegnet ist. Wenn ich den Mut gehabt hätte, zu meiner Liebe zu stehen ...»

«Aber du hattest ihn nicht», sagte sie leise.

Er senkte den Kopf. Dann fragte er: «Bist du noch mit Nandou zusammen?»

«Ja.» Sie sah ihn an. «Und du, Louis? Hast du je wieder gemalt?»

«Ja, aber zu wenig und zu spät. Ich bin aus Paris weggegangen, weil ich mir alte Träume zurückholen und Marc und Gabrielle das Leben erleichtern wollte. Keins von beidem ist gelungen.»

Sie seufzte.

«Jeanne!» rief Nandou. «Was um alles in der Welt tust du da draußen?»

«Ich bin gleich fertig», antwortete sie.

«Ich gehe jetzt», sagte Louis. «Ich wollte nur – ich wollte dich nur noch einmal wiedersehen und dir sagen, daß ich dich wirklich geliebt habe, Jeanne.»

«Das weiß ich. Du tust mir leid, Louis», sagte sie, selbst erstaunt über diese Erkenntnis.

Von allem, was sie hätte sagen können, war das das Schlimmste.

«Dann leb wohl», sagte er.

«Leb wohl, Louis.»

Um zehn Uhr läutete er bei Nicolas und Joséphine. Sobald er gemeldet wurde, kam Nicolas mit ausgebreiteten Armen ins Vestibül geeilt. Wortlos umarmten sich die Brüder.

Dann trat Nicolas zurück und überschüttete Louis mit Fragen. «Wo bist du gewesen? Bist du für immer nach Paris zurückgekehrt? Geht es dir gut?»

Aber Louis wehrte sie alle ab. «Nicht heute abend, Nico. Ich bin sehr müde. Gib mir nur ein Glas Kognak und ein Bett. Morgen ist dann alles erledigt.»

Joséphine machte gute Miene zum bösen Spiel und ging weg, um ihm ein Zimmer richten zu lassen. Die Brüder setzten sich in die Bibliothek ans Feuer. Sie sprachen nicht viel, und wenn, dann vor allem von Marcs Verhaftung und der Strategie, die sein Anwalt entwickelt hatte.

«Es wird alles in Ordnung kommen, Nico», sagte Louis. «Ich weiß es.»

Aber als Nicolas auf andere Dinge zu sprechen kam, als er sagte: «Marc hat uns die Wahrheit über sich gesagt, die du offenbar schon seit Jahren kanntest», da schüttelte Louis den Kopf und wiederholte: «Morgen, Nico. Morgen. Ich muß jetzt ins Bett. Komm morgen früh und weck mich, ehe du in die Firma gehst. Versprochen?»

«Ja, natürlich, wenn du das möchtest.»

«Danke, Nico.»

In seinem Zimmer setzte sich Louis nieder und schrieb lange. Als er fertig war, schrieb er einen zweiten, weit kürzeren Brief:

Lieber Nico, Du bist dem Wesen nach, Gott sei Dank, so anders als ich, daß Du erst verstehen wirst, was ich getan habe, wenn ich Dir sage, daß es für Marc geschehen ist und daß ich angesichts meines Entschlusses zum ersten Mal seit Jahren ruhig und glücklich bin.

Der beiliegende Brief ist für die Polizei. Er enthält mein Geständnis der Verbrechen, die man Marc vorwirft. Ob es Vorahnung oder nur glücklicher Zufall war, daß ich mich im Quartier Latin niederließ? Tatsache ist, daß ich in der fraglichen Nacht dort war. Das wird dem Geständnis zusätzliche Glaubwürdigkeit verleihen. Bitte sorge dafür, daß die Polizei es bekommt. Ich weiß, ich kann mich auf Dich verlassen.

Später einmal, wenn diese ganze schreckliche Geschichte hinter Marc liegt, sag ihm, wie sehr ich ihn geliebt habe und wie froh ich war, dies für ihn tun zu können. Verzeih mir, Nico, und denke manchmal an mich.

Louis

Er adressierte das kurze Schreiben an Nicolas, legte das Geständnis bei und stellte das Kuvert auf den Kaminsims.

Furcht überfiel ihn, als er sich der nächsten Aufgabe zuwandte, aber sie verflog rasch und wich einer inneren Ruhe, wie er sie nie gekannt hatte. Vielleicht zum ersten Mal in seinem Leben war er überzeugt, das Richtige zu tun.

Joséphine stand am nächsten Morgen früh auf. Sie wollte unbedingt mit Louis unter vier Augen sprechen. Er mußte dafür sorgen, daß Marc mit der Polizei nicht über seine abartige Veranlagung sprach. Sie klopfte an seine Zimmertür, aber es rührte sich nichts. Sie drückte die Klinke herunter. Die Tür war abgeschlossen. Da nahm sie einfach ihre Schlüssel heraus und sperrte auf.

Als sie Louis erblickte, der an einem zusammengeknoteten Laken reglos von einem der Deckenbalken herabhing, öffnete sich ihr Mund zu einem lautlosen Schrei. Mit zitternden Knien sank sie in einen Sessel, unfähig, einen klaren Gedanken zu fassen.

Doch nach einer Weile beruhigte sie sich und stand langsam auf. Den Anblick des Toten meidend, sah sie sich im Zimmer um und entdeckte den Briefumschlag auf dem Kaminsims. Sie ging hin, zögerte einen Moment, nahm ihn dann an sich und öffnete ihn.

Dreimal las sie die beiden Schreiben, die er enthielt. Ihre Gedanken rasten. Ihre Hände waren eiskalt. Schließlich steckte sie die Briefe ein und schlich aus dem Zimmer.

25

Der Sekretär sah von seiner Arbeit auf, als Nicolas auf dem Weg in sein Büro ins Vorzimmer trat. Sein Gesicht war so unbewegt wie eine Maske.

«Guten Morgen, Monsieur Vollard», sagte er. «Ich möchte zum Ausdruck bringen, daß ich genau wie alle hier über den Tod Ihres Bruders tief betroffen bin.» Nicolas nickte. Der Sekretär zögerte einen Moment, weil Persönliches in der Firma fast ein Tabu war, dann sagte er dennoch: «Ich habe oft bemerkt, wie tief Sie Ihrem Bruder verbunden waren. Es tut mir unendlich leid, daß Sie ihn verloren haben.»

Nicolas blieb einen Moment stehen und sagte «Danke», ehe er in seinem Büro verschwand.

Dort zog er seinen Mantel aus, legte ihn wie immer ordentlich über einen Stuhl, ging zu seinem Schreibtisch und setzte sich. Erst dann begann er zu weinen. Sein ganzer Körper zuckte, aber kein Laut kam ihm über die Lippen. Wochenlang – seit dem Morgen, als er zu Louis gegangen war, um ihn zu wecken, und gesehen hatte, daß er nie wieder aufwachen würde – hatte er eiserne Kontrolle bewahrt und allen Schmerz verdrängt, indem er persönlich Louis' Angelegenheiten geregelt und die Vorbereitungen für eine schlichte, der Stellung der Familie dennoch angemessene Trauerfeier getroffen hatte, die natürlich ohne Priester stattfinden mußte. Wenigstens war es ihm gelungen, die zuständigen Behörden dazu zu überreden, die Tatsache des Selbstmords geheimzuhalten.

Warum hatte Louis kein Wort der Erklärung hinterlassen, keinen Abschiedsbrief? Warum hatte er sich, wenn ihn etwas bedrückt hatte, ihm nicht am Abend zuvor anvertraut, als sie miteinander gesprochen hatten?

«Es tut mir leid, Nicolas», hatte Joséphine nicht unfreundlich gesagt, «aber das ist doch typisch für deinen Bruder, meinst du nicht?»

Warum hatte Louis sich das Leben genommen? Aus Verzweiflung über Marcs Situation? Und warum war Louis zu ihm ins Haus gekommen, um sich dort das Leben zu nehmen? Hatte ihm selbst bei dieser letzten Tat der Mut gefehlt, sie allein zu vollbringen? Oder sollte dieser letzte Akt ein Vorwurf sein; ein letzter, stummer Aufschrei der Klage und der Beschuldigung, daß Nicolas sich zu weit aus dem Leben zurückgezogen habe, das ihn umgab, daß er zu wenig getan habe, um seinem Bruder, um Marc und Gabrielle zu helfen?

Als ihm das durch den Kopf schoß, erkannte Nicolas, daß genau dieser Gedanke es war, den er nicht hatte zulassen wollen; daß er nur darum seinen Schmerz abgewehrt hatte. Er schob den Papierstapel zur Seite, legte die Arme auf den Schreibtisch und senkte den Kopf darauf.

Eine Stunde später saß er Gabrielle in der Bibliothek bei Kaffee und Törtchen gegenüber.

«Und was willst du tun?» fragte sie.

«Das weiß ich selbst noch nicht», antwortete er. «Ich weiß nur, daß ich etwas unternehmen muß – legal oder nicht –, um Marc vor einem Leben im Gefängnis zu bewahren.»

«Und warum mußt du das?» fragte sie.

Nicolas schob seine Kaffeetasse weg. «Für Louis kann ich nichts mehr tun. Aber seinem Sohn kann ich vielleicht noch helfen. Im Andenken an Louis muß ich es versuchen. Damit er wenigstens im Tod seinen Frieden hat.» Und damit ich mir keine Vorwürfe zu machen brauche, fügte er im stillen hinzu. «Ich bin zu dir gekommen», sagte er, «weil ich – weil ich das Gefühl haben möchte, mir deiner Zustimmung und deiner moralischen Unterstützung gewiß sein zu können.»

Sie schwieg einen Moment, dann sagte sie: «Natürlich hast du die. Aber was willst du denn tun?»

«Ich dachte mir, ich könnte versuchen, Marcs Wärter zu bestechen. Vielleicht muß ich sogar irgendwelche Leute aus der Unterwelt beauftragen, um ihn mit Gewalt herausholen zu lassen.»

«Was weiß ein Mann wie du von Bestechung und Unterwelt?» fragte Gabrielle skeptisch.

«Nichts – bis jetzt. Aber wenn man sein halbes Leben damit zugebracht hat, Finanzminister und ihre Kaiser und Könige und Heerscharen von Beamten zu umwerben, ist man von Bestechung nicht so weit entfernt, wie man sich das vielleicht wünscht.»

«Aber du gerätst da doch in eine fremde Welt, Onkel Nicolas. Glaubst du nicht...» Gabrielle brach ab, als ihr unversehens ein Gedanke kam. «Du solltest zu Nandou gehen. Der weiß, wie man so etwas macht. Einmal, als ich noch ein Kind war und mein Vater mich entführen ließ, kam Nandou und holte mich zurück. Und erst vor kurzem habe ich erfahren, daß Nandou und Jeanne auch die Flucht von Marcs Mutter aus dem Gefängnis organisiert hatten. Wußtest du das?»

«Nein. Mir scheint, Monsieur Nandou ist ein noch erstaunlicherer Mensch, als ich vermutete.»

Gabrielle sprang auf. «Dann komm!» rief sie. «Fahren wir gleich zu ihnen. Zu Nandou und Mama.»

«Jetzt?»

«Aber ja. Du hast doch gesagt, du willst schnellstens etwas unternehmen.»

Nie hätte Nicolas gedacht, daß er diese Treppen noch einmal hinaufsteigen würde. Er blickte auf den Rücken von Jeannes Tochter – und der von Louis –, die vor ihm leichtfüßig die Stufen nahm, und fühlte sich durch sie wie mit einem unsichtbaren Band mit ihren Eltern verbunden.

Als Gabrielle oben an die Tür klopfte, überfiel Nicolas einen Moment lang Panik; er schien an diesem Tag unglaublich dünnhäutig zu sein. Gabrielle wandte sich ihm zu. «Wann, sagtest du, hast du Mama das letzte Mal gesehen?»

«Vor einundzwanzig Jahren», antwortete er, und dann öffnete sich die Tür.

«Guten Tag, Mama.» Gabrielle küßte ihre Mutter. «Simone ist heute nicht mitgekommen. Dafür habe ich dir Onkel Nicolas mitgebracht. Was sagst du dazu?»

Jeanne sah zu Nicolas auf. Ihm war, als wäre keine Zeit verstrichen, seit er das letzte Mal vor ihrer Tür gestanden hatte. Sein Verstand registrierte, daß sie älter geworden, ihr Haar von Grau durchzogen war, aber das beeinträchtigte nicht das, was er sah: die Haut so hell und fein wie eh und je, die dunklen Augen so direkt, der schön geschwungene Mund noch ebenso lockend.

«Nicolas», sagte sie leise. «Ich hätte nicht gedacht, daß ich Sie wiedersehen würde. Aber es ist schön, wenn auch merkwürdig.» Sie bot ihm die Hand.

Er zog sie an die Lippen. «Ich freue mich zu hören, daß Sie so aufrichtig wie immer sind.»

«Louis' Tod hat Sie sicher sehr traurig gemacht. Es tut mir leid.»

«Danke.»

«Bitte, kommen Sie herein.»

Im Eßzimmer saß Nandou mit einem aufgeschlagenen Buch vor sich an einem großen Tisch. Das lange, volle Haar war grau, das breite Gesicht von tiefen Falten durchzogen. Nicolas schoß der Gedanke durch den Kopf, daß er nie einen so alten Zwerg wie Nandou gesehen hatte.

«Nandou», sagte Gabrielle, «kennst du Nicolas Vollard?»

«O ja.» Nandou stand langsam auf und nickte.

«Monsieur Nandou, es freut mich, Sie wiederzusehen.»

Als sie alle saßen, sagte Gabrielle: «Das finde ich schön, daß wir alle an einem Tisch sitzen. Es war mir immer furchtbar, meine zwei Familien in verschiedenen Schubladen verstecken zu müssen.»

«Nandou und ich waren die einzigen, die du versteckt hast», bemerkte Jeanne spitz.

Nandou legte ihr die Hand auf den Arm. «Wozu diese Dinge aufrühren?»

Gabrielle kam Jeanne mit der Antwort zuvor. «Mama fürchtet, daß ich sonst die Wahrheit vergesse.»

«Und hat sie da recht?»

«Ich bin fast fünfundvierzig, Nandou. Und ich hoffe, daß ich gelernt habe, meine Fehler nicht zu wiederholen.»

«Oho! Glaubst du, es gibt ein Alter, in dem man von diesem Leiden geheilt ist?»

«Ich hoffe es jedenfalls.»

«Meine liebe Gabrielle», warf Jeanne ein, «ich muß dir leider sagen, daß man mit fünfundvierzig noch genauso töricht sein kann wie in jedem anderen Alter.»

Sie sah Nicolas nicht an, aber er fragte sich, ob sie auf jenen Abend anspielte, als sie einander hier in diesem Zimmer in die Arme gefallen waren. Wenn ja, so wußte er nicht, worin die Torheit lag – es getan zu haben oder es nur einmal getan zu haben. Selbst heute fragte er sich manchmal noch, wie sein Leben verlaufen, was für ein Mensch er geworden wäre, wenn sie damals sein Angebot angenommen hätte.

Gabrielle lehnte sich über den Tisch und sagte: «Mama, Nandou, seid ihr nicht sicher, daß ich niemals wieder versuchen würde, meine Beziehung zu euch zu verstecken?»

«Doch, ich bin sicher», antwortete Jeanne. «Aber du weißt, eine Wunde kann manchmal auch noch weh tun, wenn sie schon lange verheilt ist.»

Gabrielle wurde rot. «O ja, das weiß ich.»

Nicolas beobachtete alles fasziniert. Das Temperament und die Eigenständigkeit, die ihm an Gabrielle gefielen, erschienen hier gedämpft. Es war, als hätte er plötzlich das Original gesehen, nachdem er jahrelang eine Kopie betrachtet hatte. Er fragte sich, wie sie es geschafft hatte, hier fortzugehen, wieso ihr die Welt der Vollards attraktiver erschienen war als die von Jeanne und Nandou.

«Ich bin nicht nur um meinetwillen froh, daß wir hier zusammensitzen», fuhr Gabrielle fort. «Es geht mir vor allem um Marc. Onkel Nicolas möchte ihn aus dem Gefängnis befreien. Ich wünsche mir von Herzen, daß ihm das gelingt, aber, bei allem Respekt, ich glaube nicht, daß er es allein schaffen kann. Deshalb habe ich ihm vorgeschlagen, mit mir hierher zu kommen und mit euch zu sprechen. Ich weiß, ihr könnt ihm helfen, wenn ihr wollt.»

«Gabrielle hat großes Vertrauen in Sie beide», bemerkte Nicolas.

Jeannes Blick suchte ihn. «Welcher Art ist denn die Hilfe, die Sie brauchen?»

«Tja, wenn ich das so genau wüßte. Ich weiß aber nur, daß ich meinen

Neffen nicht wegen eines Verbrechens im Gefängnis lassen kann, das er nicht begangen hat.»

«Aber glauben Sie nicht», fragte Nandou, «daß man ihn bei einem Prozeß freisprechen wird?»

«Bei dem Klima, das in der Öffentlichkeit geschaffen worden ist, wird die Wahrscheinlichkeit eines Freispruchs – selbst eines gerechten Prozesses – immer geringer. Und ich möchte ihn da sofort herausholen, ganz gleich wie und ganz gleich, was es kostet.»

«Mit Geld wird da nichts zu erreichen sein», meinte Nandou. «Der Fall hat zuviel öffentliches Aufsehen erregt. Da werden die Wärter sich hüten, Bestechungsgelder anzunehmen.»

«Dann muß ich ihn eben mit Gewalt befreien», sagte Nicolas heftig.

«Hm, da gibt es natürlich Mittel und Wege.» Nandou verschränkte die Arme und lehnte sich zurück. «Eine Möglichkeit schwebt mir schon vor... Allerdings wäre die Sache für mich allein nicht durchführbar.»

Nicolas vergaß, daß er nicht in der Firma war. «Reden Sie schon!» sagte er scharf.

Nandou lächelte breit und begann zu erklären.

«Ja!» rief Nicolas. «Das könnten wir schaffen. Gemeinsam. Sie und ich.»

Jeanne sprang auf. «Das lasse ich nicht zu. Nandou, du bist kein junger Mann mehr. Du kannst dir solche Eskapaden nicht mehr leisten. Du hast nicht mehr die Kraft.»

«Dann muß ich sie eben finden.» Nandous Augen leuchteten im alten Feuer.

«Und was soll ich tun, wenn dir etwas zustößt? Ich kann ohne dich nicht leben.»

Seine Beziehung zu Jeanne hatte nie eine Chance gehabt, das sah Nicolas jetzt. Sie hatte nie einem anderen gehört als Nandou. Auch Louis nicht.

«Eine Chance zu einem letzten großen Auftritt, Liebste», sagte Nandou. «Nur noch eine.»

Lange sahen sie einander schweigend an. Schließlich nickte Jeanne und meinte unglücklich: «Gut, ja, ich verstehe dich.»

Manchmal glaubte Joséphine, ihre Freundinnen bäten sie nur deshalb noch zu ihren Tees, weil sie sehen wollten, wie lange sie es durchhalten würde so zu tun, als sei nichts geschehen. Aber sie würde durchhalten, um jeden Preis.

Als Joséphine sich an ihren Sekretär setzte, glitten ihre Finger wie von selbst zu dem kleinen Geheimfach. Sie nahm den Umschlag mit der Aufschrift «Nico» heraus und las wohl zum hundertsten Mal die beiden Schreiben, die er enthielt.

Wie stark war an jenem Morgen die Versuchung gewesen, den Brief einfach dort zu lassen, wo sie ihn gefunden hatte; die Schuld an dem Verbrechen bei Louis zu lassen. Er hatte es zwar nicht begangen, aber er hatte genug Unheil angerichtet: die Affäre mit dieser Sorel begonnen, Gabrielle in die Welt gesetzt, die Erlaubnis zu dieser sündigen Ehe seiner Kinder gegeben ... Aber es hätte Nicolas geschadet, wenn sein Bruder in aller Öffentlichkeit als Frauenschänder und Mörder angeprangert worden wäre. Nicolas würde es ihr nie glauben, aber sein Seelenfriede war ihr wichtig.

Sie starrte auf die beiden Briefe. War es wirklich die richtige Entscheidung gewesen, sie Nicolas nicht zu geben, dieses Geständnis der Polizei vorzuenthalten?

Henriette würde ihr beipflichten. Henriette hätte genauso gehandelt. Aber Henriette würde sich nicht ständig Gewissensbisse machen wegen ihres Handelns; würde das Zeugnis ihrer Tat nicht aufbewahren, um sich jeden Tag von neuem an sie erinnern zu lassen.

Joséphine stand auf, nahm die Briefe und lief zum Kamin wie ein gehetztes Tier. Ohne sich noch einen Moment der Überlegung zu gönnen, warf sie die Schreiben ins Feuer.

«Er sieht aber nicht wie ein Lakai aus», meinte Nicolas zweifelnd.

«Er ist ein guter Schauspieler», versicherte Nandou. «Und er hat Riesenkräfte.»

«Stimmt, das ist entscheidend.»

Der Mann, über den sie sprachen, etwa vierzig, baumlang und muskelbepackt, verneigte sich vor Nicolas und erklärte großartig: «Monsieur, ich habe beim Théâtre de Belleville Greise, Bettler, Finanziers und Räuber gespielt, und seit einem Jahr bin ich erster Charakterkomiker.»

«Finanziers, so?» sagte Nicolas. «Und wie benehmen die sich?»

Der Mann drückte seinen Bauch heraus, tätschelte ihn mit der Hand, zog sein Kinn ein und schaffte es, bedrohlich und füchsisch zugleich auszusehen.

«Vergessen Sie nicht», warf Nandou hastig ein, «daß Fernand der Lakai ist. Sein Neffe Charles hier spielt Marcs Freund, den Bankier.»

«Monsieur», sagte der andere Schauspieler mit einer Verbeugung.

Nandou klatschte einmal kurz in die Hände. «Meine Freunde, machen wir uns wieder an die Arbeit.»

Er war nach Belleville gefahren, hatte das Theater ausfindig gemacht, von dem der Junge ihm an jenem Nachmittag erzählt hatte, und hatte den Onkel und den Bruder des Jungen vom Fleck weg engagiert. Teil seines Plans war, daß Marc, bevor er Paris und vielleicht das Land verließ, für einige Zeit bei den Theaterleuten in Belleville untertauchen sollte.

Sie probten in einer leeren Wohnung, die Nicolas extra zu diesem Zweck gemietet hatte. Er wollte selbst dabei zusehen und trug eine Halbmaske, damit die Schauspieler, wenn das Unternehmen scheitern und sie von der Polizei gefaßt werden sollten, ihn nicht identifizieren konnten. Nandou jedoch war nicht maskiert. «Diese Männer sind dem Theater treu und werden uns nicht verraten», sagte er. Nicolas wußte nicht recht, ob er soviel Vertrauen bewundern oder bedauern sollte.

Nandous Plan war einfach, aber nicht ohne Risiko: Charles würde sich als ein Freund Marcs ausgeben und die Gefängniswärter dafür bezahlen, ihn einen Abend lang in Marcs Zelle verbringen zu lassen, um dort mit ihm zu speisen. Eine solche Bitte war nichts Ungewöhnliches; betuchte Insassen der Conciergerie konnten sich jederzeit alle möglichen Privilegien erkaufen. Charles würde sagen, er wolle Marc ein wirklich erlesenes Mahl auftischen, bei dem zwei Lakaien sie bedienen sollten; Nandou und Fernand. Sie würden die Speisen und den Wein in einer besonderen, leichten Truhe mitbringen, die mit großer Sorgfalt ausgewählt worden war. Sie mußte augenscheinlich zu klein sein, um einen normalgroßen Menschen in ihr unterzubringen, damit die Wärter keinesfalls auf den Gedanken kamen, Marc sei in ihr versteckt, wenn sie wieder hinausgetragen wurde. Er würde tatsächlich nicht darin versteckt sein. Sondern vielmehr in Verkleidung beim Hinaustragen der Truhe helfen.

Jeanne sagte kaum etwas, während die Pläne geschmiedet und die Proben abgehalten wurden, obwohl sie tief besorgt war. Oft lag ihr Protest auf den Lippen: Das ist zuviel für dich, Nandou. Auf diesen alten Stelzen zu gehen, das ist doch Wahnsinn! Besonders wenn sie ihn ächzend und stöhnend in seinem Zimmer mit den Stelzen üben hörte. Aber wenn sie dann sein Gesicht sah, schluckte sie den Protest hinunter, denn ein neues Feuer brannte in seinen Augen; er lächelte häufig und legte einen Eifer und eine Energie an den Tag wie früher auf der Bühne.

Nicolas war aus anderem Grund unzufrieden. Es ließ sich mit seinem Ehrenkodex nicht vereinbaren, ein gefährliches, gesetzwidriges Unternehmen anzuregen und dann nicht selbst aktiv daran teilzunehmen. Aber ihm waren die Hände gebunden. Er hatte bei der Rettungsaktion in eigener Person auftreten wollen, als Onkel des Häftlings, der sich von den Wärtern das Recht erkaufte, mit seinem Neffen zu speisen. «Niemals!» hatte Nandou sofort abgewehrt. «Die Wärter würden Sie kennen, und Sie würden sich der Fluchthilfe schuldig machen. Wozu den Neffen retten, wenn dann der Onkel vor den Kadi kommt?» Nicolas mußte sich der Logik dieses Arguments beugen. Sein Beitrag zu dem Unternehmen beschränkte sich darauf, Marcs' Zustimmung zu der Rettungsaktion zu erlangen, die dieser ohne Zögern gab, und ihn in den Plan einzuweihen.

«Sie sind nicht gern der untätige Zuschauer, nicht wahr?» meinte Nandou.

«So wenig wie Sie das wären.»

Nandou nickte lächelnd. Die beiden Männer kamen gut miteinander zurecht, nachdem sie festgestellt hatten, daß sie Probleme auf sehr ähnliche Art angingen. Nandou lachte über Nicolas' sardonische Bemerkungen, und Nicolas lächelte über Nandous Vorliebe für das Theatralische und seinen trockenen Humor. Ihr gutes Einvernehmen überraschte sie und weckte in beiden ein tieferes Interesse am anderen. Warum, fragte sich Nandou, dem der Zynismus in Nicolas' Bemerkungen nicht entging, hatte dieser Mann sich zu einer Stütze der Gesellschaft entwickelt, wenn er ihre Heuchelei und die meisten ihrer Konventionen verachtete? Warum war er anderen, ja auch sich selbst gegenüber so distanziert? Wie, fragte sich Nicolas, wenn er manchmal sah, daß Nandou sich beim Üben mit den Stelzen vor Schmerz auf die Lippe biß, hatte der Zwerg solche Zufriedenheit in seinem Leben erreicht? Was verlieh ihm dieses ungewöhnliche Format, das zu seiner körperlichen Statur in Widerspruch zu stehen schien?

Endlich war alles bereit. Charles wurde in seiner Rolle als Marcs Freund ins Gefängnis entsandt und kam mit der erhofften Erfolgsmeldung zurück: Es war abgemacht worden, daß der Festschmaus in zwei Tagen stattfinden sollte.

Am Abend zuvor kam Edmée zum Essen zu Nandou und Jeanne. Sie kam allein, da sie es alle drei für besser gehalten hatten, Henri nicht in den Plan einzuweihen. Bei Kerzenschein sprachen sie von einer anderen Rettungsaktion: wie brillant Nandou damals die Köchin Berthe gespielt, wie überzeugend Jeanne als junger Mann und Edmée als Medium gewesen waren.

«Trotzdem habe ich Angst, Nandou», sagte Edmée, die nur lustlos in ihrem Essen herumstocherte. «Um meinen Jungen und um dich. Wenn etwas schiefgeht...»

Er tätschelte ihr die Hand. «Glaub mir, Edmée, das Risiko ist geringer als das, wenn Marc vor Gericht erscheinen müßte.» Er schenkte ihr Wein ein. «Versuch doch, die Angst uns Schauspielern zu überlassen. Wir sind Lampenfieber gewöhnt.»

«Wer hätte damals, als du die Mutter gerettet hast, gedacht, daß du einmal das gleiche für den Sohn tun würdest», sagte Edmée.

«Wenn so etwas in einem Theaterstück vorkäme», bemerkte Jeanne, «würden sich die Kritiker über konstruierte Zufälle aufregen.» Sie versuchte zu lachen, dann faßte sie Nandous Hand.

«Es ist aber kein Zufall», versetzte er, «daß die Gesellschaft immer sehr gern die Leute einsperrt, die sich nicht an die Konventionen halten. Eine Frau, die aus der Ehe auszubrechen wagt, ein Künstler, der nicht nach bewährter Manier malt... Solange die Welt so ist, wie sie ist, muß man entsprechend reagieren.»

«Aber warum mußt gerade du reagieren?» rief Jeanne.

«Weil ich eben so bin.» Er lächelte sie an. «So, und jetzt, meine Damen, sollten wir uns endlich dem Essen widmen.»

In dem Wagen, den er unter anderem Namen gemietet hatte, fuhr Nicolas sie auf die Ile de la Cité. «Wo ist Ihre Maske?» fragte Nandou verwundert.

«Zum Teufel mit der Maske. Die gehört zum Halbherzigen. So einer will ich nicht mehr sein. Selbst ohne Maske riskiere ich weit weniger als jeder von euch.»

Nandou lächelte.

Als sie aus dem Wagen stiegen, schüttelte Nicolas jedem von ihnen die Hand. «Hals- und Beinbruch», sagte er und fügte zu seiner eigenen Überraschung hinzu. «Meine Freunde.»

Nandou nahm ihn beim Arm. «Es ist nicht ratsam, in Verbindung zu bleiben, wenn das hier vorbei ist, aber tun wir es trotzdem.»

Nicolas nickte nur und fuhr davon, um am verabredeten Ort zu warten.

Charles ging voraus. Fernand und Nandou, in Livree, folgten ihm mit der Truhe. Fernand trug die Hauptlast, während Nandou auf seinen Stelzen sich eher an ihr festhielt. Auf dem Weg zu Marcs Zelle mußten sie über eine Treppe. Das war ihre größte Sorge gewesen, aber er bewältigte sie gut.

In der Zelle – einer der größeren, vielleicht dreizehn Quadratmeter im Ausmaß – wurde Charles von Marc wie von einem guten alten Freund begrüßt. Fernand und Nandou packten die Truhe aus und deckten zum Schmaus. Hochnäsig drückte Charles dem Wärter zwei Flaschen Wein in die Hand, die sie extra für diesen Zweck mitgebracht hatten, und befahl ihm zu verschwinden. «Ich habe Sie nicht bezahlt, damit ich mir beim Essen mit meinem Freund von einem Gefängniswärter zusehen lassen muß.»

Der Wärter brummte unwirsch, warf einen scharfen Blick in die nunmehr leere Truhe, sperrte die Zellentür hinter sich ab und sagte, er würde in drei Stunden wiederkommen.

Das Schwierigste, sagte Marc später, sei es gewesen, das Essen hinunterzuwürgen und sich mit einem wildfremden Menschen zu unterhalten. Das Gefährlichste aber war der Austausch – Marc so herzurichten, daß er wie der Lakai Nandou aussah. Einer mußte dabei ständig Schmiere stehen. Nachdem sie die Kleider getauscht hatten, schminkte Nandou Marcs Gesicht und stülpte ihm die graue, schulterlange Perücke über den Kopf, die er mitgebracht hatte. Dann schlugen sie die leeren Teller und das Besteck in das Bettzeug ein und legten die Rolle so auf die Pritsche, daß sie einer schlafenden Gestalt möglichst ähnlich sah. Nandou steckte oben die zweite Perücke fest, die er mitgebracht hatte und welche die Farbe von Marcs Haar hatte. Er zog die Stelzen aus, krempelte Marcs Hose hoch und stieg in die Truhe. Marc und Fernand breiteten das Tischtuch über ihm aus und klopften an die Gitterstangen, um den Wärter herbeizurufen.

Als der Mann erschien, spielte Charles wieder den hochnäsigen Lebemann. «Ich weiß nicht, was Sie hier im Gefängnis mit meinem Freund angestellt haben, aber er verträgt offensichtlich einen guten Tropfen nicht mehr.» Charles wies mit wegwerfender Geste zur Pritsche. «Er ist sinnlos betrunken. Ich habe keinerlei Verlangen, in Gesellschaft eines Volltrunkenen in dieser Zelle zu sitzen. Führen Sie uns hinaus.»

Der Wärter musterte die «Gestalt» auf der Pritsche mit mißtrauischem Blick und setzte sich in Bewegung, um näher zu gehen. Charles, Fernand und Marc erstarrten.

Ein Stöhnen erklang von der Pritsche, dann eine lallende Stimme. «Geht weg! Geh, Charles. Laß mich in Ruhe.» Es klang wie Marcs Stimme.

Der Wärter blieb stehen.

Hinter seinem Rücken tauschten die Männer verwunderte Blicke.

Der Wärter zuckte die Schultern, drehte sich um und musterte jeden der drei mit zusammengekniffenen Augen, schien aber nichts Verdächtiges entdecken zu können. Drei Männer hatten die Zelle betreten, drei Männer wollten sie jetzt wieder verlassen. Er gab ihnen Zeichen, die Truhe aufzunehmen, und sie folgten ihm hinaus.

Auf der Straße gerieten sie in eine solche Euphorie, daß sie kaum noch gemessenen Schrittes bis zu der Ecke gehen konnten, an der Nicolas mit dem Wagen wartete. Er riß die Tür auf. Sie hoben die Truhe hinein, kletterten hinterher und riefen wie aus einem Mund: «Es hat geklappt!»

Nicolas umarmte seinen Neffen, Charles und Fernand klopften sich immer wieder gegenseitig auf die Schulter. Es dauerte mehrere Minuten, ehe sie merkten, daß Nandou nicht aus der Truhe gestiegen war.

Fernand hob den Deckel und zog das Tischtuch weg. Im Schein einer Straßenlampe sahen sie, daß Nandous Augen geschlossen waren. Eine Faust hielt er auf die Brust gedrückt, und sein Gesicht war schmerzverzerrt.

26

Es war herrlich in Belleville! Kein Stöhnen und Fluchen gequälter oder wütender Häftlinge. Keine Gittertüren, die metallisch klirrend ins Schloß fielen. Statt dessen ein weiter Himmel, dessen Farben von Minute zu Minute andere Nuancen zeigten, und warme Sonne, die Dächer und Straßen in ihrem Licht badete.

In Hose und Kittel gekleidet, das Gesicht unrasiert, eine Mütze tief in die Stirn gezogen, streifte Marc durch die Straßen des Arbeiterviertels. Es war unwichtig, ob ein Haus häßlich oder malerisch war, ein Gesicht alltäglich oder ungewöhnlich; er zog den Block aus der Tasche und hielt alles fest, aus reiner Glückseligkeit darüber, wieder freie Hand zu haben. Es spielte keine Rolle, daß seine Unterkunft bei der Familie von Charles und Fernand mehr als bescheiden war und daß ihr Haus eher einer Hütte glich.

Nicht nur daß er seine Freiheit genoß, wie nur jemand sie genießen kann, der sie einmal verloren hatte – er fühlte sich auch innerlich befreit. Sein bisheriges Leben war angenehm, manchmal sogar glücklich gewesen – in flüchtigen Momenten vor seiner Staffelei, im Zusammensein mit Simone –, aber wenn er jetzt zurückblickte, schien alles, was er erlebt hatte, sich innerhalb enger Mauern abgespielt zu haben. Wenn er an seine Zelle dachte, sah er sie als finstere Höhle am Ende eines immer enger werdenden Tunnels, der sein Leben gewesen war – das nun mit dem Lebewohl von Gabrielle seinen Abschluß gefunden hatte.

Sie hatte ihn im Gefängnis besucht, nachdem der Fluchtplan beschlossen worden war, in einem dunklen Kleid, das ihre Augen schwarz erscheinen ließ, und schmucklos bis auf ihren Ehering. «Tja, mein lieber Mann», sagte sie mit leichter Ironie, «ich hätte nie gedacht, daß wir auf diese Weise auseinandergerissen werden würden.»

«Ich auch nicht. Aber ganz gleich, wie es ausgeht, es ist vielleicht das beste, wenn wir von nun an getrennt sind. Du warst nicht glücklich, Gabrielle.»

«Wir haben nicht geheiratet, um glücklich zu werden. Du wolltest Schutz, und ich ... Weißt du, daß ich fast vergessen habe, warum ich dich geheiratet habe, Marc?»

«Sicherheit. Achtbarkeit. Geborgenheit», hatte er gesagt und ihr damit ein Lächeln ohne Heiterkeit entlockt.

Sie hatten von Simone gesprochen, was Gabrielle ihr sagen sollte, und von der Richtigkeit ihres gemeinsamen Entschlusses, sie nicht ins Gefängnis zu bringen. Gabrielle hatte ihm versprechen müssen, Simone niemals vergessen zu lassen, daß er sie liebte. Als sie ihm das Versprechen gegeben hatte, sah sie ihn mit dem Vertrauen und der warmen Zuneigung an, die er von früher kannte, aber in den letzten Jahren kaum noch zu sehen bekommen hatte. «Du warst gut zu mir, Marc. Besser als jeder andere Mann, den ich kenne. Dafür werde ich dir immer dankbar sein.»

«Denk daran, daß ich dich geliebt habe, Gabrielle, soweit ich überhaupt eine Frau lieben kann.»

Sie hatten sich die Hände gereicht. Klein und kühl hatte die ihre in seiner gelegen. Dann war sie aufgestanden und gegangen, und die ersten einundvierzig Jahre des Lebens von Marc Vollard hatten ihr Ende gefunden.

Am zweiten Morgen nach seiner Flucht kam ihm bei der Erinnerung an diesen Abschied eine bestürzende Erkenntnis. Wenn er Gabrielle nie gesagt hatte, daß sie nicht blutsverwandt waren, dann hatte er das nicht seinem Vater oder seiner Mutter zuliebe getan, sondern sich selbst zuliebe. Er hatte sich vor der, wenn auch unwahrscheinlichen Möglichkeit schützen wollen, daß Gabrielle dann von ihm das Verhalten eines normalen Mannes erwartet hätte. Seine Wangen brannten in der Kälte.

Am folgenden Morgen, während er im frostigen Sonnenlicht durch eine fremde Straße ging, überraschte ihn ein neuer Gedanke. Er erkannte plötzlich, daß er niemals so zu malen fähig gewesen war, wie er gewollt hatte, weil er nie das Leben geführt hatte, das er hatte führen wollen. Er war ein Mönch der Kunst gewesen, aber die Kunst hielt wenig von Mönchen. Sie schenkte ihre Gunst denen, die das Leben in seiner ganzen Fülle umarmten. Jetzt, da er das erkannte, war es so einfach; wie hatte er einundvierzig Jahre dahinleben können, ohne es zu sehen? Die Antwort drängte sich ihm auf, noch ehe er die Frage ganz gestellt hatte: Wenn man innerhalb enger Mauern lebte, schränkte sich das Gesichtsfeld automatisch ein.

Vier Tage nach der Flucht kam wie vereinbart sein Onkel Nicolas. Charles und Fernand warteten mit Marc, um ihn zu begrüßen. «Wie geht es Nandou?» fragten sie sofort.

«Die Ärzte sagen, er braucht absolute Ruhe. Es ist sein Herz. Jede Anstrengung ist strikt verboten.»

Charles schlug sich mit der flachen Hand auf den Oberschenkel. «Er hat sich eben bei den Proben und bei der Aktion zu sehr angestrengt!»

«Ja», sagte Nicolas. «Das war sicher der Auslöser der Attacke.»

«Glauben Sie, daß er sich im klaren darüber war, was er tat?»

«Lieber Freund, ich denke, Nandou weiß immer, was er tut.»

Marc sagte: «Als plötzlich meine Stimme von der Pritsche zu kommen schien – war das Nandou?»

«Ich hörte von Jeanne Sorel, daß er auch Bauchredner ist», antwortete Nicolas.

«Er hat uns alle gerettet, während er in der Truhe eingepfercht war und vielleicht schon Schmerzen litt.»

«Ja», sagte Nicolas.

Die vier schwiegen in der Erinnerung daran, wie grau und verfallen Nandou ausgesehen hatte, als sie ihn aus der Truhe gehoben und die Treppe hinauf zur Wohnung getragen hatten.

Dann gingen Charles und Fernand, und Nicolas und Marc blieben allein an dem großen Tisch beim offenen Feuer zurück. Nicolas knöpfte seinen Mantel auf. «Hast du mal die Zeitungen gelesen?»

«Nein, absichtlich nicht. Was schreiben sie?»

«Sie lassen sich vor allem darüber aus, daß nach der Mutter nun auch der Sohn aus dem Gefängnis entkommen ist.»

«Tja. Tante Joséphine ist wohl völlig aus dem Häuschen?»

«Zweifellos, aber sie sagt kaum etwas.»

«Und Mama?»

«Ich glaube, sie kann jetzt, wo sie weiß, daß du in Sicherheit bist, nichts mehr so leicht aus der Ruhe bringen.»

«Wie gut.» Marc hatte ihr Lebewohl gesagt, als sie ihn im Gefängnis besucht hatte. Sie hatte fast die ganze Zeit geweint. «Uns ist soviel von unserem gemeinsamen Leben verlorengegangen», hatte sie gesagt.

«Aber in den letzten Jahren haben wir vieles nachgeholt, Mama.»

«Und nun werden wir den Rest unseres Lebens getrennt sein.»

«Das wissen wir nicht. Es gibt keine Gewißheiten.»

Sie hatte seine Wange gestreichelt und geflüstert: «Ganz gleich, wohin du gehst und was du tust, ich wünsche dir Glück, mein Junge. Von ganzem Herzen.»

«Ich weiß, Mama.»

Marc sah seinen Onkel an. «Ob ich Mama wohl je wiedersehen werde?»

«Ich würde sagen, nein, aber das Leben geht oft seltsame Wege.»

«Ja, das ist mir schon aufgefallen», stellte Marc trocken fest. «Kümmre dich um Gabrielle und Simone, Onkel Nicolas.»

«Du kannst dich darauf verlassen. Du weißt, wie gern ich beide habe.» Nicolas lächelte. «Wenn Simone will, kann sie ein besserer Bankier werden als du je einer warst.»

«Das wäre nicht schwierig.» Marc schüttelte den Kopf. «Es ist für uns alle das beste, wenn ich für immer aus ihrem Leben verschwinde. Sie werden glücklicher sein.»

«Und du, mein Junge?» Marc antwortete nicht. «Wenn dein Vater wüßte, daß du frei bist», sagte Nicolas, «würde er in Frieden ruhen. Seine Liebe zu dir war, wie er mir einmal sagte, das einzige in seinem Leben, das er nie verraten hat.»

Marcs Augen tränten vom Qualm des offenen Feuers. Er wischte die Nässe mit der Hand fort. «Ich habe mich oft gefragt, ob Papa sich aus Kummer über meine Verhaftung das Leben genommen hat.»

Nicolas nickte. «Vielleicht. Aber am Abend vorher schien er so zuversichtlich, daß alles ins Lot kommen würde.» Er schüttelte den Kopf. «Wenn wir es wüßten ..., aber selbst wenn wir es gewußt hätten – hätten wir ihn hindern können?»

Im Feuer knackte ein Scheit. Nicolas griff in eine Tasche seines Mantels. «Hier ist Geld. Laß es mich wissen, wenn du mehr brauchst. Ich werde Mittel und Wege finden, es dir zukommen zu lassen.»

«Ich brauche sicher nicht mehr, Onkel Nicolas.»

«Wer weiß. Hast du dir schon überlegt, wohin du von hier aus willst?»

«Nein», antwortete Marc, den Gedanken wegschiebend, der ihm durch den Kopf schoß. «Nein. Aber ganz gleich, wohin ich gehe, ich muß auf eigenen Füßen stehen.»

Jeanne rührte die Bouillon um und kostete. Nahrhaft und so schmackhaft, wie zu erwarten, wenn Salz verboten war. Sie gab noch eine Prise getrockneter Kräuter dazu.

Jede körperliche Tätigkeit tat ihr gut, lenkte sie ab. Seit dem alptraumhaften Abend der Gefängnisflucht war sie ständig auf der Suche nach Beschäftigung. Nichts von den Dingen, die sie vorher bewegt hatten, interessierte sie jetzt. Einen Artikel für eine Zeitschrift der Frauenbewegung zu schreiben, über ein neues Theaterstück zu grübeln – das war jetzt so unwichtig wie abgelegte Kleider, die irgendwo ganz hinten im Schrank hingen. Jeden Morgen ging sie auf den Markt, sie kochte, sie putzte, sie räumte auf, sie wechselte die Bettwäsche. Nachts schlief sie – wenig – auf einem Feldbett, das sie in Nandous Zimmer hatte bringen lassen. Alle boten ihr Hilfe an – Edmée, Henri, Gabrielle, Freunde vom Theater. «Aber versteht ihr denn nicht?» sagte sie zu ihnen. «Wenn ich nichts zu tun habe, verliere ich den Verstand.»

«Du wirst dich völlig verausgaben», mahnte Edmée.

«Das will ich ja», antwortete Jeanne.

Sie versuchte zu zaubern, sich von allem abzulenken außer dem, was im Augenblick zu tun war. Nandou, dachte sie, war viel besser im Zaubern. Plötzlich sah sie ein Bild von ihm vor sich, wie er zu einem Abfallhaufen ging und auf ihm eine weiße Rose pflückte. Ihre Tränen tropften in die Suppe. Kein Salz, dachte sie und wischte sie hastig weg.

Sie stellte eine Schale Suppe auf das Tablett, legte ein Butterbrot dazu und die Morgenzeitungen und ging in sein Zimmer. Die schlimmsten Schmerzen waren vorbei; der Arzt gab ihm kein Morphium mehr, aber wenn sie zu ihm ging, bekam sie jedes Mal von neuem Angst. Er war so gebrechlich und so blaß. Und klein; zum ersten Mal erschien er ihr klein.

«Neue Köstlichkeiten aus der Meisterküche von Jeanne Sorel», sagte sie, so heiter sie konnte.

Einen Moment lang leuchtete etwas von dem alten, trockenen Humor in seinem Gesicht auf – und erlosch wieder. «Ich bin nicht hungrig.» Seine Stimme war schwach.

«Dabei habe ich so gutes Gemüse auf dem Markt gefunden, und das Brot ist...»

«Ich esse es gleich. Stell es solange hier hin und setz dich zu mir.»

«Möchtest du die Zeitungen haben?»

«Lies mir vor, was es Interessantes gibt.»

Jeanne faltete das Blatt auseinander und las ihm vor: ein bißchen etwas über die Dritte Republik, die trotz der Angriffe der Monarchisten auf der einen und der Sozialisten auf der anderen Seite an Stabilität gewonnen hatte, und viel über das Theater, darunter eine Notiz, die besagte, daß für die kommende Spielzeit der *Comédie* eine Neuinszenierung von *Hernani* mit Sarah Bernhardt in der Hauptrolle geplant war.

Nandous Augen blitzten, und sein Gesicht erschien um so wächserner.

«Wir gehen zur Premiere», sagte Jeanne.

«Nimm Simone mit», meinte er.

«Das ist ein guter Gedanke. Wir gehen alle drei.»

Als er nichts erwiderte, reichte sie ihm die Schale mit der Suppe. Er aß ein paar Löffel, kaute lustlos auf dem Brot, schob dann alles weg und ließ sich wieder in die Kissen sinken.

«Möchtest du noch etwas?» fragte sie.

«Nein. Nur dich ansehen.»

Er döste beinahe augenblicklich ein, aber nach einem kleinen Weilchen schon öffnete er die Augen wieder und sagte: «Weißt du noch, wie sehr Simone den kleinen Gockel geliebt hat, den ich ihr geschnitzt habe?»

«Ja, aber du hast ihn für Gabrielle geschnitzt.»

«Richtig. Natürlich. Simone ist in manchem wie ihre Mutter, aber eigentlich ist sie dir viel ähnlicher. Wißbegierig und begeisterungsfähig.»

«Dann gleicht sie vor allem dir.»

Er lächelte. «Nur daß sie groß ist.» Er döste wieder ein, sagte dann, ohne die Augen zu öffnen: «Wenn Edmée und Henri nach Italien ziehen, wie sie das vorhaben, könntest du sie eine Zeitlang besuchen.»

«Was redest du da? Ich werde dich doch nicht allein lassen.»

«Ich meine, wenn ich nicht mehr da bin.»

«Du darfst nicht gehen!» rief sie angstvoll.

Er öffnete die Augen wieder. «Aber Jeanne, es hat doch keinen Sinn, sich etwas vorzumachen. Hast du nicht den Realismus schätzen gelernt?»

«Ich pfeife auf ihn. Ich will das Unmögliche.»

Er lächelte. «Ich glaube, das ist unser aller Bemühen – Romantik in der

Jugend, Realismus in den späteren Jahren und schließlich die Sehnsucht nach dem Unmöglichen.»

Sie konnte nichts sagen. Bald war er wieder eingeschlafen. Sie blieb an seinem Bett sitzen und starrte auf die Hand, die ruhig auf der Bettkante lag, die auf der Bühne und im Leben so viele Wunder vollbracht hatte. Dann stand sie auf, trug das Tablett hinaus und sah sich nach neuen Tätigkeiten um.

Der folgende Nachmittag brachte unerwarteten Besuch.

«Ich wollte ihm sagen, daß nun auch die letzte Phase unseres Plans erfolgreich abgeschlossen ist», sagte Nicolas Vollard. «Und vor allem wollte ich ihn sehen.»

Sie führte ihn in Nandous Zimmer und ließ die beiden allein, aber sie konnte der Versuchung nicht widerstehen, nahe der Tür zu bleiben und zu lauschen.

«Mein lieber Freund», sagte Nicolas. «Wie geht es Ihnen?»

«Nicht so, wie ich es gern hätte.»

«Ich wollte Ihnen berichten, daß nun alles erledigt ist. Marc ist fort. Wie vereinbart, weiß keiner von uns, wohin er gegangen ist. Seine Sicherheit ist also garantiert. Ich gratuliere Ihnen, Nandou, und möchte Ihnen noch einmal sagen, daß ich Ihnen zutiefst dankbar bin.»

«Wir haben das alle gemeinsam geschafft», erwiderte Nandou und stöhnte leise.

«Was ist?» fragte Nicolas sofort. «Haben Sie Schmerzen?»

«Nein, nein, mein Körper ist nur so faul und träge, daß jede Bewegung mir Mühe macht.»

«Sie müssen ihm Ruhe gönnen.»

«Ich habe gar keine Wahl», brummte Nandou. «Das ist am schwersten zu ertragen – keine Wahl zu haben.»

«Wenn Sie sich nicht auf dieses Rettungsunternehmen eingelassen hätten, lägen Sie jetzt vielleicht nicht hier.» Nandou schwieg. «Jetzt mal ehrlich, mein Freund», sagte Nicolas. «Wußten Sie, daß Sie krank sind?» Wieder Schweigen. «Ja, ich glaube, Sie wußten es. Ich glaube, Sie wußten oder argwöhnten schon eine ganze Weile, daß Ihr Herz nicht in Ordnung ist. Sie hatten Schmerzen und vielleicht auch andere Symptome.»

«Nur Schmerzen», sagte Nandou nach einer kleinen Pause.

Jeanne merkte, wie der Zorn in ihr hochstieg. Hier hatte sie die Bestätigung ihres Verdachts: Nandou hatte gewußt, daß er krank war, und hatte es ignoriert. Tränen des Zorns und des Kummers schossen ihr in die Augen.

Sie hörte wieder Nicolas' Stimme. «Sie nahmen ein Abenteuer auf sich, das nicht nur körperlich anstrengend war, sondern das Sie sicher auch seelisch belastet hat.» Sein Ton war weder kritisch noch anklagend, sondern völlig sachlich. «Warum haben Sie das getan?»

«Weil ich Gefängnisse jeder Art hasse, ob sie nun den Körper, die Seele oder den Geist gefangenhalten. Weil Marc unschuldig ist. Weil er Gabrielles Mann ist und Edmées Sohn. Und weil ich es tun wollte.» Nach einem kurzen Moment des Schweigens fügte er hinzu: «Ich habe ein so reiches Leben hinter mir, daß ich keine Angst hatte, es zu riskieren. Ich habe mehr und bessere Rollen gespielt als jeder Zwerg in der Geschichte. Ich durfte miterleben, wie Frankreich sich nach vielen Kämpfen endlich zur Republik gemausert hat. Ich habe Victor Hugo und Sarah Bernhardt erlebt. Und ich habe Jeanne geliebt und bin von ihr wiedergeliebt worden. Wie viele Menschen gibt es, die in ihrem Leben soviel Glück hatten?»

«Sie schreiben zu vieles dem Glück zu. Ich will Ihnen sagen, was ich glaube: Sie sind ein glücklicher Mensch geworden, Sie haben geliebt und wurden geliebt, weil Sie weder vor sich selbst noch vor der Welt die Dinge verleugnet haben, die Sie besitzen wollten. Sie haben zugepackt und sie sich geholt. Sie haben Ihr Leben nicht mit einer Halbmaske gelebt.»

Schweigen. Dann sagte Nandou leise: «Auch Sie haben für die Rettung Ihres Neffen getan, was Sie konnten. Und ich zweifle nicht, daß das für Ihr ganzes Leben gilt.»

«Für meine Arbeit vielleicht. Aber nur dafür.»

Jeanne ging leise davon. Es war nicht recht, einem Menschen ohne sein Wissen zuzuhören, wenn er seine Seele öffnete.

Als Nicolas herauskam, saß sie am Tisch im Eßzimmer über einer Einkaufsliste.

Sie sahen einander an. Er sagte: «Sind Sie mir böse, daß ich ihn bei dieser Sache um Hilfe gebeten habe?»

«Ja. Aber ich nehme es vor allem mir übel. Und ich weiß, daß Nandou nicht böse ist.»

«Die Vollards haben Ihnen kein Glück gebracht, nicht wahr?» Sie schwieg. «Wenn Sie etwas brauchen», sagte er, «ganz gleich, was es ist, dann lassen Sie es mich bitte wissen.»

«Ja, aber das einzige, was ich brauche, ist Gesundheit für Nandou.»

Nicolas nahm seinen Hut. «Ich möchte Ihnen noch sagen, daß ich Ihre Tochter und Simone sehr lieb habe. Ich – ich liebe sie mehr als meinen eigenen Sohn, wenn Sie das nicht schockiert.»

«Nein. Aber es überrascht mich, daß Sie es aussprechen.»

«Ich werde alles tun, um Gabrielle und Simone ein glückliches Leben zu bereiten.»

«Ich glaube nicht, daß Gabrielle glücklich sein kann. Aber Simone.»

«Ja. Simone.» Er lächelte. «Auf Wiedersehen, Jeanne. Ich werde jeden Tag an ihn denken und ihm rasche Besserung wünschen.»

«Danke. Auf Wiedersehen, Nicolas.»

Als sie in Nandous Zimmer ging, sagte er: «Ich bin froh, daß du damals bei der Schlacht um *Hernani* nicht Nicolas kennengelernt hast. Ich glaube, der wäre nicht so dumm gewesen, dich gehenzulassen.»

«Ich bin diejenige, die entscheidet, ob und wohin ich gehe», versetzte sie entrüstet und erntete von ihm ein schwaches Lächeln dafür.

Gleich darauf war er eingeschlafen. Sie setzte sich zu ihm und blickte in das eingefallene Gesicht, aus dem die Wangenknochen jetzt spitz hervortraten. Plötzlich öffnete er die Augen und sagte leise, so daß sie sich zu ihm neigen mußte, um die Worte zu verstehen: «Mir fehlt das Geräusch meines Herzens. Ich höre es nicht mehr. Mein Leben lang hatte ich es in den Ohren – manchmal ganz schwach, manchmal laut wie ein Trommeln. Ich habe mir immer vorgestellt, mein Herz sei größer als normal – zum Ausgleich für den kleineren Körper. Es war ein Trost. Dieses Geräusch ... es fehlt mir. Die Stille in meinen Ohren gefällt mir nicht.»

«Dann werde ich mit dir sprechen», sagte sie. «Ich werde dir hundertmal und dann nochmals hundertmal sagen, daß ich dich mehr liebe als mein Leben.»

«Mama», sagte Gabrielle, «du mußt erlauben, daß ich zu dir ziehe, bis es ihm wieder bessergeht.»

«Ich komme sehr gut allein zurecht.»

«Das ist doch gar nicht wahr. Du hast Ringe unter den Augen und bist schrecklich dünn geworden.»

«Und wer kümmert sich um Simone?»

«Sie hat eine Gouvernante und das ganze Haus voller Dienstboten. Außerdem ist sie ein selbständiges Kind. Mit einem Buch und ihrem Hündchen ist sie ganz zufrieden.»

«Das glaube ich nicht. Ihr Vater fehlt ihr.»

«Natürlich. Aber sie ist dennoch selbständig.»

«Was hast du ihr über ihn erzählt?»

«Die Wahrheit. Daß Marc eines Verbrechens angeklagt wurde, das er nicht begangen hatte, und daß ihm die Flucht aus dem Gefängnis gelang; daß er Paris verlassen mußte, für immer vielleicht, um sicher zu sein.»

«Und was sagt sie dazu?»

Gabrielle seufzte. «Nichts. Das ist das einzige Thema auf der Welt, zu dem sie keine Fragen stellt. Aber versuch jetzt nicht, mich abzulenken, Mama. Laß mich herkommen und dir helfen, ja?»

Sie saßen beim Tee im Eßzimmer, während Simone bei Nandou war. Jeanne sah ihre Tochter nachdenklich an. «Wie verschieden wir beide sind!»

«Wie meinst du das?»

«Na, sieh dich doch an in deinem schönen grünen Seidenkleid, und daneben ich in diesem zerlumpten alten Rock.» Sie steckte einen Finger durch ein Loch in der Tasche.

«Ich ziehe mich eben gern schön an.»

«Ich kritisierte dich ja auch gar nicht, Gabrielle, ich stelle nur einen der Unterschiede zwischen uns fest.»

«Und was fällt dir sonst noch auf?»

Jeanne gab einen Löffel Zucker in ihre Tasse. «Auf mich wirkst du immer schön, elegant und unglücklich.»

«Unglücklich?» Gabrielles Stimme klang brüchig. «Unglücklich?»

«Ja.»

«Das bin ich nun wahrhaftig...» Ihre Lippen bebten. «Ach, ich bin es leid, ständig allen etwas vorzuspielen, besonders dir, Mama, da du mir ja prophezeit hattest, daß es so kommen würde.» Sie versuchte zu lächeln. «Es ist schwer zuzugeben, daß die eigene Mutter recht hatte.»

«Vielleicht hilft es dir, wenn du dir ins Gedächtnis rufst, daß sie in vielen anderen Dingen nicht recht hatte. Aber laß uns doch einfach vergessen, wer was in der Vergangenheit gesagt oder getan hat.»

«Ich glaube nicht, daß man das kann. Kannst du denn vergessen, daß ich dich verlassen und den Leuten jahrelang erzählt habe, meine Mutter wäre tot?»

Jeanne legte beide Hände um ihre Tasse. «Ich kann noch viel weniger vergessen, daß ich dich in genau das Leben hineingetrieben habe, das ich dich verachten lehrte. Nein, ich kann die Erinnerungen nicht abtöten, aber ich hoffe, ich habe aus Vergangenem gelernt.»

«Was denn?»

«Daß man keinen Menschen zwingen kann, etwas zu werden, das er nicht werden will.»

Gabrielle seufzte. «Ich hatte solche Angst davor, Simone in eine Sängerkarriere hineinzudrängen, daß ich ihr nicht einmal erlaubte, Musikstunden zu nehmen. Dann hörte ich, daß sie seit Jahren regelmäßig gesungen und Klavier geübt hat, wenn Marc sie zu seiner Mutter mitnahm.»

«Glaubst du, du wärst glücklich geworden, wenn du beim Theater geblieben wärst, Gabrielle?»

«Ich weiß es nicht. Ich glaube, ich weiß gar nicht, wie man glücklich werden kann. Wie oft habe ich dich und Nandou angesehen und mich gefragt – was ist ihr Geheimnis? Woher wissen sie immer genau, was sie tun müssen? Eine Zeitlang versuchte ich, euch nachzuleben. Dann habe ich das Gegenteil versucht. Beides hat nicht geklappt.» Gabrielle schob ihre Tasse weg. «Ach, warum belaste ich dich mit diesen Dingen? Du hast Sorgen genug. Ich komme schon zurecht, Mama.» Sie drückte ihrer Mutter die Hand. «Hauptsache, Nandou wird schnell wieder gesund.»

«Er muß gesund werden», sagte Jeanne. «Natürlich kann er nicht mehr nächtelang durch Paris marschieren, und die Stelzen darf er nie wieder anziehen, sonst bekommt er es mit mir zu tun, aber er wird wieder gesund. Ich bin mir ganz sicher...»

«Du bist sehr glücklich mit ihm, nicht?»

«Ja, ich...» Jeanne schlug plötzlich die Hände vor das Gesicht. Gabrielle strich ihr über das Haar, ohne etwas zu sagen.

«Großmama Jeanne, warum weinst du denn?» Simones Stimme schreckte sie beide auf. Jeanne hob mit einem Ruck den Kopf und wischte sich die Tränen aus den Augen.

«Ich weine, weil ich nicht bewerkstelligen kann, daß alles so geht, wie ich es gerne hätte.»

«Das kann doch niemand.»

«Stimmt. Nicht einmal Kaiser und Könige mit ihren vielen Soldaten. Du bist ein gescheites Kind.»

«Ich glaube, ich bin kein Kind mehr, Großmama. Ich bin doch schon dreizehn.»

«Stimmt auch.» Jeanne neigte den Kopf weit nach rückwärts und starrte einen Moment zur Zimmerdecke hinauf. Dann setzte sie sich gerade hin. «Dein Besuch bei Nandou war aber kurz.»

«Er hat mir das Buch hier geschenkt.» Simone zeigte es. Es war die Vorrede zu *Cromwell*.

«Oh! Hat er dir auch erzählt, wie er zu dem Buch gekommen ist?»

«Ja. Und er hat mir auch die Widmung gezeigt: ‹Von Victor Hugo für den Zwerg Nandou.› Er hat mir etwas daraus vorgelesen, über die Harmonie der Gegensätze, aber dann sagte er plötzlich, er sei müde, und legte sich zurück. Und er... Ich fand es komisch – ist es richtig, daß er so liegt?» Simone schloß die Augen und drückte eine Faust auf die Brust. Jeanne schrie auf und stürzte aus dem Zimmer.

Der Arzt war mit dem Morphium und den Spritzen zur Stelle und machte ein ernstes Gesicht.

Edmée und Henri kamen und die Freunde vom Theater; sie standen in kleinen, unruhigen Gruppen im Eßzimmer und im Salon herum. Manche gingen zu Nandou hinein und sprachen kurz mit ihm; andere warteten nur und ließen sich berichten.

Edmée setzte sich eine Weile zu ihm. «Mein liebster Freund», sagte sie leise, «was schulde ich dir nicht alles! Die besten Jahre meines Lebens, die Sicherheit meines Sohnes – alles, was mir wichtig ist, hast du durch deinen Mut, deine Klugheit und deine Großzügigkeit möglich gemacht. Manchmal denke ich, ich sollte nicht Gott danken, sondern dir.»

Er lächelte und flüsterte: «Ketzerin!»

Sie neigte sich näher zu ihm. Er atmete schwer. «Viele schöne Abende zusammen», murmelte er. «Viele schöne Jahre in Italien – mit Henri.» Sie nickte. «Er ist ein guter Freund. Mir und Jeanne.» Müde schloß er die Augen und sagte schwach: «Danke dir, du Liebe.»

Edmée drückte die Hand auf den Mund. Sie ging aus dem Zimmer. Jeanne trat aus dem Schatten und setzte sich wieder ans Bett.

Etwas später kamen Gabrielle und Simone. Er öffnete die Augen, und sein Blick wurde lebendiger, als er sie sah.

«Ach, Nandou», sagte Simone, «du bist so krank, und ich habe dich so lieb.»

«Wenn ich dich sehe – geht's mir gleich besser.»

Gabrielle fiel neben dem Bett auf die Knie. «Nandou! Ich habe dich immer geliebt, von ganzem Herzen, auch damals, als ich ... Immer! Das weißt du doch, nicht? Glaubst du mir? Papa?»

«Ach.» Es war ein langes Seufzen, aber ganz ohne Melancholie. «Ich glaube dir. Ich habe dir immer geglaubt.» Er hob eine Hand und berührte ihre Wange. «Hab deine Mutter lieb. Sei gut zu ihr.»

Jeanne trat hinter sie, und zu dritt sahen sie zu ihm hinunter. «Meine Frauen», sagte er lächelnd.

Später ließen sie Jeanne mit ihm allein. Sie nahm seine Hand. Sie war kühl und feucht, die Nägel bläulich unterlaufen. Er schien zu schlafen, aber dann begann er etwas zu murmeln: die letzten Teile seines Textes aus dem *Zwergenfürst*. Er öffnete die Augen. «Als ich dich das erste Mal sah», sagte er, «... mein Herz durchbohrt. Ich sterbe – mit dir im Herzen.»

Ein Zittern rann durch seinen Körper, als würde er von schwerer Hand geschüttelt, dann lag er still.

Sie beerdigten ihn auf dem Père-Lachaise, an einem frischen, klaren Tag Anfang März.

Der Sarg war größer als der eines Kindes, aber kleiner als der eines erwachsenen Menschen. Bühnenarbeiter und Schauspieler trugen ihn. Die Nachricht von seinem Tod hatte sich rasch verbreitet, nicht nur durch die Zeitungen, sondern auch durch jene, die ihn auf der Bühne gesehen hatten, und während sich der Trauerzug vom alten Boulevard du Crime durch Belleville bewegte, sammelten sich überall Zuschauer wie zu einem großen öffentlichen Schauspiel. Die Männer zogen die Hüte, und die Frauen winkten mit Taschentüchern.

In dem großen Wagen saß Jeanne starr und kerzengerade zwischen Gabrielle und Simone, Henri und Edmée ihr gegenüber. Edmée zog einen der Vorhänge zur Seite. «Siehst du die vielen Menschen?» fragte sie. «Sie haben ihn nicht vergessen.»

Jeanne blickte zum Fenster, und ihre Mundwinkel hoben sich leicht. Doch sie sanken wieder herab, ehe ein Lächeln sich formen konnte.

Simone spähte auf ihrer Seite zum Fenster hinaus. Die Sonne funkelte hell, und ein leichter Wind zupfte an dem schwarzen Flor am Zaumzeug der Pferde. Die Welt erschien ihr unbarmherzig in ihrer strahlenden Helligkeit. Ihr kamen die Tränen angesichts des grausamen Gegensatzes zwischen der Pracht dieses Frühlingstags und der Schmerzlichkeit des Abschieds. Plötzlich fielen ihr die Worte ein, die Nandou ihr an seinem Todestag vorgetragen hatte, heilende Worte: «‹Denn wahre Poesie, vollkommene Poesie wohnt in der Harmonie der Gegensätze.› Das», sagte er, «ist das Geheimnis eines wahren und vollkommenen Lebens.»

Sie sah zu der Menschenmenge hinüber. Flüchtig gewahrte sie ein Gesicht, von dem sie glaubte, es sei das ihres Vaters. Aber natürlich hatte sie sich getäuscht. Er war fort. Genau wie Nandou. Alle im Wagen würden eines Tages fort sein. Eine beängstigende Ahnung von der Vergänglichkeit des Lebens befiel sie.

Auf dem Friedhof wartete kein Priester. Einer nach dem anderen traten Schauspieler vor und deklamierten oder lasen: Racine und Corneille, Musset und Molière, Lamartine und Hugo. Sie weinte, als der Sarg für immer in die Finsternis hinuntersank. Dann hob sie das Gesicht zum Himmel und blickte, so weit ihr Auge reichte, und sie lächelte in der Gewißheit, daß er dort oben war, König der Winde endlich.

Das Paket kam einen Monat später. Ein junger Mann habe es gebracht, berichtete der Butler, aber niemand habe auf sein Aussehen geachtet, und bis man es zu Simone hinaufgetragen und sie es ausgepackt hatte, war der Bote längst wieder fort.

Es war ein kleines, unsigniertes Gemälde. Simone war sicher, nie zuvor etwas Ähnliches gesehen zu haben, und doch war es seltsam vertraut. Es zeigte gelbe Lilien in einer grünen Vase auf einem Tisch vor einem offenen Fenster, in dem ein weißer Vorhang sich bauschte. Ein flüssiger Pinselstrich, leuchtende, lebendige Farben.

Erst nach einigen Minuten fiel es ihr ein, das Bild umzudrehen. Auf der Rückseite der Leinwand klebte ein Zettel: «Meiner geliebten Simone, damit sie nicht vergißt, daß ihr Vater sie immer liebhat.»

Sie drückte das Bild an sich, und als Gabrielle nach Hause kam, zeigte sie es ihr strahlend. «Siehst du, ich hab ja gesagt, daß er mich nicht vergißt. Ich hab's gesagt.»

«Ja, ich weiß, Herzchen. Ich freue mich für dich.»

«Glaubst du, er ist in Paris, Mama? Meinst du, wir könnten ihn finden?»

«Es wäre Wahnsinn, wenn er in Paris geblieben wäre. Und ich glaube nicht, daß er gefunden werden will, sonst hätte er dir sicher einen Hinweis gegeben.»

Aber eines Tages werde ich ihn finden, schwor sich Simone.

Sie nahm das Bild mit in ihr Zimmer und hängte es genau ihrem Bett gegenüber auf. Wenn sie den Kopf drehte, konnte sie das Bücherbord sehen, auf dem Nandous Geschenk stand, die Vorrede zu *Cromwell.*

Ihr Blick wanderte oft vom einen zum anderen – von der Erinnerung zur Hoffnung.

27

Neun Jahre lang betrachtete sie das Buch und das Bild jeden Morgen vor dem Aufstehen, jeden Abend vor dem Einschlafen:

Auch an dem Abend, nachdem sie die Neuinszenierung von *Hernani* mit Sarah Bernhardt in der Hauptrolle gesehen hatte; an Simones Seite, ganz in Schwarz, Jeanne, von stürmischen Gefühlen geschüttelt.

Auch an dem Abend, nachdem Großonkel Nicolas sie und ihre Mutter zu der Ausstellung jener Maler mitgenommen hatte, die sich nun offiziell die Impressionisten nannten; manche Leute rümpften die Nasen, aber andere waren so fasziniert wie Simone.

An dem Morgen, nachdem sie sich das erstemal verliebt hatte; in einen jungen Mann namens Frédéric, Sohn reicher Eltern, dessen Lächeln sie verzauberte.

An dem Morgen, nachdem ihre Verliebtheit sich in Luft aufgelöst hatte, weil sie gemerkt hatte, daß Frédéric Gänschen bevorzugte und selbständige junge Damen mit eigener Meinung degoutant fand.

An dem Abend, als sie lesend im Bett lag und plötzlich ihre Mutter hereingelaufen kam, um ihr zu sagen, daß Großonkel Nicolas ganz plötzlich an einem Herzanfall gestorben war.

Blaß, mit Tränenspuren im gepuderten Gesicht, sank ihre Mutter neben ihr auf das Bett und umarmte sie. Bilder von Nicolas stürmten auf Simone ein: die ironisch leicht hochgezogenen Augenbrauen, wenn er, meist schweigend, bei Familienfeiern saß; das erfreute Lächeln, wenn sie unverhofft zu ihm ins Büro kam und ihn bat, mit ihr zum Mittagessen zu gehen; das Aufleuchten der grauen Augen, wenn sie ihn über die Finanzierung der Eisenbahnen ausfragte oder die Geschäftsvorgänge an der Börse.

Gabrielle ließ ihre Tochter los und sah sie an. «Nachdem dein Vater fort war, hätte ich ohne Onkel Nicolas nicht hier bleiben können. Er war der einzige Vollard, den ich wirklich mochte. Findest du das schlimm?»

«Nein. Ich glaube, das habe ich immer schon gewußt. Findest du das schlimm?»

«Ein bißchen. Eine Mutter sollte für ihre Tochter nicht so leicht durchschaubar sein.»

«Das bist du im allgemeinen auch nicht. Manchmal bist du mir eher fremd.»

«Ach Gott, Simone, mußt du denn immer alles frei heraussagen, was dir durch den Kopf geht?»

«Aber das tue ich ja gar nicht, Mama. Ich behalte vieles für mich.» Seltsamerweise fühlte sich Simone gerade in diesem Moment, als sie ihr das Gefühl der Fremdheit gestand, näher denn je, so zugetan, daß sie sie am liebsten umarmt hätte, um ihr weiches Haar zu fühlen und den

Jasminduft zu riechen, der sie immer umgab. Statt dessen nahm sie nur ihre Hand und sagte: «Und warum hast du – hattest du Großonkel Nicolas so gern?»

«*Hattest.* Ja, er gehört jetzt schon der Vergangenheit an.» Gabrielle fröstelte. «Was wird nun aus uns werden? Onkel Nicolas ermöglichte es uns, so zu leben, wie wir wollten, aber...» Hastig strich sie sich mit beiden Händen über das Haar. «Ich mochte ihn schon immer», sagte sie, «vom ersten Moment an. Wenn ich jetzt zurückblicke, denke ich, daß es ein Mangel war, an dem wir beide litten, der uns verband – ich glaube, wir wußten beide nicht, wo das Glück zu finden ist. Nicolas hat mich immer verstanden, ohne daß ich irgend etwas erklären mußte. Vielleicht war das der Grund, warum ich ihm vieles erklärt habe. Ich habe ihm Dinge gesagt, die ich sonst keinem Menschen sagte.»

«Und Papa hast du nicht gemocht?»

«Aber natürlich. Doch ich habe deinen Vater eigentlich nie als einen Vollard gesehen. Er und ich waren die Außenseiter, verstehst du?»

«Und was war ich?»

Gabrielle wandte den Blick von der Vergangenheit und richtete ihn auf Simone. «Du bist meine süße, kluge Tochter, die manchmal ein bißchen zu ernst ist.» Als Simone darauf nichts erwiderte, fügte sie hinzu: «Denkst du viel an deinen Vater?»

Simones Blick flog zu dem Bild an der Wand gegenüber. «Jeden Morgen und jeden Abend.» Sie sah ihre Mutter an. «Und du? Denkst du manchmal an ihn?»

«O ja. Aber er und ich – wir waren nicht...» Gabrielle preßte die Lippen aufeinander und schüttelte abwehrend den Kopf. «Er gehört nicht mehr zu meinem Leben. Wir sind voneinander getrennt. Ich sage es dir lieber gleich – ich denke an eine Scheidung, jetzt, wo das Gesetz sie Gott sei Dank endlich erlaubt.»

«Dafür solltest du Leuten wie Großmama Jeanne danken, die jahrelang dafür gekämpft haben. Aber könntest du dich denn in Papas Abwesenheit scheiden lassen?»

«Ich weiß es nicht. Nicolas wollte sich für mich erkundigen, aber jetzt...» Gabrielle richtete sich auf. «Ist dir klar, daß wir beide jetzt dem Gesetz nach völlig von Denis abhängig sind?»

Simone blickte schweigend auf ihre Mutter, die unter dem blaßblauen Seidenkleid so eng eingeschnürt war, daß sie kaum atmen konnte. Und so lebt sie auch, dachte Simone; in ein Korsett gepreßt, das keine spontane Bewegung erlaubt. Als hätte sie sich in etwas eingesperrt, das auf keinen

Fall freigesetzt werden darf. Sie erinnerte sich plötzlich eines lang vergessenen Sommertags auf dem Land, als sie und ihre Mutter über ein Stoppelfeld gelaufen waren. Gabrielle lachend, mit fliegenden Röcken und flatterndem Haar. Wie lange das her war!

«Mama», sagte Simone, «ich habe einen Entschluß gefaßt. Ich werde Papa suchen.»

«Warum?» fragte Gabrielle fast erschrocken. «Wie meinst du das?»

«Als er fortging, habe ich mir geschworen, daß ich ihn eines Tages suchen werde. Und jetzt ist es soweit.»

«Aber – wie denn?»

«Das muß ich mir noch überlegen. Vielleicht spreche ich zuerst einmal mit seinen früheren Freunden, ich meine, unter den Malern. Die mußt du doch eigentlich kennen.»

Gabrielle sah ihr unverwandt in die Augen. «Nein, Simone. An diesem Bereich im Leben deines Vaters hatte ich nie Anteil.»

Vorsichtig, weil sie selbst nach so langen Jahren das Versprechen des Stillschweigens nicht brechen wollte, das sie ihrem Vater gegeben hatte, sagte Simone: «Was ist mit dem Maler in dem Haus, in dem damals diese Frau umgebracht wurde? Ich meine den Mann, zu dessen Atelier Papa einen Schlüssel hatte. Wenn ich mich recht erinnere, stand in den Zeitungen, daß er Belloc heißt.»

Gabrielle senkte kurz die Lider, dann hob sie den Kopf und sagte: «Ich hätte dich diese alten Zeitungsartikel nicht lesen lassen sollen.»

«Unsinn, Mama. Was ist mit diesem Belloc? Hast du ihn gekannt?»

«Ich habe ihn das letzte Mal nach der Verhaftung deines Vaters gesehen. Wer weiß, ob er überhaupt noch in Paris lebt. Er war immer viel unterwegs. Wie ich mich erinnere.»

«Ich gehe einfach zu seinem Atelier und erkundige mich.»

«Du machst mich sehr unglücklich, wenn du das tust.»

Simone zog die Brauen hoch. «Warum?»

«Ich möchte nicht mit Gespenstern leben. Die Verhaftung deines Vaters... die Zeit damals war grauenhaft. Ich möchte sie vergessen.»

Simone ließ das Thema ruhen, bis sie Tage später von Nicolas' Beerdigung nach Hause kam. «Mama», sagte sie, während sie den schwarzen Hut ablegte, «ich glaube, ich fange mit der Suche nach Papa in Venedig an. Ich besuche Großmama Edmée und Henri. Vielleicht ist er irgendwann einmal bei ihnen aufgetaucht.»

«Du bist wirklich unglaublich! So einfach willst du nach Venedig reisen? Ganz allein? Woher willst du das Geld nehmen? Denis wird dir die Reise gewiß nicht bezahlen, wenn er erfährt, wozu du sie unternehmen willst.»

«Mama, ich bin dreiundzwanzig Jahre alt. Ich brauche keine Gouvernante mehr. Ich würde mich freuen, wenn du mitkämst, aber wenn du das nicht willst, muß ich eben allein reisen. Das Geld wollte ich mir eigentlich bei Großonkel Nicolas holen. Aber jetzt – wenn die Vollards es mir nicht geben, bitte ich eben Großmama Jeanne darum.»

Finger um Finger zog Gabrielle ihre Handschuhe aus. «Warum kannst du die Vergangenheit nicht ruhen lassen? Warum willst du ihn suchen, obwohl er doch offensichtlich nicht gefunden werden will? Er hat in den ganzen neun Jahren nicht einmal versucht, mit uns Kontakt aufzunehmen. Ich verstehe deine Hartnäckigkeit nicht.»

Die Antworten lagen Simone auf den Lippen. Ich habe ihn immer geliebt. Er fehlt mir heute noch. Ich möchte wissen, warum er sich nie gemeldet hat, wenn er mich wirklich lieb hat. Aber sie sagte nur mit einem schwachen Lächeln: «Ich möchte sehen, was er malt.»

Hinter ihrem eigenen geisterhaften Spiegelbild sah Simone die Landschaft vorüberfliegen, während sie aus dem Fenster des Zuges blickte. Jeanne saß ihr in dem rot ausgeschlagenen Abteil gegenüber, Gabrielle lehnte neben ihr, alle drei waren sie auf der Reise nach Italien.

Gabrielle hatte eigentlich nicht mitkommen wollen. Bis zum Schluß hatte sie nur Mißbilligung über die geplante Reise geäußert. Erst am Tag vor ihrer Abfahrt hatte sie es sich anders überlegt. «Ich kann dich doch nicht mit deiner Großmutter allein reisen lassen. Ihr seid euch viel zu ähnlich.»

Jeanne hatte lächelnd erwidert: «Da hast du recht, Gabrielle. Du bist aus der Art geschlagen.»

Es war ein scherzhafter Wortwechsel gewesen, aber Simone wußte, daß er viel Wahres enthielt. Die stärkste Bindung unter ihnen bestand zwischen ihr und ihrer Großmutter.

Simone sah Jeanne als eine Frau, die einen langen Kampf geführt und schließlich gesiegt hatte. Der Feind war der Schmerz gewesen, der sie nach Nandous Tod überfallen und in die Knie zu zwingen versucht hatte. Viele Male hatte Gabrielle ihr angeboten, eine Weile zu ihr zu ziehen, ihr eine andere Wohnung, mehr in ihrer Nähe, zu suchen. Edmée und Henri hatten sie beschworen, mit ihnen nach Venedig zu kommen. Theaterfreunde hatten ihre Gesellschaft offeriert. Aber sie war allein in der Wohnung geblieben, die sie mehr als vierzig Jahre mit Nandou geteilt hatte. «Ihr versteht das nicht», sagte sie allen. «Ich möchte meinen Tee an dem Tisch trinken, den ich kenne, ich möchte durch mein Fenster auf dieselbe Bäckerei hinuntersehen und meine Füße auf denselben kleinen Schemel stellen.»

«Ich glaube, es geht dir gar nicht um die Möbel oder den Ausblick», hatte Simone eines Tages zu ihr gesagt. «Du hast einfach das Gefühl, daß er immer noch hier ist, und du möchtest ihn nicht verlassen.»

«Er ist ja auch hier, mein kluges kleines Mädchen. Spürst du es nicht?»

Danach hatten sie beide lange geschwiegen, und in der Stille hatte Simone allmählich Geräusche vernommen: das unterdrückte Ächzen, das er von sich zu geben pflegte, wenn er aufstand oder sich setzte, das «Pah!» seiner Ungläubigkeit oder seines Mißvergnügens; den Klang seiner Stimme mit ihrem unvergeßlichen Timbre, der durch die Räume der Wohnung zu schweben schien. «Ich kann ihn hören», hatte sie verwundert gesagt.

«Ich auch. Aber nur, wenn niemand außer dir hier ist. Nicht einmal wenn deine Mutter hier ist, die er so sehr geliebt hat. Als sie noch ein Kind war, glaubte ich manchmal, er liebe sie mehr als mich. Ganz gewiß verstand er sie besser. Aber als sie älter wurde, gab es Schwierigkeiten. Nein, du bist die einzige, der er jetzt erlaubt, unsere Gemeinsamkeit zu teilen.»

Simones Beziehung zu Jeanne hatte sich geändert, war erwachsener geworden. «Ich muß von ihm sprechen», sagte Jeanne zu ihr. «Kaum einer versteht das. Sie sagen mir, ich soll nach vorn schauen, wieder zu arbeiten anfangen. Aber das kann ich nicht, jedenfalls jetzt noch nicht.»

Oft war Simone nachmittags nach dem Unterricht zu Jeanne gegangen, und die hatte erzählt: wie sie ihm begegnet war – und wie er sie zu sich geholt hatte; vom Theater und *Hernani*; von einem Kind namens Solange und einer Entführung; von Armut und Kampf; von einer Liebe, die nur ganz langsam zum körperlichen Ausdruck gefunden hatte. Jeanne lachte und weinte, während sie erzählte, und Simone lachte und weinte mit ihr.

«Worüber sprecht ihr beiden so stundenlang?» fragte Gabrielle manchmal leicht beunruhigt.

«Von der Vergangenheit», antwortete ihr Simone. «Wie es mit ihr und Nandou war.»

«Es tut einem jungen Mädchen nicht gut, soviel in der Vergangenheit zu leben.»

«Aber mir gefällt es, Mama. Ich höre ihr gern zu.»

Ganz allmählich, wie aus tiefem, schmerzgequältem Schlaf erwachend, hatte Jeanne begonnen, die Augen zu öffnen und wieder nach außen zu sehen. Sie hatte die Theaternachrichten gelesen und sich mit ätzenden Bemerkungen über die antisemitische Haltung des Staatspräsidenten empört; und eines Tages, nachdem sie wie früher mit verschränkten Armen und zusammengekniffenen Augen um den Tisch herumgewandert war, hatte sie verkündet, da demnächst ein internationaler Kongreß über die Rechte der Frau in Paris stattfinden würde, wolle sie daran teilnehmen. Von diesem Tag an hatte sie wieder ins aktive Leben zurückgefunden.

Jeanne wandte sich vom Fenster ab und sah Simone lächelnd an. Sie war jetzt 72, das Haar weiß, die Haut immer noch weich und samtig, aber von unzähligen Fältchen durchzogen. Immer wenn sie Simone auf diese besondere, zärtliche Art anlächelte, wußte diese, daß die vielen gemeinsamen Stunden nicht vergessen waren, obwohl sie kaum je von ihnen sprach.

«Wenn Edmée und Henri nichts von deinem Vater wissen», sagte Jeanne, «wirst du dir dann nicht sagen müssen, daß er nicht gefunden werden will?»

«Das sage ich mir sowieso schon, Großmama.»

«Du handelst also gegen seinen Wunsch?» In Jeannes Ton war kein Tadel, nur Neugier.

Gabrielle beugte sich vor. «Ich habe Simone gesagt, sie könne ihm ihre Liebe am besten beweisen, indem sie ihn in Frieden ließe.»

«Aber dann habe *ich* keinen Frieden, Mama. Ich muß wissen, was aus ihm geworden ist.»

Nach einem kurzen Schweigen bemerkte Gabrielle: «Ich glaube nicht, daß andere Mütter ihren Töchtern so eine Reise erlauben würden. Joséphine Vollard jedenfalls ganz bestimmt nicht.»

«Ist es nicht interessant», meinte Jeanne, «daß du deine Tochter nicht zur gehorsamen Vollard erzogen hast? Vielleicht bist du im Herzen immer noch eine Rebellin. Vielleicht sitzen hier in diesem Eisenbahnabteil drei Generationen von Rebellinnen.»

Gabrielle lächelte, aber dann schüttelte sie den Kopf. «Ich finde uns nicht besonders rebellisch, hier in diesem luxuriösen Eisenbahnabteil, das wir uns nur deshalb leisten können, weil eine von uns zufällig in die Familie eingeheiratet hat, die diese Eisenbahn finanziert.»

Edmée und Henri hatten in Venedig eine große Wohnung in einem alten Palazzo mit rosafarbenen und grauen Wänden. Aus den Bogenfenstern ihres Zimmers konnte Simone die Boote beobachten, die mit spitzem Schnabelbug durch die Kanäle glitten. Sie konnte es morgens kaum erwarten, in die engen Straßen hinauszukommen, unter deren holprigem Pflaster man immer das Wasser wußte. Ein dutzendmal jeden Tag dachte Simone daran, wie sehr es ihrem Vater gefallen würde, hier zu malen. In jedem Hof, vor jeder steinernen Brücke stand jemand mit einer Staffelei, und sie konnte niemals vorübergehen, ohne dem Maler aufmerksam ins Gesicht zu sehen.

Aber Edmée schwor, daß Marc nicht da gewesen war. «Nein, Kind, er hat uns nie besucht. Ich habe seit dem Tag, als ich das letzte Mal bei ihm im Gefängnis war, nichts mehr von ihm gehört. Er weiß wahrscheinlich nicht einmal, daß wir hier leben.»

«Hast du denn gar keine Ahnung, wohin er gegangen sein könnte, Großmama? Hat er dir nicht wenigstens eine Andeutung gemacht?»

Edmées braune Augen wurden feucht. «Wir hatten so wenig Zeit», sagte sie. «Viel zu wenig.»

Jeden Tag besuchten sie eine Kirche oder ein Museum, wo Henri ihnen gelehrte Vorträge über Tizian, Leonardo, Giorgione, Tintoretto hielt – er besserte sein schmales Einkommen mit dem Schreiben von Artikeln und Reiseführern über die Stadt auf –, und oft bummelten sie nachmittags durch die Straßen mit den vielen Geschäften, die Glas und Lederwaren verkauften. Venedig war so faszinierend, so phantastisch, daß beinahe zwei Wochen vergangen waren, ehe Simone endlich das in Angriff nahm, was sie ursprünglich hierher geführt hatte.

An einem Sonntagmorgen, als die anderen noch beim Frühstück saßen, entschuldigte sie sich, ging in ihr Zimmer und stahl sich dann aus der Wohnung, die steinerne Treppe hinunter auf die Straße. Mit häufigen Blicken auf den Stadtplan eilte sie erwartungsfroh durch die Straßen. Aber als sie das Haus erreichte, dessen Adresse sie in Paris erfragt hatte, sagte ihr eine alte Frau, die die Treppe fegte, nein, nein, der Signor sei nicht hier; er sei malen gegangen wie jeden Morgen.

Simone brauchte mehr als eine Stunde, um den Platz zu finden, den die alte Frau ihr genannt hatte. Sie hatte nicht gewußt, ob sie ihn wiedererkennen würde, doch als sie den breiten Rücken sah, erkannte sie ihn sofort. Leise schlich sie hinter ihn und wollte gerade seinen Namen sagen, als er einen Schritt zurücktrat, um prüfend sein Bild zu betrachten, und mit ihr zusammenstieß.

Er wirbelte herum, packte sie am Arm und redete in Italienisch ärgerlich auf sie ein, bis sie sagte: «Monsieur Belloc?»

Verblüfft ließ er sie los. «Und wer, zum Teufel, sind Sie, junge Dame?»

Eigentlich hatte sie vorgehabt, sich nicht zu erkennen zu geben, aber sein Blick verlangte Aufrichtigkeit. «Ich war in Paris oft mit meinem Vater in Ihrem Atelier», sagte sie. «Ich bin Simone Vollard.»

«Das gibt's doch nicht!» rief er. «Tatsächlich. Mademoiselle Simone.» Er griff sich mit seiner großen Hand an den buschigen, graugesprenkelten Bart. «Wie kommen Sie denn hierher?»

«Ich habe Sie gesucht.»

«Nicht zu glauben!» Er lachte. «Sie sind also das kleine Mädchen, das immer mit großen runden Eulenaugen bei mir am Tisch gesessen hat.» Er legte ihr sachte die Hand auf den Arm und blickte sie forschend an. «Es ist schön, Sie zu sehen, Simone. Aber warum haben Sie mich gesucht? Und wie haben Sie mich überhaupt gefunden?»

«In Ihrem Atelier in Paris sagte man mir, daß Sie jetzt in Venedig leben. Ich habe mir Ihre Adresse geben lassen, und eine alte Frau dort schickte mich hierher. Ich wollte mit Ihnen sprechen, weil ich meinen Vater finden möchte.»

Belloc wirkte plötzlich verschlossen. «Warum kommen Sie da zu mir?»

«Weil Sie mit meinem Vater gut befreundet waren. Oder stimmt das nicht?»

«Doch.» Sie spürte, daß er aus irgendeinem Grund erleichtert war. Er ließ ihren Arm los.

«Sie sind der einzige von seinen Malerfreunden, den ich gekannt habe», fuhr sie fort. «Ich dachte, er hätte sich vielleicht bei Ihnen gemeldet, nachdem er fortgegangen war.»

«Nein, das hat er nicht getan», sagte Belloc. «Es tut mir leid.»

Sie wußte, daß er ihr etwas verschwieg. Sie spürte es. «Würden Sie mir von ihm erzählen?» fragte sie.«Wir könnten uns da drüben in das kleine Restaurant setzen.»

«Na schön, meinetwegen.» Er packte seine Sachen zusammen. «Marschieren Sie immer mutterseelenallein in der Stadt herum?» fragte er.

«Wenn es sein muß.»

Als sie an einem Tisch vor der Trattoria Platz genommen hatten und nachdem Brot und Wein vor ihnen standen, sagte Simone: «Glaubten Sie damals, daß mein Vater dieses Verbrechen begangen hatte?»

«Nicht einen Moment lang. Er liebte das Licht und die Schönheit mit solcher Leidenschaft, daß er brutaler Gewalt niemals fähig gewesen wäre. Das habe ich der Polizei damals auch gesagt, aber diese Leute scheinen die Seele eines Menschen für völlig unwichtig zu halten. In all den Jahren, die ich Marc kannte, habe ich nie erlebt, daß er über irgend etwas wirklich zornig wurde – außer über seine eigenen Unzulänglichkeiten als Maler.»

«War er unzulänglich?»

Belloc spülte einen gewaltigen Schluck Wein hinunter. «Nein. Er war der beste Schüler, den ich je hatte. Und ich hatte viele Schüler, bis ich eines Tages beschloß, mich um niemands Malerei mehr zu kümmern außer um meine eigene.» Er lachte ironisch. «Aber Ihr Vater war etwas anderes. Wir wurden Freunde. Er hatte wirklich eine Vision, aber er schaffte es einfach nicht, sich ihr ganz hinzugeben. Irgend etwas hielt ihn zurück – die verdammte Bank, vermute ich. Ich sagte ihm, daß man als Maler nicht zwei Leben leben könne. Er wußte es selbst, aber... Aus irgendwelchen Gründen, die ich nie verstanden habe, konnte er sich von dieser verdammten bürgerlichen Existenz einfach nicht trennen...» Belloc hielt inne und sah sie fragend an. «Ich spreche doch hoffentlich nicht von einem Lebensstil, der Ihnen heilig ist?»

«Heilig gewiß nicht», antwortete sie. «Ich finde die Geschäftswelt faszinierend, aber ich fühle mich ihr nicht zugehörig.»

Belloc sah sie lange aufmerksam an. «Sind Sie verheiratet, Simone?» fragte er.

«Nein.»

«Warum nicht?»

«Ich bin noch keinem Mann begegnet, mit dem ich den Rest meines Lebens verbringen möchte. Und Sie, Monsieur Belloc? Haben Sie eine Frau?»

«Nein. Aus ähnlichem Grund.» Er lachte. «Die Vollards – Ihre Mutter – erlauben Ihnen also, in diesen Angelegenheiten selbständig zu entscheiden?»

«Meine Mutter ist eine moderne Frau. Sie zwingt mich zu nichts, am allerwenigsten zu einer Heirat.» Belloc schwieg, aber sie hatte den Eindruck, daß in seinen Augen etwas aufblitzte. Sie beugte sich über den Tisch. «Bitte, können Sie mir irgend etwas über meinen Vater sagen, dem vielleicht zu entnehmen wäre, wohin er gegangen ist? Hat er nie gesagt, ‹wenn ich nur nach Deutschland oder nach Amerika gehen könnte, um zu malen. Oder nach Florenz oder in die Auvergne›.»

«Nein.»

«Wenn Sie wüßten oder ahnten, wo er ist, würden Sie es mir dann sagen?»

Belloc lehnte sich auf seinem Stuhl zurück und sah zum Himmel hinauf. «Ein ungewöhnliches Licht hier. Es scheint wie durchströmt von den Spiegelungen des Wassers.» Simone wartete stumm. Den Kopf immer noch nach rückwärts geneigt, fragte er schließlich: «Was wollen Sie von Ihrem Vater? Wenn Sie ihn finden würden, was würden Sie zu ihm sagen?»

«Ich würde ihm sagen, daß ich ihn liebe, und würde ihn bitten, wieder in mein Leben zurückzukehren, wenigstens ein kleines bißchen.» Sie wartete einen Moment. «Wollten Sie mich auf die Probe stellen, Monsieur Belloc? Habe ich die Probe bestanden?»

Er brach seine Betrachtung des Himmels ab und sah sie an. «Simone, ich kann Ihnen nicht sagen, wo er ist.»

Ich kann es nicht sagen – nicht: Ich weiß es nicht. Simone wollte ihn weiter drängen, nicht lockerlassen, als sie plötzlich einen Ausdruck ungläubiger Überraschung auf seinem Gesicht sah. Und im nächsten Moment hörte sie die Stimme ihrer Mutter.

«Simone! Was tust du hier?» Gabrielle trat an den Tisch, und ihr grüner Sonnenschirm verdunkelte die Sonne.

«Ich unterhalte mich mit Monsieur Belloc, Mama», antwortete sie. Sie bemerkte, daß seine Überraschung einer Art wehmütig ironischer Erheiterung wich und daß ihre Mutter beinahe fiebrig aussah. «Ich habe ihn gefragt, ob er etwas von Papa weiß.»

«Einzig darum bist du nach Venedig gekommen, nicht wahr?» meinte Gabrielle. «Der Besuch bei Edmée und Henri war nur ein Vorwand.»

«Nein. Ich wollte sie wirklich sehen. Aber als ich erfuhr, daß Monsieur Belloc hier lebt, wollte ich natürlich auch mit ihm sprechen.» Das entsprach zwar nicht ganz der Wahrheit, aber eine richtige Lüge war es auch nicht.

Belloc zog einen Stuhl heran. «Setz dich zu uns, Gabrielle. Es ist Sonntag, es ist ein schöner Tag, und wir sind in Venedig.»

Zum ersten Mal wandte sie sich ihm zu. «Ich möchte mich nicht zu euch setzen. Ich möchte jetzt mit Simone nach Hause gehen.»

«Aber ich habe dich so lange nicht gesehen», entgegnete er. «Wie geht es dir?»

«Glänzend.»

«Das ist alles? Ein einziges Wort?»

Gabrielle packte ihren Sonnenschirm fester. «Nach Marcs Verschwinden mußte ich Simone und mir ein neues Leben aufbauen. Es ist mir im großen und ganzen gelungen.»

«Etwas anderes hätte ich von einer Frau mit deinem Charme und deinen Fähigkeiten nicht erwartet.» Belloc verschränkte die Arme und sah lächelnd zu ihr auf. «Was mich angeht – da du nicht fragst –, so habe ich ein Leben kleiner Mißerfolge und gelegentlicher Freuden geführt. Zu letzteren könntest du viel beitragen, wenn du dich zu uns setzen würdest.»

«Was hast du meiner Tochter erzählt?»

«Daß ich nicht weiß, wo ihr Vater ist.»

Gabrielles Blick flog zwischen beiden hin und her und blieb dann an Simone haften. «Komm jetzt bitte mit mir nach Hause.»

«Ich habe Monsieur Belloc eben erzählt, daß ich glücklicherweise eine Mutter habe, die mich zu nichts zwingt.»

«Ich zwinge dich nicht, Simone. Ich bitte dich um etwas, das mir besonders wichtig ist.»

«Sie wird sich fragen, warum es dir so wichtig ist», bemerkte Belloc. «Es wäre einfacher und klüger, wenn du dich einen Moment setzt, denke ich.»

«Was du denkst, interessiert mich nicht», sagte Gabrielle so schneidend, daß Simone sie erstaunt ansah.

«So schön», sagte Belloc träge lächelnd, «und so grausam.»

«Du bist wirklich der krasseste Egoist, den ich kenne, Belloc. Denkst du eigentlich jemals an etwas anderes als dein eigenes Vergnügen?»

Er grinste. «Warum sollte ich?»

Simone sah, welche Anstrengung es ihre Mutter kostete, die Fassung zu bewahren. Gabrielle wandte sich ihr zu. «Also, Simone, kommst du?»

«Wie schön wäre es», sagte Belloc, «hier mit Ihnen in diesem wunderbaren Licht zu sitzen, das es Ihrem Vater sicher angetan hätte, und über ihn zu sprechen.»

Simone wußte nicht, wie oder warum sie plötzlich zum Anlaß eines Streits zwischen beiden geworden war. Sie hatte keine Ahnung, was vorging, aber eines wußte sie: Wenn sie sich jetzt ihrer Mutter entgegenstellte, wie sie das liebend gern getan hätte, würde in dieser etwas zerbrechen, und sie – Simone – würde schuld daran sein. Sie sah in das starre Gesicht ihrer Mutter, dann nahm sie aus ihrer Handtasche ein kleines Notizbuch, riß ein Blatt heraus und schrieb hastig etwas nieder. «Wenn Ihnen etwas einfallen sollte, was Sie mir über meinen Vater erzählen könnten, Monsieur Belloc», sagte sie, «dann schicken Sie mir die Information bitte an diese Adresse.» Sie gab ihm den Zettel und stand auf. «Gut, Mama, gehen wir.»

Sie spürte, wie ihre Mutter zitterte, als sie ihren Arm nahm, und sie spürte Bellocs Blick in ihrem Rücken.

Erst als sie schon fast zu Hause waren, fragte Simone: «Warum haßt du ihn so?»

«Es geht hier nicht um Haß. Ich traue ihm nicht.»

«Warum nicht?»

«Lieber Himmel, Simone, mußt du bei allem immer *warum* fragen?»

«In diesem Fall, ja.»

«Ja, ja, ich versteh dich ja. Also gut. Belloc hat ganz einfach nicht alles getan, was er hätte tun können, um deinem Vater zu helfen, als er damals verhaftet wurde. Meiner Meinung nach wäre er durchaus imstande, dir eine Lüge aufzutischen, wenn ihm das in den Kram paßte.»

«Aber warum denn? Oh, entschuldige, Mama – aber als ich klein war, hatte ich immer den Eindruck, daß Papa Belloc sehr gern hatte.»

«Sprich nicht mehr von ihm», sagte ihre Mutter. «Versprich es mir. Bitte, Simone.»

Simone sah sich plötzlich in einem Wagen in Paris sitzen, auf der Heimfahrt von einem heimlichen Besuch, ermahnt und beschworen, keinem Menschen zu sagen, wo sie gewesen war. Durch Geheimnisse und Ermahnungen in Stillschweigen gefesselt... Nie wieder, hätte sie am liebsten gesagt. Laß uns doch in Zukunft offen und klar zueinander sein...

Dann sah sie in das gespannte Gesicht ihrer Mutter. «Natürlich, Mama. Ich verspreche es dir.»

Zwei Tage vor ihrer Abreise brachte das Mädchen Simone einen Brief, der für sie abgegeben worden war:

‹Simone Vollard – Sie haben mir gefallen, und ich habe beschlossen, Ihnen etwas zu sagen. Es besteht Anlaß zu vermuten, daß Ihr Vater seinen Namen abgelegt hat und in Paris lebt. Wenn Sie ihn je finden sollten, und ich weiß nicht, ob ich das hoffen soll, dürfen Sie ihm sagen, daß Sie diese Auskünfte von mir erhalten haben. In Freundschaft, J. Belloc.›

28

Victor Hugo war tot. Der Präsident ordnete Staatstrauer an. Der Arc de Triomphe wurde in schwarzen Flor gehüllt und Hugo zu seinen Füßen aufgebahrt, von Reitern bewacht und von Fahnen umgeben, auf denen die Titel seiner Werke verzeichnet waren.

Simone machte sich in aller Frühe auf den Weg, um sich zum Arc de Triomphe durchzukämpfen, zu dem im Lauf der Nacht immer neue Menschenfluten geströmt waren; Menschen, die weinten und lachten, die Hugos Verse deklamierten und seinen Sarg mit Blumen und Kränzen überschütteten. Simone mußte hin, nicht nur um ihrer selbst willen, sondern in Vertretung von Nandou und Jeanne, die mit Bedauern gesagt hatte, sie besitze nicht mehr die Kraft, sich ins Getümmel zu stürzen, und werde sich den Trauerzug von ihrem Fenster aus ansehen. Simone zwängte sich an einem Mann vorbei, der ein Kind auf den Schultern trug, und eroberte sich gerade rechtzeitig freien Blick, um die Ankunft des Leichenwagens zu beobachten, der so schlicht war, wie Hugo es gewünscht hatte, einzig mit zwei kleinen Kränzen weißer Rosen geschmückt. Das helle Licht des Himmels und das trübe der schwarz umflorten Gaslaternen schienen auf den Trauerzug herab. Harmonie der Gegensätze, dachte Simone und lächelte, und ein junger Mann, der an ihrer Seite ging, erwiderte das Lächeln mit leuchtenden braunen Augen.

«Sind Sie ganz allein?» fragte er, und sie glaubte halb Bewunderung, halb Besorgnis in seiner Stimme zu hören.

«Heute ist niemand in Paris allein», antwortete sie.

«Das ist wahr.» Er nickte. «Mein Vater hat *Les Misérables* mindestens ein dutzendmal gelesen.»

«Meine Großmutter war bei der Schlacht um *Hernani* dabei.»

Noch einmal tauschten sie ein Lächeln, ehe sie ihre Aufmerksamkeit wieder dem zuwandten, was um sie herum vorging.

Die Bevölkerung von Paris war auf zwei Millionen Menschen angewachsen; die Massen, die dem Trauerzug folgten und seinen Weg säumten, schienen unübersehbar. Simone blickte in das Gedränge, während sie vorwärtsschritt, und fand in den Gesichtern die Vielfalt der menschlichen Natur wieder, über die Hugo geschrieben hatte... Dann blieb sie plötzlich mit einem Aufschrei stehen und starrte in die Menge, die sie nur noch verschwommen wahrgenommen hatte. In einem der vielen Gesichter hatte sie etwas erblickt – einen Ausdruck des Auges, eine Linie um

Nase und Wangen –, das atemberaubend vertraut gewesen war. Aber sie konnte dieses Gesicht nicht wiederfinden. Er war verschwunden, oder sie war an ihm vorbeigetrieben worden. Sie versuchte, gegen den Strom der Menge anzukämpfen, kam aber nicht von der Stelle. Der junge Mann an ihrer Seite faßte sie am Arm. «Was ist denn?» fragte er. «Kann ich Ihnen behilflich sein?»

«Ich habe meinen Vater gesehen!» rief sie. «Es war mein Vater, ich weiß es. Ich suche ihn seit Wochen überall in Paris. Ich muß ihm nach.»

Sie würde nie vergessen, daß der Mann nicht eine einzige Frage stellte, sondern einfach mit Ellbogenkraft in die Phalanx der Menschen einbrach. «Bitte, lassen Sie die Dame durch. Bitte, lassen Sie die Dame durch!» Dank seiner tatkräftigen Hilfe gelang es ihr, aus dem Sog herauszukommen. Einen Moment blieb sie am Rand der Menge stehen, laut rief sie «Danke!», dann rannte sie zu der Stelle, wo sie ihren Vater zu sehen geglaubt hatte.

Aber wenn er es wirklich gewesen war, so war er nicht mehr dort.

Sie verdoppelte ihre Anstrengungen: durchstreifte das Quartier Latin, saß stundenlang auf den Terrassen der Cafés, um die Passanten zu beobachten, suchte die Orte im Bois und im Jardin des Plantes auf, zu denen ihr Vater sie früher oft mitgenommen hatte. Manchmal nahm sie sich auch einen Wagen und ließ sich nach Montmartre fahren, um in dem Gewirr enger, steiler Straßen herumzulaufen, bis ihr die Füße weh taten. Nie sah sie jemanden, der mit ihrem Vater auch nur die geringste Ähnlichkeit hatte.

Eines Abends, als sie erschöpft und entmutigt in ihrem Zimmer auf dem Bett saß, klopfte es, und ihre Mutter kam herein.

«Simone», sagte sie heftig, «ich muß mit dir sprechen. Was du tust, ist doch Wahnsinn! Jeden Tag von morgens bis abends unterwegs, um ...»

«Mama, du kannst mir nichts sagen, was ich nicht schon selbst gedacht habe.»

«Bitte laß mich ausreden. Ich bin nicht gekommen, um mit dir zu streiten. Ich möchte dir etwas geben, was ich dich eigentlich niemals sehen lassen wollte. Jetzt muß ich es tun, weil ich hoffe, daß es dich veranlassen wird, diese Suche endlich aufzugeben.»

Unter Simones verwundertem Blick zog Gabrielle einen kleinen Briefumschlag aus der Tasche ihres Morgenrockes. «Nachdem dein Vater fort war, habe ich seine Sachen durchgesehen und das hier in einer Schublade in seinem Atelier gefunden. Ich zeige es dir nicht gern, und ich kann mir nicht vorstellen, daß er es dich gern sehen lassen würde, aber wenn es die einzige Möglichkeit ist, dich zur Vernunft zu bringen ...»

Simone nahm den Umschlag mit zitternden Händen entgegen. Was konnte er enthalten? Grotesk waren die Möglichkeiten, die ihr durch den Kopf gingen – ein Geständnis, ein Abschiedsbrief, aus dem hervorging, daß er sich das Leben genommen hatte? Sie war erleichtert und nicht im mindesten schockiert, als sie sah, was es tatsächlich war: ein Gedicht. Ein Liebesgedicht, das sich eindeutig an ihren Vater richtete; sein Name wurde mehrmals genannt.

Sie las es zweimal, ehe sie aufsah. «Weißt du, wer es geschrieben hat?»

«Du scheinst gar nicht schockiert zu sein? Fast habe ich es mir gedacht... Ich habe keine Ahnung, wer es geschrieben hat, und es interessiert mich auch nicht. Das, worauf es ankommt, ist, daß dein Vater neben seinem Leben mit mir, mit uns, noch ein anderes Leben hatte. Wir waren gute Freunde, aber wir – wir konnten einander nicht glücklich machen. Als wir jung waren, glaubten wir, das sei nicht wichtig. Aber es ist wichtig, Simone. Es ist sehr wichtig.» Gabrielle sah sie beschwörend an. «Ich vermute, daß dein Vater sich nach der Flucht aus dem Gefängnis für... dieses andere Leben entschieden hat. Verstehst du jetzt, daß er neben der Angst, von der Polizei gefunden zu werden, noch andere, ebenso zwingende Gründe hatte und immer noch hat, sich nicht mit uns in Verbindung zu setzen? Er möchte dieses Leben hier ein für allemal hinter sich lassen und vergessen.»

«Mich auch, Mama?»

«Ich weiß, das ist schwer zu akzeptieren, aber begreifst du nicht, daß dein Vater, wenn er wirklich ein neues Leben angefangen hat, alle Brükken zu seiner früheren Existenz abbrechen mußte? Nicht nur um sich selbst zu schonen, sondern auch, um dir Kummer zu ersparen.»

«Nein, so sehe ich das nicht. Gut, als ich jünger war, wird er vielleicht nicht gewollt haben, daß ich etwas davon erfahre. Aber jetzt bin ich erwachsen. Es kann mich doch nicht schockieren, wenn er eine Mätresse hat; schon gar nicht, wenn sie ihn glücklich macht. Das würde Papa auch wissen. Tut mir leid, Mama», meinte Simone sanft, «aber ich kann in diesem Gedicht keinen Grund sehen, die Suche nach meinem Vater aufzugeben.»

«Simone, bitte!» entgegnete Gabrielle verzweifelt. «Zwing mich nicht, dir Dinge zu sagen ...»

«Es ist nicht meine Absicht, dich zu irgend etwas zu zwingen, Mama.»

«Ich weiß. Es ist ja nicht deine Schuld ... Ach, wenn man jung ist, trifft man eine Entscheidung. Sie erscheint einem klug. Man ist erleichtert. Man bedenkt nicht, daß die Entscheidung nur ein Beginn ist, daß sich aus ihr Konsequenzen ergeben werden, die man nicht voraussehen kann ...» Gabrielle fröstelte. «Simone, ich weiß etwas über deinen Vater, das mich vermuten läßt, daß er dieses neue Leben, von dem ich gesprochen habe, nicht mit einer Frau führt ... Jetzt bist du doch betroffen, nicht wahr? Jetzt begreifst du vielleicht, warum er auf keinen Fall gefunden werden möchte, am wenigsten von seiner Tochter. Tu ihm doch diesen Gefallen, gönne ihm seinen Frieden. Laß ihn in Ruhe, ganz gleich, wo er lebt und mit wem er lebt.»

Simone faßte sich. «Bist du ganz sicher, Mama?»

«Ja. Es tut mir so leid, mein Schatz. Ich wollte nicht, daß du es erfährst, aber du ...»

«Ich habe dich gezwungen, es mir zu sagen.» Simone schüttelte den Kopf. «Papa ist also einer jener Männer, die alle verachten und beschimpfen ...» Sie sah ihre Mutter groß an. «Wie traurig euer Leben zusammen gewesen sein muß, Mama.»

Ihre Mutter sah erst verblüfft aus, dann auf rührende Weise dankbar. Simone umarmte sie. «Dabei wollte ich dich trösten», sagte Gabrielle.

An diesem Abend betrachtete Simone lange das Bild: die Lilien, deren sonniges Gelb wie ein Sog wirkte, den weißen Vorhang, der immerzu flatterte, ohne sich zu bewegen. Ihre Mutter hatte recht gehabt, sie war betroffen – über das, was sie erfahren hatte, aber mehr noch über die Erkenntnis, daß sie ihren Vater, den erwachsenen Mann, nicht kannte und nicht kennen konnte.

Ihr Vater hatte geglaubt, sie würde sich seiner schämen, ihn vielleicht sogar hassen und verachten. Und ihre Mutter war überzeugt, daß er darum niemals versucht hatte, mit ihr in Verbindung zu treten. Aber war es denn wirklich so schrecklich, ein Mensch zu sein, der nur Menschen seines eigenen Geschlechts lieben konnte? Zugegeben, sie wußte nichts darüber. Sie wußte nur, daß solche Männer – Männer wie Rimbaud und Verlaine – im Auge des Gesetzes und der Gesellschaft Verbrecher und Perverse waren.

Niemals, dachte Simone, würde sie ihren Vater so sehen. Und wenn sie ihn je finden sollte, würde sie ihm das sagen. Falls er sich für eine Lebensweise entschieden hatte, die sie nicht verstand, würde sie einfach – lernen, sie zu verstehen. Dann konnten sie einander genauso liebhaben wie damals, als sie noch ein Kind gewesen war.

Die Enthüllung ihrer Mutter hatte sie von der Suche nach ihrem Vater abbringen sollen; aber sie hatte sie seltsamerweise nur in ihrer Entschlossenheit, ihn zu finden, bestärkt.

Wieder einmal hatte sich die Familie Vollard zu einem Familienfest versammelt. Diesmal war es Joséphines siebzigster Geburtstag, der gefeiert wurde.

In einem perlgrauen Spitzenkleid thronte Joséphine am Kopf der Tafel, dort, wo früher Nicolas zu sitzen pflegte, und blickte mit seltsam gehetztem Lächeln in die Runde. Bei Nicolas' Tod hatte sie die ganze Familie damit überrascht, daß sie vollkommen zusammengebrochen und dann viele Wochen bettlägrig gewesen war. Es war, als könne sie sich ohne ihn nicht länger auf den Beinen halten. «Mama, du mußt dich zusammennehmen», sagte Denis manchmal zu ihr, aber sie schüttelte meist nur den Kopf. Es war niemand da, dem sie die Wahrheit hätte anvertrauen können: Ohne Nicolas' Reichtum und Macht im Rücken konnte sie die Furcht nicht abschütteln, die Furcht vor den hochmütigen Blicken und den gerümpften Nasen der Frauen, die sie ihre Freundinnen genannt hatte, die ihr jedoch, wie sie wußte, so wenig Zuneigung entgegenbrachten wie sie ihnen. Sie hatten Joséphine trotz aller Skandale, die das Ansehen der Familie Vollard erschüttert hatten, dulden müssen, weil Nicolas eine Mauer aus Geld und Einfluß um sie errichtet hatte, die sie unangreifbar gemacht hatte. Zum ersten Mal war sie sich dieser Tatsache bewußt geworden, als Nicolas plötzlich nicht mehr da gewesen war. Nun war sie ungeschützt, der Verachtung der anderen hilflos preisgegeben, unfähig, den Kopf hochzutragen, so von Ängsten geschüttelt, daß sie nicht wagte, den Fuß vor die eigene Tür zu setzen.

Ihre Schwiegertochter Charlotte hatte bald gemerkt, daß ihr die Zügel entglitten waren, und war schnell zur Stelle gewesen, sie aufzunehmen und sich zur Hüterin der Familientradition emporzuschwingen. Sie hatte auch zu dieser Feier eingeladen, sie hatte das Menü zusammengestellt, sie hatte die Vorbereitungen beaufsichtigt, und nun riß sie selbstherrlich das Gespräch an sich, um sich von Blaise und Florine vom Besuch einer der glänzenden Soiréen bei dem prominenten Dr. Charcot berichten zu lassen, der das alte Armen- und Irrenhaus, die Salpêtrière, zu einem der berühmtesten neurologischen Forschungszentren Europas gemacht hatte.

Charcot hatte offenbar Interesse an Florines Leiden gezeigt, das nun endlich einen Namen bekommen hatte: Hysterie. Sie hatte gerade eine weitere Serie Behandlungen hinter sich gebracht, die allerdings praktisch keinerlei Veränderungen bewirkt hatten. Matt und bleich wie immer erzählte sie mit ihrer leisen Stimme von dem großen Haus, das Charcot führte, von den beeindruckenden Gästen, von dem durchdringenden, ja beängstigenden Blick des Arztes.

Simone, die während der ganzen Mahlzeit fast kein Wort gesagt hatte, beugte sich interessiert vor. «Weißt du schon, was für eine Behandlung er für dich vorschlägt?»

«Nein, noch nicht.»

«Gehst du in die Salpêtrière?»

«Ich denke, ich sollte es. Auf die Station, wo solche Fälle wie meiner behandelt werden.»

«Kommt nicht in Frage. Ich schicke meine Frau doch nicht in eine Irrenanstalt», erklärte Blaise entschieden.

«Sind dort denn noch Geisteskranke untergebracht?» fragte Simone.

«Aber Simone», meinte ihr Vetter Victorien, «siehst du nicht, daß so eine Frage Florine aufregt?»

«Oh? Das tut mir leid. Ich war nur neugierig.»

«Es regt mich nicht auf», sagte Florine.

«Das ist doch nun wirklich kein Thema für eine Geburtstagsfeier», bemerkte Charlotte. «Nicht wahr, Mama?»

Alle wandten sich Joséphine zu, die tief errötete und hastig sagte: «Nein, nein. Ganz sicher nicht. Du hast recht.»

Simone zog sich wieder in Schweigen zurück, und sobald die Torte hereingebracht worden war, von der sie aus Höflichkeit noch ein kleines Stück nahm, stand sie auf und sagte: «Bitte entschuldige mich, Tante Joséphine, aber ich kann nicht länger bleiben. Ich wünsche dir nochmals alles Gute und hoffe, daß wir noch oft zusammen feiern werden.» Und bevor jemand laut Protest erheben konnte, war sie schon aus dem Zimmer geeilt.

Sie war schon vorher immer wieder einmal nach Montmartre gefahren, denn das Gedicht – zwei Passagen im besonderen – hatte sie davon überzeugt, daß es sinnlos war, anderswo zu suchen. Die eine Passage zeichnete ein Bild, das sich ihrer Meinung nach nur auf den Blick über Paris beziehen konnte, den man von der Höhe Montmartres hatte; die andere schien ihr eine Beschreibung der Straßen zu beinhalten, die sich von der Place Blanche steil in die Höhe schwangen, und von der Beschaulichkeit der kleinen Häuser und der duftenden Gärten, die Montmartre seinen dörflichen Charakter verliehen.

Mittags setzte sie sich meist in eines der vielen Cafés, um die Skizzen und Gemälde zu studieren, die ihre Wände schmückten. Manche von ihnen berührten sie stark, aber sie hätte nicht mit Gewißheit sagen können, daß welche von der Hand ihres Vaters darunter waren, und die, welche sie am stärksten ansprachen, waren mit einem italienischen Namen signiert. In keinem der Cafés fand sie eine Spur ihres Vaters; keiner der Männer, die sie in den Straßen beim Malen beobachtete, hatte vertraute Gesichtszüge.

Eines Tages, als sie ziemlich mutlos einen Maler auf der anderen Straßenseite beobachtet und sich gefragt hatte, ob es nicht aussichtsreicher wäre, die Cafés abends aufzusuchen – würde sie überhaupt den Mut haben, das ohne Begleitung zu tun? –, war ihr plötzlich ein Einfall gekommen, der unerhört und unglaublich verlockend zugleich war.

Am folgenden Tag war sie schnurstracks zu dem Patron eines gern besuchten Cafés gegangen und hatte gefragt, ob er eine Kellnerin gebrauchen könne. Er hatte sie von oben bis unten angesehen. «Sie haben noch nie als Bedienung gearbeitet, stimmt's?»

«Ja.»

«Warum soll ich Sie dann nehmen? Ich wette, Sie haben in Ihrem ganzen Leben noch nie hart gearbeitet.»

«Aber ich lerne schnell, und ich kann so hart arbeiten wie jede andere.» Einer plötzlichen Eingebung folgend, hatte sie hinzugefügt: «Ich habe als Modell gearbeitet, aber das ist mir zu unsicher. Ich brauche etwas Zuverlässigeres. Bitte, Monsieur – Sie werden es nicht bereuen.»

Später sagte er zu ihr, er wisse nicht, welcher Teufel ihn geritten habe, als er ja gesagt hatte; wahrscheinlich sei es die pure Neugier gewesen. Sie fing mit zwei Nachmittagen und Abenden die Woche an, ging dann zu drei über und merkte schnell, daß die Arbeit tatsächlich sehr hart war. Hundertmal lief sie jeden Abend mit schweren Tabletts voller Speisen und Getränken über den mit Sägemehl bestreuten Boden, immer peinlich darauf bedacht, nur ja nicht die Bestellungen zu verwechseln. Die Augen tränten ihr vom Zigarrenqualm. Sie zog gehorsam den Kopf ein, wenn die Gäste schimpften, weil sie ihnen die Sicht auf die Sängerin versperrte, die im Vorderzimmer auftrat, und sie ignorierte die bissigen Bemerkungen der älteren Kellner, von denen sich manche immer noch nicht daran gewöhnen konnten, daß eine Frau Bier servierte. Ihren Vater sah sie nie, aber sie sah Zola und Degas, und eines Abends sogar den von ihr verehrten Verlaine. Manchmal mußte sie einfach mitten im Getümmel stehenbleiben, um diese Atmosphäre beißender Gerüche und beißender Ideen auf sich wirken zu lassen.

«Man hat das Gefühl, als befände sich dort alles in Gärung», berichtete sie Jeanne, der sie ihr Geheimnis anvertraut hatte. Jeanne klatschte beifällig in die Hände und verlangte ausführliche Berichte von allem, was sich tat.

Nach längerem Zögern hatte Simone auch ihre Mutter eingeweiht, die die Augen zum Himmel hob und eine Stunde lang mit ihr stritt, ehe sie schließlich klein beigegeben und sich mit der Forderung begnügt hatte, Simone solle wenigstens abends für den Heimweg stets eine Droschke nehmen. «Wenn die Familie je erfahren sollte, was du treibst...! Die sind doch der Auffassung, daß es in Montmartre nur Sozialisten und Prostituierte gibt. Und so unrecht haben sie da wahrscheinlich gar nicht.»

Es gab viel zu tun an diesem Abend. Abgesehen von den Absinthtrinkern, die meist schon vor fünf erschienen und von Stunde zu Stunde stiller wurden, während sie mit wächsernen Gesichtern in die grüne Flüssigkeit starrten, schienen die meisten Gäste in ausgelassener und diskutierfreudiger Stimmung zu sein. Ehe das Kabarett begann, drängte ein Schwall neuer Gäste herein. Simone rannte von Tisch zu Tisch, brachte frische Getränke und hatte kaum Zeit wahrzunehmen, wem sie sie vorsetzte. Der junge Mann mußte sie am Schürzenzipfel festhalten, um sich bemerkbar zu machen. In der Annahme, er sei einer von denen, die anzubändeln versuchten, sagte sie kurz: «Ich bediene hier und sonst nichts.»

Er lächelte. «Ich wollte Sie nur fragen, ob Sie Ihren Vater gefunden haben.»

«Oh!» sagte sie. «Hallo.» Es war der junge Mann, der am Tag von Victor Hugos Beisetzung im Trauerzug neben ihr marschiert war. «Nein, ich habe ihn nicht gefunden», fügte sie hinzu.

«Das tut mir leid. Sie wirkten so aufgeregt damals.»

«Das war ich auch. Nochmals vielen Dank für Ihre Hilfe.»

Der Mann bedeutete Simone, sich auf den Stuhl neben seinem zu setzen, der gerade frei war.

«Ich wäre nie darauf gekommen, daß Sie Kellnerin in Montmartre sind», sagte er.

«Was dachten Sie denn?»

«Na ja, Literatin vielleicht. Oder etwas beim Theater.»

«Und ich dachte, Sie wären vielleicht ein Dichter.»

«Leider nein. Ich bin eben mit dem Jurastudium an der Sorbonne fertig geworden.»

«Und ich...» Sie neigte sich näher zu ihm. «Ich arbeite hier, weil ich immer noch auf der Suche nach meinem Vater bin und glaube, daß er in Montmartre lebt.»

Der Mann schwieg einen Moment und sah sie forschend an. «Wie heißen Sie?» fragte er so leise, daß sie sich noch näher neigen mußte.

«Simone Vollard.»

«Ich bin Paul Renaud.»

Sie tauschten ein Lächeln wie damals im Trauerzug.

«Was tun Sie, wenn Sie nicht hier arbeiten?» fragte er.

«Ich denke über den Verlag nach, den ich gründen möchte», antwortete sie und war über drei Dinge zugleich erstaunt: über die Idee an sich, von der sie nicht einmal gewußt hatte, daß sie ihr im Kopf herumspukte; über das Gefühl absoluter Vertrautheit; und über die merkwürdige Tatsache, daß dieser Fremde ihr den Wunsch bewußt gemacht hatte.

Er sagte: «Ich würde unser Gespräch gern fortsetzen, wenn Sie einmal frei haben.»

«Ich auch.»

«Würden Sie morgen mit mir zu Mittag essen?» Er nannte ein bescheidenes kleines Restaurant in der Nähe der Sorbonne.

«Gern. Um eins? Gut. Jetzt muß ich wieder an die Arbeit.»

«Bis morgen um eins.»

Sie ging und war sich bewußt, daß sie sich anders bewegte als vorher, weil sie wußte, daß er ihr nachsah. Als er mit seinen Freunden aufbrach, war sie erstaunt über das Maß ihrer Enttäuschung und so absorbiert vom Gedanken an die Begegnung, daß sie die beiden Männer nicht bemerkte, die hereinkamen. Aber als sie zu ihrem Tisch hinübersah, wußte sie sofort, daß der Mann mit dem Bart und dem langen Haar ihr Vater war.

Lärm und Betriebsamkeit verblaßten zur fernen Kulisse. Erst als einer der Kellner sie beinahe umgestoßen hätte, wurde sie sich bewußt, daß sie mitten auf dem Weg zur Küche einfach stehengeblieben war. Der wütende Anschnauzer des Kellners erweckte sie wieder zum Leben. Automatisch erledigte sie ihre Arbeit, ungeachtet der rasenden Schläge ihres Herzens.

Sie erinnerte sich nicht, zum Tisch gegangen zu sein; plötzlich stand sie einfach davor und sah zu ihm hinunter. Der volle braune Bart gab seinem Gesicht eine andere Form, aber die Augen waren unverkennbar.

«Ja?» sagte er. «Wir haben schon bestellt.»

Immer, wenn sie sich das Wiedersehen ausgemalt hatte, war auf seinem Gesicht dieses schöne Lächeln erschienen, das nur seines war, und sofort hatte er sie in ihrer Vorstellung dann in die Arme genommen. Nie war ihr der Gedanke gekommen, daß er sie nicht erkennen könnte. Hatte sie sich so sehr verändert?

«Guten Abend, Papa», sagte sie.

Sein Gesicht wurde so starr, als hätte sie ihn geschlagen. Dann sagte er: «Es tut mir leid, Sie scheinen mich mit jemandem zu verwechseln.»

«Bitte, Papa, ich bin's doch – Simone. Ich suche dich schon so lange.»

Sein Blick flog kurz zu dem Mann, der bei ihm saß. «Ich kenne keine Simone.»

«Bist du mir böse, weil ich dich gefunden habe?» fragte sie.

«Ich sage Ihnen doch, ich kenne Sie nicht», entgegnete er fest. «Bitte lassen Sie uns jetzt in Ruhe, sonst muß ich den Patron rufen.»

Als sie sich umdrehte und davonging, meinte er, das Herz würde ihm aus der Brust gerissen.

«Du bist ganz blaß», sagte Octave. «Es geht dir nicht gut, nicht wahr?»

«Doch. Nein. Nein, es geht mir überhaupt nicht gut. Ich hätte nie gedacht, daß sie mich suchen würde. Wie hat sie mich nur gefunden?»

«Sie ist eine schöne Frau. Und sie muß klug sein.»

«Natürlich ist sie klug. Und resolut und wunderschön ...» Marc stützte den Kopf in die Hände. Die Sängerin stimmte einen Gassenhauer an, den alle kannten; die Leute sangen grölend mit.

«Ich hätte nicht gedacht, daß du sie abweisen würdest», murmelte Octave.

«Aber ich habe dir doch immer gesagt, daß ich mich niemals zu erkennen geben würde, wenn mir jemand aus meinem früheren Leben begegnen sollte.»

«Anscheinend habe ich dir nicht geglaubt, sonst wäre ich jetzt nicht so erstaunt.»

Trotz allen inneren Aufruhrs mußte Marc lächeln.

«Möchtest du gehen?» fragte Octave.

«Bald, ja. Laß mich sie nur noch ein Weilchen ansehen.»

Sein Blick folgte ihr auf ihren Wegen kreuz und quer durch das Café. Jede Kontur und jede Fläche ihres Gesichts prägte er sich ein, jede kleinste Bewegung, während er sich sagte, daß sie niemals die Wahrheit über ihn erfahren durfte.

Nach einer Weile meinte er: «Es ist besser, wir gehen jetzt.»

Die lärmende Musik folgte ihnen hinaus, wo der Mond alles in weißes Licht tauchte, in das Dächer und Straßen schwarze, geometrische Muster schnitten. Marc konnte sich kaum vorstellen, daß ihm vor einer Stunde noch, als er diese gleiche Straße hinuntergegangen war, sein früheres Leben so fern gewesen war wie ein fremdes Land; daß er sich in jener inneren Freiheit aufgehoben gefühlt hatte, die sich das erste Mal in Belleville geregt, die ihm endlich erlaubt hatte, mit Octave Verbindung aufzunehmen, und die er schließlich als selbstverständlich hingenommen hatte. Mit Octave zusammen war er mehrere Jahre im Ausland gereist; sie waren in Italien, Deutschland und der Schweiz gewesen, aber er hatte immer gewußt, daß sie zurückkehren würden, nach Paris und nach Montmartre, das Teil von Paris war und doch den Konventionen der Stadt zu seinen Füßen zum Trotz existierte; wo niemand scheele Blicke auf zwei Männer warf, die eine Wohnung teilten, oder wo jemand hinter dem Bart und dem neuen Namen nach Spuren von Marc Vollard suchte. Er hatte geglaubt, es gäbe gar keine mehr. Dann hatte Simone ihm ins Gesicht gesehen, und ihr Blick hatte alles wieder aufgerissen.

«Ich komme mir vor wie Judas», sagte er.

«Und an wem hast du den Verrat begangen?» fragte Octave. «An ihr oder an dir selbst?»

«Was spielt das schon für eine Rolle.»

Sie waren noch nicht sehr weit, als Marc auf dem Pflaster der steil ansteigenden Straße hinter sich eilige Schritte hörte. Er drehte sich um und sah, daß sie es war, den Rock gerafft, um sich ungehindert bewegen zu können. Unschlüssig blieb er stehen und wartete.

Sie ließ den Rock fallen, holte Atem und rief: «Wenn Sie nicht mein Vater sind, wer sind Sie dann? Wie heißen Sie?»

Er zögerte. «Marcello Vianello.»

«Oh! Zwei Gemälde von Ihnen hängen bei uns im Café. Darum wollte ich dort arbeiten. Sie gefielen mir besser als alle anderen, die ich gesehen hatte. Sie erinnerten mich an die Bilder meines Vaters, nur waren die nie so lebendig und frei.»

«Ich sage Ihnen, ich bin nicht Ihr Vater», erwiderte Marc und meinte, an den Worten zu ersticken, denn sie waren ja die Wahrheit.

«Ich verstehe», sagte Simone. «Gut, ich werde dich nicht weiter belästigen. Ich wünsche dir nur, daß du glücklich bist.» Sie wandte sich zum Gehen, blickte aber noch einmal zurück. «Ich werde nicht aufhören, dich zu lieben, auch wenn deine Gefühle für mich sich noch so sehr verändert haben.»

Sie ging, der Rücken gerade, die Schultern gestrafft. Gedämpfte Musik drang von irgendwoher auf die Straße.

«Simone», sagte er leise. «Simone...»

Da machte sie kehrt und rannte ihm entgegen. Er schlang die Arme um sie und weinte.

Sie weigerte sich, nach Hause zu gehen, jetzt, da sie ihn gefunden hatte. Es sei ihr gleich, wie spät es wäre, sagte sie, und so gingen sie in die Wohnung, in der Marc und Octave zusammenlebten.

Octave wollte sie allein lassen, aber Marc bat ihn zu bleiben. «Das ist mein Freund Octave Guilbert», sagte er, «der mit mir diese Wohnung teilt.»

«Guten Abend», erwiderte Simone höflich.

Octave holte Wein und Gläser, und sie saßen in verlegenem Schweigen an dem einfachen Holztisch. Marc kam Simone jetzt wie eine Fremde vor; er hatte sich ihr näher gefühlt, solange er geleugnet hatte, sie zu kennen.

«So lebe ich», sagte er halb stolz, halb entschuldigend.

«Malst du jeden Tag?» fragte Simone.

«Ja, oft den ganzen Tag lang.»

«Und manchmal auch die ganze Nacht», bemerkte Octave und schien gleich zu bedauern, daß er gesprochen hatte.

Die Situation, dachte Marc, war unmöglich. Wie sollte er ihr seine Freundschaft mit Octave erklären? Oder irgend etwas sonst?

«Ich möchte mir die Bilder gern ansehen», sagte sie. Mit einer Lampe trat sie zu einer der vielen Leinwände, die im Zimmer an den Wänden lehnten. Sie hielt das Licht hoch und betrachtete das Bild lange und aufmerksam. Dann ging sie zum nächsten und zum übernächsten und weiter, bis sie sie alle gesehen hatte. Dann kam sie an den Tisch zurück.

Und er stellte die Frage aus ihrer Kindheit: «Nun, Simone, was meinst du?»

Sie lächelte. «Sie sind großartig, Papa. Du hast dem Impressionismus nicht abgeschworen, wie? Und bist nicht ‹wissenschaftlich› geworden wie Seurat.» Er sagte nichts. Es war merkwürdig, sie als Erwachsene über Malerei sprechen zu hören. «Trotzdem», fügte sie hinzu, «sind diese Bilder ganz anders als das, was du früher gemacht hast. Bist auch du anders geworden?»

«Ja», antwortete er. «Ich tue nichts mehr, was ich nicht tun will, und ich gebe nicht vor, jemand zu sein, der ich nicht bin.»

Sie trank einen Schluck Wein. «Warum hast du gesagt, daß du mich nicht kennst?»

«Ich dachte, es wäre einfacher.»

«Für wen?»

«Ja, das ist die Frage, nicht wahr? Für mich, sicher. Aber auch für dich. Ich wollte – ich will es immer noch –, daß dein Leben von mir und meinen Schwierigkeiten unberührt bleibt.»

«Ich weiß, was man dir vorgeworfen hat. Ich weiß auch, daß du nicht schuldig warst.»

«Du bist lieb. Tatsächlich wollte ich nicht, daß diese Geschichte dein Leben trübt. Ich wollte, daß du mich vergißt. Jetzt bin ich Marco Vianello und bin es schon, seit wir – seitdem ich nach Montmartre zurückgekehrt bin. Für meine Umwelt bin ich ein Maler, der teilweise in Florenz und teilweise in Paris aufgewachsen ist und sich nun entschieden hat, in Paris zu bleiben.»

Nach einer kleinen Pause fragte sie: «Warum hast du deine Initialen beibehalten?»

«Ich weiß selbst nicht. Macht der Gewohnheit vielleicht.»

Wieder eine Pause. «Weißt du, daß Onkel Nicolas gestorben ist?»

«Ja, ich habe es in der Zeitung gelesen. Er war ein feiner Mensch. Und er war immer gut zu mir.»

«Zu Mama und mir auch. Er hat deine Stelle bei uns eingenommen. Aber jetzt sind wir von Denis abhängig. Das Gesetz gestattet Ehefrauen und Töchtern nicht, Geld ohne die Zustimmung des Familienoberhaupts auszugeben. Jede Erlaubnis müssen wir uns jetzt von Denis holen. Ist es dir recht, daß wir uns in einer solchen Situation befinden?»

«Ich bedaure es mehr, als du ahnst. Aber ich kann nichts dagegen unternehmen.»

Sie hob herausfordernd den Kopf, und er fühlte sich an Gabrielle erinnert.

«Als du mich auf der Straße umarmt hast», sagte Simone, «habe ich gespürt, daß du mich immer noch liebst.»

«Natürlich. Ich werde dich immer lieben. Aber das heißt nicht, daß ich immer noch der Mann bin, den du als deinen Vater kanntest. Ich kann dieser Mann nicht mehr sein. Die Gründe kann ich dir nicht erklären. Ist es unter diesen Umständen nicht besser, wenn dieser Mann einfach zu existieren aufhört?»

«Du brauchst mir deine Gründe nicht zu nennen», erwiderte sie. «Ich kenne sie.»

«Nein, Simone. Du kannst sie nicht kennen.»

«Doch, Papa.» Sie wandte sich Octave zu. «Sie dichten?»

Er neigte den Kopf. «Sagen wir lieber, ich kämpfe. Mit der Sprache. Und allzu oft bin ich der Unterlegene.»

Simone zögerte. «‹So bleib ich denn zurück mit Träumen von Brot und Feuer›... Haben Sie das damals für meinen Vater geschrieben? Es berührt mich sehr.»

Ausnahmsweise einmal war Octave sprachlos.

«Woher kennst du diese Zeile?» fragte Marc heiser.

«Mama fand das Gedicht bei deinen Sachen. Sie gab es mir.»

«Dazu hatte sie kein Recht.»

«Sie glaubte, wenn sie mir sagen würde, was es bedeutet, könnte sie mich davon abhalten, weiter nach dir zu suchen. Sie sagte auch, du würdest nicht wollen, daß ich das alles über dich weiß, und es wäre grausam von mir, dich aufzustören. Hatte sie recht?»

«Ja», sagte er, voll Haß auf die Wahrheit von Gabrielles Worten. «Ja!» Voller Bitterkeit darüber, daß seine Tochter kein kleines Mädchen mehr war, das ihn anhimmelte, sondern eine erwachsene Frau, die verstehen konnte, was er war – und die ihn mit bedrängender Direktheit ansah. «Ja, es ist grausam. *Du* bist grausam.» Zum ersten Mal seit Jahren fühlte er wieder den qualvollen Selbstekel und haßte Simone dafür; denn sie war schuld daran. «Laß mich in Frieden, damit ich sein kann, was ich bin!» rief er schneidend. Aber ihr Gesicht zeigte keinen Schmerz, und ihr Blick blieb so klar und direkt wie zuvor. «Laß mich in Frieden!» schrie er.

«Aber Papa», sagte sie, «du mußt so leben, daß du glücklich bist. Das kann ich doch akzeptieren. Glaubst du mir das nicht?»

Er spürte, wie es in seinem ganzen Körper prickelte. Welches Recht hatte sie, die so jung war, so ruhig zu sein, so tolerant und verständnisvoll, wenn er vierzig Jahre seines Lebens mit der ewigen Furcht vor der Finsternis vertan hatte? Wie konnte sie es wagen zu sprechen, als hätten die Qualen, die er durchgemacht hatte, nicht mehr Gewicht als ein dummer Streich? Er hatte sich unter Kämpfen entschlossen, sie aus seinem Leben und seiner Erinnerung zu streichen, um ihr die Scham und den Schmerz zu ersparen – wie konnte sie es wagen, ihn anzusehen, als sei nichts wichtig außer der Tatsache, daß sie ihn liebte?

«Verdammt noch mal, ich bin nicht dein Vater!» schrie er sie an. «Wenn du weißt, was für ein Mann ich bin, dann weißt du auch, daß ich deiner Mutter nie ein richtiger Ehemann war. Ich bin nicht dein Vater.»

Endlich! Er sah Schmerz und Ungläubigkeit in ihrem Gesicht, und das tat ihm gut. Aber die Genugtuung verging gleich wieder.

«Wie meinst du das?» fragte sie. «Du bist nicht mein Vater?» Sie war sehr blaß.

Er erinnerte sich an ein Weihnachtsfest, als sie sieben oder acht gewesen war und ihn beim Einpacken der Geschenke ertappt hatte. «Ach, bist du denn der Weihnachtsmann, Papa?» hatte sie enttäuscht gefragt.

Octave warf ein: «Du kannst jetzt nichts unklar lassen, Marc. Du mußt alles sagen.»

«Ja. Ich weiß.» Er sah Simone an. «Deine Mutter verliebte sich in einen anderen Mann. Ich hatte nichts dagegen, denn ich konnte sie ja nicht glücklich machen. Als sie ein Kind erwartete, erklärte ich mich einverstanden, das Kind als meines zu akzeptieren. Und das habe ich getan. Ich habe dieses Kind geliebt, als wäre es wirklich mein eigenes – vielleicht noch mehr, da ich ja wußte, daß ich nie ein eigenes Kind haben würde.»

Er sah, wie Simones Augen sich mit Tränen füllten – diese braunen Augen, die wirklich den seinen so ähnlich waren. Vorsichtig wollte er ihre Hand nehmen, aber sie zog sie weg. Dann wischte sie sich die Augen mit beiden Fäusten wie ein Kind. «Besser, daß ich jetzt alles weiß», sagte sie leise. «Aber leichter ist dadurch nichts.» Sie hob ihr Weinglas und trank. «Ich glaube, ich weiß auch, wer mein leiblicher Vater ist. Glaub mir, wenn es in meiner Macht gestanden hätte, zwischen euch beiden zu wählen, hätte ich dich gewählt. Auch jetzt noch, wo ich erfahren habe, daß du mir nicht die Wahrheit gesagt hast, würde ich dich wählen.»

29

«Ich kann es nicht glauben», sagte Gabrielle. «Du hast ihn tatsächlich gefunden?»

«Ja.»

«Lieber Gott, ich weiß nicht, was ich dazu sagen soll.»

«Du könntest sagen, daß du stolz auf mich bist oder zornig. Es kann wohl nur eines von beidem sein.»

Sie saßen in dem kleinen Arbeitszimmer, in dem Gabrielle ihre Korrespondenz zu erledigen und die Programme für ihre gern besuchten musikalischen Abende zu entwerfen pflegte.

«Muß ich zwischen stolz und zornig wählen?» fragte Gabrielle. «Ich glaube, von beidem ist etwas dabei. Simone, ich nehme an, du hast ihn in Montmartre gefunden. Wie geht es ihm? Was tut er?»

«Er malt, und er hat einen anderen Namen angenommen. Er sagt, er sei glücklich, und ich glaube ihm. Ich habe seine Arbeiten gesehen. Sie sind wirklich beeindruckend, Mama.»

«Lebt er allein?»

Simone zögerte. «Nein. Er lebt mit dem Verfasser des Gedichts zusammen.»

«Ach so», sagte Gabrielle. Sie sah plötzlich Marcs Gesicht vor sich, klarer als sie es seit Jahren gesehen hatte – wie es sich morgens, wenn es vom Schlaf noch weich und gelöst war, verhärtet und verschlossen hatte vor dem neuen Tag. «Es muß schlimm für ihn gewesen sein, daß du ihn – so vorgefunden hast.»

«Ja, es war schwierig für ihn.»

«Und für dich?»

Simone antwortete nicht. Sie sah Gabrielle mit einem Blick an wie nie zuvor: die Lippen aufeinander gepreßt, die Augen starr.

«Was ist?» fragte Gabrielle. «Simone! Was ist los?»

«Er hat mir gesagt, daß er gar nicht mein leiblicher Vater ist.»

«O Gott!» Gabrielle hatte das Gefühl, einen Moment lang keine Luft zu bekommen.

«Ist Belloc mein Vater?» fragte Simone.

«Hat Marc dir das gesagt?»

«Nein. Aber ich habe recht, nicht wahr?»

Ich sollte fliehen, dachte Gabrielle; aus dem Zimmer laufen, die Treppe hinunter, auf die Straße hinaus. Sie konnte sich zu Jeanne und Nandou flüchten. Aber Nandou war nicht mehr da. Sie konnte zum Père-Lachaise laufen und sich an seinem Grab niederwerfen und um die Vergebung bitten, die er ihr längst gewährt, die sie aber niemals richtig hatte annehmen können.

«Mama», sagte Simone, «ich muß die Wahrheit wissen.»

«Ja.»

«Ja, was?»

Gabrielle zwang sich, ihre Tochter anzusehen. Das wenigstens war sie ihr schuldig. «Ja, du mußt sie wissen. Es ist Belloc.»

«Warum habt ihr mich belogen?»

«Wir glaubten, es sei zu deinem Besten. Und das war es auch, Simone. Das war es auch.» Sie würde an den Worten ersticken, dachte Gabrielle – an diesen Worten, für die sie einst ihre Mutter und Nandou verdammt hatte. Sie hustete und fuhr fort. «Dir die Wahrheit über unsere Beziehung zu sagen, dir den Glauben zu nehmen… Ach, Simone, es war eine furchtbare Situation. Wir wollten nur dein Bestes.» Aber da brachen sich die anderen Worte Bahn. «Und wir haben auch gelogen, um uns selbst Schmerz zu ersparen, Marc und ich.»

Sie wußte, daß diese Worte von Nandou stammten. Er hatte sie einmal zu ihr gesagt. Er war ehrlich mit ihr gewesen. Und jetzt verlangte er Ehrlichkeit von ihr.

«Wir wollten dich schützen, Simone», fuhr sie fort, «aber wir wollten auch uns selbst schützen. Hättest du gewußt, daß Marc nicht dein Vater ist, so hätte er bei deinem Anblick jedes Mal der Tatsache ins Auge sehen müssen, *warum* er es nicht war. Und als wir einmal angefangen hatten, dich zu belügen, machten wir weiter, um dir nicht sagen zu müssen, daß wir gelogen hatten.» Gabrielle spürte, wie ihr leichter wurde. Sie war wie befreit, und das hatte sie Nandou zu verdanken. Er hatte ihr endlich verziehen – nein, sie konnte seine Verzeihung endlich annehmen.

«Erzähl mir von Belloc», bat Simone leise.

Sie sah in Simones Gesicht, in dem sie nie eine Spur von Belloc hatte entdecken können, und holte tief Atem. «Ich habe deinen Vater manchmal begleitet, wenn er zu Belloc ging. Wir haben dann meistens zusammen gegessen. Belloc flirtete mit mir. Er flirtete mit jeder Frau, aber ich bildete mir ein, ich sei etwas Besonderes für ihn. Schließlich dachte ich dauernd an ihn. Belloc wußte, wie es um mich stand. Er bat mich, allein ins Atelier zu kommen. Zuerst lehnte ich ab, obwohl zwischen Marc und mir ausgemacht war, daß ich in bezug auf Männer tun und lassen könne, was ich wollte. Aber bis dahin hatten mich Männer nie sonderlich interessiert. Ich hatte noch nie einen Mann so richtig geliebt. Ich wünschte es mir, aber irgendwie… Das war einer der Gründe, warum ich es für angemessen hielt, deinen Vater zu heiraten. Ich glaubte, ich wäre eine Frau, die – normaler Gefühle und Leidenschaften nicht fähig war. Vielleicht hatte ich sogar recht. Ich weiß wirklich nicht, ob das, was ich für Belloc empfand, normal war. Nichts außer ihm war mir wichtig. Aber auch gar nichts. Ich hätte für ihn gelogen und gestohlen, ich wäre für ihn durchs Feuer gegangen. Wenn ich nicht bei ihm sein konnte, legte ich mich zu Hause ins Bett und sagte, ich sei krank, nur damit ich unablässig an ihn denken konnte. Und er – er amüsierte sich nur. Eines Tages, nachdem ich von ihm weggegangen war, setzte ich mich in eine dunkle Ecke seines Stammcafés und wartete, weil ich sehen wollte, was er tat. Um acht Uhr erschien er. Allein. Aber eine halbe Stunde später flirtete er mit einem der Modelle, und um zehn gingen sie zusammen weg und verschwanden in seinem Haus. Ich war todunglücklich – wollte ins Wasser gehen. Aber ich tat es nicht, weil ich dann nie wieder mit Belloc hätte zusammensein können... Einige Wochen später merkte ich, daß ich schwanger war. Ich gestand es Marc. Wir suchten Belloc auf und Marc sagte: ‹Ich bin bereit, mich von Gabrielle zu trennen, wenn ich mich darauf verlassen kann, daß du immer für sie und das Kind sorgen wirst.› Ich sah Belloc an. Die Antwort stand ihm auf dem Gesicht geschrieben. Ehe er den Mund aufmachen konnte, flüsterte ich Marc zu: ‹Ich habe es mir anders überlegt. Ich möchte mich nicht von dir trennen. Ich möchte, daß das Kind als dein Kind aufwächst. Meine einzige Bedingung ist, daß Belloc es niemals zu sehen bekommt.› Von dem Abend an warst du für Marc und mich unser Kind. Hätte ich gewußt, daß Marc dich manchmal zu Belloc mitnahm, ich glaube, ich hätte ihn umgebracht. Aber ich hätte es auch verstanden... wenn Belloc etwas will, ist er der charmanteste, gewinnendste Mann auf der Welt. Und wenn er jetzt käme, in diesem Moment, und mich bitten würde, mit ihm zu gehen, würde ich ihm folgen, ohne einen Blick zurückzuwerfen.»

Simone starrte sie an, als sähe sie ihre Mutter zum ersten Mal.

«Jetzt bist du mir böse, nicht wahr?» fragte Gabrielle. «So eine dumme Frage! Ich kann verstehen, daß du böse bist. Ich – Marc und ich – wir haben dich belogen. Du würdest am liebsten auf und davon gehen und mich nie wiedersehen, nicht wahr? Ich kann es verstehen. Wirklich. Aber ich glaube nicht, daß ich es ertragen kann.» Sie kramte ihr Taschentuch heraus und drückte es an ihr Gesicht.

«Ich bin gar nicht böse», sagte Simone. «Ich fühle mich eher wie betäubt. Alles war nur Schein – Papa, du, die Jahre, die wir drei zusammen waren. Ich komme mir vor wie ein Baum, dem man die Wurzeln herausgerissen hat.»

«Es tut mir so leid», flüsterte Gabrielle.

«Mir auch, Mama. Du mußt schrecklich gelitten haben.»

«Nicht!» sagte Gabrielle. «Du sollst jetzt nicht auch noch verständnisvoll sein.»

Sie begann zu weinen. Und spürte, wie Simone ihr den Arm um die Schultern legte und sie an sich drückte. Zum ersten Mal hielt sie es für möglich, sich den Fehler, der ihre Ehe gewesen war, vielleicht doch verzeihen zu können.

«Ich weiß, es muß hier irgendwo sein», sagte Jeanne und holte einen weiteren Karton aus dem tiefen Kleiderschrank. Simone stellte ihn aufs Bett. «Eigentlich wollte ich das alles nach Nandous Tod wegwerfen», murmelte Jeanne. «Aber ich habe es nicht geschafft. Es wäre mir vorgekommen, als würde ich Teile meines Lebens wegwerfen.»

Sie klappte den Karton auf und entnahm ihm ein Bündel Papiere. «Ah, das letzte Stück, an dem ich geschrieben habe. 1879 war das, glaube ich. Über eine Frau, die ihrem Mann weggelaufen ist. Aber es war nicht gut. Seitdem habe ich nichts mehr geschrieben. Mehr als zehn Jahre lang. Ich kann ohne ihn nicht schreiben. Was nützt es, wenn ich bis zum Morgengrauen über einer Szene sitze und ihn dann nicht wecken und sie ihm zu lesen geben kann?» Sie versank einen Moment in Schweigen, als lausche sie auf seine Stimme, dann schüttelte sie energisch den Kopf. «Schluß mit den Reminiszenzen. Disziplin ist die Parole. Her mit dem nächsten Karton.»

Simone lachte, aber Jeanne sah ihr an, daß sie vor Ungeduld brannte. Die Vollards konnten einem beinahe leid tun. Wenn sie geglaubt hatten, aus Gabrielles Tochter eine züchtige junge Dame machen zu können, die brav zu Hause saß und auf einen Ehemann wartete, hatten sie eine bittere Enttäuschung erlebt.

«Großmama», sagte Simone. «Ich dachte, Disziplin wäre die Parole?»

Jeanne gab ihr einen Klaps auf die Wange und ging wieder zum Kleiderschrank. «Der hier ist verheißungsvoll», sagte sie, als sie den Inhalt des nächsten Kartons aufs Bett entleerte. «Theaterprogramme von 1874. Jetzt kommen wir der Zeit schon näher... Sag mal, dieser plötzliche Eifer, die Unschuld deines Vaters zu beweisen – will er das denn überhaupt?»

Simone zuckte leicht zusammen. «Ich weiß es nicht, aber ich glaube schon. Immerhin hat er doch seine Initialen beibehalten – M. V. Er wollte also Marc Vollard doch nicht ganz aufgeben.»

«Also dem würde ich nicht zuviel Gewicht beimessen.»

Simone schüttelte den Kopf, daß der lange Zopf flog. «Außerdem könnte er Mamas und meine finanziellen Interessen wahrnehmen, wenn seine Unschuld erwiesen wäre. Er könnte Onkel Denis zwingen, mir das Geld für meine Verlagsgründung zu geben. Und Mama könnte sich scheiden lassen.»

«Ja, das sind alles gute, praktische Gründe. Aber ich habe das Gefühl, da steckt mehr dahinter.»

«Glaubst du denn, daß meine Gefühle für ihn sich verändert haben, nur weil ich erfahren habe, daß er nicht mein leiblicher Vater ist?»

«Nein, nein, das wollte ich nicht sagen. Aber ich frage mich... Vielleicht glaubst du, er würde dich mehr lieben, wenn du seine Unschuld nachweist – genug vielleicht, um in dein Leben zurückzukehren.»

«So ein Unsinn! Man kann Liebe doch nicht kaufen!» Simone sagte es mit solcher Schärfe, daß Jeanne wußte, daß sie einen wunden Punkt getroffen hatte.

«Ach, was bist du doch für ein Kind.» Jeanne drückte ihr Gesicht an Simones weiche Wange.

«Ich bin dreiundzwanzig, Großmama. Also bestimmt kein Kind mehr.»

«Natürlich nicht. Verzeih meine unendliche Dummheit.»

Simone lachte. «Komm, Großmama, machen wir weiter.»

«Ja, ja.» Jeanne schob die Papierstapel zur Seite. «Das hier ist der richtige Karton. Hier ist ein Umschlag mit Artikeln, die ich für *Le Droit des Femmes* über Albertine Fossey geschrieben habe... Ach ja, und hier!» Sie nahm einen dicken Umschlag und zog Zeitungsausschnitte und ein grünes Notizbuch heraus. «Das ist das Notizbuch, in dem ich alles aufgeschrieben habe, was deine Großmutter Edmée und ich über die Sache in Erfahrung gebracht hatten.» Sie begann in dem Buch zu blättern. «Wir waren bei Freundinnen der Fossey. Sie erzählten uns von einem Liebhaber, mit dem sie sich gebrüstet hätte.» Jeanne blickte blinzelnd auf ihre verblaßte Handschrift. «Ah, hier: ‹Fossey erzählte von einem gewissen César, Beamter bei der Zensur. Sagte, er sei verrückt nach ihr gewesen. Drohte ihm angeblich, seiner Frau von der Affäre zu erzählen, wenn er sie nicht in Ruhe ließe.›» Jeanne blätterte weiter. «Leroux, genau! Leroux hieß er. César Leroux. Edmée und ich zogen Erkundigungen über ihn ein. Seine Frau stammte aus einer Familie, die irgend etwas mit dem Herzog von Morny zu tun hatte. Sie hätte also wahrscheinlich die Macht gehabt, seine berufliche Karriere zu zerstören, wenn sie von seiner Affäre erfahren hätte. Ihrem Einfluß hatte er es jedenfalls zu verdanken, daß er dann ins Justizministerium versetzt wurde. Wir hörten, daß er wegen seines Jähzorns gefürchtet war und daß seine Kollegen ihn tüchtig, aber merkwürdig fanden. Unter dem Vorwand, für einen Verein für mittellose Frauen zu sammeln, gelang es Edmée und mir, bis zu ihm vorzudringen, und ich kam so ganz nebenbei auf den Fall Fossey zu sprechen. Leroux wurde auffallend aggressiv und äußerte sich ziemlich abfällig über die, wie er sagte, ‹grisettes aus dem Quartier Latin›. Aber das ist auch schon alles, Kind. Der Sûreté war das nicht genug, um gegen ihn zu ermitteln. Sie hatten ja auch schon einen Verdächtigen.» Jeanne reichte Simone das Notizbuch. «Hier, nimm es an dich. Aber ehe du etwas unternimmst, solltest du vielleicht die rechtliche Seite einmal mit deinem neuen Freund, diesem jungen Anwalt besprechen.»

«Ja, das tue ich. Aber erst muß ich einen Plan haben», sagte Simone. Sie krauste nachdenklich die Stirn. «Ich muß herausbekommen, wo dieser César Leroux zu finden ist. Ich werde mir seine Adresse beschaffen und dann hingehen und sehen, was ich tun kann. Vielleicht bewerbe ich mich um eine Anstellung als – Küchenhilfe? Aber dann verlangen sie vielleicht, daß ich etwas koche. O Gott, o Gott, das wäre eine Katastrophe. Aber als Dienstmädchen könnte ich mich bewerben. Warum nicht? Ich war schließlich Kellnerin in Montmartre. Was lachst du so?»

«Du hörst dich an wie Nandou, wenn er einen Plan ausheckte.»

«Oder vielleicht auch wie du selbst, hm?»

«Vielleicht. Auf jeden Fall weiß ich, daß Pläne sehr gefährlich sein können. Versprich mir also, vorsichtig zu sein.»

«Ach, es wird schon nichts passieren, Großmama.»

Jeanne schüttelte den Kopf. Unbekümmertheit der Jugend.

Im Jardin de Luxembourg, wo Studenten und Professoren und Kindermädchen mit ihren Schützlingen auf den sauber abgezirkelten Wegen flanierten, saßen Paul und Simone auf einer Bank unter Linden.

«Als du erst mal bis zur Küche vorgedrungen warst», sagte Paul, «war der Rest wohl nicht mehr so schwer. Aber wie hast du denn das Gespräch auf ihn gelenkt?»

«Ich sagte, ich hätte gehört, Monsieur César Leroux sei ein ziemlich schwieriger Arbeitgeber, und ob das zuträfe? Der Kutscher verdrehte nur die Augen, und der Butler klärte mich hochnäsig darüber auf, daß der ältere Monsieur Leroux nicht mehr im Haus lebe. ‹Ach, wirklich?› sagte ich mit Unschuldsmiene. ‹Was ist denn da passiert?› Der Butler erklärte, das ginge mich nichts an, und da wußte ich natürlich, daß tatsächlich etwas passiert war. Nachdem ich mein Gespräch mit Madame Leroux überstanden hatte, durfte ich noch auf eine Tasse Kaffee bei der Köchin und beim Kutscher in der Küche bleiben, und aus denen habe ich dann einiges herausgekitzelt. Leroux fing anscheinend plötzlich an, sich immer seltsamer zu benehmen – und rate mal, seit wann? Es ging ziemlich bald nach dem Fossey-Mord los. Schließlich mußte er im Justizministerium aufhören, und vor zwei Jahren steckte man ihn in die Salpêtrière. Es war ganz einfach, Paul, einfacher, als ich es mir vorgestellt hatte.»

«Aber ein Risiko war es trotzdem», entgegnete er. «Mit einem gefälschten Empfehlungsschreiben zu erscheinen und Madame Leroux weiszumachen, du suchtest eine Stellung.»

Paul warf Simone einen richterlich strengen Blick zu, dann lachte er.

«Warum lachst du?»

«Weil du einfach hinreißend bist.»

«Ja? Du aber auch.» Sie fingen beide an zu lachen.

Er war der jüngste Sohn eines Bäckers aus dem Marais, eines alten Kommunarden, der mit knapper Not der Exekution entgangen war und fest daran glaubte, daß nur der Kommunismus die Arbeiterklasse befreien und zu Wohlstand bringen konnte. Paul selbst war kein Radikaler, aber er hatte ein stark ausgeprägtes soziales Bewußtsein, wenn er auch auf Ungleichheit und Armut ganz anders reagierte als Simone.

Simone fühlte sich im Angesicht von Armut immer unbehaglich, als wäre sie aufgerufen, etwas dagegen zu unternehmen. «Schuldgefühle sind der Fluch des Reichtums», erklärte er ihr.

«Aber ich bin nicht reich», entgegnete sie. «Die Männer in unserer Familie kontrollieren das ganze Geld. Sie behandeln Mama und mich und ihre eigenen Frauen und Töchter wie Kinder, die unfähig sind, eine Entscheidung zu treffen. Und die Gesellschaft und das Gesetz sanktioniert das auch noch.»

«Ich nicht», sagte Paul, und Simone glaubte es ihm.

Das Sonnenlicht, das durch das Laub der Bäume fiel, traf blendend Pauls Augen. Er zwinkerte und sagte: «Wollen wir etwas essen gehen?»

Sie nickte. Hand in Hand schlenderten sie durch den Park zu dem kleinen Restaurant, in dem sie sich das erste Mal getroffen hatten.

Am nächsten Morgen suchte Simone Florine auf, die sie auf einer Chaiselongue liegend in ihrem Boudoir empfing. Nervös spielte sie an der gehäkelten Decke, in die man sie eingehüllt hatte, während sie Simones Fragen nach ihrem Befinden beantwortete.

«Florine», sagte Simone, «ich weiß, daß die Familie vieles an mir anstößig findet. Ich weiß, daß alle meinen Plan, einen Verlag zu gründen, für verrückt halten und der Meinung sind, ich sollte lieber schnellstens heiraten. Findest du, daß sie recht haben?»

«Ich weiß nicht», antwortete Florine vorsichtig. «Warum fragst du mich das?»

«Weil ich glaube, daß du mir bei etwas helfen könntest, das ich vorhabe.»

Florine wies auf ihren Körper, als wäre er ein nutzloses Objekt. «Fast die ganze Woche habe ich nur gelegen. Ich kann nichts für dich tun.»

«Doch, du könntest für mich herausfinden, wo genau in der Salpêtrière ein bestimmter Patient untergebracht ist, und könntest mir dann helfen, da hineinzukommen.»

Florine drückte ihre weiße Hand auf den Mund und starrte Simone an wie ein Kind, das einen verbotenen Blick über einen Zaun wagt.

«Ich will nichts Unmögliches verlangen», fuhr Simone fort, «aber ich hatte immer schon den Eindruck, daß du weit klüger und unternehmungslustiger bist, als man dir zugestehen wollte.»

Florine senkte langsam die Hand. «Blaise meint, dir könnten die Vollards nicht trauen.»

«Vielleicht hat er recht. Aber ich will der Familie ja gar nichts antun, Florine. Es gibt nur gewisse Dinge, die ich gern tun möchte. Ist dir das nie so gegangen?»

Florines stumpfe, blaugraue Augen wurden feucht. «Jeden Tag.»

«Entschuldige», fügte sie hinzu. «Ich wollte dich nicht aufregen. Es ist wohl besser, wenn ich jetzt gehe.» Simone stand auf und stopfte ihre Bluse in den Rock.

«Du trägst nie ein Korsett, nicht?» fragte Florine.

«Nein.»

Florine zog das Bettjäckchen enger um sich. «Was willst du überhaupt in der Salpêtrière?»

Simone zögerte. «Ich möchte mit jemandem sprechen, der es mir vielleicht ermöglicht, die Unschuld meines Vaters nachzuweisen.»

«Marc...? Nein, da kann ich dir nicht helfen. Was könnte ich denn schon tun?»

Trotz aller Bedenken war Simone bereit, es zu erklären. Aber irgend etwas hielt sie davon ab. «Ich hatte keinen festen Plan, Florine. Ich hatte gehofft, du könntest... Ich habe mich darauf verlassen, daß dir etwas einfällt.»

«Mir?» sagte Florine abwehrend, aber in ihren Augen blitzte etwas auf, das Simone an eine Katze erinnerte, die die Ohren spitzt.

Ludwig XIII. hatte sie als Salpeterspeicher erbauen lassen. Dann war sie ein Asyl für Bettler, Huren und Geisteskranke geworden. In ihren zahlreichen Gebäuden, die willkürlich um offene Plätze und inmitten von Gartenanlagen verstreut standen, waren fast 5000 Patienten untergebracht. Charcot mochte die Salpêtrière zum berühmten Forschungszentrum gemacht haben, in den Abteilungen wie jener, in der César Leroux dahinvegetierte, herrschten noch immer unglaubliche Zustände.

Jetzt, da sie tatsächlich innerhalb der Mauern der Salpêtrière war, hatte Simone Angst. Sechs Wochen hatte sie gewartet, weil Florines Plan das vorsah. Während sie unablässig an ihrer Häkeldecke spielte, hatte Florine vorgeschlagen, daß sie selbst sich zur Behandlung bei Dr. Charcot in die Salpêtrière begeben und dort versuchen würde, alles Wissenswerte über M. Leroux herauszufinden.

«O nein!» rief Simone. «Du sollst doch nicht meinetwegen ins Krankenhaus gehen.»

«Ich möchte es aber», entgegnete Florine. «Ich war in Krankenhäusern in London und Wien, warum sollte ich es nicht hier in Paris versuchen? Dr. Charcot wird mir vielleicht helfen können. Außerdem sehe ich nicht ein, warum immer Blaise darüber bestimmen soll, wann ich wohin gehe.» Und so war Florine trotz Blaises Protest in der Salpêtrière aufgenommen worden.

Simone hatte sie mehrmals besucht, aber größte Mühe gehabt, ihre Ungeduld zu zähmen. Um die langen Tage auszufüllen, hatte sie an den Plänen für ihren Verlag gearbeitet; Listen der Werke gemacht, die sie veröffentlichen wollte, sich über die Kosten von Papier, Druckerei, Personal, Maschinen und Miete erkundigt. Sie war sogar ins Bankhaus Vollard gegangen, um noch einmal mit Denis zu sprechen, so sachlich und vernünftig wie möglich.

Er hörte ihr zu, lächelte nachsichtig und sagte: «Das schickt sich einfach nicht, Simone.»

«Warum nicht, Onkel Denis? Als du in meinem Alter warst, hast du schon in der Firma gearbeitet.»

«Ich bin ein Mann. Die Frauen dieser Familie versuchen sich nicht an Tätigkeiten, für die sie ihrer Natur nach nicht geeignet sind.»

«Die Liebe zu Büchern liegt aber in meiner Natur. Wieso soll ich sie dann nicht auch veröffentlichen dürfen?»

«Ich denke, ich habe in solchen Dingen etwas mehr Erfahrung als du. Selbst wenn ich geneigt wäre, mir die Sache zu überlegen – was nicht der Fall ist –, würde mich die Art von Büchern, die du bewunderst, davon abhalten, meine Zustimmung zu geben. Niemals wird der Name Vollard mit Autoren wie Paul Verlaine und Arthur Rimbaud in Verbindung gebracht werden.»

Zum Glück hatte Florine, die sie am folgenden Tag besuchte, mit einer Erfolgsmeldung gewartet. Sie wußte jetzt, in welcher Abteilung César Leroux untergebracht war, und hatte einen Wärter mit Hilfe einer rührseligen Geschichte und einiger Geldscheine überredet, einen Besuch bei ihm zu gestatten.

Als Simone das nächste Mal kam, wurde sie in einen weitab liegenden Bau geführt. In einem der Säle hockte in einer Ecke ein alter Mann und murmelte unablässig vor sich hin.

Simone wurde plötzlich bewußt, wie aussichtslos ihr Unterfangen war, doch sie schluckte ihre Angst hinunter, verscheuchte den Impuls davonzulaufen und trat auf den alten Mann zu. «Monsieur Leroux?» sagte sie.

Schweigen. Nachdem sie seinen Namen noch zweimal wiederholt hatte, wandte er sich ihr endlich zu, und sie wünschte sich, er hätte es nicht getan. Nie hatte sie einen solchen Blick gesehen: durchbohrend und doch völlig leer, als sähe er alles und verstünde nichts.

«Wie geht es Ihnen?» fragte sie stockend.

«Ha!» sagte er. Dann stand er auf, ging durch den Saal und blieb dort an der Wand mit verschränkten Armen stehen, den leeren Blick ins Nichts gerichtet.

Simone warf dem Wärter einen flehenden Blick zu, aber der zuckte nur die Schultern. Seine Gleichgültigkeit machte sie zornig, und der Zorn verlieh ihr den Mut, Leroux zu folgen. «Monsieur», sagte sie, «würden Sie mir erlauben, Ihnen einige Fragen zu stellen?»

Schweigen.

«Ich würde gern mit Ihnen über die Zeit sprechen, als Sie noch bei der Zensur gearbeitet haben.»

Schweigen.

Fünfzehn Minuten lang versuchte sie verzweifelt, seine Aufmerksamkeit zu gewinnen. Alle beobachteten sie, der Wärter, die anderen Patienten, nur Leroux reagierte nicht. Irgendwo im Saal begann jemand mit rhythmischen Schritten auf und ab zu marschieren und dazu in völlig klarer Sprache und im Ton tiefer Überzeugung Sätze zu sprechen, die keinerlei Sinn ergaben.

Simone starrte Leroux an. Die schmalen Lippen waren zusammengepreßt. Der Wahnsinn im Saal schien in ihr eigenes Gehirn einzudringen.

Sie beugte sich näher zu ihm und sagte leise: «Ich bin Fossey. Albertine Fossey. Man kann mich töten, aber ich sterbe nicht. Ich lebe weiter und spuke durch die Träume aller, die grausam zu mir waren.»

Ihr wurde eiskalt. Unverwandt blickte sie Leroux an, aber der regte und rührte sich nicht. Sie holte tief Atem und drehte sich um, konzentrierte sich einzig darauf, einen Fuß vor den anderen zu setzen. Der Wärter zuckte wieder mit den Schultern und ging mit ihr zur Tür.

Sie hatten sie fast erreicht, als er zu schreien begann: «Hure! Dreckige Hure! Du hast den Tod verdient.»

Simone drehte sich um. Leroux hatte einen Arm ausgestreckt und deutete auf sie; die Muskeln seines Halses zuckten, während er sprach.

30

Marc las das Gedicht, das Octave überarbeitet hatte. Seine Bilder waren beeindruckend in ihrer Melancholie. Alle Werke Octaves waren überschattet von einem Hauch düsterer Schwermut, von der Marc sich zu seiner eigenen Verwunderung stets ergriffen fühlte. Er selbst berauschte sich in seiner Arbeit an Licht und leuchtenden Farben; wie kam es, daß ihn Metaphern von Nacht und Elend und Verfall so sehr berührten? Octave ging es im übrigen genau umgekehrt. Sie hatten viele Male über dieses Paradoxon diskutiert und waren nie zu einer schlüssigen Antwort gelangt – es sei denn, sie akzeptierten es, daß sie zwei miteinander kontrastierende und sich ergänzende Hälften eines einzigen Wesens verkörperten. Octave war in der Tat mit dieser Erklärung völlig einverstanden, doch Marc hatte immer seine Vorbehalte dagegen gehabt.

«Ich weiß auch, warum», hatte Octave gesagt. «Du glaubst, du hättest dich innerlich befreit, so daß du zu dir selbst und dem Leben mit mir stehen kannst, aber trotz aller Veränderung ist ein Teil deiner Seele immer noch an das alte Leben gekettet.» Als Marc protestierte, erwiderte Octave: «Ich meine nicht das Leben selbst, sondern die Scham, mit der du so lange gelebt hast. Von der Scham unserer Jugend können wir uns nie befreien.»

Marc stand vom Frühstückstisch auf. Er wollte hinaus und malen. Während er seine Staffelei holte und den Kasten mit seinen Pinseln, Farben und Lappen, regte sich das vertraute Gefühl: eine Mischung aus Spannung, Überschwang und Zweifel, die ihn ständig bei seiner Arbeit begleitete.

Octave ging zum Schrank und hob den Deckel des gelben Topfs auf dem zweiten Bord. «Sieht traurig aus», bemerkte er. «Hoffentlich zahlen sie anständig für das Gedicht.»

«Bestimmt», sagte Marc.

Sie hatten selten genug Geld. Zwar kauften die kleinen Journale Octaves Gedichte und Marcs Skizzen, und manchmal brachte Marc eines der Gemälde, die in den Cafés an den Wänden hingen, an den Mann, aber kein Händler hatte mit seinen Arbeiten Erfolg gehabt. Wenn der gelbe Topf leer war, pflegte sich Marc als Hilfsarbeiter zu verdingen, und Octave arbeitete in einer Druckerei.

«Ich muß ins Bett», sagte Octave, der die Nacht durchgearbeitet hatte, und streckte sich gähnend. «Ich...»

Ein Klopfen an der Tür unterbrach ihn. Marc wußte schon, ehe er öffnete, wer auf der Schwelle stehen würde.

«Hallo, Papa», sagte sie. «Darf ich hereinkommen?»

Als er nicht antwortete, trat sie einfach ins Zimmer. «Guten Morgen, Monsieur Guilbert.»

Octave nickte ihr zu und sagte: «Guten Morgen.»

Sie war seit jenem Abend vor vier Monaten nicht mehr hier gewesen. Im Café hatte Marc erfahren, daß sie noch in derselben Nacht gekündigt hatte. Also hatte sie wohl beschlossen, ihn in Frieden zu lassen, sagte er sich und versuchte sich einzureden, daß er darüber erleichtert sei.

«Papa», begann sie, «ich muß dir etwas Wichtiges mitteilen.» Ihr Ton war beinahe feierlich, aber er verbarg nicht ihre Erregung. «Heute wird die Anklage gegen dich wegen Mordes an Albertine Fossey offiziell fallengelassen.»

Voll freudiger Spannung wartete sie auf Marcs Reaktion. Aber der schien noch gar nicht begriffen zu haben, was sie gesagt hatte.

Dafür fragte Octave: «Was soll das heißen? Ich verstehe Sie nicht.»

«Die Polizei hat einen wahrscheinlicheren Täter gefunden», sagte sie. «Einen Mann namens César Leroux, der jetzt in der Salpêtrière ist. In seinem Wahn erzählt er von einer Frau, die er mit einem Schal erwürgt hat. Er bezeichnet sie als Prostituierte, belegt sie mit den schlimmsten

Schimpfwörtern und behauptet, sie hätte ihn gegen seinen Willen gezwungen, sie zu begehren und schließlich zu töten. Er scheint wie besessen von ihr und von seiner Tat – das ist jedenfalls die Quintessenz seiner irren Reden, die von den Aussagen von zwei ehemaligen Freundinnen Albertine Fosseys bestätigt werden. Sie hat sich früher wiederholt bei ihnen damit gebrüstet, die Mätresse dieses Mannes zu sein.»

«Wieso war das alles zur Zeit von Marcs Verhaftung nicht bekannt?» fragte Octave.

«Leroux war Regierungsbeamter. Und zu der Zeit benahm er sich noch völlig normal. Erst vor zwei Jahren kam er in die Salpêtrière, und dort verstand keiner das scheinbar wirre Zeug, das er redete.»

«Und wer hat das jetzt alles ausgegraben?» fragte Marc langsam. «Du etwa?»

«Nicht ich allein, Papa. Deine Mutter und Großmama Jeanne hatten damals schon Nachforschungen angestellt und vieles in Erfahrung gebracht. Großmama Jeanne gab mir alles, was sie an Informationen hatte. Ich fand heraus, wo Leroux war, und Florine dachte sich einen Plan aus, so daß ich in die Salpêtrière hineinkam...»

«Florine?» fragte Marc. «Florine mit ihren Vapeurs und ihren ewigen Leiden?»

«Ja, sie wurde richtig munter, als ich sie bat, mir zu helfen. Kurz und gut, nachdem ich Leroux zum Sprechen gebracht hatte, ging ein guter Freund von mir, ein Anwalt, mit mir zur Polizei. Erst waren sie nicht sonderlich interessiert, aber Paul – mein Freund – ließ nicht locker.» Sie sah Marc an; ihr ganzer Körper schien in Erwartung seiner Umarmung zu zittern.

Er war wie gelähmt. Hatte er ihr nicht gesagt, daß er nicht ihr Vater war? Doch trotz dieser Zurückweisung hatte sie es unternommen, ihm seinen guten Namen zurückzugeben. Beschämt und zornig fühlte er sich – und von Liebe überwältigt. Sie war wirklich und wahrhaftig seine Tochter. So wie er wirklich und wahrhaftig Louis' Sohn gewesen war.

«Papa», sagte Simone, «ich weiß, daß Marc Vollard heute für dich ein Fremder ist, aber ich dachte, es wird dich dennoch freuen zu wissen, daß jetzt kein Schatten mehr auf seinen Namen fällt.»

Er sank in einen Sessel. Wußte sie überhaupt, in welchen Konflikt sie ihn jetzt gestürzt hatte? Er konnte nicht mehr die Augen davor verschließen, wie er das seit dem Abend, an dem sie ihm gegenübergetreten war, beharrlich getan hatte. Verzweifelt senkte er den Kopf und drückte die Hände auf die Augen.

«Papa, bitte weine doch nicht. Ich dachte, die Nachricht würde dich freuen.»

Er blickte auf. «Ich weine nicht. Ich habe Angst.»

«Papa!»

«Was erwartest du von Marc Vollard, jetzt, wo du ihn wiederauferstehen hast lassen?»

«Ich verstehe deine Frage nicht.»

«Erwartest du, daß ich in mein früheres Leben zurückkehre?»

«Ich ... ja», sagte sie, als sei die Antwort sowohl selbstverständlich als auch überraschend. «Wenigstens zeitweise.»

«Du verlangst von mir, daß ich mein Leben mit Octave aufgebe und in eine Gesellschaft zurückkehre, die mein Glück als Verbrechen bezeichnet? Was hilft es mir, von einem Mord freigesprochen zu sein, den ich nicht verübt habe, wenn man mich dann der inneren Verderbtheit anklagen wird? Man war bereit, mich einen Mörder zu nennen – glaubst du, man wird zögern, mich als schlecht und böse zu bezeichnen?» Er brach ab, als er die Veränderung in ihrem Gesicht sah. «Ich sehe, du hast solche Dinge nicht bedacht. Aber wie soll ich je wieder in dieses Leben zurückkehren, Simone? Du hast etwas Wunderbares für den Vater getan, den du in Erinnerung hast, aber er existiert nicht mehr. Er – geht mich nichts mehr an.» Marc sprach so behutsam er konnte. Er versuchte, ihr nicht weh zu tun, aber es gelang ihm nicht. «Verstehst du jetzt, warum ich es für besser hielt, nie wieder mit dir Kontakt aufzunehmen?»

Sie starrte ihn an. «Warum bist du nach Paris zurückgekommen?»

«Weil hier die Kunst und die Künstler sind, die ich bewundere und denen ich mich zugehörig fühle. Ich bin ein Egoist geworden. Zehn Jahre lang habe ich den Luxus genossen, an nichts anderes zu denken als an das Malen und nur das zu tun, was nötig war, um mein Auge schärfer und meine Hand sicherer zu machen. Nichts könnte mich dazu bewegen, dieses Leben aufzugeben. Nicht einmal meine Liebe zu dir.»

Sie krampfte die Hände ineinander. «Warum hast du mir dann das Bild geschickt und geschrieben, ich solle immer daran denken, daß du mich lieb hast?»

«Weil ich dich liebhabe, eben darum! Aber ich kann nicht in der Welt leben, in der du lebst. Wenn ich das täte, würde es mich umbringen. Kannst du das denn nicht verstehen?»

Sie hob stumm die Hände und drückte sie auf den Mund.

«Arme Simone. Sie hat zwei Väter, und beide sind grausame Egoisten.»

«Ich habe nur einen Vater», entgegnete sie, «und ich brauche ihn. Mama und ich brauchen ihn.» Sie fing an zu weinen.

«Wollen Sie sich nicht setzen und eine Tasse Kaffee trinken?» fragte Octave.

«Nein, danke, Monsieur Guilbert. Ich möchte stehen.» Sie straffte die Schultern.

Die Geste berührte Marc tief. Langsam stand er auf. «Wenn deine Mutter sich scheiden lassen möchte», sagte er, «bin ich bereit, zu den nötigen Terminen zu erscheinen. Das schulde ich ihr.» Er seufzte. «Ich schulde es ihr. Was Denis angeht, so kann ich ihm sagen, daß mein Erbteil, mein Anteil am Familienvermögen, euch zusteht und daß ihr nach freiem Ermessen darüber verfügen sollt. Die notwendigen Papiere unterschreibe ich gern. Aber ich könnte Denis dazu nur zwingen, wenn ich bleibe und meine Wünsche durchsetze. Taucht Marc Vollard wieder auf, dann muß es für immer sein.»

«Und wird er dann seine Tochter noch lieben?» fragte Simone.

Sie ging zur Place du Calvaire und sah lange auf Paris hinunter, das zu ihren Füßen ausgebreitet lag. Ein Tag fiel ihr ein, an dem Nandou sie in eine Buchhandlung mitgenommen hatte und wo sie hinterher auf einer Caféterrasse gesessen und die Passanten beobachtet hatten.

«Sag mir, Kind», hatte er gesagt, «wo liegt der Mittelpunkt des Universums?»

«In Paris.»

Er lächelte und entgegnete: «Nein.» Dann tippte er an ihren Kopf. «Er liegt hier. Und hier», wobei er sich selbst an den Kopf tippte. «Und da draußen, in jedem Menschen, der vorübergeht, in jedem Vogel auf den Kastanienbäumen und in jeder Katze, die ihn belauert. Aus seiner eigenen Perspektive ist jedes lebendige Wesen der Mittelpunkt der Welt. Es ist manchmal sehr wichtig, sich daran zu erinnern, und manchmal ist es sehr wichtig, es zu vergessen. Ich glaube, das ist das Geheimnis der Herrlichkeit des Menschen und der Kern all seiner Schwierigkeiten.»

Simone lächelte wehmütig. Dann wandte sie sich um und ging den steilen Hang hinunter.

«Simone!» rief Jeanne erfreut. «Was für eine hübsche Überraschung!»

Simone küßte sie auf beide Wangen und trat in die Wohnung.

«Du weißt wohl, daß deine Mutter hier ist? Dienstags essen wir doch immer zusammen.»

«Ja, deshalb bin ich gekommen, Großmama. Ich möchte mit euch beiden sprechen.»

Simone ging ins Eßzimmer, küßte die duftende Wange ihrer Mutter und setzte sich an den Tisch, auf dem noch die leeren Teller standen. «Ich war heute morgen bei Papa», sagte sie ohne Umschweife. «Ich habe ihm gesagt, was geschehen ist.»

«Und?» fragte Gabrielle. «Hat er dir gedankt?»

«Du hast gewußt, wie er reagieren würde, nicht wahr, Mama?»

«Ich habe dir immer wieder gesagt, du sollst ihn in Frieden lassen.»

«Er war doch nicht böse?» fragte Jeanne ungläubig.

«Nein. Doch, ein bißchen. Ich glaube, er war stolz auf mich, aber ich habe ihn vor eine schwere Wahl gestellt. Das war mir vorher nicht klar.»

«Hat er dir gesagt, wie er sich entscheiden wird?» fragte Gabrielle.

«Wenn du ihn brauchst, um die Scheidung zu erwirken, wird er kommen. Und er sagte auch, daß er zurückkommen und alles Nötige veranlassen würde, um dafür zu sorgen, daß Denis uns seinen Anteil am Familienvermögen auszahlt und wir nach eigenem Ermessen darüber verfügen können.»

Gabrielle blickte auf. «Er will seinen Anteil nicht für sich beanspruchen?»

«Er will mit diesem ganzen Leben nichts mehr zu tun haben. Aber für uns würde er es auf sich nehmen.»

«Ach, Simone», sagte Gabrielle. «Du siehst so unglücklich aus, Kind.»

«Wundert dich das? Ich bin schuld daran, daß Papa jetzt vor dieser Entscheidung steht.»

«Du hast getan, was du für richtig gehalten hast», bemerkte Jeanne.

«Ja, aber ich habe alles nur mit meinen Augen gesehen. Ich habe vergessen, daß er in einer ganz anderen Welt lebt. Ich glaube, ich habe es absichtlich vergessen.» Simone schwieg einen Moment. «Ich wünschte mir, er würde der Vater sein, für den ich ihn immer gehalten hatte, mein richtiger Vater, der Mama und mich liebt und uns niemals im Stich lassen wird ...» Sie schwieg und lauschte dem Echo ihrer Worte nach. «Ach, das klingt alles so kindisch.»

«Wir haben dich geliebt», sagte Gabrielle leise. «Aber wir konnten dich nicht vor den Konsequenzen unserer Fehler bewahren.»

«Und jetzt habe ich einen Fehler gemacht, indem ich Papa gezwungen habe, sich zu entscheiden.»

«Mach dir keine Vorwürfe», meinte Jeanne tröstend. «Er weiß doch, daß du ihn liebst.»

«Ja, und gerade deshalb kann ich nicht von ihm verlangen, das Leben aufzugeben, mit dem er glücklich ist, nur damit ich das Vergnügen habe, ihn jederzeit sehen zu können. Damit ich jederzeit an das Geld heran kann, das ich brauche, soll er alles hinwerfen? Das Kapital für meinen Verlag bekomme ich schon irgendwoher. Ich werde das schaffen!» Sie warf beinahe trotzig den Kopf zurück. «Mama, laß mich ihm sagen, daß er nicht zu uns zurückzukommen braucht. Ich möchte, daß er glücklich ist, und das wäre er dann nicht mehr.»

«Du brauchst mich nicht um Erlaubnis zu fragen, Simone», erwiderte Gabrielle ruhig. «Ich habe nie erwartet, daß er zurückkommen würde. Du hast ihn gefunden. Es ist deine Entscheidung.»

«Danke, Mama.»

«Im übrigen», fügte Gabrielle hinzu, «ist die Scheidung nicht so wichtig.» Sie zog ironisch eine Braue hoch. «Es ist ja kein anderer da, der mich unbedingt heiraten möchte.»

Simone stand auf. «Dann gehe ich jetzt.»

«Wohin denn?»

«Zu Papa. Ihm Bescheid sagen.»

«Gleich, Simone», sagte Jeanne. «Warte nur noch einen Moment, ja?»

«Aber...»

«Ich möchte dir etwas geben, Simone, und ich habe mir diesen Moment dafür ausgesucht. Setz dich also ruhig wieder hin und warte.» Sie stand auf und ging zu ihrem Schlafzimmer.

Simone warf ihrer Mutter einen fragenden Blick zu, aber die zuckte nur mit den Schultern.

«So», sagte Jeanne, als sie wieder ins Zimmer kam, und stellte eine Lederkassette von der Größe eines Buchs vor Simone auf den Tisch.

«Was ist denn das?» fragte Simone.

«Das wirst du gleich sehen. Aber erst habe ich noch etwas zu sagen.» Jeanne strich mit den Händen über das Leder, als wäre es etwas Lebendiges. «Es ist von Nandou für dich. Er sagte zu mir: ‹Gib das Simone, wenn sie etwas gefunden hat, das sie wirklich haben möchte, und wenn du sicher bist, daß sie selbständig dafür kämpfen kann. Da tut einem nämlich Hilfe immer gut.› Du hast gezeigt, daß du kämpfen kannst, Liebes. Nimm es also.»

Simone zog die Augenbrauen hoch, warf den beiden Frauen einen Blick zu und öffnete die Kassette. «Das sind irgendwelche Papiere – Obligationen?»

Jeanne nickte. «Nandou war ein umsichtiger Mensch, weißt du. Er hat mit dem *Zwergenfürsten* ziemlich viel Geld verdient und es klug angelegt. Zu einem Vermögen hat er es nie gebracht, aber er konnte ein Leben ohne Sorgen führen. Und die Papiere hier hat er extra für dich auf die Seite gelegt. Er wußte nicht, ob du sie je brauchen würdest, aber er wollte, daß sie für dich da sind. Und ich glaube, jetzt kannst du sie verwenden. Das wird zwar nicht reichen, um deinen Verlag zu finanzieren, aber es ist ein Startkapital.»

Nach einem Moment des Schweigens sagte Gabrielle leise: «Ich hatte keine Ahnung, daß er...»

«Pscht.» Simone legte einen Finger auf den Mund. «Wenn du hier bist, wenn du uns hörst und siehst – danke dir, Nandou, du lieber. Danke dir.»

«Er ist hier», sagte Jeanne und gab ihr einen Kuß.

«Weißt du», erklärte Simone eifrig, «zuerst möchte ich Lyrik herausbringen – von Leuten wie Verlaine und Rimbaud, wenn die mir das erlauben, aber auch von Dichtern, die noch keiner kennt. Und Theaterstücke möchte ich verlegen, schöne alte und mutige neue, die etwas zu sagen haben. Ich werde mir jemanden suchen, der diesen neuen norwegischen Autor übersetzt, der *Gespenster* geschrieben hat. Ich möchte...» Sie brach plötzlich ab. «Ich fürchte, Nandou würde viele von den Sachen, die ich herausbringen will, nicht mögen. Er würde sie vielleicht sogar fürchterlich finden. Es ist nicht recht, wenn ich sein Geld dafür nehme.»

«Unsinn! Sein ganzes Leben lang glaubte er an die Idee, daß die Kunst und die Künstler – alle Menschen überhaupt – frei sein sollen. Du kannst veröffentlichen, was du willst, und brauchst dir kein Kopfzerbrechen zu machen.»

«Aber ich muß sicher sein, Großmama! Ihm zu Ehren will ich meinen Verlag nämlich ‹Nandou und Compagnie› nennen.»

«Ach, so ist das.» Jeanne lehnte sich lächelnd zurück. «Hast du vor, Dinge zu veröffentlichen, die langweilig oder dumm sind oder nur das wiederholen, was andere schon gesagt haben?»

«Bestimmt nicht.»

«Na also. Dann nenne deinen Verlag ruhig ‹Nandou und Compagnie›. Es wird ihm eine Ehre sein.»

Gabrielle räusperte sich. «Simone, ich fürchte, obwohl dieses Geld dir gehört, wird Denis die Verfügungsgewalt darüber haben und dir vorschreiben können, wie du es zu verwenden hast.»

«Nein!» rief Jeanne. «Dann nehme ich es lieber wieder an mich. Ich möchte dich nicht erschrecken, Simone, aber das ist mein Ernst. Ein anderer als Simone selbst soll über Nandous Vermächtnis verfügen dürfen? Niemals!»

«Das verstehe ich, Großmama. So würde ich es auch wollen. Aber es darf gar nicht dazu kommen. Es muß eine Möglichkeit geben, Onkel Denis zu zwingen, mich in Frieden zu lassen. Ich werde versuchen, Blaise irgendwie auf meine Seite zu bekommen – vielleicht kann Florine mir dabei helfen. Mir wird schon etwas einfallen.»

«Das ist nicht nötig», sagte Gabrielle. «Das werde ich übernehmen. Ich habe mich nie mit irgendeinem von ihnen auf einen Streit eingelassen, aber wenn ich es täte, könnte ich einen Skandal heraufbeschwören, der Denis garantiert veranlassen würde, lieber klein beizugeben.» Jeanne und Simone sahen sie fragend an. «Nun, ich würde einfach die Wahrheit über alles erzählen, was in der Familie Vollard vorgegangen ist, angefangen mit meiner Hochzeit.»

«Mama, ich kann mir nicht vorstellen, daß du das tun würdest», entgegnete Simone.

«Nein, ich auch nicht. Aber wenn es sein muß, dann werde ich es tun.»

Gabrielle warf den Kopf zurück. Die drei Frauen sahen einander lächelnd an.

«Nandou und Compagnie», sagte Jeanne.

EPILOG

27. DEZEMBER 1897

Der Wagen hielt vor dem Théâtre de la Porte Saint-Martin. «Alles in Ordnung, Großmama?» fragte Simone.

«Natürlich.» Jeannes Stimme war fest. Sie hatte eine Erkältung gehabt und mehrere Tage zu Bett gelegen, aber an diesem Morgen war sie aufgestanden und hatte verkündet, sie würde auf jeden Fall zu der Generalprobe gehen; sie wolle dieses neue Stück unbedingt sehen, und wenn Simone und Paul sie nicht wie geplant begleiten könnten, würde sie eben allein gehen.

«Du mußt sie daran hindern», hatte Paul zu Simone gesagt. «Sie ist vierundachtzig und von der Krankheit geschwächt.»

«Du müßtest doch inzwischen begriffen haben», hatte Simone erwidert, «daß man Großmama an nichts hindern kann, wenn sie entschlossen ist. Weißt du noch, wie sie unbedingt auf den Eiffelturm hinauf mußte, obwohl ihr schwindlig war?»

Langsam gingen sie ins Theater hinein, Jeanne auf Pauls Arm gestützt. Als sie in der Loge Platz genommen hatten, zupfte sie ihren schwarzen Rock zurecht und beugte sich dann nach vorn, um den Blick über die Zuschauer schweifen zu lassen. Das Profil unter dem hochgekämmten weißen Haar war so klar und fein wie eh und je. Die Wangen waren gerötet, aber mehr von der Aufregung als von Rouge.

«Hoffentlich wird es keine Enttäuschung», flüsterte Paul gedämpft Simone zu.

Der junge Autor des Stücks hatte sich bereits als Dichter einen Namen gemacht, aber das Stück selbst war angeblich zu lang und teuer geworden. Mit einem Riesenensemble, das in historische Kostüme gesteckt werden mußte, und vom Realismus und Naturalismus des modernen Theaters so weit entfernt – es war doch tatsächlich in Versen geschrieben –, daß selbst die Theaterleitung Gerüchten zufolge wenig Vertrauen in das Stück hatte. Der Autor war gezwungen gewesen, den größten Teil der Produktionskosten selbst zu tragen, und in Theaterkreisen tuschelte man seit Wochen, daß er mit einem Mißerfolg rechnen müsse.

«Auch das wird Großmama in Kauf nehmen», flüsterte Simone zurück.

«Wie du, hm?» Paul drückte ihr die Hand, und sie sahen einander lächelnd an, so zufrieden miteinander wie am ersten Tag ihrer Ehe vor mehr als zehn Jahren. Paul hatte Schwierigkeiten gehabt, Simone zur Heirat zu überreden, obwohl seine Argumente der Logik nicht entbehrt hatten: Wenn sie ihn heiratete, brauche sie sich keine Gedanken mehr darüber zu machen, wie sie Onkel Denis entmachten sollte, um ihren Verlag gründen zu können. Denis würde mit ihrer Ehe die Verfügungsgewalt über ihr Vermögen verlieren. «Ja, und dafür bekämst du sie», hatte Simone entgegnet, worauf Paul geschworen hatte, daß er sich niemals in ihre Geschäfte einmischen würde. Dennoch hatte sie Widerstand geleistet – bis zu dem Tag, an dem Onkel Denis ihr erklärte, sie habe den Umgang mit diesem Anwalt, der kein Geld, keinen Namen und einen kommunistischen Vater habe, sofort abzubrechen. «In Ordnung», hatte sie gesagt. «Ich breche den Umgang mit ihm ab. Ich heirate ihn.»

Jeanne wandte sich ihnen zu. «Ich denke, wir werden heute abend zumindest schöne Texte hören. Das kann nur besser sein als dieses *Ubu Roi* vergangenes Jahr.»

«Wirst du mir denn nie verzeihen, daß ich dich in dieses Stück mitgenommen habe, Großmama?»

«Nie», erwiderte Jeanne mit gespielter Strenge. *Ubu Roi* hatte in Paris den größten Theaterskandal seit *Hernani* ausgelöst. Nicht einmal die Tatsache, daß es ein Angriff auf die Bourgeoisie war, hatte Jeanne damit aussöhnen können. «Diese Sprache – fürchterlich!» Und als Simone gemeint hatte, daß der Autor genau wie damals Victor Hugo vielleicht um eine neue Freiheit der Sprache im Drama kämpfe, hatte Jeanne scharf entgegnet: «Ein Glück, daß Nandou sich diesen Unsinn nicht anhören muß.»

Die Lichter erloschen im Saal, das Publikum wurde still, der rote Vorhang öffnete sich.

Ehe der erste Akt zur Hälfte vorüber war, packte fiebrige Erregung die Zuschauer. Diese Sprache! Diese herrlichen Verse! Und welch ein Held – der dichtete, während er Duelle ausfocht! Schon im zweiten Akt applaudierten die Leute so heftig, daß die Schauspieler kaum weiterspielen konnten. Im dritten Akt tobte das Publikum. In der Pause waren die Leute im ersten Moment wie benommen, ehe sie einander aufgeregt mitzuteilen versuchten, was sie da eben im Zuschauerraum erlebt hatten. Der vierte Akt konnte sie kaum beruhigen; der fünfte Akt rührte sie zu ernstem Schweigen. Als der Vorhang fiel, setzte nicht enden wollendes Klatschen, Bravorufen und Füßestampfen ein.

«Großmama», sagte Simone nach einer halben Stunde, «vielleicht sollten wir langsam gehen?»

«Kommt nicht in Frage», erklärte Jeanne, ohne einen Moment mit dem Klatschen aufzuhören. «Bravo, Rostand! Bravo, *Cyrano de Bergerac!*» Sie strahlte und lachte, setzte sich, weinte, sprang wieder auf und klatschte weiter.

Um zwei Uhr morgens applaudierten die Leute immer noch, fielen sich in den Korridoren und im Foyer wie trunken in die Arme.

Um halb drei endlich führten Simone und Paul Jeanne zu ihrem Wagen, um sie nach Hause zu bringen.

«Das war so aufregend wie damals in *Hernani*», sagte sie noch ganz außer Atem. «So glücklich war ich schon lange nicht mehr. Daß ich das noch erleben durfte – die Wiedergeburt der Romantik! Ich habe ja immer gesagt, daß man den Geist der Romantik nicht töten kann, und das ist der Beweis. *Cyrano* wird das Theater verändern, genau wie damals *Hernani*... Du mußt versuchen, dieses Stück herauszubringen, Kind. Es wäre ein großer Erfolg für deinen Verlag... Ach, hätte Nandou diesen Abend genossen. Ich hatte die ganze Zeit das Gefühl, er säße neben mir...» Jeanne lehnte sich in die Polster zurück und schloß die Augen.

Simone beugte sich zu ihr hinüber und umfaßte ihre schmale, warme Hand. Hatte ihre Großmutter recht? Würde das neue Jahrhundert, das nur noch zwei Jahre entfernt war, sich den Geist von *Cyrano de Bergerac* zu eigen machen? Oder würde es dem Vorbild von *Gespenster* – oder vielleicht sogar von *Ubu Roi* folgen?

Sie dachte an die Erwiderung ihres Vaters auf ihre Behauptung, daß das Werk der Impressionisten weiterleben und daß man die Gemälde Marcello Vianellos eines Tages angemessen beachten würde. «Man sollte nie versuchen, die Zukunft der Kunst vorherzusagen, Simone. Nur eines ist sicher: Es werden Künstler kommen, von denen wir noch nicht einmal träumen – und wenn wir es täten, würden wir sie wahrscheinlich nicht akzeptieren.» Und damit hatte er zweifellos recht.

Sachte ließ Simone die Hand ihrer Großmutter los und lehnte sich neben Paul zurück. Ich bin glücklich, dachte sie. Und Großmama – ach, man braucht ja nur zu sehen, wie sie lächelt.

«Jetzt bin ich froh, daß wir mit ihr gegangen sind», flüsterte sie Paul zu. «Wenn sie diesen Abend verpaßt hätte, wäre sie mir ewig böse gewesen.»

Leise rollten die Räder des Wagens. Paul raunte Simone etwas ins Ohr, und sie lachte. Das Licht der Gaslampen fiel auf Jeannes Gesicht, auf die geschlossenen Lider und ihr weiches Lächeln.

Endlich hielt der Wagen an.

«Großmama», sagte Simone. «Wir sind da. Wir sind zu Hause.»

Keine Antwort. Nur dieses Lächeln, das sich nun nie mehr verändern würde.